KiWi 120

Vassilis Vassilikos

Z

Z

Vassilis Vassilikos
Roman

Deutsch von
Vagelis Tsakiridis

Kiepenheuer & Witsch

Ungekürzte Ausgabe
© 1968 by Vassilis Vassilikos
Deutschsprachige Rechte 1968 by Verlag
Lothar Blanvalet, Berlin
© 1986 by Verlag Kiepenheuer & Witsch, Köln
Titel der Originalausgabe **Z**
Aus dem Neugriechischen von Vagelis Tsakiridis
Umschlag Hannes Jähn, Köln, unter Verwendung eines Fotos
vom Privaten Filmarchiv für Filmkunde, Köln
Gesamtherstellung May + Co, Darmstadt
ISBN 3 462 01803 5

Für Mimi

I   Von 7.30 Uhr bis 10.30 Uhr
an einem Abend im Mai

1

Der General sah in dem Moment auf die Uhr, als der Hauptredner des Abends, der Staatssekretär für Landwirtschaft, seine Ansprache über die im Kampf gegen die Blattlaus einzusetzenden Mittel ungefähr mit den folgenden Worten zu schließen versuchte:

„Abschließend möchte ich kurz zusammenfassen: Zur Bekämpfung der Blattlaus ist das Überstäuben der Reben mit einer Lösung von Kupfervitriol zu empfehlen. Die klassischen Präparate sind die Bordelaiser Brühe und die Burgundische Brühe. Die Benennung der letzteren bezieht sich auf die französische Provinz Burgund, aus der auch die gleichnamigen berühmten französischen Weine stammen. Die erstere, die Bordelaiser Brühe, besteht aus einer ein- bis zweiprozentigen Kupfervitriollösung, entschärft durch Zugabe ungelöschten Kalks. Das zweite Präparat unterscheidet sich vom ersten insofern, als der ungelöschte Kalk durch Soda ersetzt wird. Diese klassischen Präparate werden mit Klebstoffen gemischt, so daß die Brühe nicht allzu leicht vom Regen abgespült werden kann..."

Der General wechselte das Bein, er legte das rechte wieder über das linke, ungeduldig geworden durch die langschwänzige Zusammenfassung des Herrn Staatssekretärs.

„Außerdem", fuhr der Redner fort und trank einen Schluck Wasser aus dem trüben Glas, das ihm der Kabinettschef durch einen Amtsdiener hatte bringen lassen, denn es war der 22. Mai 1963, und die Hitze hatte sich seit einer Woche ganz schön breitgemacht, so daß Gefahr bestand, die Zunge des Staatssekretärs könne austrocknen und die Worte zusammenkleben – „außerdem sind pulverisierte Kupfersalze gebräuchlich wegen der Einfachheit der Anwendung. Pro Jahr sind drei Bestäubungen mit Zerstäuber genannten Spezialapparaten vorzunehmen. Die erste, wenn die Triebe eine Länge von zwölf bis fünfzehn Zentimetern erreicht haben, die zweite kurz vor oder kurz nach der Blüte und die dritte einen Monat später. In einem feuchten Jahr oder in feuchten Ortschaften müssen die Bestäubungen häufiger durchgeführt werden."

Die anderen, die Bürgermeister und die Kommissare der Landpolizei, schlummerten allmählich ein. Der Staatssekretär war schon in Ordnung, aber er sprach, als wolle er zum erstenmal seine rednerischen Fähigkeiten überprüfen. Er drückte sich zu wissenschaftlich aus, und außerdem, was gingen sie überhaupt die Blattläuse an? Der Staatssekretär kam von einem anderen Stern, er schien nicht zu wissen, daß die Weintrauben in Makedonien und vor allem in Saloniki, wo er jetzt sprach, keine so wichtige Rolle spielten wie in seiner Heimat, dem Peloponnes, wo sich sein Wahlkreis befand.

Hier ging es um den Tabak, und über ihn hatte er die ganze Zeit kein Wort gesagt. Was die Bürgermeister und Kommissare anging, wußten sie, woran sie sich zu halten hatten. Ohne etwas vom Mehltau zu wissen, hatten sie in den Dörfern ihrer Machtbereiche verbreitet, daß es sich dabei um eine geradewegs aus den Ostblockstaaten gekommene Krankheit handelte, und so den Kampf gegen den Kommunismus gefördert, denn viele Bauern glaubten ihnen. Leider nicht alle. Ein unanfechtbares Argument war, daß der Mehltau, der auf ihren Feldern herrschte und ihren Tabak vernichtete, gleichzeitig mit dem Kommunismus erschienen war. Beide hatten das gleiche Alter. Und auf den Flugblättern, die sie durch Flugzeuge über den Dörfern abwerfen ließen – Flugzeuge, die man lieber zum Besprühen ihrer Felder mit Schädlingsbekämpfungsmitteln hätte einsetzen sollen –, war mit großen roten Buchstaben gedruckt, der Mehltau sei die Krankheit des Kommunismus.

Nur die Leiter der Landwirtschaftsämter Nordgriechenlands hörten mit Aufmerksamkeit, fast mit Andacht auf die tadellose wissenschaftliche Analyse ihres Chefs. Dieser fuhr fort: „Bei den Bestäubungen müssen die Weinblätter völlig bedeckt werden. Die Wirkung der Bestäubung ist nur vorbeugend, deshalb dürfen die Weinstöcke nicht vernachlässigt werden. Indem ich nun meine Analyse der verschiedenen Arten der Schädlingsbekämpfung abschließe, danke ich Ihnen für die während der ganzen Dauer meiner Rede gezeigte Aufmerksamkeit."

Schwacher Applaus war zu hören, und der Staatssekretär stieg vom Podium.

Der General erhob sich. Er wartete, bis der Staatssekretär im Zuschauerraum Platz genommen hatte, dann sprach er zu den meist dicken, glatzköpfigen Bürgermeistern, den unter seinem Befehl stehenden Offizieren der Landpolizei, während ihn die Leiter der Landwirtschaftsämter sichtlich gleichgültig zu lassen schienen:

„Ich ergreife die Gelegenheit, dem etwas hinzuzufügen, was Ihnen der Herr Staatssekretär so bildhaft gesagt hat. Natürlich werde ich über unseren Mehltau sprechen, den Kommunismus. Für mich, der ich für die gesamte Landessicherheit des Nordens verantwortlich bin, ergibt sich selten die Gelegenheit, vor hohen Persönlichkeiten der Exekutive einige Worte über den ideologischen Mehltau zu sprechen, der in dieser Stunde unser Land plagt.

Ich habe persönlich nichts gegen Kommunisten. Von Anfang an haben sie nur mein Mitleid hervorgerufen. Genau wie der Mehltau ist der Kommunismus ein krankhafter Zustand, der durch verschiedene Parasiten verursacht wird. Und genau wie man die Weintrauben durch Besprühen schützt, ist es notwendig, die Menschen mit der notwendigen Brühe zu bespritzen, und zwar auch hier in drei Etappen. Die erste Stufe einer solchen Bespritzung sollte in der Schule stattfinden. Noch sind die Triebe nicht länger als zwölf bis fünfzehn Zentimeter, um die Fachsprache des Herrn Staatssekretärs zu benutzen. Die zweite Bespritzung folgt kurz vor oder nach der Blüte – und nach meiner Ansicht, der Erfahrung eines Mannes, der regiert, ist diese Stufe am schwierigsten. Es handelt sich hier selbstverständlich um die Hochschulen, die Arbeiter, die Jugend mit ihren Problemen. Wenn diese Besprühung erfolgreich ist, ist es für die kommunistische Infektion unmöglich, den heiligen Baum der Freiheit anzufaulen und zu vernichten. Die dritte Bespritzung sollte man einen Monat später vornehmen, hat der Herr Staatssekretär betont. In unserem Fall sollten wir diese Zeitspanne auf fünf Jahre verlängern, dann erreichen wir die gleichen Ergebnisse.

Schlußfolgerung: Auf diese Art werden die fruchtbaren griechischen Felder nur gute Erzeugnisse nähren, und die Krankheiten unserer Zeit, Kommunismus und Mehltau, werden sicher endgültig verschwinden."

Stürmischer Applaus begleitete die letzten Worte seiner Rede. Die

Bürgermeister, Kommissare und Direktoren erhoben sich, zündeten sich Zigaretten an und machten sich zum Gehen fertig.

Am Ausgang näherte sich der Kabinettschef dem Redner, beugte seinen wirbelsäulenlosen Rücken und drückte ihm die Hand.

„Wo gehen Sie jetzt hin?" fragte er.

„Zum Bolschoiballett, ins Theater", antwortete der General. „Ich habe eine Einladung und muß hin. Vorher werde ich noch den Polizeidirektor abholen, der . . ."

„Mir haben sie keine Einladung geschickt", unterbrach ihn der Kabinettschef und blieb inmitten des Flurs stehen, der zu der breiten, mit persischen Teppichen belegten Marmortreppe führte.

„Eine Nachlässigkeit!" sagte der General gleichgültig. Kabinettschefs, die je nach Regierungslaune kamen und gingen, interessierten ihn nicht. Während seiner langjährigen Karriere hatte er Dutzende von ihnen kennengelernt.

„Was kann, mein Gott, eine staatliche Theaterorganisation gegen das Amt haben?" rief der Kabinettschef, während er die Treppe hinunterging.

„Es handelt sich sicher um eine Nachlässigkeit oder um ein Versehen des zuständigen Beamten", sagte der General. „Auf jeden Fall wäre es mir ein Vergnügen, wenn ich Ihnen meine Einladung abtreten dürfte."

„Aber ich bitte Sie, Herr General!"

„Nein. Ich mache den Vorschlag, weil ich selbst nicht vorhabe hinzugehen. Ich sagte es eben nur, weil mir war, als ob der Direktor für Reiswirtschaft, der ehemalige Kommunist, zugehört hätte."

„Zugehört? Der Exkommunist?"

„Sagen wir, er sympathisierte. Ich habe eine Erklärung von ihm, daß er den Kommunismus und alle seine Ableger mißbilligt."

„Ich verstehe . . . ich verstehe", sagte der Kabinettschef, während er den General bis zum Ausgang des Ministeriums begleitete. „Sie können es nicht ertragen, irgend etwas zu sehen, was aus dem Land des roten Faschismus kommt, sei es auch nur ein Ballett."

„Das ist nicht der Grund. Ich habe während meiner Laufbahn gelernt, die Künste vom Leben zu unterscheiden. Es handelt sich um etwas anderes."

Der Wachtposten am Eingang grüßte, und der General fuhr gedämpfter fort.

„Heute abend", sagte er mit Verschwörermiene, „bereiten gewisse Leute, die sich selbst zu Freunden des Friedens ernannt haben, eine Versammlung vor. Ich werde als einfacher Zuhörer hingehen, um ihre Reden zu hören und die neuen Schlagworte kennenzulernen. Denn vergessen Sie nicht, mein Lieber, der Staat hat uns die schwere Aufgabe anvertraut, ihn vor ansteckenden Miasmen zu schützen. Wir sind also verpflichtet, überall dabeizusein, und deshalb überlasse ich Ihnen mit Vergnügen meine Einladungskarte."

„Bestehen Sie bitte nicht darauf, Herr General! Es ist mir unmöglich, Ihre Karte anzunehmen. Wirklich unmöglich! Ich werde dem Theaterdirektor auf dem Dienstweg meine Empörung über seine Nachlässigkeit mitteilen."

Der General hatte inzwischen die Tür seines Wagens geöffnet. Nach den Vorschriften hätte ihm ein Chauffeur zugestanden, aber er war ein leidenschaftlicher Fahrer. Er war gerade dabei, sich in den Wagen zu setzen, als er den Staatssekretär sah, der mit seinem Gefolge die Treppen des alten Präsidiums, zur Zeit Ministerium für Nordgriechenland, herunterkam. Als der General startete, erreichte der Herr Staatssekretär den Wagen. Der General drehte die Scheibe herunter und fragte:

„Kann ich Sie mitnehmen?"

„Ich muß eilig zum Flughafen", antwortete der Staatssekretär.

„Das ist genau meine Lieblingsstrecke", sagte der General. „Darf ich bitten?"

Wer würde es wagen, einen so schmeichelhaften Vorschlag von einem solchen Mann abzulehnen? Ein General ist immer nützlich, besonders ein General der Landespolizei. So fuhren sie zum Flughafen.

Während der Fahrt durch die Stadt bemerkte der General, daß die Lichter des Abends allmählich aufzuleuchten begannen. Die Lichtwerbungen waren in der Dämmerung schwächer als in der Nacht. Die Nacht, eine schöne Mainacht, sank langsam herab, bereit, alles Unsagbare und Geheime, das heute passieren sollte, in sich zu verbergen.

Der General freute sich von Herzen, daß der Plan so einwandfrei vorbereitet war und daß er selbst dabei war, für sich das beste aller Alibis zu schaffen.

So sprach er mit dem Staatssekretär über verschiedene Dinge

und brachte ihn genau in dem Moment auf den Flugplatz, als sich der erste Propeller der Maschine zu drehen begann. Das Flugzeug, eine DC Dakota, blieb noch auf seinem Platz. Die Passagiere waren schon eingestiegen, und gleich würde man die Türen verriegeln. Der General beobachtete noch das Einsteigen des Staatssekretärs und seines Gefolges. Dann wurde die Rolltreppe entfernt, auch der zweite Propeller setzte sich in Bewegung, und das Flugzeug rollte auf die Startbahn.

Der General fuhr genau in der Stunde in die Stadt zurück, als die Ereignisse begannen.

2

Es sah so aus, als ob Jangos der Mut verließe. Er saß in seinem dreirädrigen Karren ohne Türen und mit offener Ladefläche, als er das würdevolle, knochige Gesicht des Generals bemerkte, und er beruhigte sich wieder. Die Stunde rückte immer näher, die Unruhe um ihn herum wurde immer größer, und er hörte immer deutlicher eine Stimme, die ihm zuflüsterte: „Jangos, tu's nicht!" Zum erstenmal hörte er eine solche innere Stimme, und übertönt vom Geräusch des schadhaften Auspuffs – womit sollte er die Reparatur bezahlen? –, klang sie unklar und verwirrte ihn.

Warum machte es ihm eigentlich Spaß, die „Roten" zu verprügeln? Es war für ihn ein Vergnügen, bei dem er mit Leib und Seele dabei war. Beim letztenmal vor drei Wochen, am 1. Mai bei der Arbeiterfeier, war er mitten in ihre Versammlung eingedrungen und hatte den „Roten" zusammen mit den anderen Jungs der Organisation eine Lektion erteilt. Vor allem dem langen Kerl mit der Brille, der ihn dauernd gefragt hatte: „Warum schlägst du mich?" – „Weil's mir so paßt, du Brillenschlange!" hatte er geantwortet und ihm dann wieder und wieder eine in die Fresse geschlagen. Ja, das war eine Schlägerei gewesen: Der Knüppel folgt dem Arm, der Arm folgt dem Verstand, der Verstand folgt der Lehre des Archegosaurus, der Archegosaurus folgt Hitler, dem einzigen Menschen, der bis zum äußersten gekämpft hatte, um die Welt von den Kommunisten zu erlösen, sagte der Archegosaurus.

Aber heute abend fühlte sich Jangos nicht wohl auf seinem Fahrzeug. Er kam sich vor wie ein Reiter, der von seinem Pferd abhängig ist. Er kannte seine „Benver" gut, jedes Ventil, selbst das kleinste Schräubchen, er liebte sie. Vom Anlasser bis zum Tachometer kannte er alle ihre Gewohnheiten. Und der Volkswagenmotor, den er hineinmontiert hatte, war ein wahres Wunder. Nicht, daß er Angst gehabt hätte, daß die Kardanwelle brechen oder die Pleuelstange blockieren könnte, nein, sein Mißtrauen bezog sich nicht auf die Maschine, sondern darauf, daß er nicht schlagen durfte, daß er seine Muskeln nicht benutzen würde. Das alles würde er übrigens für diesen dreirädrigen Karren tun, der seine ganze Habe und sein bester und treuester Freund im Lebenskampf war. Sich selbst eingeschlossen, hatte er schließlich fünf Münder zu ernähren, und er brauchte noch zehntausend Drachmen, um seinen Kompagnon, den Aristidis, auszuzahlen. Damals hatten sie das Dreirad zusammen gekauft, aber nur Jangos schuftete damit und mußte dem anderen immer einen Anteil abgeben. Mit der Zeit wurde er sich der Ungerechtigkeit der Sache bewußt. Aristidis war ein guter Kerl, aber warum sollte er ihm Geld schenken? Wer setzte täglich sein Leben zwischen Lastwagen, Bussen und mörderischen Militärfahrzeugen aufs Spiel, wer lebte ständig hart an der Klinge? Er, Jangos, allein. Aristidis tat nichts, aber die Moneten kassierte er. Deshalb hatte Jangos beschlossen, ihm seinen Anteil an der „Benver" zurückzuzahlen, denn wenn er den Wechsel bezahlt hätte, würde ihm das Dreirad allein gehören, und er könnte auch den Gewinn für sich behalten.

Doch wie sollte er die Zehntausend zusammenbringen? Zehn solcher Lappen, das war schon eine Wucht! Vor einem Vierteljahr hatte er zum letztenmal einen Tausender gesehen. Das war an dem Tag gewesen, als er seiner Frau Prügel verpaßt hatte, weil sie dem kommunistischen Klempner, der vor seinem Haus einen Wasserabfluß reparierte, eine Tasse Kaffee gebracht hatte. Er hatte es nicht selbst gesehen, aber er erfuhr es, als er von einem Sargtransport zurückkam. Es hatte ihm sowieso nicht gepaßt, daß er von dem Lakkierer Nikitas zu diesem Transport gerufen worden war. Nikitas hatte die Kisten von einem Bestattungsinstitut zum Lackieren bekommen. „Was für ein Witz, Särge zu lackieren!" Und als die Arbeit getan war, hatte Nikitas seinen taubstummen Lehrling in die König-Heraklios-Straße geschickt, um ihn zu holen, denn dort war sein Standort. Damals gab ihm der Lackierer einen Tausender, denn er hatte kein Kleingeld, und Jangos wechselte ihn bei dem Unternehmer gegenüber. Dreißig Drachmen hatte Jangos für sich behalten, so hatten sie es abgemacht. Mittags kam er also nach Hause. Er war schlecht gelaunt, denn Bestattungsinstitute machten ihn krank. Seine Frau hatte große Wäsche. Die Gören spielten draußen in den Löchern, die die Arbeiter gebuddelt hatten. Er schlürfte gerade seine heiße Bohnensuppe, als seine Frau ihm erzählte, daß sie dem „Kape" Kaffee gebracht hatte. „Er arbeitete draußen, genau vor unserer Tür", sagte sie, „und wir kennen ihn ja – ist es nicht so, Jangos? –, und als er eine Pause machte und sich eine Zigarette ansteckte, sagte ich ihm, er solle für eine Tasse Kaffee hereinkommen." – „Wofür hältst du dich, Drecksweib?" fuhr Jangos sie an. „Läßt diese Leute, die unsern König nicht wollen, einfach in mein Haus? Du hast mein Heim beschmutzt, alte Hure! Ich ernähre dich viele Jahre, erhalte dich am Leben, und du kochst Kaffee für diese . . . " Und dann gab er ihr eine Ohrfeige und noch eine. Er packte sie an den Haaren, sie stieß Schreie aus. Die Kinder kamen von draußen herein. Das Gewitter erwischte auch sie. So wie sie war, in ihrem nassen Kittel, rannte seine Frau hysterisch kreischend zum Polizeirevier, brüllte wie eine Verrückte, das Vieh hätte sie wieder geschlagen, sie wolle sich scheiden lassen und solche Dinge.

Ein stolzes Gefühl blähte jedesmal seine Brust, wenn er an diese Szene dachte. Ein ähnliches Gefühl wie das vor einigen Minuten, als der General ihm zugenickt hatte, als wollte er ihm sagen, daß alles in Ordnung sei. Also, der Wachtmeister läßt ihn holen und sagt in scharfem Ton in Gegenwart seiner Frau, solche Handlungen seien gesetzwidrig, er habe sie zu unterlassen, und er, der Wachtmeister, müsse ihn als Vertreter des Gesetzes nun bestrafen. Die vorgesehene Strafe würde er ihm sagen, sobald sie unter sich seien. So wischte sich seine Frau mit dem nassen Kittel über die feuchten Augen, und die beiden blieben allein. Da stand Dimis, so hieß der Wachtmeister, auf und gab Jangos einen freundschaftlichen Fausthieb in den Rücken. „So ist es richtig, mein lieber Jangos", sagte er. „Das nenne ich Nationalismus. Die Parasiten der

Gesellschaft darf man nicht in sein Haus lassen. Du hast recht getan, deine Frau so zu behandeln. Das nächstemal wird sie wissen, wem sie Kaffee kochen darf und wem nicht. Diese Frauen – alle Frauen, mein lieber Jangos – haben den Verstand zwischen den Beinen. Es hat genügt, ihnen das Stimmrecht zu geben, um das Land aus dem Gleichgewicht zu bringen. Die Roten vermehren sich. Trinkst du einen Kaffee?"

Seitdem waren Dimis und er gute Freunde. Wenn sie abends zusammen ihre Spaziergänge machten, hakte sich Dimis sogar bei ihm ein. Jangos spürte dann den Druck der drei Tressen an seinem Arm, und seine Seele selbst füllte sich mit Tressen. Nicht einmal die zärtlichste Frauenhand hatte ihn so angenehm berührt. Sein Wohnviertel lag mitten in der Stadt, bewahrte jedoch das Elend und den Dreck eines der Stadt vorgelagerten Dorfs. Wenn sie zusammen durch die Gassen gingen, wurde Jangos von allen Nachbarn respektvoll begrüßt, denselben Nachbarn, die ihn früher schlechtgemacht hatten. Der Dreckskerl, hatten sie gesagt, der Faulpelz, der Gauner, der Landstreicher, der Schuft. Und dieselben Menschen neigten jetzt, wenn er mit dem Polizisten zusammen war, die Köpfe vor ihm. Das freute Jangos riesig.

Um diese Zeit lernte er den Archegosaurus kennen. Und der Archegosaurus fing sofort an, ihn in die Mache zu nehmen. Erst heute morgen, als er bei ihm gewesen war, hatte er ihm versprochen, daß ihm die Geldstrafe zurückgezahlt würde, und die zehntausend Drachmen bekäme er auch, um Aristidis auszahlen und allein über das „Kamikasi" verfügen zu können – so wurde der in Japan hergestellte Dreiradkarren schmeichelhaft genannt –, vorausgesetzt, daß Jangos sich bereit erklärte, einen „Transport" zu übernehmen.

Andersherum gesagt: Der andere hatte ihn unter Druck gesetzt. Es war eben etwas ganz anderes zu prügeln, als einen Verkehrsunfall zu provozieren. Er hatte immer alles getan, ohne Hemmungen, doch diesmal zögerte er. Eine innere Stimme sprach: „Jangos, tu's nicht!"

Dieser Archegosaurus war ein Ungeheuer, eine Schlange. Er nahm ihn mit in das kleine Kaffee an der Passage und schoß sofort los:

„Hör zu, Jangos. Ich würde nie so etwas von dir verlangen, wenn ich nicht von vornherein sicher wäre, daß dir nichts dabei passieren kann. Der Transport muß gemacht werden. Dieser Typ, der da heute abend reden will, soll für eine gewisse Zeit von der Bildfläche verschwinden, weil er uns zu sehr auf der Pelle sitzt. In London hat er die bekannten Proteste gegen die Königin organisiert. In Marathon hat er ganz allein einen Friedensmarsch durchgeführt. Im Plenarsaal hat er einem unserer Abgeordneten ein blaues Auge verpaßt, und heute kommt er hierher, um uns zu zeigen, was für ein Kerl er ist. Wir Makedonier, wir müssen ihm eine Lektion erteilen. Dieser Typ soll fühlen, was Makedonien bedeutet."

„Was ist er von Beruf?"

„Abgeordneter."

„Kommunist?"

„Ja, Jangos. Ein junger Vogel. Gerade neu auf dem Ast und sehr frech. Wir müssen ihm ein bißchen die Federn rupfen, sonst fliegt er zu hoch. Wenn solche Leute jemals an die Macht kommen, werden wir, du und ich, die ersten sein, die sie mit einer Konservendose abschlachten werden."

„Also mit meinem ‚Kamikasi'."

„Mit dem ‚Kamikasi'."

„Wann kommt der Kerl an?"

„Heute mittag mit dem Flugzeug. Aus Athen."

„Ich muß über die Sache nachdenken", sagte Jangos und trank seinen Kaffee bis zum letzten Tropfen aus.

„Die Sache kann nicht verschoben werden. Du mußt sofort antworten, ja oder nein. Gehörst du nicht zu unserer Organisation, dem Orden des Todes, oder? Was bist du für ein Kerl?"

Die letzten Worte des Archegosaurus hatten ihn schwer getroffen. Er betrachtete abwesend die Spuren des Kaffees in seiner Tasse, als erwarte er eine Prophezeiung, dann holt er tief Luft und sagt:

„Für diesen ‚Transport' verlange ich, daß mein Dreirad und die Geldstrafe bezahlt werden. Schließlich handelt sich's um einen Abgeordneten und nicht um irgendwen."

„Gemacht", sagte der Archegosaurus und erhob sich. „Am besten gehen wir jetzt, denn deine Kollegen können uns von draußen beobachten, und keiner soll uns verdächtigen. Heute abend soll's ein großer Abend werden."

Er zahlte beide Kaffees, und sie verließen die Passage. Draußen hatte es zu regnen begonnen, ein plötzlicher Frühlingsregen, der auf die parkenden Dreiräder fiel.

„Noch eine Frage, bevor wir uns trennen", sagte Jangos. „Heute ist Mittwoch. Die Geschäfte schließen nachmittags. Unter welchem Vorwand soll ich mit dem Wagen am Stand warten?"

„Mach dir darüber keine Sorgen. Du wirst deine Anweisungen bekommen, und zwar rechtzeitig."

Er ließ ihn bei seinen Kameraden zurück. Sie hatten sich im Kinoeingang zusammengedrängt, um nicht naß zu werden. Er sagte, daß er in die Kneipe um die Ecke gehen werde, um einen Retsina zu trinken.

Meister Kostas meinte, auch er habe Durst. Unterwegs berührte Kostas zufällig Jangos' versteckten Knüppel.

„Was ist das?" fragte er.

„Ein Knüppel", antwortete Jangos.

„Wozu brauchst du einen Knüppel?"

„Für eine Arbeit heute abend."

„Jangos, du hast Kinder, eine Familie. Sei vernünftig."

„Es kommt jemand her. Wir Makedonier müssen ihm eine kleine Lektion erteilen."

Der andere verstand nicht, und Jangos plauderte es in ein paar Worten aus.

„Wenn es rauskommt, dann nur durch dich. Sieh dich vor!"

Meister Kostas trank schnell aus und ging. Jangos trank allein weiter. Schon heute morgen, als er erwachte, war er unruhig gewesen. Er war seit halb acht am Stand und hatte bis jetzt noch keine Tour gefahren. Er war nervös. Seine eigenen Kleider störten ihn. Er war nahe daran, seine Wut an irgend jemand auszulassen, als er den Kommissar in Zivil kommen sah, das Mastodon höchstpersönlich.

Jangos kannte ihn nicht gut. Er hatte ihn zwei-, höchstens dreimal gesehen, und dann immer in Uniform mit weißen Streifen und den Rangabzeichen. Jetzt, in Zivil, erschien er ihm völlig verändert. Durch ein Zeichen gab er ihm zu verstehen, daß er ihn sprechen wolle, und zwar vertraulich. Jangos warf seine Kippe auf den Boden, trat sie mit dem Fuß aus und ging mit schwerem Schritt zu ihm, denn der Wein war ihm wie Blei in die Beine gefahren.

Das Mastodon erwartete ihn unter der riesigen Westernreklame des Films, der diese Woche lief. Jangos drehte sich um und sah, daß ein paar der Jungs vom Stand ihn beobachteten. Als er beim

Kommissar anlangte, fuhr sich der mit der Hand über den dicken Schnurrbart und sagte: „Gehen wir."

„Wohin?" fragte Jangos und schob den Knüppel tiefer unter die Achsel, um ihn besser zu verbergen.

Das Mastodon begriff den Zweck der Bewegung sofort.

„Ich habe eine Schnur ans Ende gebunden, damit ich ihn besser halten kann", sagte Jangos.

Sie gingen wieder der kleinen Kneipe zu, in der Jangos kurz zuvor mit Meister Kostas seinen trüben Retsina getrunken hatte.

„Darf ich ein Gläschen spendieren, Herr Kommissar?" fragte er burschikos.

„Heute darfst du nichts trinken. Du hast eine Arbeit zu erledigen, eine schwere Arbeit, und mußt einen klaren Kopf behalten."

Sie setzten sich schließlich in eine Kuchenbude. Es war für Jangos eine große Ehre, mit dem Kommissar an einem Tisch zu sitzen. Er bestellte sich einen Bugatsakuchen mit viel Kaneel. Der Kuchen war heiß, und ihm lief das Wasser im Mund zusammen, als er ihn in der Pfanne sah. Der Bäcker schnitt ein Stück ab, wog es, legte es auf einen mit Ölpapier bedeckten Teller, schnitt es dann in kleinere quadratische Stückchen und bestreute es mit viel Puderzucker und Kaneel. Der Kellner brachte den Kuchen mit zwei Gläsern Eiswasser. Der Kommissar hatte einen Bugatsa mit Käse und ein Glas warme Milch bestellt. Er mußte noch warten, bis ein neuer Schub soweit war, doch bevor Jangos seinen Bugatsa gegessen hatte, bekam auch der Kommissar sein Stück und die Milch.

„Vorsicht, er ist sehr heiß", sagte der Kellner.

Das Mastodon fragte Jangos, ob er noch eine Portion haben wolle. Jangos verneinte.

„Ihre Versammlung soll in den ‚Katakomben' stattfinden, aber sie werden den Saal nicht bekommen. Sie werden sich davor versammeln, bis sie einen anderen Saal gefunden haben. Du wirst am Nachmittag auch hingehen, ohne dein Dreirad, und wirst ihnen ein bißchen zusetzen."

„Soll ich gleich mit dem Knüppel anfangen?" fragte Jangos und klopfte den Puderzucker von seiner Jacke.

„Nein. Du wirst sie nur einschüchtern. Deine Aufgabe heute abend ist der große Typ. Du darfst nicht zu früh auffallen. Das Fußvolk interessiert uns nicht."

„Und wenn's Regen gibt?"

„Wenn's Regen gibt, wird's eben regnen. Was willst du damit sagen?"

„Wenn meine Reifen zu schleudern anfangen und . . ."

„Es wird keinen Regen geben."

„Und wo wird die Versammlung sein?"

„Das wird man dir im Revier sagen. Nachdem du vor den ‚Katakomben' warst, mußt du ins Revier kommen, und dort wirst du alles über Zeit und Ort erfahren. Verstanden? Und noch etwas: Als de Gaulle hier war, hast du deinen Posten verlassen und bist in eine Metzgerkneipe gegangen. Heute dulde ich solche Scherzchen nicht. Ich kenne dich als guten und aufrichtigen Kerl. Bring uns also nicht in die Scheiße. Die Befehle sind strikt. Ich werde dort sein und ein Auge auf dich haben. Alle hohen Offiziere werden auch dort sein. Man hat dir eine große Ehre erwiesen, als man dich auswählte. Verstanden? Der Typ ist ein starker Mann. Du wirst dich vielleicht mit ihm schlagen müssen, aber es ist sehr unwahrscheinlich, da dein ‚Kamikasi' die Arbeit schon machen wird."

„Ich werd' diesen Kerl wie grünen Salat fressen. Sie haben meinen Vater ermordet und . . ."

„Bravo! Dein Freund Vaggos wird auch bei dir sein. Er wird kurz vorher auf deinen Wagen klettern. Er weiß Bescheid."

„Wo kann ich ihn finden?"

„Er wird dich finden. Sag ihm alles, was ich dir gesagt habe, denn ich habe keine Zeit mehr, mit ihm zu sprechen. Und vor allem vergiß nicht: Du hast mich heute nicht gesehen, wie ich dich nicht gesehen habe. Verstehen wir uns?"

„Jawohl, Herr Kommissar."

„Ich verlange, daß es ein guter ‚Umzug' wird. Geh jetzt zu deinem Stand, und Mund zu!"

Nur das letztere tat er nicht, als er zurückkehrte. Der Druck des harten Knüppels unter seiner Achsel heiterte ihn auf. Es war ihm, als sei die ganze Macht, die Diebe, Gauner, Rauschgiftsüchtige und Zuhälter jagt, in seiner Person konzentriert, und es hob ihn gewaltig. Er konnte es sich deshalb nicht versagen, als er wieder zu seinen Kameraden stieß, sich ein wenig aufzuspielen.

„Habt ihr ihn gesehen? Das war der Kommissar. Er hat mir Bugatsa spendiert, der Kommissar höchstpersönlich!"

„Welcher Kommissar?"

„Das Mastodon."

„Der Jangos bläht sich in letzter Zeit zu sehr auf. Und was wollte er von dir?"

„Er braucht mich. Ist je ein Kommissar zu dir gekommen und hat dir Bugatsa spendiert?"

„Der Brei, den man nicht ißt, Jangos, kann auch angebrannt sein."

„Ich bin unentbehrlich für sie."

„Du bist Lastträger."

„Lastträger sind wir nicht! Wir sind Transporteure."

„Du weißt dir zu helfen. Du kannst sogar Touren außerhalb der Stadt übernehmen. Wenn sie uns erwischen, nehmen sie uns die Gewerbeerlaubnis."

„Wenn sie euch erwischen, bring' ich's wieder in Ordnung."

„Und wie das, mein Herr Jangos?"

„Ich hab's verstanden, mir bei der Polizei einen Schlag zu verschaffen. Ich habe Vergünstigungen."

„Lieber krepier' ich auf der Straße, als mit der Polizei zusammen Dinger zu drehen. Du weißt nie, wann sie dich kleinkriegen."

„Was quatschst du da, Süßer?"

„Ich weiß, was ich sage."

„Dreckiges Arschloch!"

„Geh dich waschen, alter Schnüffler . . ."

Toll vor Wut, zog Jangos den Knüppel raus, um auf die, die die Frechheit besaßen, ihn zu beleidigen, einzuschlagen.

„Seid ruhig, Jungs", mischte sich Meister Kostas ein. „Laßt den Streit. Wir stehen seit Stunden hier und haben noch keine einzige Tour gemacht. Wollen wir unser Brot verdienen oder uns gegenseitig fressen?"

In diesem Moment tauchten auf dem Bürgersteig gegenüber zwei Männer auf, die nach Jangos Jangouridis fragten.

Er sah sie zum erstenmal. Es waren zwei düstere Typen, die Jangos heimlich gleich „die Fressen" nannte. Die eine Fresse kam zu ihm.

„Bist du Jangos?"

„Bin ich."

„Wir brauchen dich für eine Tour."

Jangos verstand und näherte sich ihm.

„Gehen wir. Ich werde es dir erklären."

„So auf die Schnelle heute, Jangos? Paß auf!" rief ihm der Älteste des Standes noch nach.

Die andere Fresse erwartete sie zwischen den Säulen der Landwirtschaftsbank. Die beiden nahmen Jangos zwischen sich.

„Gewährsmänner des Königs", stellten sie sich vor.

„Was soll das heißen?"

„Mitglieder der Organisation der Gewährsmänner des verfassungstreuen Königs der Griechen. Vaterland – Religion – Familie."

Gleichzeitig zogen sie ihre Ausweise hervor und hielten sie ihm unter die Nase. Obwohl Jangos Analphabet war, erkannte er am Format und dem Zeichen des Totenkopfs, daß die beiden zu einer Organisation gehörten, die seiner eigenen verwandt war.

„Freut mich", sagte er.

„Heute abend wird unsere Organisation mitmachen. Wir sind sogar beleidigt, daß man dich für den KB gewählt hat."

„Für welchen KB?" fragte Jangos.

Es war sonnenklar, daß ihm diese Fressen nicht gefielen.

„Der ist gut", sagte die zweite Fresse ironisch.

„Er spielt die Jungfrau. Er weiß nicht, was KB heißt! Was lernt man denn in eurer Organisation?"

„Ich mache Transporte, Kerl, Touren, wie wir es nennen."

„KB, wie wir es nennen, heißt kommunistischer Bandit! Kapiert?"

„Verstanden."

„Wir sind also zunächst gekommen, um deine Bekanntschaft zu machen, um dich unter die Lupe zu nehmen und unserem Chef Bericht zu geben."

„Welchem Chef?"

„Unserem! Er hat uns gestern abend beauftragt, und da sind wir. Du mußt wissen, daß wir dich heute beschatten werden. Das Unternehmen ist schwierig, und es sieht nicht so aus, als ob du das wüßtest. Wir aber wissen Bescheid. Wir sind Unterirdische. Unsere Organisation ist offiziell nicht anerkannt, und unsere Ausweise sind von der Polizei nicht gestempelt. Wir hätten lieber selbst das Unternehmen gestartet, aber da wir unterirdisch sind ... Also, dann gute Jagd!"

Er schlug ihm eins in die Nieren, doch seine Hand traf den Knüppel, und er zog sie mit schmerzverzerrtem Gesicht zurück.

„Er scheint gut zu sein", sagte der erste zum zweiten.

„Und bewaffnet bis an die Zähne", sagte der zweite zum ersten.

„Geh jetzt zu deinem Lastwägelchen, und halt's Maul!" sagten beide zusammen.

Erleichtert sah Jangos ihnen nach. Er kam stolpernd und mit düsterem Gesicht zwischen den Säulen hervor. Es regnete nicht mehr, doch die Dreiräder waren immer noch mit ihren Planen bedeckt, eins hinter dem anderen. „Und noch keine Tour heute, keine einzige Tour." Als er am Zeitungskiosk vorbeiging, hörte er die Stimme des Verkäufers, fast wie eine Antwort auf seine Gedanken.

„Jangos! Nikitas hat durch seinen Lehrling bestellt, daß du auf einen Sprung bei ihm vorbeikommen sollst. Er braucht dich für einen Transport."

Er drehte sich um und gewahrte den in seinen Kiosk wie in eine Eierschale gezwängten Alten, hinter den bunten Schuppen der Zeitungen und Illustrierten wie ein Pfau anzusehen. Das war alles, was er hören wollte. Seit heute früh hatte er sich nur die Hacken auf dem Pflaster krumm getreten. Es war Zeit, sich um die Arbeit zu kümmern. Außerdem bekam er von Nikitas noch einen Zwanziger, denn als er gestern vorbeigefahren war, um das Geld abzuholen, war niemand dagewesen.

Unterwegs fiel sein Blick auf die große Rathausuhr. Es war genau zwölf. Im Zentrum war der Verkehr spärlich. Er verspürte von neuem Lust, in eine Kneipe zu gehen und ein Gläschen zu trinken, doch dann überlegte er, daß er anschließend an seinen Besuch bei dem Lackierer mehr Zeit dazu hätte.

In der Werkstatt war der vertraute Geruch nach Lack und Terpentin. „EINRICHTUNGEN – POLSTERMÖBEL – LACKIEREN – VORHÄNGE – BEZÜGE." Nikitas beugte sich über ein Tischchen, das er mit energischem Strich lackierte. Im Hintergrund verkittete der Lehrling mit der ständig verdutzten Miene eines Taubstummen einen Sessel.

„Ich hab' vom Kiosk Bescheid gekriegt und bin da", sagte Jangos beim Eintreten.

Nikitas wischte sich die Hände an seinem weißen Kittel ab und gab ihm zur Begrüßung den kleinen Finger.

„Ich hab' zwei Kommoden, ein Bett und diesen Tisch, den ich gerade lackiere. Sie müssen heute nachmittag zum Händler."

„Heute ist Mittwoch. Nachmittags sind die Läden zu."

„Spielt keine Rolle. Er wird warten. Du kannst die Hintertür benutzen. Hier ist die Adresse."

„Heute nachmittag kann ich nicht. Hab' schon was vor."

„Dann komm heute abend, um sieben, halb acht."

„Unmöglich."

„Aber ich muß sie heute liefern. Ich hab's ihm versprochen, und er ist ein guter Kunde. Ich werde dir auch noch die zwanzig Drachmen geben, die ich dir schulde. Bis heute abend neun Uhr werde ich hiersein."

„Heute hab' ich zu tun", sagte Jangos und seufzte. „Heute abend werd' ich die größte Dummheit meines Lebens begehen. Bis zum Mord werd' ich gehen."

„Hast du dich wieder mit jemand verkracht?"

„Beunruhige dich nicht. Morgen wirst du davon hören."

„Wieso morgen?"

„Weil es heute abend passieren wird, und morgen wirst du's erfahren."

„Ich verstehe nicht. Um was handelt sich's?"

„Was geht dich das an?"

„Ich kenne dich, Jangos. Du gehst im Nu hoch, aber du bist ein guter Junge. Paß auf, daß du nicht eines Tages in etwas Schlimmes verwickelt wirst."

„Ich dachte, es wäre eine Tour für sofort. Wenn ich gewußt hätte, daß es erst für heute nachmittag ist, wäre ich gar nicht gekommen."

Im Hintergrund der Werkstatt lächelte der kleine Lehrling, noch immer verdutzt, völlig ahnungslos von dem, was vorging.

„Was gibt's denn da zu lachen, Junge?" rief Jangos, schon zu einem Streit bereit.

„Laß doch den armen Kerl", bat ihn Nikitas. „Ich hab' ihn nur aus Mitleid bei mir aufgenommen."

Jangos kehrte zu seinem Stand zurück.

Nicht nur der General hatte ihn gegrüßt. Auch andere bekannte Gesichter nickten ihm im Vorübergehen zu. Er konnte sie von seinem Platz auf dem Dreirad aus nicht alle erkennen. Es war schon dunkel geworden, und die Menge hatte das Viertel überflutet. Leuchtreklamen waren selten, und die Menschen verdunkelten die beleuchteten Schaufenster. In seinem Kopf geisterten die Zehntausend für Aristidis und die Geldstrafe herum, die man für ihn bezahlen würde. Er war stolz darauf, der einzige Motorisierte unter all diesen Fußgängern zu sein.

Im Augenblick fühlte er sich auf Draht. Sein Inneres kochte. Er suchte einen Grund, um loslegen zu können. Vor einer Stunde war er bei den „Katakomben" gewesen und hatte dort das Mastodon getroffen. Der Kommissar hatte ihm gesagt, er solle das Transparent zerreißen, das die Veranstalter der pazifistischen Versammlung aufgestellt hatten. Er hatte nicht ganz verstanden, warum. Der Kommissar flüsterte ihm zu: „Damit sie nicht wissen, wohin sie gehen sollen." Blödsinn, was interessierte ihn das! Er ging mit sicherem Schritt durch die wartende Menge zum Straßenrand, wo ein bißchen Gras wuchs und das Transparent aufgestellt war. Er hob einen Arm, packte das Papier am oberen Rand und riß es herunter, genauso, wie er früher die Nutten ausgezogen hatte. Mit einer brutalen Bewegung, die eine Welle des Zorns um ihn aufbrodeln ließ. „Wenn du Mut hast, wag's noch mal!" schrie ihm einer zu. Das Blut hämmerte in seinem Schädel, doch sie hatten ihm gesagt, daß es sich um die nicht lohnte. Er, Jangos, sei für den großen Typ bestimmt. Doch kein dreckiger Hund hatte es je gewagt, ihm so etwas zu sagen. Er drehte sich um, starrte die an, die ihm mit der Faust drohten. Im Handumdrehen würde er mit ihnen fertig werden, aber Befehl war Befehl. Er entfernte sich also in Richtung zum Café Petinos, wo früher die Endhaltestelle der Busse zum Panorama gewesen war.

Und da sah er sie. „Du bist auch hier, alte Schlampe?" Es war die Stadtverordnete, die bei den Gemeindewahlen in seinem Viertel von den Linken gewählt worden war. Er kochte noch vor Wut über die Beleidigungen, die er hatte hinnehmen müssen, so daß er nicht widerstehen konnte. Er verpaßte ihr zwei Tritte in den Bauch. Der erste ging vorbei, aber der zweite traf sie mitten ins Fleisch. Sie krümmte sich, fiel jedoch nicht. Als er nach dem Knüppel griff, sah er, daß sie davonlief und in einem Antiquitätenladen verschwand, dessen Auslage mit Ikonen, Lämpchen und allerlei religiösem Kitsch vollgestopft war. „Sie ist mir entwischt", dachte er, und in seinem blinden Haß packte er einen der Stühle vor dem Café und schleuderte ihn gegen den Gerümpelladen. Der Stuhl flog knapp an der Tür vorbei und traf ein Mädchen, das dort stand, und nicht das Weibsstück, das er treffen sollte. Der Wirt des Cafés und ein paar Kunden kamen mit geballten Fäusten auf ihn zu. Der Trödler, ein dicker Glatzkopf, trat mit einem Knüppel in der Hand aus dem Laden. Jangos begriff, daß er sich zusammenreißen mußte. Wenn der Archegosaurus davon erfuhr, würde er womöglich die vereinbarten Zahlungen verweigern. Statt mit all diesen Schlappschwänzen kurzen Prozeß zu machen, schwang er sich also in ein Taxi und ließ sich – es war auch Zeit – zum Revier fahren.

Der Taxifahrer hatte die Szene miterlebt, sagte aber nichts. „Die Lumpen", schimpfte Jangos, „sie glauben, daß sie was Besonderes sind." Das Revier war nicht weit. Er sagte dem Taxifahrer, daß er warten solle. Er sei in zwei Minuten wieder zurück.

Der Geruch im Revier beruhigte ihn. Seine ganze Aufregung sank in sich zusammen wie unter einer kalten Dusche. Von einem Polizisten begleitet, fuhr er wieder in die Nähe der „Katakomben" zurück. Die Menge hatte sich zerstreut. Der Stand an der König-Heraklios-Straße war gleich nebenan. Er ging hinüber, sprang auf sein Dreirad und fuhr eine Stunde lang die Straße hinauf und hinunter, auf der die Fahrzeuge spärlicher und die Fußgänger immer zahlreicher wurden, auf und ab vor dem neuen Saal an der Kreuzung der Hermes- und Veniselousstraße, in dem die Versammlung stattfinden sollte. Er grüßte den General und wurde wieder zuversichtlich. „Wenn du Mut hast, wag's noch mal", diese Stimme ging nicht aus seinem Kopf. „Ich wag's und bin wieder da", murmelte er vor sich hin. Sie sollten nur nicht zu spät zum „Umzug" kommen. Jetzt mußte es passieren, das Eisen war noch heiß, das Feuer brannte.

3

Meister Kostas konnte Jangos nicht leiden. Am Abend ging er zur Kreuzung Hermes- und Veniselousstraße, denn er wollte feststellen, was los war. Und er sah die wilden Gesichter der „Andersdenkenden", er sah die Polizisten – manche in Zivil, manche in Uniform –, die nicht daran dachten einzugreifen, er sah die Steine, die gegen die Fenster des Demokratischen Gewerkschaftsklubs geworfen wurden, er hörte die Schreie „Z., dreckiger Bulgare, du wirst sterben!" und „Ihr Schweine werdet alle krepieren!", und er sah Friedensgläubige, die unterwegs überfallen, in dunkle Ecken geschleppt und geschlagen wurden. Er sah all dies, drehte sich um, stieg in den Bus und fuhr nach Hause.

Er hatte nun mit eigenen Augen gesehen, daß alles, was er heute morgen geahnt hatte, wirklich geschah, und er wußte, daß es noch nicht alles war. Er dachte an die dunklen Tage der Gesetzlosigkeit zurück, an die Zeit der Verbannung, der Foltern. Einem anderen wäre all das unerklärlich vorgekommen, aber nicht Meister Kostas, der sein ganzes Leben für die gleichen Ideale gekämpft hatte. Gewiß, er war schließlich müde geworden, hatte sich beugen lassen – er war nicht aus Granit! Gewisse andere, die sogar bessere Stellungen und breitere Schultern als er besaßen, hatten die „Reue-Erklärung" viel eher als er unterschrieben. Erst vor sechs Jahren hatte er sich zurückgezogen und auf das Leben seiner Kinder geschworen, sich nie mehr in die Politik zu mischen. Denn mit den Jahren waren auch seine Arme schwächer geworden, er konnte keine schweren Lasten mehr tragen. Lastträger war er, am selben Stand wie Jangos.

Doch diesen Jangos konnte er nicht riechen. Er erinnerte ihn an die Folterer der Verbannungsinseln, diese Bestien ohne Seele, die das Herz der Verbannten herausreißen wollten, die sie in einen Sack stopften und ins Meer warfen, bis sie den Kommunismus verleugneten; die sie windelweich prügelten und sie erniedrigten. So einer war Jangos. Wenn sie einen „Neuen Parthenon"* aufmachten, würde er zu den ersten gehören, die sie mobilisierten.

---

* „Neuer Parthenon": Name, mit dem die Deportationsinsel Makronisos während des Bürgerkriegs bezeichnet wurde.

Meister Kostas hatte gelernt, seinen Mund zu halten. Er war selbst nicht mehr der alte, sein Glaube an die Idee war erkaltet. So viele Kämpfe, so viele Opfer, soviel Blut, und dann waren es doch die Käuflichen, die Kollaborateure und Komplicen der Deutschen, die wieder regierten. Er sah auch, daß alle die, die vor ihm „bereut" hatten, ihren Nutzen aus der Sache zogen und so oder so ihr kleines, behagliches Leben lebten. Nur er blieb, mit zwei Kindern, die immer mehr brauchten, mit einer Frau, die noch immer für andere die Wäsche wusch, er, der alte Träger, der tagaus, tagein Kisten auf seinen Schultern schleppte. Was hatte er gewonnen? Es kommt der Zeitpunkt, wo jeder Mensch zerbricht. Dieser Zusammenbruch war bei ihm vor sechs Jahren eingetreten.

Jedenfalls lag ihm Jangos schwer im Magen. Er kannte sein Leben und seine Taten. Die Kameraden sprachen über ihn am Stand, wenn er auf Tour war. Verhätschelt von der Polizei, konnte er machen, was er wollte. Während die anderen nur die Genehmigung für Transporte innerhalb der Stadt hatten, durfte Jangos transportieren, wohin er wollte. Verkehrsvergehen mußten die anderen bis zum letzten Pfennig bezahlen, Jangos nicht, und er wurde jedesmal frecher. Er war sich seiner Sache so sicher, daß er alle seine Geheimnisse verriet. Mit der Frechheit derjenigen, die nicht wissen, was Angst heißt, nahm er nie ein Blatt vor den Mund.

So war es auch heute morgen gewesen. Als er ihn mürrisch und schweigsam fand, fragte ihn Kostas, was mit ihm los sei. Statt einer Antwort hatte Jangos ihn eingeladen, mit in die Kneipe zu kommen. Meister Kostas trank ganz gerne einen. Sie gingen also in die Kneipe gegenüber dem Modianomarkt, und unterwegs war Kostas' Hand zufällig auf etwas Hartes, Schweres unter Jangos' Jacke gestoßen, etwas, das er nicht kannte.

„Was hast du da versteckt, Jangos? Eine Peitsche?"

Er hatte ihm gesagt, daß es ein Knüppel sei.

„Und wozu brauchst du den Knüppel? Du hast doch kräftige Muskeln."

„Heute abend reichen die Muskeln nicht. Es scheint wenigstens so. Aber frag lieber nicht. Verpflichtungen."

Sie hatten sich an einen kleinen Tisch gesetzt und einen halben Liter Wein bestellt.

„Dann Prosit!"

„Prost!" nickte Meister Kostas, der Jangos' Gehabe heute ausgesprochen merkwürdig fand. Er gab sich Mühe, mehr zu erfahren.

„Na und? Wo willst du die zehntausend Drachmen auftreiben?" Jangos erklärte ihm den Dreh. Er sagte ihm alles von A bis Z.

„Halt du dich raus aus solchen Dingen, Jangos. Du bist arm, du bist ein Niemand. Die Armen zahlen immer für alles. Die Großen bleiben groß. Der große Fisch frißt immer den kleineren . . ."

„Willst du mir am frühen Morgen die Leviten lesen?"

„Du hast Kinder, Familie, Jangos."

„Jedenfalls kommt's von dir, wenn es je bekannt wird. Nimm dich in acht!"

Meister Kostas kannte diesen Z. nicht. Er war bestimmt einer der neuen Abgeordneten der Linken, der nach seinem Austritt aus der Partei gewählt worden war. Sein Gehirn, noch neblig vom Schlaf und dem Retsina, begann allmählich zu arbeiten. Mehr wollte er nicht erfahren, denn er hatte Angst, daß der Schuft ihn verdächtigen würde. Tief in seinem Inneren regte sich wieder das begrabene Gefühl des Einander-helfen-Wollens. Vor ihm saß ein Feind, einer, der seinem Abgeordneten zumindest schaden wollte. Meister Kostas mischte sich zwar nicht mehr in die Politik, doch bei den Wahlen gab er das, was er noch geben konnte, und fühlte sich auf diese Weise mit den anderen verbunden – gab er heimlich seine Stimme der Partei dieses Abgeordneten.

„Komm, trinken wir noch einen Halben", schlug Jangos vor und hob den Becher.

„Nein, ich muß noch ein paar Radios zu einem Laden bringen."

Er hatte es eilig. Er wußte, daß Soula, die in diesem Laden arbeitete, die Frau des Geschäftsführers der EDA* von Saloniki war. Und er wollte so schnell wie möglich hin und erzählen, was er gehört hatte.

Die Angst trieb ihn voran. Seitdem er sich geschworen hatte, nichts mehr für die Politik zu tun, war es seine erste politische Tat. Und die Freude, seine Freunde warnen zu können, machte seine Angst nur noch größer. Jangos kannte ihn erst seit kurzem. Und da Meister Kostas mit keinem am Stand darüber sprach, wußte auch Jan-

---

* E.D.A.: Union der demokratischen Linken, griechische Partei, seit dem 21. 4. 1967 verboten.

gos nichts von seiner politischen Vergangenheit. Wenn er sie gekannt und gewußt hätte, daß Meister Kostas früher ein fanatisches Parteimitglied gewesen war, hätte er ihm zweifellos nichts erzählt.

In jedem Menschen, vor allem in einem Lastträger, glüht ein Fünkchen des Lebens, das er nicht gelebt, des Hauses, das er nicht gebaut, der Transporterlaubnis, die man ihm nicht gewährt hat. Aber beim geringsten Hauch lodert die Glut von neuem auf, und die Vergangenheit wird Gegenwart.

Er erreichte das „Electroniki" und passierte die Glastür. Der Chef sah ihn hastig eintreten und schüttelte den Kopf: Es gab heute nichts zu transportieren. Kostas gab ihm durch ein Zeichen zu verstehen, daß er nicht deswegen gekommen sei, und betrat einen verglasten Verschlag, in dem Frau Soula als Buchhalterin arbeitete.

Sie war über sein Kommen erstaunt. Vielleicht roch er nach Wein. Er sagte ihr, daß es dringlich sei. Sie solle einen Moment nach draußen kommen, er habe ihr etwas Wichtiges zu sagen. Sie trafen sich auf der Straße, und nachdem er sich überzeugt hatte, daß niemand sie hören konnte, sagte er ihr:

„Man erwartet heute abend jemand, der Z. heißt. Er muß strengstens bewacht werden, weil sie eine Falle vorbereiten."

„Woher weißt du das?"

„Jemand sprach davon. Ich habe es mit angehört. Sie dürfen vor allem nicht sagen, daß Sie es von mir erfahren haben, denn sie haben gedroht, wenn es bekannt würde, wäre ich dran."

„Wer sind ‚sie'? Wo sprach man davon? Wer hat dich bedroht?"

„Mehr kann ich nicht sagen, Frau Soula. Sie müßten mich, den Armen, verstehen. Gerade habe ich angefangen, ein Häuschen ohne Baugenehmigung zu bauen, und seit zwei Jahren warte ich auf die Erlaubnis für ein Lieferdreirad. Und ich habe vor diesen Kerlen Angst. Es sind Schufte. Sie schrecken vor nichts zurück. Ich habe drei gebrochene Rippen aus Makronisos."*

„Ich werde nichts sagen."

„Nicht einmal Ihrem Mann. Die Quelle muß geheim bleiben. Wenn nicht, bin ich verloren."

„Ich werde es nicht einmal meinem Mann sagen."

„Ich kenne sie gut. Ich weiß, wozu sie imstande sind. Ihr lebt weit

* Verbannungsinsel

31

von ihnen entfernt. Wir leben täglich mit ihnen zusammen und müssen aufpassen. Seien Sie vorsichtig mit Z.! Sie wollen ihn fressen!"

Und er verließ sie mit diesen Worten. Jetzt, da er heimgekehrt und eben dabei war, sich schlafen zu legen, nachdem er die Gegenmanifestation und die aufgeputschte Menge vor dem Gebäude gesehen hatte, in dem Z. sprechen sollte, gab es für ihn keinen Zweifel mehr: Diese Nacht würde großes Unheil für alle ausbrüten. „Genau wie damals", sagte er laut vor sich hin. „Nichts hat sich geändert! Sie stellten schwarzgekleidete Frauen vor die Tore des Gerichts, die ‚Tod den Mördern!' schrien. Nichts hat sich geändert! Siebzehn Jahre sind seit dem Bürgerkrieg vergangen, und wieder beginnt es wie damals. O Jugend, die du mich hoffen ließest, daß ich ein anderer würde!"

„Hör auf mit deinen Selbstgesprächen!" rief seine Frau aus der Küche. „Heute hat es geregnet, und es tropft von der Decke. Ein ganzes Leben mit Herrn Kostas, und was hab' ich dafür? Ein illegales und verrottetes Haus!"

Er drehte sich auf seine unbeschädigte Seite und schlief ein.

4

Er hatte recht gehabt. Jetzt wußte er es, als er durch das Fenster des Gewerkschaftsklubs sah, was draußen passierte. „Sie werden ihn töten, werden ihn fressen. So warf man die alten Christen den ausgehungerten Löwen vor." Doch wie war es möglich, daß die hungrigen Löwen, die dort unten brüllten, mager, schlecht gekleidet, krank, wie war es möglich, daß sie für Hunger und Elend und gegen den Frieden waren? Die Stunde ließ keine Zeit zum Philosophieren. Es war eine kochendheiße, eine kritische Stunde. Er wartete auf den Moment, in dem Z. mit seinen Begleitern das Hotel auf dem Wege hierher verlassen würde.

Was ihn betraf, hatte er seine Pflicht getan. Als seine Frau ihn am Morgen angerufen hatte – „Ich muß dich sofort sehen!" –, hatte er weder an die heutige Versammlung noch an Z. gedacht. Soulas Stimme war ihm ängstlich vorgekommen. Er dachte, da ist etwas Ernstes passiert, ein Fehler in der Abrechnung, eine Drohung . . . „Was ist denn? Was ist?" fragte er besorgt. „Geh sofort aus deinem Büro. Ich tu's hier auch. Bleib auf dem rechten Bürgersteig." Heute morgen hatten sie sich glücklich getrennt. Was konnte in anderthalb Stunden passieren? Er kannte seine Frau gut. Sie war kein hysterischer Typ. Er stolperte die Treppe hinunter. Auf der Straße lief er fast.

„Es ist jemand gekommen", sagte sie ihm, als sie sich auf dem rechten Bürgersteig vor einer Parfümerie trafen, „jemand, der mich gebeten hat, seinen Namen nicht zu erwähnen. Er sagte mir, daß sie Z. heute ermorden wollen. Ich wußte nicht einmal, daß Z. heute kommt."

Er schwieg. Die Tatsache, daß seine Frau nicht gewußt hatte, daß Z. kam, verlieh ihrer Behauptung noch mehr Gewicht.

„Der, der mir's gesagt hat, weiß nicht einmal, wer Z. ist."

„Und wie hat er es erfahren? Von wem?"

„Willst du mich verhören, oder glaubst du, was ich dir sage? Ihr müßt sofort etwas unternehmen."

Sie wandte sich schon zum Gehen.

„Warte, Soula. Eine Minute."

„Ich kann nicht. Der Chef hat schon ein Gesicht gezogen, als er mich ohne Grund fortgehen sah. Du weißt, er kann mich deinetwegen jeden Moment entlassen."

Als er wieder im Büro der EDA war, telefonierte er sofort mit dem Rechtsanwalt Matsas, ohne ihm zu sagen, daß er die Information von seiner Frau erhalten hatte. Matsas erwiderte, er werde die Sache sofort dem Staatsanwalt vortragen und ihn um Schutz bitten.

„Wo bleibt der Schutz?" dachte er, als er nun hinter dem Fenster des Gewerkschaftsklubs stand. „Sie werden ihn ermorden, fressen werden sie ihn." Von dem Ruf „Dreckiger Bulgare, heute wirst du sterben!" begleitet, flog in diesem Moment ein Stein durch die Scheibe und traf ihn mitten ins Gesicht.

5

Rechtsanwalt Georgios Matsas, Mitglied des griechischen Aus-
schusses für internationale Verständigung und Frieden, Zweigstelle
Saloniki, wartete unten vor der Eisentür des Gebäudes, das im dritten Stock den demokratischen Gewerkschaftsklub beherbergte, in
dessen Räumen Z. sprechen sollte, und er empfing die Zuhörer
hauptsächlich, um ihnen Mut einzuflößen.

Die Freunde des Friedens kamen wie die ersten Christen voller
Andacht, mit dem sicheren Schritt von Menschen, die an etwas
glauben, an eine Idee, an einen Gott. Sie glaubten an den Frieden,
einen Begriff, der zwar verbraucht war, unglaubwürdig geworden,
doch in dieser Zeit eine neue Bedeutung erlangt hatte. Friede, das
konnte nicht mehr nur das geduldige Verlangen der Menschen nach
Verständnis und Zusammenarbeit der Völker sein. Der Frieden
forderte Unterstützung, Mitarbeit, Kampf gegen alles, was ihn ge-
fährden konnte. Darum fürchteten sie weder das Geheul der Raub-
tiere noch die Drohungen der Menschenaffen, die sich unter den
fast väterlichen Blicken der Ordnungs- und Geheimpolizisten auf
den Bürgersteigen bis vor den Eingang des Gebäudes drängten.

Die Mehrzahl der Zuhörer kam direkt von den „Katakomben",
wo nach den Ankündigungen der Tageszeitungen die Versammlung
hatte stattfinden sollen. Dort hatten sie auf dem zerrissenen Plakat
den neuen Versammlungsort gelesen und waren beruhigt hierhergekommen. Es war auch nicht weit, nur zwei Häuserblocks entfernt. Und als sie die „empörten guten Bürger" und ihre Polizisten
sahen, die sie beschimpften, verhöhnten, ja sogar schlugen, wurde
ihnen am Ausmaß der aufgewiegelten Entrüstung klar, wie wichtig
diese Versammlung war.

Matsas machte ihnen am Eingang Mut, hieß sie willkommen. Auf
diese Weise versuchte er, ihre Angst zu mildern, denn die Polizisten
riefen jeden laut beim Namen, der das Gebäude betrat, als wären
sie, die Freunde des Friedens, Prinzen und Grafen, die von senilen
Lakaien bei einem von tauben Herrschern gegebenen Empfang vorgestellt würden. Andere Polizisten in Zivil traten näher heran und
flüsterten ihnen zu: „Hast du Lust, dich im Leichenschauhaus wiederzufinden?" oder „Zehn Jahre Kittchen, und noch immer kein

Verstand?" Matsas' Anwesenheit war wie ein vertrauter Anhaltspunkt in einer unbekannten Mondlandschaft, denn dieser sonst so bekannte Teil der Stadt mit seinen geschlossenen Läden, den alten Gebäuden, breiten Kreuzungen und den Gassen, die wie ebenso viele Bäche zum Markte führten, dieser Stadtteil hatte sich heute verändert. Er hatte sich in eine blutdürstige Arena verwandelt, in eine unheimliche Sackgasse des Schreckens, eine durch Minen verseuchte Gegend wie in den Tagen der Besatzung.

Denn, so dachte Rechtsanwalt Matsas, wer sonst als die unverbesserlichen Mörder der Besatzungszeit hatten sich heute abend hier versammelt? Da war der Archegosaurus zum Beispiel, einstiger Handlanger der Nazis, der während des Bürgerkriegs amnestiert worden war. Dort Dugros, von Poulos' faschistischen Bataillonen, als Kollaborateur zu lebenslänglicher Zwangsarbeit verurteilt, dort Leandros, ehemaliges Mitglied der Garde der hitlerischen Evzonen, und so viele andere, man konnte sie nicht zählen!

Von Zeit zu Zeit verließ er seinen Posten an der Tür, um von einem Kiosk aus den Staatsanwalt oder den Polizeidirektor anzurufen. Was heute abend geschah, war unglaublich. Je dunkler es wurde, um so blutdürstigere Masken trugen die Gesichter um ihn herum. Und weder die Geheimagenten noch die Polizisten hätten auch nur den kleinen Finger gerührt, um die von den „Andersdenkenden" Geschlagenen zu schützen.

„Wo ist der Staatsanwalt?" – „Ich weiß es nicht." – „Wer ist am Apparat?" – „Und du? Wer bist du?" – „Ich will seine Privatnummer!" – „Sieh nur im Telefonbuch nach!" – „Sie steht nicht drin!" – „Ich kenne sie nicht." Ein neuer Anruf: „Ich möchte den Polizeidirektor sprechen." – „Er ist abwesend." – „Wo ist er?" – „Am Schauplatz der Ereignisse." – „Aber ich rufe von dort aus an!" – „Er wird unterwegs sein. Er kommt. Wenden Sie sich an das Zentralkommissariat." Er rief das Zentralkommissariat an, und der Diensthabende verband ihn mit dem Überfallkommando. Hielten sie ihn für schwachsinnig? Um sich herum sah er Menschenaffen mit Körben voller Steine ankommen. All das konnte nicht zufällig sein.

Zufällig, nein, er wußte Bescheid, es war kein Zufall. Seit dem Tag, an dem die Versammlung durch die Presse angekündigt worden war, hatten sie ihn und einige seiner Kollegen vom Komitee beschatten lassen. Wohin er auch ging, immer folgten ihm zwei Schutzengel mit weichen Hüten. Er hatte plötzlich die Anonymität seiner Handlungen eingebüßt. Er fühlte die Einschränkung seiner Freiheit, als sei er ein Rauschgiftschmuggler, den die Spürhunde der Kriminalpolizei auf frischer Tat ertappen wollen. Einmal erwischte er einen, den Kleinen mit der Karierten Jacke. „Ich bin im Dienst, Herr Matsas", war die Antwort. Er war darauf zu seinem Freund, dem Kabinettschef des Ministers für Nordgriechenland, gegangen. Der gab sich erstaunt. „Wenn du mir nicht glaubst, komm her und schau sie dir an." Und er zog ihn zum Fenster, um ihm seine Wächter zu zeigen, die draußen vor dem Ministerium warteten. Ein paar Tage lang war ihm kein Schatten mehr gefolgt, und er hatte schon geglaubt, daß sein Protest gewirkt hätte. Später erfuhr er, was wirklich geschehen war: Alle Geheimpolizisten waren vorübergehend zum Schutz eines Besuchers von hohem Rang, des Generals de Gaulle, eingesetzt worden. Danach war es eine riesige schwarze Limousine, die jeden Morgen in der Nähe seines Hauses hielt. Erst spät abends fuhr sie weg. Er beobachtete sie, verborgen hinter seinen Jalousien. Mit dem Präsidenten der Anwaltskammer ging er noch einmal zum Kabinettschef. „Wir haben leider Anweisung vom Innenministerium, Herr Matsas", erklärte dieser. „Wir müssen alle Mitglieder des Komitees für den Frieden unter Kontrolle halten. Trotz meiner Achtung für Ihre Person kann ich nichts unternehmen."

Das war das eine, was ihn Verdacht schöpfen ließ, daß die Dinge, die heute abend passierten, nicht zufällig geschahen. Das andere war das zumindest merkwürdige Verhalten, das Zoumbos, der Besitzer der „Katakombe", an den Tag legte. Sie hatten schon alles besprochen, sogar die Miete von dreitausend Drachmen war für den Saal bezahlt worden, als Zoumbos gestern abend plötzlich mitgeteilt hatte, daß er ihnen den Saal nur gegen Vorlage einer polizeilichen Genehmigung überlassen könne. Umsonst hatte er versucht, ihm zu erklären, daß eine solche Genehmigung nur für Versammlungen unter freiem Himmel erforderlich sei, keineswegs für solche in geschlossenen Räumen wie in diesem Fall.

„Ich will keine Schwierigkeiten. Entweder bringen Sie mir die Erlaubnis, oder Sie bekommen den Saal nicht."

„Seien Sie doch vernünftig, Herr Zoumbos."

„Ich weiß genau, was ich sage."

„Falls Sie nicht irgend etwas verschweigen."

„Ich verschweige gar nichts. Ihr Advokaten zieht immer die Schlüsse, die euch gefallen."

„Wenn Sie es uns vor ein paar Tagen gesagt hätten, hätten wir in Ruhe einen anderen Saal finden und die Presse informieren können. Wissen Sie eigentlich, in was für eine Klemme Sie uns jetzt bringen! Sie werden von weither hierherkommen, und was werden sie finden?"

„Eine Bekanntmachung, daß sie woanders hingehen müssen."

„Und wohin, Herr Zoumbos? Fünf Minuten vor zwölf sagen Sie uns das . . . Wie sollen wir da einen anderen Saal auftreiben?"

„Das wird Ihre Sorge sein. Ich gebe Ihnen die Miete zurück, dazu eine Entschädigung, die ich Ihnen für den Ausfall schulde. Sehen Sie zu, was sich machen läßt!"

„Das ist keine Art für einen Mann, der im kaufmännischen Leben eine Position hat!"

„Was wollen Sie, Herr Matsas? Ich versuche nur, über die Runden zu kommen."

„Wer hat etwas dagegen?"

„Lassen Sie mich in Ruhe!"

„Man hat Sie unter Druck gesetzt?"

„Wer hat mich unter Druck gesetzt?"

„Sie wissen schon, wer!"

„Ich weiß gar nichts!"

„Warum fangen Sie dann plötzlich zu stottern an?"

„Ihnen fehlt etwas, glaube ich, Herr Matsas. Ihnen fehlt bestimmt etwas! Meine Empfehlung!"

Er erhob sich, um zu gehen.

„Einen Moment noch, einen Moment!" rief der Anwalt hinter ihm her.

Doch Zoumbos war schon verschwunden. Dieser Zwischenfall machte ihm Sorgen. Erst die Beschattung und nun die Absage von Zoumbos. Hatte vielleicht jemand zugehört? Bevor er das Etablissement verlassen hatte, war ihm ein Typ aufgefallen, der sein Gesicht hinter einer Zeitung verbarg. Er begann sich zu fragen, ob er nicht schon an Verfolgungswahn litt? Plötzlich hatte er eine Idee. Bevor er den anderen Bescheid gab, wollte er mit Prodromidis sprechen, dem Besitzer des „Rotonda"-Theaters, das er ihnen schon früher gern zur Verfügung gestellt hatte. Er rief ihn an, doch auch er kaute zögernd seine Worte hervor.

„Eben haben sie mich besucht, Herr Matsas."

„Wer?"

„Beamte der Abteilung für öffentliche Theater und Vergnügungsanstalten. Sie haben mir untersagt, meinen Saal zu vermieten, solange er nicht den erforderlichen Sicherheitsbestimmungen entspricht."

„Was gibt es da zu sichern?"

„Die Stuhlreihen sind noch nicht befestigt."

„Unsere Versammlung findet erst morgen statt."

„Uns fehlt es an Personal, da die Sommersaison noch nicht begonnen hat. Diesen Umstand müssen Sie berücksichtigen. So schnell, wie Sie denken, kann der Einbau nicht vorgenommen werden. Es tut mir wirklich sehr leid."

„Ich verstehe."

„Sie wissen, mit welcher Freude ich Ihnen sonst den Saal zur Verfügung gestellt habe, da ich selbst zu den Freunden des Friedens gehöre. Aber heute . . ."

Matsas legte den Hörer auf und verfiel in trübe Gedanken. Nein, Zoumbos konnte ihnen das nicht antun. Er mußte ihn treffen, ihm zureden, ihn überzeugen. Er rief ihn privat an, und seine Frau gab ihm alle Telefonnummern, unter denen er um diese Zeit möglicherweise zu erreichen war. Er wählte der Reihe nach eine Nummer nach der anderen. Nirgendwo war er zu finden. Gegen halb zwölf kehrte Matsas erschöpft nach Hause zurück. Trotzdem wurde er früh wach. Von seinem Fenster aus sah er die schwarze Sechssitzerlimousine, die diesmal die ganze Nacht vor seiner Tür gewartet hatte.

Um acht Uhr früh suchte er die Staatsanwaltschaft auf und verlangte, daß die Sache mit dem Saal geregelt würde. Der Staatsanwalt sandte ein schriftliches Ersuchen an den Polizeidirektor, „Herrn Zoumbos zu veranlassen, den gesetzlich abgeschlossenen Mietvertrag zu erfüllen". Doch gegen elf Uhr mußte er noch einmal zum Staatsanwalt, um eine weit wichtigere Sache zu besprechen: Er hatte inzwischen die Information erhalten, daß man die Ermordung Z.s plante. Wer? Wie? Er wußte es nicht. Jemand hatte davon gehört, hatte einen zweiten verständigt, und das Gerücht war bis zu ihm gedrungen. Der Staatsanwalt von heute früh war nicht da. Auf seinem Stuhl saß ein anderer, der bedenklich den Kopf schüttelte.

„Angesichts so vager Beschuldigungen", sagte er, „kann ich nichts anderes tun, als die Polizei entsprechend zu informieren. Ich werde in Ihrer Anwesenheit mit dem Polizeidirektor telefonieren."

Er rief an, doch der Polizeidirektor war abwesend. Er bat den Offizier vom Dienst, ihm die Information zu übermitteln.

„Einverstanden?"

„Einverstanden."

Dann hob er den Kopf und musterte Matsas. Der Anwalt sah aus, als fiele es ihm schwer, sich wach zu halten. „In letzter Zeit", dachte der Staatsanwalt, „sieht es so aus, als fehlte es den Anwälten an Arbeit, denn sie beschäftigen sich vor allem mit Dingen, die sie nichts angehen." Er sagte:

„Auf jeden Fall werden uns Gerüchte solcher Art häufig gemeldet. Es besteht kein Grund, ihnen Glauben zu schenken."

Matsas verließ die Staatsanwaltschaft und machte sich wieder auf die Suche nach einem Saal. Es gab jedoch nur einen, die „Katakombe", und Zoumbos blieb unauffindbar. Um halb drei würde Z. mit Spathopoulos eintreffen. Er mußte sie zusammen mit den anderen vom Flughafen abholen. Er kannte Z. nicht persönlich. Aber als er ihn aus dem Flugzeug klettern sah, erfüllte ihn Vertrauen. Das war der richtige Mann, stark, mit erhobenem Haupt, ein Führer, der Champion der Balkanischen Spiele. In der einen Hand trug Z. den Regenmantel, in der anderen eine Aktentasche. Er erinnerte sich an die Zeitungsfotos vom vorigen Jahr, die Z. auf seinem einsamen Marsch von Marathon nach Athen zeigten. Auf den Fotos hatte er damals gequält und müde ausgesehen.

Aus der Nähe wirkte er ganz anders. Während sie alle zum wartenden Wagen gingen, wandte Z. sich plötzlich zu ihm und fragte:

„Alles in Ordnung für heute abend?"

„Nichts ist in Ordnung, leider. Wir haben weder den Saal, noch konnten wir den Leuten Bescheid geben. Wenn sie kommen, wissen wir nicht, wo wir sie hinschicken sollen."

Sie aßen nicht, ließen die Koffer im Hotel und gingen gemeinsam zum Polizeidirektor. Er empfing sie kühl, doch nicht feindlich, eben wie vier Sendboten der anderen Seite. Er hatte die Art eines Amerikaners, der mit Russen verhandelt und dabei jede Geste, jede ihrer Bewegungen beobachtet, um eine verdächtige Absicht dahinter zu entdecken, obwohl es nichts zu entdecken gibt.

„Nun, meine Herren", sagte er, „fassen wir es kurz. Das Problem ist, daß dieser Saal baupolizeilich nicht zulässig ist. Ich habe hier einen Bericht der zuständigen Behörde."

„Der Saal war aber doch bis April in Betrieb. Wie ist es möglich, daß er in weniger als einem Monat nicht mehr den behördlichen Bedingungen entspricht?"

Der Direktor sah sie lange an, als wolle er durch seine Ruhe die Wahrheit seiner Worte bekräftigen.

„Das Schlimmste ist", fügte er hinzu, „daß der Saal keinen Notausgang besitzt."

„Dann darf ihn die Behörde auch nicht als Vergnügungslokal zulassen."

„Vergnügung schafft keine Nöte, doch Versammlungen wie die Ihre könnten die Geister entflammen."

„Wenn Gefahren entstehen, dann gewiß nicht durch uns. Soviel kann ich Ihnen versichern."

Der Direktor setzte eine väterliche Miene auf, die Miene des guten Polizisten.

„Hören Sie, meine Herren", sagte er. „Was mich betrifft, habe ich keinerlei Anlaß, Ihnen die Benutzung des Saals zu verweigern. Ich nehme an, daß Sie auch nichts gegen mich haben. Ich werde also diesen Zoumbos anrufen und versuchen, ihn zu überreden. Aber ich zweifle sehr, daß es mir gelingt."

„Wenn Sie etwas wollen, Herr Direktor, schaffen Sie es immer."

„Ich achte Sie, Herr Matsas, doch möchte ich nicht, daß gerade Sie meine Fähigkeiten überschätzen. Ich bin nur ein Rädchen im staatlichen Apparat."

Matsas erinnerte sich, daß Z. nicht ein einziges Wort gesagt hatte. Er war zu stolz, selbst mit dem Direktor über die Gerüchte von einem möglichen Attentat gegen seine Person zu sprechen. Er sah über den Kopf des Direktors hinweg auf die beiden Bilder König Pauls und der Königin Friederike und musterte die Rahmen.

Erst am Nachmittag erfuhr Matsas durch den Offizier vom Dienst, daß Zoumbos endgültig abgelehnt hatte. Er hatte phantastische

Gründe genannt: Er habe zum Beispiel den Saal nur vermietet, weil er glaubte, daß die Anwaltskammer ihn haben wollte. Hätte er gewußt, daß es sich um diese sogenannten Freunde des Friedens handelte, wäre er niemals darauf eingegangen.

„Er hat doch selbst auf die Quittung geschrieben, wem er den Saal vermietet. Was für einen Unsinn erzählt er da?"

„Ich wiederhole Ihnen nur, Herr Matsas, was er mir gesagt hat."

Matsas war in seinem Büro. Der Hörer begann an seinem Ohr zu schwitzen. Er legte auf. Bevor der Hörer trocken geworden war, mußte er ihn wieder heben. Diesmal war es Zoumbos selbst.

„Also ich gebe euch den Schlüssel nicht!" Seine Stimme war kaum wiederzuerkennen.

„Ich gebe ihn nicht. Geht zum Teufel, geht, wohin ihr wollt! Es hat niemals einen Vertrag zwischen uns gegeben, nichts hat es gegeben. Den Schlüssel bekommt ihr nicht!"

„Was ist los, Herr Zoumbos? Wir könnten wütend sein, nicht Sie! Sie haben uns im Stich gelassen, und jetzt haben Sie noch die Frechheit, uns anzubrüllen!"

„Auf jeden Fall bleibt es bei dem, was ich gesagt habe. Ich bin am Ende meiner Nerven. Ich habe nicht geschlafen. Übrigens ist heute mein Vater gestorben. Guten Tag."

„Auch das ist merkwürdig", hatte Matsas gedacht. Doch jetzt fand er nichts Merkwürdiges mehr dabei. Alles lief im selben Punkt zusammen, wie ausstrahlende Straßen im selben Nervenzentrum zusammenlaufen: in diesem Saal im dritten Stock, der erst im letzten Moment gefunden worden war. Seine Beschattung, Zoumbos' Absage, die anonyme Information, daß Z. in Gefahr sei, all die Tatsachen und Vermutungen dieser letzten Tage fanden an diesem Abend um fünf Minuten vor acht Uhr, an diesem 22. Mai 1963 in Saloniki ihren richtigen Platz, so wie die auf dem Fußboden seiner Kindheit verstreuten Klötze plötzlich ein Bild ergaben: das abstoßende Bild dieser Menagerie, das sich vor ihm entfaltete, dieser fossilen Monstren, die brüllten, zerfetzten, prügelten, und all das unter den Augen einer Polizei, die mit Taubheit und Blindheit geschlagen schien.

Gab es denn keine Gesetze mehr? Waren sie gelähmt? Wo waren die „Ordnungshüter"?

Von oben kam jemand herunter, um ihm mitzuteilen, daß der Saal voll und daß es an der Zeit sei, die Redner zu rufen. Das Hotel, in dem die Redner warteten, lag genau gegenüber. Um dorthin zu gelangen, mußte er ein entfesseltes Meer durchschwimmen, von dessen Grund sich Minen lösten und wie Quallen an die Oberfläche stiegen. Er ließ einen anderen an der Tür zurück, atmete tief und machte sich auf den Weg.

Sein Herz schlug wild. Er befand sich jetzt genau in der Mitte des kleinen Platzes, der durch sich kreuzende Straßen gebildet wurde. Er beschleunigte seinen Schritt, und nachdem er dem Stoß eines Rowdys ausgewichen war, der ihn von rückwärts treffen sollte, erreichte er erleichtert das andere Ufer, ein Schiffbrüchiger, dem es gelungen ist, sich an das rettende Boot zu klammern. „Nicht einmal bei den Kannibalen kann so etwas passieren", dachte er. „Wo leben wir? Was für Bestien sind wir? Wo führt das hin?"

Mit solchen Gedanken betrat er das Hotel, um Z. und Spathopoulos zu holen. Er fand sie ungeduldig wartend, bereit, durch die Arena der Löwen zu gehen.

6

Die Toten sprechen nicht. Gehüllt in die Schönheit des Todes, tragen sie Geheimnisse in sich, die uns kein blühender Frühling offenbaren kann. Erde, schwanger von nie gemachten Offenbarungen, von erstickten Rechtfertigungen, Denkschriften, Ablehnungserklärungen, Prozeßakten, Interpretationen der Dinge, die wie Salz auf erkalteten Knochen kleben.

Die Toten wissen nicht, wie die Geschichte gemacht wird. Sie nähren sie mit ihrem Blut und erfahren nie, was ihrem Sterben folgt. Sie sind sich ihrer Opfer nicht bewußt, und das macht sie schöner. Die ersten Christen wußten genau, wofür sie sich opferten. Sie nahmen ihr Martyrium in voller Kenntnis der Ursache auf sich. Aber wer kann heute sagen, daß er sich opfert, wenn das, woran er glaubt, eine Selbstverständlichkeit ist? Wer hat je behauptet, daß Unrecht mit dem Recht Hand in Hand gehen müsse? Armut mit Reichtum? Frieden mit Krieg? Keiner hat es je behauptet, und trotzdem gibt es viele, die es durch ihre Taten und Worte täglich auszudrükken scheinen.

Z. verlangte nicht nach den Aufgaben eines Missionars. Er kannte aus eigener Erfahrung nur Krankheit und Armut. Hier lag seine Arbeit. Er wußte, daß bessere Krankenhäuser Leiden mildern können. Er wußte, daß die schwierigsten Probleme unserer Epoche in einer anderen Ordnung der Dinge einfacher gelöst werden konnten. Wenn eine Patrone ebensoviel kostete wie ein Liter Milch und ein Atom-U-Boot ebensoviel wie die Nahrung eines ganzes Volkes während einer Woche – und Nahrung im Überfluß dazu –, wo lag dann die Absurdität?

Eine einfache, sehr einfache Logik und jenseits ihrer die absolute Dunkelheit. Eine Dunkelheit, die weder die Erleuchtungen noch die geistesklaren Intervalle eines Schizophrenen aufhellen konnten. So sah er die Situation, und deshalb wollte er heute abend sprechen.

Er war kein Kommunist. Er kandidierte bei der Linken, weil die Vorstellungen dieser Partei seinen eigenen wenigstens einigermaßen entsprachen. Sie waren wie zwei Schatten, die parallel liefen und sich gelegentlich deckten. Er war kein Theoretiker des Marxismus, kein Gefangener eines Systems. Er war nach allen Seiten offen und spürte die Strömungen, die ihn ungehindert durchliefen. Aber er liebte die am meisten, die ihn wärmten.

Denn er war zu der Überzeugung gelangt, daß die menschlichen Leiden sich nicht individuell heilen lassen. Was machte es schon aus, wenn er jeden Dienstag und Donnerstag in seiner Praxis viele Kranke einzeln behandelte? Es genügte, seine Patienten mit der gewaltigen Menge derer zu vergleichen, die nicht einmal das unerläßlichste Medikament bezahlen konnten.

Das gleiche war es mit der Mildtätigkeit: Was nützte es, einem Armen Geld zu geben? Es änderte nichts am Prozentsatz der Hungernden aller Kontinente. Damit die Welt sich änderte, mußte das System geändert werden.

Deshalb behielt er auch an unruhigen Tagen wie dem heutigen unberührt seine innere Ruhe. Sie hatte nichts mit Apathie zu tun.

Nur die Fanatiker können in Apathie versinken. Er war kein Fanatiker. Er glaubte nur, daß die Logik, die einfache Logik, sich durchsetzen müsse. Einige Begriffe müßten ihre wahre Bedeutung wiederfinden, einige Taten ihr echtes Gewicht.

Es ging nicht darum, ob man einverstanden war oder nicht. Es ging um das *Sehenkönnen*. Sehen können, daß die Welt unter der Last einer Drohung lag. Daß Militaristen immer Dummköpfe und Schwachsinnige waren. Daß die Monopole die Pflicht hatten, Monopole zu schützen, und zwar zum Wohl der Monopole.

Er hatte nicht vor, Berufspolitiker zu werden. Von Beruf war er Arzt, einer der hervorragendsten übrigens: Professor an der Universität Athen, in einem Land, das alles in allem nur zwei Universitäten hatte. In seiner Jugend hatte er sich für Sport begeistert, er war sogar balkanischer Meister gewesen. Jetzt, da sein Körper mit den Jahren schwerer geworden war, hatte sein Geist ihm seine Form entrissen; schlank und geschmeidig, war er kühn bereit, alle Rekorde zu brechen.

Er irrte sich nicht. Er wußte, daß er nicht allein war, daß er wohl oder übel nur durch einen Kanal das Meer erreichen würde. Wie viele nützliche Quellen versiegten, nur weil der Mensch sie nicht ausbeutete! Folglich ist das Ausbeuten der Quellen eine gute Tat. Es gibt Metalle in den Eingeweiden der Erde – Eisen, Nickel, Kupfer, Gold –, die eingefroren in der Tiefe ruhen. Der Mensch holt sie heraus, wenn er sie braucht. Es ist nichts Böses an solcher Ausbeutung. Das Wesentliche ist, daß das Metall existiert und der Mensch es braucht.

Arbeitet man allein, ist es gleichgültig, wo man steht. Wenn man aber die anderen berühren will, die anonymen Massen, muß man unter allen Kontaktmitteln das eine wählen, das am nächsten zur Hand ist. Das Problem der Auswahl stellt sich, aber es ist kaum ein Problem, denn die Tatsachen entscheiden von selbst.

Man müßte ja bis ins Mark verdorben oder mit Blindheit geschlagen sein wie viele da draußen, oder man müßte zu denen gehören, die Angst vor jeder Art von Veränderung haben, wenn man die Wahrheit nicht sähe. Man erkläre uns, welches andere System – um nicht Partei zu sagen – an den Fortschritt aller und nicht des einzelnen glaubt, uns von Hunger, Armut und Elend zu befreien, aus uns höher entwickelte Tiere zu machen versucht und uns nicht in

Gewohnheiten festhält, die uns seit Jahrhunderten aushöhlen, uns aussaugen wie Blutegel die eingekesselten Fische.

Wie schön ist das Leben, wenn man an die Menschen glaubt! Wie gleichen die Frauen wahren Frauen, die Männer wahren Männern, wie fern sind sie den kläglichen Geschöpfen, die sich unaufhörlich vermehren, den verirrten, in dunkle Träume ohne Bedeutung, in Zauberbräuche und abergläubische Vorstellungen von Mondfinsternissen versunkenen Wesen! Wie schön ist das Leben, wenn deine Hand in meiner ruht!

Die Toten haben nie gesprochen, deshalb sind sie mit einer schweren Anklage belastet. Deshalb haben sie für immer den Wert des Wortes vergessen. Wir müssen also für sie sprechen, wir müssen ihre Sache in ihrer Abwesenheit verteidigen.

Nur der kennt die Angst, dem Horizonte fehlen, zu denen er aufbrechen kann, der keinen Strand zum Ausstrecken, keine Frau zum Streicheln hat; nur der Schwache kennt die Angst, der, dessen Kopf die Blätter der Bäume, die Gefilde der Sterne nicht erreichen kann, der sich an das Gesetz der Schwerkraft gewöhnt hat, das unseren Planeten regiert. Auf anderen Planeten, von anderen Gesetzen regiert, müßte man neu zu leben lernen.

Und die Liebe bleibt immer die Liebe, wenn dein Geist nicht verrostet ist. Die Körper ändern sich, es wäre schlimm, wenn sie immer dieselben blieben. Doch die Liebe bleibt immer dieselbe hinter jedem Gesicht, hinter jedem durchsichtigen Augenpaar. Sie ist wie der Durst nach Wasser, ein Durst nach etwas, das uns überragt, das sich gegen die Mauern um uns wehrt, die Stühle ablehnt, nach anderem verlangt. Sie ist deine Stimme in meiner Stimme, zwei Stimmen, keine Stimme, sie ist du und ich, ohne wirklich du und ich zu sein, die wir in einem Rhythmus prähistorischer Trommeln das tun, was so selbstverständlich ist wie die Sonne.

Er liebte seine Frau. Wenn er mit anderen Frauen ging, weinte sie, und die blauen, im Schluchzen schwellenden Adern ihres Halses wurden zu Wurzeln, die ihn in Abgründe zogen. Es war dieser zarte Hals, ein Licht der Seele, eine Stimme, die ihm sagte: „Komm wieder." Und ihre Augen, diese großen, wie Magneten auf ihn gerichteten Augen, die alle Kraft der Meere in sich einschlossen, ihre lichttragenden Augen, ihre menschlichen Augen ließen in ihm eine Saite vibrieren, die ihn mit der Liebe der Welt verband. „Ich liebe dich", sagte er zu ihr, und durch diese verbrauchten Worte „gewann die Welt eine Schönheit nach den Maßen des Herzens". Und immer am Anfang die gleiche Angst: „Wird sie noch kommen?" Das Herz schlug heftig, bis sie kam, unendlich tot in ihrer Lebendigkeit, unendlich braun in ihrer Blässe. Und ihre Hände hatten den Geschmack der Erde.

Mit ihr hatte er seine verlorene Jugend wiedergewonnen. Mit ihr wurde die Welt wieder groß. Das Studium, der Wehrdienst hatten ihn kleingemacht. „Du trinkst zuviel", sagte sie ihm. „Was wird aus dir werden?" Er schlief mit ihr, dann heiratete er sie, danach lernte er andere Frauen kennen, und er liebte sie immer. Und heute, in dieser fremden Stadt, fehlte sie ihm sehr.

Ah, wie schön ist das Leben, wenn man der Sonne vertraut. Du schaust, und alle die anderen schauen mit dir. Du liebst, und alle die anderen lieben mit dir. Du ißt, und du bist der einzige, der ißt. Keiner ißt mit dir.

Darum hatte er sich organisiert. Darum wurde er Abgeordneter. Seine Diäten überließ er der Partei. Das betraf ihn nicht. Da er jedoch wußte, daß man einen vollen Magen braucht, um die Morgenröte zu bewundern, und einen starken Körper, um lieben zu können, mußte er oft mit Mitteln kämpfen, die nicht immer angenehm waren. Andernfalls würden sich die Menschen vielleicht mit Ersatz begnügen, mit Lügen leben, auf Lügen hoffen. Einen gebrauchten Lippenstift sehen und von einem Frauenmund träumen. Den vom Gebrauch auf einem idealen Mund abgestumpften Stift sehen und diese Lippen begehren, ohne sie je küssen zu können.

Auch wenn sie ihn töteten, was tat es? Obwohl er wußte, daß sein Leben bedroht war, verspürte er keine Angst, eher eine gewisse Freude. Er war einer Sache sicher, einer einzigen Sache: daß er ihnen keinen Widerstand leisten würde. Ebensowenig wie er nie seine Hand erhoben hatte, um einen provozierenden Polizisten zu schlagen. Er kannte seine Kraft zu gut. Mit einem Schlag konnte er einen Gegner töten. Und wie alle Männer von ungewöhnlicher Kraft konnte er nur streicheln.

Er hatte sich erhoben und war bereit, zusammen mit den anderen hinauszugehen.

Matsas schien aufgeregt.

„Sie können sich nicht vorstellen, was draußen los ist", sagte er ihm. „Unsere Leute müssen einen schützenden Kreis um Sie bilden."

„Nicht nötig", hörte er sich sagen. „Wenn es mutige Männer sind, kommen sie einzeln."

Die anderen teilten seine Meinung nicht. Man solle nicht mit dem Feuer spielen. Die gesamte Polizei helfe denen da draußen. Sie müßten selbst Schutzmaßnahmen ergreifen, wirksame Maßnahmen. Heldentaten paßten nicht mehr in unsere Zeit.

„Wer hat von Heldentaten gesprochen? Die da draußen sind Angeber. Sie werden es nicht wagen, uns zu berühren."

„Sie prügeln ohne Hemmungen. Niemand hindert sie."

„Gehen wir."

Er ging als erster. Er sah noch den Hotelwirt, der ihn hinter dem Empfangspult grüßte. Dann trat er auf den Bürgersteig. Die Nacht war jetzt Herrscherin über Saloniki. Gegenüber blitzte eine Leuchtreklame im Rhythmus eines fiebrigen Pulses auf und erlosch. Sein Herz war ruhig. Für die Dinge, die er sagen wollte, hatte er sich ein paar Notizen gemacht. Im übrigen ist es nie schwer zu sprechen, wenn man etwas zu sagen hat. Schwierig ist es nur, wenn man nichts zu sagen hat.

Die anderen blieben hinter ihm. Er gab ihnen ein Zeichen, ihm zu folgen. Sie überquerten in aller Ruhe den kleinen Platz, als sich plötzlich drei junge Männer in schwarzen Pullovern von hinten auf ihn stürzten, ihn über den Kopf schlugen und oberhalb der Augenbraue verletzten. Er hörte jemand rufen: „Schämt ihr euch nicht? Das sind unsere Gäste! Sind wir nicht unter kultivierten Menschen?" Er stützte sich auf die Schultern derer, die ihm zu Hilfe geeilt waren, und trat ins Haus. Eine Menschenwoge brandete ihm nach, gegen die geöffnete Tür, um das Asylrecht der Versammlung zu brechen. Doch denen von innen gelang es in erbittertem Kampf, die eiserne Pforte wieder zu schließen. Nur Spathopoulos blieb draußen im Aufruhr, und Z. glaubte lange Zeit, die Haie hätten sich seiner bemächtigt und zerrissen ihn nun in aller Ruhe.

7

„Das war nur die Vorspeise", sagte der Archegosaurus, auf die Attacke auf Z. anspielend. „Der Braten kommt noch!"

Der General nickte schweigend und entfernte sich mit gespielt gleichgültiger Miene einige Schritte. Vor diesem Wurm, der sich Flügel wünschte, hatte er keine Achtung. Aber er war ihm unentbehrlich, er war sein Auge im Schlamm, in dem die primitivsten seuchetragenden Organismen leben. Er kannte ihn seit der Besatzung, er war bei Poulos' Kommando gewesen. Trotz seines Abscheus für ihn mußte er ihn freundlich empfangen, wenn er in sein Büro kam. Und einmal im Jahr, am Silvesterabend, wohnte er der Verteilung des Dreikönigskuchens seiner Organisation bei.

Diese Organisation war die Rettung des Archegosaurus gewesen. Als die deutschen Truppen 1944 Griechenland verließen, war er mit ihnen gegangen und hatte sich in Wien als Propagandaminister einer griechischen Pseudoregierung aufgespielt. Später kehrte er in der Hoffnung zurück, daß ihm nichts passieren würde, doch man verhaftete ihn, stellte ihn als Verräter und Kollaborateur vor Gericht und verurteilte ihn zu lebenslänglichem Kerker. Das „Lebenslänglich" währte nur wenige Monate, dann wurde er aus gesundheitlichen Gründen freigelassen, denn das feuchte Gefängnis weckte seine alten Leiden, die er sich bei den Kämpfen gegen die Partisanen geholt hatte. Damals wagte er sich nirgends zu zeigen, und es schien, als sei seine Karriere beendet. Bis zu dem Tag, an dem er die Organisation ehemaliger Kämpfer und Opfer des nationalen Widerstands Nordgriechenlands gründete. Plötzlich tauchte er aus Vergessenheit und Schande wieder ans Tageslicht. Wie eine gute Mutter holte die Polizei den verlorenen Sohn in ihren Schoß zurück, denn das Ziel dieser Organisation war es, „die Wiederherstellung der Ordnung und Sicherheit des Staates zu unterstützen, mit allen gesetzlichen Mitteln bei der Wahrung der Interessen und Rechte des Landes zu helfen, jede antinationale Aktivität, von welcher Seite auch immer, zu unterdrücken und schließlich bis zum letzten Atemzug die griechisch-christliche Zivilisation zu verteidigen".

Der Archegosaurus war nicht dumm. Die Polizei ist eine Sache.

Der Staat eine andere. Auch sein Interesse mußte geweckt werden. So gab er eine Zeitschrift heraus, die er „Ausbreitung des Griechentums" nannte – nach dem Eingeständnis des Generals selbst von „ärgerlich deutschfreundlichem Charakter" –, ein Blatt, das angeblich monatlich erscheinen sollte, doch nur dreimal innerhalb von zwei Jahren wirklich erschien. Aber das spielte keine Rolle. Wichtig war allein, daß dieses Blatt ihm erlaubte, sich wie eine Ratte an die dem antikommunistischen Kampf vorbehaltenen geheimen Fonds des Innenministeriums heranzumachen, und er fraß alles, was ihm die anerkannten „Profis" des Antisowjetismus übrigließen. Als man ihm vorwarf, er setze sich nur aus Eigennutz ein, um sich aushalten zu lassen, wurde er fuchsteufelswild und zeigte zwei Vorkriegszeitungen herum: ein Wochenblatt, das er 1928 in Katerini herausgegeben hatte – wo sein Schwager und einer seiner Neffen von Kommunisten umgebracht worden waren –, „Neuigkeiten vom Olymp", und eine zweite von 1935, „Landwirtschaftliche Fahne". Sicher, als Journalist hatte er keine Karriere gemacht – das Leben stellt seine Ansprüche –, doch hatte er sich immer als solcher vorgestellt, und heute abend wohnte er auch in dieser Eigenschaft den Zwischenfällen mitten unter den anderen Reportern bei.

Es gab ähnliche Gruppierungen wie die seine, zum Beispiel die sagenhafte „Organisation Nationale Sicherheit – Rechtsschützer des verfassungsmäßigen Königs der Griechen – Gotteskraft – Heiliger Glaube – Griechische Unsterblichkeit", deren Führer, ein Gendarmerieoberst a. D. aus Kilkis, wegen angeborener Dummheit seiner Dienststellung enthoben und in Pension geschickt worden war. Mit den Mitgliedern dieser Organisation rechnete jedoch niemand. Sie waren Subjekte der Unterwelt, Randalierer ohne Charakter. Deshalb war sie auch weder vom Amtsgericht noch von der Polizei anerkannt worden. In seinem Verein dagegen herrschte Ordnung. Jeden Donnerstagabend versammelte er seine Leute in Ano Toumpa und sprach zu ihnen. Gonos, der Besitzer des Lokals, schloß die Tür, stellte seinen Jungen als Wache davor und ließ keinen Fremden zu. Dort unterrichtete der Archegosaurus seine Schüler.

Das war seine größte Freude. Er erzählte ihnen von den Kommunisten. Er sprach vom Vaterland, von der Religion, von der Familie. Die Mitglieder – ein unglaubliches Sammelsurium – gafften ihn mit offenen Mäulern an. Kurz vor de Gaulles Besuch in Saloniki hatte er zum letztenmal zu ihnen gesprochen. Sein Thema: „Der Kommunismus als ärgerliche Frechheit". Was hatte er da alles ausgepackt!

„Wir sollten nicht ewig rückständig und dumm bleiben. In Rußland, dem sogenannten Paradies der Arbeiterklasse, besitzt der Arbeiter nichts Eigenes. Er schuftet nicht für seinen Chef, der seine Arbeit schätzen und ihn höher belohnen könnte, sondern für jemand, den er nicht einmal kennt, den er nicht sieht und den er niemals sehen wird, denn die Regierenden dort drüben sind nicht wie die unseren, sie gehen nicht auf die Straße, sie stehen nicht auf Balkonen. Sie leben dort in Häusern voller Spiegel. Hinter ihren Spiegeln können sie die anderen sehen, doch die, die sich an sie wenden, können sie nicht sehen. Für diese Leute gibt der Arbeiter sein Blut. Der Bauer hat dort kein eigenes Feld, auf dem er seine Zwiebeln, seine Tomaten pflanzen kann, er besitzt nicht einmal einen Olivenbaum. Man bekommt alles auf Marken, wie es hier während der Besatzungszeit war. Keiner von euch weiß darüber Bescheid, ihr wart noch zu jung, aber ich sage es euch. Der Deutsche gab damals den Menschen zu essen, aber die Kommunisten fielen darüber her und fraßen alles auf. Deshalb starb das Volk vor Hunger . . . He du, schlaf nicht, wenn der Führer spricht, besonders, wenn du dich bilden willst – und du, Jangos, laß endlich deinen Retsina!"

Der arme Gonos, der inzwischen gestorben ist, brachte einen Halben nach dem anderen, und Jangos goß sie in sich hinein, als wäre es Molke. Jangos war ein Gammelbruder, ein Strolch, aber man mußte ihm zugestehen, daß er bei Raufereien seinen Mann stand. Deshalb hatte er ihn im Mordkommando der Organisation eingesetzt.

„Also, ich wiederhole es euch, bei den Bolschewisten ist die Hölle. Hier kann ein Paradies entstehen, wenn wir alle helfen. Wenn ihr gut arbeitet und einen guten Chef habt, was will man mehr?"

„Es ist nicht immer so rosig, Chef", wagte ein Neuling einzuwenden.

„Halt's Maul. Lies erst ein paar Bücher, dann kannst du den Mund aufreißen, Dummkopf! Lies Hitlers ‚Mein Kampf', zum Beispiel. Wer war Hitler?" wandte er sich an den Saal.

„Jemand, der die Welt retten wollte", rief einer von hinten.

„Bravo! Es freut mich, wenn ich sehe, daß ihr meine Worte nicht vergeßt. Hitler wollte die Welt von den Juden und Kommunisten säubern. Er hat einen guten Anfang gemacht. Nehmen wir diese Stadt als Beispiel. Saloniki. Vor dem Krieg bestand die Hälfte der Bevölkerung aus Juden. Wie viele davon sind übriggeblieben?"

„Der Krämer an der Ecke."

„Sagen wir: einer. Wo sind die übrigen? Man hat Seife aus ihnen gemacht. Das gleiche sollte auch den Kommunisten passieren, doch der Führer hat keine Zeit mehr gehabt. Damals hat sich die Erde plötzlich gewendet, und das Eis löschte das Feuer. Hitler wußte sehr gut, daß die Erde nicht rund ist, sondern in ihrer Mitte ausgehöhlt wie ein Steinbruch. Wir leben im Grund. Wir sind die Flamme, die in die Höhe lodern will, über das Eis. So wurde er in den plötzlich vereisenden russischen Steppen hereingelegt. Die Füße seiner Soldaten blieben im Eise stecken. Dann kamen die Kommunisten auf ihren Schlitten und schlachteten sie alle mit Konservendosen. Sie nahmen sie nicht gefangen, wie es anständig gewesen wäre. Sie schlachteten sie, als sie hilflos, einsam und nicht imstande waren, sich zu rühren. Ich persönlich kenne die Deutschen. Ich habe an ihrer Seite gekämpft, gegen die Kommunisten, die das griechische Vaterland bedrohten."

„Du erzählst uns dauernd von Theorien, Chef! Ich möchte nur eine Lizenz zum Eierverkaufen", sagte ein Mitglied auf Probe. „Ich warte seit Monaten, und du verkaufst uns schöne Reden. Die Organisation kann mir gestohlen bleiben. Ich melde mich in einem Fußballverein an."

„Ich werde mich schon darum bemühen", erwiderte der Archegosaurus.

„Und ich? Wo soll ich das Geld finden, um den Aristidis zu bezahlen?" seufzte Jangos. „Ach, du dreckiges Leben! Wir sind zu arm geboren. Gonos, komm her, du, bring noch 'nen Halben!"

„Meine Frau ist krank und bekommt nichts von der Fürsorge."

„Ihr Teufelsbastarde!" rief der Archegosaurus wütend. „Ich versuche, Menschen aus euch zu machen, und ihr hört nicht auf zu betteln. Was gebt ihr denn dafür?"

„Prügel", sagte Jangos.

„Du, ja. Aber die anderen können nicht einmal Prügel austeilen. Wenn man sie kräftig anbläst, kippen sie um."

„Wir sind hungrig, Chef. Wir sammeln die Pfennige wie Radieschen. Und Radieschen wachsen wenigstens, aber Pfennige?"

„Wenn wir an die Macht kommen, werdet ihr wie die Fürsten leben!"

„Aber wir sind doch an der Macht!"

„Leider sind wir's nicht. Die meisten, die heute regieren, sind bestochen. Aus den gleichen Gründen ist Hitler ins Verderben geraten. Er hatte keine guten Mitarbeiter."

„Und was soll ich mit so vielen Eiern machen? Jeden Tag legen meine Hennen, und ich hab' nicht mal das Recht, einen Stand aufzustellen, um sie zu verkaufen."

„In wenigen Tagen werdet ihr alle Arbeit haben. Wir müssen eine Versammlung sprengen. Ihr werdet euch mit Steinen, Knüppeln, Stemmeisen bewaffnen und in Aktion treten. Danach wird jeder nach seiner Arbeit belohnt. Ich werde selbst dort sein, um euch unter den Augen zu haben."

Genauso hatte es sich heute abend abgespielt. Er sah Jangos, den tapfersten seiner Männer, furchtlos auf seinem Dreirad durch die Straßen rasen. Und als sie Z.s Kopf trafen, stieg eine Woge der Freude in ihm auf.

„Bevor man die großen Fische fängt, betäubt man sie", sagte er zum General, der diesmal so tat, als habe er nichts gehört.

8

Verletzt, doch nicht blutend, stieg Z. die Treppe hinauf. Mit einer Hand tastet er nach der Stelle, wo man ihn geschlagen hatte, und ein Schwindel, leicht wie Nebel, überfiel ihn. Die Treppe begann zu schwanken. Zwei, drei Männer stützten ihn. Im zweiten Stock, dort, wo er glaubte, sein Golgatha zu erreichen, hoben sie ihn auf ihre Arme. Es waren kräftige junge Männer, solche, denen die Welt gehört.

Die anderen, die ihn vor den Augen des Gendarmeriehauptmanns geschlagen hatten, hatte er nicht einmal angesehen. Der Hauptmann war angesichts der Szene völlig gleichgültig geblieben und hatte keinerlei Bereitschaft zu helfen gezeigt. Er hatte sie so noch mehr erniedrigen und ihre ganze Nichtigkeit fühlen lassen wollen. Sie hatten ihn mit etwas Hartem geschlagen. Das war es, was ihn verletzt hatte. Ein Stein oder ein Gegenstand aus Eisen.

Er betrat nicht sofort den Saal, in dem man schon lange auf ihn wartete. Er begab sich in einen Nebenraum und legte sich auf ein altes, zerfetztes Sofa. Der Schlag hatte ihn aus dem Gleichgewicht gebracht, er wollte ein wenig ruhen. Er stellte jemand vor die Tür, um nicht gestört zu werden, und versank für kurze Zeit in einen schlafähnlichen Zustand.

In seinem Kopf begannen die Formen langsam zu verschwimmen. Der Platz, den er eben überquert hatte, war mit Orangenbäumen bepflanzt. Ein kleiner Platz, der nach verbranntem Holz duftete. Ein alter Gärtner war da, der mit einer altertümlichen Hacke arbeitete. „Du sollst deinen Garten nicht verkommen lassen, mein Sohn . . ." Das Leben erschien ihm so schön, wie er es als Kind gesehen hatte. Wie hatte Gestrüpp diesen Garten überwuchern, wie hatten Krankheiten diese Bäume befallen, wie hatte dieses Herz in Streik treten können?

In seiner Schläfe pochte der Schmerz zum Zerspringen – der Platz da unten in der Finsternis veränderte seine Gestalt. Er wurde oval wie ein Ei. Das Ei war weiß. Auf seiner Oberfläche verrieten sonderbare Formen, Säfte, Adern die Komplexität seines Innern. Plötzlich wurde das Ei, dieses riesige Ei, pupurrot. Dabei waren die Ostertage vorbei. Wie konnte es noch Gründonnerstag sein?

Als Kind auf den Knien seiner Mutter, eine Mutter mit zerfurchtem Gesicht, ein schmerzliches Gesicht, im Dorf, wo er sie zu Ostern besuchte, als er in Athen studierte, eine Mutter, die allein im Haus regierte, stolz auf ihr Königreich, eine sanfte Mutter, sagte immer „Mein Kind, mein Kleiner", ohne je Klagen über die Lippen zu bringen, eine Mutter Erde, Gründonnerstag, rote Eier, rote, rot wie das Blut an seiner Hand.

Der Schwindelanfall war, als habe man einen Balken aus den Fundamenten gerissen, als könne alles im nächsten Moment zusammenbrechen. Unsicherheit der Basis. Er wandte sein Gesicht gegen das Kanapee und preßte die Finger in seine Augen, um dieses Rot der Wüste nicht mehr zu sehen.

Nun kehrt es zurück. Was? Welche absurden, erschreckenden Gedanken? Dies: Wenn seine Augen aus Glas wären, hätte er seine Finger nicht so in sie hineinpressen können. Wenn auch er eins seiner Augen dem blinden schwarzen Sänger verkauft hätte, für zehntausend Dollar, wie es in der Werbung hieß, könnte er nicht . . . Ein Bauer aus Volos, ja. Er sagte, es sei gewesen, als ob er im Lotto gewonnen hätte. Ein solches Glück hatte er sich niemals erhofft. Und schließlich: Wozu brauchte er zwei gute Augen! Genügte nicht eins? Er konnte die Häßlichkeit des Lebens besser übersehen.

So sagte er und tat es auch. Doch was für ein Volk mußte das sein, das sein Haar und seine Augen verkaufte, um leben zu können? Haar, aus dem man Perücken für die großen Damen machte, große Damen wie die Amerikanerin, die vor ein paar Monaten in seine Praxis gekommen war, um ihr Kind abtreiben zu lassen. Sie hatte ihre blonde Perücke abgelegt und einen knabenhaften Kopf mit kurzem braunem Haar enthüllt. Er nahm die Perücke in die Hand und fragte sich, welcher Frau dieses Haar wohl gehört hatte, welche schöne, kräftige Bäuerin aus einem Dorf Süditaliens es verkauft haben mochte, zweifellos um ein der Jungfrau Maria dargebrachtes Gelübde zu erfüllen.

Und wieder der Platz. Er hatte Anatomie studiert, er wußte, daß sich das letzte Bild in den Augen des Sterbenden für immer dem Gehirn einprägt. Mit diesem letzten Bild bekommt er sein Visum für die andere Welt. Und das Bild lebt in den mit der Netzhaut verbundenen Hirnzellen über den Tod hinaus. Mit welchem Bild würde er das Leben verlassen? Mit dem Bild dieses Platzes?

„Schönes, o schönes Saloniki!" Stadt der Bettler, alte Mauern, die das Lager des Elends umschließen. Die Kinder schicken Papierdrachen gegen den Himmel. Die Mütter schmieren Brote mit Margarine und Marmelade. „Schönes, o schönes Saloniki!" Ein Meer, dein Meer, verurteilt, eine Bucht zu werden. Das Hufeisen deiner Küste als Glücksbringer. Nacht auf Nacht ohne deine Liebe. Abende der Verwandlung, wenn du dich schlafen legst, geschmückt mit den tausend Diamanten deiner Lichter. Sie haben die Felder bei Diavata enteignet, damit Herr Esso-Pappas dort seine Ölraffinerie errichten kann. Wann werden die Bauern mit ihren Traktoren die Stadt erobern? Erschütterung? Blödsinn! Warum steht alles auf dem Kopf? Warum verbindet sich Unwissenheit mit Gewalt? „Schönes, o schönes Saloniki!"

Drei junge Männer, schwarze, enge Pullover würgten ihre Hälse, haben ihn geschlagen. Für einen Moment sah er Tausende von Sternen, dann einen schwarzen Schnitt im Dunkel, der in noch schwärzeres Dunkel mündete. Jetzt fanden die flüssigen Dinge allmählich zu ihrer Festigkeit zurück. Das Zimmer zu seinen richtigen Proportionen—er lag auf einem Sofa. Der Schwindel ließ nach. „Das ist schnell gegangen", dachte er erleichtert und stemmte sich auf die Beine. Er fühlte sich wohl, er würde sprechen können. Er öffnete die Tür und trat unter dröhnendem Beifall in den Saal, während von der Straße das Geheul der Schakale und Menschenaffen heraufdrang.

Er stieg auf das Podest. Vor sich sah er die Gesichter, gespannte Gesichter, Augen, die auf ihn gerichtet waren, durstige Augen, die sich nach ein paar Regentropfen sehnten. Und er sagte:

„Hier hat man mich geschlagen!"

Und zeigte die Wunde über seiner Augenbraue.

„Schande, Schande! Was macht die Polizei? Was tun die Behörden? Sie jagen nur uns! Die da draußen stören sie nicht! Die können tun, was sie wollen!"

„Geschrei kann uns nicht helfen. Es ist besser, wenn wir die Fensterläden schließen."

Zwei, drei standen auf. Als sie die Fenster öffneten, um die Läden zu schließen, flutete das Tosen des entfesselten Meers in den Saal. Die Situation da unten hatte sich verschlimmert. Sie konnten das Gebäude in Brand stecken und alle wie Ratten verbrennen.

„Die Bulgaren nach Bulgarien!"

„Z., du wirst krepieren!"

Z. drückte auf den Knopf, der die Außenlautsprecher auf dem Balkon in Betrieb setzte, und rief:

„Ich verlange vom Direktor der Polizei Schutz für meinen Kollegen Spathopoulos. Herr Spathopoulos ist in Lebensgefahr. Man hat ihn entführt!"

Dann wandte er sich zum Publikum:

„Ruhe! Sie müssen ruhig bleiben! Sonst können wir nichts erreichen."

Er öffnete seine Aktentasche und zog ein paar Blätter heraus. Er würde nicht vom Manuskript lesen. Er hatte nur einige Notizen bei sich, ein Schema dessen, was er zu sagen hatte.

„Ich möchte mich zuerst bei Ihnen dafür bedanken, daß Sie mich zu sich eingeladen haben. Wir stehen nicht allein. In diesem Moment blickt die Welt auf uns. Alle erwarten viel von dieser Versammlung. Sie sind hierhergekommen, weil Sie sich vor niemand fürchten. Aber es gibt viele andere, die gern gekommen wären, doch aus mancherlei Gründen nicht kommen konnten . . ."

Ein Stein prallte gegen die geschlossenen Fensterläden.

„Lassen Sie sie nur Steine werfen. Sie fallen zurück auf ihre Köpfe. Sie werden von den Steinen, die sie werfen, selbst getroffen. Wie Sie feststellen können, ist der Friede für diese Menschen eine unerträgliche Vorstellung. Und warum?"

„Ab-rü-stung!"

„Weg mit den Stützpunkten des Todes!"

„Raus aus der NATO!"

„Unterbrechen Sie mich nicht. Wenn wir etwas erreichen wollen, müssen wir mit unserem ganzen Herzen kämpfen. Der Frieden ist keine Idee. Er ist Aktion. Er braucht menschliche Arme, die ihn verteidigen. Die Welt wird erst bewohnbar werden, wenn die Menschen in Frieden leben."

„De-mo-kra-tie! De-mo-kra-tie!"

„Ab-rü-stung!"

„Kein zweites Zypern!"

„Kein neues Blut!"

„Eine Patrone kostet soviel wie ein Liter Milch!"

„Frieden! Frieden! Frie-den!"

Das Schwindelgefühl befiel ihn von neuem. Die Gehirnerschütterung kehrte wie leichte Brandung wieder: Sie brach sich am Deich seiner Stirn und flutete in das Labyrinth des Gehirns zurück. Er hörte die rhythmischen Rufe um sich herum, er hörte die Schreie des Hasses der Straße durch die zerschlagenen Fensterscheiben, und alle diese Schreie vermischten sich zu einem unbeschreiblichen Chaos. Er sah sie alle vor sich wie flüssiges Metall, bevor es sich zu Barren bindet. Eine geschmolzene Masse, deren geschmolzener Herr er war.

Was sollte er tun?

Unter diesen Umständen konnte er nicht sprechen. Die Geister hatten sich entflammt. Draußen heulten die Wölfe, und sie konnten sich nicht wie Schafe verhalten. Der Mond stieg hinter einem hohen

Gebäude auf, er sah ihn im Spalt zweier schlecht eingepaßter Läden.

„Die Nacht", dachte er, „die schwarze, von deinem Lächeln durchdrungene Nacht, dem Tode gleich, den Beloyannis mit der roten Nelke durchbohrte. Die Nacht und all die Einsamkeit, die ich in mir trage. Warum? Ich weiß es nicht. Es ist das erstemal, daß eine solche Süße meine Glieder lähmt, ein dunkler Nebel, der mich kraftlos macht. Bevor ich diesen Schlag bekam, glaubte ich an den gesunden Menschenverstand, an den einfachsten gesunden Menschenverstand. Jetzt betäubt mich etwas, eine süße Stimme, die mich in ein Universum der Visionen lädt. Wie gestern, als ich in meinem Zimmer eine Schallplatte mit Gedichten hörte . . .

Doch, du mußt reden", sagte er sich. „Du mußt es sagen. Diese Menschen warten darauf. Sie haben ihre Häuser, ihre Ruhe verlassen, um dich zu hören. Du mußt reden, du mußt es sagen. Doch was soll ich sagen? Wo soll ich anfangen? Es sind so viele Dinge, daß ich es nicht wage, ein Wort auszusprechen. Wilde Tiere, Tiere einer Wüste, die keine Wüste ist, Liebe für alle und für keinen besonders – solche Gefühle durchfließen mich. Ich bin allein, und die Panik wird größer. Letztlich ist jeder allein. Auch wenn wir uns darüber hinwegtäuschen wollen, auch wenn wir das Gegenteil glauben wollen, jeder von uns leidet für sich allein."

„Ich überbringe Ihnen die Grüße von Oldermaston, von Betti Abatielou, deren Mann noch immer eingekerkert ist, ich bringe Ihnen die Grüße der Freunde des Friedens aus aller Welt, die heute mit ihren Gedanken bei uns sind. Heute ist der Frieden ein neuer Glaube. Wer nicht an ihn glaubt, muß verrückt sein. Die Toten reden nicht, doch wenn sie reden könnten, hätten sie ihren Mördern vieles zu sagen. Sie würden sich aus ihren Gräbern erheben und fragen: ‚Warum?' Aber sie können nicht sprechen, niemals. Darum sollten wir für sie sprechen, sollten wir ihre Rechte in ihrer Abwesenheit verteidigen. Warum? Eine Kugel, für wen? Wir sind alle Brüder. Brüder sollten sich auf unserem kleinen Planeten nicht trennen. Denken Sie an die anderen Planeten. Für eine würdigere Form des Lebens, für ein Leben, das niemals durch gewaltsamen Tod beendet wird, für alle diese Dinge rufe ich Sie auf zum großen Marsch des Friedens!"

„Frie-den! Frie-den!"

„Raus aus der NATO!"

„Dem Faschismus keinen Platz!"

„Schluß mit dem Terror!"

Von der Straße stiegen die gegnerischen Parolen auf und drangen durch die Läden.

„Bulgaren nach Bulgarien!"

„Lumpen, heute werdet ihr alle sterben!"

„Z., das ist dein Ende!"

„Kommunisten, euer Grab ist hier!"

„Sie schreien, doch sie haben nichts zu sagen", dachte er. Und sagte:

„Bulgaren? Welche Bulgaren? Die, die uns unterdrückten, die uns unsere Erde raubten? Das sind nicht die von heute. Das Gesellschaftssystem ändert die Menschen. Heute glauben auch sie an die Güte des Friedens. Warum schreien sie also da draußen?"

„Ich möchte dich", dachte er, „ohne Leidenschaft möchte ich dich. Wie das Wasser seine Quelle sucht. Wie in deinen dunklen Augen die Wurzeln des Lebens ihre Geheimnisse bewahren. Ich möchte dich um deiner stolzen Schönheit willen, blutiges Schwert, Gehäuse, das den Blitz in sich trägt. Ich will dich wie das Kind seine Mutter. Ich, das Kind, suche Schutz, um dem Tod zu entgehen. In der Nähe deiner Gebärmutter wird das Leben unsterblich. In deiner Wärme gibt es kein Eis – jenes Eis, das die Toten der Flugzeugunglücke im Schnee der Gipfel konserviert. Ich möchte dich, weil ich ohne dich winzig, armselig bin, weil ich Wahnsinn aussäe. Ich säe ihn aus, wo er nicht sein darf, denn dort ist alles logisch, gut und richtig. Aber was denke ich? Wo bin ich? Warten sie immer noch, daß ich spreche?"

„Abrüstung!"

„Keine Atom-U-Boote!"

„Weg mit den Stützpunkten!"

Und von der Straße:

„Nieder mit den Bulgaren!"

„Was suchen die Bulgaren in Makedonien?"

„Dreckskerle, ihr kommt nicht lebendig heraus!"

Im Saal: „Kein neues Hiroshima!"

Von der Straße: „Wir wollen Krieg!"

„Herr Staatsanwalt, Herr Bürgermeister, Herr General, Herr Polizeidirektor, Sie alle, die draußen sind, ersuche ich um Ihren Schutz. Ich gebe das letzte Warnzeichen."

Keine Antwort. Die Nacht hat ihre Schlinge fest um seinen Hals gezogen. Ein wenig fester noch, und er würde ersticken. Die Nacht kam, weil sich die Erde weiter um ihre Achse drehte. Und das war die Folge. „Es gibt kein Wasser. Nur Licht. Die Straße verschwindet im Licht, und der Schatten der Mauer ist aus Eisen."

„O Nacht", dachte er, „warum bist du so süß heute? Warum läßt du die Sterblichen nicht in deinen Schoß? Und ihr Sterne, Klippen des nächtlichen Meeres, warum ist kein Schaum zu euren Füßen? Wer ist müde geworden? Wer will schlafen?"

„Es lebe der Frieden!"

„Raus aus der NATO!"

9

Die Parolen, die aus den Lautsprechern kamen und sich über die Stadt verbreiteten, störten den General dermaßen, daß er am liebsten selbst zu den Versammelten hinaufgegangen wäre, um sie mit einem Maschinengewehr zu liquidieren. Andererseits waren diese Parolen die beste Rechtfertigung für die Anwesenheit der „entrüsteten Bürger", dieses auf Befehl der Geheimpolizei von den verschiedenen Polizeirevieren in den Elendsquartieren zusammengelesenen Lumpenproletariats. Der General wußte von diesem Befehl, denn jedes Unternehmen gegen die Linken mußte erst von ihm genehmigt werden. Es war seine Leidenschaft, sein Laster. Die Lautsprechergeschichte lieferte also einen prächtigen Vorwand: Alle diese Leute, friedliche, nationalgesinnte Bürger, die sich zufällig im Stadtzentrum aufgehalten hatten, waren von den hetzerischen Parolen der Kommunisten angelockt worden und hatten es für ihre patriotische Pflicht gehalten, ihnen auf ihre Weise zu antworten. So ließ sich die Entstehung dieser Antiversammlung bestens begründen.

Der auf dem Schauplatz eintreffende Polizeidirektor war anderer

Ansicht. Er bestand darauf, einen Offizier mit dem Befehl hinaufzuschicken, die Außenlautsprecher abzuschalten. Der General erwiderte, dafür sei der richtige Zeitpunkt noch nicht gekommen. Der Direktor schien nicht sofort zu begreifen, warum, aber er war der Untergebene des Generals, und da er gelernt hatte, sich nicht in die Angelegenheiten der Geheimpolizei zu mischen, schwieg er. Die Leidenschaft des Generals für Probleme dieser Art hatte ihn im Laufe der Jahre dazu gebracht, sich strikt auf seine polizeilichen Pflichten zu beschränken und die verwickelten und komplexen Dinge ausschließlich dem alten Fuchs zu überlassen.

„Achten Sie darauf, daß keine Aufnahmen gemacht werden", sagte der General noch und ging weiter, am Rande des Trottoirs entlang. Der Polizeidirektor zündete sich eine Zigarette an.

10

Vaggos, der Päderast, saß unter Säcken versteckt auf der Ladefläche von Jangos' Fahrzeug und rauchte unruhig. Den Knüppel fest zwischen die Knie geklemmt, wartete er darauf, daß Jangos an die Trennscheibe zwischen Fahrersitz und Laderaum klopfen würde, um hinauszuspringen und zuzuschlagen.

Er hörte die Parolen nicht, er sah die Gesichter nicht, was um ihn herum vorging, interessierte ihn kaum. Er wußte sich geschützt, und für einen Kriminellen wie ihn war das ein kostbares Gefühl. Es sicherte ihm seine Anomalie. Sie würden ihn nie verhaften, nie in eine Zelle sperren. In seiner Phantasie nahm die Macht der Polizei mythische Dimensionen an. Er besaß in seinem Viertel ein kleines Fahrradvermietungsgeschäft und hatte täglich Knabenkundschaft. Um an sie heranzukommen, ließ er sie schon mal ohne Geld fahren oder pumpte ihnen Luft in ihre Bälle oder drückte ihnen einen Fünfer in die Hand. Zweimal wurde er eingesperrt, blieb jedoch nie länger als einen Tag hinter Gittern; seine Beschützer halfen ihm heraus, wie er ihnen half, wenn sie ihn brauchten.

Nach der Befreiung, als er geglaubt hatte, die Linken kämen an die Macht, hatte er sich beeilt, in die Parteijugend einzutreten. Als er dann aber merkte, daß die Waage nach rechts zeigte, lief er zur anderen Seite und bat sie, ihn wie einen Sohn aufzunehmen. Das Wichtigste war, immer die Vertreter des Gesetzes und der Ordnung auf seiner Seite zu haben. Einmal wurde er sogar Vorsitzender der „Nationalen Jugend" seines Stadtviertels Kato Toumpa. Doch irgend jemand verpfiff ihn und behauptete, er hätte den Jungen unsittliche Anträge gemacht, und sie setzten ihn wieder ab. Und als er zum Betreuer eines Ferienlagers für Jungen ernannt worden war, schafften es seine Feinde wiederum, ihn abzusägen. So blieb ihm nur die Polizei. Er versuchte, wenigstens mit ihr klarzukommen.

Die Krönung dieser Zusammenarbeit war es, als sie ihn einmal als Leibwächter der Königin Friederike einsetzten. Wie ein Geschenk Gottes selbst bewahrte er ein Foto von damals auf, das ihn neben der Königin zeigte. In die Spuren ihrer Stöckelschuhe treten zu dürfen, die mit ihren Düften vermischte Luft atmen zu können ist keine kleine Sache. Gewiß, die Frauen interessierten ihn nicht, aber eine Königin ist etwas anderes. Sie ist viel mehr als eine Frau. Sie ist das Symbol der Tugend. Wie hatte er in seinen Gebeten um Zwischenfälle während ihres offiziellen Besuchs gefleht! Aber wie gewöhnlich war nichts passiert. Wenn sie hochmütig und leichtfüßig vorüberging, traten die Bauern zurück und beugten ihre Köpfe bis zum Boden. Überall nur Blumensträuße, Geschenke, Frauen in Nationaltrachten, Glockengeläut, Willkommensreden der Bürgermeister, Geplauder mit Vereinsvorsitzenden, kleine Mädchen mit Schleifen im Haar, die Gedichtchen aufsagten und Sträuße von Feldblumen übergaben. Diesen Tag bewahrte er in seiner Erinnerung wie eine Belohnung für sein Leben, wie eine entscheidende Beförderung in seinem schwierigen Aufstieg zur Macht. Alles verändert sich an dem Tag, an dem man vom Beschützten zum Beschützer wird. Für Vaggos zählte nur noch das. Und mit dem langnasigen de Gaulle war es das gleiche: Man machte ihn zum Gruppenführer. Und heute hatte man ihn wieder – zusammen mit seinem Paten Jangos, einem mutigen, wenn auch nicht gerade bequemen Burschen – unter vielen anderen ausgewählt.

Als er sich eben eine neue Zigarette anzünden wollte, verspürte er den starken Wunsch zu onanieren. Auf der Ladefläche des Dreirads hin und her geschüttelt, angespannt in der Erwartung des

„Transports", empfand er das Bedürfnis, sich durch einen Akt zu erleichtern, der ihm oft geholfen hatte, wenn er den von ihm umworbenen Jungen nicht haben konnte. Gewöhnlich passierte es in der Dunkelheit eines anonymen Vorstadtkinos. Hier in diesem Kasten war es genauso dunkel. Er rief sich gewisse Szenen aus der Ferienkolonie in die Erinnerung zurück, die Nächte, in denen er seine Aufsichtsrunden durch die Schlafsäle machte, halb verrückt durch den zugleich scharfen und lieblichen Geruch reifender Knaben. Oder wenn er ihnen morgens beim Waschen zusah, mit ihren kleinen Hähnchen, halbnackt am Brunnen; wenn er um sie herumschlich und mit geheuchelter Fürsorglichkeit fragte, ob Seife oder ein Handtuch fehle, während er sie in Wirklichkeit mit den Augen verschlang und sich nach ihnen sehnte. Mit diesen Bildern steuerte er dem Orgasmus zu, doch bevor es soweit war, schreckte ihn das verabredete Zeichen auf. Er sprang hoch, überzeugte sich, daß der Revolver in seiner Tasche war, packte den Knüppel und hielt sich zum Angriff bereit. Im nächsten Augenblick spürte er, daß die Maschine sanft bremste, dann zum Stehen kam. Bevor er heruntersprang, sah er das kreisende Warnlicht eines sich rasch nähernden Ambulanzwagens. Die Ambulanz hielt zwei Meter hinter dem „Kamikasi". Inzwischen war Jangos vom Sitz geklettert und stand neben ihm.

„Wen schlagen wir?"

„Den Verletzten in der Ambulanz."

„Zu Tode?"

„Bis er bewußtlos ist."

Vaggos sah sich um und bemerkte, daß er sich in der Ionos-Dragoumi-Straße befand, nicht weit von der Neuen Alexanderstraße, und im ersten Moment erschien es ihm riskant, sich in einer so belebten Gegend zu produzieren. Doch schon umringten mehrere Komparsen die Ambulanz – unter ihnen erkannte er den Dompteur und Jimmy den Boxer – und bildeten mit ihren stämmigen Körpern einen Wall, der den Krankenwagen samt Inhalt den Blicken Neugieriger entzog. Er und Jangos liefen zur Rückseite des Wagens und rissen brutal die Tür auf.

Ein mittelgroßer, blasser Mann mit blutigem Kopf lag auf der Bahre. Mit schwachen Bewegungen versuchte er, sich zu wehren, wie eine auf den Rücken gefallene Ameise nach einem Haltepunkt sucht. Jangos packte ihn an den Beinen, und Vaggos schlug ihm mit dem Knüppel auf den Kopf. Der Schlag mußte sein Ziel verfehlt haben, denn der Mann bewegte sich noch. Vaggos hob den Knüppel zum zweitenmal und schlug dröhnend gegen das niedrige Blechdach des Wagens. Der Verletzte begann um Hilfe zu schreien. Um ihn zum Schweigen zu bringen, stopfte ihm Vaggos den Mund mit der Hand, derselben, mit der er kurz vorher sein Ding gerieben hatte. Doch der Verletzte grub seine Zähne in die Hand, und Vaggos brüllte vor Schmerz. „Dreckiger Hund, willst du nicht krepieren?" schrie er. In diesem Moment gewahrte er das erschrockene Gesicht des Fahrers hinter der Zwischenscheibe, dann das Gesicht des Pflegers, der mit unentschlossenen Bewegungen versuchte, Jangos von seinem hilflosen Opfer abzudrängen. Der Verletzte schien mit der Bahre zusammengeschweißt. Erst mit viel Mühe gelang es den beiden, ihn endlich aus dem Wagen zu zerren.

„Gib's ihm, dem Bulgaren!"

„Gib's dem Verräter!"

„Mehr! Noch mehr!"

Ihre Arbeit war getan. Der Dompteur und Jimmy der Boxer sollten für alles weitere sorgen. Vaggos sah, wie sie sich auf die geballten Fäuste bliesen. Das Opfer lag halb bewußtlos auf dem Asphalt.

„Verschwinde!" befahl er dem Fahrer der Ambulanz. Der Pfleger schloß eilig die Doppeltür von innen, und der Wagen fuhr ab.

Jangos kehrte zu seinem Dreirad zurück, Vaggos folgte ihm und sprang hinten auf. Von oben konnte er die ganze Szene beobachten: Nachdem sie ihre „Arbeit" unter den rhythmisch anfeuernden Rufen entrüsteter Bürger – „Schlagt ihn tot, den Lumpen!" – verrichtet hatten, ließen sie ihn liegen und gingen davon. Im gleichen Moment startete Jangos. Bevor sie um die Ecke bogen, sah Vaggos eben noch zwei Passanten, die sich über den leblosen Körper beugten und ihn aufzurichten versuchten. Es schien ihm zweifelhaft, ob sie es schaffen würden.

11

Der Mensch, der sich, von zwei Männern gestützt, zur Station für Erste Hilfe schleppte, nachdem er wie durch ein Wunder dem Lynchen mitten auf der Ionos-Dragoumi-Straße entgangen war, war der EDA-Abgeordnete Giorgos Pirouchas, an diesem Tage auf der Durchreise in Saloniki.

Pirouchas hatte weder einen Grund, sich heute hier zu befinden, noch an diesem Abend zur Versammlung der Freunde des Friedens zu gehen, aber letzte Nacht war er mit Z. in Athen zusammen gewesen, sie hatten Gedichte von einer Schallplatte gehört, und plötzlich hatte Z. gesagt: „Morgen werde ich auf einer Versammlung in Saloniki sprechen." Pirouchas zog eine Grimasse. „Warum machst du so ein Gesicht?" fragte Z. – „Ich sag' dir nichts. Ich rate dir nicht ab hinzufahren. Aber sei vorsichtig. Ich bin aus der Gegend, ich kenne die Leute. Hör einen letzten Rat: Wenn sie prügeln, genier dich nicht, ihnen zu antworten. Laß dir nichts gefallen." – „Giorgos", erwiderte Z., „wenn ich jemand schlage, bleibt er liegen. Das will ich nicht." Pirouchas nahm noch in derselben Nacht den Zug, ohne es Z. zu sagen, und war schon früh am nächsten Morgen in Saloniki. Man unterrichtete ihn sofort über die Schwierigkeiten bei der Beschaffung des Saals und über die Gerüchte von einem Attentat gegen Z. Er bekam die ersten Unruhen vor der „Katakombe" mit und verschob seine Weiterreise nach Kavalla, weil er heute abend bei Z. sein wollte.

Pirouchas bewunderte Z.s Mut, sein großes Herz. Als er selbst vor einem halben Jahr erkrankte und in Athen in ein Krankenhaus eingeliefert worden war, hatte sich Z. brüderlich um ihn gekümmert. Mit einem Telefongespräch vermochte er alle Türen zu öffnen, denn jeder schätzte ihn. Seine Bewunderung für diesen so ungewöhnlichen Mann, der zuweilen eine kindliche Unkenntnis der Welt verriet, weckte ein väterliches Gefühl in ihm, und er wollte ihn schützen.

„Wenn sie ihn schon vor der Versammlung verletzt haben", dachte Pirouchas, „werden sie danach zum Schlimmsten entschlossen sein." Er wußte, wie stolz und mutig Z. war, und deshalb wollte er ihn beschwören, nicht allein, sondern nur mit ihm und von ein paar kräftigen Burschen umringt das Haus zu verlassen. Wenn er sich weigerte, wollte er ihn dazu zwingen.

Er verließ also das Parteibüro der EDA, wo er gemeinsam mit Tokatlidis, dem einzigen, den er zu dieser Stunde dort antraf, die Entwicklung der Ereignisse am Telefon verfolgt hatte. Beide begaben sich zur Versammlung. Er hatte Herzschmerzen, er war noch Rekonvaleszent, aber er kümmerte sich nicht darum. Sein Instinkt drängte ihn zur Versammlung. Mit der Plakette des Abgeordneten im Knopfloch hoffte er, leichter durchzukommen.

Der Weg vom Parteibüro bis zum Versammlungsort war nicht weit. Sobald er in die Hermes-Straße einbog, hörte er von weitem das Grollen dieser Nacht des Zorns. Ein Schauder überlief ihn. „Diesmal", dachte er, „haben sie die Löwen in die Arena gelassen." Je näher er kam, um so deutlicher drangen die Schreie zu ihm. Nie hätte er ein solches Bild entfesselter Wildheit erwartet. Kleinere, planvoll verteilte Gruppen, zwischen denen weitere Provokateure die Fäden ihres Spinnennetzes zogen und auf das Erscheinen des Vogels lauerten. Obwohl noch geschwächt und kränklich, unternahm Pirouchas den großen Startsprung zum Eingang des Gebäudes. Anfangs achtete niemand auf ihn. Er überquerte das verminte Feld wie ein Minenräumer, der seine Arbeit versteht. Er fühlte sich erniedrigt. Er versuchte, sich die Gesichter um ihn herum einzuprägen, denn die Niederträchtigkeit dieser Nacht sollte durch ihn zum Thema einer großen Debatte im Parlament werden.

Als Abgeordneter hielt er es für richtig, sich zunächst an den Polizeichef zu wenden. Er fragte einen Polizisten und bekam die Antwort, er habe ihn irgendwo in Zivil gesehen, könne ihn aber in der Dunkelheit nicht mehr ausfindig machen. Zwischen den Polizisten und Randalierern hindurch erreichte er schließlich den Eingang des Gebäudes. Ein Unteroffizier, ein Gefreiter und ein Gendarm, ihm völlig unbekannt, hielten dort Wache – wen bewachten sie? Sie versicherten ihm, daß er ohne Gefahr eintreten könne. Die Außenlautsprecher auf dem Balkon waren verstummt. Um ihn herum war das Pflaster mit Steinen, Holz- und Eisenstücken besät, Dingen, die von den Tollwütigen gegen die Mauer des Gebäudes geworfen worden und vor den Eingang gefallen waren.

Er erhielt einen Schlag auf den Kopf und spürte, daß sich die Welt ihm entzog. Er drehte sich um und sah einen breitschultrigen jungen Mann mit einer Eisenstange in den Händen, der schon zum zweiten Schlag ausholte. Blut begann über seine trockenen, durchfurchten Wangen zu rieseln. Halb betäubt, gewahrte er den Unteroffizier, den Gefreiten und den Gendarmen, stumme, noch immer regungslos verharrende Zeugen gleich Statuen in öffentlichen Anlagen.

„Warum verhaften Sie ihn nicht?" rief er.

„Nur Ruhe!" sagte der Unteroffizier lakonisch.

„Was heißt Ruhe? Er hat mich verletzt! Ich bin Abgeordneter! Abgeordneter!"

Bei diesen Worten verließen ihn die Kräfte. Tokatlidis griff ihm im letzten Moment unter die Arme und schleppte ihn hinter die Eisentür. Er zog ein Taschentuch heraus, um das Blut abzuwischen. Ein Taxi hielt vor dem Eingang: eine unverhoffte Möglichkeit, Pirouchas schnellstens ins Krankenhaus zu bringen. Doch bevor Tokatlidis es anrufen konnte, näherten sich einige Randalierer dem Taxi und schickten es unter Drohungen weg. Die Polizisten rührten keinen Finger.

In der Tiefe seiner Betäubung, während sein Blut noch immer rieselte und sein Herz sich mählich erschöpfte, hörte Pirouchas sich murmeln:

„Jemand muß Z. sagen, daß er nicht allein herauskommen darf. Das sind Kannibalen. Sie werden ihn töten."

In diesem Moment überquerte zufällig eine Ambulanz den Platz. Von der Schwelle aus hielt Tokatlidis sie an und bestand darauf, daß sie den Verletzten mitnähme. Doch schon umringten etwa zwanzig Dinosaurier den Wagen und ließen ihn nicht heranfahren. Ein Mann mit einem Regenschirm rief:

„Der Wagen ist für Menschen bestimmt, nicht für solche!"

Mit der Spitze des Schirms wies er auf den Schwerverletzten an der Tür. Dieser Mann sah wie ein englischer Lord aus. Tadelloser Maßanzug, glatt gebürstetes Haar, man hätte ihn für einen Orchesterdirigenten halten können. Tokatlidis und zwei Pazifisten, die hinter der Tür gestanden hatten, trugen Pirouchas zum Wagen. Der Regenschirm hob sich drohend gegen sie. Einem bebrillten Polizeihauptmann, der sich in der Nähe befand, rief Tokatlidis zu:

„Sehen Sie denn nicht, daß wir wieder angegriffen werden?"

Der Offizier mit der Brille fand sich dazu bereit, dem Mann mit dem Schirm zu sagen: „Los! Machen Sie Platz!" – Weitere Maßnahmen schien er nicht für nötig zu halten. Der Dandy entfernte sich unter Drohungen und Flüchen.

Sie schafften Pirouchas zum Wagen und legten ihn auf die Bahre, blutend und halb bewußtlos.

Tokatlidis und seine Helfer wollten mitfahren, aber man ließ es nicht zu.

„Es ist unumgänglich! Sie werden ihn lynchen. Sehen Sie nicht, daß sie über ihn herfallen wollen?"

„Da ist ja noch der Krankenpfleger", antwortete der Hauptmann.

Die Ambulanz startete und schaltete ihre Sirene ein, um die entfesselte Menge auseinanderzutreiben. Aber als hätte die Sirene sie elektrisiert, folgte die rasende Meute dem Wagen, umzingelte ihn, schlug auf die Motorhaube ein, zerbrach die Scheiben, wild vor Durst, vor Durst nach Blut.

Auf dem gegenüberliegenden Bürgersteig beobachtete der General befriedigt die Szene. Mit diesem Pirouchas hatte er eine alte Rechnung zu begleichen, die noch aus der Besatzungszeit stammte. Beide hatten sie am Widerstand in politisch rivalisierenden Einheiten teilgenommen, die fest entschlossen waren, sich gegenseitig zu liquidieren. Jetzt würde endlich die irdische Gerechtigkeit triumphieren. Er selbst ein General, der andere Abgeordneter und nun der harten Rasse der Dickhäuter ausgeliefert.

Tokatlidis sah, wie die Horde den Krankenwagen überfiel, er sah die Typen, die Catcher hätten sein können, und lief hinterher, um Pirouchas zu helfen, doch er geriet in eine Lawine von Schlägen, Steine regneten buchstäblich vom Himmel herab, der Asphalt war voller Fußangeln, und er sah sich gezwungen zurückzukehren, hinter das eiserne Tor, seine einzige Chance.

Allein in der Ambulanz, diesem Käfig aus zersplittertem Glas, aus Blech, das unter einem Hagel von Faustschlägen dröhnte, während das kreisende Warnlicht seine streifenden Blitze über die drängende Menge warf, glaubte der Abgeordnete, daß sein Ende nahe sei. Alles war so schnell gegangen, daß er nicht einmal Zeit fand, sich klarzumachen, wie es geschehen war.

Er war kaum aus dem Krankenhaus heraus, und nun brachte ihn diese Ambulanz wieder ins Krankenhaus zurück. Aber diesmal war er fast sicher, daß er es nicht lebend erreichen würde. Z. hatte noch eine Chance davonzukommen. Wenn er ihrer Wut als Blitzableiter diente, konnte er vielleicht das Schlimmste für den Freund verhindern. Er wünschte es: Z. brauchte man nötiger als ihn, der sein Bestes schon gegeben hatte. Seit 1935 kämpfte er, hatte nacheinander die Kerker von Metaxas, die Gefechte des Widerstands, den Bürgerkrieg und die Verbannung kennengelernt, und er hatte sie überlebt. Seit fünf Jahren war er Abgeordneter eines Wahlkreises, dessen Tabakfelder Jahr um Jahr mehr verkamen, einer Arbeiterstadt, deren Bewohner aus Mangel an Arbeit einer nach dem anderen emigrierten. Er hatte getan, was er konnte, aber er hielt sich nicht für unersetzlich. Ein anderer hätte diese Arbeit genausogut machen können. Doch Z. war unersetzlich. Er hatte sich vor kurzem erst frisch in den Kampf geworfen, unverletzt, unangetastet. Mit seinem Mut und seinem Wissen hatte er viel zu bieten. „Wenn ich wenigstens statt seiner fiele", dachte er.

In ihm stiegen nun Bilder auf, er wußte nicht, woher, Bilder von Negern, die gelyncht wurden, wie er es so oft in den Zeitungen gelesen hatte. Unter dem Vorwand, eine weiße Frau vergewaltigt zu haben – pure Lügen –, jagt man den Schwarzen wie ein Tier, kreist ihn ein, treibt ihn auf einen Bauplatz oder zu einem anderen verlassenen Ort und überläßt ihn der Wut des Pöbels. Und plötzlich überkam ihn Mitleid für diese Neger, die einen Tod sterben, der schrecklicher ist als der auf dem elektrischen Stuhl.

Der Verletzte bewegte sich wieder, hob seine Hand und tastete über sein Gesicht. Das Blut war jetzt trocken. Er dachte an seine Tochter, die Landwirtschaft studierte, er sah ihre leuchtenden Augen. Wenn sie wüßte, wo sich ihr Vater jetzt befand und in welchem Zustand! Morgen früh würde sie alles in der Zeitung lesen und bitterlich weinen.

Er könnte von Glück sagen, wenn auch er morgen früh imstande wäre, Zeitungen zu lesen.

Er sah seine Verfolger nicht, spürte aber, daß sie einen Wall um den Wagen bildeten. Der Krankenwagen erinnerte ihn plötzlich an die Lastwagenwracks, die statt Rädern Betonklötze haben, versteinerte Zelte für die Armen am Rande aller Großstädte, den Wohnwagen der Zigeuner benachbart. Der Krankenwagen fuhr nicht mehr. Sie hatten ihn eingemauert, wie man Fenster mit Ziegelsteinen zumauert, um die Sonne nicht hereinzulassen.

Er hatte nicht mehr die Kraft, sich zu wehren. „Die Stunde ist gekommen", sagte er sich. Er sah, wie die Doppeltür geöffnet wurde und zwei apokalyptische Ungeheuer eindrangen. Dann konnte er sich an nichts mehr erinnern.

Auf der Station für Erste Hilfe kam er wieder zu sich, und während man seine Wunden pflegte, fragte er sich, dank welchen Wunders er noch am Leben war.

12

Der Dompteur alias Varonaros alias Varonas hatte nach Kräften zugeschlagen, er fühlte sich gesättigt und zufrieden. Er wischte sich die Hände an seiner Hose ab und ging zurück, um sich von neuem an die Arbeit zu machen. Als er zwei Männer bemerkte, die sich um Pirouchas kümmerten, rief er sie ohne sonderliches Interesse an:

„Was treibt ihr da mit diesem Bulgaren?"

„Wir Makedonier haben es ihm mal gezeigt", sagte einer neben ihm. Er erkannte Jimmy den Boxer, nickte und fügte hinzu:

„Schade, daß es nur eine halbe Portion war. War kaum der Mühe wert."

„Halbe Portion oder nicht, jedenfalls ist er einer von ihren Abgeordneten."

Varonaros schwieg. Er wußte nicht genau, was ein Abgeordneter war. Und, beim heiligen Kreuz, es war ihm auch völlig schnurz.

Heute war er früher nach Hause gekommen, weil Mittwoch war und die Geschäfte am Nachmittag geschlossen blieben. Er hatte die Absicht, gegen Abend zu seinem Stand zurückzukehren, um die Ware abzunehmen, die Giorgos, der Zwischenhändler, bringen wollte. Es sollten frische Feigen aus Michaniona sein, die ersten des Jahres, die er unter einem angefeuchteten Stück Leinen ausbreiten würde, um sie bis zum nächsten Morgen frisch und appetitlich zu halten. Dann würde er wieder nach Hause gehen und sich mit seinen Distelfinken, Buchfinken und Nachtigallen beschäftigen. Er hatte eine ganze Sammlung von Singvögeln auf dem Hof hinter seinem Haus und verbrachte Stunden um Stunden in ihrer Gesellschaft. Gegen sieben jedoch, als er auf seinem Bett lag, kam Leandros zu ihm. Diesen Leandros konnte er nicht ausstehen. Er ließ ihn herein.

„Das Mastodon will dich sprechen."

„Was will er? Ich habe zu tun."

„Wahrhaftig, er will mit dir reden, oder glaubst du, ich käme heute abend hierher, bloß um deine Fresse zu sehen?"

„Ich muß noch zu meinem Stand, muß auf Giorgos warten, der mir Feigen aus Michaniona bringt."

„Erzähl das von mir aus dem Kommissar."

„Sag ihm, du hättest mich nicht gefunden."

„Kerle wie dich übersieht man nicht."

„Sag ihm, ich wäre nicht zu Hause gewesen."

„Warum? Sollen wir vielleicht allein die Katze aus dem Sack holen?"

„Reg dich nicht auf. Was gibt's denn schon wieder?"

„Sieht so aus, als wär's dringend."

Schweren Herzens folgte er ihm zum Revier. Die Einladungen des Mastodons jagten ihm eine Gänsehaut über den Rücken. Immer, oder fast immer, hatten sie etwas mit Schlägereien zu tun. Man würde ihn wieder mal irgendwohin schicken, um jemand zu vertobacken. Und Varonaros besaß die Güte dicker Menschen. Das Prügeln fiel ihm nicht schwer, deshalb machte es ihm auch keinen Spaß.

„Willkommen, Goliath! Setz dich."

Der Kommissar, in Zivil, rauchte nervös hinter seinem Schreibtisch.

Varonaros nahm einen Stuhl, der unter seinem Hintern förmlich verschwand.

„Also, heute abend werde ich dich zu einer Versammlung bringen, wo die andern auch schon sind. Ich nehme dich in meinem Wagen mit. Wir fahren gleich!"

„Herr Kommissar", bat Varonaros, „heute abend erwarte ich Feigen aus Michaniona, und ich muß an meinem Stand sein."

„Dein Stand ist hundert Meter von der Stelle entfernt, zu der ich dich bringe."

„Aber wenn ich bei der ‚Arbeit' bin, kann ich nicht gleichzeitig an meinem Stand sein. Und Feigen sind eine empfindliche Ware. Wenn man nicht aufpaßt, stinken sie wie Fische. Ich habe sie im voraus bezahlt, und der Typ, der sie mir bringt . . ."

„Hör zu, Dompteur", unterbrach ihn der Kommissar, „Feigen verkaufen ist nicht alles. Man muß auch einen Stand haben."

„Ich habe einen, Herr Kommissar."

„Ich weiß, du hast einen, den Stand der Witwe. Aber wer Stand sagt, meint auch die Genehmigung für den Stand. Kapiert?"

„Die Witwe hat eine Genehmigung."

„Das weiß ich, Idiot! Und wer hat ihr diese Genehmigung gegeben? Wer hat sie unterschrieben?"

„Sie selbst, Herr Kommissar."

„Na also. Wenn du ein bißchen Verstand hast, mußt du kapieren, daß ich diese Genehmigung entziehen oder sie nicht erneuern kann. Ich finde schon irgendeinen Grund."

Varonaros versank in Grübeln.

„Wirst du also kommen?"

„Läßt es sich machen, daß ich nicht komme?"

„Heute abend will ich, daß du aus Leibeskräften mitmachst."

„Mir wär's lieber, ich brauchte nicht zu prügeln, Herr Kommissar."

„Hör mal zu, Varonaros, wenn man Lust aufs Tanzen kriegen will, muß man tanzen. Jangos, Vaggos, alle sind schon da."

Er hielt inne und sah ihm scharf in die Augen.

„Etwas anderes", begann er wieder. „Ich hörte, du hast in letzter Zeit Kontakt zu einem Kommunisten, der sich an deinem Stand versorgt. Hast du etwa das Spiel gewechselt und bist jetzt einer von denen? Wer weiß, vielleicht . . ."

„Ich schwör 's beim heiligen Kreuz, nein, tausendmal nein! Jedesmal sage ich ihm, er soll zu einem anderen Händler gehen. Aber er kommt wieder. Man kann einen Kunden nicht so leicht wegschikken. Der Kunde hat immer recht. Aber ich spreche nie mit ihm. Ich sage ihm immer, ich hätte es eilig."

Das Mastodon lächelte.

„Du redest, als ob du irgend etwas zu verbergen hättest. Aber jetzt Schluß, wir wollen keine Zeit mehr verlieren."

Die drei verließen das Revier. Varonaros stieg vorne in den Wagen, Leandros hinten. Varonaros bewunderte die Limousine des Mastodons. Vorne an der Schutzscheibe hing ein kleiner Bär, der hin und her hüpfte, solange sie über die miserablen Straßen des Armenviertels fuhren.

„Wer soll's heute abend kriegen?" erkundigte er sich.

„Einer, der aus Athen kommt, um über den Frieden zu quatschen. Die Kommunisten wollen ihn groß empfangen. Wir werden ihnen eine höllische Abreibung verpassen. Der Typ ist in der letzten Zeit zu wichtig geworden."

„Warum ist er wichtig geworden, Herr Kommissar?"

„Weil er ausgekocht ist und keine Angst hat zuzuschlagen. Deshalb brauchen wir auch starke Burschen wie dich."

Varonaros sah, wie der kleine Bär hüpfte, und lachte.

„Dieser Typ hat die Unverschämtheit besessen, eine Genossin nach London zu schicken, um das Kleid unserer Königin zu zerreißen."

„Was? Er hat's gewagt, unserer Königin was zu tun?"

„Selbst hat er's nicht getan, Idiot. Er hat's durch jemand anders machen lassen. Und im Parlament hat er einem unserer Abgeordneten ein blaues Auge geschlagen."

Varonaros kratzte sich an seinen Eiern.

In diesem Moment dachte Varonaros an seine Feigen. Der Landbus von Michaniona kam immer zehn Minuten nach acht. Mit den Körben mußte man eine gute Viertelstunde vom Busbahnhof bis zum Stand rechnen. Um halb neun würde Giorgos also dasein. Er mußte zusehen, ob er sich um diese Zeit verdrücken, die Ware abnehmen, zudecken und anfeuchten konnte.

„Wie spät ist es?" fragte er.

„Viertel vor acht. Weshalb?"

„Nur so."

„Denkst du an die Feigen?"

„Nein."

„Wenn du willst, daß ich die Genehmigung der Witwe erneuere, halte dich heute abend wacker, verstanden?"

Er stoppte das Auto und ließ die beiden aussteigen.

„Ich komme von der anderen Seite", sagte der Kommissar. „Ich muß den Wagen parken. Ich werde euch im Auge behalten."

Varonaros verlor sich in der Menge der tobenden Gegendemonstranten. Er war der einzige, der nicht brüllte. Er tat überhaupt nichts, bis einer zu ihm sagte:

„Sieh da! Der Pirouchas. Lauf hin und gib's ihm."

Der Idiot glaubte, es sei der Typ, über den der Kommissar im Wagen gesprochen hatte. Er fiel aus allen Wolken. Das sollte der „Ausgekochte" sein? Diese Fehlgeburt?

Als die Arbeit erledigt war, erfuhr er von Jimmy dem Boxer, daß die „in Frage stehende Person" jemand anders war. Dieser Jemand hatte die Versammlung noch nicht verlassen. Es konnte nicht mehr lange dauern.

„Wann kommt er raus?"

„Woher soll ich das wissen?"

Varonaros schloß daraus, daß er Zeit genug hätte, einen Sprung zu seinem Stand zu machen. Er verließ Jimmy und bog in eine schmale Nebenstraße ein.

Der geschlossene Modianomarkt sah wie ein großer Friedhof aus. Es roch nach Fisch und Fleisch. Da gab es Schaukästen mit eingefrorenen Produkten, Körbe voll Gemüse. Er begrüßte den Wächter der Passage, der eben den Boden säuberte. Als er zu seinem Stand kam, standen die Körbe schon dort. Der Zwischenhändler hatte sie einfach vor die Tür gestellt, da die Ware schon bezahlt war. Er riß das Tuch, mit dem die Körbe zugedeckt waren, hoch: frische Feigen aus Michaniona, groß wie Eier, mit einer Lage Feigenblätter zwischen jeder Schicht, damit sie während des Transports nicht beschädigt würden. Er nahm eine Feige und aß sie mit der Schale. Dann leerte er eilig einen Korb nach dem anderen auf den Boden aus. Mit den Händen breitete er die Früchte gleichmäßig auseinander und nahm sich gelegentlich die Zeit, eine besonders saftige zu essen. Die zwischen den Feigen liegenden Blätter entfernte er nicht, weil es ihn aufgehalten hätte. Morgen würde er diese frischen, riesigen Feigen für einen guten Preis an Feinschmecker verkaufen. Er bedeckte sie wieder mit Sackleinen, lieh sich den Gummischlauch des Wächters und bespritzte das Leinen mit Wasser. Er zog den Eisenvorhang herunter, schloß seinen Stand und schlich sich unauffällig unter die Dinosaurier zurück, da er fürchtete, daß der Kommissar seine Abwesenheit bemerkt haben könnte.

Nachdem Varonaros ihn verlassen hatte, wandte sich Jimmy der Boxer wieder den Manifestanten zu. Auch er fand keinen Spaß an dieser Art „Arbeit". Er war Boxer, daher sein Spitzname. Faustschläge austeilen war für ihn ein Sport. Aber auf den ersten besten loszuschlagen, der nicht einmal wußte, wie man Schläge parierte, hatte nichts Amüsantes für ihn. Es war einfach absurd.

Was sollte er aber machen? Er arbeitete im Hafen und hatte selten zu tun. Jeden Morgen ging er mit seinem Traggurt zu den Docks, stellte sich mit den andern in die Reihe und wartete darauf, zur Entladung eines Schiffs gerufen zu werden. Der Hafen von Saloniki war so gut wie tot. Ab und zu nur ein Schiff und viele wartende Arbeiter. Wenn es einmal Arbeit gab, kam der von der Polizei bezahlte Gewerkschaftsmann und teilte sie unter seinen eigenen Leuten auf. Anfangs wußte er nicht, verstand nicht, warum er immer ohne Arbeit blieb. Er wurde wütend, fluchte und ging. Doch am nächsten Morgen stand er, ob Sonne oder Regen, wieder hoffnungsvoll in der Reihe . . . Eines Tages nahm ihn ein Kollege, Vlamis, der älteste und erfahrenste Hafenarbeiter, beiseite:

„Du bist doch in Rußland geboren."

„Ja."

„In Batum?"

„Ja."

„Nun, mein Alter, für die Bonzen bist du eben ein Kommunist. Deshalb bescheißen sie dich bei der Arbeit."

„Was kann ich denn dafür, daß ich in Batum geboren bin?"

„Niemand sagt, daß du was dafür kannst. Aber sie sind nun mal mißtrauisch. Wenn du willst, sag' ich ihnen, daß du bei uns mitmachst. Sofort wird die Situation sich ändern."

„Mitmachst? Wobei?"

„Nicht wichtig. Kleinkram, nichts weiter."

„Sag, daß ich einverstanden bin. Ich hab' Muskeln, Lust hab' ich auch. Ich will nur arbeiten."

Ein paar Tage später kam ein unbekannter Typ vom Freihafen zu ihm und redete von der kommunistischen Gefahr, die das Land bedrohe, von der linken Kanaille, die ihre Gegner mit Konservendosen abschlachteten. Er fügte hinzu, daß die Gefahr in Saloniki besonders groß sei, denn beim ersten „Bumm!" würden die Bulgaren über sie herfallen, da sie nach einem Zugang zum Meer verlangten. „Du bist Hafenarbeiter, du weißt, wie wichtig Schiffe sind. Und weil du Boxer bist", schloß er, „und wir gerade Muskelmänner brauchen, wird man dir bei Gelegenheit ein Zeichen geben."

Jimmy nahm das Angebot eifrig an. Von dem, was ihm der Typ da predigte, verstand er nicht viel, aber schon am nächsten Tag merkte er den Unterschied: Er wurde als erster gerufen, als es Arbeit gab, und er leistete sich den Luxus, fünf oder sogar sechs Tage pro Woche zu arbeiten. Man hatte ihm die Kennummer „sieben" gegeben. Ab und zu holten sie ihn zu Versammlungen, und er schlug ein wenig mit den Fäusten herum. Doch ganz tief in seinem Innern hörte er nicht auf, das Boxen für einen Sport zu halten.

Er fand sich wieder im Zentrum der Unruhe, nachdem die Sache mit der Ambulanz erledigt war. Er begrüßte ein paar seiner Hafenkollegen, die Steine warfen, brüllten und dabei Erdnüsse kauten.

13

Jemand berichtete Z., daß Pirouchas auf dem Weg zur Versammlung verletzt worden sei, daß man ihn brutal verprügelt habe und daß er nun im Krankenhaus liege. Z. wußte, wie schwach Pirouchas' Herz war. Mehr als zwei Monate hatte er ihn gepflegt, während er im Athener Krankenhaus gelegen hatte. Spathopoulos war verschwunden. Pirouchas ausgeschaltet. Jetzt war er selbst dran. Er hatte keinerlei Anlaß, Angst zu haben.

Allein auf dem Podest, mußte er heute entschlossener denn je für den Frieden eintreten. Alles, was er bis dahin angeführt hatte – Zahlen, Statistiken, Zitate großer Männer –, all das war zwar gut gewesen, hatte aber nicht das wiedergegeben, was ihm am Herzen lag.

Es fiel ihm schwer, die richtigen Worte zu finden, denn an diesem Abend bedrückte ihn etwas, schnürte ihm die Kehle zu, ein Protest, der sich über diese Stadt, dieses Land, diese Erde erheben und die anderen Planeten erreichen sollte.

Denn das Leben war es wert, gelebt zu werden. Er resignierte vor keinem Tod. Selbst den biologischen Tod, dem er jeden Tag in seinem Beruf entgegentrat, akzeptierte er nicht. Eine unmerkliche Bangigkeit hatte ihn erfaßt. Eingesperrt in diesen Saal mit seinen verschlossenen Läden, vor diesen Menschen, die sich drängten, um ihn zu hören, mit dem in Wellen wiederkehrenden Schwindelgefühl, allein und verletzt, ein neuer heiliger Stefan, gesteinigt von den Ungläubigen, in deren ersten Reihen sich der Zenturion Saul befand, der später, nach seiner Vision auf dem Weg nach Damaskus, bitterlich bereute und sich in Paulus, den Herold, den Apostel der neuen Religion, verwandelte, ohne ihre Augen, die er niemals hatte wahrhaft besitzen können, ohne die Stimme dieser Frau, die jetzt in einem sicheren Haus die Kinder füttern würde, welche Sehnsucht, wie viele auf immer verlorene Kiesel an den Küsten seiner Kindheit, nahe dem väterlichen Haus, das Dorf verborgen vom Hügel, ein kleines Gebiß, dem die verfaulenden Zähne der Häuser einer nach dem andern ausfielen, nur die Vogelscheuchen und Brotöfen der verlassenen Höfe blieben, in denen niemand mehr das körnige Bauernbrot bäckt; sechs Uhr, die Stunde, in der die Ziegen gemolken werden, abends im Café die Bauern, er ein kleines Kind, die von den nutzlos gewordenen Rudern sprechen, kleiner Fluß, Wiege meiner ersten Liebe, wir sind zusammen groß geworden, ohne uns je zu berühren, jetzt bist du trocken, weiße Kiesel in deinem Bett wie Totenknochen, und ich bin der geworden, der ich heute bin, ohne die Augen dieser Frau, ohne daß jemand erfuhr, wie sehr ich sie liebte; eines Tages ging sie fort, in ein anderes Land, heiratete, gebar Kinder, und sie wird nicht zurückkommen, vielleicht nach Jahren, eine alte Frau in die Mutter Erde zurück; man hat uns in enge Gassen gelockt und uns die Dinge gelehrt, die wir jetzt vergessen müssen, um die zu lernen, die wir lernen müssen, ohne daß man sie uns je gelehrt hätte, diese Armut, die sich auf Armut häuft, ich, ganz klein, vor dem großen Bettler der Menschheit, „Barmherzigkeit, bitte, weil es regnet"; eine Gardenie in der Kneipe, in Silberpapier gewickelt, die Frau steckte sie an ihre Brust, und dann die platzenden Ballons wie die salutschießenden Kanonen des Lykabetos an festlichen Tagen, zerplatzen in kleine Fetzen, die Luftballons, die aufsteigen wollten, und die deine schwache Hand festhielt; alles, die Musik, dein Blick, der um ein Jahrzehnt zurückschauen konnte, ohne daß die Augäpfel sich drehten, damals, als du fast ein junges Mädchen warst und ich dich liebte, dich bewunderte und wollte, daß du mein wirst; wie ist dein Gesicht zerfurcht, wie ist mein Haar dünner, wie sind unsere Körper schwerer geworden; das Absolute, wenn ich dich an mich drückte, wenn niemand da war, der uns sehen konnte, wenn nichts anderes zählte als dieser gegenwärtige Augenblick, dieses Absolute finde ich jetzt wieder in der Idee, der Idee, die alles und alle enthält, und nun schwebe ich über dem Wolkenozean, weil ich nicht sterben will.

Schon als er heute morgen wach geworden war, hatte er dieses bedrückende Gefühl verspürt. Als er das Haus verließ, küßte er seine Frau, küßte er auch die Kinder, steckte er ihre Fotos zu sich, um sie den Freunden zu zeigen. Doch dann betrachtete er sie selbst während des ganzen Fluges, zum erstenmal sentimental angerührt von etwas, das er bisher als notwendiges Übel angesehen hatte: die Familie. Das Leben kapselte sich nicht in vorfabrizierten gesellschaftlichen Formen ab. Darüber hinaus gab es eine andere unendliche Gemeinschaft.

Seine Bewegungen, seine Taten waren nicht die Bewegungen und Taten eines Politikers. Er besaß nicht die kühle Logik, die zu Kompromissen führt und allen erlaubt zu überleben, allen außer den Helden. Gewaltsame Gefühle drängten ihn zu gewaltsamen Taten, doch nicht im Negativen, nur im Positiven: Er wollte überzeugen, versöhnen, führen.

Nein, er war allein. Tausenden von Toten vor ihm wäre es nicht einmal gelungen, all das zu fassen, was ihn im Moment beschäftigte, unter sich die Bilder eines bald in den Archiven der Ewigkeit einrangierten Lebens zu sammeln. Als Kind hatte er mit Klebebildern gespielt. Später wurden die Klebebilder Wirklichkeit. Und er hatte Träume. Er wollte ein Schiff besteigen und die Welt kennenlernen. Vor einem Monat war er allein auf den Grabhügel von Marathon gestiegen. Er hatte den Marsch allein gemacht, hatte allein zu Fuß die zweiundvierzig Kilometer zurückgelegt, mit einer griechischen Fahne umgürtet. Ein Marsch für den Frieden. Freunde des Friedens. Für den dauernden Frieden dieser Erde. Damit es kein Vietnam mehr gab. Kein neues Hiroshima. Frieden, geschrieben mit Brot. Und dann eines Sonntags der Ausflug mit dem Schiff „Freude" nach Ägina, der zum zweitenmal von den Deutschen besetzten Insel, diesmal Touristen, während die Mütter politischer Gefangener darauf warteten, ihre Kinder sprechen zu können. Zwanzig im Gefängnis verbrachte Jahre, während die deutschen Touristen, in Shorts, den Fotoapparat in der Hand – statt Stiefeln und Maschinenpistolen –, bewundernd die sinkende Sonne betrachteten. Eine alte, schwarzgekleidete Frau aus Kalamata erkannte ihn: „Ach, Doktor, mein Leiden ist unendlich. Ich bin hierhergekommen, um meinen Sohn zu sehen. Was hat er Schlimmes getan? Er war damals sechzehn. Was wußte er schon?" – „Sprechen Sie Deutsch? Sehr gut! Ein Nescafé, bitte! Aphäas Tempel!" Er kam zurück auf die „Freude", die unendliche Trauer war. Wie konnte man das ertragen?

„Glücklich die, die in Frieden leben, denn man wird sie die Kinder Gottes nennen", sagte er.

Indessen waren zwei Polizeioffiziere heraufgekommen und baten ihn, die Außenlautsprecher abzuschalten.

„Sie haben mich hier verletzt", sagte Z. und zeigte ihnen die Wunde auf seiner Stirn.

„Wir werden dafür sorgen, daß Sie das Gebäude unbelästigt verlassen können", versprachen sie. „Ein Ring von Polizisten wird Sie beschützen. Darüber brauchen Sie sich keine Sorgen zu machen."

„Ich bin nicht um mich besorgt, sondern um all diese Leute im Saal."

„Die entsprechenden Maßnahmen werden bereits getroffen. Aber die Lautsprecher müssen abgeschaltet werden. Das ist ein Befehl."

„Die Lautsprecher werden nicht abgeschaltet. Viele, sehr viele, die gekommen sind, mußten draußen bleiben, weil Provokateure mit ihnen eingedrungen wären. Sie müssen hören, was wir hier reden."

„Sie reizen damit die Gegendemonstranten."

„Es ist die Pflicht der Polizei, sie zu zerstreuen. Wir haben hier unsere Versammlung, nicht die da draußen. Was tut die Polizei? Ist sie da, um uns zu schützen oder um uns zu verraten?"

„Aber, Herr Abgeordneter..."

„Ich appelliere zum letztenmal an den Staatsanwalt, den General, den Polizeidirektor, den Bürgermeister, den Minister, das Leben meines Kollegen Spathopoulos zu schützen, über dessen Verbleib wir nichts wissen."

14

Der Polizeidirektor betrat eilig das Hotel. Er fand Spathopoulos in der Halle.

„Da Ihre Freunde sich einbilden, man habe Sie gekidnappt und sei dabei, Sie nach bester Gangsterfilmtradition zu foltern, bitte ich Sie, Herr Spathopoulos, in meiner Begleitung zur Versammlung hinüberzugehen. Z. wird sonst nicht aufhören, Appelle über die Lautsprecher zu verbreiten."

„Es ist eine Schande, was hier geschieht!" protestierte Spathopoulos. „Wo sind wir denn? In Katanga?"

„Die Lautsprecher wiegeln sie auf."

„Warum zerstreuen Sie dann die Menge nicht?"

„Die Räumungsaktion hat schon begonnen."

Während sie den Platz überschritten, hörte Spathopoulos einen Polizeioffizier rufen:

„Geht beiseite, Jungs, ihr könnt ihn euch morgen vornehmen. Geht jetzt ein bißchen zur Seite."

Und kurz bevor sie das Gebäude erreichten:

„Vielleicht gibt's eine zweite Tür, durch die sie uns entwischen können."

„Dreckige Bulgaren, ihr werdet sterben!"

„Z. an den Galgen!"

„Was hier geschieht, ist eine Schande", wiederholte Spathopoulos in entschiedenerem Ton. „Hören Sie nicht, was sie da sagen? Warum werden diese Leute nicht verhaftet? Haben wir keinen Rechtsstaat mehr?"

Dann durchschritt er die eiserne Tür und stieg zum dritten Stock hinauf, wo Z. noch immer sprach.

15

„Er ist wieder da", dachte Z., als er Spathopoulos sah, „er ist aus einer anderen Welt zurückgekehrt wie Lazarus. Ich hatte geglaubt, er sei für immer verschwunden. Er ist zurückgekehrt. Was ist aber mit denen, die nie zurückgekehrt sind und uns ihre Botschaft unübertragbar hinterließen? Mit all den Toten, die wir in unserem Blut tragen und die uns niemals die Fragen stellen, die wir ihnen stellen? Dies ist die Nacht ohne Geheimnis: ein großes, rechteckiges schwarzes Loch wie eine Tür. Und wenn die beiden Offiziere von uns forderten, die Lautsprecher zum Schweigen zu bringen, dann nur, weil diese Lautsprecher Löcher in die Nacht bohrten.

Ich muß reden. Die Gesichter vor mir warten darauf. Als Lazarus aus der anderen Welt zurückkehrte, sagte er nur: ‚Ich habe Hunger.' ‚Ich habe Hunger', das bedeutet: Ich beginne das Leben noch einmal von Anfang an. Ich will wieder essen. Ich will wieder Gerechtigkeit, Gleichheit, Frieden.

Ein kleiner Bach, der die Beine zweier Kühe umspült. Eine senkrechte Sonne, und ich gepeitscht von ihrem Licht. Was soll ich noch sagen? Ich weiß es nicht. Wenn das Telefon zu läuten aufhört, glaubst du, daß keiner mehr an dich denkt. Und doch wirst du in weißen Laken gewiegt, von Frauen getragen, oder in Knabenträumen verehrt. Doch nicht du selbst, sondern dein Bild. Wenn sie mich töten, werde auch ich für die anderen ein solches Bild sein. Ein körperloses Gesicht, das in der Netzhaut der anderen seine Rechtfertigung sucht.

Der heutige Tag ist Tropfen für Tropfen durch mein Gehirn gefiltert, das nun unfähig ist, den Ereignissen zu folgen.

Neben uns wächst eine Situation heran, die, einmal reif, uns erschrecken wird.

Süß ist die Liebe, aber noch süßer ist es für mich, wenn ich in dir bin. Wenn du dich hingibst und die Nerven deines Halses zu zittern beginnen. Wenn du dich in mir verlierst und ich dein Verlieren dirigiere. Du, passives und wildes Meer, ebenso ewig wie flüchtig nach dem Willen deiner Launen, Bächlein, Bergschlucht, in der die Rebhühner mit ihren roten Krallen singen, ich und du, Frieden.

Die Polizisten sind gekommen, unseren Saal zu besudeln. Was wollten sie? Sie machten ihre Feststellungen und gingen wieder. Aber die Bresche ist geschlagen worden, und davor habe ich Angst. Angst, zum erstenmal, mich in eine Fotografie verwandelt zu sehen. Alles drängt mich dorthin. Warum?

Im Archiv der Verstorbenen stößt sich ein Foto am anderen. Sie zerreißen die Zeit wie die Kiele der Schiffe den Ozean. Doch der Ozean ist ewig, und die Kiele gleiten vorüber.

Was sagte ich noch? Ihnen nichts. Ich sprach zu mir. Ja, das Leben ist schön, wenn es kein Telefon mehr gibt, deine Hand in meiner, die Nerven deines Halses, die meinen Lippen antworten, ja, das Leben ist schön, wäre schön, wenn es keine Leukämietoten gäbe.

Ich bin nicht redegewandt. Es fällt mir schwer, öffentlich zu sprechen. Deshalb kann ich nicht alles aussprechen, was mich überflutet, mich bedrückt. Auch Worte sind Symbole. Nur Gefühle sind echt. Ich finde nicht die richtigen Worte, um dir zu sagen, daß ich dich liebe, daß ich ohne dich nicht leben kann, Frieden.

Strümpfe und Höschen, zum Trocknen auf die Leine gehängt, gehalten von rachitischen und verrosteten Wäscheklammern. Wer bist du?

Ich bin der in diesen Saal eingeschlossene Mensch, der nicht reden kann. Diese Leute sind hierhergekommen, um mich zu hören, und ich habe fast nichts gesagt. Die Leute glauben heute nicht mehr an den Wert der Worte, sie glauben nur noch an Bilder, und ein solches Bild werde ich für sie werden. Ich werde mich als ein Bild in ihre Häuser schleichen.

All das ist vom technischen Fortschritt nicht zu trennen. Die, die sich einbilden, der Geist existiere unabhängig vom wissenschaftlichen Fortschritt, begehen einen monumentalen Irrtum. Wieder überfällt mich die Gehirnerschütterung, und ich sehe: ein großes rotes Ei, groß wie ein Platz, rot wie der Rote Platz von Moskau, es wird gestoßen, es zerbricht, ein Vogel entschlüpft ihm, dabei hatte meine Mutter es gekocht, ein Vogel entschlüpft ihm und flattert auf. Er fliegt durch die Atmosphäre, die Stratosphäre, die Ionosphäre. Sag mir, was fühlst du jetzt? Wird dein Geist eingeengt, dein Herz? Alles hängt von dem Anruf ab, den ich heute abend nach dieser Redeparodie erledigen muß. Die Flugzeuge starten. Und wir nehmen Rache für das, was wir nicht erreicht haben. Fiasko.

Komm. Komm wieder, ich will dir was sagen. Zögere nicht, komm. Ich zögere nicht, es dir zu sagen. Du fehlst mir. Das Leben ist schön, wenn alle zu essen haben, zu trinken, wenn alle sich betrinken können.

„Was hier geschieht, ist eine Schande."

„Was sollen wir tun?"

„Zerstreuen Sie diese Leute!"

„Fürchten Sie nichts."

„Darum geht es nicht."

„Um was sonst?"

„Die Leute müssen sich zerstreuen."

„Wir werden Autobusse für sie einsetzen."

„Das kommt nicht in Frage!"

„Warum nicht?"

„Busse können Fallen sein. Sind wir eingestiegen, können sie uns nach Belieben steinigen. Wir haben gelernt, allem zu mißtrauen."

„Meine Haut wird schweißnaß, und dann überfluten die Treträder die Welt. Ganze Heere von Männern, die keine Männer mehr sein können. Briefe, die dem, der zum Mythos geworden ist, nicht mehr zugestellt werden. Die Erde schreit. Die Ungerechtigkeit schreit. Ich will keine Fotografie werden. Wann werden sie kommen? Den andern haben sie trotz seines schwachen Herzens geschlagen. ‚Schönes, o schönes Saloniki!' Und jetzt ist es zu Ende. Gute Nacht. Die Welt verengt sich, das Herz verengt sich. Das Schlimme ist, daß ich mich nicht daran gewöhnen konnte Angst, zu haben."

„Kontrollierter Auszug."

„Sind wir nicht die Belagerten von Messolunghi."

„Keine Gefahr."

„Und die Steine?"

„Wir haben sie zurückgedrängt."

„Bis wohin?"

„Über Ihr Hotel hinaus."

„Und jetzt adieu, meine Liebe. Adieu. Liebe ist alles, was nicht getan worden ist, alles, was es nicht gibt. Woanders bist du, woanders bin ich. Auch für uns beide wird es eines Tages eine Rechtfertigung geben."

16

Jangos bremste, hob sich auf seinem Sitz, um durch das Gitter vor der Auslage eines Uhrmachers die genaue Zeit ablesen zu können. Aber es war ihm zu kompliziert, denn jedes der Zifferblätter zeigte seine eigene Zeit an. Er setzte seinen Weg fort, bis vor ihm ein Laden seine Reklameuhr zückte, wie ein Sicherungsknopf, der bei Kurzschluß automatisch herausspringt. Es war zwanzig nach neun, er hätte schon am vereinbarten Platz sein müssen. Er war schon drei Minuten zu spät. Jangos klopfte gegen die Scheibe, und Vaggos' Gesicht erschien im Rahmen.

„Kumpel!" schrie er ihm zu. „Zeit für den ‚Transport'!"

Mit Vollgas fuhr er zur Manifestation. Er entschloß sich, einen anderen Weg zu nehmen als den, den er gekommen war; er wollte keinen Verdacht erregen. Das beste war, einen großen Umweg über die Neue Alexanderstraße zu machen, dann die Aristotelesstraße entlang, rechts in die Egnatiastraße hinein und von da durch die schmalen Marktgassen, die er so gut kannte, bis zum äußersten Ende der Spandonisstraße, die wie eine geheime Ader ins Zentrum der Ereignisse mündete.

Auf seinem Weg erschien ihm die Stadt verhältnismäßig ruhig. Nur wenige Passanten, kaum Verkehr, und trotz der vielen Leuchtreklamen waren die Straßen ziemlich dunkel. Nicht so dunkel jedoch, daß er seine Scheinwerfer hätte einschalten müssen. Man war tausend Meilen von jenem anderen, aufrührerischen Universum entfernt, das doch so nah war. Obwohl er schnell fuhr, bemerkte er ein eng umschlungen die Straße entlangschlenderndes Liebespaar, eine Gruppe herumlungernder Jugendlicher vor dem großen Modegeschäft Lambropoulos, zwei amerikanische Matrosen von dem Zerstörer der 6. Flotte, der im Hafen vor Anker lag, und an der Ampel, vor der er hielt und auf Grün wartete, sah er einen kleinen Burschen, der ein Blech voll frischer, pyramidenförmig übereinandergeschichteter Hörnchen trug. Er wollte eins haben, er hatte Appetit darauf, aber er fürchtete, daß er das Grün der Ampel verpassen würde. Die Stadt atmete in ihrem ruhigen, neutralen Abendrhythmus am Ufer des Meers, das heute fast ohne Bewegung war. Jangos bog nach links in die Aristotelesstraße ab.

Durch die scharfe Kurve wurde Vaggos gegen die andere Wand des Laderaums geworfen. Er fluchte laut, überzeugt, daß Jangos, der, ohne einen Gedanken an ihn zu verschwenden, einfach drauflosfuhr, ihn nicht hören konnte. Er klammerte sich mit beiden Händen an den Rand der Hinterklappe und sah zu, wie die auf die Straßen gemalten gelben Linien hinter dem Fahrzeug wegrutschten wie im Kino das Kielwasser eines Torpedos, der geradewegs auf das Admiralsschiff der feindlichen Flotte zusteuert.

Jangos war jetzt auf der Höhe des Cafés Petinos angelangt, wo er am Nachmittag die Stadtverordnete angegriffen hatte. Nicht weit davon entfernt war die „Katakombe", dort hatte er den Anschlag heruntergerissen. Auf dem Mittelstreifen, der die Straße in zwei Fahrbahnen teilte, war noch der in den Rasen gerammte Rahmen zu sehen, der wie das Skelett eines an einer elektrischen Leitung hängengebliebenen Papierdrachens wirkte.

Im gleichen Moment drehte er seinen Kopf scharf nach rechts, wie man bei Militärparaden die offiziellen Persönlichkeiten auf der Tribüne grüßt. Dort, im Dunkel versunken, war sein „Stand" an der Herakliosstraße. Der riesige Block der Tabakmanufaktur beherrschte ihn, ein stummer Fluch. Nur das Elektra-Kino war erleuchtet, ein karges Licht, das in sich verschlossen blieb. Um diese Zeit hielt natürlich kein Dreirad am Stand. Dafür häuften sich dort Stapel von Körben, Säcke mit Zement, Fässer, Lieferungen, die seine Kollegen morgen früh erledigen würden. Er sah wie in einem Blitz gleichzeitig mit der dunklen Straße, in der sich sein Stand befand, die Bedeutung, die dieser Abend für ihn hatte: Der heutige „Transport" würde ihm alle zukünftigen sichern.

Jetzt rasten an ihm die Arkaden und Gewölbe der neobyzantinischen Wohnhäuser und Amtsgebäude zu beiden Seiten der Aristotelesstraße vorbei und verschmolzen vor seinen Augen zu einer ununterbrochenen, einförmigen Mauer. An der Kreuzung Aristoteles- und Hermesstraße konnte er zu seiner Linken weit hinten drohende Silhouetten erkennen. Die unverständliche Stimme eines Lautsprechers drang bis zu ihm. Er hätte direkt zur Spandonisstraße fahren können, aber er fürchtete, von irgendwelchen Neugierigen bemerkt zu werden, die sich womöglich später in unbequeme Zeugen verwandelten. Also fuhr er, dem Rat des Archegosaurus folgend, weiter in Richtung Egnatiastraße. Vor dem Büro der EDA-Partei war was los, aber er dachte keine Sekunde daran, sich damit aufzuhalten: Seine „Arbeit" wartete woanders.

Wo die Aristotelesstraße auf die Egnatia trifft, hob er die linke Hand, und der Verkehrspolizist ließ ihn abbiegen. Zu seiner Rechten befand sich jetzt das Revier, in dem er nach dem Zwischenfall vor der „Katakombe" gewesen war. Er streifte fast den auf seinem Holzpodest stehenden Polizisten und verlor sich in das Gewirr der schlecht gepflasterten Gäßchen des Markts. Diese Wege kannte er wie seine Handlinien.

Vaggos merkte am Rütteln des Fahrzeugs, daß sie fast angelangt waren.

Der Markt war geschlossen. Die Waren waren mit großen Zeltplanen zugedeckt. Wenig Licht. Keine Katze zu sehen. Die Schweinskoteletts in der Auslage eines Fleischers erinnerten Jangos an seinen Hunger. Die Gerüche der Oliven, des Öls, der ersten Erdbeeren der Saison, der noch unerschwinglichen Tomaten – er mußte bis zum Juli warten, um Tomaten essen zu können, wenn das Kilo nur noch drei Drachmen kostete – und der Gurken, die zur Zeit ebenso teuer wie Hammelkeulen waren, alle diese Gerüche schlugen ihm kräftig in die Nase. Er fuhr geschickt die kurvenreichen Wege im zweiten Gang, bis er den Laden mit Handtaschen, Koffern und Frauenhüten an der Ecke der Spandonisstraße bemerkte. Er schaltete den Motor aus und blieb drei bis vier Meter vor der Mündung der Straße in den Platz stehen. Drei Typen, die anscheinend schon lange ungeduldig auf ihn warteten, näherten sich ihm rasch. Er sprang vom Sitz und deckte mit einem Lappen, den er extra dafür mitgebracht hatte, die Nummer seines Wagens ab. Der Bindfaden war zu kurz, doch er wußte sich zu helfen. Die Nummer auf dem Schild war nicht mehr zu erkennen.

„Du bist spät gekommen", sagte einer der drei.

„Wir mußten unterwegs noch einen fertigmachen."

„Ein Glück, daß der Kerl mit seinem Schmonzes noch nicht fertig ist. Gut, halte dich jetzt bereit. Setz dich auf die Maschine, rühr dich nicht vom Fleck, den Fuß auf dem Gaspedal. Kapiert?"

Jangos, der sonst Befehle nur schwer ertrug, gehorchte wie ein Schüler. Ein Dutzend Typen, die er um so weniger wiedererkannte, weil sie nicht in Uniform waren und ihm den Rücken kehrten, bildete vor ihm eine Art Mauer, wie es Fußballspieler machen, wenn der Gegner einen Freistoß schießen will. So konnte er kaum erkennen, was sich vor ihnen abspielte, obwohl er sie auf dem Sattel leicht überragte. Er hörte nur unverständliches Gebrüll.

Es war kein Zufall, dachte er, daß alles im selben Bezirk geschah: das Revier, die „Katakombe", der Stand, die Versammlung, das Hotel Kosmopolit, wo der Kerl abgestiegen war, gleich hier nebenan, die Büros der EDA. Alle Straßen dieses Bezirks schnitten sich im rechten Winkel. Eine einzige verlief diagonal: die schmale, asphaltierte Straße, auf der er jetzt hielt. Und er würde sich wie der Läufer eines Schachspiels diagonal zwischen Bauern, Türmen und Springern hindurch auf das schicksalhafte Feld werfen und ihren König schlagen.

17

Joseph hatte mit Parteien und Politik nichts zu tun. Er war Tischler, hatte seine kleine Werkstatt in der Nähe des Ministeriums für Nordgriechenland, er arbeitete ruhig, ohne irgend jemand zu stören. An diesem Abend war er ein wenig länger in seiner Werkstatt geblieben, um einen kleinen, nierenförmigen Tisch fertigzumachen, den er am folgenden Tag der Krämerin des Viertels liefern sollte. Die Frau war dank der vielen neuen Mietshäuser in der nächsten Umgebung wohlhabend geworden und wollte, wie sie sagte, „den alten Kram rausschmeißen und die Wohnung neu möblieren". Das sollte dann auch die Aussteuer für ihre bald heiratsfähige Tochter werden. Er hatte die ganze Arbeit pauschal übernommen.

Gegen halb neun hatte er keine Lust mehr. Der Holzgeruch war nicht gut für sein Asthma. Er entschloß sich, einen kleinen Spaziergang zum Meer zu machen, um ein bißchen frische Luft zu schnappen. In sich versunken, ging er die Straße entlang. Er ließ den Karavan Serai hinter sich und kam auf die Veniseloustraße. Von weitem bemerkte er eine Ansammlung von Leuten und dachte, es müsse ein Unfall passiert sein. Während er an der Kreuzung auf Grün wartete, gesellte sich ein Herr zu ihm.

„Was ist passiert?"

„Ich weiß es nicht."

„Eine Demonstration?"

„Wir werden sehen."

Als die Ampel auf Grün wechselte, gingen sie zusammen hinüber, aber einmal auf dem gegenüberliegenden Bürgersteig angelangt, trennten sie sich ohne Gruß, und Joseph setzte seinen Weg allein fort.

Je näher er kam, um so deutlicher konnte er erkennen, was vorging. Leute schlugen aufeinander ein und warfen Steine gegen ein Gebäude. Warum? Die Neugier juckte ihn, und statt stehenzubleiben, näherte er sich noch mehr. Vor dem Modemagazin Adams wurde er durch eine Schaufensterpuppe angelockt, deren Nacktheit einen seltsamen Kontrast zu der üppigen Dekoration der Auslage bildete. In der Spiegelung der Scheibe sah er, wie zwei Männer einen dritten jagten, zu Boden warfen und mit Fußtritten traktierten. Mit der Kraft, die jedes Gefühl von Ungerechtigkeit verleiht, gelang es dem Opfer, das Bein eines der Angreifer zu packen und ihn zu Fall zu bringen, aber der zweite, größere, trat dazwischen. Er löste seinen breiten Matrosengürtel mit Stahlkoppel und schlug auf ihn ein.

Joseph sah sich um: Überall wiederholte sich die gleiche Szene mit verschiedenen Akteuren wie ein durch eine Anordnung von Spiegeln vervielfachtes lebendes Bild. In diesem Moment packte ihn jemand am Kragen und drehte ihn um. Vor sich hatte er einen Typ mit den Gesichtszügen eines unverbesserlichen Säufers, der an seinem Kragen zerrte, als ob er ihn zerreißen wollte.

„Wo ist dein Abzeichen? Die Nadel?" Joseph spürte seinen stinkenden Atem auf seinem Gesicht.

„Welches Abzeichen?"

„Also gehörst du nicht zu uns."

Und während er ihn losließ, verpaßte er ihm einen Faustschlag in den Magen. Joseph knickte zusammen. Er litt an einem chronischen Magengeschwür.

„Warum schlagen Sie mich? Was habe ich Ihnen getan?"

Andere umringten ihn schon. Er fuhr herum, weil ihn jemand kitzelte, und erhielt den vorbereiteten Ellenbogenstoß mitten ins Gesicht. Blut begann zu fließen. Was geschah mit ihm?

„Herr Wachtmeister!" rief er „Herr Wachtmeister!"

Der ein paar Meter entfernt stehende Polizist ging weiter, als hätte er nichts gehört. Ein letzter Fußtritt in den Rücken warf ihn flach auf die Straße. Von dort sah er noch, wie jemand einen Caféstuhl zerschlug und die Stücke an eine Garbe ausgestreckter Hände als Knüppel verteilte. Dann verlor er das Bewußtsein.

Als er auf der Station für Erste Hilfe wieder erwachte, nähte man ihm eine Platzwunde über dem Auge. Es tat entsetzlich weh. Wer hatte ihn hierhergebracht? Wie? Er erinnerte sich an nichts. Seine Knochen schmerzten ihn bis ins Mark.

Sobald der Verband angelegt war, nahm er ein Taxi und kehrte nach Hause zurück.

Die Zeit verging, und er konnte nicht schlafen. Er machte sich Sorgen, denn morgen konnte er sicher nicht arbeiten, und der Nierentisch für die Krämersfrau würde nicht fertig werden. Schwarze Gedanken summten durch seinen Kopf. Auf der Station hatte er etwas von einem gewissen Z. gehört; er kannte ihn nicht. Man sprach von Freunden des Friedens; wer war es nicht? Er war der brave Joseph, er konnte nicht an die Kreuzigung glauben. Kurz nach Mitternacht klopfte jemand an seine Tür. Er stand auf – er lebte allein, seine Frau war vor drei Jahren gestorben, die Töchter waren verheiratet, sein Sohn arbeitete in einer Fabrik an der Ruhr –, und bevor er aufschloß, fragte er:

„Wer ist da?"

„Polizei."

Er öffnete zitternd.

„Folgen Sie uns."

„Wohin?"

„Aufs Revier."

„Einen Moment. Ich ziehe mir nur etwas an."

„Nein, so wie Sie sind, im Pyjama. Werfen Sie sich einen Mantel über, der Wagen wartet."

Alles tat ihm weh, doch er gehorchte. Im Revier führte man ihn sofort ins Büro des Kommissars. Der Kommissar selbst forderte ihn auf, sich zu setzen. Er schien sehr freundlich.

„Joseph Zaimis, Sohn des Leon?"

„Jawohl."

„Von Beruf Zimmermann?"

„Jawohl."

„Deine Papiere sind in Ordnung, Zaimis. Es wäre überflüssig, sie zu beschmutzen. Du verstehst, was ich meine?"

„Nicht ganz."

„Ich meine, es wäre besser für dich, keine Anzeige gegen Unbekannt zu erstatten. Du bist ein braver Bursche, die Polizei schätzt dich. Du verstehst sicher, daß es sich um ein bloßes Mißverständnis handelt. Sie haben dich für jemand anders gehalten, und wenn du diesen Zwischenfall vergißt, tust du uns einen Gefallen. Wenn du mal etwas brauchst, stehe ich dir zur Verfügung."

Zum erstenmal hatte ein richtiger Polizeikommissar in solchem Ton zu ihm gesprochen. Er fühlte sich geschmeichelt. Seine Arbeitserlaubnis, alles hing von ihnen ab.

„Du bist frei. Verzeih die Störung um diese Zeit und in deinem Zustand, aber morgen wäre es vielleicht zu spät gewesen. Die anderen wären uns zuvorgekommen. Morgen wirst du durch die Zeitung alles erfahren und mich verstehen. Geh jetzt. Guten Abend."

Joseph kehrte nach Haus zurück, noch durchgedrehter als zuvor. Alle Hähne des Viertels krähten schon. Er wartete auf die Morgendämmerung und ging noch aus, um die Frühausgaben der Zeitungen zu kaufen.

Der Mann, der mit Zaimis die Kreuzung überquert hatte und dann die Veniseloustraße nach rechts entlanggegangen war, sah einen Herrn mit dichten, zusammengewachsenen Augenbrauen, der ihm entgegenkam und vor der Vertretung der Singer-Nähmaschinen stehenblieb.

Zacharias – so hieß er – wußte ebenfalls nichts über die Ursache der Unruhe, wer wen schlug, warum Steine geworfen und Stuhlbeine wie Hostien an Gläubige verteilt wurden. Er stand nur da und beobachtete die Szene. Um den Mann mit den zusammengewachsenen Augenbrauen bildete sich jetzt ein Kreis von Männern, und jemand sagte zu ihm:

„Herr Direktor, wir bleiben hier, wenn's sein muß: bis morgen früh, und schlagen sie alle zusammen."

Der Direktor klopfte dem Mann freundlich auf die Schulter und erwiderte:

„Halt den Mund. Du redest Dummheiten. Ich weiß schon, was wo geschieht."

Und der Mann mit den dichten Augenbrauen, den die anderen „Herr Direktor" nannten, entfernte sich in Begleitung von zwei oder drei Männern der Gruppe.

Zacharias war verblüfft. Gewiß, er hatte hier nichts zu suchen. Er war nur auf dem Rückweg vom Alteisenmarkt bei der Kirche der Jungfrau von Chalkeon, wohin er gewöhnlich jeden Mittwochnachmittag ging, wenn die Geschäfte geschlossen hatten, um bei den Großhändlern Kupfer und Eisen zu kaufen. Aber die Neugier hielt ihn fest. Die mysteriösen Worte, die er eben gehört hatte, ließen ihm keine Ruhe, und er fragte einen jungen Mann mit gepflegtem Schnurrbart, der sich ihm näherte:

„Wer ist dieser Bursche mit den zusammengewachsenen Augenbrauen?"

Der andere glotzte ihn an.

„Sie kennen den Herrn Direktor nicht?"

„Ah!" murmelte Zacharias.

„Warte mal! Was treibst du eigentlich hier?"

„Ich bin zufällig vorbeigekommen."

„Hör zu, mein Alter, wenn ich dir einen Rat geben darf, steck deine Nase nicht in Dinge, die dich nichts angehen, falls dir nicht das Fell juckt und du Lust auf eine Tour ins Krankenhaus hast."

Der Schnurrbärtige entfernte sich mit drohend erhobener Faust. Zacharias ging ein paar Schritte weiter. Vor ihm prügelten sich etwa hundert Menschen und warfen mit Steinen. Dann sah er einen, der sich einem anderen näherte und ihm etwas ins Ohr flüsterte. Dieser gab einem dritten ein Zeichen, und gemeinsam fielen sie über einen vierten her, der ein wenig abseits stand und die Vorgänge reglos beobachtete. Wer waren alle diese Leute? Was sollte diese Pantomime bedeuten? Wer schlug wen? Und aus welchem Grund?

„Deinen Ausweis!"

Zacharias zeigte eilig seine Kennkarte.

„Nicht den, den anderen", sagte der Typ.

„Welchen anderen?"

„Dann mach, daß du wegkommst, sonst bist du dran."

„Was ist denn hier los?"

„Haben wir dir Rechenschaft abzulegen?"

Zacharias setzte seinen Weg fort, noch immer die Veniseloustraße entlang, bis er Vangelis traf, einen Burschen aus seinem Dorf, den er seit Jahren nicht gesehen hatte.

„Was macht dein Haus? Wie weit bist du?"

„Ich habe jetzt aufgestockt. Gott sei gelobt! Und du? Bist du mal im Dorf gewesen?"

„In diesem Jahr will ich hin. Urlaub machen. Wenn die Weintrauben reif sind. Fährst du auch mal rüber?"

„Unmöglich. Kreta ist zu weit. Zwölf Jahre bin ich schon nicht mehr dagewesen. Zwölf Jahre!"

„Deiner Frau geht's gut? Den Kindern?"

„Alles in Ordnung. Und bei dir?"

„Soweit gut. Meine Älteste macht jetzt Abitur . . ."

„Sag mal, was ist eigentlich heute abend los?"

„Wie soll ich das wissen? Chaos. Ich wollte dich eben fragen."

„Ich weiß nicht mehr als du. Bin nur zufällig hier. Besser, wir verschwinden, wenn wir nicht Ärger kriegen wollen."

Sie versuchten, eine Gruppe von Gegendemonstranten zu umgehen, als zwei von ihnen seinen Freund packten und zu mißhandeln begannen. Zacharias ging dazwischen und erhielt gleichfalls Prügel.

„Was mischst du dich ein?"

„Der Mann hat euch nichts getan!"

Von neuem traf eine Faust seinen Magen. Sie zerrissen Vangelis' Taschen. Ein- und Zweidrachmenmünzen rollten über das Pflaster, aber er hatte nicht mehr den Mut, sie wieder aufzusammeln.

Zacharias entschloß sich auf der Stelle, zum Staatsanwalt zu gehen. Er verließ die Veniseloustraße. Es mußte gegen halb zehn sein. Es empörte sein Gewissen zu sehen, wie gut das Gesetz des Dschungels funktionierte. Die Staatsanwaltschaft war geschlossen. Ohne einen Moment zu zögern, lief der sonst ruhige und gelassene, jetzt jedoch vor Empörung kochende Mann zum Gebäude der Zeitung „Makedonia", durchschritt die Glastür, stieg die Treppe hinauf und fand sich im Redaktionssaal. Einige Redakteure dösten in ihren Glaskästen. Der Fernschreiber tickte in einem Nebenraum. Sonst herrschte absolute Ruhe. Er näherte sich dem ältesten Redakteur.

„Zwischen Hermes- und Veniseloustraße ist der Teufel los. Rowdys und Polizisten in Zivil schlagen ohne Gnade auf Passanten ein."

„Leider wissen wir's", antwortete schläfrig der Redakteur, ohne seinen Kugelschreiber abzusetzen.

„Aber man muß etwas tun, das Schlimmste verhindern."

„Unglücklicherweise kann man nichts ändern."

„Ich protestiere als griechischer Bürger."

„Was soll ich Ihrer Meinung nach tun, mein lieber Herr?"

„Man hat ohne Grund auf mich eingeschlagen."

„Richten Sie Ihre Beschwerde an den Bürgermeister. Hier ist eine Zeitungsredaktion." Der Journalist beugte sich wieder über seinen Plastiktisch und schrieb weiter.

Zacharias ging auf einem anderen Weg nach Hause zurück.

18

„Die Geschichte des Friedens in Griechenland", fuhr Z. fort, „ist seit ihren Anfängen im Jahre 1955 eine harte Geschichte. Schon bei der ersten Versammlung der ersten Pazifisten in Piräus schien die Polizei die Provokateure nicht zu sehen, die das Theater stürmten, Spucknäpfe auf die Bühne warfen, schrien und drohten, ohne daß der in der ersten Parkettreihe sitzende Polizeidirektor irgend etwas tat, um sie daran zu hindern. Auf Lesbos wurde ein Mann nach einer Versammlung zugunsten der Abrüstung aus bis auf den heutigen Tag verborgen gebliebenen Gründen ermordet. In Athen wird ein Soldat, der in Uniform an einer pazifistischen Veranstaltung teilnahm, vor ein Militärgericht gestellt, das ihn nach Thriethnes, einem isolierten Posten nahe der Grenzen Albaniens und Jugoslawiens, schickt, wo er kurze Zeit darauf nach der offiziellen Version des Oberkommandos ,an den Folgen eines während einer Übung mit scharfen Waffen eingetretenen Unfalls' stirbt.

Warum ist der Frieden ihnen so unerträglich? Warum lassen sie sich nicht durch andere Organisationen und Gruppen stören, wie etwa die ,Vereinigung der politischen Verbannten und Häftlinge' oder die ,Gesellschaft für Menschenrechte', die ,Jugend der EDA', die Gewerkschaften? Warum fühlen sie sich allein durch unsere Bewegung beleidigt, deren Ziel internationale Entspannung und Frieden ist, die auf weltweiter Basis anerkannt und von Persönlichkeiten aller politischen Überzeugungen unterstützt wird? Der Grund liegt auf der Hand: Die anderen Bewegungen beschränken sich auf Griechenland, sind für den inneren Gebrauch bestimmt und lassen unsere Verbündeten gleichgültig, unsere großen Beschützer, die sich vor uns als unsere Freunde aufspielen, während sie uns hinter unserem Rücken buchstäblich verraten wie 1922 in Kleinasien oder heute in Zypern . . . "

„Zypern für Griechenland! Ver-ei-ni-gung!"

„Selbstbestimmung!"

„Zy-pern für Griechenland!"

„. . . unsere westlichen Verbündeten, sage ich, und ihre griechischen Agenten, erfüllt von jenem für Sklaven charakteristischen Übereifer, der sie, um ihrem Herrn gefällig zu sein, andern gegenüber zu solchen Grausamkeiten verleitet, daß der Herr selbst oft gezwungen ist, sie zu verleugnen, unsere westlichen Verbündeten, sage ich, und ihre griechischen Lakaien sehen im Frieden eine sie unmittelbar berührende Bedrohung, denn wenn Frieden auf Erden herrschte, würde er den großen Monopolen, die ihre Macht und das Wachstum ihrer Produktion dem Rüstungswettlauf verdanken, die Totenglocke läuten. Im Laufe der achtzehn Friedensjahre nach dem Zweiten Weltkrieg sind mehr als achtzehn lokale Konflikte ausgebrochen. Daß sie begrenzt blieben, ist nur der Furcht vor einer totalen Verwüstung zu verdanken, die das Gegengewicht zu den kriegerischen Neigungen der Großen bildete."

„Raus aus der NATO!"

„Kein Hiroshima mehr!"

„Brot! Brot!"

„Präsident Kennedy sagte einmal in einer Rede ‚Meine Mitbewohner dieses Planeten‘, und das ist die Wahrheit. In dem Moment, in dem sich die Pforten des Weltraums öffnen, ist es verrückt, daß unsere eigenen Pforten geschlossen bleiben und daß wir noch immer wie im vergangenen Jahrhundert leben. Die Wissenschaft macht gewaltige Fortschritte, und diese Fortschritte sollten zum gemeinsamen Besitz aller werden. Heute ist die Welt nicht mehr in Orient und Okzident geteilt. Alles auf dem Gegeneinander der Extreme beruhende Denken ist überholt. Das Elektronenmikroskop bietet uns ein Bild der Welt, das nichts mehr mit dem zu tun hat, was man uns lehrte. Unser durch tausendjährige Denkgewohnheiten verbildetes Gehirn muß sich umstellen, muß sich die wesentlichsten wissenschaftlichen Entdeckungen aneignen, sich ihrer Bedeutung bewußt werden und sie zum Maßstab des Lebens machen. Der Kampf gegen den Kommunismus ist die primitivste und veraltetste Anwendung der Methode des Gegeneinanders der Extreme.

Ich spreche in diesem Moment vor allem als Arzt zu Ihnen. Täglich sehe ich die erbärmliche Situation dieses Landes: Es gibt nicht genug Krankenhäuser, es gibt nicht genug Ärzte. Die Gebirgsdörfer sind isoliert. Das Land, in dem Hippokrates geboren ist, verfügt nicht einmal über ärztliche Beistandsmöglichkeiten, die dieses Namens würdig wären, und gibt dennoch vor, Teil des 20. Jahrhunderts zu sein. Wie kann man von Zivilisation reden, wenn die grundsätzlichen Voraussetzungen fehlen? Wie sollen die Menschen unter solchen Verhältnissen existieren? Lebten wir nicht besser, wenn die Hälfte des Staatsbudgets nicht für militärische Belange, sondern für Schulen, Sportplätze, Krankenhausausrüstungen und industrielle Investitionen ausgegeben würde? Könnten wir nicht auf diese Weise dem Verhängnis einer Emigration entgehen, die unsere Städte und Dörfer dezimiert? Das ist der Sinn des Friedens, darum können sie weder diese Versammlung noch meine Anwesenheit dulden, und darum haben sie Söldlinge gedungen, die uns verhöhnen sollen.

Wenn diese Aufgewiegelten imstande wären, auch nur zwei Zeilen zu lesen und zu verstehen, würden sie sehen, daß sie gegen ihre eigenen Interessen schreien. Denn alle da unten sind arm, zerlumpt, Tagelöhner ohne Arbeit und dazu verurteilt, es ihr Leben lang zu bleiben, weil es im Interesse der anderen liegt, dieses Lumpenproletariat zu erhalten, das für ein paar Groschen oder eine kleine Vergünstigung nach ihren Regeln spielt wie heute abend.

Die, die uns beschimpfen, meine Freunde, sind nur zu beklagen, denn sie werden nie erfahren, daß wir für sie kämpfen. Was mich betrifft, stören sie mich nicht. Ich habe mich von ihnen schlagen lassen, weil ich wußte, sie schlagen nicht mich, sondern den Mann, den ihnen die geheimen Herren bezeichnet haben, von denen sie abhängen. Sie wissen gar nicht, wer ich bin, wer ihr seid, sie führen nur ihre schmutzige Arbeit aus, um sich die Gunst ihrer Herren zu erhalten. Alle diese Leute haben Kinder, die nie das Gymnasium besuchen können, kranke Frauen, schlechte Zähne, Magengeschwüre, Ängste, verseuchte Lungen. Sie sind, ich sage es noch einmal, zu beklagen. Deshalb hört nicht auf ihre Schreie. Die Geschichte geht vorwärts, und eines Tages werden sie mitkommen. Selig sind die Friedfertigen, denn sie werden Gottes Kinder sein."

19

Jeder Satz Z.s war wie ein Peitschenschlag in das schmale, knochige Gesicht des Generals. Er blieb auf derselben Stelle stehen und machte gelegentlich nur ein paar Schritte nach links und rechts, den Blick unablässig auf den Lautsprecher gerichtet. Er erinnerte ihn an die Sprachrohre, die die Partisanen während des Krieges benutzt hatten, um die Stadtviertel durch ihre hetzerischen Parolen aufzuwiegeln. Er hatte bis dahin geduldig auf das Ende der Versammlung gewartet, aber bei dem „Selig sind die Friedfertigen . . ." lief ihm ein Schauer über den Rücken. Wie konnte es geschehen, daß die eigenen Worte des Gottessohns, Fleisch aus dem Fleisch der Mater dolorosa, von dem unreinen Mund eines Atheisten wiederholt wurden? Er dachte: „Die allgemeine Umwälzung der Sonnenmasse hat das Schmelzen des Polareises und die wahrscheinliche Abweichung der Erdachse zur Folge." Solche Axiome erleichterten ihn, weil sie seine Aufmerksamkeit von dem Lautsprecher ablenkten.

Der Polizeidirektor dagegen wurde immer unruhiger: Auf ihn würde die Verantwortung für diese Gegendemonstration zurückfallen. Und diese Unterweltler, diese Lumpen, dieser Abschaum der Gesellschaft, der sich heute abend hier versammelt hatte, um Z. zu bedrohen, war im Begriff, auch die letzten Grenzen zu überschreiten. „Gibt man ihnen den kleinen Finger", dachte er, „nehmen sie gleich den ganzen Arm." Das Resultat hatte nicht auf sich warten lassen: Nachdem man sie zurückgedrängt hatte, um vor dem Eingang des Gewerkschaftsklubs Raum zu schaffen, erreichte ihre Wut, statt sich zu besänftigen, erst ihren Höhepunkt. Sie waren buchstäblich entfesselt, und er wußte nicht, was er dagegen tun sollte. Der General war nicht verantwortlich für das, was sich möglicherweise nach Schluß der Versammlung abspielen würde. Für die Aufrechterhaltung der Ordnung war er nicht zuständig. Zwangsläufig war es der Direktor der Polizei, dem man die Verantwortung für etwaige „bedauerliche Zwischenfälle" anlasten würde. Gewohnt, sich auch aus schwierigen Lagen herauszuwinden, suchte er sich irgendeines vergessenen Paragraphen des Polizeireglements zu erinnern, den er zu seinem Vorteil anwenden könnte, und plötzlich fiel ihm die Idee mit den Bussen ein. Er brauchte nur durch zwei Polizeioffiziere die an den Endstationen auf dem Vardariouplatz und vor dem Präsidium haltenden Autobusse requirieren zu lassen und die Freunde des Friedens mit ihrer Hilfe zu evakuieren. Da er wußte, was für kräftige Burschen da oben bei Z. saßen – Betonmischer, Metallarbeiter, Maurer –, war er von einiger Besorgnis erfüllt; wenn sie sich entschließen sollten, mit denen hier unten handgemein zu werden, stand ein schönes Blutbad in Aussicht. Und es waren nicht die Arbeiter, die sie attackieren sollten.

„Z., dreckiger Bulgare, du wirst für Papadopoulos bezahlen!"

„Die Bulgaren nach Bulgarien!"

„Z., du wirst sterben!"

20

Der Jeep des Polizeileutnants brauste ab. Drei Minuten später hielt er auf dem Vardariouplatz vor der Kabine des Fahrmeisters, genau dem Reiterstandbild Konstantins I. gegenüber. Der Fahrmeister war es, der den Bussen das Zeichen zur Abfahrt gab.

„Sie haben uns sofort alle Busse zu überlassen, über die Sie disponieren können", sagte der Leutnant, während er aus seinem Jeep sprang.

Der Fahrmeister sah ihn mürrisch an.

„Ich kann über keine Busse disponieren."

„Ich sehe wenigstens zwei."

„Der erste fährt in zwei Sekunden ab." Der Mann hob seine Trillerpfeife zum Mund und gab das Abfahrtszeichen.

Der Fahrer, der neben dem Schaffner auf einer Bank saß, sah erstaunt auf seine Uhr und rief dem Fahrmeister zu:

„Hast du es so eilig, Mitsos?"

„Fahr ab! Vorwärts!"

Und er gab ihm mit der Hand ein Zeichen.

„Deine Papiere. Gehorsamsverweigerung einem Polizeioffizier im Dienst gegenüber. Das kann dich eine Kleinigkeit kosten."

„Ich bin nicht befugt, Herr Leutnant, Ihnen einen Wagen zu überlassen. Wir können mit der Generalinspektion telefonieren, von der ich allein Weisungen entgegenzunehmen habe."

„Verstehst du, was Beschlagnahme heißt? Wir haben Krieg!"

Der Fahrmeister rückte seine Brille zurecht und musterte neugierig den Offizier. „Er muß verrückt sein", dachte er.

Inzwischen hatte der Fahrer seine Zigarette auf die Straße geworfen und sich auf seinen Platz hinter dem Steuer geschoben. Er startete und schloß durch Druck auf einen Knopf die automatischen Türen.

Außer sich, machte ihm der Leutnant ein Zeichen stehenzubleiben. Er befahl seinem Chauffeur, ihm mit dem Jeep den Weg zu verlegen. Die Fahrgäste fingen an zu protestieren.

„Wir wollen nach Hause. Es ist schon neun!"

Der Fahrmeister telefonierte in seiner Kabine mit der Generalinspektion.

„Herr Inspektor", sagte er, „hier ist ein Typ von der Polizei und will alle verfügbaren Busse requirieren. Ich habe nur zwei, von denen einer gerade abfährt."

„Gib sie ihm, Mitsos. Bei mir war ein Polizeihauptmann, ich habe ihm vier gegeben. Sie scheinen die Busse für einen Fall von höherer Gewalt zu brauchen."

„Gut, einen kann ich ihm geben, den zweiten nicht."

„Laß die Fahrgäste aussteigen, gib ihm beide. Zieh die nächsten Abfahrtszeiten auseinander, um die Lücke zu füllen."

Der Fahrmeister hing auf und verließ seine Glaskabine. Er bat den Fahrer, ihm die vordere Tür zu öffnen, kletterte in den Wagen und ersuchte die Fahrgäste, „auf Grund eines unvorhersehbaren Falles höherer Gewalt" auszusteigen. Wer schon eine Fahrkarte habe, könne sie für den nächsten Bus benutzen. Zwei oder drei begannen, untereinander zu murmeln, das seien doch keine Zustände – „Ah, bei der Straßenbahn könnte so etwas nicht passieren" –, und schließlich stiegen sie aus. Nur ein tauber und blinder Bettler blieb sitzen, spielte auf seiner Ziehharmonika „Laß deine schönen Haare wild im Winde wehen" und nahm seine Mütze ab, um Geld einzusammeln.

„Komm, Onkel Kostas, steig auch du aus, du bist der letzte", bat ihn der Fahrmeister.

„Deine Papiere", beharrte der Leutnant.

„Ich hab' sie nicht bei mir. Kommen Sie morgen wieder vorbei. Ich bin immer hier."

Auch Fahrer und Schaffner des zweiten Busses stiegen ein, der Leutnant winkte ihnen aus seinem Jeep, ihm zu folgen, und die Kolonne setzte sich in Bewegung. Die leeren, mit ausgeschaltetem Innenlicht fahrenden Autobusse glichen denen, die die Stadt um Mitternacht in schneller Fahrt auf dem Weg zu ihrem Depot durchqueren, große, leere Ostereier, die die Wartenden an den Haltestellen wie erloschene Visionen getäuschter Hoffnungen vorbeiflitzen sehen. Das gleiche Gefühl erfüllte die, die an diesem Abend in denselben ungewissen Erwartung an der Endhaltestelle standen.

Der Polizeijeep führte die Parade an. An der Kreuzung angelangt, parkten die beiden Busse hinter den anderen vier, die schon die Haltestelle der Linie nach Ano Toumpa blockierten; sechs Autobusse hintereinander, stumme, verödete Fabriken. Die Fahrer und

Schaffner stiegen aus, um zu sehen, was los sei, und schauderten angesichts des Schauspiels, das sich ihnen bot.

Der Leutnant begab sich zum Polizeidirektor und meldete, daß der Befehl durchgeführt sei.

21

Der Moment, die Versammlung zu schließen, näherte sich. Es war nach halb zehn. Die Versammelten befanden sich seit zwei Stunden im Saal. Sie hatten Familien, ihre Arbeit für morgen, Donnerstag früh. Die Maurer mußten vor Morgengrauen aufstehen. Ermüdete Gesichter, schöne, vom Leben gezeichnete Gesichter. Sie waren arm, aber sie wußten es. Die draußen waren ebenfalls arm, aber sie wußten es nicht.

Ah, wie schön ist das Leben, wenn man es aus erster Hand kostet, bevor die rußigen Dämpfe es getrübt und die Ausdünstungen des Benzins es vergiftet haben. Wie schön ist das Leben, wenn es in Streik tritt, wenn die Arme die Arbeit verweigern, als wären sie die hundert Arme Buddhas, an denselben Körper geschweißt. Welche neue Dimension erlangt der Körper, wenn er sich vervielfacht in tausend andere Körper! Wie unsterblich wird er! Bedauernswert sind die, die sterben, ohne sich je dessen bewußt zu werden, daß sie auswechselbare Zellen unter der Haut einer Idee sind und daß sie, wenn sie verschwinden, durch andere Zellen ersetzt werden und die Haut so durch geweitetere Poren atmen kann. Bedauernswert sind die, die wie Tiere in ihren Höhlen krepieren werden, die nicht bereit sind, sich aus voller Seele zu geben, wo es auch sei, auf einem Bürgersteig, auf einem Platz, bei einer Demonstration, in der Haft.

„Der Tod kann überall auf uns warten", dachte er, „aber wir sollten nicht überall auf den Tod warten. Dann würden wir nicht mehr als das Öl sein, das die Gelenke des Mechanismus der Angst schmiert. Der Tod kommt vielleicht in Gestalt eines Motorrades aus einer Querstraße; wichtig für uns ist, nicht an dieses Motorrad, nicht an diese Querstraße zu denken, weil wir sonst unseren Schritt verlieren. Wir müßten uns auf die Schulter der anderen stützen wie Invaliden, ein Halt, der uns vernichtet.

Und die Sonne erhebt sich jeden Morgen frisch über einer frischen Welt. Diese Sonne, die wir jeden Morgen erwarten und die uns jeden Abend fehlt, sie ist der Preis des Lebens. Wenn ich die Moleküle der Zeit zähle, wenn ich sie abzähle, heißt das, daß sie mir gehören und keinem sonst. Keine Entfremdung. Die Arbeiter müssen ein für allemal begreifen, daß man nicht aufhört, sie auszubeuten, auch wenn man ihnen saubere Häuser baut. Ein für allemal müssen sie verstehen, daß es nur einen Weg gibt, nicht ausgenutzt zu werden, und dieser Weg ist . . .

Als ich klein war, wollte ich Flieger werden, hoch, sehr hoch zwischen den Wolken fliegen, näher der Sonne leben. Dann wurde ich Arzt, weil meine Familie es so wollte. Einer meiner Brüder blieb im Dorf. Ein anderer ging ins Ausland. Die Familie mußte einen Wissenschaftler haben, und das Los fiel auf mich. Doch Höhe und Geschwindigkeit haben immer meine Gedanken beherrscht. Der Mythos von Ikarus ist mein Lieblingsmythos geblieben."

(Auf der Insel Ikaria, wo er als Soldat diente, konnte er von nahem die Wunden der Männer betrachten. Große Wunden, Fenster zum Leben, durch die reine Luft drang trotz des Eiters, der sich an ihren Rändern sammelte.)

„Und als ich heiratete, lernte ich die geschwollenen Adern ihres Halses kennen, wenn sie in meinen Armen schluchzte, weil ich sie betrogen oder belogen hatte. Das Leben ist schön, wenn man in jeder Sekunde zu sterben bereit ist, wenn die Wurzeln der Nacht tief in uns hineingreifen und kräftig unser Blut saugen. Keiner wird mir vorwerfen können, ich sei schwach genug gewesen, ihnen entkommen zu wollen, die meine körperliche Anwesenheit allzusehr störte. Die Schriftsteller können alles schreiben, was sie wollen, denn der Geist ist in einem unterentwickelten Land frei. In einem unterentwickelten Land verfolgt man den Körper, die fleischliche Gegenwart, die ein bestimmtes Volumen Luft verdrängt. Deshalb verfolgten sie mich bei meinem einsamen Marsch. Viele, sehr viele, schreiben für den Frieden. Aber für die anderen ist es Rauch. Für diese Schweine existiert nur der Körper, nur mit dem Körper rechnen sie ab. Doch meinen Körper, den ich bis in den letzten Nerv kenne, schützt die parlamentarische Immunität. Darum haben sie nicht so auf mich eingeschlagen, wie sie es gern gewollt hätten, darum haben sie mich nicht gleich erledigt.

‚Schönes, o schönes Saloniki!' Du hast noch etwas vom mystischen Duft des alten Byzanz an dir, wo einst im Hippodrom die Blauen unablässig gegen die Grünen kämpften wie heute abend, hier, die Roten: Wir – die Grünen, die Eidechsen der Straße, heulen in einem Hippodrom, in dem die Pferde gedopt sind und unter der Peitsche der Spritzen laufen.

Ich muß den Kollegen Spathopoulos noch ein paar Worte sprechen lassen. Man hatte ihn entführt, er ist wieder da. Ich kann nicht nur allein sprechen. Die Leute müssen auch nach Hause. So ist es. Das Problem ist jetzt, wie wir das Gebäude verlassen. Ich hoffe auf die Vernunft der Polizei. Sie könnte alle Zwischenfälle verhindern. Denn ich will nicht, daß einem von uns etwas passiert.

Das Podium war für mich ein Ausweg. Ich bin glücklich, daß sie mir zugehört haben. Ich weiß nicht, was ich noch sagen soll. Ich möchte sagen, der Frieden ist Aktion. Er ist es, wenn wir uns weigern, Steuern zu zahlen, die der Aufrüstung dienen. Er ist es, wenn wir Unzurechnungsfähigkeit simulieren, um nicht einberufen zu werden. Der Frieden ist keine Ikone der Jungfrau, die vor der Front der Armeen erscheint, um den Soldaten voranzuschweben. Er ist eine Ikone aus Statistiken, Zahlen, greifbaren Wahrheiten. Vor allem aber ist er keine Idee.

Deine Hand in meiner Hand. Ein elektrisches Mikrofon. Darauf wird das Licht matt, ‚Metall ist der Schatten der Mauer'. Traurige Griechenheit. Unaufhörlich neue Opfer, die dank der fortschrittlichen Stadtverwaltungen Straßen und Plätze werden. Traurige Griechenheit, die noch keinen Tag der Gerechtigkeit erlebte.

Die Lichter zittern. Vielleicht sind sie dabei, die Kabel durchzuschneiden, um uns in Finsternis zu tauchen, uns den Kopf verlieren zu lassen. Die Lichter zittern, Lider müder, kleiner Kinder, die nichts anderes wollen als schlafen.

Selbst wenn du in deiner Jugend eine Hure warst, hoffe ich, daß du genug Weisheit erworben hast, um dich nicht mehr zu ändern, um zu sagen, daß das Leben schön ist und daß alle die schön sind, die richtig denken. Um zu sagen, daß ich bei dir sein werde, wenn du krank bist; daß ich dein Kopfkissen sein werde, um deine Tränen zu trinken, wenn du weinst. Ja, es ist schön, es ist schön, das

Leben, wenn deine Hand in meiner Hand ruht und unsere beiden
Lebenslinien wie eine einzige sind, Hände von Aussätzigen, für immer miteinander verschmolzen."

22

Er war einer der ersten im Saal gewesen, und jetzt, da Z. seine Rede
beendete, entschloß er sich, ihn keine Minute allein zu lassen. Als
er vorhin gesehen hatte, wie er den Saal betrat, auf seine Verletzung
wies und sagte: „Das haben sie getan, weil ich Sie sehen wollte",
waren ihm Tränen in die Augen gestiegen.

Er, Hatzis – der Tiger, wie man ihn nannte –, hatte weder einen
Beruf noch sonst etwas. Mal Maurer, mal Anstreicher, mal Wasser-
verkäufer, mal Schuhputzer, lebte er sein eigenes Leben und war
bei solchen Veranstaltungen immer anwesend. Trotz seines harm-
losen Äußeren – er war kahlköpfig und von kleiner Statur – hatte
er Arme wie Stahl. Wenn es zu Prügeleien kam, mischte er sich in-
stinktiv ein, nicht etwa weil man es von ihm forderte, sondern aus
einer Art von Pflichtgefühl.

Pflichtgefühl wem gegenüber? Warum? Er wußte es nicht. Er hatte niemand Rechenschaft abzulegen. Er bewegte sich innerhalb eines leicht zu übersehenden Kreises und ließ sich von niemand etwas
sagen. Heute war er zum Beispiel zu Fuß den weiten Weg von Kato
Toumpa gekommen. Er hatte nicht einmal genug in der Tasche, um
ein Autobusbillett bezahlen zu können.

Unterwegs betrachtete er die Wagen, die Schaufenster, die Konditoreien, all die Güter einer Zivilisation, denen er sich nicht nähern
konnte, von kosten ganz zu schweigen. Doch er kümmerte sich
nicht darum. Er beneidete niemand. Er lebte in einer Askese, die
er für sich geschaffen hatte.

Heute abend hätte er einen Unternehmer aufsuchen sollen, den
man ihm empfohlen hatte, weil er politisch links stand und möglicherweise Arbeit für ihn hatte. Aber aus einem Instinkt heraus
war er lieber zur Versammlung der Freunde des Friedens gegangen.

Er kannte Z. nicht, bewunderte ihn jedoch wegen seines Allein-marschs im vorigen Monat nach Marathon und wegen des Faust-schlags, den er im Parlament einem anderen Abgeordneten versetzt hatte. Doch Hatzis hielt ihn um so mehr für gefährdet, als die an-deren sich nicht genieren würden, einen Mann anzugreifen, der auf jeden Schutz pfiff.

Als Z. seine Rede beendete und zu erwarten war, daß er bald in die Hölle der Straße hinaustreten würde, beschloß Hatzis, sich zu seinem anonymen Leibwächter zu ernennen. Er war stolz, einem so tapferen Mann zu folgen. Er verließ seinen Platz und stellte sich neben die Tür, die Z. durchschreiten mußte, um die Treppe zu er-reichen.

Kaum hatte er seinen Posten bezogen, als sich Z. ihm durch den Gang zwischen den Stühlen näherte. Ganze Garben von Arbeiter-händen reckten sich nach ihm aus wie Zweige von Lorbeerrosen, um ihn im Vorbeigehen zu berühren. Sie wollten zu ihm, einen sei-ner Knöpfe abreißen, über seine Haut streifen, und er, der sich in-mitten des Feuerwerks der vielen Hände langsam voranbewegte, grüßte, lächelte und sagte hin und wieder ein gutes Wort.

Hatzis erwartete ihn an der Tür. Er sah, wie er sich näherte und wie die Menge sich hinter ihm wieder aufrichtete wie gebeugtes Gras. Gesichter, eins dicht neben dem anderen. Eine Mauer von Gesichtern. Hatzis, der Träumer, sah alles in Bildern. Er war ein Harfenspieler, der die Saiten seines Instruments als Bogensehnen gegen seine Feinde benutzte. Er träumte viel. Und als er nun Z. auf sich zukommen sah, dachte er an einen aus dem Hafen ins offene Meer auslaufenden Kreuzer, während er, der unbekannte, unwich-tige Hatzis, der Schlepper war, der ihn durch schwieriges Fahrwas-ser geleitete. Auch wenn der Kreuzer gepanzert war, gab es doch Klippen und Minen.

Hinter Z. kamen die Mitglieder des Komitees für internationale Entspannung und Abrüstung. Auf dem Podium wurden schon die Transparente abgehängt, um den Saal so zurückzulassen, wie man ihn vorgefunden hatte.

Eine alte Frau drängte sich an Z. heran und rief ihm zu:

„Ich habe ein krankes Kind, Doktor, was soll ich tun? Ich habe kein Geld für einen Arzt."

Z. blieb stehen, sah sie an und sagte:

„Bringen Sie es morgen früh in mein Hotel. Ich werde es untersuchen. Vor Mittag werde ich nicht abreisen."

Ein Mann aus der Menge beschimpfte sie.

„Schämst du dich nicht, Alte, so zu unserem Chef zu sprechen? Sind wir dazu hergekommen?"

Die Alte schämte sich durchaus nicht. Sie hatte noch viel mehr zu erzählen, wollte ihre eigenen Leiden kurieren lassen.

Hatzis sah ihn jetzt aus der Nähe, kaum einen Meter entfernt: die Wunde über dem Brauenbogen, ein bläuliches Mal, als habe der Tod auf seine Stirn das erste giftige Zeichen geprägt. Die Mitglieder des Komitees, meist Rechtsanwälte, folgten ihm in einer Gruppe. Einer von ihnen sagte zu Z.:

„Herr Abgeordneter, es wäre besser, wenn einige von uns vorgehen würden, um eine Wiederholung des Zwischenfalls zu verhindern."

Z. wurde zornig.

„Sollen sie doch kommen, wenn sie es wagen!"

Er begann, die Treppe hinabzusteigen. Hatzis glitt hinter ihn. Jemand wollte ihn beiseite drängen, aber klein und geschmeidig wie eine Katze, gelang es ihm, sich unmittelbar vor seinen Schützling zu schieben. Z. bemerkte ihn, und der „Tiger" spürte, daß aus seinen blauen Augen ein Dreizack zuckte. Jetzt gab es keinen Zweifel mehr: Z. war der geborene Führer, der, dem er seit so vielen Jahren zu begegnen hoffte, seitdem die Helden des Widerstands gefallen waren und als Stellvertreter nur Politiker und Theoretiker hinterlassen hatten, von denen ihm keiner das Zeug zu einem echten Führer zu haben schien.

Z. stieg die Treppe hinunter, die voll von Menschen war, Leuten, die keinen Platz mehr im Saal gefunden hatten. Sie saßen auf den Stufen, erschreckt, eingekreist – bald schien die Eisentür unter dem wachsenden Druck der „empörten Bürger" nachzugeben, bald öffnete sie sich und ließ einen Polizeioffizier ein, mit Augen wie Kameraobjektiven, die versuchten, ihre Gesichter für kommende Nachforschungen, Verhöre, Foltern zu fixieren, bald verdichtete sich das Gejohle zu einem einzigen Schrei: „Kommt raus! Wir ziehen euch lebendig das Fell über die Ohren!", und Steine flogen wie Schaumflocken, wenn die Welle sich an der Mole bricht und die Spaziergänger peitscht –, sie hockten da, verängstigt durch den Gedanken, daß es der Polizei von ganz Saloniki nicht gelang, zweihundert Rowdys zu zerstreuen; doch als Z. an ihnen vorüberging, während sie sich gegen die Mauer oder das Treppengeländer drückten, um ihm einen Weg zu öffnen, faßten sie wieder Mut; vom Schwefel verbrannte, vom Regen des Frühlings erlöste Blätter, atmeten sie von neuem die ganze Fülle der Luft, fanden sie auf ihren zusammengepreßten Lippen die Sicherheit wieder, wie man nach entsetzlicher Qual die Erleichterung des schmerzstillenden Präparats verspürt.

„Was für ein prachtvoller Mann", dachte Hatzis, bestrebt, sich nicht aus seiner Nähe verdrängen zu lassen. „Sein Körper muß wie ein Magnet auf die Frauen wirken, sein Geist muß direkt zum Herzen sprechen, seine geschickten Hände müssen seinen Patienten Sicherheit geben."

Jetzt befand sich Hatzis hinter der Eisentür. Von der untersten Treppenstufe aus konnte er nach draußen sehen: Die Rowdys hatten sich ein wenig zurückgezogen; zwei, drei Polizistenköpfe bewegten sich hinter dem schweren Eisengitter. Z. schob mit sicherer Hand den Riegel zurück. Die Tür öffnete sich knarrend.

Eine Bresche verband nun zwei entgegengesetzte Welten: Durch sie wagte er allein, schön, stolz den Durchbruch. Kein Gejohle erhob sich draußen bei seinem Erscheinen, aus dem einfachen Grund, weil man ihn nicht kannte. Als sie „Z., du wirst sterben!" geschrien hatten, wußte keiner, wem diese Drohung galt. Sie schrien, weil sie es gelernt hatten. Hätte man ihnen einen anderen Namen genannt, hätten sie den gerufen. Sie schlugen gegen eine fremde Tür.

Hatzis glitt an seine linke Seite. Auf dem Bürgersteig gegenüber bemerkte er den General und den Polizeidirektor. Z. mußte sie gleichfalls gesehen haben, denn er steuerte mit seinem Athletenschritt auf sie zu. Hatzis stellte fest, daß er selbst zehn Schritte brauchte, um den Fahrdamm zu überqueren, Z. dagegen nur sechs. Der gelöste, weitgreifende Gang seines erwählten Chefs war dessen Seelenstärke angemessen. Hatzis holte ihn ein, von vier Anwälten des Komitees gefolgt.

Oh, er fühlte sich wohl in seiner Begleitung, hinter ihm, klein und geborgen in seinem Schatten, den der Schein einer Straßenlaterne verzerrt aufs Pflaster warf. Er sah ihn von der Seite, wie brennend im roten Licht eines Schaufensters.

Z.s Stimme erhob sich schneidend:

„Herr Inspektor der Landespolizei . . ."

Bei diesen Worten wandte ihm der General jäh den Rücken wie ein Operettenphantom, als sei nicht er der Angesprochene, sondern sein Geist, den nur Z. zu sehen vermöge. Hatzis fand das Verhalten des Generals zumindest seltsam. Als leide Z. an einer ansteckenden tödlichen Krankheit, die sein bloßer Atem übertragen könne.

„Herr Inspektor der Landespolizei!" wiederholte Z.

Der General hatte schon die Ecke der Hermes- und Veniseloustraße erreicht. Mit leerem Blick fixierte er das Meer.

Z. wandte sich dem Polizeidirektor zu.

„Herr Direktor, ich protestiere energisch gegen diesen Skandal. Es ist unerträglich. Man verletzt in aller Öffentlichkeit das Gesetz."

„Wenn Sie nicht die Lautsprecher installiert hätten, Herr Abgeordneter, wären diese Leute nicht aufgewiegelt worden. Ihre Versammlung wäre in aller Ruhe verlaufen, und wir hätten keinen Anlaß gehabt, die Polizei aufzubieten."

„Ihre Männer helfen den Randalierern, statt sie auseinanderzutreiben und zu verhaften. Ich befürchte das Schlimmste, wenn die Freunde des Friedens herauskommen."

„Genau daran habe ich auch gedacht und aus diesem Grunde vorsorglich die Busse hierherbestellt." Er wies auf die sechs parkenden Wagen. „Ihre Freunde können dort einsteigen und den Schauplatz in aller Ruhe verlassen."

Hatzis sah, daß Z. sich den Komiteemitgliedern zuwandte und flüsternd etwas mit ihnen besprach. Die andern stimmten ihm zu. Dann sagte Z. zum Polizeidirektor:

„Die Freunde des Friedens sind als freie Bürger hierhergekommen. Sie werden als freie Bürger wieder gehen. Sie haben keinen Anlaß, sich in Busse zu verkriechen."

Hatzis witterte sofort den Dreh des Polizeidirektors; einmal in den Autobussen zusammengepfercht, würden die Pazifisten, jeder Verteidigungsmöglichkeit beraubt, den Gegendemonstranten ausgeliefert sein. Genau das gleiche war schon einmal passiert, er erinnerte sich. Und selbst wenn man annahm, daß es kein Dreh war, daß der Direktor es ehrlich meinte, wäre das Resultat das gleiche. Hatzis fühlte sich durch die Antwort seines Chefs erleichtert.

Die Eisentür des Gebäudes wirkte wie ein Sicherheitsventil: Sie erlaubte den Friedensfreunden, nur in kleinen Gruppen die Straße zu betreten. Draußen zerstreuten sie sich und machten sich auf den Heimweg. Doch der Polizeikordon bemühte sich, die Ventilleistung einzuschränken und die Auflösung der Versammlung in nur zu offenkundiger Absicht hinauszuzögern.

Z. und seine Begleiter wandten sich dem ihrem Standort schräg gegenüberliegenden Hotel Kosmopolit zu. Am Ende der Hermesstraße ähnelte die matt beleuchtete Kirche Hagias Sophia einer Bonbonniere für eine fürstliche Hochzeit. Einer der Anwälte hatte Z.s Arm genommen. Hatzis ging links hinter Z., als er drei junge Männer in schwarzen Pullovern drohend auf sie zukommen sah. Auch Z. bemerkte sie, kehrte, sich vom Arm des Anwalts lösend, dem Hotel den Rücken und rief über den Platz:

„Da sind sie wieder! Sie kommen! Warum verhaften Sie sie nicht? Was macht die Polizei?"

Genau in diesem Augenblick schoß aus einer Seitenstraße ein dreirädriger Lastkarren hervor. Ein hinten auf dem Fahrzeug kauernder Mann schlug ihm mit einer Eisenstange über den Kopf. Z. taumelte, brach zusammen, die Räder der Maschine überrollten ihn, schleppten ihn einen halben Meter mit; Blut floß über den Asphalt.

„Eine Schande ist das!"

„Haltet ihn!"

„Merkt euch seine Nummer!"

„Sie haben unseren Z. getötet!"

„Schande!"

„Tod den Mördern!"

23

Er kam aus der Schneiderei gerade gegenüber dem Karavan Serai, in der er arbeitete. An seinen Hosenbeinen hafteten noch Garnenden und Fusseln. Er wollte zur Bushaltestelle in der Neuen Alexanderstraße, um nach Hause in den Vorort Phönix zu fahren. Erst seit acht Monaten hatte er ein eigenes Dach über dem Kopf, und das auch nur dank seiner politischen Freunde. Er stand zwar nicht rechts, aber er hatte so getan, als ob: Es war das einzige Mittel, sich zur Spitze der Vormerkliste durchzuschwindeln und ein Haus in der neuerrichteten Arbeitersiedlung zu bekommen. Die Siedlung lag außerhalb der Stadt, auf dem Weg zum Flughafen „beiderseits der Autobahn", ein wahrer Schlachthof für Kinder. Immerhin waren diese Sozialwohnungen sauber, Bäume wuchsen um sie herum, und alle sahen gleich aus. Man hatte keinen Grund, neidisch auf den Nachbarn zu sein. Er hatte eben die letzten Nähte an einer Hose gemacht, die er morgen abliefern mußte, und wollte nun also nach Hause fahren, als ein Polizist ihn anhielt und freundlich aufforderte, nicht weiter in dieser Richtung zu gehen.

„Aber ich muß zur Haltestelle."

„Eine Demonstration der EDA findet dort statt, und ich habe strengsten Befehl, niemand durchzulassen."

Der Schneider gehorchte. Er war Nationalist. Außerdem war ihm die Gegend vertraut, und er kannte einen anderen Weg zu seiner Haltestelle. Er bog in die Solomou- und danach in die schmale Spandonisstraße ein. An ihrem Ende gewahrte er einen haltenden Dreiradkarren, auf dem ein Mann saß. Hinter ihm bildeten fünf bis sechs Männer eine Art Mauer. Ein wenig abseits standen ein Polizeileutnant und zwei Polizisten. Er ging ruhig weiter, ohne sie zu beachten, und als er in Höhe der Gruppe war, hörte er hinter sich den Befehl:

„Starte! Worauf wartest du? Sie kommen!"

Der Schneider drehte sich um. Es mußte die Stimme des Leutnants gewesen sein, denn der stand ihm am nächsten. Er sah, daß der auf dem Dreirad sitzende Mann sich straffte, aufs Gaspedal trat, den Motor aufheulen ließ, daß die vor dem Karren stehenden Männer wie in einem Ballett auseinanderstoben und der Karren selbst sich der Kreuzung zu mit einer Geschwindigkeit in Bewegung setzte, die einem Motorradakrobaten zur Ausführung eines Kunststücks genügt hätte. Es folgte ein Krach, ein dumpfer Schlag, dann: „Eine Schande ist das! Haltet ihn!", er sah, daß der Leutnant sich entsetzt an den Kopf griff, hörte ihn zu dem neben ihm Stehenden sagen: „Was ist passiert? Wenn ich gewußt hätte, daß ein solches Unglück geschehen würde!", und den anderen spöttisch antworten: „Schämst du dich nicht? Ein Kerl wie du?"

Der Schneider begriff nicht. Er hatte viele Kunden, die bei der Polizei waren. Er änderte ihre Uniformen, er hatte sie gern. Er begriff nur, daß das Dreirad jemand überfahren haben mußte, aber wen? Er wußte es nicht. Und da er das Sprichwort kannte, nach dem keine Maus beweisen kann, daß sie kein Elefant ist, wenn sie als Elefant verhaftet wird, machte er sich schnellstens aus dem Staub. Erst am nächsten Tag, als er durch die Presse erfuhr, wen sie ermordet hatten, ging er zur Staatsanwaltschaft und sagte alles, was er gehört hatte: „Starte! Worauf wartest du? Sie kommen!" Er fügte hinzu, daß danach jemand dem Dreiradfahrer den Mann gezeigt habe, den er anfahren sollte.

24

Der Anwalt verstand nicht, wie es geschehen war, und er wußte, daß er es sicher niemals verstehen würde. Augenblicke wie dieser ähneln Sternschnuppen: Sie huschen vorbei, lassen nur eine leuchtende Spur zurück, ebenso unergründlich wie ihre Bahn.

O dunkle Nacht, Nacht des Unheils, Nacht der Dämonen. Er hatte ihn fest am Arm gehalten – er wußte, wozu Z. fähig war – und führte ihn so zum Hotel zurück. Er spürte, daß seine Muskeln vor unterdrücktem Zorn zitterten. Er hielt ihn fest am Arm, um ihn nicht entkommen zu lassen. Der kurze Wortwechsel mit dem Polizeidirektor schien Z. erregt zu haben. Die Gleichgültigkeit und Gefühllosigkeit, die er in den Zügen des Direktors gelesen hatte, während sich um sie her ungestraft Rechtlosigkeit breitmachte, hatten ihn außer sich gebracht. Und um ihn zu beruhigen und Handgreiflichkeiten zu verhindern, die er später bedauern würde, hatte er ihn fest am Arm gehalten und ihn zum Hotel begleitet.

Sie gingen über den leeren, mit Steinen besäten Platz, Steine, die man zuvor gegen die Fenster geworfen hatte, und er, der Rechtsanwalt, zählte die Schritte, die ihnen noch fehlten, um den Bürgersteig vor ihnen zu erreichen, wo das Hotel war, als er sie vor sich auftauchen sah, dieselben drei Sendboten der Hölle in schwarzen Pullovern, die Z. vor der Versammlung verletzt hatten und jetzt in der Dunkelheit noch drohender schienen. Z. sah sie auch und empörte sich: Nein, er konnte sie nicht von neuem beginnen lassen! Er zog seinen Arm aus dem des Anwalts, der ihn halten wollte, drehte sich um und rief: „Was macht die Polizei? Da sind sie wieder! Sie kommen!"

Und dann? Ein betäubendes Getöse, ganz in der Nähe, wie eine Mine, die verspätet in der Stille einer Wiese explodiert, wo sonst nur friedliche Kühe grasen, und niemand, absolut niemand hätte ahnen können, daß scharfe Minen aus der Besatzungszeit noch irgendwo vergraben lagen, Minen, Menschen, die ihre Verbrechen im Kriege nicht hatten vollenden können und sie nun, zwanzig Jahre später, vollendeten, während die ganze Welt sich anschickte, den Jahrestag der Niederlage Hitlers zu feiern, nur Griechenland nicht, wo ihre wichtigsten Helfer noch immer allmächtig regierten, Brontosaurier, fossile Flugeidechsen, wo es noch immer Könige germanischen Blutes gab. Er wußte nicht, wie er es ausdrücken sollte, doch er hatte es gesehen: Sechs Männer stieben plötzlich auseinander und geben den Blick auf ein mit gelöschten Scheinwerfern heranrasendes Dreirad frei. Ihm selbst gelingt es eben noch, beiseite zu springen. Hätte er ihn noch am Arm gehalten, wäre Z. vielleicht zu retten gewesen. Doch Z. sah zur anderen Straßenseite hinüber, wo der Polizeidirektor stand. Ein mit einem Knüppel bewaffneter Mann taucht plötzlich auf der Ladefläche des Fahrzeugs auf, schlägt zu, nein, er ist sich dessen nicht sicher, vor seinen entsetzt aufgerissenen Augen verschwimmt alles, er sieht sich selbst anstelle Z.s auf dem Pflaster in einer Blutlache liegen. Wie man zuerst nur eine süße, strömende Wärme verspürt, wenn man von einer Kugel getroffen wird, müsse es auch sein, so dachte er, wenn man fiele: Man sieht sich ein paar Sekunden lang immer noch stehen, während ein anderer an unserer Stelle am Boden liegt. Doch er faßte sich schnell und versuchte, die Nummer des Dreirads zu erkennen, dieses Monstrums, das gleich den Pferden Achills den Leichnam Hektors nachschleifte. Die Nummer war verdeckt.

Viele Stimmen erhoben sich um ihn her und übertönten für einen Moment das Knattern der Maschine, die gegen die Fahrtrichtung die Veniseloustraße hinauffuhr und im Dunkel verschwand.

„Mörder!"

„Es ist eine Schande!"

„Sie haben unseren Z. umgebracht!"

Er sah zwei oder drei Männer, die hinter dem Dreirad herliefen und es anzuhalten versuchten, aber das Fahrzeug setzte seinen rasenden Lauf fort und zog sie mit sich – o dunkle Nacht, Nacht des Unheils, Nacht der Dämonen! Sie mußten aufgeben.

Darauf – all dies hatte sich innerhalb weniger Sekunden abgespielt, wie ihm später klar wurde – löste er seinen Blick von dem am Boden liegenden Z. und sah die drei jungen Männer – oder waren es andere, die ihnen ähnelten, alles verwirrte sich in seinem Kopf! – schon im Handgemenge mit Spathopoulos. Er sagte sich, daß man wenigstens die retten müsse, die noch lebten, und deshalb und zweifellos auch aus Selbsterhaltungstrieb – er schämte sich nicht, es zuzugeben – packte er Spathopoulos und stieß ihn gewaltsam ins Innere des Hotels. Zwei Minuten später folgten auch die anderen, atemlos, bleich, schuldig und unschuldig, und dankten dem Himmel, wenigstens für diesen Abend dem Gemetzel entgangen zu sein.

25

Doch für ihn, der sich selbst zum anonymen Leibwächter Z.s ernannt hatte, für Hatzis, gab es keinen Moment der Entmutigung. Bevor er das Aufheulen des Motors gehört hatte, sah er eine Hand, die auf Z. wies. Er war zu klein, um das anfahrende Dreirad zu sehen, so daß er Z. nicht rechtzeitig beiseite ziehen konnte, um ihn zu retten. Er sah den Mann neben sich zusammenbrechen, aus dessen Augen kurz zuvor noch der Dreizack gezuckt war. Er hörte das dumpfe Geräusch der über den Körper des einstigen Balkanchampions rollenden Räder und war von nun an nur noch ein Bündel rasender Wut, entschlossen, die Mörder zu erwischen. Zwei Männern war es brüllend und gestikulierend gelungen, sich an dem Dreirad festzuklammern, doch dessen Geschwindigkeit zwang sie, wieder loszulassen. Der Tiger wußte: Wenn er versuchte, sich ebenfalls anzuklammern, riskierte er, daß ihm von jemand, der wie ein Schatten auf der Ladefläche kauerte, die Finger gebrochen würden. Er entschloß sich daher kurzerhand aufzuspringen, auf die Gefahr hin, aufs Pflaster zu stürzen und sich schwer zu verletzen, wenn er sich nicht halten konnte ... Er hatte Glück. Der Sprung war verrückt, aber er gelang. Jetzt waren drei Männer auf dem Dreirad.

Ohne Zögern fiel Vaggos über ihn her. Noch benommen von seinem Sprung, verlor Hatzis das Gleichgewicht und mußte einen Hagel von Fausthieben ins Gesicht hinnehmen. Doch das Bild seines toten Chefs brachte ihn schnell zu sich. Der andere kannte die Proportionen des Laderaums und bewegte sich in ihm, ohne zu stolpern; obwohl benachteiligt, fand Hatzis sich schnell zurecht.

Vaggos drängte ihn gegen die Seitenwand, war aber gegen seine Fußtritte wehrlos. Jedesmal, wenn er sich zum Schlagen vorbeugte, bekam er einen Tritt ins Gesicht. Er zog seine Pistole, ohne den Gegner loszulassen, der sich zu befreien versuchte. Das Fahrzeug, das sein wahnwitziges Tempo beibehalten hatte, schoß jäh in eine Kurve, Vaggos wurde gegen die hintere Klappe des Laderaums geschleudert, und Hatzis nutzte die Gelegenheit, sich auf ihn zu werfen, um ihm die Pistole zu entreißen. Er drehte ihm so kräftig die Hand herum, daß der andere vor Schmerz aufheulte und die Waffe auf die Fahrbahn fallen ließ.

Mit wiedergefundenem Mut versetzte ihm Hatzis einen Kopfstoß in den Magen, doch sein Gegner hatte schon seinen Knüppel gepackt. Auch diese Waffe ließ er los, als er von Hatzis einen Tritt in den Unterleib erhielt. Der verbissene Kampf spielte sich völlig wortlos ab, von Hatzis' Hilferufen an vorbeifahrende Autos abgesehen. Anfangs hatte er bemerkt, daß der Verkehr in Gegenrichtung verlief und erst von einem bestimmten Punkt an in gleicher. Keiner der Fahrer schien den Kampf auf Leben und Tod zu bemerken, der auf der Plattform des Dreirads im Gange war. So laut er auch schrie, niemand hörte ihn. Ihre Gesichter blieben gleichgültig, während er, Hatzis, einem schändlichen politischen Verbrechen auf der Spur war – es gab für ihn keinen Zweifel mehr – und sein Leben dabei riskierte. Trotz der Verbissenheit des Kampfes gab es Einzelheiten, die in ihm haftenblieben: Neben einem feisten Fahrer saß eine Blondine, die ihren Kopf an seine Schulter lehnte und ihren Nacken von ihm streicheln ließ; eine Dame von Welt am Steuer ihres neuen Wagens mit dem versteinerten Lächeln einer Zahnpastareklame, die alle Augenblicke in den Rückspiegel sah, um mit einem Finger über ihre Brauen zu streichen oder eine Strähne zur Ordnung zu rufen, die der Tyrannei ihrer Friseuse entronnen war; ein Priester, der dem mit einer Zigarette im Mundwinkel neben ihm am Lenkrad sitzenden Matrosen die gepolsterte Prälatenhand zwischen die Schenkel gelegt hatte und völlig absorbiert einen unsichtbaren Punkt vor ihm fixierte; ein wacher Kerl von Taxichauffeur, den Ellbogen ins offene Fenster gelegt, versuchte, das Dreirad zu überholen, während sein Radio in voller Lautstärke spielte; ein gesetztes bürgerliches Paar – sie am Steuer, er neben ihr, offenbar hochbeglückt über seine moderne Frau –, das die Kämpfenden bemerkte und in Gelächter ausbrach, zweifellos im Glauben, ein akrobatisches Spiel zu beobachten. Hatzis sah alle diese Einzelheiten wie im Aufleuchten eines Blitzes und hatte weder Zeit noch Kraft, sie zu registrieren. Erst später, viel später, als er im Krankenhaus lag und unendlich viel Zeit hatte, erinnerte er sich wieder dieser Masken eines neutralen, indifferenten Universums, in dem jeder isoliert in einer Welt für sich existierte, die kein gemeinsames Maß mit der seinen verband.

Seine Verletzungen verdankte er gewiß nicht dem Hampelmann auf der Ladefläche, den er dank seiner Judokünste schnell (viel schneller, als er erwartete) außer Gefecht gesetzt hatte, sondern dem zweiten Burschen, dem Fahrer des Dreirads. So war es geschehen:

Nachdem er Vaggos entwaffnet und k.o. geschlagen hatte, warf er ihn wie einen Sack auf die Straße. Er sah, wie er sich zwei- oder dreimal überschlug – hoffte, daß ihn kein Auto erwischen würde –, und beobachtete noch, daß er zum Bordstein kroch. Mehr konnte er nicht sehen, das Dreirad war schon zu weit. Ohne auch nur einen Moment zu verlieren, zerschlug der Tiger mit der Faust die Scheibe hinter dem Platz des Fahrers, riß mit schon blutender Hand einen Scherben aus dem Rahmen und schickte sich an, ihn in Jangos' Hals zu stoßen, den er mit der anderen Hand packte. Jangos bremste jäh, was Hatzis zwang, ihn loszulassen, während das Dreirad hart gegen den rechten Bordstein schleuderte. Jangos sprang ab, Hatzis saß mit dem Arm in den Splittern der Scheibe fest, der Ärmel zerrissen, ein Scherben tief ins Fleisch gebohrt. Es gelang ihm mit Mühe, sich zu befreien, aber es war zu spät: Hatzis sah im Neonlicht des Titania-Kinos, vor dem das Dreirad gestrandet war, noch den Knüppel aufblitzen, dann erhielt er einen heftigen Schlag über den Schädel. Er hörte eine Stimme sagen:

„Das ist ein Mörder, ein Kommunist! Er hat mehrere Leute umgebracht!"

„Ich muß gemeint sein", dachte er. „Er kann's ja nicht sein." Ein zweiter Schlag traf ihn. Er war aus dem Fahrzeug gestürzt, lag auf der Straße, mit dem Mund auf dem Teer. Er sah Stiefel sich nähern, die denen der Verkehrspolizisten glichen, dann ein zweites Paar Stiefel, das einem Soldaten gehören mußte. Doch als er sich auf den Rücken wälzte, gewahrte er einen Feuerwehrmann in Uniform und Helm, der sich über ihn beugte. Dann verlor er das Bewußtsein.

26

Das rote Signal hatte ihn im letzten Moment angehalten. Von Berufs wegen – er war Polizist, Fahrer des Kabinettschefs des Ministers für Nordgriechenland – hatte er gelernt, dem Gesetz blind zu gehorchen. Jeder andere wäre bei Gelb weitergefahren. Nicht er. Er bremste vor der Ampel und sah sich um: Passanten, nur wenige, der Jeep des Brontosaurus, den er gut kannte, weil er ihn oft im Hof des Ministeriums hatte stehen sehen, vor dem Hotel Kosmopolit. Der Fahrer des Jeeps, in Zivil, bemerkte ihn und gab ihm ein Zeichen, daß er mit ihm sprechen wolle. Er drehte die Scheibe herunter, und der andere sagte geheimnisvoll zu ihm:

„Fahr los!"

In diesem Moment hörte er eine schrille Frauenstimme schreien: „Das ist eine Schande!" Er sah ein Dreirad vor sich vorbeirasen, auf dessen Ladefläche zwei dunkle Gestalten miteinander kämpften. Ein Verkehrspolizist pfiff hinter dem Fahrzeug her, das, statt anzuhalten, mit noch erhöhter Geschwindigkeit in die Veniseloustraße einbog, die man, wie er wußte, in dieser Richtung nicht befahren durfte. Der Platz, der ihm einen Augenblick zuvor leer erschienen war, füllte sich mit Menschen. Er fuhr langsam an, um niemand zu verletzen. Schreie erhoben sich um ihn, jemand schlug auf die Haube seines Wagens.

Er öffnete von neuem das Fenster.

„Ich bitte Sie, mein Herr", sagte ein keuchender Mann zu ihm, „nehmen Sie Z. mit. Er ist schwer verletzt worden. Es geht um Leben und Tod."

Er stieg aus, öffnete ruhig die Tür auf der anderen Seite, schob den vorderen Sitz nach hinten, um vorn größeren Raum zu schaffen, und ließ die Leute den Schwerverletzten hineinlegen. Zwei Männer, die er nicht kannte, setzten sich auf die hinteren Sitze. Ein dritter wollte gleichfalls einsteigen, aber es war kein Platz mehr für ihn. Der vordere Sitz war voller Blut. Der Anblick des halb ausgestreckten, röchelnden Giganten, aus dessen Mund blutiger Schaum rann, verwirrte den Fahrer so, daß er, statt zu starten, die Scheibenwischer in Betrieb setzte. Die Menge verschwamm vor seinen Augen.

Er wandte sich an die beiden Begleiter des Verletzten.

„Wer ist es?"

„Unser Z. Fahren Sie so schnell wie möglich zum Hospital. Sein Leben steht auf dem Spiel."

„Wie ist es passiert?"

„Diese Hunde haben ihn umgebracht. Schneller! Vorwärts!"

„Welche Hunde?"

„Die Rowdys und die Polizei!"

„Ich bin auch Polizist", sagte er mit einem kurzen Blick über die Schulter, „und wie Sie sehen, tue ich, was ich kann."

Die beiden sagten kein Wort mehr. Nur das dumpfe Röcheln des Verletzten war zu hören; das Blut tropfte auf die Plastikbezüge.

„Schneller! Hupen Sie doch!"

„Die Hupe ist kaputt."

„Verdammt!"

„Das Auto gehört nicht mir. Ich habe es gemietet."

Es war wahr, er hatte sich den Wagen an diesem Tag für zwei Stunden bei einem Autoverleih gemietet, den er kannte. Er hatte eine Verabredung mit einer gewissen Kitsa, der Freundin einer Bekannten; ihre Telefonnummer hatte er durch einen Zufall bekommen. Er hatte diesen Volkswagen für zwei Stunden gemietet, um mit ihr allein sein zu können. Übrigens hätte er dieses Rendezvous um ein Haar verpaßt! Der Vortrag des Staatssekretärs über den Mehltau hatte länger gedauert als vorgesehen, und dann hatte sich der General noch über die kommunistische Gefahr verbreitet. Zum Glück hatte er jedoch den Staatssekretär nicht selbst zum Flughafen fahren müssen, da der General sich erbot, ihn in seinem Wagen mitzunehmen. Dieser Zufall hatte ihm erlaubt, Kitsa zur vereinbarten Zeit zu treffen.

„Sie fahren nicht den richtigen Weg!"

„Der Umweg ist besser, weil wir die Hauptverkehrsstraßen vermeiden."

„Schneller!"

Das war der Moment des Zusammenstoßes mit einem anderen Wagen. Der Polizist stoppte. Er war schuld.

„Halten Sie nicht an!" rief ihm einer der Männer hinten zu. „Er braucht sich nur Ihre Nummer zu notieren! Dieser Mann ist in Lebensgefahr!"

„Sie sehen, wozu es führt, so schnell zu fahren", erwiderte er. „Ich werde Strafe zahlen müssen."

Der Fahrer des anderen Wagens hatte den Schaden geprüft – die Tür war ein wenig eingebeult worden – und kam nun, um die erforderlichen Fragen zu stellen.

„Ich habe einen Schwerverletzten im Wagen", sagte ihm der Polizist.

Der andere warf einen Blick ins Innere des Autos, nickte verständnisvoll und notierte sich die Nummer des Volkswagens auf seine Zigarettenschachtel.

Dieser Abend war entschieden voller Überraschungen! Es hatte mit Kitsa angefangen, als er in der einsamen Gegend um Kaftanzoglio den Wagen parkte. Sie hatten geschmust und sich umarmt, bis Kitsa plötzlich Schluß machte. „Das genügt fürs erstemal", sagte sie ihm und fügte hinzu, daß sie bald heiraten wolle und sich deshalb nicht in aussichtslose Abenteuer einzulassen gedenke.

„Wieso aussichtslos?" hatte er gefragt.

„Weil du noch Student bist."

„Ich kriege aber bald mein Diplom, und meinen Wehrdienst habe ich schon hinter mir."

Er hatte ihr nicht gesagt, daß er Polizist sei, ein Beruf, der viele junge Mädchen erschreckt, wenn er auch manchen gefällt, die in ihm eine Bürgschaft für Sicherheit sehen. Er kannte Kitsa noch nicht gut genug, um zu wissen, ob er sich die Wahrheit leisten könnte. Danach gingen sie in eine Wirtschaft und tranken Bier. Ab neun Uhr wurde er allmählich unruhig. Er wollte gehen. Er müsse das Auto rechtzeitig zurückbringen, sagte er ihr, auf jeden Fall würde er sie aber bald wieder anrufen. – „Du hast also kein Telefon?" fragte sie. „Nein." – Sie kramte ihren Lippenstift heraus und schrieb mit ihm eine andere Nummer auf ein Stück Papier, unter der er sie während der Bürostunden erreichen könnte. Darauf lief sie davon – sie hatte krumme Beine, wie er nun zum erstenmal bemerkte – und schwenkte beim Gehen die Tasche, die an ihrer Schulter hing.

Die Atemzüge des Verletzten kamen immer mühsamer. Die beiden Begleiter lauschten angstvoll und wachten darüber, daß sein Kopf sich nicht bewegte. Die zum Krankenhaus führende Straße war gut. Er bremste weich. Zwei Krankenpfleger kamen sofort, um

Z. zu holen. Die Nachricht über den Vorfall war ihnen vorausgeeilt, und alles stand bereit. Er hörte, daß ein Arzt den Befehl erteilte, die Nummer des Volkswagens zu notieren; von Panik ergriffen, stieg er in den Wagen, trat aufs Gas und verschwand. Eine Weile suchte er nach einem Brunnen, um das Blut von den Sitzen abzuwaschen und den Wagen in dem Zustand zurückbringen zu können, in dem er ihn gemietet hatte.

27

Der Volkswagen, der den Verletzten – oder Toten – mitgenommen hatte, war kaum gestartet, als Dinos den Geheimpolizisten mit der Pfeife fragte:

„Was ist passiert? Wen haben sie verletzt?"

„Einen siebzehnjährigen Jungen."

„Aber es war dasselbe Dreirad, das eben noch hier hielt. Haben Sie es nicht bemerkt?"

Der Geheime vermied es zu antworten.

„Es war dasselbe", beharrte Dinos. „Es startete wie eine Rakete und verschwand. Dasselbe."

Der Mann mit der Pfeife entfernte sich zwei Schritte. Sie hatten bisher recht freundschaftlich über einen gemeinsamen Bekannten geplaudert, einen Polizeioffizier, der vor einem Monat nach Prevesa versetzt worden war. Warum tat er plötzlich, nach diesem Unfall, als kenne er ihn nicht?

Diesen Geheimpolizisten kannte Dinos noch aus seiner Studienzeit. Er hatte immer bei den Studentenversammlungen herumgeschnüffelt, bei den Vorbereitungen für die Zyperndemonstrationen. Damals war Dinos eins der aktivsten Mitglieder der Studentenorganisation gewesen. Später hatte er sein Studium wegen des Militärdienstes unterbrechen müssen und schließlich als Vertreter einer Firma für landwirtschaftliche Produkte ein Geschäft eröffnet. Er hatte also keine Zeit mehr gehabt, sich mit solchen Aktivitäten zu beschäftigen. Übrigens war es für den guten Ruf seiner Firma besser so, denn alles hing von der Polizei ab. Wenn sie sein Geschäft schließen wollte, würde ihr jeder Vorwand recht sein. Die Stadt war nicht groß, jeder kannte den anderen. Trotz seiner Zivilkleidung hatte er heute abend sogar den Polizeiinspektor seines Viertels erkannt, der nervös auf und ab ging und das seltsame Verhalten eines Dreiradkarrens und eines Mopeds nicht zu beachten schien, die durch ihr wiederholtes Auftauchen und Verschwinden anderen Fahrzeugen den Zugang zum Platz versperrten. Der Inspektor hatte nur einmal eingegriffen, um sie aufzufordern, zwei Autobusse mit gelöschten Scheinwerfern passieren zu lassen. Dann hatte er ein Weilchen mit dem Fahrer des vor dem Hotel Kosmopolit haltenden Dreirads gesprochen. Dinos konnte nicht ahnen, worüber sie sprachen, und außerdem interessierte es ihn auch nicht. Er sah nur, daß das Dreirad ein paar Augenblicke später startete und gleich darauf in der kleinen Passage hinter dem „Kosmopolit" wieder erschien. Hätte er den Inspektor nicht erkannt, wäre ihm das Manövrieren des Dreirads nicht einmal besonders aufgefallen. Dann sah er dasselbe Dreirad plötzlich losrasen, jemand inmitten des Platzes überfahren und in die Veniseloustraße verschwinden, ohne daß auch nur einer der herumstehenden Polizisten auf den Gedanken zu kommen schien, es zu verfolgen.

Es war besonders das Verhalten des Geheimpolizisten mit der Pfeife, das ihn merkwürdig berührte. Er verharrte reglos vor dem Jeep des Brontosaurus, ohne durch irgendeine Reaktion seine Überraschung über den seltsamen Unfall erkennen zu lassen. Auf seine Frage „Wen haben sie verletzt?" hatte er völlig unbeteiligt, ja fast zynisch geantwortet: „Einen siebzehnjährigen Jungen." Und als er ihn darauf aufmerksam machte, daß es dasselbe Dreirad gewesen sei, das kurz zuvor neben ihnen gehalten habe, wandte er ihm gleichgültig den Rücken zu. Was ging hier vor? War er naiv genug, etwas erfahren zu wollen, was die Polizei anstiftete? In diesem Fall konnte er andere, noch weit verwirrendere Fragen nicht vermeiden.

Er ging eben über diese Kreuzung, unterwegs zu einem Freund, der ihn eingeladen hatte, bei ihm neue Jazzplatten zu hören, als die Lautsprecher angekündigt hatten:

„Achtung, Achtung! In wenigen Minuten wird Z. zu Ihnen sprechen!"

Er war aus Neugierde stehengeblieben, wollte sich die ersten Sätze der Rede anhören. Er stand vor dem „Kosmopolit" in Gesellschaft des Hotelbesitzers, den er beruflich kannte, und des Konditors von nebenan, der seinen Laden verlassen hatte, um mit offenem Mund die entfesselten Gegendemonstranten zu betrachten. Sie hörten Rufe wie: „Bulgaren raus!", „Z. muß sterben!" und ähnliches. Dann hörte Dinos verblüfft die ersten Sätze des Abgeordneten: Es war ein Appell an den Bürgermeister, den General, den Polizeidirektor, das Leben des Abgeordneten Spathopoulos zu retten. Der Appell machte ihn stutzig. Das von den Straßenrowdys angezettelte Treiben bekam plötzlich einen Sinn. Doch die Tatsache, daß so umfangreiche Polizeikräfte zum Eingreifen bereitstanden, beruhigte ihn wieder. Je mehr Zeit verstrich, desto klarer wurde allerdings, daß die Polizei nichts unternahm. Sie hinderte keinen. Sie verhaftete niemand. Nur von Zeit zu Zeit forderte sie die größten Schreihälse auf, ein wenig zurückzutreten.

Sonst geschah nichts.

Z.s Rede hörte Dinos nicht, nur den frenetischen Beifall, der sie unterbrach, und die Parolen der Friedensfreunde. Er entschloß sich zu bleiben – zum Teufel mit den Schallplatten! Hier passierten Dinge, die er nicht einmal als Student erlebt hatte.

Als er sah, wie das Dreirad losraste, wie ein Mann zusammenbrach, wie andere es erfolglos aufzuhalten versuchten und drei von Panik ergriffene Advokaten ins Hotel flüchteten, wie um einem Bombenangriff zu entgehen, konnte er ein schmerzliches Zucken seines Gesichts nicht unterdrücken. Und dann war es das phlegmatische Gebaren des Mannes mit der Pfeife, das ihn in tiefe Grübeleien versetzte. Er kehrte nach Hause zurück, denn er wußte, daß es unter solchen Umständen besser ist, abwesend zu sein. Im nächsten Monat würde er seine Schwester verheiraten, und seine Jugendgefühle lagen schon lange unter landwirtschaftlichen Produkten begraben.

Seine Wohnung lag in derselben Straße, zwei Häuserblocks weiter, der Hagias-Sophia-Kirche gerade gegenüber. Er aß den Rest der gefüllten Auberginen, die seine Mutter am Tag zuvor gekocht hatte, und ging wieder aus. Die Neugier ließ ihn nicht los; er wollte wissen, wen das Dreirad überfahren hatte. Auf dem Platz waren jetzt nur noch ein paar Leute, die wie Statisten auf einer Bühne herumirrten, die die Stars verlassen hatten. Er näherte sich einer Gruppe und fragte:

„Was war hier los? Was ist passiert?"

„Der Herr möchte gern wissen, was hier passiert ist", sagte einer der Burschen zu dem, der ihr Anführer zu sein schien.

„Hat der Herr einen speziellen Wunsch?" erkundigte sich der.

„Entschuldigen Sie . . ."

„Keine Ursache, alter Dussel."

Und er brach in spöttisches Lachen aus.

„Willst du nicht lieber nach Hause, Kleiner?" fragte ein anderer.

„Es ist nichts besonders Interessantes passiert", fing der erste wieder an. „Wir haben nur einen Kommunisten um die Ecke gebracht."

Sich wie ein Pfau brüstend, stimmte er in das johlende Gelächter der anderen ein.

„Wir haben ihn in Schönheit heiliggesprochen."

„Wir haben einen zweiten Athanassios Diakos aus ihm gemacht."

„Wir haben es ihm gezeigt, wir Makedonier."

Dinos blieb wie versteinert stehen, während die Gruppe sich entfernte. „Diese Verbrecher", dachte er, „sie haben keinen Gott." Unmittelbar darauf – sein Verstand funktionierte schnell – wandte er sich zur Station für Erste Hilfe des Hospitals.

Er fand dort den gleichen feindseligen Empfang. Der Portier ließ ihn nicht hinein.

„Was ist passiert? Wen haben sie hierhergebracht?"

„Wer sind Sie? Journalist?"

„Ich bin ein einfacher griechischer Bürger, der sich informieren möchte."

„Nun, es ist nichts passiert. Wenigstens nichts Ernstes. Ein junger Mann ist verletzt worden."

Enttäuscht, nicht mehr erfahren zu können, wollte Dinos schon wieder gehen, als er am Aufnahmeschalter einen Mann in zerrissenem, blutfleckigem Hemd gewahrte, der verbunden werden wollte. Bei genauerem Betrachten entdeckte Dinos überrascht, daß es der Mann war, der sich auf der Ladefläche des Dreirades befunden hatte, während es vor dem Hotel Kosmopolit hielt und der Polizeiinspektor dazugetreten war, um mit dem Fahrer zu sprechen. Aber er vermochte sich die beiden Tatsachen nicht zusammenzureimen.

Auf dem Rückweg zu seiner Wohnung kam er wieder über den

Platz, der jetzt völlig verlassen war. Nur ein paar Zivilisten trieben sich im Dunkel der benachbarten Straßen herum. An der Stelle, wo das Dreirad den Unbekannten überfahren hatte, lagen zwei Sträuße roter Nelken auf dem Pflaster. „So unberührt traf dich der Tod", dachte er, überzeugt, daß ein Jüngling von siebzehn Jahren getötet worden war.

28

In zwanzig Minuten war sein Dienst für heute zu Ende, und er hatte nur fünf Protokolle geschafft. Eine reichlich schlechte Ernte für einen ganzen Abend im Zentrum Salonikis, dachte der Verkehrspolizist, während er durch einen Wink einen kleinen Fiat, der verkehrswidrig vor der Konditorei Agapitos hielt, zum Weiterfahren aufforderte. Es war nicht ungefährlich, hier mitten zwischen den Rädern zu stehen. Und der neue strenge Chef der Verkehrspolizei hielt jeden für einen Schwächling, der nicht viele Protokolle schrieb. Zu seinem Pech hatten sich heute nur wenige Verkehrssünder gefunden. Wenn dieser kleine Fiat noch fünf Sekunden länger stehenblieb, würde er seine Nummer notieren. Doch er fuhr genau in dem Moment ab, in dem er sein Notizbuch ziehen wollte.

In letzter Zeit hatte er in seiner schönen Uniform viel Erfolg bei Fahrerinnen. Er sah gerade einer Blondine nach, die ihm durch die Fensterscheibe ihres Wagens zugelächelt hatte, als er ein Stück weiter in der Carolou-Deel-Straße vor dem Titania-Kino eine sich rasch vergrößernde Ansammlung von Leuten bemerkte. Er dachte sofort an einen Unfall und lief schnell und pausenlos mit seiner Trillerpfeife Signale gebend hinüber. Als er sich der Mauer näherte, die die Rücken der Neugierigen bildeten, sah er einen glatzköpfigen kleinen Mann, der wie eine Ratte zwischen ihren Beinen herumkroch, den Kopf mit einer Hand hielt und unablässig wie ein Kind greinte: „Sie haben mich geschlagen, sie haben mich geschlagen."

Überzeugt, daß es einen Zusammenstoß gegeben hatte und daß da ein Überlebender jammernd hervorkroch, überließ er ihn einstwei-

len seinem Schicksal und machte sich daran, den Hergang zu klären. Er stieß energisch die sich drängenden Gaffer beiseite und fand
sich vor einem am Rand des Bürgersteigs haltenden Dreirad. Der
Motor war ausgeschaltet, und vom Trittbrett aus redete der Fahrer
wütend auf die Umstehenden ein:

„Er hat angefangen!"

„Wir haben gesehen, wie du ihn über den Kopf geschlagen hast."

„Das Arschloch soll auf der Stelle krepieren!"

„Warum nicht du?"

„Halt dein Maul, sonst stopf' ich dir's mit der Faust!"

„Was geht hier vor?" fragte der Verkehrspolizist.

„Nichts, Herr Wachtmeister."

„Wieso nichts?"

„Ich hab' mich mit meinem Cousin gestritten, er hat mir eine geklebt, und ich hab' ihm eine rausgegeben."

Er wollte einsteigen.

„Halt!" Der Verkehrspolizist kam drohend näher. „Zeig mir deinen Führerschein und die Transporterlaubnis."

„Mit Vergnügen", sagte Jangos und zog den Zellophanumschlag
aus der Hosentasche.

Der Verkehrspolizist nahm ihn, überprüfte sorgfältig die Papiere
und wollte sie ihm schon zurückgeben, als der Feuerwehrmann in
Uniform und Helm dazutrat.

„Erlauben Sie, Herr Wachtmeister, ich bin Augenzeuge der ganzen Szene gewesen. Dieser Herr hier hat meiner Meinung nach
ohne jeden Grund mit einem Knüppel auf Kopf und Brust des anderen eingeschlagen, der halb bewußtlos aus dem Fahrzeug aufs
Pflaster stürzte."

Er sah sich suchend nach dem anderen um.

Der Verkehrspolizist ergriff die Gelegenheit, die Neugierigen loszuwerden.

„Warum warten Sie hier? Was gibt's denn zu sehen? Treten Sie
zurück, und lassen Sie uns unsere Arbeit tun. Halten Sie den Verkehr nicht auf."

Die Menge zerstreute sich.

„Er hat einen Knüppel bei sich", fing der Feuerwehrmann wieder
an.

Der Polizist wollte ihn untersuchen, Jangos gab ihm den Knüppel. Er war ebenso neu wie die, die kürzlich an die Polizei geliefert worden waren.

Jangos sah, daß die Dinge eine unerfreuliche Wendung nahmen. Zuerst hatte ihn die Uniform des Feuerwehrmannes beruhigt. Doch dieser Idiot schien keine Ahnung zu haben. Er wußte nicht, daß er, Jangos, diesen Dreckskerl, diesen Blutegel, der alles verderben konnte, fürs Vaterland verprügelt hatte. Der Verkehrspolizist schien auch ein Dummkopf zu sein. Auch er hatte keinen Schimmer. Dabei lag es so klar auf der Hand! Wenn er nur zum Revier flitzen könnte! Die würden Augen machen, wenn sie dorthin kämen. Er bemerkte, daß sich der Polizist mit dem Feuerwehrmann unterhielt, tat so, als ob er sich strecken wollte, und war schon im Begriff loszurennen, die Carolou-Deel-Straße entlang, als der Polizist, der seine Absicht zu wittern schien, ihn am Arm packte.

„Gehen wir rüber", sagte er.

„Und die Maschine?"

„Die bleibt hier. Die klaut keiner."

Drüben befand sich die Kantine der Polizei. Er konnte noch von Glück reden, dachte Jangos. Wenn er zufällig auf einen seiner Kumpel stieß, würde es Schluß mit dieser Komödie sein. Doch die Kantine war geschlossen. Sie warteten im Flur.

Der Polizist bat den Feuerwehrmann, vom nächsten Kiosk aus das Bereitschaftskommando anzurufen, damit sie diesen Burschen abholten. „Wegen Schlägerei und verkehrswidrigem Verhalten", fügte er noch hinzu.

Auf der Straße hatten sich die Leute zerstreut. Im Flur befanden sich nur Jangos, der Polizist, die Frau des Feuerwehrmanns und zwei Freunde, die sie begleiteten. Alle zwei Minuten ging die automatische Treppenbeleuchtung aus, und jedesmal mußte der Polizist auf den Knopf drücken und sie wieder anschalten, um seinen Häftling nicht aus den Augen zu verlieren.

„Psst", machte Jangos, als seien sie Komplicen. „Kommen Sie ein bißchen näher. Ich muß Ihnen was sagen."

„Was willst du?"

„Ich muß mit Ihnen reden."

„Du hast nichts zu reden. Sag's später den anderen." „Er ist unverschämt", dachte der Polizist. Und Jangos: „Idiot, du. Wenn du wüßtest, daß dein Chef mein Kumpel! ist Wir machen Späßchen miteinander." Das Licht ging aus, der Polizist schaltete es wieder ein. Jangos näherte sich ihm:

„Ich hau' jetzt ab. Sie tun so, als ob Sie's nicht bemerken."

„Was hast du gesagt?"

Er wollte seinen Ohren nicht trauen.

„Ich hau' jetzt ab", wiederholte Jangos. „Ich kann im Moment nicht mehr sagen. Spielen Sie den Blinden."

„Keine Bewegung, oder ich schlag' dich nieder, du Lump!"

„Zu wem sagen Sie Lump, Herr Wachtmeister? Das wirst du bitter bereuen, mein Junge. Gib mir deine Nummer! Ich werde mit meinen Beziehungen dafür sorgen, daß du versetzt wirst."

„Wer sind Sie eigentlich?" fragte der Polizist verdutzt.

Das Blinklicht des Bereitschaftskommandos beendete die Unterhaltung.

29

Vaggos ärgerte sich, daß er im Krankenhaus diesen Typ wiedertraf, den er schon vorhin vor dem „Kosmopolit" bemerkt hatte. Länger als eine halbe Stunde hatte er ihn beobachtet, wie er fortwährend auf den Lautsprecher starrte und den Kopf schräg hielt, um Z.s Rede besser zu verstehen. Was wollte er hier? Wen suchte er? Doch Vaggos hatte fürs erste andere Sorgen.

Er selbst war zum Krankenhaus gegangen, weil es ihm sein Freund, der Journalist, so geraten hatte. Seine Verletzungen bedurften zwar keiner besonderen Pflege, aber der Journalist meinte: „Geh und laß dich in die Liste der Verletzten einschreiben, damit nicht nur die Linken was zu jammern haben." Er war Journalist bei der Zeitung „Makedonischer Kampf" und für Gerichtsfälle zuständig. Vaggos hatte eine Vorliebe für Prozesse: Er fehlte niemals bei einem wichtigen Fall und prahlte damit. Er zog eine interessante, spannende Verhandlung jeder Kinovorstellung vor. Im Gedränge vor den Gerichtssälen hatte er auch die Bekanntschaft des Journalisten gemacht. Und falls man ihn je bei einer schmutzigen Sache erwischte, rechnete er stark damit, daß sein Freund seinen Namen aus der Zeitung heraushalten und es ihm ersparen würde, zum Gespött des ganzen Viertels zu werden. Denn die Zeitung stand rechts und wurde von all seinen Bekannten gelesen.

An diesen Journalisten dachte Vaggos ganz automatisch, als er auf der Straße lag, genau vor der Redaktion der Zeitung. Er sah, daß das Dreirad ein Stück weiter hielt und daß sich drum herum Menschen ansammelten. Auch bei ihm fanden sich ein paar Neugierige ein, die sich erkundigten, was passiert sei. Er bekam Angst, daß ihn Pazifisten gesehen haben könnten und ihn womöglich verfolgten, um mit ihm abzurechnen. Er fürchtete auch weitere Komplikationen dieser Affäre, bevor er Zeit gefunden hätte, präzisere Instruktionen des Mastodons einzuholen. Sie hatten alles überlegt und vorausgesehen, nur nicht, daß jemand auf die Ladefläche springen könnte. „Hoffentlich macht Jangos ihn kalt", dachte er ohne allzu große Überzeugung, als er das Dreirad fünfzig Meter weiter im Neonlicht des Titania-Kinos halten sah.

Da er sonst nichts wußte, wo er das Verschwinden der Ansammlung abwarten konnte, entschloß er sich, den Journalisten aufzusuchen. Der Eingang war grell erleuchtet. Riesige Papierrollen, wie Dampfwalzen nebeneinander aufgereiht, sollten morgen früh den Weg zu einem neuen Tag öffnen. Über dem Eingang gab die mit einem Fernschreiber gekoppelte Leuchtschrift die neuesten Nachrichten bekannt. Er drängte sich durch die Leute, die mit steifem Hals und hochgerecktem Kinn die Wörter buchstabierten, die über das mit Glühbirnen gespickte Leuchtband glitten, versuchte, seine strapazierte Kleidung zu glätten, und stieg die Treppe hinauf.

Der Journalist saß hinter seinem Schreibtisch. Einige Redakteure arbeiteten im selben Raum. Von einem Artikel in Anspruch genommen, erkannte er Vaggos nicht sofort; das Gesicht kam ihm nur irgendwie bekannt vor. Vaggos half nach.

„Im Gericht", sagte er. „Sie machen doch die Gerichtsreportagen."

„Ah, ja, sicher. Ich weiß jetzt, wer du bist. Aber wie siehst du aus? Was ist passiert?"

„Was passiert ist?" seufzte Vaggos. „Heute abend hat's Krakeel gegeben."

„Krakeel?"

„Mit den Kommunisten. Sie hatten eine Demonstration für den Frieden organisiert. Z. war extra aus Athen gekommen. Sollten wir vielleicht mit den Händen in den Taschen zusehen? Wir haben ihnen eine anständige Tracht Prügel verpaßt. Sie wollten uns Kontra geben. Zum Schluß kam ein Dreirad vorbei und überfuhr Z. aus Versehen."

„Aus Versehen?"

„Was sonst? Vielleicht mit Absicht? Ich weiß nicht mal, woher es kam, bestimmt von einem Transport. An der Kreuzung Hermes- und Veniseloustraße war der Teufel los. Z. ist verletzt worden. Nichts Ernstes. Sie haben ihn ins Krankenhaus geschafft. Das wird ihm eine Lehre sein."

„Schön. Und womit kann ich dir jetzt dienen?" fragte der Journalist, der an politischen Reportagen nicht interessiert war. „Willst du jemand verklagen? Willst du protestieren? Ich stehe ganz zu deiner Verfügung."

„Ich möchte gern, daß Sie in die Zeitung schreiben, ich sei dabeigewesen, als Z. vor der Versammlung angegriffen wurde. Sonst glauben die Jungs, ich wäre feige."

„Welche Jungs?"

„Sie wissen schon, die Schläger."

Der Journalist sah ihn verdutzt an.

„Wenn ich dir raten kann", sagte er, um ihn loszuwerden, „solltest du ins Krankenhaus gehen und dich in die Liste der Verletzten eintragen lassen. Sonst werden nur die Typen von der Linken Anklage erheben. Kauf dir morgen früh die Zeitung. Ich werde dich unter den ersten erwähnen."

Es waren zehn Minuten seit seinem Eintritt in die Redaktion vergangen, und Vaggos hoffte, keine Neugierigen mehr auf der Straße anzutreffen. Er stieg in ein Taxi und fuhr zum Krankenhaus. Dort traf er Dinos, und das gefiel ihm nicht. Aber als er verpflastert wieder herauskam, gefiel es ihm noch weniger, daß ein Jeep der Polizei auf ihn wartete.

Bevor er auch nur eine Frage stellen konnte, zogen sie ihn hinein und fuhren los.

„Wir brauchen dich dringend. Wo hattest du dich versteckt, du Schuft?" fragte ein Unteroffizier ohne Umschweife. „Was denkst du dir eigentlich? Das Ding zu drehen und dann zu verschwinden?

Die Sache fängt an, unangenehm zu werden. Und es ist deine Schuld, daß der Kerl, der auf die Maschine sprang, noch lebt. Schwächling! Feigling! Und dann hast du noch die Unverschämtheit, zur Zeitung zu rennen und zu erzählen, was für ein Held du bist. Ein Dummkopf, ja! Willst du uns alle reinlegen? He?"

Von der ganzen Litanei beeindruckte eines Vaggos besonders: Woher hatten sie erfahren, daß er bei der Zeitung gewesen war?

30

Sobald er Jangos der Streife übergeben hatte, verließ der Verkehrspolizist erleichtert den Kantinenflur und zerstreute die letzten Neugierigen. Er rief auch den polizeilichen Abschleppdienst an, teilte mit, daß ein parkendes Dreirad von der Carolou-Deel-Straße abzuschleppen sei, und kehrte dann auf seinen Posten auf der Kreuzung Hagias-Sophia-, Ecke Neue Alexanderstraße zurück. Die vorletzte Kinovorstellung war zu Ende, und der Verkehr war lebendiger als vorher. Er wollte eben anfangen, Zeichen zu geben, als er seinen Ablöser kommen sah. Es war genau halb elf. Er begab sich nach Hause, aß und gegen Viertel nach elf legte er sich zu Bett. Kaum eine Viertelstunde später kam jemand und sagte ihm, er solle sich sofort beim Polizeidirektor melden. Er zog sich eilig wieder an, fluchte auf alle Götter der Schöpfung und ging.

31

Als Jangos im Streifenwagen dem Kommissariat entgegenfuhr, fühlte er sich außerordentlich erleichtert. Endlich würde er Kontakt mit seinen Kumpels aufnehmen können. Er hatte sich lange genug mit diesen Dummköpfen herumgeschlagen, die von nichts eine Ahnung hatten. Das einzige, was ihm noch Sorgen machte, war das Dreirad, das auf der Carolou-Deel-Straße stand. Für dieses Dreirad hatte er schließlich alles getan. Er konnte es nicht so mitten auf der Straße lassen, ganz allein und ohne Schutz. Trotz aller Versicherungen des Polizisten, daß er es morgen früh bei der Polizei wieder abholen könne, stimmte es ihn traurig, es verlassen und gestrandet zu wissen wie ein Pferd, das ohne seinen Reiter alle Lebenslust verliert.

Bevor der Streifenwagen in die Hermesstraße einbog, fragte er den Streifenführer:

„Herr Leutnant, ist es nicht möglich, noch mal zurückzufahren und einen von Ihren Leuten zu beauftragen, mein Dreirad gleich mitzunehmen? Ich muß es waschen, sobald ich rauskomme."

Der Leutnant antwortete, daß das nicht seine Sache sei, und nachdem er die Funkverbindung zu seiner Dienststelle hergestellt hatte, gab er durch, der Randalierer sei verhaftet, man bringe ihn zum Kommissariat. Der Ausdruck „Randalierer" mißfiel Jangos aufs äußerste. Seinem Charakter war es nicht gegeben, Scherze solcher Art ruhig hinzunehmen. Er fluchte vor sich hin, daß er sich in dieses Schlamassel eingelassen hatte. Wie war es möglich, daß nicht alle Ordnungsorgane darüber unterrichtet waren, daß er, Jangos, heute abend der Nation einen außerordentlichen Dienst erweisen würde? Daß man ihn auf diese Weise behandelte, als sei er der letzte Verbrecher?

Doch am meisten ärgerte ihn die Tatsache, daß sein Dreirad die Nacht über in fremden Händen sein würde. Menschlichen Wesen gegenüber empfand er keinerlei Zärtlichkeit. Aber sein Kamikasi liebte er. Er schmückte es mit Fähnchen, er polierte es, er behandelte es wie eine Freundin. Und heute abend... Ihn, der in der Vergangenheit so oft gegen die Gesetze verstoßen hatte, ohne je belästigt worden zu sein, ihn wollten sie heute abend ins Kittchen sperren und von seinem Dreirad trennen, obwohl er ihrer Sache diente. Und das nannte man einen gut organisierten Staat! Eine Schande war es!

Vor dem Eingang zum Kommissariat atmete er auf. Der Streifenführer brachte ihn nach oben und übergab ihn samt Papieren und Knüppel dem Offizier vom Dienst, grüßte und ging.

Im Kommissariat traf Jangos alle seine Bekannten. Alle waren sie da, Kotsos, Manentas, Baïraktaris, sogar Zissis, den er monatelang nicht mehr gesehen hatte. Drei Individuen, die er nicht kannte, saßen auf einer Bank. „Kann sein, daß es Einbrecher sind", dachte er, obwohl sie nicht so aussahen. Und schlau, wie er war, nahm er sich vor, mit seinen Freundlichkeiten der Polizei gegenüber sparsam zu sein, zumindest in ihrer Gegenwart. Er wurde ins Büro des Offiziers vom Dienst geführt, der seine Personalien aufschrieb, und von dort brachte man ihn in ein anderes Büro, an dessen Tür UNTERKOMMISSAR stand.

Als die Tür sich öffnete, sah er das Mastodon, das schlecht gelaunt hinter dem Schreibtisch saß.

„Herr Kommissar . . .", begann er.

Doch der andere unterbrach ihn mit einer Handbewegung, die besagte, daß er erst die Tür schließen solle. Seine düstere Miene bereitete Jangos Unbehagen.

„Was ist passiert?" fragte er.

„Setz dich erst mal", antwortete das Mastodon.

Er setzte sich.

Er nahm die Zigarette, die der andere ihm anbot.

„Es fängt an, sengerig zu riechen", erklärte der Kommissar und erhob sich. Er ging nervös auf und ab. „Diese Geschichte ist im besten Zuge, eine böse Wendung zu nehmen."

„Hab' ich den Transport nicht gut gemacht?"

„Du hast ihn gut gemacht. Wenn dieser Teufelskerl nicht auf das Dreirad gesprungen wäre, hätte sich alles bestens abgewickelt. Du und Vaggos verschwunden, der Zwischenfall als harmloser Verkehrsunfall getarnt und wir noch immer auf der Suche nach euch. Jetzt geht's nicht mehr. Wegen eines Polizisten, der nicht eingeweiht war."

„Wieso nicht geweiht?"

„Eingeweiht, auf dem laufenden. Wir, wir haben alle Familien, wir haben Kinder zu ernähren. Wir müssen zusehen, mit sowenig Schaden wie möglich aus dieser Geschichte herauszukommen."

„Ich verstehe", sagte Jangos, tief betroffen durch die niedergeschlagene Miene seines Chefs.

„Es geht nicht nur um mich, weißt du. Über mir gibt's andere und über denen auch."

„Für mich sind Sie der einzige Chef, weil Sie es verdienen."

„Darum handelt sich's nicht. Ich versuche bloß, es dir zu erklären, und wir haben nicht viel Zeit. Die Staatsanwälte werden bald zu dir kommen und dich fragen. Du wirst ihnen folgendes sagen. Nimm Bleistift und Papier und notiere."

„Ich kann weder lesen noch schreiben."

„Scheiße! Ich hatte es vergessen."

Er blieb einen Moment stehen und starrte mit leerem Blick auf die Lampe an der Decke.

„Wenn Vaggos diesen Strolch auf der Ladefläche erledigt hätte, könnte uns nichts passieren. Dieser Idiot, dieser Nichtsnutz, dieser Feigling!"

Er schlug wütend mit der Faust auf den Tisch.

„Ich hätte ihn im Handumdrehen fertiggemacht", sagte Jangos. „Ich hab' ihm eins mit dem Knüppel übergezogen, er war beinah soweit. Wenn wir nicht mitten in der Stadt gewesen wären, hätte ich ihm den Rest gegeben. Aber es waren zu viele Menschen da, und ein Feuerwehrmann in Uniform hinderte mich daran weiterzumachen."

„Und wo ist Vaggos jetzt? Was treibt er? Wenn eure Aussagen nicht genau übereinstimmen, ist alles umsonst. Wo lungert dieser Tölpel herum? Ich habe auf gut Glück einen Jeep zum Krankenhaus geschickt, der ihn holen soll, falls er dort ist. Wenn die Staatsanwälte vorher aufkreuzen, ist alles aus."

„Vielleicht ist er bei den ‚Flüchtlingen'."

„Was für Flüchtlingen?"

„Die Taverne. Dort gibt's guten Retsina."

„Sicher nicht. Gott weiß, wo er steckt. Aber er muß bald kommen, der Schuft."

Es war das erstemal, daß Jangos seinen Chef in solchem Zustand sah. Er zündete sich eine Zigarette nach der anderen an, hörte nicht auf, auf und ab zu gehen; seine Augen waren verstört.

„Und dabei wird meine Frau in ihrem Institut auf mich warten. Ich sollte sie abholen. Wenn sie wüßte!"

Jangos war ruhig. Er sah nicht über seine Nasenspitze hinaus. Wenn er begriffen hätte, daß sein Chef in Gefahr war, hätte er vielleicht Angst verspürt. Doch für ihn war die Polizei unantastbar. Kein Gesetz konnte sie angreifen, denn sie selbst war das Gesetz. Er wußte nicht, daß es Leute gibt, die Gesetze machen, und andere, die sie anwenden. Für Jangos war das Kommissariat ebenso unverletzlich wie Gonos' Kneipe, wenn der Archegosaurus seine Schulungsreden hielt. Kein Unbefugter durfte eintreten.

„Wer sind die drei Typen draußen auf der Bank?"

„Welche drei Typen?" fragte das Mastodon verblüfft.

Er öffnete die Tür ein wenig und sah die drei Anwälte auf der Bank, denen nichts von dem entging, was sich in ihrem Blickfeld abspielte. „Das ist unmöglich", dachte er entrüstet. „Spione in unseren eigenen vier Wänden?" Er trat zu ihnen und sagte:

„Die Unruhen sind zu Ende. Sie können sich nach Belieben entfernen."

„Wir warten auf den Generalinspekteur", sagte der in der Mitte, den er als Linken kannte.

„Es ist noch schlimmer, als ich dachte", sagte sich das Mastodon, in sein Büro zurückkehrend. Jangos fragte er: „Haben sie dich gesehen, als du kamst?"

„Wie soll ich das wissen? Sie müssen mich aber gesehen haben."

„Aber sie kennen dich nicht?"

„Nein."

„Gut, dann geht's", seufzte er. „Aber was ist, wenn die Zeitungen morgen dein Foto veröffentlichen und sie dich wiedererkennen?"

„Mir kamen sie gleich verdächtig vor. Deshalb hab' ich auch meinen Mund nicht aufgemacht. Wer sind sie?"

„Drei Rechtsanwälte, die auf der Versammlung waren und alles wissen. Wir sind erledigt, mein Alter, jetzt ist es aus! Nichts kann uns mehr retten. Am besten wär's, ins Auto zu steigen und nach Deutschland zu fliehen."

„Wenn ich einen Paß hätte", sagte Jangos, „wär' ich schon lange verschwunden."

32

Sie waren wie drei Täubchen inmitten eines Schwarms von Raben. Sie machten die Augen auf und registrierten, was sie sahen. Die drei Anwälte wußten noch nicht, daß ein Dreirad Z. tödlich verletzt hatte. Sie waren unter den ersten gewesen, die die Versammlung verlassen hatten, und auf ihrem Heimweg in der Egnatiastraße von Randalierern bedroht worden.

„Bulgare Hatzissavas, du wirst sterben! Hau ab nach Bulgarien, du Glatzkopf!"

Der Rechtsanwalt Hatzissavas hatte die Geistesgegenwart, ins nächstgelegene Hotel, das „Strymonikon", zu stürzen, um dort das Vorbeiziehen des Unwetters abzuwarten. Die beiden anderen setzten im Eilschritt ihren Weg fort, von den Strolchen verfolgt. Bei den Schuhgeschäften stieß ein weiterer verängstigter Kollege zu ihnen und nahm Hatzissavas' Platz ein. Wieder zu dritt, versuchten sie, ihre Verfolger abzuschütteln.

Aber die Menschenaffen folgten ihnen wie Möwen den Fischerbarken. Sie bewegten sich auf der Straße mit beispielloser Ungezwungenheit. Bald überholten sie sie, um ihnen mit der Faust zu drohen, bald fielen sie zurück und brüllten hinter ihnen her:

„Wir werden euch Saures geben, dreckige Bulgaren! Ihr entwischt uns nicht! Wir folgen euch bis zu euren Betten!"

Anstandshalber konnten sich die Anwälte nicht mit diesem Mob einlassen. Zu ihrem Glück trafen sie eine Polizeipatrouille, die eben zum Kommissariat zurückkehrte. Sie wandten sich an den Offizier.

„Wir bitten um Ihren Schutz. Diese Strolche verfolgen uns."

Doch die Rowdys wechselten plötzlich die Rollen und benahmen sich wie harmlose Nachtbummler.

„Wer ist hinter Ihnen her?"

„Die da!"

„Kommen Sie mit", sagte der Offizier und gab seinen Männern ein Zeichen, sie zwischen sich zu nehmen. Sie gelangten zur Kreuzung Aristoteles- und Egnatiastraße und warteten auf das Grün der Ampel, als eine der Affenfratzen sich unauffällig zwischen die Polizisten schlich und einem Anwalt über den Kopf schlug.

„Haben Sie gesehen? Sie wagen es sogar in Ihrer Gegenwart!"

rief der Anwalt dem Offizier wütend zu und drückte, um ein Anschwellen zu verhindern, eine Zweiermünze auf seinen Schädel, wo der Schlag ihn getroffen hatte.

„Vorwärts! Vorwärts!" sagte der Offizier. „Im Kommissariat werden Sie sicher sein."

Im Kommissariat bedrohte sie tatsächlich niemand mehr. Es interessierte sich auch niemand für sie. Sie saßen auf der Bank und warteten.

Eine Viertelstunde später kam derselbe Offizier die Treppe herunter und befahl laut:

„Alle Mann zum Büro der EDA-Partei!"

Die Polizisten drückten hastig ihre Zigaretten in den Aschbechern aus, befestigten ihre Gürtel und drängten sich in einer Gruppe zum Ausgang.

„Sicherlich neue Zwischenfälle", sagte besorgt der erste Anwalt.

„Wenn Z. sich aufregt, ist er imstande, alles zusammenzuschlagen", sagte der zweite.

„Gut, daß wir hier sind", fügte der dritte hinzu. „In seiner eigenen Höhle frißt einen der Löwe nicht."

„Empörend, was heute abend passiert ist!"

„Morgen werde ich Klage einreichen."

„Der Offizier hat sich nicht gerührt, als mich der Kerl über den Schädel geschlagen hat. Nicht mal verwarnt hat er ihn."

Der erste Anwalt sah das Mastodon in Zivil erscheinen. Die beiden anderen kannten ihn nicht. Mit leiser Stimme setzte er sie aufs laufende. Der Kommissar betrat eilig sein Büro, ohne sie zu beachten. Er knallte die Tür mit der Aufschrift UNTERKOMMISSAR hinter sich zu. Er erschien nicht wieder. Nach kurzer Zeit brachte ein Streifenführer einen mageren Typ mit Schnurrbart herein. Dieser Typ schien sich hier gut auszukennen, denn er begrüßte alle, als hätte er sie erst am Nachmittag gesehen. Er war kein Polizist in Zivil. Seinem Aussehen und Benehmen nach gehörte er zu den Straßenrowdys, und als sie am nächsten Morgen sein Foto in den Zeitungen entdeckten und erfuhren, daß es sich um Jangos Jangouridis handelte, bereuten sie, ihn nicht intensiver beobachtet, nicht genauer zugehört zu haben, was er mit den andern besprach. Der Typ verschwand dann ins Büro des Unterkommissars. Eine Weile später kam ein anderer Typ mit einem Pflaster im Gesicht, schwankend herein. Auch er ging schnurgerade ins selbe Büro. Was passierte dort? Was wurde dort drinnen ausgebrütet?

Dieses Gebäude war unheimlich. Ein schimmliger Niederschlag polizeilicher Ausdünstungen zerfraß die Mauern.

33

„Endlich!" rief das Mastodon aus, als Vaggos hereinkam. „Wo hast du dich herumgetrieben?"

„Ich war im Krankenhaus."

„Wie ich Jangos schon sagte, riecht die Sache brenzlig. Wir müssen die Affäre auf irgendeine Weise vertuschen."

Vaggos wurde blaß.

„Ihr müßt euch untereinander einigen, was ihr aussagen wollt."

„Und Z.?" fragte der Päderast.

„Er krepiert jeden Moment."

Vaggos rieb sich zufrieden die Hände.

„Gut. Ihr werdet also folgendes sagen: Ihr, du und Jangos, wart zusammen in einer Kneipe. Denkt nach, in welchem Lokal, damit ihr euch nicht widersprecht."

„Bei Phani."

„Bei den Flüchtlingen."

„Dann besser im Krüppel. Bei den Flüchtlingen könnte jemand verraten, daß wir nicht da waren. Im Krüppel sind alle für uns."

„Schön", schloß das Mastodon. „Ihr wart also zusammen im Krüppel und habt Retsina getrunken."

„Nein, Uzo. Der Retsina taugt da nichts. Er ist trübe und stinkt."

„Gut, dann eben Uzo. Gegen drei Viertel zehn wart ihr voll und habt euch auf den Weg nach Hause gemacht. Jangos am Steuer, Vaggos auf der Ladefläche. Ein Verkehrspolizist hat euch an der Veniseloukreuzung nicht weiterfahren lassen, weil dort eine Demonstration war. Ihr sagtet euch: Gut, machen wir einen Umweg über den Markt und durch die Spandonisstraße zur Veniselou zurück. Man konnte ja nicht ahnen, daß der Platz voll von Leuten war, und deshalb bist du schnell, hörst du, Jangos, sehr schnell gefahren, weil du immer schnell fährst, wenn du einen in der Krone hast. Du hast keine Zeit zum Bremsen gehabt, du hast nur Glas klirren hören und nicht mal bemerkt, daß du jemand überfahren . hast. Danach – du weißt nicht mehr, wie und warum, denn du warst völlig blau – bist du in die Carolou-Deel-Straße geraten, und dort hielt dich der Verkehrspolizist an. Du hast keinen Widerstand geleistet, bist ihm sofort gefolgt, und er hat dich einem Streifenwagen übergeben, der dich hierhergebracht hat."

„Und ich?" fragte Vaggos.

„Du bist schon vorher von der Maschine gesprungen, um dich nicht von diesem Verrückten umbringen zu lassen, der, du weißt nicht, wie, denn du warst ebenfalls total blau, plötzlich auf der Ladefläche war. So werdet ihr euch nur wegen zwei Vergehen zu verantworten haben: weil ihr durch die Veniseloustraße in verkehrter Richtung gefahren seid und wegen Trunkenheit am Steuer."

„Wird man mir die Zulassung fürs Dreirad abnehmen?" fragte Jangos.

„Hab keine Angst. Das Dreirad wird ab morgen wieder in deinen Händen sein – samt allen Papieren", fügte der Kommissar mit Nachdruck hinzu. „Heute abend wirst du bei uns bleiben, in deinem wahren Zuhause, und morgen zu deiner Familie zurückkehren."

Er wandte sich zu Vaggos:

„Du verschwindest sofort. Wir suchen noch nach dir. Wir haben dich noch nicht verhaftet. Tauche so lange wie möglich unter."

„Eine Frage noch, Chef", sagte Vaggos. „Der Typ, der auf die Ladefläche gesprungen ist, wird bestimmt reden. Wir müssen ihn kaltmachen!"

„Das erledigen schon andere. Ich habe euch gesagt, was ihr zu tun habt. Du kannst gehen. Vor allem darf niemand wissen, daß du heute abend hier warst."

„Und die drei, die draußen sitzen?"

„Sie wissen von nichts."

„Ich hab' eine gute Idee", sagte Vaggos. Er zog ein zerbrochenes Brillengestell ohne Gläser aus seiner Tasche, setzte es auf und machte sich klein; dann klopfte er seinem Kumpel, der über die Maskerade lachte, freundschaftlich auf die Schulter und ging hinaus.

34

Danach sahen die drei Anwälte Jangos sehr munter aus dem Büro herauskommen. Er war recht sorgenvoll eingetreten und schien nun lustig wie ein Spatz. Er knuffte einen Polizisten in die Seite, der sich umdrehte und lachte, als er ihn erkannte. Jangos verschwand durch einen Flur, und solange sie noch auf der Bank saßen, tauchte er nicht mehr auf.

Schließlich erschien der Offizier, der sie hierhergebracht hatte und nun vom Büro der EDA zurückkam, wo angeblich nichts los gewesen war, und schlug ihnen vor, sie nach Hause zu bringen. Die drei Anwälte verließen das Kommissariat. Die frische Luft der Straße tat ihnen wohl. Die Nacht, die große Nacht, rundete sich in Kuppeln gleich denen der türkischen Bäder gerade gegenüber. Jeder von ihnen ging nach Hause.

35

In dieser großen, heimtückischen Nacht suchte Hatzis nach einem Unterschlupf. Als er aus dem Krankenhaus kam, merkte er, daß man ihn verfolgte. Er war vielleicht der einzige Augenzeuge des empörenden Verbrechens, und man würde versuchen, sich seiner zu entledigen. Aber er war nicht dumm. Um ihnen zu entwischen, sprang er über eine niedrige Mauer, schlich durch verödete Gäßchen und fand sich bald im Viertel des alten Bahnhofs. Er entdeckte einen leeren Waggon und schlief in ihm ein, trotz der heftigen Kopfschmerzen, die die Schläge mit dem Knüppel verursacht hatten. Er hätte eine Tonne Aspirin gebraucht, aber wo sollte er sie hernehmen? Die nächste Nachtapotheke mußte tausend Meilen entfernt sein. Außerdem wußte er, daß man ihn überall suchen würde. Er mußte tief geschlafen haben, als er spürte, daß der Waggon sich bewegte. Zuerst glaubte er, es sei ein Traum. Er setzte sich auf. Sein Kopf schmerzte noch mehr, als ob er nach einer fürchterlichen

Sauftour erwachte. Er sah, daß er sich in Platy befand, eine halbe Zugstunde von Saloniki entfernt. Er stieg aus und suchte nach dem Bahnhofsvorsteher. Er hatte keine einzige Drachme in der Tasche.

36

Vaggos ging nicht nach Hause, sondern zum Redaktionsbüro der Zeitung. Sein Freund, der Journalist, war höchst verblüfft, als er ihn hereinkommen sah wie einen Krebs, dem man die Scheren ausgerissen hatte.

„Was ist los?" fragte er überrascht.

„Mit Z. ist es aus."

„Warum trägst du diese Brille?"

„Damit man mich nicht erkennt. Ich kam, um dich zu bitten, meinen Namen nicht in die Zeitung zu setzen. Ich will mit dieser Geschichte nichts zu tun haben. Z. stirbt bald."

„Und was hat das mit dir zu schaffen?"

„Nichts, nichts. Aber wenn sie lesen, daß ich bei der Schlägerei vor der Versammlung mitgemacht habe, werden sie mit ihren Nachforschungen und Belästigungen anfangen, und ich lege keinen Wert drauf."

„Gut, ich streiche deinen Namen. Komm aber heute abend nicht noch einmal. Ich werde nicht mehr dasein."

Vaggos wünschte ihm eine gute Nacht und verließ ihn. Auf dem Heimweg besuchte er kurz Jangos' Frau und erzählte ihr, der Vetter werde heute nacht nicht nach Hause kommen, er habe noch zu tun. Von dort machte er einen Umweg an dem Wäldchen vorbei, in dem er zuweilen spazierenging, um die Liebespärchen zu beobachten, aber es war niemand mehr da: Ein leichter Regen schien die Verliebten entmutigt zu haben. Er fühlte sich glücklich in seiner neuen Haut: Die Nacht machte ihn anonym. Er traf Stratos, einen Nachbarn, und sagte ihm, er komme aus dem Stadtzentrum, wo es eine Schlägerei gegeben habe. Stratos sah ihm nur gerade in die Augen, ohne Fragen zu stellen. Vaggos kehrte nach Hause zurück, brachte sein Bett in Unordnung, um den Eindruck zu erwecken, als habe er geschlafen, und am nächsten Morgen keine Anstände mit den Seinen zu haben, und ging wieder in die Nacht hinaus, auf der Suche nach einem Körper.

37

Im Büro herrschte reger Betrieb, als der Verkehrspolizist sich dort meldete. Der Polizeidirektor befand sich in einem Zustand fieberhafter Aktivität. Dauernd klingelte das Telefon, er sprach in verschlüsselten Wendungen, Ferngespräche aus Athen durchbrachen die Ortstelefonate, das Innenministerium erkundigte sich nach der neuesten Entwicklung der Ereignisse, und der Adjutant kam ständig herein, um einen neuen Besucher anzukündigen.

„Ich habe Sie rufen lassen", sagte er zu dem Polizisten, „um Ihnen die Situation vor Augen zu führen. Der Mann, den Sie dem Streifenwagen übergaben, ist nicht irgendein Übeltäter, der sich mit einem Passanten auf der Straße in Handgreiflichkeiten eingelassen hat. Der, den Sie verhaftet haben, ist einer der Unsrigen, und der andere ist ein notorischer Kommunist."

„Aber . . ."

„Sie brauchen sich nicht zu rechtfertigen. Sie haben Ihre Pflicht getan, und ich beglückwünsche Sie dazu. Aber darum geht es jetzt nicht: Morgen wird man Sie zweifellos verhören, um die näheren Umstände dieser Festnahme zu klären. Es versteht sich, daß alles, was Sie sagen, dem Korps, dem Sie angehören, zu dienen hat. Wegtreten!"

Der General, der sich in einen Sessel niedergelassen und schweigend zugehört hatte, nickte dazu.

„Hör zu, mein Junge," sagte er zu dem Polizisten, „woher stammst du?"

„Aus Arnea."

„Hast du noch einen Vater, eine Mutter?"

„Jawohl."

„Geschwister?"

„Eine ledige Schwester."

„Nun, was den Knüppel angeht, ist es besser, wenn du nicht von ihm sprichst."

„Aber ich habe ihn schon in meinem Rapport erwähnt."

„Hör zu: Ich bin der General!"

Der Verkehrspolizist versteinerte alsbald in Habt-acht-Stellung.

„Rühren! Denk gründlich darüber nach, was dir der Herr Polizeidirektor gesagt hat. Uns allen droht die hebräo-kommunistische Gefahr. Die große Umwälzung im Sonnensystem . . ."

Das Läuten des Telefons unterbrach ihn. Es war wieder Athen.

„Der Horizont lichtet sich schon ein wenig", sagte der Polizeidirektor. „Es wird sich arrangieren. Nein, sie sind noch nicht da. Sie müssen noch beim Bolschoiballett sein. Gewiß, unverzüglich. Meine Empfehlung, Herr Minister."

Der Verkehrspolizist salutierte und ging hinaus. Auf dem Flur wartete ein Mann im Pyjama, der sich einen Mantel über die Schultern geworfen hatte.

38

Jangos aß in der am Ende eines langen Flurs gelegenen Kantine des Kommissariats eine Portion Hammelragout. Er war hungrig wie ein Wolf. Als er wieder herauskam, sah er, daß die drei Unbekannten inzwischen gegangen waren. Auf der Bank saß jetzt ein kleiner Hörnchenverkäufer, der flennte, weil man ihm sein Brett mit den Hörnchen konfisziert hatte. Ein Polizist hatte ihn gejagt, er hatte die Hörnchen aufs Pflaster geworfen, er hatte ihn am Kragen seines Hemdes gepackt und ihn mit seinem leeren Brett zum Kommissariat gebracht. Man hatte ihm das Brett abgenommen und es in einem benachbarten Raum deponiert, in dem schon andere Bretter kleiner ambulanter Händler ohne Lizenz aufgestapelt lagen. Der Kleine wischte sich den Rotz von der Nase. Er war bei der Demonstration gewesen, doch dort hatte er nicht viele Hörnchen verkauft.

Dann wandte er sich zum Nationaltheater, wo er mehr Erfolg zu haben hoffte, aber unterwegs hatte ihn der Polizist erwischt. Warum? Er weinte. Jangos strich sanft mit den Fingern über das blonde Haar des Kindes. Er streichelte lange seinen Kopf.

39

Die Vorstellung ging dem Ende zu. Romeo glaubte, daß Julia tot sei, nahm Gift und sackte nach zwei Pirouetten taumelnd zu ihren Füßen zusammen – und die mit Grazie verbundene perfekte Technik des russischen Tänzers vermittelt den entsetzlichen Schauder dessen, der sich aus Liebe vergiftet. Während er sich ausstreckt, bleibt sein Arm noch wenige Momente wie aufgehängt im Leeren, schwingend wie der Hals eines Schwans. Nun erhebt sich Julia, so schön in ihrer schmalen Tunika, und betrachtet von neuem eine Welt, die sie schon für immer verloren glaubte. Sie hebt sich auf die Spitzen und zelebriert im Drehen um sich selbst ihre Freude, die nur kurz ist, denn schon entdeckt sie Romeo. Mit nervösen, tänzelnden Schritten nähert sie sich ihm, beugt sich hinunter wie ein Zweig, den man biegt, richtet sich auf wie ein zurückfedernder Zweig. Mit beiden Händen bedeckt sie das Gesicht ihrer Liebe. Die Musik, tief, schmerzlich, gedämpft, begleitet ihre Verzweiflung. Aus dem Orchestergraben erhebt sich der Stab des Dirigenten, vibrierend wie eine U-Boot-Antenne. Ach, warum mußte sie wieder erwachen, sich wieder erheben! Warum ist sie nicht auf immer Gefangene ihres traumlosen Schlafs geblieben? Trotz ihrer Strenge und Zurückhaltung überschwemmt die Kunst der russischen Ballerina das Publikum mit primitiver Erschütterung. Sie schickt sich an, ihrem Leben ein Ende zu machen. Sie sieht kein Licht. Die Sonne hat sich verdunkelt, die Freude ist geschwunden. Und doch war sie noch kurz zuvor so voller Heiterkeit. Wer hätte ahnen können, daß ihre Liebe so enden würde? Sie tanzt um den Leichnam des Geliebten, umzieht ihn mit Kreisen unsichtbarer Zärtlichkeit, während der Scheinwerfer ihr zu folgen sucht und Romeo dem

Dunkel überläßt. (Wäre dem Beleuchter eine zusätzliche Probe zugebilligt worden, so daß er sich die Evolutionen der Ballerina besser hätte einprägen können, wäre er ihr mühelos mit dem Scheinwerfer gefolgt, aber das Ballett war erst am Vortag eingetroffen und hatte nur einmal proben können.) Julia flog fast während ihres Todestanzes. Die Musik klingt noch dumpfer. Sie bemächtigt sich des Giftes, nimmt es. Sie beginnt mit ätherischer Grazie zu taumeln, dem unabwendbaren Gesetz der Schwere gehorchend, gegen das sie ihr ganzes Tänzerinnendasein hindurch angekämpft hat, doch in diesem Moment ist es nicht mehr die Tänzerin, es ist Julia in Person, die dort kniet, mit einer Hand die Stirn ihres Geliebten berührt, während sie seinen Kopf an ihre Brust bettet – das ganze Publikum hält den Atem an –, bis der Faden reißt und sie tot über ihn sinkt.

Die letzten Akkorde der Musik vermischen sich mit dem anschwellenden Applaus. Die Birnen unter den Kristallgehängen der Kronleuchter leuchten matt auf; der Vorhang aus rotem Samt schließt sich. Die Birnen brennen heller, wie belebt durch den anhaltenden Beifall des Publikums. Der Vorhang öffnet sich mühsam wie durch ein Übermaß an Rouge verklebte sinnlich-volle Lippen, und da applaudiert das gesamte Bolschoiballett nach russischer Sitte seinem Publikum, das es vergöttert. In ihren Kostümen verneigen sich die Tänzer. Das dritte Paar betritt die Vorbühne, dann das zweite, schließlich erscheinen Romeo und Julia. Die Zuschauer rufen stehend „Bravo", Rosen fallen auf die Bühne, Romeo und Julia bücken sich, um sie aufzusammeln, aus den Kulissen werden zwei riesige Körbe gebracht. Siebenmal werden sie hervorgerufen, dann bleibt der Vorhang endgültig geschlossen, und die Leute beginnen, den Saal zu verlassen. Damen in teuren, mit kostbaren Steinen besetzten Roben – von den besten Modeschöpfern Athens ausgeführte Pariser Modelle – seufzen hingerissen:

„Wundervoll!"

„Mir hat *er* am besten gefallen!"

Herren in Smokings drängen sich im Foyer. Die gesamte Gesellschaft Salonikis hat der Premiere beigewohnt.

„Depy habe ich nicht gesehen!"

„Sie ist in der Pause gegangen. Du weißt, seitdem sie ein Kind erwartet, fühlt sie sich oft schlecht."

Sie grüßen einander. Sie zünden sich Zigaretten an – eine angenehme Geste nach langer Entbehrung. Der Präfekt, der Bürgermeister, der Minister für Nordgriechenland, der Chef des 3. Armeekorps sind anwesend. Nur der Bischof und der General fehlen. Beim ersten ist es verständlich, aber der zweite? Sieh an, dem Kabinettschef ist es geglückt, Gott weiß, wie, eine Karte für die Premiere zu bekommen. Die Künstler der Stadt. Der alte Maler, der die Gattinnen der Tabakindustriellen porträtiert hat. Die ehemalige Ballerina, die jetzt eine Ballettschule leitet.

„Ich wage es nicht zu sagen, daß ich auch einmal getanzt habe."

Großhändler. Traktorimporteure. Der Verwaltungsdirektor der Raffinerie Esso-Pappas. Grundbesitzer. Spekulanten. Leute, die ihr Leben zwischen dieser Stadt und Westeuropa teilen. Sie holen ihre Mäntel aus der Garderobe, geben ein kleines Trinkgeld, dann steigen sie die zum hellerleuchteten Ausgang führende Marmortreppe hinunter.

Manche halten der Versuchung des WC nicht stand.

„Wo hast du das Modell her?"

„Von Kiuka. Und du?"

„Von Thalia aus Athen."

„Es ist fabelhaft!"

„Du bist zu liebenswürdig."

Sie behielten die Programme als Souvenir. Die Herren halfen den Damen auf den halsbrecherischen Stufen.

„Der zweite Teil hat mich nicht so befriedigt."

„Mir hat der Tod des Schwans besonders gefallen."

„Das war nicht der Sterbende Schwan, meine Liebe. Es war Romeo und Julia von Prokofjew."

„Auf jeden Fall war er graziös wie ein Schwan."

„Der Schwan Romeo."

„Anbetungswürdig..."

Hi, hi, hi! Da sind die beiden welken Komtessen, die in der Presse von Saloniki über das Gesellschaftsleben schreiben. Alle Damen legen Wert darauf, sie zu grüßen.

„Was für eine Balletttradition in diesem Land!"

„Trotz des sozialistischen Systems haben sie den Tanz im Blut."

„Das System hat nichts damit zu tun."

„Warum ist Nurejew dann weggelaufen?"

Kleinere Gruppen bilden sich. Handküsse. Die ganze kunstbeflissene Gesellschaft ist da.

„Ein wahrhaft unvergeßlicher Abend."

„Ich habe erst im letzten Moment Karten bekommen. Alles ausverkauft seit vierzehn Tagen."

„Meine Karte habe ich auf dem schwarzen Markt gekauft."

„Und bedenken Sie, das war nur die zweite Truppe des Bolschoiballetts. Wie gut muß dann die erste sein!"

Einige steigen jetzt in ihre Autos, andere nehmen ein Taxi, andere kaufen warme Hörnchen oder setzen sich auf die Terrasse des Do-Ré-Cafés nebenan. Das Theater war heute rammelvoll; noch immer kommen Leute heraus. Die Musiker verlieren sich mit ihren Instrumentenetuis in der Menge.

„Der Stab des Dirigenten sah wie ein Trinkhalm für Orangensaft aus."

„Der Psychiater sagte ihr, sie könnte die Krise mit Valium überstehen."

„Ich habe ein neues Diätrezept. Drei Kilo weniger in einer Woche!"

„Unmöglich!"

„Und Alexander?"

„Er heiratet nächste Woche. Ich gehe zur Trauung. Weißt du, wen er heiratet?"

„Ich bin stolz darauf, daß er sie bei mir kennengelernt hat."

„Ein hübsches Mädchen. Und unkompliziert, trotz ihres Vermögens."

„Sie werden sich gut verstehen. Abgesehen von einem Punkt. Weißt du, welchem?"

„Nein."

„Die Jagd. Er liebt es, jeden Sonntag zu jagen."

Die Lichter im Foyer erlöschen. Die letzten Zuschauer sind draußen vor dem Eingang auf dem breiten Trottoir angelangt. Das Nationaltheater und der Weiße Turm stehen angestrahlt einander gegenüber.

„Spielen wir morgen eine Runde Canasta? Komm doch, wir sind dann zu viert."

„Gern. Ich hab' große Lust dazu. Drei Tage habe ich nicht gespielt."

Eine Gruppe junger Leute startet mit einem MG. Sie wollen noch bei „Kounies" tanzen gehen. Zwei Bankchefs diskutieren über Aktien und den Niedergang der Börse. Der Herr Minister grüßt seine Freunde und steigt in seinen Dienstwagen. Die beiden Staatsanwälte schlagen mit ihren Frauen den Weg zur Altstadt ein. Ein Jeep hält, sie klettern hastig hinein, lassen ihre Frauen am Straßenrand zurück und fahren zum Kommissariat.

40

Dort fanden sie den General und den Polizeidirektor.

„Wie war das Ballett?" fragte der General.

„Warum haben Sie uns nicht früher informiert?"

„Wir wußten nicht, wo Sie sind."

„Was ist passiert?"

„Ein Verkehrsunfall", sagte der Direktor, „bei dem der EDA-Abgeordnete Z. verletzt wurde."

„Hat man den Schuldigen gefaßt?"

Der Direktor wollte antworten, doch der General kam ihm zuvor: „Wir haben ihn noch nicht, aber er kann uns nicht entkommen."

Der Direktor erblaßte. Wie konnte der General eine so grobe Lüge aussprechen? Und warum? Dieser Mann hatte eine Art, zu reden und zu handeln, die ihn in Verwirrung brachte.

„Befindet sich das Opfer in Gefahr?"

„Ich weiß es nicht."

Die Staatsanwälte erhoben sich und begaben sich unverzüglich ins Krankenhaus. Das ganze Ausmaß des Unglücks war ihnen unbekannt. Sie glaubten, eine Aussage des Verletzten erhalten zu können. Doch als sie ankamen, zeigte man ihnen ein völlig entstelltes Gesicht. Klinisch war Z. schon tot.

Als sie zum Kommissariat zurückkehrten, führte man ihnen Jangos vor, der ihnen wiederholte, was ihm das Mastodon souffliert hatte.

„Folglich", sagte der erste Staatsanwalt erregt zum General,

„wußten Sie schon, als wir vorhin hier waren, daß der Täter bereits verhaftet war, und Sie haben es uns verheimlicht."

Der General protestierte energisch.

„Keineswegs! Ich wußte es nicht."

„Es ist doch kaum vorstellbar, daß Ihre Untergebenen Sie nicht benachrichtigt haben sollten! Wo warst du seit halb elf, mein Junge?"

„Im Kommissariat."

„In einer Zelle des Kommissariats, willst du sagen."

„In was für einer Zelle? Ich habe in der Kantine Ragout gegessen."

„Was du nicht sagst! Ich bedaure, Herr General, Ihnen sagen zu müssen, daß Sie eine Anklage wegen Begünstigung des Schuldigen und versuchter Behinderung der Gerichtsbarkeit zu erwarten haben. Z. stirbt im Krankenhaus, und Sie haben den vermutlichen Täter weder in eine Zelle gesperrt noch ihm überhaupt Handschellen anlegen lassen."

Ein Polizeihauptmann kam zu Hilfe.

„Der Haftraum des Kommissariats ist unbenutzbar, Herr Staatsanwalt. Man hat dort die Verkaufsbretter der ohne Lizenz aufgegriffenen Straßenhändler aufgestapelt. Außerdem ist die elektrische Beleuchtung nicht in Ordnung. Gibt es denn ein besseres Gewahrsam als das Gebäude des Kommissariats selbst?"

„Und Sie, Herr Direktor? Wußten auch Sie nichts von der Verhaftung des Täters?"

„Da der Herr General für mich antwortete, habe ich es für richtig gehalten zu schweigen, aber um der Wahrheit willen muß ich hinzufügen, daß ich noch keine Zeit gefunden hatte, den Herrn General von der Verhaftung zu unterrichten, zumal ich selbst nicht völlig sicher war, ob es sich wirklich um den wahren Schuldigen und nicht um jemand anders handelte, den der Unteroffizier vom Dienst nur für den Schuldigen hielt."

Um zwanzig nach drei hatten die Staatsanwälte Jangos' schriftliche Aussage in Händen. Der erste Staatsanwalt befahl ihm, ihm unter die Nase zu pusten, und notierte dann ins Protokoll: „Als der Beschuldigte uns auf unser Verlangen anhauchte, konnte mit dem bloßen Geruchssinn kein Alkohol in seinem Atem festgestellt werden." So wurde die Behauptung hinfällig, er sei in betrunkenem

Zustand gefahren. Dann wurde die Verhaftung dessen angeordnet, der sich mit Jangos auf dem Dreirad befunden hatte. Der Haftbefehl wurde dem zuständigen Revier in Vaggos' Viertel durchgegeben, der Diensthabende dort weckte das Mastodon, das Mastodon machte sich auf, um Vaggos in seinem Domizil zu „verhaften", doch er war nicht da. Später ging Vaggos selbst zum Revier, und am nächsten Tag berichteten die Zeitungen, er habe sich „spontan" selbst gestellt.

41

Hatzis wußte, daß er zurückkehren mußte: Er war der einzige Augenzeuge, der einzige, der den Journalisten und den Richtern bei der Suche nach den wahren Tätern helfen konnte. Aber er hatte kein Geld bei sich. Der D-Zug Athen—Saloniki hielt um fünf Uhr dreißig in Platy. Jetzt war es halb vier. Er schlief ein Weilchen auf der einzigen Bank des verödeten Bahnhofs. Als er wach wurde, war es schon ziemlich hell. Die weite Ebene war wie der Schieber eines Bäckers, der in den Ofen des Universums geschoben wurde. Unter der noch warmen Glut der Sterne begann die Hefe des Tagesanbruchs zu treiben. Bald würde das Brot des Tages gebacken sein, und die ersten Arbeiter könnten es kaufen, um es mit ein paar Oliven und Ziegenkäse als Mittagsmahlzeit zu essen. Solche Phantasien machten es Hatzis klar, daß er Hunger hatte.

Er verschanzte sich hinter der Pumpe, die die Lokomotiven mit Wasser versorgte und deren Schlauch wie ein Elefantenrüssel herabhing. Er wartete auf die Ankunft des Zuges, um sich einzuschleichen und als blinder Passagier nach Saloniki zurückzukehren. Endlich sah er ihn kommen, mit zwanzig Minuten Verspätung, ein schlafendes Ungeheuer, nur der Kopf schien zu leben. Der Zug blieb lange im Bahnhof, das grüne Abfahrtssignal erwartend. Hatzis beobachtete das Spiel der grünen und roten Lichter, er hörte die Trillerpfeife, dann setzte sich der Zug mit stoßendem Atem in Bewegung. Er sprang geschickt auf das Trittbrett des letzten Wagens;

für ihn, der sogar auf das Dreirad gesprungen war, war dieser Sprung auf den noch wie eine Schnecke kriechenden Zug ein Kinderspiel.

Er sah die erwachende Ebene vorbeiziehen, die ersten Ochsen auf dem Weg zu den Feldern, die Karren, die schwarzgekleideten Bäuerinnen. Ein Nebelschleier breitete sich über die Ebene und kristallisierte sich als Reif auf Hektar über Hektar von Klee. Dann veränderte sich das Bild, er nahm den Geruch des Industriegebiets wahr, er sah Arbeiter auf Fahrrädern, Scharen nervöser Menschen, graue Vorstädte, den Hauptbahnhof. Die Luft und der Staub packten ihn an der Gurgel, seine Hände begannen zu zittern, als er die Türgriffe losließ, doch er war nun hier, in dieser Stadt, wo man ihn brauchte.

In der Bahnhofshalle sah er über die Schulter eines Reisenden, der die Zeitung „Makedonischer Kampf" vor sich ausgebreitet hatte. Die Schlagzeile, die seinen Chef betraf, zog sich über die ganze Breite.

Er wollte nicht glauben, daß Z. sterben könne.

II   Ein Zug pfeift in der Nacht

Ein Zug, der Zug, ohne Zwischenstationen, eine atemlose Lokomotive, ein Waggon ohne Licht, dann der Waggon Z-4383, in dem Er, eingeschlossen, die gleiche Strecke zurückfährt, die er hundert Stunden zuvor in diesem Monat Mai in entgegengesetzter Richtung geflogen war; hundert Stunden brauchte seine Seele, um sich vorzubereiten auf das Verlassen des Körpers, der Exodus kam so plötzlich, daß sie zuerst nicht daran glauben wollte. In einem anderen Waggon die Verwandten, seine Frau, die bläulichen Adern ihres Halses geschwollen, ein Bruder – der, der nicht studierte – und seine Mutter – ein Gesicht nach dem Bild der Erde, in Gedanken an diese Erde, die ihren geliebten Sohn bald empfangen würde; und endlich ein Waggon voll von den muffigen Ausdünstungen einer Schar Polizisten, die Gewehre zwischen den Beinen, in Schrecken versetzt durch diesen Zug des Todes, bereit, beim geringsten Zwischenfall einzugreifen, eine Landschaft begaffend, die sich durch die plombierten Türen des Waggons nicht einschleichen konnte, während Er in seinem Sarg von Norden nach Süden zurückfuhr, für immer eingeschlossen, und seine Seele ihm über dem Zuge folgte wie ein Helikopter, der seine Schnelligkeit der des Zuges anpassen muß, ein Hubschrauber, der Pulver über die Felder stäubt, um den Mehltau zu verhüten, und die Pflanzen im Drüberhingleiten seines Schattens erschauern läßt, Schattens, der für einen flüchtigen Moment den ausgedörrten Boden kühlt, und die Erde, dürstend nach Regen seit Jahrhunderten, wird elektrisiert durch die bloße Berührung dieses Schattens wie eine Hand, die sich auf eine andere legt, ohne sie festzuhalten, denn das wäre schon das Signal des Blutes und der Revolution, nein, nur ein zartes Streifen der Schwinge, hauchfeine Berührung, die unmerklich das in den Adern schlafende

Blut belebt, und die Erde – Äcker Thessaliens, Ebenen Makedoniens, Bralos, der Fluß Pinios, der Sarandaporos, Theben, Levadia – die Erde weiß, daß sie bald seinen Leichnam aufnehmen wird, den „einundvierzigsten Tapferen" des Liedes, und dennoch, denkt die fliegende Seele, folgt das Blut der Erde, folgen ihre Gewässer ihrem natürlichen Weg, untergraben die Fundamente, bereiten den großen Aufstand vor; deshalb auch war die dem Lokführer gegebene Weisung eindeutig und klar: „Nirgends anhalten!" Vom Präsidialministerium aus verfolgte ein ganzer Generalstab den Weg des Zuges durch Radio, empfing die Meldungen der örtlichen Polizeistellen und regelte entsprechend die Fahrt des Konvois in direkter Verbindung mit dem Lokführer. Alle Fahrpläne und Abfahrtszeiten wurden ungültig, es gab keine Züge, die ihm entgegenfuhren, keine hinter ihm, alles wurde umgestellt, um den Weg für diesen Zug frei zu lassen, ein Schiff, das keinen Hafen anlaufen durfte, aus Furcht, daß die Matrosen, die Huren und die Dockarbeiter sich erheben und revoltieren könnten; die Herren der Macht, schlotternd vor Angst, wußten nicht mehr, wie sie ihre Schmach verbergen sollten, ein Kind rief wie im Märchen: „Der König ist nackt", und sie sperrten das Maul auf, sie, die ihn schmeichelnd überzeugt hatten, daß er die schönsten, prachtvollsten Kleider trage und daß seine Macht die Liebe des Volkes sei, und nun genügte dieser eine Ruf, daß alles zusammenbrach und sie keinen anderen Ausweg mehr sahen als seinen „Abtransport", um ein für allemal Ruhe zu haben und den Zeugen ihrer Lüge zum Schweigen zu bringen, der nicht nur rief: „Der König ist nackt!", sondern es auch wagte, die Königin zu entkleiden, indem er jemand beauftragt hatte, ihr in London das Kleid von den Schultern zu reißen, und so fuhr der Zug durch eine Welt, die Sein Blitz plötzlich anhielt, eine Welt, die nur auf ein Zeichen wartete, um sich zu erheben, doch schließlich kehrte alles in seine Ordnung zurück, es gab keine Unruhen, auch beim Begräbnis nicht, beschwichtigende Parolen wurden verbreitet, nur kein neues Blutvergießen, denn die Zeit war noch nicht reif, die Politik konnte ihr vorsichtiges Spiel weiterspielen, während die große Chance, die dieses Verbrechen bot, verfiel und die Gegner, während Er noch im Sterben lag, vergeblich ihre Schande zu bemänteln versuchten:

„Die Wahrheit über die von den Kommunisten provozierten blutigen Zwischenfälle in Saloniki. – Der Abgeordnete Z. durch ein zufällig vorbeifahrendes Dreirad verletzt, als er eine illegale Kommunistendemonstration leitete. – Die Polizei war bereit, die Manifestanten mit Bussen abzutransportieren, doch die letzteren weigerten sich, um statt dessen einen Demonstrationszug zum Sitz der EDA-Partei zu organisieren. – Ein Polizeioffizier schwer verletzt, als er den Abgeordneten Pirouchas vor Belästigungen zu schützen versuchte. – Die Fürsorge der Regierung ging so weit, einem berühmten Chirurgen eine Militärmaschine zur Verfügung zu stellen, damit er sich auf schnellstem Wege ans Krankenlager des bei einem Unfall verletzten Abgeordneten Z. begeben konnte."

Während der Zug durch den Tunnel fuhr, begann die Helikopterseele zu zittern, weil sie den Körper aus den Augen verlor, doch Sekunden später, als der Zug aus dem Tunnel schoß, noch von seiner Dunkelheit umhüllt, schlug sie wieder rhythmisch mit ihren großen bunten Flügeln, Seele, einsamer Schmetterling, rechtzeitig aus seinem Kokon geschlüpft, den Menschen feste Seidenfäden schenkend, dazu bestimmt, Träume wie Luftballons festzubinden, Anker in die Tiefen der Träume auszuwerfen, sie, die Seele, beruhigte sich, als sie die Nase der Diesellok im Ausgang des Tunnels wiederauftauchen sah, danach den verdunkelten Waggon, danach den Seinen, plombiert, danach die tränenüberronnenen Scheiben des Waggons der Verwandten, dann den Waggon der Polizisten, diesen mit grünen Raupen gefüllten Sack – platzte er, würde er die ganze Welt mit seinem Schleim überschwemmen –, und Er, der nichts mehr sah, sah dennoch mit seinem Helikopter jedes Ding, diese Erde, seine Erde, die Erde seines Landes, Mutter Erde, durch die Jahrhunderte weise geformt, eine ewige Landschaft, so schön, daß die Menschen um deren Schönheit willen immer würden leiden, immer würden Blut vergießen müssen, um sie vor den Barbaren zu bewahren, vor den Horden der Faschisten, immer ohne Glückszeichen außer den Grüßen der Berge und der Wärme der Sonne; er sah die Bäume, kleine Gebete, am Rand des Meeres, alten Frauen gleich, die auf ihrer Schwelle spinnen; er sah die erschrocken auffliegenden Möwen, als der Zug aus dem Tunnel schoß, das Meer fast streifend, an der Moskow-Villa vorbei; er sah die in den Schluchten der Berge eingeschlossenen Dörfer, die verlorenen, durch Auswanderung verödeten Dörfer; dann den Olymp, verschneit im Glorienschein des Mai, und gegenüber den Kissawos, beide noch immer Rivalen wie die beiden Widerstandsbewegungen während der Besatzung; als die seit Jahrhunderten verlassene venezianische Zitadelle über Platamonas nahe rückte, Wohnsitz der Dohlen, das Meer überwachend, auf dem die Minensucher der Sechsten Amerikanischen Flotte jetzt die Piraten ersetzen, wollte die Seele ein wenig ausruhen und glitt in einen Mauerspalt, aus dem sie eine grüne Eidechse verjagte; sie sah den Marmor des Meeres geädert vom Wind, ein Tempel zu Füßen des Olymps; sie überließ sich der Brise, denn die Seele, sagt man, wandere unbekümmert umher, solange der Körper noch nicht im Dunkeln versunken ist, dann aber gebe sie sich dem Winde hin, teile sich in Moleküle, die sich in Sauerstoff verwandeln, den die Lebenden atmen; so wußte die Seele, daß sie auf dieser letzten Reise die Zitadelle zum letzten Male sah, sie hatte sie so sehr geliebt, diese Krone der Hügel, die sich hinter der Windschutzscheibe eines Automobils wie auf einem Plattenteller im Kreise drehte, wenn man die Kurven hinauffuhr, ein unvergeßliches Spiel, aber das Pfeifen des Zuges rief die Seele nach Tempi zurück, der Propeller begann wieder zu kreisen, der Schmetterling verließ den Mauerspalt, ohne das Datum in den Stein geritzt zu haben, überließ ihren Platz der grünen Eidechse und flog zu ihrem Körper, dem all diese Dinge fremd waren, diesem schmerztragenden, fürchterlich verstümmelten Körper, wer hätte geglaubt, daß der Teer der Straßen seine Krone würde, oder wie war es?

„Der in der oberen Schädelwölbung des genannten Z. festgestellte Bruch kann nicht durch Sturz auf die Asphaltdecke der Straße und den ihm folgenden Aufprall verursacht worden sein. Er kann nur auf einen Schlag zurückgeführt werden, der das frei stehende Opfer traf, denn nur unter solchen Umständen sind die symmetrischen Schäden des Gehirns in der unteren und der der verursachten Verletzung gegenüberliegenden Region anzutreffen. In der Tat wurden solche Schäden bei der Autopsie des genannten Z. festgestellt, begleitet von einem Bluterguß in der linken Hälfte des Großhirns, während der durch den Schlag verursachte Bruch sich im rechten Schläfenbein befand. Wäre der Bruch durch Sturz auf eine harte Oberfläche wie etwa eine Straßendecke entstanden, hätte man diese typischen symmetrischen Schäden nicht vorgefunden."

Und der Zug raste und pfiff durch eine versteinerte Welt, nur die Bahnhofsvorsteher und Schrankenwärter waren an diesem Tag von Panik ergriffen. „Zum erstenmal in einem im Dienst der Eisenbahn verbrachten Leben passiert dergleichen", dachte der Vorsteher des kleinen Bahnhofs Papapouli; Telefonanrufe, Meldungen, daß der Trauerzug eben „ohne Zwischenfälle" durchgefahren sei; nur dieser Bahnhofsvorsteher von Papapouli, der kurz vorher ein am Vortag vom Expreß enthauptetes Huhn verspeist hatte, vergaß, rechtzeitig die Weiche zu stellen, so daß der Zug auf ein anderes Gleis fuhr und um ein Haar auf einen Güterwagen geprallt wäre, wenn der Lokführer nicht kräftig gebremst hätte; der Zug rutschte noch zweihundert Meter über die Schienen, bevor er zum Stehen kam; der Sarg, obwohl festgeschraubt, rüttelte in seiner Halterung; die Verwandten drückten maskenhafte Gesichter gegen die Scheiben; ein Koffer fiel aus dem Netz; und die Raupen, die Polizisten, wurden so gegeneinandergepreßt, daß es zweifelhaft blieb, ob sie sich je wieder würden voneinander lösen können; der verantwortliche Offizier dachte zuerst an Sabotage zwecks Diebstahls der Leiche, er alarmierte seine Männer, befahl denen, die nicht aneinanderklebten, den Waggon zu verlassen, sobald der Zug hielt; sie entfalteten sich längs der Gleise in Schützenlinie, und als sie den Zug zurückrollen sahen und der Lokführer sie durch ein Zeichen beruhigte, daß nichts Ernstliches passiert sei, begriffen sie, daß keine feindliche Macht sie bedrohte; und die Seele nutzte die Gelegenheit und ließ sich auf einer Ulme der thessalischen Ebene nieder, unter der ein junger Hirte Flöte blies, um die wenigen Schlangen zu beschwören; als der Zug auf dem richtigen Schienenstrang weiterrollte, atmete der Bahnhofsvorsteher erleichtert auf und telefonierte den Befehlen gemäß, ein Summen mehr in den Drähten, die sich über den Pinios spannten, den sanften, den grünen Fluß, gleichgültig dem Rest der Ebene, die seit ihrer Befreiung das gleiche Sklavenleben lebt; nur der Fluß, dachte die Seele, Traum der Seßhaften dieser Ebene, er allein führt ihre Träume zum Meer und macht sie frei, nur der Fluß, gesäumt von Trauerweiden und tiefwurzelnden Platanen, die in seinem Wasser schwimmen, kennt die Schauer und Erregungen der Jugend, ganz wie sie, die Seele, die, bevor sie mit einer Wolke verschmilzt, den toten Körper betrachtet wie eine Landschaft und ihn bald nicht mehr sehen wird. Sie fliegt wieder hinab, läßt das Tal von Tempi hinter sich, die Nationalstraße und die Zuckerfabrik mit der langen Reihe rübenbeladener Lastwagen vor ihrem Tor und erreicht den Bahnhof der Stadt Larissa, den der Zug wie ein Pfeil durchmißt; der kleine Joghurtverkäufer begriff nicht, warum die Bauern mit drohenden Mienen an ihren Mistgabelzinken befestigte rote Tücher schwenkten; er glaubte, im Zuge säße irgendein Minister, einer der Großgrundbesitzer der Gegend, die oft in die Politik gehen, um ihre Interessen besser schützen zu können, und erwartete daher um so mehr, daß der Zug halten würde; doch er flog wie eine Rakete vorüber, ließ dicken Rauch und einen Packen Zeitungen zurück, der wie eine Handgranate vor seine Füße knallte, Morgenzeitungen, in denen es hieß:

„Unter welchen Gesichtspunkten man auch die Zwischenfälle von Saloniki prüft, kann niemand daran zweifeln, daß sie durch unerträgliche Provokationen kommunistischer Elemente hervorgerufen wurden. Wenn das Volk von Saloniki sie nicht als Provokation empfunden hätte, wer hätte dann wohl die versammelten Kommunisten gestört? Hätten die zufällig auf der Straße weilenden friedlichen Bürger es für nötig befunden zu reagieren, wenn nicht hetzerische Parolen durch Lautsprecher verbreitet worden wären? Haben sie es nicht gerade dieser von den roten Rednern unablässig wiederholten Provokationen wegen getan? Und trotz solcher Provokationen hätte es keine Unruhen gegeben, wenn die Kommunisten nicht versucht hätten, anschließend einen Demonstrationszug unter Führung des kommunistischen Abgeordneten durchzuführen, der bei einem Unfall den Tod fand.

Aber von dem Moment an, in dem sich die Organisatoren der kommunistischen Veranstaltung entschlossen, trotz Verbots den Demonstrationszug durchzuführen, wurde die Entwicklung der

Ereignisse unvermeidlich. Jangouridis kam aus der Spandonisstraße – nicht ganz zufällig, wie Kommunisten und Zentrumsleute behaupten – und fuhr in die Menge der Demonstranten. Doch nun stellt sich eine Frage: Woher sollte Jangouridis wissen, daß die Kommunisten sich zu einem Demonstrationszug entschließen würden, wie konnte er mit seinem Dreirad genau zu dem Zeitpunkt eintreffen, in dem ein Unfall nicht zu verhindern war? Mußte er nicht fürchten, daß die Kommunisten über ihn herfallen und ihn lynchen würden? Und wenn man selbst annähme, daß er seine Aktion wohlüberlegt durchgeführt hätte – die Kommunisten sollen, wie man hört, seinen Vater ermordet haben –, wie hätte es ihm gelingen können, den EDA-Abgeordneten in der Menge der Demonstranten zu erkennen und aufs Korn zu nehmen, als er mit seinem Fahrzeug in den Demonstrationszug fuhr?

Der Kommunismus, der blutrünstige Kommunismus, der in unserem Land grassiert und in jüngster Vergangenheit schon Ströme griechischen Blutes fließen ließ, versucht, diese Zwischenfälle auszunutzen, um den Namen unseres Landes im Ausland zu diffamieren und im Inneren Unruhe zu stiften. Wir meinen, daß der Staat in dieser Sache Entschlossenheit zeigen sollte. Als erste Maßnahme erwarten wir das SOFORTIGE VERBOT der anarchistischen Organisation ,Bertrand Russell' und der Friedensschwindler, die heute als Speerspitze des revolutionären Kommunismus dienen."

Der im Waggon eingeschlossene Körper sieht nichts. Der Körper hat kein Gedächtnis. Das Gedächtnis hat ihn am Mittwoch abend um zwei Minuten vor zehn verlassen. Z. war klinisch tot. Von diesem Moment an funktionierte kein Organ mehr, keiner der Sinne. Der Körper, sein prachtvoller Athletenkörper, lebte ohne Seele wie die Räder eines umgestürzten Wagens, die sich, mit nichts mehr verbunden, im Leeren drehen. Das tiefe Röcheln des Körpers begleitete wie ein Baß die Angst der Ärzte. Es waren viele Ärzte dort. Auch Ausländer, aus Ungarn, Deutschland, Belgien. Sie vermochten nichts. Sie waren erstaunt, daß der Körper noch lebte, während alle Organe tot waren. Der Körper weigerte sich, seinen Tod anzuerkennen. Es war ihm für den Tod zu früh. Der Körper ohne Kopf bestand auf seiner eigenen Existenz. Jetzt hatte er den Tod hingenommen und ließ sich ruhig zum Begräbnis führen. Was die Seele betrübte, war nicht so sehr die Tatsache, daß sie den Körper hatte verlassen und der Autopsie beiwohnen müssen. Sicher ist es nicht angenehm, ein abgetragenes Kostüm abzulegen und zuzusehen, wie es vor den eigenen Augen zerstückelt wird. Doch sie konnte es ertragen. Was sie dagegen sehr gestört hatte, war der Gerichtsmediziner, „der von Anfang an, schon vor der Autopsie und auch danach, als ihre Ergebnisse bekannt waren, die These des Sturzes auf den Asphalt verteidigte und so die Möglichkeit ausschloß, daß der Bruch durch einen Schlag auf den Kopf des stehenden Z. verursacht worden sein konnte". Gerichtsmediziner sein ist ein trauriger Beruf. Doch mit dem Tod läßt sich keine Politik treiben. Professionelle Kaltblütigkeit ist eine Sache, dachte die Seele, eine andere ist es, niedrige Politik um einen Leichnam zu machen. Lassen wir die niedrige Politik den Lebenden, und behalten wir die große den Toten vor. Was diesen Gerichtsmediziner betraf, der ungeladen aus Athen gekommen war, sandte er seinem Kollegen in Saloniki einen Befund, um dessen Mitunterzeichnung er bat. Doch der Kollege, von zwei weiteren Ärzten unterstützt, war gegenteiliger Ansicht. Er war überzeugt, daß der Bruch durch einen gezielten Schlag auf den Kopf verursacht worden war, und verweigerte seine Unterschrift. Der Athener Arzt sah sich genötigt, einen neuen Befund abzufassen, in dem er „als wahrscheinlich die Möglichkeit eines Schlages, ausgeführt mit einem stumpfen Objekt", zugestand, „ohne jedoch persönlich diese Meinung zu teilen". All dies betrübte die Seele im höchsten Maße.

Der Zug fuhr wie ein Dämon. Er durchquerte Ebenen und Gebirge, als zöge er einen Reißverschluß vor diese große Affäre. Doch dieser Reißverschluß war kaputt; während er sich vorne schloß, öffnete er sich hinten von neuem. Denn ein gedopter Zug, der nirgends hält, kann keine Affäre abschließen. Die Affäre blieb weit offen wie die Türen der Häuser im heißen Sommer. Der Zug pfiff und fuhr, angestachelt durch sein eigenes Schuldgefühl. Die Verwandten fürchteten das Schlimmste. Die Frau sah aus dem Fenster, ohne etwas zu sehen. Ihre Gedanken waren im anderen Waggon, in dem ihr Mann allein war, eingeschlossen wie in ein Gefängnis, ohne Wasser, ohne Licht, ohne Nahrung, während die Wächter sich vollstopften ... Sie stand auf. Er war tot, diejenigen, die ihn ermordet hatten, schliefen. Sie konnte sich nicht bewegen. Der Zug wurde zu einem Gefängnis auf Rädern. Sie konnte nicht mehr. Sie erstickte. Die Notbremse? Sie konnte mit diesem letzten Bild nicht weiterleben: Er unter dem Sauerstoffzelt, mühsam atmend, immer schwächer der Puls, um ihn Ärzte, die an kein Wunder mehr glaubten. Berge folgten Bergen, Felder folgten Feldern. Sie sah nichts.

Irgendwo auf den Höhen, dort, wo die Luft eine andere Dichte hat, hielt der Zug, um den lokalen Triebwagen vorbeizulassen; wahrscheinlich hatte man den Fahrplan nicht ändern können. Dort auf den Höhen sprangen die Polizisten aus dem Waggon und hielten Wache um den Zug. Dort auf den Höhen, den hohen Bergen, wartete die auf einem Leitungsdraht sitzende Seele, daß die Partisanen kämen, um sich des Körpers zu bemächtigen. Daß Aris Veluchiotis und die Kämpfer des Widerstands aus ihren Schlupfwinkeln träten, die Polizisten vertrieben und den Körper mitnähmen. Daß sie ihn, den Bruder, zum Gipfel trügen und mit Lämmern am Spieß und Wein seine Beisetzung feierten. Daß sie die ganze Nacht hindurch feierten und tanzten und, wenn sie betrunken wären, in die Luft schössen wie die Kanonen des Lykabetos bei den Staatsbegräbnissen der Könige; und daß der Körper so seinen Platz in der Griechenheit fände, daß er geehrt werde nach uralter Tradition. Doch heute sind die Partisanen nicht mehr auf den Bergen, sondern in den Städten. Ein Pfeifsignal holte die Polizisten aus den Büschen, wo sie gepißt hatten, und sie kletterten wieder in ihren Waggon. Der Triebwagen rollte vorbei, sie konnten weiterfahren. Der Körper spürte weder den Aufenthalt noch die Abfahrt, nicht einmal den Thymianduft. Der Körper verhielt sich wie die Hilfsmechaniker, die ihr Dasein in den Untergründen der Schiffe verbringen und niemals einen Hafen sehen, niemals den Geschmack von Meersalz verspüren.

Auf einem Bahnhof irgendwo unten in der Ebene wurde die Dieselmaschine durch eine Dampflokomotive ersetzt. Die fliegende Seele, der Schmetterling, wurde jetzt schwarz vom Rauch. Ihre schönen, irisierenden Farben begannen sich zu schwärzen, ihre Flügel wurden schwer, sie verlangte plötzlich nach Schutz. Sie hatte Lust, in eine Haut zu schlüpfen, wo nichts sie berühren könnte. Die Nacht brach an, und Seelen fürchten sich vor der Dunkelheit. Die drei letzten im Freien verbrachten Nächte hatten sie erschöpft. Aber der Körper nahm keine Notiz mehr von ihr, hörte keinen ihrer Rufe, und das ließ sie verzweifeln. Die Batterien des Körpers, seine Antennen, nichts funktionierte mehr. Eine zerbrochene Schreibmaschine vom Trödlermarkt in Monastiraki, eine taube, stumme, sieche, verstümmelte Maschine. So etwa fühlte die Seele, als die Glut der Sonne sich zu verdüstern begann.

Der Zug durchquerte die Ebene, auf der das Korn mit dem Sinken der Sonne seine Kraft wiederfand. Die Halme richteten ihre Köpfe auf, je mehr das Licht nachließ. Und in der Brise, die sich erhob, um die von der großen Wohltäterin hinterlassene Leere zu füllen, raschelten sie im Gleichklang, die reifen Ähren, steh auf, mein Lieb, tanzen wir bis zum Morgengrauen. Wogen ohne Schaum wie die des Ozeans brachen sich an der Mole des Eisenbahndamms. Tiefes Stöhnen einer Frau, die sich den Sternen hingibt. Und diese Schönheit ängstigte die Seele noch mehr.

Eine kleine alte Frau senkte die Kette des Bahnübergangs. Ein Traktor fuhr über die Gleise. Jetzt schimmerten die spärlichen Lichter der seltenen Dörfer am Fuße der Berge auf. Die Nacht war endgültig gekommen. Die Bahnhöfe projizierten sich in die Dunkelheit wie Diapositive auf eine anonyme Mauer. Der Zug hielt nirgends. Er fuhr und pfiff wie ein Dämon. Ein Zug, der in der Nacht pfeift, ein Zug, der Zug, Waggon Z-4383, Lokführer Joseph Konstantopoulos, Heizer Savas Polychronidis, ein Zug, der Zug, und der stumme Körper, eine Tür, die gegen die Nacht zufiel, und der Körper wie ein vom Blitz getroffener Baum und der Körper beraubt der Zärtlichkeiten, die ihn wieder auferstehen ließen, in einem Sarg aus Nußholz, ein schöner Sarg, doch welche Ödnis in ihm ohne die Seele!

„Griechenland – wir werden nicht müde werden, es immer wieder auszusprechen – bedarf dringend innerer Ruhe und Ordnung. Unsere Feinde beneiden uns um unseren Fortschritt, und viele fremde Staaten wären entzückt, uns in den Abgrund der Anarchie stürzen zu sehen. Um die Irrtümer Papandreous zu entschuldigen, hat man oft seine Leidenschaft zur Macht beschworen. Aber so stark diese

Leidenschaft auch sein mag – der Führer der Zentrumsunion hätte bemerken müssen, daß er nicht auf dem Pferd der Demokratie, sondern auf dem tollwütigen Stier kommunistischer Anarchie reitet."

Der Zug zerriß das Tuch der Nacht, und die Dame beobachtete ihren kleinen Hund, der sich vergeblich mühte, seinen Haufen zu verscharren, doch auf dem Parkettboden war es nicht möglich. Der Kot ihres Pekinesen mußte jedoch verschwinden, denn er verdarb den ästhetischen Anblick des Fußbodens. Sie drückte auf die Klingel auf ihrem Schreibtisch und befahl dem Hausmädchen, den Kot wegzuschaffen. Dann nahm sie den kleinen Hund auf ihren Schoß und schrieb weiter an ihrem Artikel:

„Die nationaldenkenden Bürger dieses Landes bedauern aufrichtig Z.s Tod, denn die Achtung vor jedem menschlichen Leben ist eins der Grundprinzipien, denen sie huldigen. Und doch sind es gerade diese Bürger, die man heute schamlos für Z.s Tod verantwortlich machen möchte! Die Wahrheit ist, daß die Extrem-Linken und die obskuren Kräfte, die hinter ihnen stehen, durch diese Anklage die Fundamente unseres nationalen und christlichen Lebens, nämlich die Kirche, die Erziehung, die bewaffnete Macht, den Sicherheitsdienst, die Gerichtsbarkeit, untergraben möchten. Herr Papandreou und seine Anhänger begehen einen schwerwiegenden Fehler, wenn sie sich einbilden, daß sie durch Überbieten der unverschämten Behauptungen der Linksextremen . . ."

Das Hündchen suchte sich eine bequemere Stelle in ihrem Schoß. Die Dame hörte auf zu schreiben und beruhigte es. Das Dienstmädchen kam mit der Plastikschaufel herein, bückte sich, beseitigte den Kot und versprühte ein Geruchsentfernungsmittel. Die Dame erhob sich mit dem Pekinesen im Arm, ging hinüber und stieß die Schnauze des Hundes auf die Stelle. Das Hündchen protestierte und versuchte, in ihre Hand zu beißen, doch die Dame wußte über

Hunde Bescheid und ließ es rechtzeitig fallen. Dann kehrte sie wieder zum Schreibtisch zurück, und während der Zug an der königlichen Residenz in Tatoi vorüberfuhr, schrieb sie weiter:

„...Wenn wir die Haltung der radikalen Linken in dieser Situation gründlich analysierten, kämen wir ohne Schwierigkeiten zu dem Schluß, daß sie, weit davon entfernt, den Vorfall zu bedauern, viel eher dazu neigt, sich über ihn zu freuen – wenn die den Toten geschuldete Achtung es nicht untersagte. Denn sie hat jetzt ihren ‚Mann‘ gefunden, ihr ‚Opfer‘, ihren ‚Helden‘. Und zwar genauso, wie sie ihn sich wünschte: ein berühmter Wissenschaftler, ein glorreicher Athlet, ein guter Ehemann und Vater, der Kommunistischen Partei nicht angehörend, ein enthusiastischer Jungpolitiker, der als Vorkämpfer für den Frieden gepriesen wurde und als Gegner der Kremlpolitik betrachtet wird. Die delirierende Naivität, mit der sein Leichnam ausgebeutet wird, die Trauergesänge und Klageweiber, die Petitionen der Bau- und Tabakarbeiter, all das bietet ein Bild des Profits, den sie aus dieser Tragödie zu ziehen sucht ...“

Die Seele seufzte, als sie Tatoi überflog, den Park des königlichen Palastes, sorgsam eingezäunt, damit die Fasane nicht entwischen können. Sie sah den Palast, in den sich das Pfeifen des Zugs wie eine Schlange schlich, die ihren Entdecker lähmt, sie sah die Fichten mit ihren Harztränen, und Kummer überfiel auch sie wegen des eingezäunten Parks. Segelflugzeuge des Flugplatzes Tatoi erinnerten sie schmerzlich an den großen Flug, den sie bald würde antreten müssen. Aber schon erschien Athen in der Ferne, ein Feld zitternder Lichter, zum Empfang des Toten angezündete Kerzen, hinter den rauchenden Essen der Fabriken von Eleusis, weit jenseits der antiken Mysterien, die für immer Mysterien bleiben, denn die Eingeweihten sind verschwunden, ohne Schriftstücke, Reliefs oder Bilder zu hinterlassen, unter dem schützenden Schornstein und der blauen Flamme der Raffinerien, riesige metallische Tanks wie Silberdollars unter einem Vergrößerungsglas, süßes Athen, dem antiken Salamis gegenüber, wo abgetakelte Schiffe verankert lagen nahe der Werft von Scaramanga mit ihren Hungerlöhnen, Schichten verseuchter Luft nach so vielen Stunden freien Landes – dort fühlte die Seele das Ende nahen. Einen Moment lang wünschte sie sich wie der Körper zu sein, nichts mehr zu verstehen, nicht mehr zu leiden.

Dennoch hatte sie keinen Grund, sich zu beklagen, dachte sie, als sie das angestrahlte Skelett des Parthenons gewahrte, denn so viele waren ihr vorausgegangen, ohne etwas von dem geben zu können, was sie in sich trugen. Sie wenigstens hatte etwas zu geben, etwas, das Symbol werden würde. Alte Straßen, so sehr geliebte Straßen, Viertel, in denen jeder Baum ein Wächter war, kleine, ohne Genehmigung errichtete Häuser in den Vororten, ganze Familien, die in abgewrackten Lastautos hausen, ohne Wasser, ohne Licht, während alles um sie herum beleuchtet ist.

„Es ist unvernünftig seitens der Verwandten und Freunde Z.s, zu verlangen, daß sein Leichnam in der Kapelle HagiosElevterios neben der Kathedrale zur öffentlichen Ehrung aufgebahrt wird."

„Takos, hast du mit dem Erzbischof telefoniert?"

„Ich habe telefoniert."

„Und was hat er gesagt? Wird er nachgeben?"

„Er macht Ausflüchte. Und das gefällt mir ganz und gar nicht. Auch der Hof hat mit ihm telefoniert, und auch ihnen hat er keine klare Antwort gegeben."

„Versuche, ihn noch einmal zu erreichen. Er muß uns Gewißheit geben. Sag ihm, daß Unruhen befürchtet werden, daß Blut fließen wird, daß sie die Kapelle in Brand stecken werden, daß ... Sag ihm, was dir gerade einfällt, aber überzeuge ihn! Ich täte es gern selbst, aber ich fürchte, ich könnte die Beherrschung verlieren und ihm Dinge sagen, die er noch nie in seinem Leben gehört hat! Ruf ihn an!"

Diese Hände, sie werden nie wieder menschliche Haut berühren. Diese Hände werden zum Wasser zurückkehren. Sie werden zu Humus werden, der die Blumen nährt. Diese Hände, die das Skalpell hielten und menschlichen Schmerz linderten, ohne etwas dafür zu fordern. Dieses Gesicht wird nie wieder ins Meer tauchen. Diese Lippen werden nie wieder küssen. Verschlossener Körper, Brief, den man an den Absender zurückgehen läßt mit dem Vermerk „Ohne Adressenangabe verzogen", verzogen zur Mutter Erde. Körper, dessen Blut in den Adern erstarrt ist, dessen Blut nicht mehr zirkuliert. Erstarrtes Bild auf der Kinoleinwand, Foto einer Straße zur Stunde der Hauptverkehrszeit. In diesem präzisen Augenblick ist alles zu Ende.

Aus dem Nebenzimmer trat ein Sekretär und flüsterte ihm etwas ins Ohr. Der Erzbischof nickte. „Ich komme", sagte er.

Und sich zu Z.s Verwandten und Freunden wendend, fügte er hinzu:

„Sie sind wieder am Telefon."

Er ging ins Nebenzimmer und kam nach einigen Minuten wieder herein. Er setzte sich seufzend und murmelte:

„Es geht noch immer um die gleiche Angelegenheit. Man hat mir den Wunsch einer sehr hohen Persönlichkeit unterbreitet, die ich nicht verstimmen möchte. Und ich frage mich: Muß da nicht etwas im Gange sein, wenn so viele hochgestellte Verantwortliche sich in solchem Maße sorgen? Zwischenfälle könnten sich ereignen. Beim letzten Telefongespräch sprach man sogar von der Möglichkeit blutiger Zusammenstöße und Lebensgefahr für Hunderte von Menschen! Meine Verantwortung ist groß. Ich befinde mich in einer delikaten Situation, meine Kinder."

„Euer Exzellenz", erwiderte ein Vetter Z.s darauf, „Zwischenfälle werden sich nicht ereignen. Sie können beruhigt sein. Außerdem dürfte es einen sehr schlechten Eindruck bei der Bevölkerung machen und im Ausland scharf kritisiert werden, wenn Sie uns die Kapelle verweigerten. Es handelt sich um einen Toten, der mit der Botschaft Christi auf den Lippen starb, einer Botschaft des Friedens und der Liebe."

Der Mai ist ein grausamer Monat. Die Erde verschlingt wieder ihre Früchte. Das erste und zweite Blühen geht zu Ende. Schwer wie die Ähren, kehrt jetzt alles zu seinem Beginn zurück. Alles ist zu Ende. Sogar die Erinnerung wird schwinden. Vielleicht lebt sie bei anderen wieder auf, genährt von anderem Blut. Die seine, die der Seele und des Körpers, wird erlöschen. Doch nein, es muß anders sein. Dort, wo ein Held fällt, wird ein Volk geboren. Es ist nicht möglich, daß ich sterbe, dachte die Seele. Wann? Wie? Ich weiß es nicht. Auch du wirst dich meiner erinnern, zärtlicher und geliebter Körper. Du wirst dich immer an mich erinnern, denn ich habe dich sehr geliebt. Du wirst an mich denken. Du, den das Meer mit Freude erfüllte, den die Sonne ermüdete, du, der die Liebe auch ohne mich mochtest, du, mein Körper, du wirst dich meiner erinnern. Jetzt, wenn du in der Erde liegst, denke daran, daß ich dich geliebt habe, und du wirst niemals sterben! Geliebter, wenn ich dich in diesem Moment bei der Hand nehmen könnte. Du würdest zu mir sprechen, mich betrachten. Ich bin müde. Wie? Warum ist alles so zu Ende gegangen? Bevor ich dich altern sehen konnte, bevor ich lernte, dich langsam zu verlieren? So plötzlich hast du mich verlassen, daß ich mit einer quadratischen Leere in meinen Armen zurückblieb, die Ecken sind scharf, der Wind pfeift hindurch. Ich bin ein leerer Brunnen ohne dich.

Der Erzbischof blieb eine Weile still und nachdenklich. Dann wandte er sich an den Vertreter der EDA-Partei und sagte:

„Versichern Sie mir, daß nichts geschehen wird?"

„Wir geben Ihnen unser Wort, Euer Exzellenz, daß wir unsererseits für absolute Ordnung sorgen werden. Wenn die Ordnung gestört wird, ist es das Werk der Regierung und der Polizei."

„Gut! Ich stelle die Kapelle zur Verfügung, und Gott helfe uns!"

Geliebter Körper, umschmeichelt in den Stadien wie im Feuer, Körper, der mein blieb in der schrecklichsten Entfremdung, wenn ich dich nur eine Nacht noch bei mir haben könnte, eine Nacht nur, dann stünde es dir frei, mich zu verlassen. Ich bin so plötzlich ausgestoßen worden. Niemals hätte ich mir vorgestellt, daß ein anderer dich besitzen könnte. Und nun? Deine Hände, nur deine Hände, und dieses Erschauern, wie all das mir fehlt! Ich bin allein ohne dich. Ich finde nirgends mehr meinen Platz. Nichts kann mich erfreuen, und es gibt kein zweites Leben für mich. Auch ich werde verschwinden, Dampf werden, Wind unter den Flügeln der Zugvögel. Die Einsamkeit ist unerträglich ohne deine Nerven, deine Launen. Deine Nerven, Maschen eines warmen Pullovers, die eine nach der anderen aufgelöst wurden. Eines warmen Pullovers, in den ich schlüpfte, und die Welt gehörte mir. Mit deinen Armen umfingst du die Menschen und das Leben, und ich fühlte mich wohl. Jetzt wirst du mich verlassen. Du wirst mich verlassen. Und ich bleibe allein.

Vier Minuten vor vier. Der Sonderzug fährt mit einem Pfeifen, das wie ein Trauerruf widerhallt, in den Bahnhof von Athen ein. Er bremst, hält an, die Menge drängt sich vor die plombierte Tür des Güterwagens, in dem sich die sterbliche Hülle Z.s befindet.

Die Tür des Waggons wird entsiegelt. Ein mit Kränzen und einer griechischen Flagge bedeckter Sarg wird herausgehoben und zu einem Leichenwagen getragen.

Augenblicklich teilt sich die Menge, macht den Weg frei für den toten Abgeordneten.

Eine Minute Schweigen. Dann hört man Schluchzen. Rufe werden laut:

„Z., du bist nicht tot!"

„Z., du wirst für immer unter uns leben!"

Ein Beifallssturm, der den Bahnhof erschüttert, darauf die Nationalhymne, aufgenommen von tausend Mündern.

An die Tür des Waggons Z-4383 hängt ein Bahnbeamter ein Schild: „EINTRITT STRENG VERBOTEN WEGEN DESINFEKTION!"

Der Leichenzug setzt sich langsam in Bewegung, und die Seele sieht mit Freude die vielen Menschen, die ihren Körper beschützen. Von oben gesehen, bilden sie alle nur einen einzigen Körper wie bei der Karfreitagsprozession, die Fahne in der Mitte. Die Straßen verändern ihren Sinn. Die Lichter verwandeln sich in Kerzen, die bei Seinem Nahen schmelzen. Die Polizisten, die den Leichenzug begleiten, gleichen denen, die, das Gewehr unter der Achsel, bei der Prozession mitmarschieren.

Sie bringen ihn in die Hagios-Elevterios-Kapelle neben der Kathedrale. Bis zum Sonntag wird er dort bleiben. Sonntag ist der Tag der Auferstehung. Die Menge drängt sich noch mehr um den Toten, als fürchte sie, daß römische Soldaten ihn wieder entführen könnten.

Kaiphas ist „der Allgegenwärtige". Er spricht über Funk zu allen Polizeistreifen. Er gibt Anweisungen. Da die Überführung des Leichnams zur Trauerkapelle ohne Zwischenfälle verlaufen ist, begleitet er Pontius Pilatus erleichtert nach Hause. Unterwegs unterhalten sie sich über den Sonntag.

„Drakonische Maßnahmen müssen ergriffen werden."

„Alle Ordnungskräfte werden aufgeboten", versichert ihm Kaiphas. „Mit Tränengasgranaten, Wasserwerfern und allem, was wir haben."

„Ich bin sehr beunruhigt", sagt Pontius Pilatus. Sie trennen sich gegen drei Uhr morgens und wünschen einander eine gute Nacht.

Doch sie beunruhigten sich wieder umsonst, denn es ereignete sich kein Zwischenfall, nicht einmal am Tag der Auferstehung. Der einzige Zwischenfall, dachte die Seele, war dieser Berg von Blumen, dieser Berg ohnegleichen. Der ganze Frühling hatte ihn zum Grab begleitet. Der Frühling brach aus jeder Richtung ein, durchquerte die Vororte und breitete sich bis zum Zentrum aus, dem Zentrum Athens. „Es gab keine einzige Blume mehr in ganz Attika."

„Unsterblich!"

„Er lebt!"

„Kein weiteres Blut mehr!"

„Er lebt! Er lebt!"

Bei solchen Parolen gab es für die Römer keinen Grund zur Unruhe. Mit Nelken, egal wie vielen und wie rot sie sind, kann man keinen Krieg beginnen. Nicht einmal eine Revolution. Dennoch behielten sie den Finger am Abzug. Und in ihrem unsagbaren Schmerz fand die Seele etwas, das sie tröstete. Es war nicht die Menschenmenge, die sich um die Kathedrale versammelt hatte und selbst noch die Nebenstraßen füllte. Es war die Tatsache, daß diese Menge nur einen einzigen Körper bildete. Fehlte einer, fehlte nichts. Selbst wenn zehn oder hundert oder tausend gefehlt hätten, wäre der Körper dieser Menge, die gekommen war, um ihren Helden dem Leben zurückzugeben, massiv und kräftig geblieben. Das war ihr Trost. Wenn ihr Körper dazu gedient hatte, eine große Zahl menschlicher Moleküle fest aneinanderzubinden, dann hatte es sich gelohnt. Sie hatte einen Körper verloren. Die anderen hatten Hunderte gewonnen. Und die Idee des Friedens, für die sich dieser Körper geopfert hatte, nahm plötzlich greifbare Gestalt an und füllte den Raum. Die gleiche Unsterblichkeit, die die Straßen überschwemmt hatte, nahm auch von den Herzen der Menschen Besitz. Das Meer ist unerschöpflich, erfüllt von ungenutzten Reichtümern. Man schöpft es nicht aus, wenn man vom Boot aus einen Eimer Wasser herauszieht. Das Meer ist das, was nie endet.

Und so, zwischen zwei Himmeln, folgte die Seele der Prozession der Auferstehung. Sie wußte genau, daß der Körper nicht tot war, denn ein ganzes Volk drängte sich um den Sarg. Sie wußte auch, daß Unsterblichkeit die bleibende Erinnerung bei anderen ist. Und der einzige Ruf, der immer wieder über die Menge hallte, lautete: „Er lebt!" Keiner wollte zugeben, daß der Tod Raum hat im Herzen einer Idee. Der Tod existiert nur für den einzelnen, der eines Tages verblüfft entdeckt, daß dieses Leben unversehens zu Ende geht. Panik überfällt ihn. Er jammert. Und flüchtet sich in eine psychiatrische Klinik, um den Schock zu überwinden. Es gibt keinen Tod, wenn ein Volk aufsteht, um seine Größe zu zeigen, die Größe, die sich mißt am Gewicht deines Sargs.

„An der Spitze die Kränze. Jeder Kranz wurde von zwei jungen Männern und zwei jungen Mädchen getragen. Es folgten die Mitglieder des Komitees für den Frieden und der Vereinigung ‚Bertrand Russell' mit Sträußen von Rosen und Nelken. In kurzem Abstand das Blasorchester der Stadt Piräus. Ein riesiges Banner mit dem Emblem der Abrüstung wurde von den jungen Männern der Vereinigung ‚Bertrand Russell‘,Sektion Piräus, getragen. Z.'s Sportkameraden gingen dem Leichenwagen mit den Pokalen voraus, die der einstige Balkanmeister in den Stadien erobert hatte. Längs des ganzen Weges streuten die Hausbewohner Blumen von den Balkonen und aus den Fenstern. Bürger aller Klassen und jeden Alters drängten sich auf den Trottoirs der Mitropoleos-, Philellinon-, Syngrou- und Anapafseosstraße. Die Rufe ‚Es lebe Z.!‘ – ‚Kein weiteres Blut mehr!‘ – ‚Frieden und Demokratie!‘ – ‚Er lebt! Er lebt!‘ pflanzten sich fort, als sei der endlose Zug ein elektrisches Kabel, das sich längs der endlosen Kilometer bis zum Athener Friedhof hinzog.“

Dort angelangt, machte die Seele angstvoll halt wie der auf seinem Höhepunkt angelangte Papierdrachen, regloser Fleck vor der Sonne, hochgetragen vom Wind, und auf der Erde das Kind mit der Schnur in den Händen, die nicht mehr gespannt ist, wie auch beim Fischen in tiefem Gewässer die Schnur in einem sanften Bogen verläuft, ohne anzuzeigen, wo sie den Grund berührt – um einmal mehr zu unterstreichen, daß das Oben und Unten eins sind –, dort angelangt, machte die Seele halt und wartete, daß man den Körper in die Erde hinabgleiten ließe, um selbst aufsteigen zu können, daß die Erde ihn empfinge, um selbst Höhe zu gewinnen, im Oben und Unten Körper und Seele eins, bis sie, so haltmachend über dem gigantischen Körper der angehaltenen Welt, für einen Augenblick wieder hinabsinken mußte, um besser eine schwarzgekleidete alte Frau zu sehen, die, wie närrisch ihr Haar raufend, aus der Menge hervorstürzte und, während man ihn ins Grab hinabsenkte, rief:

„Wach auf, Z., wir erwarten dich! Wach auf!“

Schrei, der die Menge erschütterte, denn diese Alte hatte mit ihren simplen Worten ausgedrückt, was ein ganzes Volk in diesem Augenblick dachte. Und die Seele seufzte, da sie wußte, daß der Wunsch der alten Frau, so wie sie ihn in ihrer Naivität formuliert hatte, nicht zu verwirklichen war, denn der Körper schlief nicht, er war ausgelöscht, entstellt, hatte seine Fundamente verloren, ein Haus nach seinem Abriß.

Große Räume, in denen sie zusammen gelebt hatten, er und sie, die Fenster dem Wind und der Sonne geöffnet, geräumige Zimmer ohne eine einzige Spinne, ohne eine Spur von Feuchtigkeit, dieses Haus, sein Körper, sank jetzt in die Erde. In diesen Zimmern hatten sie viele Sonnenaufgänge erlebt, zwischen den Körpern benachbarter Häuser, im Schatten einer Frau, die sich mit ihm und der Nacht verbunden hatte. Hier hatte die Seele ihr Heim, ihr Nest, das von ihr und den andern geliebte Haus. Statt seiner blieb nur der Wind. Das Haus verdrängte ein bestimmtes Luftvolumen, dessen Moleküle nun von neuem zusammenfanden. Das Haus sank entstellt in die Erde zurück, aus der die Rohstoffe seines Baues stammten; die Abrißmaterialien waren nicht mehr zu verwenden und kehrten in die Erde zurück. Und ihre Trauer war unmeßbar, als sie sah, wie die Erde ihn wieder zu sich nahm, dieses Haus, dieses Heim, geräumige Zimmer, offene Fenster, Thessioustraße 7.

In der Stunde, in der ich dich verliere, dachte die Seele verzweifelt, in dieser Stunde, die die letzte ist, nach der ich dich nie wiedersehen, deine geliebte Form nicht mehr ertasten, deine Stimme, die alles auszudrücken wußte, was ich fühlte, nicht mehr hören werde, diese den Zypressen verbundenen Arme und deine Nerven, Kabel für die Elektrizität der Welt – in diesem Augenblick, da ich dich verliere, sag nicht, daß das, was wir zusammen erlebten, nicht wirklich war. Diese Erde, die dich verschlingt, schluckt auch mich. Wider meinen Willen fliege ich auf, steige immer höher. Wir verlieren uns.

Schiffe des Nordens, die, ohne Spuren zu hinterlassen, vorüberfahren, Brände ohne Asche, und du, mein Haus, meine Wärme, du gabst mir wieder Vertrauen zum Leben, meine Beine, Säulen, die das Universum trugen, Hände voll Licht, Augen, jetzt Augen ohne mein Bild, warum, warum verließest du mich mit so viel Schmerz, so viel Angst, so viel Müdigkeit, vom Himmel angehaltene Uhr, sieh, wie ich immer höher steige wider meinen Willen, wie du hinabsinkst wider deinen Willen, ich habe keine Hoffnung mehr, dich wiederzufinden, ich weiß es, und ich will nicht gehen, ich will wenigstens bei den Dingen bleiben, die du geliebt hast, unter denen wir miteinander gelebt haben, bei den Bildern, die unser Haus schmückten, bei den Rissen der Mauern, ich will in der Nähe der Straßen bleiben, in denen du wohntest, aber ich kann es nicht, ich steige höher, ich vergehe im Raum, und ich weiß nicht, wie ich es

sagen soll, mein Haus, mein Geliebter, du fehlst mir, du fehlst mir
entsetzlich, du fehlst mir, es gibt keinen Wein, der mich dich vergessen lassen könnte, ich kannte dich, habe ich dich gekannt, wenn
ich dich wirklich kannte, warum habe ich dich dann gehen lassen,
ich rede irre, weil ich immer weniger erkenne, was sich unter mir
abspielt, mehr und mehr ähnelt die Welt, ähnelt die sich zu deinem
Abschied drängende Menge einem Tintenfleck, einer Schmutzspur
auf der Karte der Erde, dieser Erde, die ich verlasse und die ich
nicht verlassen will, weil die Ähren süß sind vor der Ernte, süß sind
wie deine Haare, wenn man sie streichelt, und dieser ideale Mund,
der für Küsse geschaffen scheint, du fehlst mir jetzt empörend, ich
verfluche dich, ich verabscheue dich, unwürdiger Körper, den man
getötet hat, du bist ein Nichts, Haus, das der Stadtplanung gewi-
chen ist, das sich nicht zu verteidigen wußte, du Körper, du bist
lächerlich, weil du dich ohne Gewissensbisse so ausliefern konntest, ohne auf Warnungen zu hören, du bist leichtfertig gewesen, du
hast nicht einmal begriffen, daß auch ich dir fehlen könnte, und du
wußtest nicht, daß ich ohne dich eine Waise bin, und ich weiß, daß
du es nicht weißt, ah, warum habe ich soviel kostbare Zeit mit dir
vertrödelt, warum dachte ich nicht daran, mich fortzuschleichen in
eine Bindung von längerer Dauer, du weißt nicht, wie gut es ist,
niemals existiert zu haben, und wie schrecklich es ist, seine Existenz
beenden zu müssen, wenn man es am wenigsten will, ich sehe da
unten nichts mehr, nur ein Foto mit Wasser und Festland, relief-
artig, weder die Stadt noch Griechenland, ich weiß nicht, wohin ich
fliege, wie ein Ballon, wer hat den Faden zerschnitten, warum, sag
mir, warum habe ich nicht mehr deine zärtliche Hand, warum, sag
mir, warum habe ich dein Lächeln nicht mehr, wo bist du, was tust
du, ich verliere mich, und ich möchte wissen, wie auch du dich verlierst, wie du dich in der Dunkelheit fühlst, in dieser Feuchtigkeit
mit ihren verborgenen, unterirdischen Zügen, die die Fundamente
unterminieren, ich möchte es wissen, von welchem Fieber wurdest
du überfallen in dieser Hölle da unten, ich gehe in das große Licht,
das sich von deiner großen Dunkelheit kaum unterscheidet, ich
habe den Kontakt verloren, hier können mich die Hertzschen Wellen nicht mehr erreichen und mir die Botschaften der Welt bringen,
und dennoch existiert diese Welt, sie existiert, nur du und ich, wir
existieren nicht, mein Haus mit den Vorhängen, mit den großen

Palmen, mit allem, was uns gemeinsam formte, was wird jetzt aus mir, ich bin niemals sehr sentimental gewesen, ich verliere mich, ohne mein Gefühl für dich zu verlieren, es ist furchtbar, wenn ich dich wenigstens vergessen könnte, wenn ich wenigstens nichts zu fühlen brauchte, ich verliere mich, hier ist nicht der Himmel, riesige Vögel schlafen auf den Strömungen der Luft, eine andere Transparenz, andere Dichte, andere Sicht, und dennoch fehlt mir mehr als alles andere deine Stimme, mehr als alles andere fehlen mir dein Lächeln, dein Mut, deine festen Arme, die die ganze Welt umarmen konnten. Und die Umarmung verlieren heißt auch die Welt verlieren.

Ich hasse dich. Immer habe ich dich gehaßt. Immer habe ich dich beneidet. Ohne Olivenbäume scheint selbst der Weinberg verwaist. Ohne Felsen scheint selbst das Meer nicht zu existieren. Ohne deine Zähne sind meine Lippen zu Würmern geworden. Ohne dich bin ich nichts. Ich hasse dich, mein geliebtes Haus, weil du mich verraten hast. Ich hasse dich, weil du mich heute warten läßt. Niemals werde ich glauben, daß du nicht wiederkommst. Und weißt du, warum? Weil ich nicht einmal den Mut habe, mich umzubringen. Und so werde ich dich in mir tragen, bis ich völlig verschwinde, Stimme einer Stimme, die verstummt ist, Chaos meines Zeitalters, die Sonnenstrahlen brennen hier oben unerträglich, sie verbrennen meine Flügel. Ich löse mich auf. Welche Wonne! Endlich verschwinde ich. Ich vergesse dich. Ja, so plötzlich. Wer warst du? Wo warst du? Eine schwache Erinnerung... Nein, das konntest du nicht sein. Auf der Erde? Du meinst jenen Planeten? Aber ja, natürlich. Sehr gut, danke. Ja. Ja. Ich weiß nicht. Was sagst du? Ich verstehe dich nicht. Ich weiß nicht. Ich habe dich nie gekannt. Welche Wonne, sich zu verlieren! Welche Erlösung! Früher vielleicht. Nein. Du bist es, der mich verraten hat, rebellischer Körper. Du bist zuerst gegangen und hast mich ohne Haus zurückgelassen. Ich bin eine Hure geworden und habe dich im Bordell des Großen Bären vergessen. Ich habe dich vergessen, weil du es verdientest. Du hast mich verraten. Du hast mich verraten. Ich habe dich verloren und verlor mich selbst. Ich kenne dich nicht.

„Während der gestrigen Beisetzung des Abgeordneten Z. ist es weder zu Unruhen noch zu Zwischenfällen mit den Polizeiorganen gekommen. Und warum? Ganz einfach, weil die EDA-Partei beschlossen und befohlen hatte, daß die Trauerfeierlichkeiten sich in Ruhe abwickeln sollten. Das ist der Beweis, daß Zwischenfälle nicht stattfinden müssen, wenn die EDA sie nicht sucht. Und wenn sich Zusammenstöße mit den Sicherheitsorganen ereignen, dann nur, weil sie von der EDA gewollt, von der EDA organisiert, von der EDA provoziert wurden. Das ist die Folgerung, die wir aus dem Begräbnis Z.s ziehen können."

III Der Abgrund, den das Erdbeben aufriß ...

1

Es war ein warmer Tag. Die Welt fuhr gleichmütig fort, ihren Geschäften nachzugehen. Nur der Syntrivaniplatz nahe dem Ahepans-Krankenhaus war ungewöhnlich belebt. Das Tor zum Spielplatz war geschlossen, aber die Straße zum Krankenhaus war voll von Menschen. In den nächsten Minuten sollte der Leichenwagen vorbeifahren, der Z.s Leiche zum Bahnhof brachte, von wo sie ihre Reise nach Athen antreten würde. „Der Sarg unserer Jugend", dachte der Student: In dieser selben Straße, unter demselben Baum, vor diesem selben verriegelten Tor des Spielplatzes hatte er zwei Tage zuvor endgültig mit Maria gebrochen. Jetzt war er hierher zurückgekehrt, um sich von einem toten Helden zu verabschieden, und diese beiden Begräbnisse verschmolzen in seinem Geist auf unerklärliche Weise.

Er war in Begleitung eines seiner Freunde, der ihn tröstete, der ihm versicherte, daß es heutzutage viel wichtigere Dinge gäbe und daß ein Mann, der sich mit den Problemen seiner Epoche herumzuschlagen habe, nicht so leicht zum Opfer einer Autosuggestion werden dürfe. „Denn aus dem einen oder anderen Grund", sagte er ihm, „gefällt es dir, aus Maria eine Zwangsvorstellung zu machen. Du willst deine Legende leben. Maria ist nur ein Vorwand. Übrigens, wenn ihr nicht miteinander gebrochen hättet, fändest du bestimmt einen anderen Grund, dich zu quälen."

Er hörte ihm zu, und er fand Vergnügen dabei, ihn so sprechen zu hören. Doch an diesem Morgen war er wirklich untröstlich, daß er Maria nicht mehr hatte. Der Frühling versank in seinem Meer: Netze, die immer tiefer ins blaue Wasser sinken, bis sie am Grunde nur noch einen dunklen Fleck bilden. Das war es, was er seit ihrem Bruch empfand. Es war so dumm! Und all das vor dem Tor eines häßlichen, unfreundlichen Fußballspielplatzes! Plötzlich hörte er hinter sich eine Stimme:

„Oh! Man hat mich geschlagen!"

· Er wandte sich jäh um und sah einen Menschen reglos mitten auf der Straße liegen. Des dichten Verkehrs wegen, der um diese Stunde herrschte – unablässig kreiselten Autos um den Springbrunnen herum –, konnte er nicht sehen, wer ihn verletzt hatte. Im Nu schwanden seine privaten Sorgen. Er lief zur nächsten Telefonzelle, der Zelle, aus der er nach der Vorlesung gewöhnlich mit Maria telefoniert hatte, und benachrichtigte das Rettungsamt, daß auf dem Syntrivaniplatz ein schwerverletzter Mann liege. Nur wenige Minuten später traf ein Krankenwagen ein, der den Verletzten auflud und ins Städtische Krankenhaus brachte.

2

Nikitas wollte zum Staatsanwalt, als er einen Schlag über den Schädel erhielt. Es war sein zweites Unternehmen. Das erstemal hatte er alles dem Untersuchungsrichter erzählt. Er hatte es nicht mehr aushalten können. Er hatte einen ganzen Tag mit sich gerungen. Aber seit diesem verdammten Donnerstag, an dem er in der Zeitung gelesen hatte, daß ein gewisser Jangos Jangouridis den Abgeordneten überfahren habe, erstickte er vor Empörung. Er war der einzige, der die Wahrheit kannte! Jangos hatte einen Tag zuvor zu ihm gesagt: „Heute abend werd' ich die größte Dummheit meines Lebens begehen. Bis zum Mord werd' ich gehen." Und er hatte es getan. Nikitas wußte noch nicht, ob Z. sterben würde, aber was spielte das für eine Rolle?„Z. ist klinisch schon tot. Er ist nur noch ein Körper ohne Kopf. Der Körper lebt. Das Gehirn ist zerstört."

Er befand sich in seiner Werkstatt, als er die Nachricht las. Es traf ihn wie ein Donnerschlag. Obwohl die Arbeit drängte (er hatte den Auftrag noch nicht beendet, und der Händler wartete auf die Möbel, derentwegen Jangos am Vortag hatte vorbeikommen sollen; aber Jangos hatte keine Zeit gehabt, hatte wichtigere Dinge zu erledigen, bis zum Tod eines Menschen konnte es gehen, außerdem war es Mittwoch gestern, die Läden geschlossen, unmöglich, ein anderes Fahrzeug zu finden) – und obwohl die Arbeit an diesem Tag drängte, erlahmte seine Hand und ließ die Zeitung fallen. Der taubstumme Lehrling hob sie eilig auf und wollte sie ihm mit seinem ewigen einfältigen Lächeln geben. Nikitas stieß ihn zurück. Es war das erstemal, daß dieses Lächeln ihn in Wut brachte. Er begann auf und ab zu gehen. Seine Werkstatt wurde ihm plötzlich zu eng. Er betrachtete die polierten Nußbaumsärge, und seine Mißstimmung wuchs. Nein, er mußte irgend etwas tun. Er konnte nicht als einziger die Wahrheit wissen und einfach dazu schweigen. Worin unterschied er sich dann von seinem Lehrling? Sein ganzes Leben lang würde er ebenso albern lächeln.

Er war kein Linker. Auch nicht rechts. Er war nichts. Natürlich las er die Zeitungen der Rechten, man muß es schon, wenn man ein Geschäft und nicht wenig Feinde hat. Neulich erst hatte jemand versucht, eine Werkstatt wie die seine ihm gegenüber zu eröffnen. Er wartete nicht lange, ging sofort zur Polizei, spielte das große Spiel und schaffte es, die Absicht des anderen zu durchkreuzen. Was ihn aber diesmal am meisten ärgerte, war, daß die Zeitungen von einem „Verkehrsunfall" sprachen. Er wußte nur eins: daß Jangos schon am Tag zuvor mit der Absicht geliebäugelt hatte, einen Menschen zu töten. Wie konnte er unter solchen Umständen schweigen?

Dieser Donnerstag kam ihm so lang wie ein Jahrhundert vor. Ihm schien es, als trüge er die Last der ganzen Welt auf seinen Schultern. Niemand sonst wußte Bescheid. Zu Mittag ging er aus, um die Athener Zeitungen zu kaufen. Auf allen war Jangos' Schnurrbart zu sehen. Über Nacht war dieser Faulenzer und Prahlhans, dieser Nichtsnutz von Jangos in ganz Griechenland berühmt geworden. Nikitas wurde neidisch auf ihn. Wenn er zum Untersuchungsrichter ginge und alles erzählte, wäre auch sein Foto morgen in allen Zeitungen. Ein unbekannter Möbelpolierer, der seine bescheidene Arbeit im Stich läßt und ebenso berühmt wird wie ... nein, gewiß nicht wie Jangos, der durch ein Verbrechen bekanntgeworden war. Er würde sich durch eine gute Tat auszeichnen. Als er zur Mittagspause nach Hause ging, beobachtete er all die Leute, die ihn nicht beachteten, und er stellte sich schon vor, wie er nach seinen Enthüllungen überall erkannt, gegrüßt und wie sich im Bus nach Saranta Eklisies jedermann darum reißen würde, ihm seinen Platz anzubieten ...

Seine Mutter hatte Reis mit Spinat zum Mittagessen gekocht. Sie sah, daß er lustlos aß und dabei wie besessen in einem Packen Zeitungen herumblätterte. Sie wurde stutzig.

„Was hast du, mein kleiner Nikitas?" fragte sie.

„Nichts", antwortete er, ohne sie anzusehen.

„Warum hast du heute all diese Zeitungen gekauft?"

„Wegen des Verbrechens."

„Welchen Verbrechens? Hat ein Vater seine Tochter getötet?"

„Nein."

„Haben sich Brüder wegen einer Erbschaft gegenseitig gefressen?"

„Nein."

„Ist ein Irrer aus einer Anstalt ausgebrochen?"

„Nein, nein."

„Was ist es dann für ein Verbrechen, mein Sohn?"

„Ein Typ, den ich kenne, hat mitten im Zentrum unserer Stadt einen Abgeordneten umgebracht."

„Jesus Christus und Jungfrau Maria! Und woher kennst du ihn, Nikitas?"

„Er hat ein Dreirad, und ich bat ihn von Zeit zu Zeit, für mich Möbel auszuliefern."

„Was für ein Abgeordneter war es?"

„Ein Kommunist."

„Dann hat er es gut gemacht."

„Schweig, Mutter. Was hat der Mensch denn getan? Er war hierhergekommen, um eine Rede zu halten, und Jangos, der Typ, den ich kenne, hat ihm hinterrücks eine verpaßt."

Seine Mutter setzte ihre altertümliche Brille auf und beugte sich über die Zeitung. Sie betrachtete zuerst die Fotos, dann buchstabierte sie den Titel. „Ver-kehrs-un-glück. Das Op-fer ein Ab-ge-ordne-ter der EDA ..."

„Iß, mein Kind, und laß die Leute sich schlagen. Die Bugatsa, die du nicht ißt, kann dir nicht den Mund verbrennen."

Nikitas wischte sich den Mund mit der Serviette und stand auf.

„Ich hab' dir den Kuchen gebacken, den du so magst. Warte, ich bring' dir ein Stück."

Er wartete nicht und ging. Auch das Haus war ihm zu eng. Er kehrte in die Werkstatt zurück. Abwesend arbeitete er bis zum Abend. Er sprach mit niemand. Dann ging er wieder nach Hause. Seine Schwester war da. Wahrscheinlich war sie auf Bitten der Mutter gekommen, die sich um ihren Nikitas sorgte.

„Ich bin mir nicht im klaren", sagte Nikitas zu ihr, „ob ich alles sagen oder besser den Mund halten soll."

Er erklärte ihr die Situation.

„Bist du wahnsinnig?" antwortete sie. „Willst du uns alle in eine unmögliche Geschichte verwickeln? Mein Mann ist Beamter; willst du, daß er seine Stellung verliert? Hast du mir vielleicht eine Mitgift gegeben? Du vergißt, daß ich mich verheiratet habe, ohne jemand etwas zu verdanken. Unsere Ehe ist gut. Und jetzt . . . Du solltest an so etwas nicht einmal denken! Hörst du mich, Nikitas? Außerdem ist ihm recht geschehen. Die Zeitungen schreiben nur Klatschereien. Die ERE* begeht keine Verbrechen. Sie handelt zum Wohl des Landes."

„Schon gut", sagte er. „Dir macht es offenbar Spaß zu zanken." Seine Schwester ging, sie drohte ihm mit Göttern und Dämonen. Was ihn zur Wut reizte, war, daß sie ihn einen Epileptiker nannte. Er war nie einer gewesen. Einmal, noch als Junge, hatte er einen Anfall gehabt, aber nur einer Beule auf der Stirn wegen, die er Nachbarskindern verdankte. Nie im Leben war er ein Epileptiker gewesen. Niemals.

Er ging schlafen. Dieser Tag hatte ihn erschöpft, obwohl er weniger als sonst gearbeitet hatte. Er hörte nicht auf zu grübeln. Er hatte das Licht gelöscht, um seine Mutter nicht merken zu lassen, daß er wach war. Er durchlief einen Kreis. Auf der einen Seite stand „Geh!", auf der anderen „Geh nicht!" Wenn er schneller lief, verschmolzen die beiden Halbkreise miteinander. Der Abgeordnete ließ eine Frau und zwei Kinder zurück. Er war Arzt gewesen, Universitätsprofessor, ein Mann von Kultur. Warum hatte sich dieser Dummkopf von Jangos mit solchen Geschichten abgeben müssen! Dreckskerl, der! Endlich versank er in schweren Schlaf. Er träumte, Jangos transportiere seine Möbel und lasse sie absichtlich herunterfallen, um Leute zu töten. Die Möbel gehörten ihm, also war er,

* ERE: Nationalradikale Union

Nikitas, verantwortlich. Dann war es Mittag in seinem Traum, er hatte sich in seiner Werkstatt ein wenig hingelegt, wie er es zu tun pflegte, wenn es zuviel Arbeit gab. Plötzlich wurde die Tür aufgerissen, Jangos stand auf der Schwelle und bedrohte ihn mit einem Revolver: „Such dir einen passenden Sarg aus, Verräter!" Es waren die Särge, die er in letzter Zeit poliert hatte. „Warum, Jangos, warum?" – „Mach schnell! Wir haben keine Zeit zu verlieren. Eins, zwei, drei!" Er fuhr hoch. Er war in Schweiß gebadet. Schließlich wurde es Tag. Er rasierte sich, zog seinen Sonntagsanzug an, begab sich schnurstracks zum Untersuchungsrichter und sagte alles, was er wußte.

Seitdem sah es so aus, als wüchsen zwei Ableger an seinem Schatten. Zwei Männer folgten ihm, egal, wohin er ging und wo er sich befand. Und dann die Limousine ohne Nummer. Er machte absichtlich große Spaziergänge durchs Zentrum der Stadt. Die Limousine rollte unablässig zwanzig bis dreißig Meter hinter ihm her. Inzwischen waren einige Anwälte, Mitglieder des Komitees für den Frieden, an ihn herangetreten und hatten ihn davon überzeugt, daß ohne seine Aussage nichts zu machen sei. Seine Aussage allein habe die „Unfalls"-Version in tausend Stücke zerschlagen. Er müsse nun bei der Stange bleiben, dürfe sich nicht einschüchtern lassen. Für das Wohl Griechenlands. Für das Wohl aller.

Ja, er war einverstanden. Aber wie sollte er in Zukunft leben? Er hatte Angst, seine Werkstatt zu betreten. Er lief den ganzen Tag herum, als sei es riskant, sich irgendwo hinzusetzen. Einen Abgeordneten hatten sie schon erledigt, bei dem zweiten hatte nicht viel dazu gefehlt – warum sollten sie gerade vor ihm haltmachen? Es war nur eine Frage der Zeit. Er wurde stur. Er hatte ein breites Kreuz. Je mehr die andern ihn drangsalieren würden, desto halsstarriger würde er sich zeigen.

Dann hatte ihn der Staatsanwalt vorgeladen. An diesem Morgen hatte er eine Verabredung mit ihm. Um seine Verfolger abzuschütteln, hatte er einen großen Umweg über die Altstadt gemacht, hatte im Skopos, wo er früher oft „Tavli" gespielt hatte, einen Kaffee getrunken, war aufgestanden, hatte die Straße genau beobachtet und zum erstenmal nicht die anonyme Limousine gesehen. Dann war er durch die Agion-Dimitriou-Straße und am Evangelistria-Friedhof vorbei in die Straße gelangt, die zur Staatsanwaltschaft führte. Er ging den rechten Bürgersteig entlang, zwischen Studenten und Priestern, die ihre theologischen Studien absolvierten, als er beim Betreten des Syntrivaniplatzes eine Ansammlung gewahrte, mehrere haltende Polizeiautos, zum Bersten vollgestopft mit behelmten Polizisten, die Gewehre zwischen den Schenkeln wie große Osterkerzen. Er fragte, was dort los sei, und man sagte ihm, daß der Leichenwagen mit dem verstorbenen Abgeordneten erwartet werde. Er fühlte sich plötzlich überaus stolz, den Stein gehoben zu haben, unter dem das Gewürm wimmelte. Und beruhigt durch die Anwesenheit so vieler Polizisten, machte er sich daran, das Rund des Platzes zu überqueren.

Er ging mit schnellem Schritt, als er einen Lastwagen jäh neben sich bremsen sah, zwei Hände langten heraus wie die Scheren eines Krebses, packten ihn am Kragen seines Jacketts und zogen ihn dicht an den Wagen, er spürte einen schweren Schlag über seinen Schädel und konnte noch rufen: „Oh! Man hat mich geschlagen!" Ihm schien, als verspritze der Springbrunnen Strahlen roten Blutes, dann grünen, blauen, weißen wie beim „Wasserballett" der Internationalen Messe; ein zweiter Schlag öffnete einen gähnenden Riß in der Erde, aus dem Dunkelheit quoll.

Er erwachte in einem Saal mit vierzig Betten, in dem er der einzige Patient war. Es roch nach Krankenhaus. Er sah ein am Fußende seines Bettes befestigtes Schild. Er wußte, daß es die Fieberkurve war. Dann spürte er ein Gewicht auf seinem Kopf. Vorsichtig hob er die Hände zur Stirn. Man hatte ihm einen Eisbeutel aufgelegt. Aber eins verstand er nicht: warum alle anderen Betten leer waren. Wenn einer neben ihm gelegen hätte, hätte er vielleicht erfahren können, was ihm geschehen war.

Sein Kopf tat ihm weh. Handelte es sich etwa um einen Schädelbruch? Aber würde er in diesem Fall nicht Blut verlieren? Nein, zum Glück war er noch einmal davongekommen. Für wie lange wohl? Und wenn das hier ein Gefängniskrankenhaus wäre? Wenn alle ihn vergessen hätten? Wenn alle sich freuten, ihn hier eingesperrt zu wissen?

Er begann zu rufen. Niemand kam. Er versuchte aufzustehen, begriff jedoch schnell, daß es ihm unmöglich war. Er kroch bis zum Fenster und sah Polizisten im Garten des Krankenhauses. Mühsam kehrte er zum Bett zurück. Als er sich auszustrecken versuchte, fiel ihm der Eisbeutel um ein Haar herunter. Er litt entsetzlich. Er erinnerte sich jetzt der beiden Hände, die wie Fangarme eines Polypen aus dem Lastwagen herausgelangt hatten. Wer war es? Warum? Und warum war ihm kein Polizist beigesprungen? War der Leichenwagen vorbeigefahren? Seine Knochen schmerzten ihn so, daß er sich fragte, ob etwa die Menge auf dem Platz über ihn hinweggetrampelt war. Hatte seine Schwester doch recht? Hätte er nicht sprechen sollen?

Diese Fragen beängstigten ihn. Er hatte Schwein gehabt, aber es konnte keine Rede davon sein, daß er deswegen etwa seinen Mund hielt. Nein, er würde ihnen den Gefallen nicht tun. Er war niemals ein Held gewesen, aber in puncto Ehre war er sehr empfindlich. Daran dachte er, als er sah, daß sich die Tür wie in den Gruselfilmen von ganz allein öffnete, während er draußen so etwas wie Befehle zu hören glaubte; gleich darauf kam ein Mensch herein, setzte sich auf die Kante seines Bettes und stellte sich als „der General" vor.

„Wie konntest du denn so stolpern, mein Kind, und dich dabei auch noch verletzen?"

Das waren seine ersten Worte.

„Machen Sie sich über mich lustig, Herr General?" antwortete er so resolut wie möglich.

Er sah, daß der General ihn musterte, daß er ironisch den turbanartigen Kopfverband betrachtete, auf dem der Eisbeutel thronte. Seine Mundwinkel waren wie Klammern, an denen er die schmutzige Wäsche aufhängte, die seinen Mund verließ.

Sich über ihn beugend, tat der General, als suche er vergeblich die Spur einer ernsthafteren Verletzung, und sagte spielerisch:

„Man hat dich in einen hübschen Zustand versetzt."

Trotz des Eisbeutels spürte Nikitas, daß ihm das Blut zu Kopf stieg. Er konnte es nicht fassen, daß der General nur gekommen war, um ihn auf den Arm zu nehmen. Er war allein in diesem Raum mit vierzig Betten, er wußte nicht, wo er sich befand, und zu allem kam da noch einer her, um ihn auszulachen! Nein, das war zuviel! Er wich den Augen des Generals nicht aus, der seinen bohrenden Blick in ihn senkte, wie um eine Bresche in ihm zu suchen, die ihm erlauben würde, zum Kern der Sache vorzustoßen. Sie sprachen nicht mehr. Dann erhob sich der General, ging zum Fenster, öffnete es mit der Erklärung, daß ein wenig frische Luft guttun würde, und die Bewegung, mit der er seine Worte begleitete, wollte besagen, daß es das einzige Mittel sei, die Nebelschwaden aus seinem Gehirn zu treiben. Dann kehrte er mit dem elastischen Schritt eines alten Fuchses zu ihm zurück und erklärte mit einem herablassenden Schulterklopfen:

„Du bist doch einer von uns. Wie konntest du das nur tun?"

Nikitas begann zu begreifen. Er hatte einen Verwandten, der Offizier bei der Polizei war, und das wußte der General. Aber was ging es ihn an, wenn seine ganze Familie auf Jangos' Seite stand! Er, Nikitas, wußte die Wahrheit, und er wußte auch, daß diese Wahrheit ihn sein ganzes Leben lang wie ein Stein bedrücken würde, wenn er sie nicht preisgab.

„Also", sagte der General zum Abschied, „pfleg dich gesund für deine Arbeit, für deine Werkstatt und vergiß diese Geschichte. Wir werden für dich eine angemessenere Wohnung auftreiben."

Er ging und hinterließ einen Distelstrauß, einen Rauhreif von Angst, denn er hatte nichts Konkretes gesagt. Eine Krankenschwester trat ein, um seinen Eisbeutel zu wechseln; ihr folgte ein Gerichtsarzt – derselbe, der versichert hatte, Z.s Verletzung sei nicht durch einen Schlag, sondern durch seinen Sturz auf die Straße verursacht worden. Er ließ ihn zuerst die Temperatur messen – 38,7 –, untersuchte sodann die Kopfwunde und erklärte, es sei nichts Ernstes. In zwei bis drei Tagen könne er seine Arbeit wiederaufnehmen, vorausgesetzt natürlich, daß er nicht noch einmal so unvorsichtig sei.

„Was soll das heißen?" fragte Nikitas.

„Das weißt du besser als ich", sagte er.

„Soll das heißen, daß mich niemand geschlagen hat?"

„Du bist gestolpert und gestürzt."

„Dann brauche ich den Eisbeutel nicht."

„Laß ihn drauf, um Gottes willen!"

„Es gibt nur zwei Möglichkeiten, Herr Doktor: Entweder hat man mich geschlagen, dann brauch' ich den Eisbeutel, oder man hat mich nicht geschlagen, dann brauch' ich ihn nicht."

Auch dem Arzt war es gelungen, die Angst des Zweifels in ihn zu säen. „Sie können mich schließlich nicht alle für einen Verrückten halten", dachte Nikitas. Er war am Einschlummern, als ein dritter

Besucher erschien: Es war der Staatsanwalt, den er hatte aufsuchen wollen, als er auf dem Platz niedergeschlagen worden war.

„Wie viele Jahre bist du schon bei der Partei?" fragte der Staatsanwalt brüsk.

„Welcher Partei?"

„Der Linken?"

„Ich war niemals bei den Linken, ebensowenig wie bei einer anderen. Wenn Sie unbedingt wissen wollen, wo ich Mitglied bin – nun, beim Fußballklub PAOK."

Am nächsten Tag konnte er den Bericht über seinen Unfall in den Zeitungen lesen. „Das Märchen von einem verbrecherischen Überfall hielt den Nachforschungen nicht stand. Trotz der Behauptungen des Betroffenen ist er nicht das Opfer eines Attentats gewesen. Er stürzte auf die Straße, ohne einen Schlag erhalten zu haben. Der Student, der ihm half, sagte formell vor dem Staatsanwalt aus: ‚Ich war im Begriff zu gehen, als ich hinter mir ein Geräusch hörte. Ich drehte mich um und sah einen Menschen auf der Straße liegen . . .' Der Gerichtsarzt suchte den Verletzten im Krankenhaus auf und fand ihn rauchend und zeitunglesend. Überdies versicherte seine Schwester Roxani Koryvopoulou: ‚Mein Bruder wurde nicht überfallen. Er muß wohl fehlgetreten und gestolpert sein.' Und seine Mutter sagte dazu: ‚Schon als kleiner Junge liebte er Märchen.'"

Er nahm den Kopf zwischen seine Hände; er glaubte, verrückt zu werden. Halluzinationen bemächtigten sich seiner. Alle hatten sich gegen ihn verschworen, alle wollten ihn zum Märchenerzähler stempeln. Also hatte ihn niemand geschlagen? Er war wie ein Epileptiker gestürzt? Das war es doch, was seine Schwester durchblicken ließ. Sie hatte es nicht offen auszusprechen gewagt – schließlich hätte es ihr selber schaden können –, aber Nikitas war fest überzeugt, daß sie das hatte sagen wollen. In seinem Kopf drehte sich alles. Er durchblätterte noch einmal die Zeitung und las auf der letzten Seite in der Spalte der kleinen Nachrichten: „Es wurde weiterhin bekannt, daß die beiden Ärzte, die ihn zuerst untersuchten und Verletzungen durch Schlageinwirkung feststellten, seit gestern unter Druck gesetzt wurden, um sie zur Zurücknahme ihrer Diagnose zu bewegen. Einige Professoren der Universität zweifeln das Urteil dieser Ärzte an und qualifizieren sie als ‚Ärzte zweiter Klasse'."

In diesem Augenblick sah er sie. Ja, es war seine Mutter. Sie brachte eine Tüte Obst und Leckereien mit. Sie hatte sogar einen Spinatkuchen, sein Lieblingsessen, für ihn gebacken.

„Nun, was ist los, mein Sohn? Was für eine Geschichte! Alle Nachbarn lassen dich grüßen. Du sollst bald wieder gesund werden. Unser Haus hat sich in einen wahren Taubenschlag verwandelt. Journalisten, Fotografen, Reporter, es reißt nicht ab ... Aber sag mir, mein geliebter Sohn, Stütze meines Alters, warum erzählst du, daß man dich überfallen hat? Dich, der niemals in seinem Leben auch nur einer Fliege etwas zuleide tat! Jemand kam und sagte es mir. Ich habe ihm geantwortet, das sei ausgeschlossen, niemand habe Anlaß, meinem Nikitas Übles zu tun. Erinnerst du dich, als du klein warst, bist du einmal ausgerutscht und gefallen. Du glaubtest, jemand hätte dich auf den Kopf geschlagen. Erinnerst du dich? Du glaubtest, die Kinder aus der Nachbarschaft hätten es getan, um dir deinen schönen, neuen Ball wegzunehmen. Sie waren hinter dir hergerannt, du warst gefallen und hattest dir am Kopf weh getan. Du kamst weinend zu mir, in meine Arme. Mein armer, kleiner Nikitas! In Wirklichkeit hatte dich niemand geschlagen, ebensowenig wie heute. Du willst uns doch nicht zum Gespött des ganzen Viertels machen, nicht wahr? Sag ihnen, daß du ausgerutscht bist! Dann haben wir unsere Ruhe. Schließlich sind sie die Herren, und du müßtest nur das zerbrochene Geschirr bezahlen. Oder gehörst du etwa zu diesen schmutzigen Roten, die im Jahr 45 meinen Schwiegervater umgebracht haben? Nein, das ist nicht möglich, du warst nie bei denen. Ich habe ihnen gesagt, daß dir nur zwei Dinge am Herzen liegen: deine Arbeit und der Fußball. Sie kommen ständig und wollen alles über dich wissen. Sie wollen Fotos von dir, als du klein warst. Ich sagte ihnen: ‚Als er klein war, wollte er nie essen, und ich hab' ihn mit Märchen gefüttert.' Wenn ich dir die Geschichte vom Wolf erzählte, sperrtest du dein Mäulchen auf, so daß ich den Löffel hineinschieben konnte. – ‚Ah, er liebt also die Märchen!' sagten sie. Und ich antwortete ihnen: ‚Immer hat er sie geliebt.' Ich habe nur dich, mein geliebter Sohn. Denk an mein Rheuma. Ich wollte gerade jetzt zusammen mit Frau Koula in Elevteres eine Sandbäderkur machen. Wenn ich diesen Sommer nicht hingehen kann, werde ich den ganzen Winter leiden. Willst du, daß ich krank werde, sobald die Regenfälle einsetzen? Und du weißt, in Saloniki regnet es immer! Mein Gott, was kann es dir schon ausmachen zu sagen, du seist ausgerutscht und sie sollen uns alle in Ruhe lassen!"

„Wer hat dich hergeschickt, Mutter? Meine Schwester?"

„Ich bin von allein gekommen, mein Söhnchen. Ich will nicht, daß du ins Gefängnis mußt."

„Ins Gefängnis werde ich die Schuldigen schicken, und ich bitte dich, Mutter, hör auf zu reden. Mir wird schon schwindlig!"

„Komm, iß etwas Obst."

„Ich will nicht."

„Denk doch ein wenig an mich Unglückliche."

„Ich hab's satt. Alle wollt ihr mich verrückt machen. Seitdem ich hier bin, habe ich noch keine Sekunde Ruhe gehabt. Und jetzt ..."

Die Mutter verließ ihn, seine Schwester löste sie ab.

„Wir geben also hübsche Interviews für die Presse!" rief er ihr schon bei ihrem Eintritt entgegen. „Wir tun alles, um unsere klein-karierten Interessen zu schützen!"

„Was willst du? Mein Heim zerstören?"

Sie trug ein Kleid aus rosa Baumwolle mit großen Blumen. In der Hand hielt sie eine Tasche von letztem Schick. Alles an ihr, ihre Haltung, ihre Art, sich zu kleiden, unterstrich, wie sehr sie sich von ihrem Bruder unterschied.

„Du bist immer verrückt gewesen", sagte sie. „Und du hast mich schon als kleiner Junge verachtet."

„Du hast mich verachtet, ja! Du bist zwei Jahre älter und hast mich immer wie ein kleines Kind behandelt."

„Erzähl mir doch, wann du mich mal ausgeführt hast! Du liefst den Mädchen nach, und ich mußte zu Hause bleiben und stricken. Und wenn einer deiner Freunde dich fragte, wie es deiner Schwester geht, wurdest du wütend. Du sahst ihn schon mir nachsteigen und sorgtest dafür, daß ich noch strenger eingesperrt wurde. Ich hab' mich immer nach unserem Vater gesehnt. Er wäre verständnisvoller gewesen. Er hätte mich ins Kino gehen lassen. Aber du! Nichts hast du für mich getan. Nun, ich habe mich verheiratet, habe ein Heim gegründet, ich bin sehr glücklich und werde niemand erlauben, mir dieses Glück zu verderben! Ich habe es dir schon gesagt und werde es immer wieder sagen: Du bist ein Lügner! Du hast dich von diesen Kerlen am ‚Stand', Jangos an der Spitze, einseifen lassen."

„Hör zu, Roxani . . . Aber beruhige dich zuerst. Setz dich. Hierher."

„Warum bist du nicht rasiert? Sollen die Leute glauben, daß man dich mißhandelt, daß man dich foltert?"

„Setz dich", sagte Nikitas weich. „Na also, sehr gut. Und hör auf zu heulen."

Sie zog ein Taschentuch aus ihrer Tasche und wischte sich die Augen.

„Jetzt sag mir: Wenn einer zu dir käme und dir erklärte, daß man ihn am selben Abend umbringen würde, tätest du dann nichts, um ihm zu helfen? Würdest du nicht seine Familie und die Polizei benachrichtigen? Nun, genau das habe ich getan. Ich habe nur gesagt, was ich wußte, um ihnen ihre Aufgabe zu erleichtern."

„Wem? Den Linken?"

„Verstehst du denn nicht? Der Polizei! Der Gerichtsbarkeit! Damit sie ihre Pflicht tun können."

„Die einzigen, denen du einen Dienst erweist, sind diese scheußlichen Kommunisten. Denk nur an Nikos, den Werber der Partei in unserem Viertel. Hast du je erlebt, daß er einem anderen Menschen Gutes tat? Er will nur alle ärgern. Diese Leute haben dich beeinflußt, ich weiß es. Du hast dich von ihnen einwickeln lassen. Ich verabscheue sie."

„Meine Liebe, entweder kennst du mich überhaupt nicht, oder du phantasierst."

„Du bist es, der phantasiert!"

Plötzlich betrat ein Mensch den Saal, der sich als Journalist vorstellte, Journalist aus Athen. Er war jung, blond und hatte wache Augen.

„Ich werde Ihnen erzählen, was mit meinem Bruder los ist", sagte Roxani, vor Erregung zitternd und mit Tränen in den Augen. „Ihr schreibt allzuviel Unsinn in euren Zeitungen."

„Waren Sie dabei, als der Vorfall passierte?"

„Nein, aber das spielt keine Rolle. Auf meinen Bruder ist kein Überfall verübt worden. Drei Dinge könnten passiert sein: Entweder ist er zufällig gestolpert, oder ihm ist schwindlig geworden, oder kommunistische Provokateure haben ihn niedergeschlagen, um eine neue Affäre zu inszenieren."

Nikitas kniff ein Auge zu, um dem Journalisten zu verstehen zu geben, daß es besser sei, seine Schwester ruhig reden zu lassen.

„Das ist also Ihre Version", bemerkte der andere uninteressiert.

„Ich bin absolut davon überzeugt", fuhr die Schwester fort. „Es ist ausgeschlossen, daß sich Mitglieder der ERE zu solchen Verbrechen bereit finden. Karamanlis will Ruhe, Fortschritt, Stabilität. Man weiß sehr wohl, woher die Unruhestifter kommen."

„Wenn ich mich nicht täusche, vertreten Sie also die Auffassung der Polizei, die sich bemüht, Ihren Bruder zum Geisteskranken zu stempeln. Die Polizei hat jedoch für diese merkwürdige Behauptung keine Beweise. Haben Sie vielleicht welche?"

„Was für Beweise?"

„Zum Beispiel Zeugen, die bestätigen könnten, daß Ihr Bruder stolperte und stürzte."

„Nein."

„Wieso können Sie dann vorgeben, daß Ihr Bruder geistig nicht ganz klar sei?"

„Ich sage nicht, daß er es ist. Im Gegenteil. Ich behaupte, daß er ein boshafter Teufel ist, der alle anderen durch seine Halsstarrigkeit verrückt machen will."

„Welche Halsstarrigkeit?"

„Mit der er darauf besteht, man habe ihn niedergeschlagen."

In diesem Moment verlor Nikitas die Geduld und schaltete sich in das Gespräch ein.

„Roxani, du hast dem Herrn nicht alles gesagt. Du hast ihm zum Beispiel nicht gesagt, daß du Mitglied der Sektion Saranda Eklisies der ERE bist und daß dein Mann Staatsbeamter ist."

„Allerdings bin ich Mitglied der ERE, und ich bin stolz darauf!" rief sie rot vor Wut, nahm ihre Tasche und verschwand hinter der Tür, ohne sich zu verabschieden.

„Ich halt's nicht mehr aus", sagte Nikitas und lehnte sich zurück. „Meine Nerven sind dem nicht gewachsen. Seit drei Tagen geht das so in einem fort. Sie wollen mich als Verrückten hinstellen. Natürlich gebe ich nicht nach. Aber wenn alle sagen, daß man verrückt ist, glauben die Leute schließlich dran. Alle halten sich für normal, dabei bin ich der einzige Normale unter all diesen Narren. Sie verbreiten überall, daß ich nicht wüßte, was ich sagte, daß ich jedesmal etwas anderes sagte, je nachdem, wie meine Interessen es forderten. Aber eben da drückt der Schuh: Ich habe kein Interesse, so zu handeln. Sie, ja, sie haben Interessen zu verteidigen. Ich frage mich nicht, ob sie verrückt sind, ich weiß, daß sie es sind. Deshalb bin ich ruhig. Aber wenn ich weiter im Bett liegen muß, ohne mich rühren zu dürfen, werden meine Nerven mit mir durchgehen. Und dann habe ich wahnsinnige Kopfschmerzen, hier, wie elektrische Entladungen, möchte man sagen. Mir graust davor, im Bett bleiben zu müssen. Ich gehe ein, so ganz allein zwischen diesen Mauern, ich habe Angst. Ich weiß, je sturer ich bin, desto unangenehmer werden sie. Sehen Sie doch bitte einmal im Flur nach, ob der Posten noch draußen ist. Ich kriege Alpträume, wenn ich mir vorstelle, daß er sich entfernen und den anderen damit Gelegenheit geben könnte, mich zu lynchen.''

Der Journalist stand auf, öffnete die Tür und sah niemand.

,,Sehen Sie! Weg ist er wieder. Dabei habe ich darum gebeten, mich nicht ohne Bewachung zu lassen. Wie sind Sie überhaupt hier hereingekommen?''

,,Mit den Joghurts.''

,,Mit was?''

,,Der Milchmann lieferte gerade seine Joghurts fürs Hospital. Der Wächter öffnete ihm die Tür. Ich schlich hinterher. ,Zu welchem Zweck?' fragte er mich. Ich zeigte ihm meinen Presseausweis. ,Es ist verboten', sagte er schläfrig. Ich tat, als hätte ich's nicht gehört, und folgte dem Milchmann. Der Pförtner sah es, hatte aber keine Lust, mich zu verfolgen, außerdem wurde es schon dunkel. Ich stieß auf einen Unteroffizier, der regungslos auf einem Stuhl saß. Er antwortete mir nicht einmal, als ich ihn fragte, ob es erlaubt sei einzutreten. Einen Moment glaubte ich, er sei in Ohnmacht gefallen. Ich näherte mich ihm und tippte ihm auf die Schulter. Er bewegte kaum den Kopf. Ich habe festgestellt, daß die Leute hier in Saloniki schwerfällig sind und mit Worten geizen. Schließlich trat ich ein. Ich wollte Sie unbedingt sehen, wollte aus erster Hand erfahren, was hier vorgeht. Heute abend noch werde ich meiner Zeitung eine Reportage schicken.''

,,Schreiben Sie die Wahrheit, ich bitte Sie. Ich bin am Ende. Schreiben Sie vor allem, daß ich meiner Familie, meiner Mutter, meiner Schwester, keine Scherereien machen möchte. Schon als Junge nahm ich, als mein Vater starb, die Verantwortung für die beiden Frauen auf meine Schultern. Seitdem hat sich nichts geändert. Aber zum erstenmal habe ich begriffen, was man unter ,Gewissen' versteht. Ich wäre verächtlich gewesen, wenn ich nicht den Untersuchungsrichter aufgesucht hätte. Ist es nicht so? Ich konnte eine ganze Nacht nicht schlafen, bevor ich mich entschloß. Nichts könnte mich nun von meiner Aussage abbringen. Ich bin halsstarrig wie ein Maultier. Wenn nur diese Angst nicht wäre. Vor allem des Nachts. Ich mache das Licht nicht aus, ich kann kein Auge schließen. Jeden Moment glaube ich ein Flüstern oder verdächtige Laute zu hören. Schreiben Sie, daß es mir zuweilen scheint, als sei ich ein in einer riesigen Kaserne zurückgelassener Soldat, der einzige Überlebende einer Schlacht. Und ich muß am Leben bleiben, um in ihrem Namen zu zeugen, um sie zu rechtfertigen. Der Staatsanwalt ist gestern hier gewesen, er saß auf dem Stuhl, auf dem Sie jetzt sitzen, und er fragte mich, wie Jangos aussähe, denn Jangos hat ihm gesagt, daß er mich nicht kenne, daß er mich nie gesehen habe. Zwei Sätze hatte ich kaum gesagt, da unterbrach er mich schon: ‚Jangos hat stundenlang mit mir gesprochen, um zu beweisen, daß er dich nicht kenne, und hat mich trotzdem nicht überzeugt. Du hast nur zwei Sätze gesagt, und ich glaube dir, daß du ihn kennst.' Verstehen Sie, was ich meine? Nichts wird die Wahrheit aufhalten, letztlich wird sie triumphieren. Diesen General kann ich nicht riechen. Was habe ich ihm getan? Warum sollte ich nicht alles auspacken, was zur Entdeckung der wahren Schuldigen beitragen könnte? Hab' ich nicht recht? Ich bin nicht verrückt, bin nicht rauschgiftsüchtig. Zweimal, als kleiner Junge, hat man mich beim Stehlen erwischt. Ich hatte eine Entschuldigung: Ich krepierte vor Hunger. Seitdem ist mein Strafregister sauber geblieben. Sie versuchen alle, mich reinzulegen. Schön, sollen sie's versuchen! Ich stecke nicht zurück. Das Räderwerk läuft, wir werden schon sehen, wohin wir kommen. Schreiben Sie auch, daß ich kein Kommunist bin. Noch je einer war. Noch sonst irgendwas. Die Politik hat mich nie interessiert. Der beste Beweis ist, daß ich mich erst vor drei Monaten in die Wählerliste habe eintragen lassen und daß ich – ich schäme mich, es einzugestehen – bis heute nie gewählt habe. Übrigens wäre es ein Fehler gewesen: Ich wußte nicht, wer uns regiert. Mein zweiter Fehler war, daß ich den Freunden des Ermordeten alles erzählte. So hat man mich als Kommunisten abgestempelt. Aber wo leben wir denn, verflucht noch mal! Im Chikago Al Capones, wie in einer Zeitung stand? Man überfällt dich mitten auf der

Straße, schlägt dich nieder, und hinterher wird dir erzählt, du hättest dir ganz allein die Schnauze eingeschlagen! Was für eine Welt! Ich bin griechischer Bürger, ich habe ein Recht zu fordern, daß die Polizei mich schützt und daß die Schuldigen verhaftet werden. Nur unter dieser Bedingung kann ich der Polizei vertrauen ... Nein, gehen Sie bitte nicht. Lassen Sie mich nicht allein. Es wird dunkel, und die Nacht legt sich wie eine Schlinge um meinen Hals. Der Wächter ist weg. Ich bin allein. Setzen Sie sich doch wieder. Ich weiß, daß Sie zu tun haben, aber Sie sagten, daß ich mit Ihnen reden könnte. Nun, ich rede jetzt. Ich kann nicht mehr schweigen. In den letzten Tagen bin ich gealtert! Ich rede! Sagen Sie mir, warum haben sie mich bespitzelt? Gibt es hier ein Syndikat des organisierten Verbrechens? Wenn es so ist, habe ich keine Chance, heil aus der Sache herauszukommen. Von Anfang an wußte ich, daß sie mir Z.s Schicksal vorbehielten, und gleich nach meinem Besuch beim Untersuchungsrichter ging ich zum Staatsanwalt, um ihn um Schutz zu bitten. Er war nicht da, und ich sagte seiner Sekretärin Bescheid, die mich merkwürdig ansah. In letzter Zeit sieht mich alle Welt reichlich komisch an. Sie sind der einzige, der mich ansieht, als sei ich ein normaler Mensch. Die anderen tun, als ob ich die Lepra hätte. Bleiben Sie doch noch einen Moment. Wir können uns Kaffee kommen lassen. Es gibt eine Klingel für die Krankenschwester, aber sie funktioniert nicht. Ich bin völlig isoliert. Verstehen Sie? Ich hoffe, in den nächsten Tagen hier rauszukommen und an meine Arbeit gehen zu können. Ich muß ein paar Särge fertigmachen – seltsamer Zufall –, die ich schon längst hätte liefern müssen. Unglaublich, wie sich das Leben eines Menschen von einem Tag zum andern wandeln kann! Es ist ein Geheimnis. Der, der ich gestern war, hat nichts mehr mit dem zu tun, der ich heute bin. Und morgen, das weiß ich, werde ich wieder ein anderer sein. Ich vergesse schließlich alles, alle die Kleinigkeiten, an denen ich hing. Genug, ich ermüde Sie. Doch, doch, ich verstehe. Nur meine Mutter kann ich nicht verstehen. Wie konnte sie ...? Ich liebe sie, aber ich verstehe sie nicht mehr. Meine Schwester war schon immer ein anderer Mensch. Das macht mir nichts aus. Aber meine Mutter? Die Mutter?"

Der Journalist stand auf, schob sein Notizbuch in die Tasche, ging zur Tür, öffnete und sah im Flur den Polizisten auf seinem Stuhl.

„Er ist wieder da", sagte er zu Nikitas. „Sie haben nichts zu fürchten. Ich kann gehen. Ich danke Ihnen für alles, was Sie mir gesagt haben. Morgen können Sie meinen Artikel in der Zeitung lesen. Sie sind ein mutiger Kerl."

„Ich hab' nicht mal mehr das Geld, um mir eine Zeitung zu kaufen", sagte Nikitas.

„Hier, nehmen Sie das von mir als Taschengeld."

Und er ließ einen Schein auf dem Nachttisch zurück. Nikitas wollte protestieren, hatte aber nicht mehr die Kraft dazu. Ein Schwindelanfall überkam ihn. Er sah den Journalisten wie in einem Traum den Saal verlassen.

Zwei Tage später war er völlig wiederhergestellt. Er konnte das Krankenhaus verlassen. Auf dem Weg zum Ausgang verirrte er sich in den Fluren, öffnete auf gut Glück eine Tür und stand vor Vaggos, dem Päderasten, der mit einem Bein im Gipsverband im Bett lag und Zeitung las. Nikitas hatte ihn nie gesehen und erkannte ihn nicht trotz der in der Presse veröffentlichten Fotos. Er entschuldigte sich kurz und schloß die Tür.

Doch Vaggos hatte Nikitas wohl erkannt. Wenn er nicht ein Bein in Gips gehabt hätte, wäre er ihm gefolgt und hätte diese zweite lästige Viper in irgendeinem abgelegenen Winkel des Krankenhauses ein für allemal aus dem Wege geschafft.

3

Der Gerichtsarzt bückte sich und musterte das Gipsbein.

„Ein alter Bruch an der Ferse", sagte Vaggos zu ihm.

„Entfernen Sie den Gipsverband, dann werden wir sehen", befahl der Arzt dem Krankenpfleger.

Er fand keinen Bruch, weder an der Ferse noch sonst irgendwo.

„Zeigen Sie mir seine Papiere", sagte er.

Man brachte ihm den Zugangsschein, auf dem vermerkt stand, daß Vaggos wegen eines Herzfehlers eingeliefert worden war. Und nun behandelte man ihn wegen eines Fersenbruchs, der nicht einmal existierte! Das sah reichlich verdächtig aus. Ein vielsagendes Lächeln, halbe Andeutungen. Der Gerichtsarzt verstand.

„Schön", sagte er, „du hast dich lange genug hier herumgedrückt. Vorwärts, zum Untersuchungsrichter!"

Die Anwälte hatten die Sache in Schwung gebracht. Sie hatten diesen Gerichtsarzt geschickt, denn Vaggos war nur auf Anweisung eines Polizeiarztes ins Krankenhaus eingewiesen worden. Diesmal würde der Gerichtsarzt weder etwas verheimlichen noch jemand decken können. Er mußte Jangos' Komplicen zum Untersuchungsrichter schicken, dem er durch die Gerissenheit der Polizei so lange ferngehalten worden war.

Am Morgen nach dem Mord hatte sich Vaggos wie abgemacht „spontan" im Kommissariat gestellt. Von dort aus war er auf ein irreführendes ärztliches Attest hin ins Städtische Krankenhaus gebracht und dort streng isoliert worden. Es sollte unbedingt vermieden werden, daß Jangos und Vaggos zusammen vor dem Untersuchungsrichter erschienen, der sie mühelos in Widersprüche verwickelt hätte. Es gelang, denn Jangos saß schon im Gefängnis, als sein Kumpan acht Tage später dem Richter vorgeführt wurde.

Nur eins war ärgerlich: Ihm stand kein Anwalt zur Seite. Angesichts des fauligen Untergrunds der Affäre hatte der Anwalt seines Kumpels Jangos unter dem Vorwand, er sei „mit Arbeit überlastet", seine Verteidigung abgelehnt. Man mußte einen anderen finden, mit dem sich Vaggos mehrere Stunden lang unterhielt, nachdem er den Untersuchungsrichter um einen Aufschub von achtundvierzig Stunden gebeten hatte, um seine Aussage vorbereiten zu können.

So geschah es, daß „nach Ablauf der achtundvierzigstündigen Frist der Beschuldigte Vaggos heute, am 30. 5. 1963, um 17.30 Uhr dem obengenannten Justizbeamten vorgeführt wurde, um in Anwesenheit seines Anwalts und nach Kenntnisnahme aller einschlägigen Unterlagen einem Verhör unterworfen zu werden".

„Vorbestraft?"

„Jawohl. Wegen Vergewaltigung, unerlaubten Waffenbesitzes, Diebstahls und böswilliger Beschimpfung, insgesamt vier Vorstrafen."

„Im vorliegenden Fall sind Sie angeklagt des vorsätzlichen Mordes, in Mittäterschaft begangen mit dem Angeklagten Jangos Jangouridis an der Person des Z. am 22. Mai in der Stadt Saloniki, sowie der vorbedachten Körperverletzung gegen Giorgos Pirouchas, als deren Folge schwere körperliche Schäden auftraten, die das Leben des Genannten gefährdeten und ihn in jedem Fall für längere Zeit des normalen Gebrauchs seiner Gliedmaßen beraubten, beides Handlungen, die eindeutig Ihre Neigung zur Aggression und Herausforderung der Gesellschaft bezeugen. Angeklagter, was haben Sie dazu zu sagen?"

Glücklicherweise hatte ihm sein Anwalt schon die gegen ihn vorliegenden Anklagepunkte aufgezählt, sonst hätte Vaggos nicht ein einziges Wort von diesem juristischen Gewäsch verstanden. Ein wahres Kauderwelsch. Das war nicht mehr griechisch, sondern eine Sprache, speziell dazu geschaffen, ihn durcheinanderzubringen. Der Richter gefiel ihm überhaupt nicht. Er war zu jung, und sein Blick durchdrang einen wie ein Skalpell. Er wirkte ehrlich, keine Spur korrupt. Das war es, was Vaggos am meisten beunruhigte. Sein Anwalt hatte ihn gewarnt. „Er wird dich in die Enge treiben. Wenn du dich herauswinden willst, mußt du listig sein und dich an Scharfsinn übertreffen."

Sein Verhör dauerte neun geschlagene Stunden. Was erzählte er nicht alles! Sein ganzes Leben von A bis Z: daß er geborener Salonikier sei und seit 1931 in der Vorstadt Toumpa wohne. Abgesehen von seiner Militärdienstzeit, den Aufenthalten im Gefängnis und den Ferienlagern war er niemals herausgekommen. Diese Vorstadt Toumpa kannte er wie seine Tasche, er liebte sie. Eine arme Vorstadt, gewiß, genau wie er, aber was für brave Leute! Der Staat tat nicht genug für sie, doch er haßte den Staat deswegen nicht, er war ein guter Grieche. Außer bei den schon erwähnten Gelegenheiten hatte er Toumpa nur verlassen, wenn er ins Krankenhaus mußte. Er hatte oft Schwierigkeiten mit seinem Herzen. Große Aufregungen konnte er nicht vertragen. Selbst bei diesem Verhör war das Schlimmste möglich. Was die Schule anbelangte, hatte er es nur bis zur vierten Klasse der Grundschule geschafft. Danach hatte er selbst für sein Brot sorgen müssen, weil sein Vater gestorben war und er noch jüngere Brüder und Schwestern hatte. Er hatte alle möglichen Berufe ausgeübt. Er war immer arbeitswillig gewesen. Sicher, wenn er hätte studieren können, wie es sein Traum gewesen war, wäre es nie dazu gekommen, daß man ihn völlig phantastischer Dinge beschuldigte, sofern er die Anklageschrift richtig verstanden habe. Wenn er studiert hätte, hätte er gelernt, das Gute vom Bösen zu unterscheiden, und sich manches ersparen können, was er im Laufe seines Lebens teuer habe bezahlen müssen. Dann kam die Besatzung. Eine harte Zeit mit trockenem Brot und Hunger. Zwei seiner Onkel waren vor seinen Augen Hungers gestorben; spreizten die Beine und blieben liegen, mitten auf der Straße. Selbst am Himmel gab es keine Vögel mehr. Die Stukas hatten sie verjagt. So viele Leimruten er auch in der Nähe des Flüßchens von Toumpa auslegte – kein Flügel ließ sich fangen. Um nicht das Schicksal seiner Onkel zu erleiden – er war von klein auf immer anfällig gewesen –, reihte er sich in die Arbeitskompanien der Deutschen ein. Aber die Arbeit war zu hart, er ging nicht mehr hin, es war ihm zuviel. Die Deutschen verhafteten ihn und sperrten ihn ohne Verhandlung dreizehn Monate lang ins Konzentrationslager Pavlos Melas in der Nähe von Saloniki. Er blieb dort bis zum Abmarsch der letzten Deutschen, die den Hafen in die Luft sprengten, als die Befreier schon triumphierend einzogen. Es war logisch, daß er sich zu ihnen gesellte. Er wurde zuerst zur Reserve der ELAS* eingezogen – damals wußte er nicht, was das bedeutete –, dann wurde er Verantwortlicher für die „Nationale Nachbarschaftshilfe" des Bezirks Toumpa, um schließlich zum Zweiten Verwaltungssekretär der EPON** im selben Bezirk zu avancieren. Mehr als ein Jahr KZ hatte ihn von der Außenwelt abgeschnitten, und er wußte nicht mehr, wer was war. Als er klarer zu sehen und ihre Absichten zu ahnen begann, als er mit eigenen Augen sah, wem diese Lumpen von der Linken Griechenland zu verkaufen gedachten, legte er sein Amt nieder. Das war 1946 gewesen, nach den Wahlen und vor der Volksabstimmung für die Rückkehr des Königs. Er war nicht aus Angst gegangen oder weil er wußte, daß sie das Spiel sowieso verloren hatten, er war in voller Kenntnis der Dinge gegangen, aus Abscheu und weil sein Gewissen ihn plagte. Trotzdem wurde er 1949 verhaftet, als er eben seinen Militärdienst leistete, und mit all den andern Kommunisten nach Makronisos deportiert. Dort fand er seine alten Kumpane aus der Befreiungs-

* ELAS: Nationale Volksbefreiungsarmee

** EPON: Widerstandsorganisation der zur EAM gehörenden Jugend zeit wieder, die ihm nicht verziehen hatten, daß er im letzten Moment zur anderen Seite gewechselt war. Wie lange wollten sie ihn denn noch verfolgen? Einerseits warf man ihm vor, zur Linken zu gehören, und ließ ihn alle die den Kommunisten vorbehaltenen Quälereien erdulden, andererseits beschuldigten ihn die Linken, ein Spion zu sein, der nur auf Makronisos sei, um sie zu bespitzeln. Überall stieß man ihn zurück. Zum Glück konnte man eine „Loyalitätserklärung" unterzeichnen, in der „man den Kommunismus und alle seine Zweige mit tiefem Abscheu ablehnte", und auf diese Weise der Hölle entrinnen. Gab es einen besseren Beweis für seine Redlichkeit als den Umstand, daß er es abgelehnt hatte, als Folterknecht oder politischer Instruktor auf Makronisos zu bleiben? Ja, er hatte abgelehnt, weil er niemand leiden sehen konnte, obwohl er nicht wußte, wovon er nach seiner Entlassung existieren sollte. Kurz, sein Militärpaß wurde regularisiert, er war wieder „sauber". Alle diese Abenteuer hatten ihm zu denken gegeben. Er hatte begriffen, daß es besser war, Distanz zu halten, mit Parteien und Organisationen nichts zu tun zu haben. Er schwor sich, sich von nun an von solchen Dingen fernzuhalten. Das hatte er vorhin gemeint, als er gesagt hatte, daß ihm manches erspart geblieben wäre, wenn er studiert hätte.

Er hatte zehn Jahre seines Lebens verloren. Wer dankte ihm dafür? Seine einzigen Auszeichnungen waren seine Krankheiten, das Herz, die Leber, das Rückgrat. Und es stimmte nicht, daß er Vorsitzender der ERE-Jugend von Toumpa gewesen war oder daß er gar – geradezu unerhört war das! – einer Organisation angehörte – wie nannten Sie sie? – Gottesglauben – griechische Unsterblichkeit – Größe?

Jangos und er waren Nachbarn und entfernte Vettern. Sein Bruder war Trauzeuge bei der Hochzeit von Jangos' Schwester gewesen. Daher ihre Freundschaft. Sicher, Jangos hatte Fehler, aber wie heißt es doch im Sprichwort: „Liebe deine Freunde mit ihren Fehlern." Stimmt's oder nicht? Wer hat denn schon keine Fehler? Jangos war in Ordnung. Er besaß auch ein Dreirad. Was besaß er, Vaggos, dagegen? Ein Radverleihgeschäft, das ihm nichts einbrachte, und ein paar Anstreicherpinsel, nicht mehr. Damit verdiente er seinen Lebensunterhalt. Er ging ins Café Parthenon, Treffpunkt der Anstreicher, bestellte einen Kaffee und wartete, Eimer und Pinsel neben sich, Stunde um Stunde wie alle anderen auf irgendeinen Arbeitgeber. Mal hatte er etwas zu essen, mal nicht. Jangos war dagegen gesichert. Er hatte ein eigenes Dreirad. Für ihn, Vaggos, bedeutete das viel. Denn man soll sich nichts vormachen: In dieser Welt wird nur der geachtet, der Geld hat. Die armen Teufel sind gerade gut genug dazu, sich wie Schnecken zertreten zu lassen.

Dann nahm er den Kern der Sache in Angriff. Ebenso, wie er mit dem Tag seiner Geburt angefangen hatte, um sein Leben zu erzählen, fing er auch bei der Schilderung der Ereignisse jenes Mittwochs ganz von vorne an. Die ganze Nacht vorher hatte er kein Auge zugetan. Zwei Wochen zuvor hatte er sich bei der Arbeit auf einer Baustelle den Fuß verletzt. Bis dahin hatte er nie Beschwerden gehabt, aber in dieser feuchten Nacht spürte er Schmerzen. So ging er am folgenden Morgen, am Mittwoch (es regnete ein bißchen, wenn er sich recht erinnerte), schnurstracks ins Städtische Krankenhaus, um seinen Fuß untersuchen zu lassen. Was konnte es sein? Eine Verstauchung? Ein Krampf? Oder vielleicht etwas Ernsteres? Die Leute warteten in einer langen Schlange. Dabei war er extra früh hingegangen, um als einer der ersten dranzukommen, aber er war erst gegen halb zwölf fertig.

Es war schon zu spät, um noch etwas zu unternehmen, und so kehrte er zu sich nach Toumpa zurück.

Der Arzt hatte ihm gesagt, er solle in ein paar Tagen wiederkommen, um das Resultat der Röntgenuntersuchung zu erfahren. Deshalb war er später im Krankenhaus so lange in Gips geblieben. Jetzt, ja, jetzt fiel es ihm wieder ein: Der Knochen war verrenkt gewesen. Nachmittags habe er sich aufs Ohr gelegt, aber gegen fünf Uhr zehn sei er ins Parthenon gegangen, in der Hoffnung, eine Arbeit für die folgende Woche aufzureißen. Er war noch keine Viertelstunde dort, als er – man vergebe den Ausdruck – den Drang verspürte, pissen zu gehen. Er verließ das Café und ging zum öffentlichen Pissoir.

„Gibt es kein WC im Parthenon? Warum haben Sie es nicht aufgesucht und sind statt dessen ins öffentliche Pissoir gegangen, das ziemlich weit entfernt in der Balanoustraße liegt?"

Nein, erklärte er dem Richter, er hatte eigentlich nicht zum Pissen das Café verlassen, sondern weil ihm plötzlich eingefallen war, ihm

Idioten, daß ja Mittwoch war und alle Läden geschlossen hatten. Wer sollte da schon kommen und ihm Arbeit geben? So hatte er sich entschlossen, wieder nach Hause zu gehen; das war es und nicht das Wasserlassen. Ein WC gab's im Café natürlich auch, obwohl der Wirt die Arbeiter ständig beschimpfte, wenn sie es benutzten: „Scheißer, habt ihr denn zu Hause so was nicht?" Nein. So war es gewesen. Er war zum Dikastirionplatz gegangen, wo sich die Haltestelle der Buslinie nach Kato Toumpa befindet.

„Und dort erst – bitte, notieren Sie das so –, erst dort, als ich vor dem öffentlichen Pissoir vorbeikam, verspürte ich den Drang zum Wasserlassen. Zweifellos wegen des Geruchs. Ich muß bei dieser Gelegenheit sagen, daß ich an verstärkter Harnabsonderung leide. Nun, das ist wieder eine andere Geschichte. Und als ich aus dem Pissoir herauskam – die Alte, die da die Aufsicht führt, Tante Ammoniak, wie wir in Toumpa sie nennen, kenne ich gut –, wen sehe ich vor der Taverne gegenüber in der Balanoustraße? Meinen Vetter Jangos persönlich. ‚Hei, Jangos', sag' ich, ‚hast du keinen stinkigeren Ort finden können, um deinen Kaffee zu trinken?' Er gibt mir ein Zeichen, mich zu ihm an den Tisch zu setzen, lädt mich ein, ein Glas mit ihm zu trinken. Er erzählt mir, daß er oft dort ist, weil sie einen guten Retsina haben. Zwei Meter weiter ist sein Dreirad am Bürgersteig geparkt. Wegen des Mittwochnachmittags war auf dem Markt nichts los. Ich rechnete mir aus, daß er mich vielleicht, wenn wir die Gläser geleert hätten, nach Toumpa führe und ich das Fahrgeld sparen könnte. ‚Jangos', sag' ich gleich zu ihm, ‚ich hab' kein Geld.' – ‚Ich spendiere. Mach dir keine Sorgen', erwidert er. So war das immer mit ihm. Wir redeten ein Weilchen über Familienangelegenheiten, tranken wenigstens drei Liter Retsina und aßen gekochte Eier, Fisch und eine Portion Brot dazu. ‚Freundchen', sag' ich ihm, ‚dieser Retsina schlägt einem aufs Hirn!' – ‚Nein', antwortet er, ‚er ist ganz leicht.' Jangos kann nicht viel vertragen. Ich noch weniger. Die Rechnung war etwa sechzehn bis zwanzig Drachmen. Wir sind gegangen, weil ein paar Zigeunerfrauen auftauchten und ihre rotznäsigen Kinder uns auf die Nerven gingen. Ich leg' auch keinen Wert drauf, ihre Läuse aufzulesen. Aber auch ohne das kann ich sie nicht riechen. Sobald ich einen sehe, kann ich nicht mehr schlucken."

Von dort waren sie zu einer anderen Kneipe gefahren, „Zum

Krüppel". Es mochte gegen halb sieben sein. Wer war nur darauf gekommen, dort Ouzoschnaps zu bestellen? Es war reiner Blödsinn. Man darf nicht alles durcheinander trinken, es ist sehr schlecht. Sie hatten schon drei, vier Gläschen gekippt, als . . .

„Jangos fing an zu heulen, weil er's nicht fertigbringt, genug Geld zusammenzusparen, um seinen Partner Aristidis auszahlen und das Dreirad für sich behalten zu können, und dann liefen auch mir die Tränen runter, und ich versuchte, ihn zu trösten. Jangos zahlte wieder etwa dreiundsechzig Drachmen, dann kletterten wir aufs Dreirad, um nach Hause zu fahren, beide hatten wir tüchtig geladen. Jemand aus der Kneipe sagte zu uns: ‚Jungs, ihr könnt in diesem Zustand nicht fahren, da kann was passieren‘, aber wir hörten nicht auf ihn. Jangos saß vorne am Steuer, und ich streckte mich hinten auf der Ladefläche aus. Ich faltete die Hände im Nacken, um das Rütteln zu dämpfen, und döste ein. Ich weiß nicht, wieviel Zeit vergangen war, als ich plötzlich einen Krach hörte, der das ganze Fahrzeug erschütterte. Ich dachte schon, wir seien in einer Grube gelandet. Bevor ich noch recht Zeit fand, mich aufzurichten, um zu sehen, was los war, springen doch zwei Kerle auf die Ladefläche und fangen an, auf mich einzuschlagen. ‚Was fällt euch ein?‘ schrei' ich und halte mir die Hände vors Gesicht, um mich zu schützen. Ich rufe dem Jangos zu, daß er anhalten soll, aber er hat mich bei dem Radau des Motors wahrscheinlich nicht hören können. Sie hatten mich liegend erwischt, und so konnte ich nicht einmal sehen, in welchem Stadtteil wir waren. Ich nahm ihre Tritte mit ‚stoischer Geduld‘ hin – so sagt man doch, nicht wahr? Ich hatte nichts, nicht die Spur einer Waffe. Ich hab' nicht mal das Geld, um eine Wasserpistole für meinen Neffen zu kaufen, wie käme ich da zu einem richtigen Revolver? Sicher ist jedenfalls, daß ich mich unversehens und ohne recht zu wissen wieso auf dem Pflaster wiederfand; ich schüttelte den Kopf, um den Alptraum zu verjagen, sah mich um und entdeckte, daß ich vor dem Keramikladen in der Aristotelesstraße mit seinen Blumentöpfen, Krügen und Töpferwaren lag. Wie in einem Märchen sah ich einen alten Mann, der sich mir näherte und mir den Weg zum Aristotelesplatz mit seinen Freilichtkinos zeigte, die zur Zeit noch geschlossen sind. Ich verstand nicht, was er wollte, und so gab er mir ein Zeichen, ihm zu folgen. Unterwegs schämte ich mich meines Zustands und hätte am liebsten mein Gesicht in den Händen verborgen, damit die Leute meine Verletzungen nicht bemerkten. Als wir beim Hotel Mediterane ans Meer kamen, parkten dort viele Luxuswagen, Leute in Smokings und Abendkleidern waren zu sehen, die ganz feine Gesellschaft, und daneben wir armen Teufel, kurz, der gute Alte zeigte mir das rote Leuchtzeichen der Unfallstation des Hospitals. Ich ging hin, ein Krankenpfleger untersuchte und verarztete meine Wunden mit Jod, klebte Pflaster drauf und . . . sehen Sie, hier hab' ich sogar noch den Schein, den er mir hinterher gegeben hat" (und Vaggos legte einen Zettel mit dem Briefkopf des Krankenhauses auf den Schreibtisch des Richters). „Ich habe keine Uhr und wußte deshalb nicht, wie spät es war, als ich nach Hause kam. Ich wollte eigentlich erst gehen und sehen, was aus Jangos geworden war, aber ich war noch zu betrunken und hatte auch Schmerzen und schlief so, wie ich war, auf dem Sofa ein. Am nächsten Morgen ging ich eine Zeitung kaufen, weil vielleicht in den kleinen Nachrichten etwas über uns stand. Und was sehe ich? Jangos' Foto groß auf der ersten Seite! Die Unterschrift behauptete, daß er mit seinem Dreirad einen Abgeordneten, einen gewissen Z., getötet habe. Ich hörte den Namen zum erstenmal. Ich mußte lachen. Weder kannte ich Z., noch hatte ich einen Schimmer von der Versammlung, die am vorhergehenden Abend im Stadtzentrum stattgefunden haben sollte! Das alles waren Dummheiten, von irgendwelchen Leuten geschrieben, die damit Gott weiß was für dunkle Absichten verfolgten. Ich hielt es für meine Pflicht, sofort zur Polizei zu gehen und die Wahrheit zu sagen, wie ich sie erlebt hatte. Ich erzählte dem Offizier vom Dienst alles, ohne auch nur eine Kleinigkeit auszulassen, und danach hat man mich in eine Zelle gebracht, wo ich, wie es scheint, wegen Mithilfe bei einem Mord festgehalten werde. Seitdem habe ich außer meinem Rechtsanwalt keinen Menschen mehr gesehen."

„Sie kannten also Z. nicht?"

„Nein, ich kannte ihn nicht."

„Hatten Sie einen Grund, etwas gegen ihn zu unternehmen?"

„Nein, keinen."

„Hatten Sie einen Grund, einen Anschlag auf Z.s Leben zu machen?"

„Nein."

Sein Anwalt mischte sich ein:

„Mein Klient will sagen: ‚Nein, ich wollte keinen Anschlag auf Z.s Leben machen.'"

Beide Antworten wurden zu Protokoll genommen.

Der Untersuchungsrichter dachte ein Weilchen nach. Vaggos sah, daß er geruhsam mit einem eisernen Brieföffner spielte. Bald beobachtete er ihn von der einen, bald von der anderen Seite. Nach längerem Schweigen hob er den Kopf, betrachtete Vaggos mit einem breiten, offenen Lächeln, das grenzenloses Vertrauen bezeigte, und sagte:

„Alles, was Sie mir da erzählt haben, stimmt völlig mit der Aussage des Jangos Jangouridis überein, und da sie sich seit jenem Abend nicht mehr gesehen haben, glaube ich, daß Sie die Wahrheit sagen. Dennoch hat mir ein Satz ihres langen Plädoyers sehr zu denken gegeben, und wenn meine Vermutung sich als richtig erweist, werde ich die Untersuchung unter diesem Aspekt weiterführen. Ich meine, Sie sind ein Kommunist."

„Um Himmels willen, Herr Untersuchungsrichter, was sagen Sie da! Nach allem, was sie mir angetan haben? Und ich habe Ihnen nicht mal alles von Makronisos erzählt!"

„Ihre Vergangenheit interessiert mich nicht, mein lieber Vaggos. Außerdem kann ich sie in den Akten leicht überprüfen. Was mich interessiert, ist, wie Sie heute denken, und aus einem einzigen Satz, der Ihnen sicher nur herausgerutscht ist, kann ich schließen, daß Sie auf seiten der Roten stehen."

„Aus welchem Satz, Herr Richter?"

„Ich habe ihn notiert. Hier ist er: ‚... beim Hotel Mediterane parkten viele Luxuswagen, Leute in Smokings und Abendkleidern waren zu sehen, die ganz feine Gesellschaft, und daneben wir armen Teufel, kurz...' An dieser Stelle brachen Sie plötzlich ab, weil Sie merkten, daß Sie sich verraten hatten."

„Ich schwöre, daß ich die Kommunisten hasse!"

„Ihre Schwüre interessieren mich nicht."

„Ich hasse sie! Wenn ich nur einen von ihnen sehe, könnte ich ihn schon..."

„Ihre Entschuldigungen sind uninteressant. Wir brauchen Tatsachen. Beweise. Einen Satz wie den, der Ihnen da herausgerutscht ist, kann nur ein Kommunist formulieren und aussprechen."

Vaggos war wütend. Bevor ihn der Anwalt daran hindern konnte, fuhr er fort:

„Ich bin Mitglied einer Organisation, deren Ziel es ist, den Kommunismus mit allen Mitteln zu bekämpfen. Sie heißt Vereinigung der ehemaligen Kämpfer und Opfer des nationalen Widerstandes Nordgriechenlands. Ich kann Ihnen meinen Ausweis zeigen."

„Geben Sie ihn mir", sagte der Richter.

„Ich hab' ihn zu Hause. Ich kann ihn sofort holen, wenn Sie es wünschen. Unser Zeichen ist ein Totenkopf. Der Archegosaurus ist ..."

So geschah es, daß der Untersuchungsrichter mit der Einweisung des Vaggos ins Gefängnis, wo er Jangos Gesellschaft leistete, den Weg betrat, der zur Entlarvung der Verantwortlichen „an höherer Stelle" führen konnte.

4

Auf den jungen Journalisten hatte die Aussage des Hauptzeugen der Anklage großen Eindruck gemacht. „Alle die Leute", dachte er, „die mit oder ohne ihren Willen in diese düstere Angelegenheit geraten sind, haben etwas Erschütterndes an sich. Unglücklicherweise können wir Journalisten nicht alles schreiben, was wir sehen, was wir dabei fühlen, weil das Publikum, das uns liest, den Ereignissen fernsteht. Aber wenn ich eines Tages über das Gespräch berichten werde, das ich mit Nikitas hatte, werde ich viel zu sagen haben: Ein ‚Außenstehender' wie er nimmt plötzlich wahr, daß sich sein eigenes Gewissen wie ein Degen zum Angriff gegen die Ungeheuer der Apokalypse erhebt. Ja, der Apokalypse. Darum handelt sich's. Ich bin seit mehreren Tagen in dieser Stadt mit dem toten Hafen und dem alles andere als Weißen Turm und konnte bis jetzt zu keiner Schlußfolgerung kommen. Steckt die Polizei dahinter? Steckt sie nicht dahinter? Das erstere ist sicher, aber bis zu welchem Grad?"

Die Untersuchung bahnte sich während dieser Zeit einem Eisbrecher gleich ihren Weg durch die allgemeine Gleichgültigkeit. Denn mit Ausnahme derer, die für den ermordeten Abgeordneten Partei ergriffen hatten, war die gesamte öffentliche Meinung nicht nur gleichgültig, sondern offensichtlich sogar feindlich eingestellt. „Warum seid ihr Athener immer gleich dabei, uns zu kompromittieren? Ihr lebt nicht in Saloniki, also könnt ihr auch nicht über uns urteilen. Ihr kommt nur als Touristen her, die Küche gefällt euch, die Menschen findet ihr unausstehlich, die Altstadt bewundert ihr, das Klima mißfällt euch, ihr ironisiert das neue Theater und unser Filmfestival, schließlich reist ihr ab und laßt eine noch größere Leere zurück. Wir brauchen euch nicht als Kritiker. Wir brauchen Leute, die hier mit uns leben wollen. Wir wollen wachsen."

All das hatte der junge Journalist begriffen, und bis zu einem gewissen Punkt fand er es auch logisch. Was er ihnen jedoch nicht verzeihen konnte, war der sture Glaube an ihre Klasse. Denn es waren die Repräsentanten des Bürgertums, die so dachten. Die anderen waren noch weit davon entfernt, sich den Luxus des Chauvinismus leisten zu können: Jeden Tag hatten sie zwei Drachmen für Brot aufzutreiben. Diese Klasse, die die Tatsache des Mordes leugnete, war die unsympathischste. Das Lumpenproletariat, das an der Oberfläche aufgetaucht war, hatte sie erschreckt. Wenn die Nacht gekommen war, sah er junge Leute seines Alters auf der Terrasse des Do-Ré oder anderer Cafés – junge Ärzte, Anwälte, Kaufleute, Bankangestellte, Vertreter –, deren Gesichter sich verschlossen, sobald man auf die „Affäre" zu sprechen kam. Das verblüffte ihn. Sie nahmen nicht einmal dafür oder dagegen Partei. Sie lehnten das ganze Thema ab. Und warum? Was genierte sie so sehr daran? Er brauchte nicht lange, um den Grund zu finden: Es war jene andere menschliche Schicht, die die Affäre Z. zutage gefördert hatte – die Schauermänner, die Hafenarbeiter, Leute wie Jangos und Vaggos, alle die, die der Bürger nicht zu sehen vorgibt, wenn er sie sieht. Er benutzt sie, und sie bleiben für ihn unsichtbar, ungreifbar. Wäre es anders, drohte seiner Klasse tödliche Gefahr. Wenn er eingestand, daß solche Unglücklichen nicht existieren dürften, stellte er dadurch seine eigene Existenz in Frage. Ihr plötzliches Erscheinen im Vordergrund der Bühne war die Ursache der Ablehnung jeder Diskussion. Z. (um ganz klar zu sein: seine Ermordung) war das Stigma, der Fleck auf dem weißen Tischtuch. Es ging nicht darum, diesen Fleck durch Reinigung zu entfernen, sondern darum, ihn zu verdecken, indem man einen Teller oder ein Glas auf ihn stellte. Wichtig war allein, daß ihn die Hausfrau nicht mit einem Lächeln stummer Anklage entdeckte. So einfach war das.

Trotz allem kam die Untersuchung voran. Jede Karte des Spiels, die umgedreht wurde, führte zu einem Erfolg. Alles paßte zusammen. Kein falscher Ton. Stück um Stück enthüllte die düstere Geschichte ihr geheimstes Räderwerk. Und für all das war nur einer verantwortlich: dieser junge Teufel von Untersuchungsrichter. Das war von Bedeutung: Dem Journalisten war es allmählich klargeworden, daß die Affäre Z. im Grunde eine Sache der Jungen war. Z. selbst war erst vor zwei Jahren auf der politischen Szene erschienen. All das betraf im wesentlichen die Jugend.

In dem Augenblick, in dem es offensichtlich wurde, daß der Archegosaurus, der General und die ganze Polizei die hauptsächlichsten Anstifter eines Stierkampfs gewesen waren, bei dem der geopferte Stier, den Nacken mit tödlichen Banderillas gespickt ähnlich der Mähne eines Pferdes, vom Stoß des Degens getroffen in die Knie bricht, in diesem Augenblick, in dem die Untersuchung an einem entscheidenden Punkt angelangt war, hielt der junge Journalist die Zeit für gekommen, im allgemeinen Interesse aktiv zu werden. Halsstarrig und unter mancherlei Gefahren – Polk schwebte ihm vor, der amerikanische Reporter, der sich während des Bürgerkriegs zu den Felsennestern von Markos' kommunistischen Partisanen hatte durchschlagen wollen und den man im Schlamm des Golfs von Saloniki wiederfand, die noch nicht verdauten Krabben seiner letzten Mahlzeit im „Luxembourg" im Magen (oder waren es Langusten gewesen?) – stürzte er sich in das große Abenteuer. Heimlich fotografierte er mit seiner Kodak entweder aus seinem Wagen heraus oder hinter einer Ecke versteckt Mitglieder extremistischer Organisationen, die ihr Bestehen der Nachsicht der Polizei und den Geheimfonds des Innenministeriums verdankten. Er stieß auf Namen, Adressen in anrüchigen, verborgenen Örtlichkeiten, wo sein Blitzlicht wie ein Judaskuß explodierte; aber Judasse sind schließlich manchmal notwendig, um schneller zur Katharsis zu gelangen.

So trug er seine Fotos zusammen, eins nach dem anderen, in

einem verschwiegenen Labor (schuldhafte Momente seines Lebens, aus dem Verkehr gezogene Münzen, die nur ein Sammler schätzen und horten kann – für die anderen wäre es pure Narrheit, unbekanntes Land –, Schnappschüsse, aus ihrer Umgebung gerissen, die einem den Eindruck vermitteln, ein Dieb zu sein, so einzig sind sie, seltene Fotos eines durch die Ausbeutung der Konzerne bedrückten Lebens). Er hatte etwa fünfzehn, als die Rowdys von Ano Toumpa sich auf ihn stürzten und seinen Fotoapparat zerbrachen – es war wie ein Wunder, daß er selbst entkam; doch der brave Kodak hatte längst seine Pflicht erfüllt und ein Recht auf den Tod, wie nur die ein Recht auf ihn haben, deren Mission beendet ist. Er ging zum Ahepans-Krankenhaus, um die Fotos Giorgos Pirouchas zu bringen, dem Abgeordneten, der das Unglück überlebt hatte, der tragischen Gestalt dieser Affäre, denn er wäre gern an Z.s Stelle gewesen, der sich das Anrecht auf den Tod noch nicht durch Erfüllung seiner Mission verdient hatte. Der Kranke musterte die Fotos aufmerksam, bis er auf das von Varonaros stieß und ausrief:

„Großartig, mein Junge! Das hätte ich nicht zu hoffen gewagt!"

Ja, das war er, seine Erinnerung an den Alptraum jener Nacht hatte dieses Gesicht bewahrt. Übrigens hatte Pirouchas selbst dem Journalisten dieses Gesicht, diese Gestalt beschrieben, damit er ihn erkennen sollte, wenn er den Modianomarkt durchstreifte. Dort hatte er ihn auch vor seinem Stand entdeckt, einen kleinen Händler von gigantischer Gestalt (um nicht dabei ertappt zu werden, hatte er ihn von unten aufgenommen, und auf dem Foto wirkten Varonaros' Beine im Verhältnis zum Rest des Körpers unproportioniert, Beine wie Pylonen, zwischen ihnen ein Korb voller Eier wie ein gequollener Hodensack.

Der Abgeordnete suchte hastig auf dem Nachttisch nach seiner Brille. Er traute seinen Augen nicht: Der Hund, der ihn gebissen hatte, war vor ihm, auf diesem Foto. Bewegt drückte er dem Journalisten die Hand wie ein Vater. Neben ihm saß seine Tochter und beobachtete gerührt die Szene. Seitdem er von Z.s Tod erfahren hatte, quälte Pirouchas das Gefühl, diesem Schicksal nur durch einen Irrtum entgangen zu sein. Er hatte auf eine seltsame Art reagiert: Er wollte nicht gesund werden. Heute flammte zum erstenmal die Lust zu kämpfen, zu leben wieder in ihm auf. Er war der einzige, der im Namen seines ermordeten Freundes sprechen konnte. Er nahm seinen Füllfederhalter vom Nachttisch und versuchte mit großer Mühe, die er trotz seines Kopfverbandes nicht verbergen konnte, zu schreiben. Es war das erstemal nach seiner Einweisung ins Krankenhaus. Unter dem Foto war ein weißer Rand. Dorthin, direkt unter die Füße seines Henkers, legte er das Dynamit:

„Das ist der Mann, der mich töten wollte. Ich würde ihn unter Tausenden wiedererkennen. Er schlug mich unter den Augen von etwa fünfzehn Polizisten nieder, anschließend prügelte er im Innern des Krankenwagens auf mich ein. Seine Entdeckung verdanke ich einem Journalisten."

Er sank wieder aufs Kissen zurück. Selbst diese winzige Anstrengung erschöpfte ihn. Seine Tochter gab ihm ein Herzstärkungsmittel. Es tat ihm gut. Am nächsten Tag würde das Foto mit diesem Text auf der ersten Seite der Athener „Morgenpost" erscheinen. Die Journalisten hatten das Versagen der Sicherheitspolizei ausgeglichen. Sie hatten Polizei gespielt. Die Polizisten spielten Diebe. Doch die Polizei hatte ihre Ohren überall. In diesen letzten Tagen hatte sich das Ahepans-Krankenhaus mit seinen endlosen Fluren, seinen Kammern und Isolierzellen in ein Labyrinth verwandelt, in dem jeder den Schlupfwinkel des Minotaurus zu finden suchte, doch ohne Erfolg. Die Polizei hatte Wind von der Existenz der Fotografie bekommen, wer konnte wissen, durch wen? Ein Rätsel – hatten sie Mikros in den Wänden? Waren die Putzfrauen bestochen? Auf jeden Fall zögerten sie nicht lange: Ein paar Stunden später erschien der Chef der Sicherheitspolizei in Person am Bett des Abgeordneten, um ihm Fotos von Individuen zu unterbreiten, die möglicherweise als Täter in Frage kamen. Pirouchas musterte eins nach dem anderen – Einbrecher, Rauschgiftsüchtige, Zuhälter, die nichts mit den Ereignissen zu tun hatten, denn sie stammten aus einer Unterwelt, die offen die Gesetze übertrat und nicht den Schutz der Polizei suchte, während die Rowdys aus einem ganz anderen Milieu kamen und deshalb auch nicht auf den Fotos waren.

„Schade, ich kenne keinen von diesen Leuten", sagte Pirouchas und gab ihm die Fotos zurück.

5

Im Morgengrauen holten sie ihn aus seinem Bett. „Sie wollen wieder was von mir, die Scheißer", fluchte Varonaros im stillen. Doch diesmal brachten sie ihn nicht zum Büro des Mastodons, sondern irgendwohin ins Stadtzentrum. Der Chef der Sicherheitspolizei, derselbe, der Pirouchas am Tag zuvor aufgesucht hatte, erwartete ihn.

„Varonaros, die Sache beginnt für dich zu stinken", sagte er ohne alle Umschweife. „Heute wird in einer Athener Zeitung dein Foto erscheinen, und darunter wird stehen, daß du über Pirouchas hergefallen bist. Pirouchas selbst hat dich auf dem Foto erkannt. Hör zu, du mußt es energisch bestreiten. Du wirst ins Ahepans-Krankenhaus gehen – er liegt Abteilung 4, Zimmer 32 – und wirst kein Blatt vor den Mund nehmen. Erzähl ihm, daß er nicht weiß, was er sagt, daß du absolut nichts mit den Ereignissen am Mittwoch zu tun hattest, kurz, wirf ihm an den Kopf, was dir gerade einfällt."

Varonaros nickte blöde. Er hatte es nicht gern, wenn man ihn so früh aus dem Schlaf riß.

„Jetzt paß gut auf", fuhr der Chef fort. „Der ganze Witz liegt darin, daß du nicht sofort hingehst. Du mußt bis zehn Uhr warten. Um zehn treffen die Athener Morgenzeitungen mit einem Flugzeug der ‚Olympic' ein. Du wirst dann ins Krankenhaus gehen, aber nicht früher. Das ist der beste Beweis, daß du vorher nichts wußtest, daß keiner dir was sagen konnte. Du hast nur dein Foto auf der ersten Seite der Zeitung gesehen, hast gelesen oder dir von jemand vorlesen lassen, was drunter stand, und bist sofort aus eigenem Entschluß – merk dir das, das ist das Wichtigste – zu ihm gelaufen, um entrüstet zu protestieren. Verstanden?"

Varonaros nickte wieder.

Er kehrte nach Hause zurück. Seine Frau kochte ihm eine Tasse Kaffee. Sie sah ihm an, daß er schlechter Laune war.

„Wo warst du heute schon so früh?"

„Geschäfte", antwortete er kurz.

Seine Frau und seine Brüder waren, was die Politik anbelangte, alles andere als seiner Meinung, aber sie konnten ihm deswegen nicht böse sein, denn sie wußten, daß die Monatsenden schwierig waren, daß er der Witwe des Eigentümers ihren Anteil zahlen und die Lizenz erneuern lassen mußte.

Gegen acht Uhr ging Varonaros auf den Markt, um seinen Stand zu öffnen. Unablässig sah er auf die Uhr gegenüber, so daß er sich beim Abwiegen der Ware und beim Geldwechseln ständig irrte. Punkt zehn schloß er den Stand und nahm den Bus zum Ahepans-Krankenhaus. Er fragte nach dem Abgeordneten Pirouchas, Abteilung 4, Zimmer 32, und man sagte ihm, daß er warten solle, da gerade Visite sei. Im Flur wartete ein anderer Besucher aus dem gleichen Grund. Da er nicht ahnte, daß es der Untersuchungsrichter war, beachtete ihn Varonaros nicht, und umgekehrt ahnte der Richter nicht die Identität des Kolosses. Schließlich sagte ihnen eine Krankenschwester, daß sie eintreten könnten.

Varonaros machte keine langen Fisimatenten. Schon beim Eintreten beteuerte er fluchend, daß er nichts mit dem zu tun habe, was heute in einer Athener Zeitung zu lesen sei. Pirouchas und der Richter starrten ihn verblüfft an.

„In welcher Zeitung?"

„Ich weiß nicht mehr, wie sie hieß, die, die aus Athen kam. Auf dem Foto sehe ich mit meinem Korb zwischen den Beinen wie ein Gangster aus. Ich kann nicht lesen", fuhr er polternd fort. „Ich bin nur bis zur zweiten Klasse in die Grundschule gegangen und kann eben gerade die Schlagzeilen buchstabieren. Deshalb kaufe ich auch nie Zeitungen. Aber heute, um zehn Uhr genau, kam ein Zeitungsverkäufer an meinen Stand. ‚Hab' gar nicht gewußt, daß du ein Totschläger bist!' sagt er zu mir. ‚Was erzählst du da?' frage ich. ‚Hier, sieh her.' Er zieht eine Zeitung aus dem Packen unter seinem Arm und breitet sie mit dem Foto nach oben vor mir aus. Ich konnt's nicht fassen! Es war bestimmt das erstemal in meinem Leben, daß ich mich so sah. Dieser Bursche, der Zeitungsverkäufer, arbeitet für Koutsas an der Kreuzung Veniselou und Egnatia. Jeden Morgen kommt er vorbei, und wir begrüßen uns. Ich fackle nicht lange, ich laufe sofort zu meinem Bruder, der lesen kann, erzähl' ihm die Geschichte, und er rät mir, zur Polizei zu gehen wegen Ihrer Adresse. Ich ging hin, und da bin ich. Ich hab' Sie nie in meinem Leben gesehen, Herr Pirouchas. Und Sie haben die Frechheit zu behaupten, mich erkannt zu haben?"

Der Untersuchungsrichter hatte Mühe, seine Erregung zu verbergen. Die Unverschämtheit des Mannes verblüffte ihn. Er witterte in diesem Auftritt sofort das Ergebnis eines sorgfältig abgestimmten Plans, der mit der Präzision eines Uhrwerks ablaufen sollte. Doch eine winzige Feder hatte versagt und würde alles verderben. Einer jener teuflischen Zufälle, die selbst die perfekten Verbrechen verraten, hatte bereits den Plan zerstört: Während die Athener Zeitungen gewöhnlich gegen zehn in die Kioske gelangten, waren sie infolge einer durch ungünstige meteorologische Verhältnisse verursachten Verspätung des Flugzeugs heute ausnahmsweise noch nicht ausgeliefert worden. Der Untersuchungsrichter wußte es, weil er selbst nach den Zeitungen gefragt und die Auskunft erhalten hatte, daß „die Maschine wegen Nebels nicht habe starten können".

„Also Sie kennen mich?" beharrte Varonaros.

„Ich muß dir irgendwo schon begegnet sein", antwortete der Abgeordnete ironisch.

„Nun, dann sehen Sie sich ihn genau an", sagte der Untersuchungsrichter zu Pirouchas, „denn vor dem Prozeß werden Sie ihm nicht mehr begegnen." Und er befahl den beiden Polizisten, die sich ständig im Flur vor Pirouchas' Zimmer aufhielten, Varonaros zu verhaften. Varonaros, dieser Koloß, zerfloß in Tränen. Die Schluchzer schüttelten seinen Körper. Er weinte wie ein Säugling.

„Ich bin's, ja, ich bin's. Er hat mich erkannt!" jammerte er zwischen zwei Schluchzern.

Doch kaum vor dem Ausgang des Krankenhauses angelangt, wo ihn eine Meute von Journalisten umdrängte, die ihn fotografieren wollten, stieß er die Arme in die Luft und erklärte unverfroren:

„Nein, ich bin's nicht! Er hat mich nicht erkannt. Er hat sich geirrt. Ich bin nicht der Täter."

Dann bat er sie, ihm Zeit zu lassen, sich ein wenig herzurichten, damit er vorteilhaft auf die Fotos käme.

Vaggos' Anwalt übernahm auch diesen neuen Klienten und ersuchte den Untersuchungsrichter wiederum um einen Aufschub von achtundvierzig Stunden, um die Aussage vorbereiten zu können. Als die Frist verstrichen war, erschien ein Varonaros vor dem Richter, der keineswegs „frech und herausfordernd" wirkte, wie es in der Anklageschrift hieß.

Seine Vergangenheit hatte nichts von der überschäumenden Aktivität der beiden anderen aufzuweisen. Er war nur ein Kleinhändler; die Lizenz für seinen Stand gehörte nicht einmal ihm, sie lautete auf den Namen seines Partners, eines gewissen Markos Zagorianos, mit dem er acht Jahre lang zusammengearbeitet hatte. Sein Stand lag gegenüber der Hermesstraße, links vom Hauptgang des Modianomarktes. Er verkaufte Eier, Zitronen, Früchte, Gemüse. Die Einnahmen teilte er mit Markos, denn Markos war ein guter Kerl, der immer darauf achtete, daß sein Partner gerechten Lohn erhielt. Markos – Gott sei seiner Seele gnädig – war ein frommer Mann. Überdies ein ausgezeichneter Chorsänger. Er schwor nur auf das Evangelium. Gewiß war er jetzt im Paradies. Gute Menschen wie er konnten darauf rechnen, daß der liebe Gott sie an seine Seite rief. Doch Varonaros wollte endlich seine eigene Lizenz. Vor drei Jahren hatte er einen Antrag gestellt. Damals war der General noch Polizeidirektor gewesen. Sein Antrag wurde abgelehnt. Zwei seiner Vettern waren eingeschriebene Kommunisten, weswegen ihn die Polizei gleichfalls für einen Linken hielt. Aber er gehörte zu keiner Partei! Und er hatte noch nicht einmal einen Antrag auf einen eigenen Stand gestellt, sondern nur auf eine Teillizenz für denselben Stand; er hatte sich ein bißchen für die Zukunft absichern wollen – und Markos war einverstanden gewesen. Als ob er, Varonaros, vorausgesehen hätte, daß der arme Markos sie sitzenlassen würde. Bei der Polizei hatte man ihm nie offen gesagt, daß sie ihm keine Lizenz auf seinen eigenen Namen geben würden, sie hatten ihm nur gesagt, die Lizenz auf den Namen Zagorianos würde erneuert. Nun war der Markos dieses Jahr am Karfreitag einem Schlaganfall erlegen, mitten in der Kirche, während er sich eben dem schönsten Choral hingab. Die Lizenz fiel automatisch an seine Erben, in diesem Fall an seine Mutter und seine Witwe, die Zacharo. Seither arbeitete Varonaros für die beiden Frauen. Gute Frauen, religiös, immer in Trauer und immer unterwegs zu den Gottesdiensten, aber die Moneten, die ihnen zustanden, steckten sie auch gern ein. Warum auch nicht? Er hatte einen neuen Versuch bei der Polizei gemacht, und wieder war die Lizenz nur auf den Namen der Witwe Zagorianos ausgestellt worden. Und er machte sich am Stand reineweg fertig, ohne auch nur einen Vertrag mit der Zacharo zu haben. Sie konnte ihn jederzeit nach Hause schicken; klar, es war keine Rede davon – sie war eine fromme Frau, das stimmte schon –, aber immerhin hätte sie das Recht dazu. Das war die

Wahrheit über sein Leben. Lächerlich, daß er mit der Polizei unter einer Decke stecken sollte, wenn die Polizei ihre Zeit damit verbrachte, ihm Knüppel zwischen die Beine zu schmeißen!

Den Archegosaurus? Ja, den kannte er, aber nur flüchtig. Seiner Organisation hatte er nie angehört, aus dem einfachen Grund, weil er aus Prinzip keiner Organisation angehören wollte. Er hatte den Archegosaurus kennengelernt, weil der sich für seine erbärmliche materielle Lage interessierte. Wie? Nun, eines Tages war er zu ihm gekommen, hatte gesehen, in was für einem stinkigen Loch er lebte, die Decke, durch die es tropfte, all das, und hatte gesagt: „Varonaros, ich werde alles tun, um dir zu helfen, eine bessere Wohnung zu finden. Hauptsache, daß du als Berechtigter akzeptiert wirst. Eines Tages bist auch du an der Reihe. Müssen sich nicht auch die, die im Ausland arbeiten wollen, zuerst in die Liste des Auswanderungsdienstes einschreiben? Also tu's, ich werde mich für dich einsetzen, wie ich nur kann." Und eines Tages hatte er ihn wirklich abgeholt und zum Zentrum für Sozialfürsorge gebracht. Der Archegosaurus war ein Mann, der Beziehungen hatte und den man höheren Orts respektierte. Er trug dem Direktor der Fürsorge nur seine jämmerliche Lage vor, und so – nicht auf die krumme Tour – hatte er eine Sozialwohnung in der Botsisiedlung „Die Palme" erhalten. Ansonsten nur „Guten Tag, guten Weg". Er war niemals bei seinen oder irgendwelchen anderen Versammlungen gewesen.

Ah ja! Er mußte ehrlich sein. Der Archegosaurus hatte ihm noch einmal geholfen. Es war ein wenig kompliziert zu erklären. Er, Varonaros, hatte ein Hobby: Er sammelte Singvögel. Klar, niemand wollte es glauben, stattlich gebaut, wie er war. In dem kleinen Hof seines Hauses hatte er Käfige mit Nachtigallen, Fliegenschnäppern, Finken, Rotkehlchen und Staren aufgestellt. Manche hatten ihren Käfig für sich, die, die sich paarten, lebten zusammen. Sie sangen, zwitscherten, wahrhaftig, es war, als wäre da ewig Frühling. Er fing sie mit Netzen im Wald von Seih-Sou. Er liebte auch Tauben. Leider hatte er auf seinem Hof keinen Platz, um Tauben zu halten. Seine Schwester, die ein Stück weiter in derselben Straße ein kleines Grundstück besaß, hatte dort einen Taubenschlag für seine Lieblinge bauen lassen. Ihr Nachbar hatte gegen sie geklagt, weil sie angeblich sein Grundstück mitbenutzte, und bei dieser Gelegenheit hatte ihm der Archegosaurus noch einmal geholfen. Wie und auf welche Weise, wußte er nicht, auf jeden Fall hatte der Nachbar von da an seinen Mund gehalten. Um diese Zeit bekämen die Tauben ihre Kleinen. Sie sind erst blind, fressen nur aus dem Schnabel der Eltern und erst ganz allmählich weiche Nahrung. Und die Alten – es war ganz unglaublich, was sie verschlingen konnten, und wenn sie tranken, erstickten sie fast. Mein Gott, wieviel sie nur tranken! Wenn der Herr Untersuchungsrichter geruhen würde, einmal bei ihm vorbeizukommen, könnte er sie bewundern! Man sagte, Tauben seien friedliche Vögel, brav und ruhig. Ihm konnte niemand dergleichen erzählen! Sie dachten nur daran, einander zu fressen! Wenn man sie fütterte, breiteten sie ihre Flügel aus, um soviel wie möglich für sich zu reservieren und die anderen am Näherkommen zu hindern. Sie waren sehr neidisch aufeinander. Nur wenn sie sich paarten, gurrten sie glücklich. Ob er sie schlachtete? Niemals wäre er auf eine solche Idee gekommen! Er zog sie nur auf, so zum Spaß. Oft ließ er sie fliegen, sah ihnen nach, wie sie ins Blau aufstiegen, miteinander spielten, auf die Dächer der Nachbarschaft flogen, wieder zu ihrem Schlag zurückkehrten und in ihren Nestern schliefen.

Aber nun hat er sich doch hinreißen lassen. Er entschuldigt sich. Er kommt wieder zur Sache. Was er am Nachmittag jenes 22. Mai, eines Mittwochs, getan hat? Nichts, weil die Geschäfte geschlossen waren. Er hatte den Stand um halb drei geschlossen, war nach Hause gegangen, um ein Schläfchen zu halten, und hatte sich gegen halb acht wieder zum Markt aufgemacht, weil er Feigen aus Michaniona erwartete. Der Autobus kam um Viertel nach acht, er war also ein wenig früher da. Er hatte diese Feigen bei der besten Pflanzung von Michaniona bestellt, und er hatte einen Kommissionär bezahlt, der sie für ihn aussuchen und ihm bringen sollte. Er wartete vor seinem Stand, als er irgendwo Geschrei zu hören glaubte. Er war für ein paar Minuten fortgegangen, um zu sehen, was los war; überall brüllten sie: „Schert euch zurück nach Bulgarien!", und ein Lautsprecher übertönte alles, ein unglaublicher Radau. Er las keine Zeitungen, wie er schon gesagt hatte, und wußte deshalb nicht, was das alles bedeutete. Es kümmerte ihn auch nicht. Von ihm aus konnten sich die andern raufen, er hatte Besseres zu tun. Er kehrte zu seinem Stand zurück und sah, daß der Kommissionär die Feigen inzwischen gebracht hatte. Er breitete sie auf dem Boden aus, besprengte sie und nahm ein paar in einer Tüte mit nach Hause. Um nach Hause zu kommen, mußte er den Bus der Linie nach Ano Toumpa nehmen, und die Haltestelle befand sich gerade dort, wo der Krach war. Als er hinkam, erfuhr er, daß die Busse der Zwischenfälle wegen nicht über den Platz fuhren. Wenn ihn jemand dort gesehen hatte, dann nur, weil er an der Haltestelle wartete. Er bekam schließlich den Bus in der Kolomvoustraße, fuhr nach Ano Toumpa und ging ins Café des Chinesen, um ein Gläschen zu trinken. Es war gegen Viertel nach neun, und er trank Ouzo mit ein paar Freunden. Der Armeesender spielte Bouzoukias. Er spendierte Feigen – nichts schmeckt besser zum Ouzo –, und er brauchte dafür keine Runde zu zahlen. Worüber sie sprachen? Über das Fußballspiel vom Sonntag.

Jangos? Nein, den kannte er nicht; und Vaggos kannte er nur vom Fußballstadion des PAOK, weil er ihn ab und zu ohne Billett hineingeschmuggelt hatte, wenn ihm das Geld fehlte, eins zu kaufen. Als Zeugen kämen alle die in Frage, die sich an diesem Abend im Café befunden und Bouzoukias im Radio gehört hatten. Aber es war sicher nötig, ihn nochmals Pirouchas gegenüberzustellen, damit er sich überzeugen konnte, daß er ihn mit einem anderen verwechselte.

So gesellte sich eines schönen Sonntags Varonaros im Gefängnis zu Jangos und Vaggos, eines Sonntags, an dem ein wichtiges Match stattfand – das erste wichtige Match, das er in seinem Leben verpaßte. Und er war untröstlich bei dem Gedanken, daß er nicht bei seinen Tauben sein konnte, gerade jetzt, da die Vögelchen blind auf die Welt kämen.

6

Der Untersuchungsrichter spürte die Last der Affäre immer drük-
kender auf seinen Schultern. Er stand erst am Anfang seiner Karriere, er wollte von ganzem Herzen der Wahrheit dienen. Doch
diese Affäre, mit der man ihn betraut hatte, nahm – zumindest in
diesem ersten Stadium – das Tempo einer Lawine an: Mit jedem
Tag wurde seine Arbeit schwieriger. Der Untersuchungsrichter hatte es nicht mit zwei oder drei Schuldigen zu tun, sondern mit Dut-
zenden. Aber er konnte unmöglich die ganze Gesellschaft beschuldigen, ein ganzes Regime! Wenn seine Aufgabe gelingen sollte,
mußte er sich in kleinen Etappen vorankämpfen, Meter für Meter
Boden gewinnen, indem er zuerst die verletzlichsten Punkte angriff.

Über eins war er sich nun auf jeden Fall im klaren: Die ganze
Stadt hatte bei diesem Verbrechen mitgewirkt. Er konnte keinen
Stein aufheben, konnte an keine Tür klopfen, ohne darunter oder
dahinter eine mehr oder weniger enge Verbindung zur Affäre zu
finden. Er hatte nie geahnt, daß sich so viele Menschen, die sonst
keinerlei Beziehung zueinander zu unterhalten schienen, bei einer
solchen Gelegenheit zusammenfinden konnten und daß unter der
Kruste der Legalität ein glänzend organisierter illegaler Apparat
existierte, der den Gesetzen der Unterwelt gehorchte.

Jedes Stück, das er berührte, beschmutzte seine Hand. Er wußte
nicht mehr, wie er zu einem Ende kommen sollte. Er hatte keine
Angst um sein Leben. Aber er sah, daß sich die Kluft zwischen ihm
und den anderen erweiterte. Je mehr sich die Affäre entwirrte, desto
dorniger wurde sie, und der Untersuchungsrichter verletzte sich.
Jede Uniform verbarg eine schlummernde Viper. Wie war es möglich, daß es soviel Fäulnis gab? Ohne sich als Doktrinär aufspielen
zu wollen, sah er sich gezwungen festzustellen, daß in einer solchen
Gesellschaft irgend etwas faul sein mußte, wenn so viele ihrer Mitglieder in einen Mord verwickelt waren, der schließlich auch ohne
solche Komplikationen hätte stattfinden können.

Es war Sommer. Eine unerträgliche Hitze herrschte, die durch die
Feuchtigkeit des Thermaikos noch unerträglicher wurde; es war
die Zeit seines Urlaubs. Er bat seine Vorgesetzten, seinen Urlaub
für dieses Jahr zu streichen, er könne nicht so viele Fäden in der

Schwebe lassen. Er wollte zu einem Abschluß gelangen. Warum sollten nur die Analphabeten, die Menschenaffen und Larven die Rechnung bezahlen und nicht gewisse Eminenzen und Notabeln von der Rasse der Dickhäuter?

Gewiß, er konnte seine Stellung verlieren, wenn er sie so provozierte. Deshalb löste er sehr vorsichtig den Gazeverband von der infizierten Wunde. Er wußte, daß sich alles in Reichweite seiner Hand befand. Und diese Hand war entschlossen, vor nichts und niemand haltzumachen.

Er fühlte die Blicke ganz Griechenlands auf sich gerichtet. Alle erwarteten von ihm, daß er die Schlange aus ihrem Loch trieb. Doch die Schlange war so riesig, daß das Loch, wenn sie es verlassen hätte, die ganze Erde zu verschlingen drohte. Die Boa constrictor war nicht so leicht auszutreiben. Sie war eins mit ihrem Loch geworden, oder es war das Loch, das sich mit der Boa identifizierte. Man konnte eins vom andern nicht mehr unterscheiden. Trotzdem blieb der Richter dabei.

Inzwischen zog sich Saloniki um ihn zusammen bis zum Ersticken. Er war froh gewesen, als man ihn hierherschickte, er hatte gedacht, es sei eine Großstadt. Jetzt schien sie ihm die letzte Provinz. Die Leute grüßten ihn nicht mehr. Sie sprachen nur noch kühl mit ihm. Diese Schicht sah in seiner Person einen Verteidiger, keinen Ankläger. Sie konnte nicht hinnehmen, daß ein junger, unbedeutender Untersuchungsrichter es wagte, eminente Mitglieder der Gesellschaft, Säulen des Regimes zu verdächtigen.

Die Hitze machte die Verhöre unerträglich. Er hatte zwei Ventilatoren in sein Büro stellen lassen, und er arbeitete die ganze Nacht zu Hause, um dem sich verschnellernden Gang der Ereignisse folgen zu können; er lebte in einer solchen Spannung, daß er zweifelte, ob er durchhalten würde. Nur die Gegenwart seiner Mutter, die ihn jeden Abend in der Stille des Hauses erwartete, gab ihm Mut für die erbitterte Schlacht gegen die Wut des Dschungels, gegen die Dinosaurier und Brontosaurier, die bis zum Ende zu bekämpfen er sich geschworen hatte.

7

Hatzis litt im Ahepans-Krankenhaus nicht allzusehr unter der Hitze. Es war ohne Zweifel das erstemal in seinem Leben, daß er in einem so weichen Bett schlief, in so weißen Laken, von Krankenschwestern umgeben, die ihn verhätschelten, wie in einem Luxushotel. Ab und zu besuchte er Pirouchas, dessen Zimmer sich im selben Flur befand. Doch Hatzis war bedrückt. Die Dinge lagen nicht mehr in seiner Hand. Er konnte nichts mehr tun. Was er hatte tun können, hatte er getan, als er auf das Dreirad sprang. Jetzt war es eine Angelegenheit der Eingeweihten, gebildeter Leute mit Diplomen, Kenntnissen – alles Dinge, die ihm fehlten.

Dennoch blieb er traurig; sein Chef war vor seinen Augen gestorben. Er dachte unaufhörlich daran, er hatte die letzten Augenblicke Z.s miterlebt, er sah ihn wieder vor sich, kraftvoll und schön, vom Tod gezeichnet, sah, wie er die Treppe hinunterging, den Riegel der Eisentür zurückschob. Dann hatte die Nacht alles verschlungen. Eine große Woge hatte ihn seinen Armen entrissen – diesen Armen, die vielleicht einen Wall um ihn bilden und ihn hätten retten können. Wie sollte er nach alldem weiterleben? Hatzis verfolgte die Affäre in den Zeitungen. Sie schleppte sich dahin. Der Gerichtsbarkeit gelang es nicht, den roten Faden zu finden. Er hätte ihn ihr zeigen können, aber sein Zustand verbot es ihm.

Z. fehlte ihm schrecklich. Er hinterließ eine furchtbare Leere. Und da er am liebsten in Bildern dachte, stellte Hatzis sich ihn als hermetischen Verschluß einer Giftgasflasche vor. Der Verschluß war geplatzt, und das Gas vergiftete das Land. Z.s Opfer hatte dazu geführt, daß der Abszeß sich leerte. Ihm fehlte sein schöner, männlicher Gang, seine bewährte Kaltblütigkeit. Ihm fehlte die menschliche Präsenz: ein Schwert inmitten krummer Taschenmesser. Ein Sprudeln, wenn das Wasser ruhig wird. Er konnte von seinem Fenster aus die neuen Universitätsgebäude sehen, die Kuppel der Sternwarte, die parkenden Autos der Ärzte im Hof. „Was ist das Leben schon?" dachte er. „Nichts, wenn es so leicht zerbrechen kann." Und doch, was zählte, war, was für die anderen übrigblieb. Er bekam Kopfschmerzen, wenn er versuchte, scharf zu denken. Beim Lesen der Zeitungen hatte er bemerkt, daß nirgends etwas von dem

Knüppel stand, mit dem Jangos ihn niedergeschlagen hatte und der die Ursache seines Kopfwehs war. Der Knüppel war bei der Untersuchung nicht zur Sprache gekommen. Warum? Wer hatte ihn genommen? Wer hatte ihn verschwinden lassen?

8

„Ich habe eine Schreinerwerkstatt in der Stadt. Ich fertige Knüppel nur auf Bestellung der Polizei an. Wenn ich mich recht erinnere, habe ich bis zum heutigen Tag nur zweimal entsprechende Aufträge der Polizeidirektion von Zentralmakedonien erhalten, jedesmal über fünfhundert Knüppel. Ich muß hinzufügen, daß gelegentlich auch mal ein Polizist in Uniform bei mir vorbeikommt und ein einzelnes Stück bestellt, das ich ihm umsonst mache. Es passiert nicht oft, höchstens einmal im Monat. Ich habe niemals Knüppel für Privatpersonen hergestellt, wie auch niemals eine Privatperson bei mir erschienen ist, um mir im Auftrag der Polizei eine Bestellung zu bringen. Vor ungefähr einem Monat kamen drei Individuen in Zivil zu mir und wollten je einen Knüppel. Da ich nicht wußte, wer sie waren, verwies ich sie an die Polizei. Die drei Unbekannten gingen und kamen nicht wieder. Die für die Polizei angefertigten Knüppel sind vierzig Zentimeter lang. An einem Ende befindet sich ein Loch zum Durchziehen eines Riemens. Was die Knüppel betrifft, die ich für die oben genannte Behörde anfertigte, habe ich sie mit Wasserfarbe dunkelbraun gefärbt. Die anderen, die ich umsonst für einzelne Polizisten machte, habe ich nicht gefärbt. Ich habe ihnen die Naturfarbe des Holzes belassen, das ich zu ihrer Herstellung benutzte."

9

Das Telefon des jungen Journalisten klingelte. Ein aus Saloniki eingetroffener Unbekannter verlangte nach ihm. Der Journalist gab sich anfangs reserviert.

„Wer sind Sie?"

„Sie kennen mich nicht. Ich heiße Michalis Dimas und bin Arbeiter im Hafen von Saloniki. Ich muß mit Ihnen sprechen."

Der Journalist überlegte einen Moment, ob es eine Falle sein könne. Seit Varonaros' Verhaftung waren ihm schon mehr oder weniger verschleierte Drohungen zu Ohren gekommen.

„Sie sind der einzige, der mir helfen kann. Ich muß Sie unbedingt sehen."

Die Stimme am anderen Ende der Leitung klang erregt.

„Kommen Sie in die Redaktion."

„Ich bin zum erstenmal in Athen und kenne mich hier nicht aus. Wo ist sie?"

„Wo sind Sie jetzt?"

„Am Omoniaplatz."

„Schön. Dann ist es leicht. Sie gehen die Universitätsstraße in Richtung Syntagma entlang. Auf der linken Seite ist die Redaktion, sie werden das Schild der Zeitung sehen. Zweiter Stock, Zimmer 18."

„Ich komme."

Der Journalist ging zum Pförtner hinunter und sagte ihm, daß jemand in den nächsten fünf Minuten nach ihm fragen würde. Der Mann sei vielleicht gefährlich. „Sehen Sie ihn sich genau an, bevor Sie ihn heraufschicken."

Nicht, daß er Angst gehabt hätte. Aber seitdem die Untersuchung durch die dank seiner Initiative erfolgte Verhaftung des Varonaros ein gutes Stück vorangekommen war, hatte er allen Grund anzunehmen, daß man versuchen würde, ihn aus dem Weg zu räumen. Er kehrte in sein Büro zurück und bat einen Kollegen, ihm für ein paar Minuten Gesellschaft zu leisten, denn er erwarte den Besuch eines Unbekannten.

Kurze Zeit später stand der Mann vor ihm. Er hatte die Dreißig überschritten, und das Auffälligste an ihm waren seine dunkel umrandeten Augen, war sein Ausdruck eines gejagten Tiers. Er drückte ihm überschwenglich die Hand und setzte sich. Der Journalist bestellte Kaffee für ihn.

„Herr Antoniou", begann er, „ich komme nur deshalb aus Saloniki, um Sie zu sehen. Ich weiß durch die Zeitungen von Ihren persönlichen Nachforschungen, und ich möchte Ihnen zu Ihrem Mut gratulieren. Aber Sie sind eben jemand, und ich bin nichts. Ich habe mein Viertel – ich wohne in der Vorstadt Ano Toumpa –, meine Frau und mein Kind verlassen müssen, um mich zu retten. Dort ist die Hölle. Die Bande ist das Gesetz. Seit dem Tage, an dem ihre traurigen Helden hinter Gittern landeten, dürsten sie nach Blut. Niemand wagt mehr, ein Wort zu sagen. Und wenn man sich weigert zu tun, was sie wollen, ist man erledigt. Das Ende ist nah. Ich kann mich nicht gut ausdrücken, aber sehen Sie, des Nachts ist es am schlimmsten, wenn ich die Türen versperren, meine Frau und das Kind ins Hinterzimmer schaffen und wach bleiben muß, aus Angst, daß sie irgendwas unternehmen könnten. Es hat nicht lange auf sich warten lassen. Vorgestern versammelten sie sich im Café des Chinesen. Ich ging hin, um ein Gläschen zu trinken. ‚Du spielst uns in letzter Zeit zu sehr den Scheinheiligen!' rief mir der Hitler zu. So nennen sie im Hafen einen gewissen Halimurdas, einen hemmungslosen Burschen. ‚Ihr habt Z. geschafft', sage ich ihm darauf, ohne mir ein Blatt vor den Mund zu nehmen. ‚Versucht nicht, auch noch andere zu schaffen!' Er sprang hoch und warf sich auf mich. Zum Glück waren noch zwei oder drei andere im Lokal, die nicht zur Bande gehörten und sich einmischten. Ich wollte nicht als erster das Café verlassen. Warum auch? Gehört der Laden etwa denen? Ich setzte mich also und trank meinen Retsina. Hitler glotzte wütend zu mir herüber. Er heckte seine Rache aus, das ist sicher. Er weiß, daß ich sie alle kenne und sie anzeigen könnte. Ich ging mufflig nach Hause. Ich verriegelte die Tür. Meine Frau ging mit dem Kind schlafen, ich blieb vorn. Ich weiß nicht, wie spät es war, als ich jemand an die Tür hämmern hörte. Es war Hitler, der brüllte: ‚Komm raus, wenn du ein Mann bist! Laß uns ein bißchen plaudern. Komm raus, wenn du's wagst!' Er schien besoffen. Wir haben kein Telefon, um die Polizei zu rufen. Ich ließ ihn brüllen. Meine Frau und meine Tochter wachten erschrocken auf. Sie krochen neben mich. Vor allem die Kleine. ‚Wer ist das, Papi, wer ist das?' fragte sie weinend. Hitler gab nicht nach. Ich wäre schon rausgegangen, Herr Antoniou, er hatte meine Mannesehre herausgefordert, aber um die Wahrheit zu sagen, ich hatte Angst, er könnte seine Pistole bei sich haben. Ich hatte die Pistole schon zweimal gesehen. Das eine Mal bei der Vorstandswahl des Fußballklubs „Adler"; Hitler, der im alten Vorstand Kassierer gewesen war, zog seine Pistole und legte sie auf den Tisch, als wollte er sagen: ‚Falls einer nach der Abrechnung fragen will, soll er's nur wagen.' Natürlich fragte keiner, und sie wählten ihn wieder, einstimmig und mit erhobener Hand. Alle zitterten vor ihm. Das zweitemal hab' ich sie gesehen, als er die Aglaia schlug. Sie ist eine Frau aus dem Viertel, die, wie man so sagt, Spaß daran hat. Eines schönen Abends also schlug Hitler mit dem Pistolengriff auf sie ein. Er hatte sie bei den Haaren gepackt. Ich ging dazwischen und brachte sie auseinander. Damals war noch nicht Z.s Blut zwischen uns. Aglaia heulte. Sie ist eine brave Frau, man muß sagen, daß ihr Mann Matrose ist. Er ist nie da, und wenn er da ist, dann nur für ein paar Tage, die Arme voller Geschenke. Voriges Jahr zu Weihnachten hat er sogar meiner Tochter ein kleines Schiff aus Japan geschenkt, mit Lichtern, die an- und ausgehen. Hitler steckte also die Pistole weg – es war ihm unangenehm, daß ich sie gesehen hatte –, gab ihr noch einen Tritt, daß sie platt auf die Erde fiel, und machte sich ans Gehen. Sie fand die Kraft, sich hochzurappeln, und drohte ihm, ihn anzuzeigen, sagte ihm, daß ich ihr Zeuge sei und daß er bestimmt ins Kittchen käme. Hitler lachte bloß. Er hatte vor Anzeigen keine Angst. Er war ein Duzfreund des Mastodons. Er sagte nur, sie könne tun, was ihr beliebe, aber er habe so seine kleinen Beziehungen zur Sittenpolizei und brauche nicht lange, um sie als Nutte registrieren zu lassen, denn sie lebe im Konkubinat mit dem Matrosen. Die Beleidigung traf Aglaia so, daß sie in Ohnmacht fiel. Hitler verschwand, und ich blieb, um sie wieder zu sich zu bringen. So ist dieser Mensch, Herr Antoniou. Deshalb bin ich vorgestern nicht rausgegangen. Ich hatte Angst. Und weil ich wußte, daß er mir an einem dieser Tage hinterrücks eins verpassen würde – in Ano Toumpa sind die Straßen wahre Rattenfallen –, habe ich erst gar nicht lange gewartet, hab' mir von meinem Schwiegervater fünfhundert Drachmen geliehen, bin in den Fernbus gestiegen und zu Ihnen gekommen, weil Sie der einzige sind, den ich kenne, der diesen Aasgeiern die Flügel stutzen, sie hinter Gitter bringen kann. Sie haben

Schiß, weil ich sie alle kenne, weil ich vor dem Mord einer von ihnen war."

Antoniou lächelte.

„Wenn ich Staatsanwalt wäre", sagte er, „könnte ich tun, was Sie von mir erwarten. Leider bin ich nur ein Journalist, der über das berichtet, was er erfährt, und keineswegs immer über alles, was er erfährt."

Er betrachtete ihn voller Ernst.

Dimas wurde ruhiger.

„Wo bleibt denn der Kaffee?" seufzte Antoniou.

Er wählte von neuem die Nummer des Cafés in der Passage.

„Was ist mit dem Kaffee für 18? Ist er unterwegs verdunstet?"

Er wandte sich wieder seinem Besucher zu, der sich im Büro umsah. Er war ärmlich gekleidet, seine Finger spielten nervös auf dem Tisch.

„Fahren Sie fort, erzählen Sie mir alles. Ich bin wie ein Arzt. Ich höre Ihnen zu und werde Ihnen am Schluß ein Medikament verschreiben. Aber ich muß alle Symptome der Krankheit kennen. Diese Bande, von der Sie sprechen, wer sind sie, von wem hängen sie ab, wer gehört dazu?"

„Ich bin Gelegenheitsarbeiter im Hafen. Um ein ‚Ständiger' mit Dauerarbeit und anständigem Lohn zu werden, muß man schon die Ellbogen gebrauchen und das Weihrauchfäßchen schwenken. Die, die das Gesetz im Hafen machen, sind die Brüder Bonatsi, Xanalatos, Jatras, Kyrilow, Jimmy der Boxer und Hitler. Die andern wie Jangos, Vaggos und Varonaros gehören auch zur Bande, arbeiten aber woanders."

„Ich weiß Bescheid."

„All diese Kerle holt das Mastodon in sein Büro und gibt ihnen Aufträge. Was für Aufträge, wissen Sie besser als ich."

Endlich kam der Kaffee. Der Kellner stellte ihn auf Antonious Schreibtisch, nahm das Kleingeld, das der Journalist ihm reichte, und ging.

„Ich erinnere mich genau", fuhr Dimas fort, „daß sie es waren, die 1961 die Abgeordnete der Zentrumsunion verprügelten, die in Ano Toumpa sprechen sollte. Sie sind so feige, daß sie sogar Frauen angreifen."

„Und warum haben Sie sie nicht bei der Polizei angezeigt? Warum sind Sie nicht wenigstens zu einer Zeitung gegangen oder haben es sonst jemand gesagt?" fragte der Journalist.

Der Hafenarbeiter sah ihm gerade in die Augen.

„Ich bin doch nicht verrückt, Herr Antoniou. Ich habe doch gesehen, daß alles unter den Augen der Polizei passierte. Was kann das schon bedeuten, wenn Jangos' bester Freund der Unteroffizier Dimis ist? Hat man nicht auch mich ins Büro des Mastodons gerufen, um mir Anweisungen zu geben? Außerdem, konnte ich's mir ohne sichere Beschäftigung leisten, sie offen anzugreifen? Gelegenheitsarbeiter im Hafen sein, Herr Antoniou, heißt, daß sie einen jeden Moment feuern können! Mit der Frau und einem Mädel, für die ich aufkommen muß! Wie man's auch macht, man sitzt in der Tinte. Erst der Mord an Z. hat den Krug überlaufen lassen. Ich habe ihnen klar zu verstehen gegeben, daß ich genug hätte. Man hat mich in Quarantäne versetzt. Danach war's unmöglich, Arbeit wie früher zu kriegen. Fragen Sie mich nicht, warum. Ich weiß es nicht. Erst als es so weit gekommen war, entschloß ich mich, Sie aufzusuchen und Ihnen die ganze Wahrheit zu sagen. Wissen Sie, eins ist für sie alle typisch: Sie haben keine Angst. Nicht, daß sie mutig wären. Nein. Sie haben keine Angst, weil sie wissen, daß die Polizei hinter ihnen steht. An dem Tag, an dem ich hörte, daß die anderen im Gefängnis säßen, war ich im siebenten Himmel! Sie brauchten Wochen, um es zu glauben. Sie waren sicher, daß Jangos, Vaggos und Varonaros nur eingesperrt worden wären, um der Öffentlichkeit was vorzumachen, und daß sie nicht lange drin bleiben würden. Verstehen Sie, was ich meine?"

Der Journalist nickte.

„Trinken Sie Ihren Kaffee", sagte er mit Güte. „Er wird kalt werden."

Dimas trank ihn in einem Zug. Er zog eine Zigarette aus der Tasche und bot sie ihm an.

„Danke, ich rauche nicht", sagte Antoniou.

„Schön. Ich fahre fort. Das letztemal brauchten sie uns, als de Gaulle kam. Heute, nach so langer Zeit, wird mir klar, daß die Versammlung damals eine Art Generalprobe für die späteren Ereignisse war. Alle waren im Büro der Sicherheitspolizei von Ano Toumpa versammelt. Das Mastodon teilte uns in Zehnergruppen ein und ernannte für jede Gruppe einen Führer. Ich stand unter

Hitlers Befehl. Dann wurden Stecknadeln mit Plastikköpfen in gelber, grüner und roter Farbe verteilt. Jeder sollte sich eine ans Revers stecken, damit wir uns untereinander erkennen könnten."

„Stecknadeln?" fragte der Journalist, griff zum Papier und notierte dieses Detail. „Man könnte es also ‚Unternehmen Stecknadel' nennen?"

„Genau. Übrigens hab' ich sie noch", fügte der Hafenarbeiter hinzu. „Wenn ich gewußt hätte, daß das interessant für Sie ist, hätte ich sie mitgebracht. Ich hab' sie zu Hause. Um auf diese Versammlung zurückzukommen: Ein Kerl fragte damals, warum wir de Gaulle denn schützen müssen. Ein Polizist in Zivil erwiderte, die Kommunisten wollten ihm ans Leder, weil er ihnen während des letzten Kriegs eins ausgewischt hätte, und sie suchten noch immer nach einer Gelegenheit, ihn umzubringen. Einmal hätten sie sogar sein Auto mit Maschinenpistolen beschossen, aber das Auto sei mit Panzerglasscheiben ausgerüstet gewesen. Die griechische Regierung wolle keine Schwierigkeiten mit den Großen. Ganz abgesehen davon, daß die Bulgaren nicht weit wären und heimlich die Grenze passieren könnten, um mitzumischen. ‚Darum macht die Augen auf', warnte er uns, ‚und beobachtet vor allem die Fenster der Häuser.' Mich hat man placiert, wo es gar keine Häuser gab, vor dem Elektrizitätswerk. Von acht Uhr morgens bis sieben Uhr abends habe ich mir die Beine in den Bauch stehen müssen, ohne was zwischen die Zähne zu kriegen. Ich kam total erledigt nach Hause und fing mit meiner Frau Streit an. Als ob sie was dafür gekonnt hätte, die Arme! Aber ich schwor mir, daß sie mich beim nächstenmal nicht drankriegen würden. Ermüde ich Sie?"

„Eher könnten Sie müde werden. Für mich sind diese Dinge sehr kostbar. Aber sagen Sie mir, ganz unter uns natürlich, ich werde niemand davon erzählen: Waren Sie an dem Abend bei den Unruhen dabei?"

„Ich werde ganz offen mit Ihnen reden, Herr Antoniou, denn ich liebe die Wahrheit. Ich bin völlig in die Enge getrieben. Man kann nicht in einem Viertel bleiben, in dem alles, sogar die Arbeit, von den Beziehungen abhängt, die man sich hat schaffen können, und zu gleicher Zeit den Chorknaben spielen. Am Tag vor den Zwischenfällen kam ich gegen sechs Uhr abends nach Hause. Als ich aus dem Bus stieg, näherte sich mir einer von denen und sagte, wir sollten am nächsten Nachmittag um fünf zu den ‚Katakomben‘ in der Aristotelesstraße kommen und eine Versammlung sprengen. Befehl vom Mastodon. Ich war wütend. Wieder dieser Blödsinn! Die Sache mit de Gaulle war kaum vorbei. Ich antwortete ihm, daß ich nicht käme, er solle es ruhig dem Kommissar erzählen. ‚Michalis‘, sagt drauf der Typ zu mir, ‚sei kein Idiot. Wenn ich ihm das erzähle, bist du erledigt. Sag, daß du kommst, sei morgen da, damit er dich sieht, und halt dich ruhig. Du findest schon eine Gelegenheit zu verschwinden.‘ Ich folgte seinem Rat. ‚Ich mache schon zu lange den Dummen. Vielleicht wär's an der Zeit, mal den Schlaukopf zu spielen‘, so sagte ich mir. Am nächsten Tag verließ ich den Hafen gegen zwei Uhr nachmittags, ohne einen Pfennig verdient zu haben. Es war einer von diesen zum Glück nicht allzu häufigen schwarzen Tagen, an denen einem die Angst vor der Arbeitslosigkeit die Moral untergräbt. Vielleicht hat mich auch das gedrängt, trotz allem hinzugehen. Meine Frau ist gegen solche Sachen, und um gegen fünf verschwinden zu können, mußte ich ihr vorlügen, daß ich Papiersäcke aus der Druckerei holen wollte. Meine Frau braucht sie für ihre Arbeit. Sie ist in einer Düngerfabrik angestellt. Sie erinnerte mich, es sei Mittwoch und alles geschlossen. Ich erwiderte, die Druckerei arbeitete trotz des Verbots – jeder weiß es. Ich verdrückte mich also. Als ich in den Bus stieg, sah ich die Limousine des Mastodons vor dem Revier stehen. Das machte mich nachdenklich. Aber ich konnte mich nicht geirrt haben, denn diese Limousine gibt's kein zweites Mal im Viertel. In der Nähe der ‚Katakomben‘ stieg ich aus und bemerkte Jangos, der wie wild auf eine Frau einschlug. Die andern sahen mich. Ich war beruhigt. Dann sah ich von weitem wieder Jangos, der ein Plakat zerriß und in ein Taxi stieg. Ich konnte mir nicht denken, wohin er fuhr. Danach machte ich mich aus dem Staub und ging zur Druckerei, um die Papiersäcke zu holen. Als ich bei der Rückkehr an dem Gebäude vorbeiging, in dem die Versammlung stattfinden sollte, sah ich sie alle: die Bonatsi, Xanalatos, Kyrilow, Varonaros, Jimmy den Boxer und Hitler. Sie brüllten, warfen mit Steinen, schlugen die Leute. Das Mastodon bemerkte mich, und ich tat so, als brüllte ich wie die andern. Dann verdrückte ich mich auf die sanfte Tour und ging nach Hause. Jedenfalls war es kein Abend wie die andern. Man konnte das Unglück riechen. Ich war nicht überrascht, als ich am nächsten Tag die Zeitungen las. Ich hatte die Bande in Aktion gesehen. Keiner fehlte. Aber von dem Tag an, an dem sie Jangos und dann Vaggos, den Dreckskerl, und schließlich diesen Kretin von Varonaros ins Kittchen zu expedieren begannen, bekam ich Mut und sagte ihnen offen, was ich auf dem Herzen hatte. Darauf drohten sie, mich zu liquidieren. Als sich schließlich der Vorfall ereignete, von dem ich Ihnen vorhin erzählte, sagte ich mir: ‚Geh doch zu dem Journalisten, der Varonaros aufgespürt hat, und berichte ihm alles.' Und da bin ich. Aber ich habe Angst, Herr Antoniou. Ich weiß nicht, was jetzt zu Hause passiert."

„Ihrer Meinung nach hat also das Mastodon den Befehl gegeben, Z. zu liquidieren?"

„Das kann ich nicht sagen. Der Kommissar hat die Leute wie immer zusammengeholt. Von wem aber die Befehle kamen, weiß ich nicht."

„Gut. Vor allem keine Angst. Ich sage Ihnen jetzt, was Sie tun werden: Morgen früh werden Sie zur Staatsanwaltschaft gehen, hier in Athen, und alles aussagen, was Sie über die Bande wissen. Und morgen nachmittag fahren wir beide nach Saloniki. Verstanden? Wir fahren mit meinem Auto. Sie haben nichts zu fürchten. In Saloniki suchen Sie den Untersuchungsrichter auf, er scheint ein sehr ehrlicher Mann zu sein. Auch ihm werden Sie alles sagen. ALLES. Einverstanden? Ab heute stehen Sie unter meinem Schutz."

Michalis lächelte.

„Einverstanden. Aber wie soll ich wieder Arbeit im Hafen finden? Das wird Scherereien geben. Sie sind imstande, mir eine Blockrolle vom Kran aufs Dach fallen zu lassen und zu behaupten, es sei ein Unfall gewesen."

„Nur keine Angst. Fürs erste brauchen Sie nicht zu arbeiten. Betrachten Sie sich als mein Angestellter."

Und er klopfte ihm freundschaftlich auf die Schulter.

„Ich danke Ihnen, Herr Antoniou."

„Also morgen früh hier. Der Gerichtshof ist nicht weit. Ich werde Sie begleiten. Gegen halb drei können wir dann starten."

Dimas verließ ihn. Antoniou suchte sofort den Chefredakteur in seinem Büro auf. Er telefonierte eben mit Saloniki.

„Da oben scheint das Chaos ausgebrochen zu sein", sagte er, während er auflegte.

„Ein Chaos, das sehr schnell seine wahre Bedeutung offenbaren wird", antwortete Antoniou in rätselhaftem Ton. „Ich bin der Bande auf der Spur. Den Anstiftern des Verbrechens. Einer von ihnen hat ausgesagt. Morgen fahre ich nach Norden. Laß für Freitag die erste Seite frei: Unternehmen Stecknadel!"

„Was ist das schon wieder?" fragte der Chefredakteur, der eine tolle Sache witterte.

„Du wirst schon sehen! Gedulde dich einen Tag."

„Du bist ein Teufel!" sagte er. „Gut. Fahr hinauf. Und paß auf dich auf!"

„Nur die Fahrt ist gefährlich, sonst nichts", sagte der Journalist und ging.

Am folgenden Tag um zwei Uhr dreißig fuhr der kleine Fiat die Nationalstraße Athen—Lamia hinauf.

10

Im Wagen des Journalisten sah Michalis Dimas zu, wie die gelben Weisungszeichen auf der erst kürzlich asphaltierten Chaussee – Kugelgarben, die Narben in der Luft zurückließen – unter den Rädern verschwanden. Nie vorher hatte er eine so lange Reise mit einem Pkw gemacht. Er freute sich. Das kleine Auto und sein Fahrer gaben ihm ein Gefühl der Sicherheit. Er kehrte in Begleitung zurück. Er brauchte sich vor niemand und nichts zu fürchten.

Sie plauderten ein wenig. In Lamia hielten sie an und aßen Käsekuchen. Dann schaltete der Journalist das Radio ein. Um sieben kamen die Nachrichten. „Das Hofmarschallamt gibt bekannt, daß die Reise des königlichen Paares nach London auf jeden Fall stattfinden wird ... Innenminister Rallis hat sich zum Sitz des Ministeriums für Nordgriechenland in Saloniki begeben, um die Untersuchung und Entwicklung der Affäre Z. aus nächster Nähe verfolgen zu können. Der Innenminister versicherte bei diesem Anlaß erneut, daß die Regierung alles getan habe, um den Verletzten zu retten, daß er die gerichtliche und administrative Überwachung hohen Beamten anvertraut und alle Maßnahmen ergriffen habe, die geeignet seien, ihre Aufgabe zu erleichtern. Die Regierung, fügte der Minister hinzu, habe keinerlei Beschränkung der Pressefreiheit angeordnet, obwohl die Opposition in unwürdigster Art den Tod eines Menschen zur Förderung ihrer Parteiinteressen ausgenutzt habe; sie verbreite falsche Informationen, besteche angebliche Zeugen, diffamiere die Nation in den Augen des Auslands und behindere systematisch das freie Wirken der Gerichtsbarkeit . . . Durch Entscheidung des Ministers für Landwirtschaft wird der Mindestkilopreis für Seidenraupengespinst für das laufende Jahr auf dreiunddreißig Drachmen festgesetzt . . . Auslandsberichte: Präsident Kennedy nahm heute im Weißen Haus die Glückwünsche der Journalisten zu seinem sechsundvierzigsten Geburtstag entgegen. Der Präsident sagte scherzend: ‚Sie sehen alle aus, als seien Sie heute plötzlich ein bißchen älter geworden', bevor die Vertreter der Presse noch Zeit gefunden hatten, ihm ihre Glückwünsche zu überbringen. Sonst hatte der Präsident am normalen Ablauf der täglichen Beschäftigungen nichts geändert . . . Bekanntmachung: Der Gesamtverband der Halter von Nutzdreirädern Attikas protestiert energisch gegen Andeutungen eines großen Teils der Presse, Andeutungen, die das in Frage stehende Fahrzeug zu diskreditieren suchen, indem sie es verleumderisch mit dem in Verbindung bringen, das den Tod des Abgeordneten Z. verursacht haben soll, welches jedoch als privates Nutzfahrzeug anzusehen ist und nicht zum Verband der dem öffentlichen Interesse dienenden Nutzdreiräder gehörte. ‚Die in unserem Gewerbe arbeitenden Menschen sind friedliche Bürger, die nichts anderes tun, als mit ihrem Dreirad ihr tägliches Brot zu verdienen'. . . Der Wetterbericht . . .“ Antoniou suchte einen anderen Sender. Dimas sprach nicht. Er sah hinaus. Die Nacht war hereingebrochen. Er gewahrte in einem Graben die dunklen Umrisse eines umgestürzten Lastautos. Nach Larissa stieg wieder Angst in ihm auf. Sie näherten sich. Er konnte nicht mehr zurück. Die Angst wuchs mit jedem Kilometer. Aus dem Radio kam Musik. Antoniou kämpfte am Steuer gegen den Schlaf. Einen Moment hielten sie an, um die Gebühr für die Autobahn von Tempi zu zahlen, und Dimas hätte am liebsten die Tür aufgerissen, um in der Nacht zu verschwinden. Egal wohin, nur fort von dem Alptraum Ano Toumpa mit seiner Armut, seinen Gemeinschaftsklosetts, seinen Gossen voller Unrat. Egal wohin, nur nicht ins Café des Chinesen zurück, der Höhle der Schläger.

Der Journalist versicherte ihm von neuem, daß er keine Angst zu haben brauche. Und als die Stadt endlich am Horizont erschien, ihre Lichter, die sich im Golf spiegelten, glaubte der Hafenarbeiter in ihr den monströsen Greifer eines Baggers zu sehen, dem es niemals gelingen würde, das Becken des Hafens zu vertiefen, selbst wenn er allen Schlamm von seinem Grunde schaufelte.

11

Der Untersuchungsrichter lud alle vor, deren Namen ihm Dimas genannt hatte. Sie kamen alle: eine traurige Sorte Menschen, die im Schlamm vegetierten, wahre Ratten der Abflußkanäle, die – und das war das Schlimmste – keineswegs den Wunsch verspürten herauszukommen, aus dem einfachen Grund, weil sie keine andere Art von Leben kannten. Ihren Aussagen nach war keiner von ihnen am Tag des Verbrechens dabeigewesen.

„Ich", sagte Bonatsa, „war im Lebensmittelladen von Stroumpos, wo ich am Nachmittag oft aushelfe, wenn im Hafen nichts zu tun ist. Da Mittwoch nachmittags die Geschäfte geschlossen sind, half ich dem Chef, die Ware im Laden zu ordnen. Wir räumten die Regale aus und wischten hinterher mit dem Staublappen. An diesem Abend habe ich sogar die Fliesen geschrubbt. Dann haben wir alles wieder in die Regale zurückgestellt, die Konserven, das Trockengemüse, das Öl, die Oliven. Da der Laden kein Fenster hat, versuchte ich seit zwei Tagen, auf der Rückseite eins in die Mauer zu brechen. An diesem Abend nun schien das Loch mir groß genug, daß ein Dieb sich hätte einschleichen können, und ich versperrte es mit Eisenstangen. Dann tat ich neues Futter in die Mausefallen, streute Insektenpulver gegen die Schaben in die Ecken, ließ die Katze auf die Straße und die Rolläden herunter. Es muß ungefähr halb zehn gewesen sein, als ich total erledigt nach Hause kam und sofort einschlief. Wenn ich zuviel gearbeitet habe, schnarche ich, und meine

230

Frau sagte mir am nächsten Morgen, sie hätte die ganze Nacht kein Auge zutun können."

„Ich", sagte sein Bruder, „habe mich nach der Arbeit im Hafen erst mal in der Baracke geduscht, denn wenn man den ganzen Tag Zement geladen hat, ist man am Abend weiß wie Mehl. Es muß sieben Uhr gewesen sein. Ich nahm den Bus in Richtung Egnatia und bin nach Toumpa gefahren. Ich habe den Bus nicht von der Aristoteles-, sondern von der Veniseloustraße aus genommen, weil ich fürchtete, ich würde sonst keinen Sitzplatz mehr finden, und ich war sehr müde. Den ganzen Tag hatte ich Zementsäcke für ein Schiff getragen, das nach Volos fahren wollte. Dort wird jetzt nach dem Erdbeben viel gebaut. In Toumpa angelangt, ging ich ins Café des Chinesen. Ich wollte die Musikbox hören, aber der Apparat hatte eine Panne, und ich stritt mich mit dem Wirt, weil meine Münze drin geblieben war. Ich trank mit Freunden ein paar Gläschen und ging gegen halb zehn todmüde nach Hause."

„Ich", erklärte Xanalatos, „habe nicht an den Zwischenfällen teilgenommen. Ich ging um fünf von zu Hause weg ins Café Mimosa, um mit meinem Kumpel Vassilis Nikolaidis eine Partie Karten zu spielen. Wir spielten bis gegen halb acht. Ich gewann dauernd, und er hatte keine Lust mehr. Ich stand auf, ging hinaus und bemerkte im gegenüberliegenden Café meinen Freund, den Schneider, der mit dem Dentisten Tricktrack spielte. Der Dentist hatte mir vorigen Monat fünf Plomben gemacht, und zwei schuldete ich ihm noch. Ich saß bei ihnen bis zehn Uhr abends, weil mir das Spiel Spaß machte. Die beiden sind gut, und das Spiel ist spannend. Ich habe sogar mit dem Dentisten um eine der Plomben gewettet, daß er gegen den Schneider verlieren würde, und ich habe gewonnen. So schulde ich ihm jetzt nur noch eine. Nach zehn Uhr bin ich dann nach Hause gegangen."

„Ich war gleichfalls nicht bei den Unruhen", sagte der, den sie Hitler nannten. „Ich habe zu Hause ein Leck in der Wasserleitung repariert. Als die Sonne unterzugehen begann, habe ich einen Spaziergang zum Fußballplatz gemacht. Die Mannschaft von „Adler" hatte gerade Training, und ich bin Kassenwart auf Lebenszeit in diesem Klub. Am Sonntag darauf sollten wir gegen ,Proodeftiki' von Kalamaria spielen, und ich wollte wissen, ob unsere Jungs in Form waren. Um ihnen kein Lampenfieber einzujagen – denn sie haben alle Angst vor mir –, setzte ich mich weit entfernt auf die Tribüne. Dort traf mich Stratis Metsolis, der sich von seiner Frau scheiden läßt und mich bat, in der Verhandlung als Zeuge für ihn aufzutreten. Er erzählte mir von der Abfindung, vom Kind ... Um ihn zu trösten, denn er liebt die Schlampe noch immer, und sie will ihn nicht mehr sehen, habe ich ihn mit zum Chinesen genommen. Wir saßen da und tranken. Dann setzte sich Varonaros zu uns und spendierte frische Feigen aus Michaniona. Noch zwei Freunde waren dabei. Um zehn gingen wir nach Hause."

„Ich, Jimmy der Boxer, habe Pirouchas nicht nur nicht geschlagen, sondern habe ihm geholfen und zusammen mit einem Armeeoffizier dafür gesorgt, daß er ins Krankenhaus kam. Den ganzen Abend hatte ich im Büro der Bauvereinigung der Lastenträger verbracht, denn schließlich braucht auch unsereiner ein Dach über dem Kopf, und ich wollte mich informieren, was für Schritte ich zu unternehmen hätte. Als ich herauskam, sah ich einen Menschen auf dem Bürgersteig liegen, genau an der Ecke der Ionos-Dragoumi- und Mitropolisstraße. Ohne zu wissen, was passiert war, hob ich mit Hilfe des Offiziers, der auch zufällig vorbeikam, den Mann auf, und wir retteten ihn. Es ist sehr schade, daß Pirouchas in diesem Augenblick bewußtlos gewesen ist, sonst hätte er sich nämlich meiner erinnert und mich nicht ungerecht beschuldigt, ihn geschlagen zu haben. Aber, nun ja, wenn man Gutes tut, hat man nur Unannehmlichkeiten, sagte mir schon immer meine Oma in Batum."

„Ich, Mitsos, bin Bäcker von Beruf und schlafe nachmittags, weil ich morgens um drei Uhr aufstehen muß, um das Brot für die Leute zu backen. Meine Arbeit ist schwer und besonders im Sommer unerträglich. Ich arbeite schon, wenn die andern noch schnarchen, wie die Nachtwächter. An diesem Tag schlief ich wie immer um drei Uhr ein und wachte um halb neun auf. Dann traf ich im Café meine Freunde Foskolos und Gidopoulos, und wir blieben dort bis Viertel vor zehn zusammen. Ich kann leider nicht trinken, weil ich was an der Leber habe. Wenn Sie mir jetzt erzählen, daß ich bei den Zwischenfällen gewesen sein soll, falle ich buchstäblich aus allen Wolken. Wenn man seine Arbeit hat, hat meine keine Zeit für solche Dinge. Von Z. hatte ich nie zuvor gehört und hätte auch nichts von ihm hören wollen."

„Ich, Kyrilow, bin immer dran, egal was ich tue. Da ich, zusammen mit dem Archegosaurus, acht Jahre wegen Kollaboration mit den Deutschen im Gefängnis gesessen habe, bin ich von vornherein gezeichnet. Ich erinnere mich genau, daß ich an diesem Abend nach der Arbeit im Hafen an der Alten Post Ecke Egnatia- und Aristotelesstraße vorbeiging, um den Schuhmacher in der Passage aufzusuchen und ihm einen Schuh zum Reparieren zu geben. Die Sohle hatte sich gelöst, und er sollte sie festnähen. Sein Laden war zu, und da es nur zwei Schritte zur Witwe meines Bruders waren, die einen Kiosk vor dem Hotel Thessalikon hat, ging ich hin, um ihr guten Tag zu sagen. Ich fragte sie, wie es ihr ginge, sie antwortete, es ginge ihr gut, nur daß sie Angstzustände hätte, weil der Kiosk genau an der Bordsteinkante stände, so daß sie fürchtete, irgendein Bus oder Armeeauto könnte über die Kante fahren und sie plattwalzen. Deshalb wollte sie jemand anders in den Kiosk setzen, mit dem sie den Gewinn teilen würde. Ich verabschiedete mich und ging zu meinem Bus nach Botsi, wo ich wohne. Unterwegs sah ich eine Menge Leute und hörte Schreie. Ich ging jedoch weiter. Ich habe mir schon einmal die Finger an der Politik verbrannt, ich will nichts mehr damit zu tun haben. Einmal genügt. Dieser Quatsch ist nur was für Neulinge, nicht für Kerle wie mich, die das Leben kennen. Ich kehrte nach Hause zurück, holte meine Frau ab, und wir besuchten eine Nachbarin, Frau Zoe, die gerade nach einer Bruchoperation aus dem Krankenhaus gekommen war. Tags zuvor, am 21. Mai, dem Tag der heiligen Helene, hatte ihre kleine Tochter Namenstag gehabt, und so war's gleich ein Aufwaschen. Mehrere Nachbarn und Verwandte der Frau waren ebenfalls anwesend. Um zehn Uhr sind wir gegangen."

„Ich, Giorgos, der Kommissionär, bin von der Haltestelle des Busses aus Michaniona zum Modianomarkt gelaufen, aber ich traf Varonaros nicht an. Ich hatte hundertfünf Kilo Feigen zu seinem Stand zu transportieren und mußte fünfmal hin- und hergehen. Ich habe ihn auf keiner Tour angetroffen. Ich weiß nicht, wo er an diesem Abend gewesen ist."

„Ich, Nikos, ohne Beruf, habe Varonaros an dem fraglichen Abend wirklich im Café des Chinesen gesehen. Der Armeesender übertrug das Programm ‚Volksmusik für alle'. Ich erinnere mich daran, weil Varonaros' Lieblingslied ‚Die Gesellschaft hat mir unrecht getan' gespielt wurde und er dem Chinesen zurief, er solle das

Radio ein wenig lauter stellen. Varonaros ist mein Freund. Wir haben uns bei den „Adlern" kennengelernt, dem Fußballklub. Er ist zu dick, um selbst zu spielen, aber manchmal macht er den Linienrichter, um ein bißchen abzumagern."

„Ich, Petrus Patroglou, bin Mitglied der EDA in der Sektion Ano Toumpa. Varonaros' Bruder selbst hat mir erzählt, daß dieser auf die Frage, wo er gestern, also an jenem Mittwoch abend, gewesen sei, geantwortet habe: ,Diese Bande von Scheißern hat mich wieder geholt.' Wer mit dieser ,Bande von Scheißern' gemeint war und wohin man ihn ,holte', hat mir, um ehrlich zu sein, sein Bruder nicht erzählt."

„Ich bin der jüngere Bruder von Varonaros. Wir vertreten keineswegs entgegengesetzte Auffassungen, wie behauptet wird. Ich bin zwar links, aber mein Bruder ist nichts, und darum gibt's auch keine Konflikte. Ich weiß, daß er eine Lizenz für seinen Stand möchte und daß es vom Mastodon abhängt, der ihn von Zeit zu Zeit zu sich bestellt. Ich kenne meinen Bruder gut. Er ist feige. Niemals könnte er jemand Böses tun, er hätte viel zuviel Angst. Am meisten Angst hat er aber vor den Polizisten."

„Ich werde der Chinese genannt, weil ich den Koreakrieg mitgemacht habe und von den Chinesen gefangengenommen worden bin. Übrigens ist es mir geglückt zu entkommen. Was diesen besonderen Abend betrifft, kann ich mich nicht genau erinnern, ob Varonaros in meinem Café war oder nicht. Die Kunden kommen und gehen, ich bediene sie, es ist nicht meine Aufgabe, sie zu überwachen. Da sie müde von der Arbeit im Hafen hereinkommen, sind sie anspruchsvoll. Jeder will als erster bedient werden. Schulden hat Varonaros nicht bei mir."

„Ich, Epamainontas Stergiou, Maurer, bestätige, daß am Tag nach den Zwischenfällen Toula, die Schneiderin, zu uns kam, deren Bruder am selben Stand wie Jangos arbeitet. Meine Frau Korina ist ein wenig taub, und deshalb schrie sie, ihr Bruder sei Jangos am Mittwoch mittag zur Stunde des Geschäftsschlusses begegnet. Als er ihm vorschlug, mit zu ihm zu kommen, habe Jangos unter dem Vorwand, daß er für den Abend eine Arbeit habe, abgelehnt und ihm einen Knüppel gezeigt, den er versteckt unter seinem Hemd trug. Jangos, sagte Toula, habe hinzugefügt, daß es ,bis zum Tod eines Menschen' gehen könne. Ich sagte ihr darauf, daß sie ihrem

Bruder raten solle, eine Anzeige zu erstatten, um der Untersuchung zu helfen, aber sie antwortete mir, daß weder sie noch ihr Bruder Ärger haben wollten. ‚Du hast doch gesehen, was dem Möbelpolierer passiert ist, der es gewagt hat, den Mund aufzumachen! Die Armen sollen eben bei ihrer Armut bleiben!'"

„Ich, Toula, die Schneiderin, habe niemals meinen Bruder sagen hören, daß Jangos sich gerühmt habe, er werde vielleicht einen Menschen töten. Ich habe nur erzählt, daß er ihm einen Knüppel zeigte. Und ich habe Jangos niemals als Trunkenbold und Bandit bezeichnet. Wir mögen keine Umstände, weder mein Bruder noch ich. Korina ist taub, und Epamainontas hört zuweilen Stimmen. Das ist alles, was ich zu sagen habe."

„Ich, der Archegosaurus, lehne das Verbrechen als politisches Mittel ab. Im Lokal des verstorbenen Gonos, in dem ich für gewöhnlich die Mitglieder meiner Organisation versammelte, sprach ich zu ihnen über die edelsten menschlichen Ideale, über Religion, Vaterland, Familie. Ich versuchte, sie zu Menschen zu erziehen. Gewiß, ich bin ein anerkannter Antikommunist, aber kein Mitglied der Organisation konnte ohne meine Zustimmung etwas unternehmen. Was die Ausweise betrifft, haben sie nichts Geheimes an sich. Die Tatsache zum Beispiel, daß manche Buchstaben rot und andere schwarz sind, rührt einfach daher, daß ich auf meiner Schreibmaschine ein zweifarbiges Band benutze und daß der Umschalthebel nicht mehr richtig funktioniert. So kommt es, daß die Buchstaben zuweilen die rote Hälfte des Bandes treffen. Meine Zeitschrift ‚Ausbreitung des Griechentums' erschien monatlich, doch die letzte Nummer kam vor zwei Jahren heraus. Über Archive verfügt die Organisation nicht, da sie erst vor kurzem gegründet wurde. An jenem Abend wohnte ich als Journalist den Zwischenfällen bei. Ich hatte die Absicht, meine Eindrücke in der nächsten Nummer der ‚Ausbreitung' zu veröffentlichen, die schon im Druck war. Ich glaube, daß gute Beziehungen zwischen Griechenland und der Bundesrepublik Deutschland von großem Interesse für uns sind. Ich bin gegen die Engländer und für die Amerikaner, in dem Maße, in dem deutsches Blut in ihren Adern fließt. Ich lebe nicht in Deutschland, weil ich mein Vaterland liebe. Ich bereite mich aber auf eine große Reise durch die Bundesrepublik vor, um mit den emigrierten griechischen Arbeitern Kontakt aufzunehmen und ihnen das heilige Feuer der hellenisch-christlichen Zivilisation einzuhauchen. Ich nutze diese Gelegenheit, Herr Richter, um ein baldiges Ende der Prüfung zu fordern, die man mir auferlegt – im übrigen nicht die erste –, und vertraue darauf, daß Ihr unparteiisches Urteil mich von jedem Verdacht gereinigt der Gesellschaft und meiner schwer heimgesuchten Familie zurückgeben wird."

„Ich, die Witwe Gonos, habe nach der feierlich und in Gegenwart des Archegosaurus, des Mastodons und des Generals begangenen Beerdigung meines verstorbenen Mannes das Lokal gesäubert, aufgeräumt und alle Papiere, die ich fand, im Herd verbrannt. Ich kann nicht sagen, ob diese Papiere zum Archiv des Archegosaurus gehörten oder nicht, denn ich kann nicht lesen. Das einzige, was ich sah, waren Totenköpfe und schwarze Kreuze mit Haken."

„Und ich, Apostolos Nikitaras, Schlächter von Beruf und Schwiegersohn des verstorbenen Gonos, habe mich nie mit der Organisation des Archegosaurus befaßt, weil mein Schwiegervater mir sagte, die meisten Leute in Ano Toumpa gehörten zur Linken und es würde unserem Geschäft schaden, wenn ich mich als Gegner zeigte. Als ehrlicher Schlächter versichere ich, die reine Wahrheit zu sagen."

12

In Oräokastron, einem Dorf bei Saloniki, wollte der Journalist den Mann überraschen. Diesmal nahm er einen seiner Kollegen mit. Während der Untersuchungsrichter fortfuhr, eine nach der anderen die Bohlen anzuheben, unter denen sich das Verbrechen verbarg, und nur ein immer undurchdringlicheres Dunkel entdeckte, denn die verfaulten Balken der halbgeheimen Organisation waren nur die Fassade eines Spukschlosses, in dem jede Tür zu einer anderen Tür führte, bis man sich auf der entgegengesetzten Seite wieder im Freien fand, ohne recht zu wissen, wie – während dieser Zeit hatten sich die Journalisten in Spürhunde verwandelt, denen es gelungen war, einen neuen Hasen aufzustöbern, der sich für die weitere Untersuchung als sehr wertvoll erweisen konnte, einen gewissen Evstratios Panagiotidis, Mitglied der ERE von Ano Toumpa, von dem die Leute im Viertel sagten, er sei „einer, der viel wisse und, wenn er Lust habe, alle reinlegen könne". Antoniou stieß als erster auf ihn und erfuhr, daß dieser Evstratios in der Nacht des Mordes zu vorgerückter Stunde Vaggos in einer Straße von Toumpa getroffen hatte. „Wo kommst du in diesem Zustand her?" fragte Evstratios. – „Ach, da unten in der Stadt sind vielleicht Dinge passiert", antwortete ihm Vaggos. – „Seit wann trägst du eine Brille?" Vaggos hatte sie sofort abgenommen. „Nur so, damit mich niemand erkennt. Wie soll ich sonst um diese Zeit nach Hause kommen?" Das hatte Evstratios dem Journalisten schon vor zwei Tagen gesagt. Heute war er wiedergekommen, um mehr zu erfahren, aber man sagte ihm, Evstratios sei nach Oräokastron gefahren, um seinem Onkel beim Bau seines Hauses zu helfen. Antoniou nahm darauf einen Kollegen in seinem Fiat mit, und sie machten sich auf den Weg, um ihn bei dem Onkel zu überraschen. Was sich aus dieser Begegnung ergeben mochte, wußte keiner von beiden. Aber die simple Tatsache, daß Evstratios Vaggos „zufällig" in der Nacht des Mordes begegnet war, schien ihnen schon verdächtig. Er war nicht da. Seiner Tante zufolge war er schon gestern wieder nach Toumpa aufgebrochen, weil seine herzkranke Mutter einen Anfall bekommen hatte. Sie fügte hinzu, Evstratios habe ihr beim Abschied gesagt, daß er bei der Sicherheitspolizei vorbeigehen wolle, um zu erfahren, wie die Dinge ständen. In diesem Moment mischte sich der Onkel ein:

„Was erzählst du da diesen Herren? Was für eine Sicherheitspolizei?"

Die beiden Journalisten wechselten einen Blick.

„Halt den Mund! Du tätest besser dran, dich mit deinem Freund, dem Ortspolizisten von Oräokastron, zusammenzusetzen."

Der Alte wurde wütend.

„Geh du in deine Küche!" befahl er. Dann wandte er sich zu den Journalisten: „Mein Neffe hat nichts mit diesen Dingen zu tun. Er hilft mir hier von Zeit zu Zeit beim Hausbau."

„Kannte er Vaggos?" fragte Antoniou.

„Wer kennt ihn nicht? Sie sind zusammen aufgewachsen. Sie sind gleichaltrig."

„Hat er Ihnen erzählt, was er mit Vaggos gesprochen hat, als er ihn damals in der Nacht traf?"

„Nein. Er hat mir nicht einmal erzählt, daß er Vaggos getroffen hat."

Die Journalisten schickten sich schon an, mit leeren Händen zu gehen (war dieser Evstratios vielleicht doch nur eine Sphinx ohne Rätsel?), als sie ihn plötzlich unter den Gartenbäumen hervortreten sahen; er führte eine alte Frau, seine Mutter, am Arm. Bevor Evstratios die Journalisten sah, beunruhigte ihn das vor dem Haus haltende Auto.

„Sie sind also wiedergekommen?"

„Ja", sagte Antoniou. „Sie haben uns belogen. Sie sagten, daß Sie Vaggos nicht kennen. Ihr Onkel hat uns erzählt, daß Sie zusammen aufgewachsen sind."

„Ich habe nicht gesagt, daß ich ihn nicht kenne! Ich habe gesagt, ich kenne ihn kaum! Daß wir zusammen aufgewachsen sind, heißt nicht, daß wir Freunde sind!"

Er setzte seine Mutter unter einem Baum auf einen Stuhl.

„Kommen Sie doch herein", sagte die Tante, die auf der Schwelle erschienen war. „Man muß sich vor der Sonne in acht nehmen."

Sie gingen ins Haus und setzten sich in den großen bäuerlichen Saal, der mit handgewebten Wandteppichen ausstaffiert war.

„Nun, wo waren Sie heute?"

„Ich bin keinem Rechenschaft schuldig."

„Vielleicht bei der Sicherheitspolizei?"

Evstratios wurde blaß. Er sah sich nervös um. Sie hatten also in seiner Abwesenheit über ihn gesprochen. Die Tante holte ihre eingeweckten Nüsse.

„Nein, ich bin nicht dagewesen. Was hätte ich dort auch zu schaffen?"

„Warum haben Sie Ihrem Onkel verschwiegen, daß Sie in der Nacht der Zwischenfälle Vaggos trafen?"

„Ich habe es Ihnen erzählt, Onkel. Erinnern Sie sich nicht mehr?"

„Nein, mein Junge, du hast mir nichts davon gesagt."

„Kann auch sein, daß ich's im Café erzählt habe, ich weiß es nicht mehr genau. Auf jeden Fall hätte ich keinen Grund, es zu verschweigen."

„Was hat Vaggos sonst noch gesagt?"

„Daß die Polizei hinter ihm her ist."

„Sieh an, das ist neu! Vorgestern hatte er Ihnen nur gesagt, er käme aus der Stadt und da seien ‚Dinge passiert'. Von Polizei war keine Rede."

„Ich hatte es vergessen."

„Wenn die Polizei hinter ihm her war, warum ging er dann früh am nächsten Morgen freiwillig aufs Revier in Ano Toumpa?"

„Vielleicht wollte er einen Freund aufsuchen."

„Sie kommen ein bißchen durcheinander, Evstratios", sagte Antoniou.

Die Tante mit ihren zu einem Kranz um den Kopf geflochtenen langen Zöpfen warf ein:

„Solltest auch du zufällig bei der Hochzeit gewesen sein, Evstratios?"

Die Journalisten sahen sich sprachlos an. Es war klar, daß die Tante unter „Hochzeit" „Mord" verstand. Evstratios' Mutter, die bisher geschwiegen hatte, sagte:

„Evstratios war am Abend der Zwischenfälle im Ballett."

Der andere Journalist beugte sich vor.

„Bei welchem? Dem Bolschoi?"

„Wie? Aber nein! Beim türkischen Ballett, im ‚Pathé'."

„Ja", sagte Evstratios und warf seiner Mutter, die ihn vor einem falschen Schritt bewahrt hatte, einen dankbaren Blick zu. „Ich habe mir sogar beide Vorstellungen angesehen. Bauchtänze gefallen mir."

„Wieso haben Sie sich beide Vorstellungen angesehen? Hatten Sie sich zwei Karten gekauft?"

Die Frage traf ihn unvorbereitet.

„Beim Ballett ist es doch nicht wie im Kino", erklärte ihm Antoniou. „Wenn eine Vorstellung zu Ende ist, werfen sie die Leute raus wie im Theater."

„Ich sage Ihnen doch, daß ich auch zur zweiten geblieben bin. Keiner hat mich rausgeschmissen. Fragen Sie die Platzanweiserinnen im ‚Pathé', sie kennen mich. Gegen Mitternacht bin ich nach Hause gegangen, und unterwegs traf ich Vaggos."

„Na, schön. Aber glauben Sie nicht, daß Sie diese Dinge dem Untersuchungsrichter sagen sollten?"

„Ich kann mir nicht vorstellen, daß sie für ihn von Interesse sind."

„Sie täuschen sich! Sie sind für die Untersuchung von größtem Interesse. Wir fahren jetzt in die Stadt zurück. Ich habe im Auto Platz. Wollen Sie mitkommen?"

„Ich habe vor niemand etwas zu verbergen", sagte er. „Ich komme."

Am folgenden Tag brachten die Zeitungen ein Foto des Zeugen Evstratios Panagiotidis, der sich, nicht von Polizisten, sondern von zwei Journalisten begleitet, zum Untersuchungsrichter begab.

13

Der Untersuchungsrichter sah, bevor er endlich einschlief, im Dunkel alle ihre Gesichter an sich vorbeidefilieren, Gesichter, von Entsetzen entstellt, zwischen geborstenen Mauern, unter einer undichten, feuchten Decke, Opfer eines infernalischen Unternehmens, dessen wahre Verantwortliche sorgsam unsichtbar blieben. Er sah sie wieder, gegen ihren Willen in ein Stahlgeflecht gezwungene Gesichter, in einem unverwüstlichen Haarnetz gefangene Fische, und wenn er sie verhaften ließ, dann weniger um ihretwillen, als um durch sie zu den hochgestellten Verantwortlichen vorzudringen. Aber würde es ihm gelingen? Oder würde auch er wie allzu kühne Alpinisten, die noch unbetretene Höhen ersteigen wollen, in den Abgrund stürzen, Opfer seiner Leidenschaft für die Gipfel? „Irgendwo muß es eine Berghütte geben", sagte er sich, „ein Feuer, an dem ich mich aufwärmen kann." Er war so sicher, daß man ihn früher oder später versetzen würde, wie er überzeugt war, daß er eines Tages sterben müsse.

Er glaubte an die Gesellschaft, an ihre Kraft, die Leere, den durch den jähen Fortgang eines Menschen verursachten Strudel zu vermeiden. Z. war gegangen, und an seiner Stelle blieb ein Strudel. „Wie muß das Wasser stagnieren", dachte er, „wenn ein solches Chaos entsteht!" In einem jungen Gewässer – der Ausdruck gefiel ihm – füllt sich die Leere von selbst. Die Wassermoleküle, lebendige Zellen, Augenblicksreflexe des Himmels, bilden sich ebenso schnell neu wie die Zellen in den Gehirnen der Jünglinge. Während sich in den schlammigen Gewässern – und ein solches war die Gesellschaft, der er diente – durch einen bloßen Steinwurf Löcher bildeten, aus denen Aasgestank aufstieg.

Er hatte sich in diese Affäre geworfen, wie man sich auf eine Kreuzfahrt einschifft: mit der Hoffnung, eine noch begrenzte Erfahrung zu bereichern. Und nun überkam ihn die Übelkeit. Er sehnte sich schon nach dem Festland. Alles an Bord, von der Nahrung bis zu den Vergnügungen, vom Kommandanten bis zum letzten Maschinisten, verursachte ihm Brechreiz. Der Dampfer war alt, ein verrosteter Lastkahn, ein „Liberty"-Schiff, Sklaverei für alle, Lecks überall; wie sollte er die Löcher stopfen?

Doch er konnte nicht aufgeben. Der Strudel hatte ihn aufgesogen. Er befand sich mitten im Orkan und versuchte, wie dessen „Auge" ruhig zu bleiben. Der Druck von oben wurde täglich stärker. Er konnte nicht mehr. Er war am Ende.

Er mußte jetzt endgültig auf das junge Mädchen mit dem Gesicht voller Frische verzichten, das ihn die Trockenheit der Untersuchungsakten vergessen ließ. Vorgestern war er auf der Straße einem seiner Kameraden aus der Wehrdienstzeit begegnet. Mit der Vertrautheit, die man sich in der Uniform erwirbt und die sich auch danach noch lange erhält, hatte er gesagt: „Laß sie sich doch untereinander prügeln! Glaubst du, daß du die Schlange aus ihrem Bau treiben wirst? Nach hundertzwanzig Jahren der Sklaverei, der Knechtschaft, der Korruption? Und du bist am Anfang deiner Karriere . . . "

Nein, er war nicht einverstanden. Jede Generation brauchte ihre Opfer. Dann war eben auch er das Opfer seiner Generation. Ja, er würde alles tun bei dem Versuch, die Schlange aus ihrem ewigen Loch zu vertreiben. Denn das Loch konnte ewig sein, aber nicht die Schlange. Die Schlange mußte sterben. Man mußte sie entscheidend treffen, ihr den Giftsack herausreißen, damit sie krepierte.

Daran dachte der Untersuchungsrichter während der endlosen Stunden der Nacht, in denen er keinen Schlaf finden konnte. Er erwartete keinen Nobelpreis für seine Arbeit. Preise bekamen nur Wissenschaftler, die etwas Neues entdeckten. Seine Aufgabe bestand nicht darin, irgend etwas Neues zu entdecken. Sie bestand allein im Zerlegen. Undankbare und negative Aufgabe von Anfang an. Aber es machte ihm nichts aus.

„Nur die Gesichter", dachte er, „diese Gesichter, die als gemeinsamen Nenner weder fünfzig noch hundert und noch weniger tausend Drachmen, sondern eine Zehndrachmenmünze haben, warum? Warum? Wo waren denn die Hochgestellten? Die Mächtigen? Die anderen, die Wirbeltiere, tranken zur gleichen Stunde, in der die Einzeller bezahlten, ihren Whisky mit Eis und Soda in einer kühlen Veranda, in die soeben die Hausherrin – mit tausend Entschuldigungen für ihre Verspätung – vom Festival in Athen zurückkehrte."

Der Richter konnte nicht Karten spielen, und das verursachte ihm gewaltige Probleme in seinen Kontakten mit den andern. In welches Haus man ihn auch einlud – denn er war eine „gute Partie" –, überall setzte man sich an die Spieltische. So ging er nirgends hin, und der Graben verbreiterte sich unaufhörlich.

14

„Ich vergesse dein Gesicht", dachte Pirouchas. „Mit der Zeit wird dein Gesicht in meinem Gehirn durch andere Gesichter verdrängt. Was soll ich dagegen tun? Allmählich verschwindest du. Nur deine Augen leuchten noch in der Finsternis, die dich umgibt. Was soll aus mir werden? Ich liebte deine Bewegungen; wenn du gingst, gehörte mir die Welt. Ich erwarte von dir keinen Anruf mehr. Am schlimmsten ist, daß man sich gewöhnt. Wir haben nicht immer Zeit, unablässig einen Abwesenden zu betrauern. Ich vergesse dich, und etwas in mir sträubt sich dagegen, windet sich, wird eine Klinge, ein Stachel, der mich durchbohrt. Es ist nicht möglich. Ich wohne in deiner letzten Wohnung, in dem mit den Geldern der amerikanischen Griechen gebauten Krankenhaus. Du versinkst, und ich versinke mit dir. Wir sind beide ohne Hoffnung. Du, du bist ein Toter, der wiedergeboren wird. Ich bin ein Lebender, der im Sterben liegt.

Ich hätte dich gern auf einem Film, dann könnte ich dich immer sehen. Meine Zellen aufladen mit deiner Batterie. Von dir sind nur

Fotografien geblieben. Mit ihrer Hilfe muß ich deine Bewegungen wiedererschaffen. Ich habe nicht einmal ein Tonband, um mir die Wärme deiner Stimme zurückzurufen.

Wir versinken, verstehst du? Wie viele Jahre bleiben mir noch zu leben? Aber was tut's? Meine ganze Liebe gilt dieser schwarzen Erde, die dich aufgenommen hat. Dieser Erde, daß es Frühling werde, daß die Maiblumen wieder blühen.

Ich leide. Nichts kann die Leere füllen, die du uns ließest. Man sagt, der Asphalt weine dort, wo du gefallen bist. Ich weine auch. Was hilft das? Tränen sind nur Salz und Wasser.

Welche Luftteilchen haben deinen Blick bewahren können? In welche Höhlen vermochte sich deine Stimme zu flüchten? Mein Trommelfell ist zerrissen. Es hört nur noch das Geräusch eines Dreirads. Ein nicht endendes Geknatter wie von einem Maschinengewehr oder einem Preßlufthammer.

Du fehlst mir. Ich weiß, daß es kein Zurück gibt. Du wirst nur noch in unserer Erinnerung leben. Solange wir leben, lebst auch du. Abgesehen davon fühle ich mich wohl. Du, der du dich früher so sehr um mich sorgtest! Mein Herz schlägt von nun an in einem anderen Rhythmus.

Wie ist es dort in deiner Stille?

Ich hätte nie geglaubt, daß ich dich überleben würde. Das Leben gehörte dir, ich hatte es dir gesagt. Ich kann in Zukunft nichts mehr für dich tun. Die Nacht ist hereingebrochen. Die Hitze draußen löscht die Sterne. Alles fältelt sich wie die Haut des Elefanten. Ich existiere nicht. Die Hitze löst mich auf. Nein, wir sind nicht aus Wasser, wir haben dich geliebt. Das, was man liebt, stirbt nicht. Man stirbt nicht, wenn Tausende von Mündern ,unsterblich' schreien – oder war es nur einer, der meine?"

Seine Tochter riß ihn aus seinem Grübeln und sagte ihm, daß ein Haftbefehl gegen Kareklas erlassen worden sei, ein Mitglied der rechtsextremistischen Studentenorganisation EKOF, der unter den ersten gewesen war, die ihn angriffen. Dank einer ihr bekannten Teilnehmerin an der Versammlung der Freunde des Friedens hatte sie ihn identifizieren können, und am folgenden Tag, während Z. im Sterben lag und ihr Vater noch nicht aus seiner Bewußtlosigkeit erwacht war, hatte sie ihn vor dem Krankenhaus herumstreifen sehen und ihm zugerufen: „Du hast meinen Vater töten wollen und wagst es, hierherzukommen!" Kareklas war bestürzt. „Schon gut, schon gut. Schrei nicht so. Ich geh' schon." Dann hatte er Freunde zu ihr geschickt, die sie baten, ihn nicht anzuzeigen: Sein Schwiegervater sei wütend und würde ihm die Unterstützung für sein Studium sperren. Zwei andere Studenten versicherten dem jungen Mädchen, daß er an den Zwischenfällen nicht teilgenommen habe. Doch zu seinem Unglück hatte ein Metzger gehört, wie er in seinem Laden mit seinen Taten geprotzt hatte. Eines Sonntagabends, als sie sich allein zu Hause befand, erschien ein Unbekannter und bestätigte ihr, daß es Kareklas gewesen sei, der ihren Vater vor der Ambulanz niedergeschlagen habe. Er verschwand wieder, ohne sich zu seiner Identität zu bekennen – er wollte keinen Ärger. Schließlich erhielt die Bekannte, die ihn als erste denunziert hatte, einen merkwürdigen Besuch: Kareklas' Mutter flehte sie an, nichts gegen ihren Sohn zu unternehmen, denn ihr Mann sei imstande, ihn totzuschlagen. Auch über ihren Besuch bitte sie zu schweigen, um nicht ihren Sohn gegen sie aufzubringen. Die Bekannte erwiderte ihr, es sei nicht das erstemal, daß ihr Sohn sie belästige. Viele Leute im Viertel hätten sich schon über seine Drohungen und Beleidigungen beklagt, aber sie attackiere er mehr als die andern, weil ihr Mann aus politischen Gründen verbannt worden sei; man müsse verhüten, daß er auf diesem abschüssigen Wege weitergehe, der geradewegs zum Verbrechen führe. Diese verschiedenen Aussagen genügten zur Erlassung des Haftbefehls gegen Kareklas. Natürlich leugnete er hartnäckig. Er behauptete, er habe mit Pirouchas' Tochter ein Verhältnis gehabt, und da sie Grund habe, sich von ihm betrogen zu glauben, und seine extremistischen Überzeugungen kenne, sei sie auf dieses Märchen verfallen. Am Abend der Zwischenfälle sei er mit einem anderen Mädchen zusammen gewesen, und sie habe es gewußt. Um sich zu rächen, habe sie ein besseres Mittel gefunden als Vitriol: Sie habe ihn beschuldigt, ihren verletzten Vater verprügelt zu haben. „Wenn ich recht verstehe", sagte sich Pirouchas, während seine Tochter die kalten Kompressen auf seiner Stirn erneuerte, „sitzt Kareklas nicht nur wegen Körperverletzung, sondern auch wegen Verleumdung im Gefängnis."

15

Während dieser Zeit gab sich Saloniki, die „Nymphe des Thermäischen Golfs", ausgeliefert der süßen Betäubung des Sommers, seinen Beschäftigungen hin. Durch das vergitterte Fenster des Genti-Koulé-Gefängnisses sah Jangos die Stadt, gewiegt von der vom Golf herwehenden Mittagsbrise. Das Gefängnis lag hoch, und die Brise gelangte zu ihm, unbefleckt von der Berührung mit der neuen Stadt. Auf der anderen Seite konnte er sogar sein Viertel unter dem gewaltigen Hufeisen des neuen Stadions erkennen. Zweimal hatte er versucht, sich das Leben zu nehmen: Man vergaß ihn. Er sah sich als Prügelknaben der Großen und erinnerte sich der weisen Worte, die Meister Kostas am Morgen jenes Mittwochs auf dem Weg zur Kneipe am Modianomarkt zu ihm gesagt hatte: „Du hast Kinder, Jangos, und eine Frau. Misch dich nicht ein. Der große Fisch frißt immer den kleineren." Das Leben ging weiter ohne ihn. Niemand bedurfte mehr seiner Dienste. Das einzige, was ihnen noch wichtig war, war sein Schweigen. Und das war für sie leicht zu haben. Vaggos hatte im Gefängnis endlich gefunden, was ihm immer fehlte: den Schlaf. Er schlief pausenlos. Er wurde rund und dick, und von Zeit zu Zeit weißte er eine Wand, um nicht aus der Übung zu kommen. Varonaros dagegen magerte ab. Und des Sonntags, wenn der Lärm aus dem Stadion zu ihm drang, wo ein Fußballspiel stattfand, war sein Herz nahe daran zu brechen. Als der Archegosaurus sich dann zu ihnen gesellte, fand er sich in ihrer Mitte wie ein Lehrer, der bei dem gleichen Examen durchgefallen ist wie seine Schüler.

Saloniki lebte sein Leben weiter. Im Park-Theater spielte man die „Vögel" des Aristophanes. In Baxe-Tsifliki wurde das neue Strandbad eröffnet. In Tagarades, an der Straße nach Michaniona, baute man fieberhaft, um Häuser an die griechischen Arbeiter aus Deutschland verkaufen zu können. Esso-Pappas fuhr fort, die Felder von Diavata zwecks Erweiterung seines gigantischen Industriekomplexes zu enteignen. Menschen starben, heirateten und badeten im Meer. Sie tanzten bei „Kounies" und langweilten sich im „Do-Ré". Ein Irrer entkam aus der psychiatrischen Klinik. Das Meer schwemmte die Leiche eines Unbekannten an Land. Die Damen der christlichen Wohltätigkeitsgesellschaft für die Blinden spielten jeden Nachmittag Karten. Des Abends wehte ein frischer Wind durch die Veranden, und von den Balkonen tropfte Wasser auf die Bürgersteige, als ob die Häuser urinierten. Ein fahler Mond stieg über den Hügeln auf. Wenig Campingfreunde gab es in diesem Jahr. Und endlich gab der Richter des Areopags auch seinen Spruch bekannt: Er betonte die Verantwortlichkeit der Polizei und beschuldigte sie der „Übertretung ihrer Pflichten in krimineller Absicht".

16

„Falls man die Ehre der königlich griechischen Gendarmerie weiter beflecken sollte, wird es meinen Selbstmord bedeuten!"

Mit diesen wackeren Worten zog er seinen Revolver und setzte ihn, den Finger am Abzug, gegen seine ergrauende Schläfe.

Samidakis war bestürzt. Es war keine kleine Sache, wenn der Oberstkommandierende der Gendarmerie so zu einem sprach.

„Gut, ich unterschreibe", sagte er.

Der Generaloberst beruhigte sich.

„Bravo, mein Kleiner! Du hast wie ein echter Kreter gesprochen!"

Seit vier Stunden versuchte er, ihm über seinen Schreibtisch hinweg klarzumachen, daß er seine Aussage, die Polizei hätte ihm das Haar abrasiert, zurücknehmen müßte. Die Verleumdungswelle gegen die Polizei war auf ihrem Höhepunkt angelangt; falls diese Aussage dazukäme, wäre es das Ende.

„Du brauchst nur zu erklären, daß du dir aus eigenem Entschluß das Haar abgeschnitten hast."

„Wieso? Aus welchem Grund?"

„Wegen der Hitze!"

„Völlig kahl?"

„Oder, wenn es dir lieber ist, weil du dein Haar verlierst. Wo ist dein Friseur?"

„Neben der Kamara."

„Wir könnten ihn dazu bringen, daß er sagt, du hättest wirklich unter Haarausfall zu leiden."

„Aber, Herr Generaloberst . . ."

„Sag ‚lieber Freund' zu mir."

„Also, lieber Freund, das mit dem Haarausfall . . ."

Folgendes war passiert: Am Vorabend, auf den Tag zwei Monate nach Z.s Ermordung, hatte sich Samidakis in Begleitung anderer Studenten zum Schauplatz des Mordes begeben, um dort Blumen zum Gedächtnis des Helden niederzulegen. Die Spandonisstraße wurde ständig von Polizisten in Zivil überwacht, die sich in Haustüren und Ladeneingängen verbargen, und da sie das wußten, hatten sie beschlossen, ihre Blumen schnell auf den Asphalt zu werfen und schleunigst zu verschwinden. Was Samidakis jedoch nicht hatte voraussehen können, war der Umstand, daß beim Laufen einer seiner Mokassins in dem durch die Hitze buchstäblich flüssig gewordenen Asphalt steckenblieb und, als er anhielt, um wieder in den Schuh zu schlüpfen, ein Polizist mit einer Schere in der Hand auftauchte, dem es gelang, ihm ein dickes Büschel mitten aus seinem Haarschwall zu schneiden. Es war unmöglich, die zwei Zentimeter breite Tonsur zu verstecken, die an die Schneisen erinnerte, durch die die Wälder vor den Feuern unvorsichtiger Hirten geschützt werden. Es gab keine andere Möglichkeit, als sich völlig kahlscheren zu lassen. Anschließend war er zum Staatsanwalt gegangen und hatte mit der Hand auf der Bibel ausgesagt, daß Polizisten ihn kahlgeschoren hätten, weil er ein paar Rosen auf die Stelle geworfen habe, wo Z. ermordet worden sei.

Um Mitternacht weckte ihn die Polizei. Er wurde aufgefordert, sofort zum Kommissariat mitzukommen. Sein Hauswirt, der über den Vorfall Bescheid wußte, erklärte, er sei noch nicht zu Hause. Sie drangen trotzdem ein, fanden ihn in seinem Zimmer und nahmen ihn mit.

„Passen Sie auf, das Kind hat etwas am Herzen!" rief ihnen der Hauswirt nach.

Im Kommissariat führte man ihn alsbald in ein Zimmer, in dem ihn, hinter einem Schreibtisch sitzend, der Oberstkommandierende der königlichen Gendarmerie erwartete, der mit einer Sondermaschine extra an diesem Abend aus Athen gekommen war. Es war ganz ausgeschlossen, daß die Zeitungen morgen berichteten, Polizisten hätten einen Studenten geschoren. Ein allgemeiner Entrüstungssturm würde die Folge sein, und der Ordnungsdienst war schon gerade genug von den Kommunisten verleumdet worden. Wenn zusätzlich zum Gutachten des Areopagrichters nun auch noch dieser Zwischenfall breitgetreten würde, war der Kreis der Schande geschlossen!

„Ich grüße dich! Du weißt, wer ich bin?"

Der Generaloberst sprach in vertraulichem Ton.

„Ich kenne Sie aus den Zeitungen."

„Gut. Setz dich und sprich zu mir, als ob ich dein Vater wäre. Erzähle mir alles, was passiert ist."

„Ich habe schon alles ausgesagt!"

„Ich möchte es von dir hören."

Samidakis wiederholte die ganze Geschichte.

„Unmöglich!" rief der Generaloberst aus, als er zu Ende war.

„Was ist unmöglich?"

„Daß es so gewesen ist, wie du erzählst."

„Ich verstehe nicht."

„Du wirst gleich verstehen."

Er drückte auf einen Knopf und verlangte eine Verbindung mit Athen.

Der Student witterte die Falle.

„Du wirst jetzt mit deinem Onkel sprechen."

Wirklich hatte er in Athen einen Onkel, der Kabinettschef in einem Schlüsselministerium war.

„Ja, Onkel, ich bin's. Wie geht's der Tante? Ja, sie haben mich geschoren. Unmöglich? Was heißt da unmöglich? Nein, niemand hat mich zu dieser Erklärung veranlaßt. Ich gehöre auch nicht der ‚Bertrand-Russell'-Bewegung an. Auch nicht der ‚Z.'-Jugend. Ob ich die Wahrheit sage? Aber gewiß doch. Ich sage nur die Wahrheit. Die andere? Es gibt doch keine zwei Wahrheiten, Onkel!"

Da das Kabel des Hörers sehr kurz war, mußte er sich über den Schreibtisch beugen. Diese demütigende Position mißfiel ihm, und so schob er sich um den Tisch herum, streckte den Rücken und konnte von diesem Platz aus bequem den Generaloberst beobachten, der mit dem Gehabe eines Großgrundbesitzers im zaristischen Rußland seinen dicken Schnurrbart strich. Am anderen Ende der Leitung sprach sein Onkel im strengen Ton des gesetzlichen Vormunds mit ihm, den er ihm gegenüber seit dem Tage angenommen hatte, an dem sein Vater gestorben war. Es fiel ihm schwer, ihn zu verstehen, und schließlich wurde die Verbindung getrennt.

„Wie lange warst du nicht mehr in Astrachades?" fragte ihn der Generaloberst.

Astrachades war ein Dorf in Südkreta, aus dem sie beide stammten.

„Ich war seit dem Tode meines Vaters nicht mehr dort", sagte er kühl.

„Ich seit fünf Jahren nicht mehr! Gerade heute hat man mir prächtige Birnen von dort geschickt. Sie duften nach Vaterland. Mmm!"

Er öffnete eine Schublade des Schreibtischs, holte eine Birne heraus und reichte sie ihm.

„Iß!"

„Ich habe keine Lust."

„Iß, sag' ich dir. Du wirst deine Meinung ändern."

„Glauben Sie, daß ich einer Birne wegen meine Aussage ändern werde?"

„Es handelt sich nicht um eine Birne", rief der Generaloberst, indem er sich wie ein Puter aufblies, „es handelt sich um Kreta, woher diese Birne stammt, wie auch ich und du von dort stammen. Wir, die Kreter, Samidakis, wir sind nicht wie die anderen Griechen. Wir bilden eine Rasse für uns, die ihren eigenen Dialekt, ihre Traditionen besitzt. Wir haben El Greco hervorgebracht!"

„Und Katzantzakis."

„Der war Atheist", sagte der Generaloberst. „Und Kommunist dazu. Wir Kreter sind niemals Kommunisten. Diese Krankheit hat sich nie auf unserer Insel ausgebreitet. Selbst Veniselou hat die Kommunisten bekämpft, obwohl ... Kurz, ich will sagen, wir sollten einander helfen. Die anderen Griechen beneiden uns. Das objektive Ziel der Kommunisten ist es, den Ruhm unserer königlich griechischen Gendarmerie zu ruinieren. Ein schwachsinniger Polizist, der auf offener Straße einem Studenten der Nationalen Aristoteles-Universität von Saloniki das Haar abrasiert, benimmt sich offenkundig barbarisch, was in erweiterter Konsequenz besagen soll, daß die gesamte Polizei barbarisch ist. Durch die Affäre Z. versuchen sie, unsere unbestechliche Polizei zu beschmutzen! Aber ich schwöre es auf das Vaterland, ich werde mich umbringen! Die Bulgaren werden bei uns nicht das Gesetz in die Hand nehmen!"

Der Generaloberst begann wie ein Kind zu flennen. Der Adjutant, der ebenfalls der Szene beiwohnte, spielte nervös mit seinem Stock. Samidakis war bestürzt. Und als der Generaloberst seinen Revolver zog und ihn sich an die Schläfe setzte, sah er aus, als salutierte er vor jemand, der ihm in der Hierarchie übergeordnet war. Der Student fuhr sich mit der Hand über den Schädel, und die Begegnung mit den geschorenen Stoppeln machte ihn wieder wild.

„Gut", sagte er, „aber unter einer Bedingung."

„Alles, was du willst, mein Junge."

„In ein paar Monaten muß ich zur Armee. Ich bin bereit zu erklären, daß ich mir selbst das Haar geschnitten habe, aber ich will von Ihnen eine schriftliche Bestätigung, daß ich am Tage meines Einrückens nicht wieder geschoren werde, wie das Reglement es fordert."

Der Generaloberst sprang erfreut auf. Er trocknete sich mit einem Taschentuch die Augen und schneuzte sich so stürmisch die Nase, daß das gesamte Kommissariat erbebte. Dann brachte man Samidakis' frühere Aussage und zerriß sie vor seinen Augen. Der Student unterschrieb eine neue.

Diese Nacht verbrachte er im Kommissariat, um vor lästigen Journalisten sicher zu sein.

17

Ein Journalist klopfte an ihre Tür. Sie öffnete.

„Ich weiß, Frau Z., daß Sie mir nichts sagen werden. Ich weiß genau, daß mein Besuch aussichtslos ist, doch ich wollte wissen, ob..."

«Jetzt fehlt mir Dein Gesicht entsetzlich, Dein Gesicht nach dem Bilde der Erde, wie Du von Deiner Mutter sagtest, Deine Augen fehlen mir, um strahlend zu sein, Deine Lippen, um die meinen zu lieben. Jetzt fehlst Du mir ganz. Das ist die Tatsache. Vierzig Tage sind vergangen, zweiundvierzig Tage seit dem Augenblick, in dem Du nicht mehr faßtest, daß ich bei Dir war, an Deinem Bett, im

Krankenhaus, damals, als die Ärzte sich bemühten, ein totes Gehirn in einem intakten Körper wiederzuerwecken. Aber erst heute mache ich mir klar, daß Du in mir zu erlöschen beginnst. Ich bewahre Einzelheiten Deines Körpers, aber als ein Ganzes erinnere ich Dich nicht mehr. Früher kam es schon vor, daß wir uns monatelang nicht sahen, aber in meinem Innern wußte ich, daß ich Dich wiedersehen würde, und deshalb maß sich Dein Fernsein während jener Monate an der Überraschung, die mir unsere Wiederbegegnung bereitete. Jetzt . . .»

„Wie erklären Sie die Tatsache, daß Sie Ihre Sache kommunistischen Rechtsanwälten anvertraut haben?"

«Ich weiß, daß all dies in einem Bereich geschieht, der Dich nicht mehr betrifft, in einem Raum, der Dir fremd ist, denn Du bist tot. Sonst wäre es so leicht: Eine Bewegung, ein Wort, ein Streit, ein Kuß in einem Boot, eine Explosion des Körpers, eine Zigarette, und alles würde wieder menschlich, so menschlich. Wir würden einander verstehen, die anderen würden uns verstehen. Heute kann mich niemand mehr verstehen, nachdem Du mich allein gelassen hast in meiner privaten Trauer, um ein Symbol, eine Fahne für die anderen zu werden.»

„Sind Sie empört über die politische Ausnutzung des Todes Ihres Mannes?"

«Ich weiß sehr wohl, daß Du es Dir immer gewünscht hast. Für mich warst Du der Ehrgeiz persönlich. Du sagtest oft: ‚Arm sind die, die kein Ziel haben.' Doch glaub mir, es ist etwas anderes, das, was man will, zu erreichen, solange man lebt, oder erst, wenn man tot ist. Denn ich bin Deine Waise geworden, im gleichen Moment, in dem die Welt Dich zu der ihren gemacht hat.»

„Werden Sie in Zukunft arbeiten?"

«Die Sonne, die morgens ins Zimmer scheint, ist nicht mehr die gleiche, seitdem sie nicht mehr Dich an meiner Seite enthüllt. Die dunkle Linie der Nacht ist Gift. Wo werden wir uns das nächstemal treffen? An welchem toten Punkt des Horizonts?»

„Haben Sie daran gedacht, ein Buch zu schreiben, das sich um dieses Drama dreht?"

«Die Nacht bedeckt Dich wie ein Mantel. Sie verbirgt die winzigen Züge, die nur hervortraten, nachdem Du Dich rasiert hattest. Jene Details, die ein Gesicht vom anderen unterscheiden. Die Poren, die atmen. Sie sind die ersten, die vergehen. Danach das Muttermal. Dann die Furche unter der Nase. Das Relief verwischt sich wie auf den schlechtgedruckten Landkarten, auf denen das Braun der Berge ins Blau des Meeres überläuft.»

„Hatten Sie Streitigkeiten mit Ihrem Mann wegen ideologischer Meinungsverschiedenheiten?"

«Ohne Dich sein bedeutet, nicht mehr wissen, was mir geschieht, und kein Verlangen mehr danach haben, es wissen zu wollen. Zunehmende Betäubung im Grunde des Seins. Das Blut verdickt sich in meinen Adern. Ohne Dich sein bedeutet, nichts mehr zu haben. Licht Deines Weges, Dunkelheit meines Hauses. Für die anderen hast Du die Sonne aufgehen lassen, für mich hast Du den Mond gelöscht.»

„Womit beschäftigen Sie sich in Ihrer Zurückgezogenheit?"

«Jetzt suche ich die Partikelchen der Luft, die eine Erinnerung an Deinen Gang bewahrten. Ich suche die Straßen, die Dich liebten, die Häuser, die Du betrachtetest. Es gelingt mir nicht, mich ‚auf den Boden der Tatsachen' zu stellen, wie man sagt, mich über Deinen Verlust zu trösten. Was man über Dich schreibt, was man sagt, wie die Untersuchung verläuft, all das betrifft mich nicht. Ich denke nur daran, solange der Anwalt bei mir ist. Danach kommt wieder die Leere, eine Leere, die nur Du füllen könntest.»

„War Ihr Gatte zärtlich zu Ihnen?"

«Du fehlst mir entsetzlich. Ich finde an nichts mehr Gefallen. Und obwohl Du mir nicht näher sein könntest – alle sprechen von Dir, und in jeder Zeitung, in der ich blättere, sehe ich Deinen Namen –, bin ich niemals so allein gewesen, denn nur Deine körperliche Anwesenheit könnte mich davon überzeugen, daß Du kein Phantom geworden bist, in das die anderen ihre Verdrängungen projizieren.»

„Haben Sie vor, eines Tages wieder zu heiraten?"

«Und jetzt, das ist sonderbar, bin ich nicht mehr auf die Frauen eifersüchtig, die Deine Geliebten waren. Im Gegenteil, ich suche sie, ich möchte sie sehen, sie kennenlernen. Mir scheint, wenn wir alle das zusammentrügen, was wir von Dir gekannt haben, könnten wir Dich wieder lebendig machen. Wenn wir alle Wärme zusammentrügen, die wir für Dich bewahrten, könnten wir Deine wahre Flamme wiederfinden. Draußen herrscht drückende Sommerhitze, und dennoch, welche Kälte drinnen!»

„Wie lange werden Sie Trauer tragen?"

«Ich schaue die Wand an und spreche mit mir selbst. Dein Foto habe ich entfernt. Jetzt, da ganz Griechenland sich mit Deinen Fotografien füllt, habe ich das Recht dazu – sag mir, habe ich nicht das Recht? –, Dich mir lebendig und nicht in einem Rahmen vorzustellen, erstarrt durch den Auslöser eines Fotoapparats. Manna der anderen, Du, meine Wüste.»

„Schweigen Sie aus eigenem Entschluß, oder werden Sie durch Dritte dazu genötigt?"

«Und Deine Augen richteten sich in die Zeit. Was mich stört, ist das letzte Bild, das ich von Dir habe. Alle die anderen Bilder sind seltsamerweise verwischt oder tauchen erst nach erschöpfender Bemühung des Gedächtnisses wieder auf. Am Morgen, als Du nach Saloniki flogst, machtest Du eine Bemerkung über den Kaffee, der Dich noch Deine Maschine verpassen lassen würde.»

„Ihr Drama ist ein Trumpf in den Händen der Kommunisten. Was haben Sie dazu zu sagen, daß Sie keine Kommunistin sind?"

«Draußen läuten die Glocken. Es ist Sonntag. Ich stelle mir vor, Du wärst auf einer anderen Insel und ich hätte das Schiff verpaßt, um Dich heute abend zu treffen. Wie soll ich's bis zur nächsten Abfahrt aushalten, eine Woche lang, da das Schiff nur jeden Sonntag fährt? Ich bin an einem Bahnübergang, der Bahnwärter hat die Kette zwischen uns herabgelassen, und wir sind getrennt, während ein endloser Zug über die Gleise ächzt, ein Zug mit ebenso vielen Wagen wie Jahre, in denen ich Dich nicht sehen werde. Nur daß ich für Momente, in den Lücken zwischen den Wagen, ein flüchtiges Bild von Dir erhasche, wie Du auf mich wartest.»

„Ich danke Ihnen, Madame. Auf Wiedersehen . . ."

«Ich weiß, Sentimentalitäten waren Dir ein Grauen. Deshalb will ich aufhören. Ich wurde mehrmals durch einen dummen Journalisten von einer Zeitung der Rechten unterbrochen. Diesen Brief werde ich nicht abschicken, weil ich nicht weiß, wo Du bist. Später werde ich ihn vielleicht unseren Kindern vorlesen, um mich zu erinnern, daß ich mich einst sehr deutlich an Dich erinnerte, daß ich Angst hatte, Dich zu verlieren, Angst, daß Du eines Tages nur noch ein Platz, eine Straße, ein Roman, ein Drama, ein Film, eine Kunstausstellung sein würdest und ich eine alte Frau, die die traurige Pflicht hat, bei den Eröffnungen anwesend zu sein.»

18

Das „Individuum unbekannter Identität", das so lange kein Lebenszeichen gegeben hatte (alles, was man von ihm wußte, war, daß er beim Staatsanwalt ausgesagt hatte, ihm sei von Angehörigen der Linken Geld geboten worden, wenn er einen Abgeordneten der Rechten als Rachemaßnahme für Z. töte), stellte sich schließlich; es war ein Provinzler aus Kilkis namens Pournaropoulos.

„Ich habe kein Geld", sagte er den Journalisten, „und in meinem Dorf besitze ich keinen Meter Feld. Darum komme ich alle zwei bis drei Monate nach Saloniki und verkaufe mein Blut."

„Was heißt das: Ihr Blut verkaufen?"

„Ich stelle mich vor die Tür des Krankenhauses und biete es an. Ich habe mehr davon, als ich brauche, und nicht genug Brot, um dieses Blut ernähren zu können. Deshalb verkaufe ich's. Im Krankenhaus kennen sie mich schon. Wenn zufällig jemand von meiner Blutgruppe im Sterben liegt, kann ich einen guten Preis dafür erzielen."

„Warum spenden Sie es nicht freiwillig dem Roten Kreuz?"

„Gibt man mir vielleicht freiwillig einen Pfennig? ‚Dein Tod ist mein Leben', sagt man nicht so? So mach' ich's. Und wenn ich mein Blut nur verkaufe, wenn Not am Mann ist, kriege ich mehr. Das ist wie mit den Eintrittskarten zum Fußballplatz kurz vor dem Spiel."

„Schwarzhandel also."

„Rothandel, Herr. Und was ist dabei? Ein Bauer aus meinem Dorf hat sein Auge verkauft und so für den Rest seines Lebens ausgesorgt. Tu' ich was Böses, wenn ich ein bißchen von meinem Blut verkaufe? Die Touristen, die ohne einen Sechser bei uns hereinschneien, machen's genauso. Hinterher verjubeln sie's in den Tavernen. – Am vergangenen 28. Mai wartete ich also wieder vor dem Krankenhaus – der Pförtner hatte dem Chirurgen schon Bescheid gesagt, und man brauchte mein Blut für einen Schwerverletzten mit Blutgruppe B –, als ich eine schwarze Limousine neben mir halten und einen Mann herausklettern sah. Er trug eine Sonnenbrille, weshalb ich ihn heute nicht wiedererkennen würde, wenn ich ihn sähe."

„Würden Sie die Limousine erkennen?"

„Ebensowenig."

„Wieso?"

„Weil ich vom Dorf komme, ich kenne die Autos nicht. Zeigen Sie mir ein Pferd, und ich werde es unter Hunderten wiedererkennen. Aber alle Autos sehen für mich gleich aus, nicht wahr? Sie haben vier Räder und ein Lenkrad."

„Gut, erzählen Sie weiter."

„Der Mensch fragte mich, ob ich derjenige wäre, der sein Blut verkaufte. Ich antworte ,Ja' und denke, er braucht mich sicher für einen dringenden Fall, und sage mir: ,Yannis, diesmal hast du den Stier bei den Hörnern. Weit gefehlt. Statt dessen schlug er mir vor, einem anderen das Blut auszusaugen."

„Nahm er an, Sie seien Drakula?"

„Davon weiß ich nichts. Er bot mir eine Arbeit an, die mir mehr einbringen konnte als hundert Liter meines Bluts, zum Höchstpreis verkauft. Ich glotzte ihn vielleicht an. Um ehrlich zu sein, er machte keinen guten Eindruck auf mich. ,Du brauchst doch Geld, Mensch, nicht wahr?' sagte er. Ja, das brauchte ich. ,Also Geld wirst du kriegen, einen ganzen Berg.' Dann hat er mir den Plan erklärt: Ich sollte einen Abgeordneten von Karamanlis töten. Er sagte mir sogar den Namen."

„Wie sollten Sie ihn töten?"

„Das hat er mir nicht gesagt. Ich antwortete ihm darauf, daß ich Karamanlis liebte, er ist einer von uns, ein Makedonier, ein bedeutender Mann, er hört vielleicht nicht mehr so gut, aber seine Augen sind scharf, der Beweis dafür ist, daß er uns einen Brunnen ins Dorf gesetzt und versprochen hat, uns das elektrische Licht zu bringen, wenn wir ihn im nächsten Jahr wieder wählen. Wie könnte ich einen Mann meiner Richtung töten?"

„Hätten Sie einen Mann der anderen Richtung umgebracht?"

„Ich habe in meinem Leben keiner Fliege weh getan. Ich verkaufe mein Blut, ich bin kein Gangster. Ich lese nicht einmal die Zeitungen. Wenn ich sie läse, hätte ich sofort begriffen."

„Was begriffen?"

„Halten Sie mich für einen Idioten, oder sind Sie selbst einer? Wir hatten einen der Ihren liquidiert, sie wollen einen der Unseren liquidieren. Ich hätte ihm antworten können, daß er an die falsche

Tür gekommen wäre, aber ich habe trotz des großen Risikos so getan, als ob ich einverstanden wäre."

„Sie hatten also doch ‚begriffen‘, obwohl Sie keine Zeitungen lesen."

„Ich bin ja nicht dumm. Der Typ forderte mich dann auf, mit ihm in den Wagen zu steigen. Ich sagte dem Pförtner, daß ich am nächsten Tag wiederkäme, und wir fuhren zur Aristotelesstraße, wo er hielt. Er sagte mir, ich solle warten, bis er mich oben im Büro angemeldet habe. Ich blieb im Wagen, sah aus dem Fenster, spielte mit den Türgriffen und drückte sogar auf einen Knopf, der die Scheiben elektrisch versenkte. Ein großartiger Schlitten! Dann steckte ich den Kopf aus dem Fenster und sah nach oben, wo auf der Fassade des Gebäudes in Riesenbuchstaben ‚EDA‘ stand. Da packte mich die Angst. Was hatte ich in dieser Kommunistengeschichte zu suchen? Die Kokos haben zwei meiner Vettern im Dorf mit Konservendosen abgeschlachtet. Ich bin arm, aber ehrlich. Und als ich kapierte, daß das ‚Büro‘ des Typs ‚da da oben‘ war, riß ich die Tür auf und bin schleunigst verduftet. Ich bin sofort zur Sicherheitspolizei."

„Wußten Sie, wo das war?"

„Ich bin alt genug, um nach dem Weg zu fragen. Stimmt's?"

„Waren Sie schon einmal dort?"

„Nein. Danach ging ich zum Staatsanwalt und erzählte ihm die ganze Geschichte. Ich habe ihn gebeten, meinen Namen geheimzuhalten, ich wollte keine Unannehmlichkeiten."

„Warum haben Sie nicht einen Polizisten aufgefordert, Sie zu beschatten, damit er sie hätte ertappen können, während sie Ihnen das Geld übergaben?"

„Ich mische mich nicht in die Arbeit anderer. Ich verdiene mein Brot mit Blut."

„Was hat Ihnen der Typ noch gesagt?"

„Er hat mir gesagt, die Leute der Rechten wären wie Mehltau, der unsere Weinberge vernichtet. Ich antwortete ihm, daß ich weder Feld noch Weinberg hätte. ‚Ein Grund mehr für dich zu tun, was ich dir sage‘, meinte er. ‚Wenn wir zur Macht kommen, wird die Erde gerecht unter allen Bauern verteilt.‘"

„Mein lieber Herr Pournaropoulos, Sie haben nur einen kleinen Schnitzer gemacht", sagte Antoniou. „Ein Auto mit automatisch versenkbaren Fensterscheiben existiert nur einmal in Saloniki, und es gehört einem notorischen Faschisten, der ganz in Ihrer Nähe in Kilkis wohnt. Sie werden wegen Verleumdung hinter Gittern landen, denn Sie sollten wissen, daß Blut sich nicht in Wasser verwandelt.“

19

«Nur nach Wohlstand kann Verfall eintreten. Aber wie kann verfallen, was nie Wohlstand kennenlernte? Und seit Deinem Tode lebe ich diesen Verfall. Ich habe noch einmal gelesen, was ich Dir vorgestern schrieb, und heute habe ich das Bedürfnis weiterzuschreiben, denn ich habe Dir nicht alles gesagt.

Die Nacht war süß, wenn sie von den Hügeln heruntersteig und wir sie zu Hause empfingen. Wir öffneten ihr die Fenster, damit sie Platz hatte und sich bei uns wohl fühlte, und wir ließen sie gehen, wann immer wir wollten. Liebe mit Musik, Musik mit Liebe, alles gehörte uns, erinnerst Du Dich? Jetzt – dieses unerträgliche ,jetzt‘, von dem ich gequält werde –, jetzt drängt mich die Nacht schmerzlich in die schwarzen Kleider der Trauer, die mir Deine Mörder gaben.

Die Frage beschäftigte mich die ganze Zeit: warum Du und nicht ein anderer? Warum Dich, der kein Kommunist, sondern Humanist im weitesten Sinne war? Vorgestern las ich den Brief Paulings an Präsident Kennedy über Dich, und unter anderem – Deine Biographie wirkt dort ziemlich komisch – schreibt er, daß das, was die griechische Rechte durch Dich treffen wollte, der Geist der Zusammenarbeit mit der Linken ist. Der Linken, die man kennt, aber nicht fürchtet. Was die Rechte fürchtet, sind Menschen wie Du, die sich fortschreitend in dieser Richtung orientieren. Und sie wollte auf diese Weise die anderen terrorisieren. Sie haben es geschafft, Dich zu töten, schloß Pauling, aber Deinen Einfluß haben sie damit nicht zerstört, sie haben ihn sogar größer gemacht.

Heute habe ich mit dem Umzug begonnen. Vorläufig werde ich

bei meinem Bruder wohnen. Es war mir unmöglich, weiter in der Theseionstraße 7 zu leben. Jedes Knarren war ein Schmerz in meinem Fleisch. Das Buch, das Du im Ausland bestellt hattest, ist da. Jeden Tag kommen Pakete, Briefe, Gedichte für Dich, die mich zur Verzweiflung bringen. Ich habe nicht mehr den Mut, all das zu ertragen. Dein Sohn kam heute erschrocken aus der Schule zurück. Sie hatten mit dem Roller gespielt, und einer der Jungen drohte ihm: ‚Ich bring' dich um, wie man's mit deinem Vater gemacht hat.' Er glaubt noch immer, daß Du in London bist, und fragte mich, ob Du einen Unfall hattest. Ich beruhigte ihn, konnte aber nicht verhindern, daß meine Augen feucht wurden.

Unsere Sachen sind auseinandergerissen, sind in rechteckige Haufen geordnet, und die Umzugsleute laufen durch unser Haus wie durch eine Kirche. Da ich nun unser Liebesnest verlasse, zittern meine Beine, und ich weiß nicht, wie ich so nackt in die Welt gehen soll. Nachts spreche ich mit Dir während zahlloser Stunden.

Dieser Brief muß wie ein Fotoroman aus einer Illustrierten wirken. Du würdest ihn verabscheuen, wenn Du ihn lesen könntest. Und ich verabscheue Dich, weil Du mir nicht schreibst. Ich habe jetzt zwei Schlafpillen genommen und hoffe, bald einzuschlafen. Du fehlst mir unvorstellbar. Das Bett ist zu groß geworden für mich allein. Und Dein Sarg zu eng für Dich. Gibt es keinen Mittelweg? Können wir keinen Kompromiß finden, der Dein Leben und meinen Tod erträglicher machen würde? Die, die Blumen auf Dein Grab legen, beschmutzen mein Herz. Denn von nun an bin ich Dir durch ein Band verbunden, das keine Scheidung, keine Trennung zerreißen könnte. Und deshalb hasse ich Dich noch mehr.»

20

Sein Alptraum war ein Felsbrocken. Seit ein Bergsturz das ganze Dorf Mikro Horio am Karpenissi vernichtet hatte, glaubte Hatzis, daß dieser Felsbrocken eines Tages auf sein Dach stürzen würde. Das kleine Haus, Mitgift seiner Frau, lag am Rande Salonikis, dort, wo der Berg gewaltig in die Höhe strebt. Ein riesiger Felsbrocken hing über dem Dach wie ein Fluch. Hatzis Frau hatte ihn tausendmal gewarnt, daß er ein Mittel finden müsse, diese Bedrohung abzuwehren, aber was ließ sich ohne Geld schon tun?

Im März dieses Jahres hatte er nach einem schweren nächtlichen Gewitter ein merkwürdiges Knirschen und Knarren gehört. Er hatte gelegentlich der Katastrophe von Mikro Horio in den Zeitungen gelesen, das Regenwasser habe dort die Bergseite unterwühlt und so den Bergsturz hervorgerufen. Das gleiche fürchtete er nun auch hier. Er hatte Kinder und wollte nicht, daß man ihm eines Tages vorwerfen könnte, er hätte sich nicht genug um sie gesorgt. So machte er sich am nächsten Tag daran, drei Zementpfeiler zu errichten, die, wie er meinte, die Katastrophe für alle Zukunft verhindern würden.

Er tat sich mit einem befreundeten Maurer zusammen, und gemeinsam zimmerten sie die Schalungen, in die sie den Zement gossen. Er wurde hart, und als sie die Schalung entfernten, wurde der Fels durch drei kräftige Arme gehalten. Die Arbeit hatte zwei Monate gedauert. Niemand hatte sie belästigt, jeder im Viertel begriff die Notwendigkeit des Unternehmens. „Bravo, Tiger, das hättest du schon lange machen sollen." Damals war Hatzis noch ein Nichts.

Die Drohung des Felsens gab es nicht mehr, aber kurze Zeit später stand er einer viel größeren Drohung gegenüber. Hatzis war inzwischen berühmt geworden. Er war der Mann mit dem biegsamen Körper, der auf das Dreirad gesprungen war und die Fäden des Verbrechens ans Licht gezogen hatte. Zweimal hatte man ihm schon den Tod angedroht, man beschattete ihn, und er wußte, daß es für sie nicht schwierig war, ihn eines Nachts in dieser einsamen Gegend...

Aber nicht nachts geschah es, sondern morgens: Drei Beamte, von zwei Arbeitern begleitet, klopften gegen neun Uhr an seine Tür. Sie stellten sich als Beamte des Bauamts vor und wollten die Bauerlaubnis für die drei auf einem ihm nicht gehörenden Grundstück errichteten Pfeiler sehen. Hatzis sagte, er habe keine Erlaubnis, er habe es nur getan, um sein Haus zu schützen, denn eines Tages würde der Fels wie in Mikro Horio herunterkommen und sein Haus vernichten.

Die Herren vom Bauamt schien diese Vorstellung nicht sonderlich zu beeindrucken. Sie waren nur für das Gesetz zuständig, und das Gesetz erlaubte es nicht, einen Bau – und sei es auch nur die Errichtung eines schlichten Pfeilers – ohne staatliche Genehmigung vorzunehmen. Also müßten sie leider ihre Pflicht tun, und sie befahlen den Arbeitern, mit dem Abriß der Pfeiler zu beginnen.

Hatzis war empört. Wie? Waren sie verrückt? Wenn man die Pfeiler abriß, deren Enden fest im Fels verankert waren, mußte dieser zwangsläufig herunterstürzen! Wollten sie sein Heim zerstören? Wen konnten diese drei lächerlichen Pfeiler an diesem äußersten Ende der Stadt schon stören? Wer schickte sie? Ihren Reden nach waren sie von selbst gekommen. Aber warum hatten sie sich dann nicht früher gerührt? Sie hatten zweifellos von seiner Rolle in der Affäre Z. gehört! Die drei Herren verstopften sich die Ohren. Sie wollten nichts von Politik hören. Sie waren einfache Beamte und hatten aus diesem Grunde kein Recht, irgendeine wie auch immer geartete Meinung zu äußern. Inzwischen hatten die Arbeiter die Stemmeisen angesetzt und begannen mit dem Abriß. Zwei Monate hatte es gedauert, diese Pfeiler zu errichten, es würde nur zwei Stunden dauern, sie abzubrechen.

Hatzis lief zum nächsten Café und telefonierte mit dem Rechtsanwalt Matsas. Er erzählte ihm von dieser neuen Bedrohung. Matsas versprach, sofort zu handeln. Eine Stunde war noch nicht verstrichen – der erste Pfeiler war demoliert, und die Arbeiter machten sich eben an den zweiten –, als vor seiner Tür in einer Staubwolke die Limousine des Bürgermeisters hielt. Der Chauffeur lief um den Wagen herum, um die hintere Tür zu öffnen, und in seiner ganzen morgendlichen Pracht stieg der Bürgermeister aus.

„Was geht hier vor?" fragte er.

„Diese Pfeiler sind ohne Genehmigung errichtet worden", antwortete der älteste Beamte. „Wir reißen sie ab."

„Hören Sie sofort damit auf!"

„Wir führen nur eine Anordnung aus, Herr Bürgermeister."

„Eine Anordnung, die ich annulliere."

Inzwischen hatte sich die ganze Nachbarschaft versammelt – alte Frauen, Kinder, Mütter, Männer, die aus dem Café gekommen waren – und erwartete, bereit zum Eingreifen, die weitere Entwicklung der Ereignisse. Seit der Affäre war der Tiger eine Art Held des Viertels geworden. Der Bürgermeister wandte sich um, sah die schwarzgekleideten Frauen, die Alten mit ihren Spinnrocken, die Arbeitslosen, die auf ihre ungewisse Abreise nach Deutschland warteten, eine Mauer schweigender, dumpf gereizter Menschen. Er schluckte. Der Chauffeur verjagte die Kinder, die mit ihren schmutzigen Fingern die funkelnden Chromverzierungen der Limousine betasteten.

„Ich befehle Ihnen, sofort mit diesem Abbruch aufzuhören", hob der Bürgermeister mit Nachdruck wieder an. „Die Stadtverwaltung nimmt es auf sich, den Schaden in weniger als einer Stunde zu reparieren. Der Fels wird in Beton gehüllt und die Umgebung hergerichtet. Dies, ich wiederhole, in weniger als einer Stunde! Das Vaterland hat die Pflicht, heldenhaften Kindern des Volkes wie Hatzis zu Hilfe zu kommen! Das Verhalten des Bauamts war zumindest unbedacht."

Diesem neapolitanischen Operettenfinale entsprechend, schüttelte er dem Tiger kräftig die Hand und stieg wieder in seinen Wagen. Es war derselbe Bürgermeister, der sich am Abend des Mordes zu keiner Geste bereitgefunden hatte, um Z.s Leben zu schützen, obwohl ihn derselbe Anwalt, der nun legendär gewordene Matsas, auf die Gefahr aufmerksam gemacht hatte. Doch seitdem hatte sich die Situation geändert. Die Auflösung der Organisation des Archegosaurus war tags zuvor von ihm angeordnet worden, und der Bürgermeister hatte die Notwendigkeit verspürt, diesen Schritt zu Hatzis' Gunsten hinzuzufügen: Er sah darin eine Art Sonntagsalmosen, seine Pflicht als guter Christ.

„Ein schlimmes Vorzeichen", dachte Hatzis, als alle gegangen waren. „Bald wird die Jagd auf Kaninchen und Rebhühner beginnen. Wer weiß, ob ich mich nicht auf einen Jagdunfall gefaßt machen muß."

21

Der Untersuchungsrichter wird unter Druck gesetzt. Man kreist ihn von allen Seiten ein. Der Richter ist keine Ausgangstür, er ist der Eingang zum Gefängnis. Seitdem er das Mastodon nach Genti-Koulé geschickt hat, ist der Richter, die Person des Richters, zur Zielscheibe aller Dinosaurier geworden.

Die Notabeln kommen und gehen. Der Minister hat sich für längere Zeit im Palast des Gouverneurs eingenistet. Der Generaloberst. Der Präsident des Gerichtshofs. Der persönliche Referent des Ministerpräsidenten. Sitzungen, Telefonate, Druckmanöver. Hastige Pinselstriche, um die Risse in der Fassade zu verdecken. Doch in diesem Stadium läßt sich die Wahrheit nicht mehr tarnen. Der Präsident des Gerichtshofs wird unruhig: „Wann werden Sie endlich die Sache Z. abschließen? Sie hatten mir versprochen, die Untersuchung bis Juni zu beenden, und jetzt ist schon August! Sie machen sich über mich lustig! Was treiben Sie denn die ganze Zeit? Sehen Sie nicht, daß Sie Gefahr laufen, in die Irre zu gehen, wenn Sie unablässig Zeugen verhören?"

Der Untersuchungsrichter weiß alles. Er wird unter Druck gesetzt, von beiden Seiten. Von denen, die über ihm stehen, und von der Masse des Volks, das zu ihm wie zu seinem Retter aufsieht. Der Richter kann nicht mehr schlafen. Er arbeitet achtzehn Stunden von vierundzwanzig. Er hat sich schon eine Meinung gebildet, hütet sich aber, sie auszusprechen. Die Tatsachen müssen für sich selbst zeugen.

„Warum haben Sie einen Haftbefehl gegen einen Polizeioffizier erlassen? Waren wir uns nicht einig, daß ein Polizeioffizier nur dann verhaftet werden sollte, wenn seine Verurteilung sicher wäre? Trotzdem hat der Herr Staatsanwalt mich wissen lassen, daß die Verdachtsgründe, über die Sie verfügen, allenfalls zur Vorladung des Mastodons, keineswegs aber zu seiner Verurteilung ausreichen. Mehr kann ich am Telefon nicht darüber sagen. Sie scheinen nicht zu begreifen, daß Sie durch Ihre Handlungsweise dem Regime ernstlichen Schaden zufügen."

Der Richter ist jung, schön, mutig. Hoffnung auf Heilung des Krebsschadens. An der Mole verankerter Traum. Offene Tür zum

Gefängnis. Ohne Wasser, ohne Licht. Er durchforscht das dunkle Versteck. „Ich erfülle meine Pflicht." Geduld. Er arbeitet. Er webt den Stoff; später werden ihn die Kaufleute prüfen und den Preis bestimmen. Er will, daß er widerstandsfähig ist. Mit zwei Nadeln, chinesischen Gabeln, zählt er die Maschen, ißt er den Reis, Korn für Korn. Jede Bewegung der Nadel ist weise überlegt. Jedes Korn stellt eine Verbindung zum nächsten dar.

Der Richter besitzt ein großes Stethoskop. Er ist ein Mond, der das Stadion durchforscht, während das Spiel sich im Flutlicht vollzieht. Tausende von Zuschauern sind in das Spiel verwickelt. Wer von ihnen hat die Spieler bestochen, damit sie schlecht spielen? Wer hat hinter ihrem Rücken ein Vermögen auf sie gesetzt? Der Richter studiert das Röntgenbild des Verbrechens: Er muß die Natur der verdächtigen Flecken bestimmen. Es darf keinen Zweifel geben.

Der Richter gleicht nicht dem Gedicht des Kavafis: „Die erste Stufe". Er begnügt sich nicht mit der ersten Stufe, er muß zum Gipfel gelangen, zur obersten Stufe. Welch seltsames Gefühl zu wissen, daß man von einem ganzen Volk getragen wird! O Süße einer so furchtbaren Verantwortung! Er ist fast wie berauscht von Müdigkeit und dem halsstarrigen Verlangen durchzuhalten. Der Richter verteilt Eintrittskarten für Genti-Koulé.

„Man versucht, den Untersuchungsrichter als Linkssympathisierenden abzustempeln. Ein für seine rechtsextremistischen Ansichten bekannter Abgeordneter der ERE fordert in einer schriftlichen Anfrage das Ministerium des Innern auf, das Parlament über die Aktivitäten und die Vergangenheit des gegenwärtig mit der Affäre von Saloniki betrauten Richters zu unterrichten..."

Der Richter erklärt: „Die Festung wird verteidigt." Der Richter ist mutig. Er ist intelligent. Wenn er meint, daß Schweigen besser sei, sagt er: „Kein Kommentar." Als der Generaloberst ihm eine Liste zu befragender Zeugen vorlegt, verwirft er sie mit der Begründung, daß er aus allen Quellen schöpfen müsse. Jede Quelle bringt ihn zur nächsten. Der Boden unter seinen Füßen ist ausgehöhlt, er senkt sich. Maulwürfe haben überall Gänge gegraben und ein unterirdisches Labyrinth geschaffen, dessen Galerien sich vereinen und zum Nabel der Affäre führen. Der Richter ist ein mit zwei Sauerstoffflaschen ausgerüsteter Tiefseetaucher.

„Der Präsident des Gerichtshofs hat dem Untersuchungsrichter die Ansicht übermittelt, daß die Schuldigen die Absicht gehabt hätten, Z. zu verletzen, aber nicht zu töten. Was bedeuten die in der Presse erwähnten neuen Haftbefehle? Man gebe sie bekannt, damit wir endlich Ruhe haben!"

Der Richter ist wie eine Kletterpflanze: Er wächst so hoch, wie es ihm seine Stütze erlaubt. Je höher sie ist, desto höher wächst er. Er kann sogar das Zimmer füllen. Der Richter ist ein Weinspalier; grüne, saure Trauben hängen am Gitterwerk und werden im Herbst reifen und sich in Wein verwandeln. Der Richter ist ein Zerstörer falscher Böden. Darunter entdeckt er uralte Wurzeln vergrabener Toter. Der Richter ist ein Grabschänder.

„Der Richter – wie jeder Untersuchungsrichter – gehört ebensowenig zum Chor der zwölf Götter des Olymps wie unter die Heiligen des Christentums, und niemand hat ihm das Privileg der Unfehlbarkeit verliehen, das sich der Papst als Privateigentum reserviert hat. Der Richter ist ein Mensch wie wir alle. Er ist ein determinierter Mensch, Sohn determinierter Eltern; er trägt, ob er es nun will oder nicht, in sich, in seinem Blut und in seiner Seele, ein bestimmtes Erbe, vielleicht war er in seiner Jugend dem Einfluß bestimmter Ideen unterworfen, und sein Widerstand gegen die jedem Menschen innewohnenden Schwächen hängt von seiner Individualität ab. So ist der Richter, so ist jeder Richter."

Der Richter hat weder Zeit, sich zu ängstigen, noch metaphysischen Gewissensbissen nachzuhängen. Er ist ans Schiff gebunden wie die Ruderpinne ans Steuer. Der Richter ist ein Gärtner, der das Unkraut ausreißt. Der Richter ist eine Blume, die sich in der Einsamkeit entfaltet, im Trauerdekor des Herbstes, wie jene Blumen Südamerikas, Vorzeichen des nächsten Frühlings vor der Härte des Winters.

22

«Im nächsten Winter werde ich Dich nicht sehen, aber ich will, daß Du weißt, wie sehr Du mir fehlen wirst. Die Nächte werden schneller kommen, und Du wirst mir mehr gehören. Diese Sommertage sind endlos. Der schwarze Baumwollstoff der Trauer läßt die Sonne durchdringen. Ich verbrenne.

Meine Liebe zu Dir wird sich nicht auf Deine Kinder übertragen. Meine Liebe zu Dir wird zu Rauch werden. Er wird durch den Schornstein aufsteigen in Deinen und unseren Himmel.

Ich bin ein leerer Sportplatz. Die weißen Linien beginnen sich zu verwischen. Die sandige Sprunggrube, in die Du gesprungen bist, bleibt ungeharkt. Und der Sand setzt sich, wenn man ihn nicht bewegt. Ein Körnchen klebt am anderen. Ich weiß nicht, wann die nächsten Balkanspiele stattfinden werden.

Ohne Deinen Sprung ist meine Grube ein leerer Brunnen. Du, der Weitsprungmeister, bist nicht da. Ich hebe Deine Sportkleidung auf zur Erinnerung an Deinen Körper. Ich bewahre Deine Turnschuhe zur Erinnerung an deine Füße.

Danach verliere ich mich. Die Welt ist klein ohne Deine Stimme. Meine Seele: eine gestaltlose Möwe am Strand. Grünes Wasser voller Seeigel. Wie soll ich einen Schritt tun?

Du entfernst Dich zum Horizont des Meeres, und die Krümmung der Erde entführt Dich mir, ich sehe Dich kaum noch, jetzt nur noch den Wimpel an der Spitze des Mastes. Sonst geht es mir gut. Auf Deinen chirurgischen Instrumenten fühle ich die Spuren Deiner Hände.

Irgendwann, eines Tages, werde ich Dir schreiben, daß ich durch viele Einzelheiten Deines Lebens reicher wurde, seitdem man Dich und Dein Leben untersucht. Ich bin allein. Ich weiß nicht, wie lange ich diese Einsamkeit werde ertragen können. Ich weiß nicht, ob es nicht besser wäre, mich durch die anderen Deiner zu erinnern. In der Einsamkeit entwickelt sich ein gefährlicher Egoismus. Man bildet sich ein, daß die anderen einem etwas schuldeten. Aber im Kontakt mit den anderen schließt sich die Wunde, vernarbt, nur das reinste Gold bleibt übrig.

Ich langweile mich zum Sterben. Ich warte darauf, daß jeder Tag seinen Kreis der täglichen Dinge schließt, daß die Nacht mir die unendliche Umarmung bringt, in der allein ich zu existieren beginne. Ein Kompromiß mit dem Tod ist unmöglich. Das ist die Wahrheit. Jede Trennung enthält eine unausgesprochene Erwartung. Der Tod ist das, was nicht vollendet werden konnte.

Darum leide ich. Denn für Dich habe ich Schätze noch unverbrauchter Zärtlichkeit bewahrt. Es gab noch ungelebte Dinge, selbst wenn unsere Verbindung nicht immer vollkommen war. Du kannst nicht wissen, wie glücklich ich darüber bin, nicht das ideale Paar gewesen zu sein, den Mut zu unseren Auseinandersetzungen gehabt zu haben. Wir haben nichts unter der Decke der Lüge verborgen.

Das alles hält mich am Leben. Wenn ich romantisch werde, dann nur deshalb, weil Du mir wirklich fehlst. Weil ich wirklich sehen wollte, was uns trennte. Weil es mir wirklich gefiel, unter Dir zu leiden. Doch der Papierdrache hat sich plötzlich gelöst, und da stehe ich mit dem Faden in meinen Händen.»

23

Ein schwarzer Wagen mit ausländischem Kennzeichen verfolgt Zeugen und Journalisten. Ein „Taunus" rast über den Bürgersteig und versucht, einen Rechtsanwalt zu überrollen, der noch rechtzeitig beiseite springt – ein Taunus, auch er mit ausländischer Nummer. (Wo fertigt man diese Nummernschilder an? Sind sie bei der Verkehrspolizei gemeldet?) Ein kleiner Lastwagen, aus dem zwei Arme schießen, die Nikitas „gekonnt" niederschlagen. Mopeds, die am Abend der Versammlung des 22. Mai verdächtig hin und her fahren. Krankenwagen, die aus dem Nichts auftauchen, Verletzte aufnehmen und wieder in der Nacht verschwinden. Jangos' Kamikasi. Ein Volkswagen mit einem Polizisten am Steuer, der Z. ins Krankenhaus bringt – all das stimmte den Journalisten nachdenklich. Je mehr die Untersuchung vorankam, desto mehr wuchs seine Überzeugung, daß ein ganzes motorisiertes Bataillon insgeheim in dieser Nacht aufgeboten worden war, um Z. zu töten und seine Mörder schleunigst fortzuschaffen.

Wenn die Dinge für sie eine schlimme Wendung genommen hatten und die Mörder, einer nach dem anderen, aus ihren Gebüschen aufgetaucht waren – wie Kinder, die Versteck spielen: „Komm raus, ich habe dich gesehen!" –, war das vor allem das Verdienst des Tigers. Aber in dem Journalisten hatte sich die Überzeugung gefestigt, daß die Untersuchung gerade der Spur des „motorisierten Bataillons" folgen müsse, wenn nicht viele dunkle Punkte der Affäre für immer dunkel bleiben sollten.

Es war an einem jener klebrigen Sommerabende von Saloniki – er verspeiste eben eine Portion gebratener Miesmuscheln bei „Stratis" auf der Promenade –, als er den Schlüssel des Rätsels gefunden zu haben glaubte: Vor der Versammlung hatte der General im Ministerium für Nordgriechenland dem Vortrag des Staatssekretärs für Landwirtschaft über den Mehltau beigewohnt. Der Kabinettschef war gleichfalls dort gewesen. Dieser letztere unterhielt enge Beziehungen zu der rechtsextremistischen Studentenorganisation EKOF. Der General wiederum stand mit den halbstaatlichen Organisationen in Verbindung, die gemeinsam mit der EKOF an den Ausschreitungen beteiligt gewesen waren. Der Fahrer des Volkswagens war der persönliche Chauffeur des Kabinettschefs. Dort hatte also alles begonnen: Der Mehltauvortrag war nur ein Vorwand gewesen. Jetzt mußte er herausfinden, wo der Polizist den Wagen gemietet hatte. Wieder die Rolle des Privatdetektivs übernehmend, eine Rolle, die ihm Spaß machte, weil sie die engen Begrenzungen seiner beruflichen Arbeit sprengte, warf er sich in dieses neue Abenteuer.

Zuerst ging er zur Unfallstation des Krankenhauses und stellte überrascht fest, daß die Nummer des Volkswagens in der Aufnahmekartei nicht festgehalten worden war. Sodann unternahm er einen Rundgang durch alle Autovermietungsbüros, nannte das Datum, die genaue Zeit, beschrieb den Zusammenstoß. Man hielt ihn zweifellos für einen Trottel, aber das machte ihm nichts aus. Er wußte, daß einer der Schlüssel der Affäre in diesem „zufälligen" Unfall zu finden war.

Endlich stieß er, erschöpft, aber keineswegs entmutigt, auf das gesuchte Büro. Er hatte von neuem seine Geschichte von Anfang an erzählt, als der Mann hinter der Theke, der ihm aufmerksam zugehört hatte, lächelnd sagte:

„Natürlich erinnere ich mich. Aber Sie sagten mir doch am Telefon, daß Sie auf jede Entschädigung verzichten."

Antoniou begriff. Er sagte nichts, wartete ab.

„Ja, sicher", fuhr der Vermieter fort. „Ich erinnere mich gut an diesen Fall. Der Polizist, der Z. zum Krankenhaus fuhr, stieß mit Ihnen zusammen. So war es doch?"

„Genau."

„Anfangs wollten Sie sich an die Versicherung wenden, dann aber riefen Sie mich wieder an und sagten – was mir einigermaßen seltsam vorkam –, daß es nutzlos sei. Sie kommen also doch auf Ihre erste Absicht zurück? Sie haben recht."

„Wie hieß der Polizist?"

„Ich habe Ihnen seinen Namen am Telefon genannt."

„Ich habe ihn vergessen."

„Einen Moment."

Er suchte in seiner Kartei, fand die Unterlagen und nannte ihm den Namen. So bestätigte sich die Versicherung eines Zeugen, daß der Fahrer des Volkswagens identisch mit dem Chauffeur des Kabinettschefs des Ministers für Nordgriechenland sei.

„Der Polizist rief gegen vier Uhr nachmittags an, um einen Wagen zu mieten. Er kam nicht selbst, um ihn abzuholen, sondern Meraklis, ein Vermittler, der unsere Wagen auf eigene Rechnung untervermietet und sie selbst den Kunden bringt. Um sechs Uhr abends hat Meraklis ihm den Wagen geliefert. Der Polizist erklärte, daß er ihn gegen neun Uhr wieder zurückbringen würde, aber wegen des bedauerlichen Zwischenfalls kam er erst um zehn."

„Wer ist dieser Meraklis?"

„Ein armer Teufel. Er versucht, sich durchzuschlagen. Er hat kaum Kapital, aber man sagt, daß er Beziehungen zum Ministerium für Nordgriechenland habe, und so kommt er einigermaßen klar. Es ist besser, wenn ich Sie direkt zu ihm bringe, denn der Unfall läuft unter seinem Namen. Kommen Sie, es sind nur zwei Schritte von hier."

Sie verließen das Büro. Der Vermieter sprach unterwegs lebhaft weiter:

„Was für eine Affäre, dieser Mord an Z.! Manchmal habe ich das

Gefühl, daß wir alle in ihn verstrickt sind, ohne es zu wissen. Wenigstens bekommt man diesen Eindruck, wenn man die Zeitungen liest. Finden Sie nicht auch? Was sind Sie von Beruf?"

„Journalist."

Der Vermieter blieb wie versteinert mitten auf dem Bürgersteig stehen. Eine alte Frau, die ihnen entgegenkam, stieß mit ihm zusammen, und die Tüte mit Pfirsichen, die sie in der Hand hielt, verstreute ihren Inhalt über das Pflaster. Die beiden bückten sich, um die Pfirsiche aufzulesen.

„Journalist? Da wissen Sie also mehr als ich . . ."

„Durchaus nicht. Ich bin gekommen, um etwas zu erfahren."

„Ich flehe Sie an, bringen Sie nicht meinen Namen mit hinein. Ich will keine Geschichten, ich verdiene mein Brot schon so schwer genug. Meine Tochter und mein Sohn studieren an der Dolmetscherschule in Genf. Heutzutage will sich jeder einen Wagen kaufen, und das Vermieten wird immer schwieriger. Es fällt mir schon schwer, die Unkosten zu decken. Hier haben wir nicht so viele Touristen wie in Athen . . ."

Sie waren angelangt. Meraklis telefonierte in seinem Büro. Als er sie eintreten sah, forderte er sie durch ein Zeichen auf, sich zu setzen, und in der Annahme, daß der Vermieter ihm einen neuen Kunden zuführe, verdeckte er die Sprechmuschel mit der Hand und fragte: „Trinken Sie einen Kaffee?" Beide verneinten. Nachdem er angehängt hatte, wandte er sich an den Vermieter:

„Was können wir für den Herrn tun?"

„Der Herr ist Journalist und möchte mit dir plaudern", sagte der Vermieter hastig.

„Was will er?"

„Ich möchte gern einige Punkte klären", sagte Antoniou.

„Ich habe Anweisung, keine Informationen zu geben."

„Vom Ministerium oder von der Sicherheitspolizei?"

„Von der Sicherheitspolizei."

Die Information genügte: Antoniou sagte vor dem Staatsanwalt aus und veröffentlichte sie auch in seiner Zeitung. Meraklis leugnete. Niemals habe er von der Sicherheitspolizei gesprochen. Er kam vor den Richter und wurde wegen falscher Zeugenaussage zu sieben Monaten Gefängnis verurteilt. Bei dieser Gelegenheit kam ans Licht, daß Meraklis vor dem 22. Mai einen Skoda-Wagen auf

Kredit gekauft hatte und die Raten nur unter Schwierigkeiten hatte aufbringen können, während er am Tage nach dem Mord eine fabrikneue Vespa im Wert von fünfzehntausend Drachmen bar bezahlt hatte. Wie hatte er sich in einer einzigen Nacht diese Summe beschaffen können? In der Folge erfuhr man ebenfalls, daß er im Ministerium ein und aus ging und daß ein Polizist ihn häufig in seinem Büro besuchte, derselbe Polizist, der nach dem Sturz der Regierung Karamanlis und am Vorabend der Neuwahlen erklären sollte: „Wenn Karamanlis wieder die Wahlen gewinnt, wird der Untersuchungsrichter nichts zu lachen haben!" – aber das war viel später. Für den Augenblick lag der Sommer über dem Thermäischen Golf im Sterben, die Internationale Messe bereitete sich darauf vor, im September wie in jedem Jahr ihre Pforten zu öffnen, und die Rechtspresse veröffentlichte Räubergeschichten, in denen enthüllt wurde, daß die Kommunisten sich eines einstigen Widerstandskämpfers der ELAS – Vaggos – bedient hatten, um Z. zu töten, und andere Berichte ähnlicher Art. Die Verwirrung war auf ihrem Höhepunkt angelangt, und der Journalist kehrte in der Überzeugung, seine Mission erfüllt zu haben, endgültig nach Athen zurück.

24

Der General ist frei in seinen Bewegungen. Der General gibt Erklärungen ab. Der General unternimmt mysteriöse Reisen. Er hat nur noch einen Wunsch: Wenn alles ans Licht kommt, zu sterben. Er zieht Fäden, die sich im Unendlichen verknüpfen. Einige reißen, und der General flucht. Ein gerissener Faden war Nikitas. Ein zweiter Varonaros, der im Gefängnis erklärt: „Warum muß ich ins Kittchen? Haben Sie mich nicht schon genug in die Scheiße gebracht?" Jangos ist schweigsam. Vaggos gefällt es im Gefängnis. Jimmy, der Boxer, bleibt unauffindbar bis zu dem Tag, an dem er erwischt wird, als er die Grenze bei Orestiada heimlich zu überschreiten versucht. Er behauptet, „auf Boxtournee" zu sein. Der

General, einstiger Chef der königlichen Evzonenleibwache, erfreut sich mächtiger Beschützer. Für ihn resümiert sich alles in drei Worten: Deckung der Schuldigen. Er versichert den Polizeidirektor seiner vollen Solidarität, falls man ihn in den Ruhestand versetzen sollte. Der Polizeidirektor wird in den Ruhestand versetzt, und der General denkt nicht daran, etwas zu unternehmen. Ohne ihn wäre die Auflösung vollständig. Auf die von allen Seiten gegen die Polizei gerichteten Anklagen erwidert er, er nehme die Verantwortung auf sich. Doch der General ist nach dem Gesetz nicht verantwortlich. Der Presse, die ihn beschuldigt, in das Verbrechen verwickelt zu sein, schleudert er ungerührt entgegen: „Wer wird die anderen verhaften, wenn man uns verhaftet? Können wir uns selbst festnehmen?"

Saloniki ist für den General ein Schachbrett. Hier der Turm, der Weiße Turm, da der Läufer, das Minarett der Rotunde, dort der Springer, der das Meer reitende Hafen. Alles wird durch die Spiegelung des Wassers verdoppelt: zwei Türme, zwei Läufer, zwei Springer. Nur der König und die Königin sind abwesend. Doch bleiben dem General viele Bauern. Er verschiebt sie geschickt. Sein Gegner nutzt einen äußeren Vorteil: die Journalisten. Jedesmal, wenn der General einen Bauern verliert, ist er fuchsteufelswild. Er ist es nicht gewohnt zu verlieren. Plötzlich sieht er sich ohne Frontlinie. Er geht heimlich nach Athen. Er bittet die Autoritäten, ein für allemal zu intervenieren. Seine Nerven halten es nicht mehr aus. Der General ist in diesen apokalyptischen Tagen davon überzeugt, daß der Geist des Bösen ihn verfolgt. Die zionistische Maffia hat sich mit der kommunistischen Maffia verbündet. Der General wird genau in dem Moment aus Altersgründen in Pension geschickt, in dem er hoffte, auf den Platz des Generalobersten nachzurücken. Der Untersuchungsbericht zählt ihn zu den Angeklagten. Der Richter fordert ihn auf, seine Verteidigung vorzubereiten. Der General spürt, daß sein Leben einem Fiasko entgegentreibt.

IV Apologien

1

„Ich bin überrascht und entrüstet, Herr Untersuchungsrichter. Ich hätte es mir nie träumen lassen, daß ich, fast auf dem Gipfel meiner Karriere angelangt, zwei Finger breit vom obersten Kommandoposten der königlichen Gendarmerie entfernt, ein solches Schicksal erleiden würde. Mich, den General, klagt man an! Und wessen? ‚Aus freiem Willen den Tätern vor, während und nach der Ausführung des Verbrechens seinen Beistand geliehen zu haben.' Um welchen Beistand handelt es sich? ‚Persönlich am Schauplatz der verbrecherischen Handlung anwesend gewesen zu sein, in der Folge seinen Beistand angeboten und versucht zu haben, die Spuren der Mörder zu verwischen, weder Verfolgungsmaßnahmen getroffen noch ihre Verhaftung veranlaßt und endlich die Werkzeuge des Verbrechens den Nachforschungen entzogen zu haben.' Und wer soll all das getan haben? Ich! Ich, der ich mein Leben dem Vaterland geweiht habe! Mich würdigt man zum Genossen von Totschlägern herab! Nein, nein!"

An diesem Abend des 22. Mai, er erinnert sich nicht genau der Zeit, aber er erinnert sich, daß es sich um diesen Abend und nicht um einen anderen handelte, denn es war ein Mittwoch, die Geschäfte waren geschlossen, und da er es vergessen hatte, war er ausgegangen, um Einkäufe zu machen; er wollte sich Unterhosen kaufen und bekam keine, daher erinnert er sich so genau, daß es dieser Mittwochnachmittag war, obwohl seitdem drei Monate verstrichen sind und die Erinnerung mit dem Alter nachläßt, kurz, um auf diesen Nachmittag zurückzukommen, er hatte sich Zivil angezogen, schließlich kann man in Generaluniform keine Unterhosen kaufen, was würden die Leute dazu sagen, und ganz nebenbei, er leidet an äußeren Hämorrhoiden, die Frage der Unterhosen ist also äußerst wichtig für ihn, so daß er es keinesfalls seiner Ordonnanz überlassen kann, sie statt seiner zu besorgen; was seine Frau betrifft, war sie ausgegangen, um bei der Christlichen Nächstenhilfe Tee zu trinken. An diesem Nachmittag sollte im Ministerium für Nordgriechenland ein Vortrag über den Mehltau stattfinden, und da er selbst aus einer bescheidenen bäuerlichen Familie stammt – sein Vater war Landwirt –, interessiert er sich sehr für solche Probleme. Die Veranstaltung sollte auf höhere Ränge beschränkt sein, man hatte ihn eingeladen, und er war neugierig zu erfahren, mit welchen Mitteln man den Mehltau heutzutage bekämpft. Nein, der Bauer in ihm ist nicht tot. Bei Kavala besitzt er noch einige Felder, und sonntags macht es ihm Freude, sich um seine Tabakstauden zu kümmern. Die Natur bedeutet für ihn eine Erholung. Als Generalinspekteur der Gendarmerie hat er schwere Verantwortung zu tragen, und nur die Rückkehr zur Mutter Erde kann ihn entspannen. Mit dem Alter findet jeder zu seinen Wurzeln zurück und schließt so den Kreis seines Lebens zu einer großen Null. Leider, ja, zu einer Null, jedenfalls fühlt er sich heute so. Aus den bescheidensten, aber patriotischsten Schichten der Nation aufgestiegen, hat er den Everest seiner Laufbahn erklommen, nur um erleben zu müssen, daß „die Kommunisten, Ungeziefer, das vor nichts zurückscheut, um die Fundamente unserer Rasse zu unterminieren", ihn von seinem Sockel zu stürzen suchen. Aber es wird ihnen nicht gelingen! Er ist unschuldig! Er leugnet nicht, ganz im Gegenteil, er ist stolz darauf, sagen zu können, daß er sein ganzes Leben dem Kampf gegen den Kommunismus und den Judaismus gewidmet hat, zwei verwandten Infektionen, die unsere glorreiche christlich-griechische Zivilisation bedrohen. Aber bis zu welchem Grade diese beiden Übel verwandt sein können, darüber ist sich die große Masse unglücklicherweise nicht im klaren. Gut, er ist nicht hier, um vor dem Richter seine Ansichten zu entwickeln, er hat dieses Thema nur angeschnitten, um zu beweisen, daß es die Achse seines Daseins ist, sein Leitstern, und daß es ihm bei der Bekämpfung dieser beiden Zwillingssteine geglückt ist, „durch ihre Reibung Wärme und Funken zu erzeugen".

Dieser Vortrag über den Mehltau riß ihn aus seiner Schläfrigkeit. Mittags hatte er Tintenfische mit Zwiebeln gegessen, eine Spezialität seiner Frau und nicht eben leicht verdaulich, so daß er nach seinem Mittagsschlaf mit schwerem Kopf erwachte. Er hatte mindestens zwei oder drei Tassen Kaffee trinken müssen, um wieder klar zu werden, und deshalb hatte er auch vergessen, daß Mittwoch war, und hatte sich törichterweise aufgemacht, um Unterhosen zu kaufen. Der Vortrag über den Mehltau weckte seinen bäuerlichen Instinkt und erinnerte ihn an die glückliche Zeit seiner Kindheit, als er zusammen mit seinem kleinen Freund Zissis, „auch er ein unglückliches Opfer der Slawokommunisten", noch Spatzen mit Leimruten gefangen hatte. Er war deshalb aufgestanden und hatte ein paar Worte über den kommunistischen Mehltau gesprochen, unter dem unser Land leidet ... Was? Das wußte der Richter schon? Wer hatte es ihm gesagt? ... Amtsgeheimnis? Hatte er es von dem einstigen Kommunisten, dem jetzigen Direktor des Amts für Reiskultur des Bezirks Saloniki, erfahren? Hatten sich Spitzel unter den Zuhörern befunden? Nun, lassen wir das, jedenfalls war er beim Verlassen des Ministeriums einer Putzfrau begegnet und hatte ein wenig mit ihr geplaudert. Diese Frau kannte er seit langem, seitdem sie bei der Polizei angestellt gewesen war. Ihr Mann war von den roten Schakalen ermordet worden. Sie hatte kürzlich eine Gunst von ihm erbeten, denn er, der General, versäumte nie eine Gelegenheit, einfachen Menschen des Volkes zu helfen ... Warum er so oft ins Ministerium ging? Nun, er war mit dem Kabinettschef befreundet. „Ein junger, von den edelsten Idealen der christlich-griechischen Zivilisation erfüllter Mensch, der immer bereit war, sich meine Theorien über die Flecken der Sonnenoberfläche anzuhören, Flecken mit umgekehrter Polarisation, wie ich betonen möchte." Danach hatte er den Staatssekretär für Landwirtschaft in seinem Wagen zum Flughafen Mikra gebracht. Unterwegs war ihm das Malheur passiert, ein Huhn zu überfahren, und der Staatssekretär hatte deswegen um ein Haar seine Maschine verpaßt. Er hatte dem Huhn nicht ausweichen können, da die Straße sehr glatt war und der Wagen gegen einen dort haltenden Traktor geschleudert wäre, wenn er zu heftig gebremst hätte. Der Staatssekretär, Präsident des Tierschutzvereins, hatte anhalten wollen, um festzustellen, ob das unglückliche Huhn wirklich tot sei. Er wirkte betroffen und warf ihm einen vorwurfsvollen Blick zu. Offenbar hielt er das Huhn nicht für mitverantwortlich, obwohl es sich geradezu unter die Räder gestürzt hatte. Ohne abergläubisch zu sein, neigt der General seitdem dazu, es zu werden: Dieses Huhn war ein übles Vorzeichen. Nur allzubald würde man ihn beschuldigen, einen roten Abgeordneten überfahren zu haben. Aber halten wir uns an den chronologischen Hergang der Ereignisse.

In die Stadt zurückgekehrt, fuhr er an seinem Büro vorbei, um die Einladung für das Bolschoiballett mitzunehmen. Auf der Einladung war die genaue Zeit des Beginns der Vorstellung nicht vermerkt. Er hatte seine Ordonnanz das Nationaltheater anrufen lassen und so erfahren, daß sie um drei Viertel zehn beginnen würde. Das bedeutete also um zehn. Es war neun Uhr. Er hatte eine gute Stunde vor sich. Er telefonierte mit seiner Frau, um ihr anzukündigen, daß er sie um halb zehn mit dem Wagen abholen werde. Dann rief er den Polizeidirektor an; er wollte ihm vorschlagen, mit ihnen zusammen hinzugehen. Der Offizier vom Dienst gab die Auskunft, daß der Direktor abwesend sei. Er habe sich zu einer Versammlung der Freunde des Friedens an der Ecke Hermes- und Veniseloustraße begeben; es sei dort zu Zwischenfällen gekommen. Es war das erstemal, daß der General von dieser Versammlung hörte. Er entschloß sich, einen Umweg zu machen und den Direktor gleich mitzunehmen ...

Ja, allerdings, auf diese Frage hat er gewartet ... Wie er, ein fanatischer Antikommunist, die Einladung zu einem sowjetischen Schauspiel annehmen konnte? Er war gewiß nicht hingegangen, um sich die Tänzerinnen anzusehen – solche Laster waren ihm Gott sei Dank fremd! –, nur um die Truppe zu beobachten, die Physiognomien zu belauern, die Farben, die Bewegungen, die „sich sicherlich vor allem auf der linken Bühnenhälfte abspielen würden", anders gesagt, um seine Mission zu erfüllen. Seit dem Tod des Juden Stalin, seitdem reinrassige arische Russen an die Macht gekommen waren, zeigte die sowjetische Propaganda ein lächelndes Gesicht. Filme, Theater, Satelliten, Kosmonauten waren die neuen Offensivwaffen ... Wie? Zwischen Stalin und Hitler sei kein Unterschied? Er habe die Juden verfolgt? ... Ohne jemand beleidigen zu wollen, könne der General versichern, daß er seine Geschichte gründlich kenne, und er wisse, daß Stalin Jude war. Der beste Beweis: Er habe Joseph geheißen.

Er parkte seinen Wagen nahe dem Modianomarkt und fragte Männer des Ordnungsdienstes, ob der Direktor eingetroffen sei.

Ein Polizist, der den General erkannte, obgleich er in Zivil war, nahm Haltung an und meldete, er befinde sich im Hotel Kosmopolit. Dort fand er ihn auch im Gespräch mit einer anderen Person. Sein Erscheinen schien dem Direktor den Rücken zu steifen, denn er redete in energischerem Ton auf seinen Gesprächspartner ein: „Als Sie, Herr Spathopoulos, mich heute vormittag mit den anderen Mitgliedern des Friedenskomitees in meinem Büro aufsuchten, versicherten Sie mich Ihrer Aufrichtigkeit und Ehrlichkeit. Aber was Sie in diesem Augenblick tun, widerspricht Ihren schönen Worten. Was wollen Sie? Eindruck schinden? Hören Sie diese Lautsprecher? Sie vollführen einen Höllenlärm. Ihre Freunde zetern, man habe Sie entführt. Warum gehen Sie nicht hinüber, um ihnen zu beweisen, daß es nicht stimmt? Warum zeigen Sie sich nicht an Ihrem Fenster, um sie zu beruhigen? Rufen Sie sie wenigstens an." Spathopoulos protestierte: Auf der Straße herrsche das Gesetz des Dschungels. Er, der General, habe zugehört, ohne etwas zu sagen. Der bloße Anblick des Genossen Spathopoulos verursachte ihm Herzbeklemmungen. Der Tintenfisch, den er zu Mittag gegessen, schien sich in seinem Magen wieder zu regen und seine Fangarme bis in seine Gedärme zu strecken. Der Direktor schlug Spathopoulos vor, ihn zur Versammlung zu eskortieren.

Er verließ mit ihnen das Hotel und sah eine Menge, „die man auf etwa hundertfünfzig Personen veranschlagen konnte. Sie äußerte ihre Entrüstung über die von den am Balkon des Gewerkschaftsklubs angebrachten Lautsprechern verbreiteten hetzerischen Parolen". Noch immer ihre verdammten Sprachrohre aus der Besatzungszeit, dachte er. Der autochthone Kommunismus hat sich nicht einmal anzupassen verstanden wie der im Ausland. Die anderen schicken uns ihr Bolschoi, um uns zu überzeugen, daß das Leben in der roten Hölle nur ein Ballett sei; aber unsere Kommunisten, diese Schwächlinge unserer Rasse, brüllen noch immer ihre alten Parolen. Jedenfalls stand eins für ihn fest: Er würde nicht zum russischen Ballett gehen. Nicht, daß er verpflichtet gewesen wäre, dort zu bleiben, aber ebenso wie ein Arzt auf einer Urlaubskreuzfahrt verpflichtet ist, seinem erkrankten Kabinennachbar zu helfen, hielt auch er sich an sein berufliches Gewissen, grünes Licht im roten Meer der Henker. Er kehrte in sein Büro zurück und benachrichtigte telefonisch seine Frau, daß Gründe höherer Gewalt ihn hinderten, dem Ballett beizuwohnen. Die Pflicht! Das Vaterland über alles! Dann rief er den Kabinettschef an, daß er ihm seine Einladung zur Verfügung stelle und daß der Bote des Ministeriums sie abholen könne. Der Kabinettschef konnte die Einladung in der Tat brauchen, nicht für sich, sondern für einen Freund, dessen Frau, eine ehemalige Tänzerin, vergeblich Himmel und Erde in Bewegung gesetzt hatte, um einen Platz zu bekommen. Danach hatte sich der General wieder zum Ort der Versammlung begeben. Es mußte so gegen zehn Minuten nach neun gewesen sein, vielleicht auch zwanzig. Er hatte es ja schon gesagt: Ihm fehlte es an Zeitgefühl.

Natürlich, er ist erst nach dem Angriff auf Pirouchas zurückgekehrt. Pirouchas behauptet, ihn gesehen zu haben? Dann war es nicht er, sondern sein Geist! Pirouchas phantasiert: Er ist überzeugt, daß ihm der General seit der Besatzungszeit ans Leder will, in der sie rivalisierenden Partisanengruppen angehörten: Pirouchas stand bei den Kommunisten der EAM, der General auf der Seite der wahren Patrioten. Seitdem bildet sich Pirouchas ein, daß er ihn verfolgt. Er sollte sich psychoanalysieren lassen. Immerhin ist er stolz darauf, ihm diesen „Komplex" eingeimpft zu haben.

Kein Zweifel, die Lautsprecher sind in erster Linie verantwortlich. Wenn Ihr Nachbar sein Radio übermäßig aufdreht, zeigen Sie ihn an, wenn der Lautsprecher eines Reklamewagens den Titel des Films ausschreit, der im nächsten Kino läuft, regen Sie sich auf. Und wenn mitten im Zentrum der Stadt ... Darin unterscheiden sich die Kommunisten eben von den Eseln: Ihre Sturheit läßt sie nicht nur am selben Fleck verharren, sie brüllen auch noch so laut wie möglich. Als man sie ersuchte, die Lautsprecher zu dämpfen, verdoppelten sie ihre Lautstärke.

Er hat niemals von Z. gehört. Nicht einmal durch die Presse. Er liest keine Zeitungen. Er ist überhaupt gegen die Presse, vor allem die griechische, weil sie jämmerlich ist. Als die Reden und Lieder beendet waren, beobachtete er ein Individuum, das sich dem Polizeidirektor näherte und ihm einen blauen Fleck auf seiner Stirn zeigte. Der Mann schien wütend. Er erklärte, daß die Freunde des Friedens als freie Bürger gekommen seien und ebenso wieder gehen würden. Diese unverschämte Erklärung ärgerte den General, und um sich kein Schimpfwort entschlüpfen zu lassen, das ihn auf das

Niveau dieses fanatisierten Gesindels hinabgedrückt hätte, und um weiterhin nur neutraler Beobachter zu sein, zog er es vor, sich zu entfernen. Später erfuhr er, daß dieser Unverschämte niemand anders als Z. gewesen war.

So fand er sich am Eingang des Gebäudes wieder, in dem die Versammlung stattfand. Ein Polizeikordon wachte darüber, daß sich der Abmarsch ohne Zwischenfälle und in kleinen Gruppen vollzog. Er mischte sich inkognito unter die Leute – schließlich war er ja in Zivil –, um zu hören, worüber sie sprachen. Er wollte wissen, wieweit ihnen der Anarchismus dieses Z. zu Kopf gestiegen war. In diesem Moment hörte er ein Motorrad. Er drehte sich um und sah, daß ein Mann von einem Dreirad angefahren wurde und zu Boden stürzte. Das Fahrzeug schleifte ihn einen oder zwei Meter mit und verschwand dann mit rasender Geschwindigkeit in der Veniselou-straße, die, „wie jeder weiß, eine Einbahnstraße ist". Er maß diesem Vorfall keine größere Wichtigkeit bei und setzte seinen Weg inmitten der Versammlungsteilnehmer fort, auch die kleinste Bemerkung registrierend. An der Egnatiastraße zerstreuten sich jedoch die Gruppen, es wäre nutzlos gewesen weiterzugehen. Am Taxistand kehrte er deshalb um und lief die Straße auf der anderen Seite wieder hinunter. Dabei stieß er auf den Polizeidirektor, der ihm bedrückt berichtete, daß jemand überfahren worden sei. „Wir sind erledigt. Ich fürchte, es handelt sich um Z."

Sein erster Gedanke war, daß es sich um einen einfachen Verkehrsunfall handelte. Aber selbst in diesem Fall kamen Verantwortlichkeiten auf sie zu, denn „die Kommunisten, die den Unfall wahrscheinlich selbst inszeniert hatten, um uns hineinzuziehen" – und das war sein zweiter Gedanke –, würden nicht verfehlen, ihn zu ihren Gunsten auszuschlachten. Man mußte die Situation kaltblütig ins Auge fassen. Er nahm also den Direktor beim Arm, brachte ihn zu seinem am Modianomarkt geparkten Wagen, und gemeinsam machten sie eine Rundfahrt, um festzustellen, ob nicht auch woanders Tumulte ausgebrochen seien. Im Wagen diskutierten sie darüber, wie man der möglichen Ausnutzung des Unfalls durch die Kommunisten vorbeugen könne. Der Direktor schien immer ratloser. Er mußte ihn ermutigen, es war seine Pflicht als Freund und Generalinspekteur der Gendarmerie. Mit der Zeit wirkte sich dieser Bummel im Wagen beruhigend aus. Dem General gelang es, ihn zu überzeugen, daß er nichts zu fürchten habe und daß seine eigene, wenn auch völlig unvorhergesehene Anwesenheit am Schauplatz der Zwischenfälle ihn von einem Teil der Verantwortlichkeiten entlaste. Jedenfalls würde er ihm bis zum Schluß solidarisch zur Seite stehen.

Gegen drei Viertel elf trafen sie im Präsidium ein, fast sofort von den Staatsanwälten gefolgt.

Der Untersuchungsrichter: Um wieviel Uhr sind Ihrer Meinung nach die Staatsanwälte eingetroffen, Herr General?

Der General: Ich könnte es nicht sagen, nicht einmal annähernd, aus dem einfachen Grund, weil es nicht meine Aufgabe war, sie zu benachrichtigen. Außerdem ist es drei Monate her, und ich kann mich eben nicht genau an die Ereignisse erinnern, die ich damals nicht so wichtig nahm, da ich nicht verantwortlich war und sie nicht in meinem Zuständigkeitsbereich lagen.

Der Untersuchungsrichter: Unabhängig von der Frage, ob Sie verantwortlich waren oder nicht: Wann nahmen Sie zum erstenmal die Anwesenheit der Staatsanwälte wahr?

Der General: Ich nahm sie wahr, aber ich wiederhole noch einmal, daß ich nicht in der Lage bin, genaue Auskunft über die Zeit ihrer Ankunft zu geben.

Der Untersuchungsrichter: Die Staatsanwälte haben Sie damals gefragt, ob der Schuldige festgenommen worden sei, und Sie haben ihnen geantwortet: „Wir haben ihn noch nicht, aber er kann uns nicht entkommen." Können Sie abschätzen, wie lange nach Ihrer Ankunft die Staatsanwälte Ihnen diese Frage gestellt haben?

Der General: Ausgeschlossen, nicht einmal annähernd, aus den gleichen Gründen, die ich Ihnen eben schon nannte.

Der Untersuchungsrichter: Wozu sind Ihrer Meinung nach die Staatsanwälte zu so vorgerückter Nachtstunde im Kommissariat erschienen?

Der General: Zweifellos, um sich über die Umstände des Z. zugestoßenen Unfalls zu informieren und zu fragen, ob die Schuldigen verhaftet seien.

Der Untersuchungsrichter: Wenn sie aus diesem Grunde kamen, müssen sie sich zwangsläufig sofort bei Ihnen und der Polizeidirektion erkundigt haben. Wie können Sie also behaupten, daß Sie die Zeitspanne nicht abzuschätzen vermögen, die zwischen ihrer Ankunft und ihrer Frage verstrichen ist?

Der General: Ich stecke nicht im Kopf der Staatsanwälte. Es kann sehr gut sein, daß sie wie viele Leute in diesem Moment die Polizei verdächtigten, den Mord organisiert oder wenigstens zugelassen zu haben. Sie könnten also zunächst in der Absicht gekommen sein, unsere ersten Reaktionen zu beobachten, und haben vielleicht aus diesem Grund eine gewisse Zeit verstreichen lassen, bevor sie uns Fragen stellten.

Der Untersuchungsrichter: Berechtigt Ihrer Meinung nach die Tatsache, daß die Staatsanwälte nicht sofort von der Festnahme des Schuldigen unterrichtet wurden, zu dem Verdacht, die Polizei habe den Mord organisiert?

Der General: Meiner Ansicht nach wäre der Verdacht gegen die Polizei teilweise in dem Maße berechtigt gewesen, in dem die Verzögerung der Benachrichtigung unberechtigt hätte erscheinen können.

Der Untersuchungsrichter: Äußern Sie sich klarer! War die Verzögerung berechtigt oder nicht?

Der General: Sie war es.

Der Untersuchungsrichter: Hatten die Staatsanwälte Anlaß anzunehmen, daß die Polizei in den Mord verwickelt war?

Der General: Nur die Staatsanwälte könnten objektiv diese Frage beantworten. Für mich käme der bloße Gedanke, daß die Staatsanwälte einen solchen Verdacht nähren könnten, einem historischen Irrtum gleich.

Der Untersuchungsrichter: Wenn ich Polizei sage, meine ich nicht das Korps insgesamt, sondern insbesondere Sie.

Der General: Fragen Sie die Staatsanwälte.

Der Untersuchungsrichter: Haben Sie schon früher Anzeichen von Mißtrauen der Staatsanwaltschaft gegenüber den Polizeiautoritäten von Saloniki festgestellt?

Der General: Ein solcher Gedanke ist mir niemals gekommen.

Der Untersuchungsrichter: Haben Sie an diesem Abend die Anwesenheit des Staatsanwaltsvertreters am Sitz der Polizei bemerkt?

Der General: Gewiß nicht. Indessen erinnere ich mich sehr gut, daß ich um diese Zeit – den Tag könnte ich nicht sagen – persönlich dem Staatsanwaltsvertreter im Büro des Polizeidirektors begegnet bin und daß wir ein Gespräch führten, dessen Inhalt ich vergessen habe. Ich nehme an, daß es sich um die Umstände des Unfalls von Z. gedreht hat. Ich schließe nicht aus, daß diese Unterhaltung in der Nacht des 22. Mai stattfand.

Der Untersuchungsrichter: Sie haben zuerst gesagt: „Gewiß nicht." Sie sagen jetzt: „Ich schließe nicht aus." Das widerspricht sich.

Der General: Wie dem auch sei, jedenfalls gab der Polizeidirektor die Festnahme des Schuldigen in meiner Abwesenheit bekannt, etwa fünf, höchstens sieben Minuten nachdem man ihm die Frage in meiner Gegenwart gestellt hatte.

Der Untersuchungsrichter: Erlauben Sie mir, auch hier zu bemerken, daß „in meiner Abwesenheit" und „in meiner Gegenwart" zwei sich widersprechende Angaben sind. Man hat also die Frage in Ihrer Gegenwart gestellt, und der Direktor antwortete in Ihrer Abwesenheit. Wie kommt das? Hatte er Angst, in Ihrer Gegenwart zu antworten?

Der General: Meine Antwort hatte ihn verblüfft. Er wollte mir nicht widersprechen.

Der Untersuchungsrichter: Vielleicht glaubte er, daß Sie etwas zu verbergen hätten, und zog es darum vor zu schweigen?

Der General: Darauf kann Ihnen nur der Direktor antworten.

Der Untersuchungsrichter: Es könnte sein, daß er es als Ihr Untergebener vorzog, Sie nicht zu verstimmen, zumal Sie schon in seine Rechte eingegriffen hatten. Es könnte auch sein, daß Sie ihm das Recht entzogen haben, sich in Angelegenheiten der Sicherheitspolizei einzumischen. Sonst wäre es unverständlich, daß er von der Verhaftung des Schuldigen wußte und Sie nicht zu berichtigen suchte, als er Sie antworten hörte: „Aber er kann uns nicht entkommen."

Der General: Der Direktor hat mir später berichtet, daß einer der beiden Staatsanwälte, Herr Prodromidis, als ihm die Verhaftung schließlich mitgeteilt wurde, sich äußerst unzufrieden zeigte. Er erhob sich zornig und sagte wörtlich: „Lieber Freund, Sie haben mir schon einmal so einen Streich gespielt!" Er spielte damit auf einen Vorfall während der Wahlkampagne 1961 an: Ein Polizist hatte fahrlässig einen Kommunisten getötet, und dieser selbe Staatsanwalt hatte davon erst mit ungerechtfertigter Verspätung Kenntnis bekommen.

Der Untersuchungsrichter: Er hatte also Grund zum Verdacht. Damals war es ein fahrlässiger Totschlag, jetzt ist es dieser Verkehrsunfall.

Der General: Ich würde Selbstmord begehen, wenn ich dieses Verhör nicht als grobe Farce ansähe.

Der Untersuchungsrichter: Man hat letzthin so oft von Selbstmordversuchen unter Angehörigen der Polizei gesprochen, daß sie niemand mehr ernst nimmt. Wohin sind Sie in diesen sieben Minuten gegangen?

Der General: Ich hatte eine Kolik. Der Tintenfisch, den ich zu Mittag gegessen hatte, war mir nicht bekommen.

Das Telefon läutete. Der Untersuchungsrichter wurde dringend verlangt. Er verschob das Verhör auf den späten Nachmittag und ging. Der General folgte ihm, innerlich die ganze zionistische Bewegung und ihre Vertreter verfluchend.

Am späten Nachmittag fand er sich vor einer neuen Falle. Sein Anwalt hatte nicht kommen können, und seine Abwesenheit beunruhigte ihn. Er riskierte es womöglich, einen Fehler zu machen. Der Untersuchungsrichter war jetzt offensichtlich entschlossen, schnellstens mit ihm zu Ende zu kommen.

Der Untersuchungsrichter: Wer kommandierte die Ordnungskräfte bei dieser Versammlung?

Der General: Ich kann auf diese Frage nicht antworten, weil ich an dem fraglichen Abend als Generalinspekteur der Gendarmerie nicht im Dienst war. Wem die Polizeidirektion das Kommando übertragen hatte, weiß ich nicht.

Der Untersuchungsrichter: Ich habe in den Akten die Kopie eines Befehls, der den Vizedirektor benennt. Der Direktor befand sich jedoch gleichfalls auf dem Schauplatz. Wer ist in diesem Fall der Verantwortliche? Der Direktor oder der Vizedirektor?

Der General: Solange dieser Befehl nicht durch einen neuen Befehl des Direktors selbst annulliert wurde, war der Vizedirektor verantwortlich für die Aufrechterhaltung der Ordnung, ohne deswegen die allgemeinere Verantwortlichkeit des Direktors auszuschließen, entsprechend dem Polizeireglement und unabhängig von seiner Anwesenheit am Ort der Manifestation.

Der Untersuchungsrichter: Wie hätte der Befehl annulliert werden können?

Der General: Durch einen schriftlichen oder mündlichen Entscheid des Direktors.

Der Untersuchungsrichter: Wie erklären Sie sich die Anwesenheit des Direktors während der gesamten Dauer der Zwischenfälle, obwohl er nicht die ganze Verantwortung für die Aufrechterhaltung der Ordnung übernommen hatte?

Der General: Veranstaltungen in geschlossenen Räumen wie die der Freunde des Friedens werden normalerweise von der Sicherheitspolizei und dem örtlichen Kommissariat überwacht. Zur Aufrechterhaltung der Ordnung genügt eine kleine Anzahl von Polizisten. Aber ich weiß, daß der Polizeidirektor, wenn seine Funktionen ihm Zeit dazu lassen, die Gewohnheit hat, sich durch eigenen Augenschein eine persönliche Meinung über die Situation zu bilden. Das ist am Abend des 22. Mai geschehen. Man darf jedoch nicht daraus schließen, daß der Direktor die Verantwortung für die Aufrechterhaltung der Ordnung übernommen hätte. Daß er während des ganzen Verlaufs der Veranstaltung an Ort und Stelle geblieben ist, ist durchaus natürlich, und ich darf hinzufügen, um so begreiflicher, als sich eine Gegendemonstration gebildet hatte.

Der Untersuchungsrichter: Wenn die Situation so war, wie Sie sie beschreiben, und wenn diese Art von Veranstaltungen jeweils nur das Kommissariat eines Viertels betrifft, wie erklären Sie dann den Inhalt des Befehls Nr. 39/25/8712 der Polizeidirektion, aus dem hervorgeht, daß sich folgende Polizeikräfte an diesem Abend einsatzbereit halten mußten: 1. zwei Gendarmeriehauptleute und vierzig Soldaten des I. Distrikts, 2. alle Polizeikräfte des II. Kommissariats, 3. ein Hauptmann, zwei Leutnants und zwanzig Soldaten des III. Distrikts, 4. die ganze 1. Kompanie des IV. Gendarmeriebataillons.

Der General: Wie Sie sicher wissen, hatte sich der Besitzer der „Katakombe" geweigert, den Freunden des Friedens seinen Saal zu überlassen. Da Z.s Neigung, heftig zu reagieren, bekannt war, stand zu erwarten, daß er die Veranstaltung trotz Verbots unter freiem Himmel abhalten würde. Ich vermute, daß so starke Kräfte einsatzbereit gehalten wurden, um einer solchen Möglichkeit zuvorzukommen und die Versammlung auflösen zu können.

Jemand klopfte. Es war der Anwalt des Generals. Der General faßte neuen Mut. Bis zu diesem Moment hatte er wie ein gefangenes Tier auf seinem Stuhl gesessen. Jetzt entspannte er sich, lockerte sein Koppel, das ihm den Magen eindrückte. Der Anwalt tippte auf seine Aktentasche, um anzudeuten, daß sie etwas Wichtiges enthielte. Dann bat der General um Erlaubnis, das Glas Wasser auf dem Schreibtisch nehmen zu dürfen.

Er warf eine Alka-Seltzer-Tablette hinein und trank es bis zum letzten Tropfen.

Der Untersuchungsrichter: Sie waren also hingegangen, um den Polizeidirektor abzuholen, und blieben dort, weil Ihr Interesse gewachsen war. Wie kam es dann, daß Sie sich nicht nach dem verantwortlichen Polizeioffizier erkundigten?

Der General: Ich stellte fest, daß der Direktor mehreren seiner Untergebenen Befehl erteilte, die Gegenmanifestanten zurückzudrängen. Aber auch der Vizedirektor war nicht untätig.

Der Untersuchungsrichter: Wieso haben Sie sich bis heute nicht erkundigt, wer der Verantwortliche war?

Der General: Ich hätte Ihnen antworten können, wenn ich als Befehlshaber der Gendarmerie dort gewesen wäre, aber ich war nur privater Beobachter.

Der Untersuchungsrichter: Und was haben Sie da beobachtet?

Der General: Ich hörte erstaunt, daß der Vizedirektor erklärte, er sei nicht mehr verantwortlich, sobald der Direktor anwesend sei, obwohl der Einsatzbefehl Gültigkeit besaß. Er war zweifellos guten Glaubens, hat jedoch das Reglement falsch interpretiert. Die Tatsache, daß der Direktor auf dem Schauplatz erscheint, bedeutet keineswegs, daß er die volle Verantwortung übernimmt.

Der Untersuchungsrichter: Wenn also der Direktor, objektiv betrachtet, nicht verantwortlich war und der Vizedirektor seine Person ganz subjektiv für unverantwortlich hielt, war demnach der Polizeieinsatz an diesem Abend kopflos. Jetzt frage ich Sie: Wie haben Sie sich in dieser Situation verhalten?

Der General: Zunächst habe ich erst später erfahren, daß sich der Vizedirektor für nicht verantwortlich hielt, weil der Direktor anwesend war, dann erwähnte ich ja schon, daß ich weder vom Direktor noch vom Vizedirektor den Eindruck hatte, sie seien untätig, selbst die einzelnen Polizisten setzten sich ein. Die Männer der Polizei waren nach meiner Ansicht nicht „ohne Kopf". Alle Offiziere verhielten sich aktiv in jeder Hinsicht am Unruheort und versuchten, das Schlimmste zu verhüten.

Der Untersuchungsrichter: Die wachsende Zahl der Gegendemonstranten, der Überfall auf Z. schon vor seiner Rede, die Mißhandlung Pirouchas', die Steinwürfe, die Schreie, die Mißhandlung mehrerer Bürger, all das konnte Sie nicht bewegen, obwohl Sie über große polizeiliche Erfahrung verfügen, diese Situation als besonders ernst zu empfinden?

Der General: Wenn die Situation wirklich ernst gewesen wäre, hätte ich nach Paragraph 9 des Kodes der Gendarmerie die Sicherheits- und Ordnungsaktionen selbst in die Hand nehmen müssen. Aber Situationen dieser Art sind immer bei Versammlungen üblich. Es ist sogar schon vorgekommen, daß selbst Staatsanwälte von Kommunisten mit Steinen beworfen wurden, ohne daß die Situation als besonders ernst angesehen wurde. Ganz anders wäre es gewesen, wenn wir die schweren Verletzungen Pirouchas' und den Tod Z.s hätten voraussehen können. Aber wie konnte man auf solche Gedanken kommen? Ich gebe zu, daß unsere Erfahrungen, was Überfälle auf Rote-Kreuz-Krankenwagen anbetrifft, spärlich sind, ich erinnere mich nur an einen einzigen durch Banditen während des Bürgerkriegs. Hätte ich übrigens in der Spandonisstraße gestanden und ein Dreirad anfahren sehen, wäre ich bestimmt nicht zur Seite getreten, denn wie hätte ich annehmen sollen, daß es mich überfahren will? Solche politischen Methoden sind heute wirklich unerhört, in einer Zeit, in der der Mensch schon auf den Mond gelangt und die Tiefen des Meeres nutzt.

Der Untersuchungsrichter: Genau das ist auch meine Meinung.

Der General: Wenn ich das Kommando übernommen hätte, wäre

sicherlich nichts anderes geschehen als unter dem Kommando des Direktors.

Der Untersuchungsrichter: Der allgemeinen Meinung nach wäre alles anders verlaufen dank Ihrer persönlichen Ausstrahlung und größeren Erfahrungen, wenn Sie an diesem Abend das Kommando übernommen hätten.

Der General: Auf keinen Fall. So schmeichelhaft Ihre Bemerkung auch für mich ist, muß ich doch der Wahrheit die Ehre geben und sagen, daß Erfahrung vor allem von der Zahl der Dienstjahre abhängt. Nun, der Direktor steht fünf Jahre länger im Polizeidienst als ich. Er besitzt also die größere Erfahrung. Man hat ihn immer als sehr tüchtigen Beamten eingeschätzt, was er in der Tat auch ist, selbst wenn er an jenem Abend eine Schlacht verloren hat. In seiner Stellung genießt er große Autorität.

Der Untersuchungsrichter: Waren die motorisierten Einheiten der Gendarmerie für diese Veranstaltung mobilisiert?

Der General: Ich erinnere mich nicht.

Der Untersuchungsrichter: Hat sich ein Angehöriger des Ordnungsdienstes an die Verfolgung des Schuldigen gemacht, als Z. überfahren wurde?

Der General: Nach allem, was mir berichtet wurde, haben mehrere das Dreirad verfolgt, aber wer und wie weiß ich nicht.

Der Untersuchungsrichter: Kannten Sie Jangos Jangouridis schon vor dem Verbrechen?

Der General: Es ist sehr wahrscheinlich, daß ich ihn schon gesehen hatte — und nicht nur als Foto in seinem Ausweis. Er gehört zu denen, denen ich gelegentlich geholfen habe. Ich muß bei dieser Gelegenheit hinzufügen, daß ich meine Mission im Rahmen der Gendarmerie soweit wie möglich zu fassen suche: Ich habe mich immer bemüht, denen zu Hilfe zu kommen, die sich in Not befanden. Ich kann sagen, daß ich um meinen Namen eine starke Strömung volkstümlicher Zuneigung geschaffen habe. Diese Dienste erwies ich ohne Rücksicht auf politische Meinungen. Es ist vorgekommen, daß ich politisch Linksstehenden half, um sie auf den rechten Weg zurückzuführen. Ich gab ihnen ein Beispiel von Fürsorglichkeit, deren sie gewiß nicht würdig waren, und zeigte ihnen auf diese Weise, daß der Staat sich verständnisvoll über alle bedürftigen Bürger neigt.

Der Untersuchungsrichter: Ist Jangouridis an den Sicherheitsmaß-nahmen zum Schutze General de Gaulles beteiligt gewesen?

Der General: Es ist nicht ausgeschlossen, daß er beteiligt war, da alle Freiwilligen, soweit sie authentische Antikommunisten waren, bei dieser Gelegenheit eingesetzt wurden.

Der Untersuchungsrichter: Und zum Dank gaben Sie ihnen ein üppiges Essen im Restaurant von Aretsou?

Der General: Das ist absolut falsch. Dieses Essen hat nie stattge-funden. Jangouridis hat damit geprahlt, um den Eindruck zu er-wecken, er unterhalte freundschaftliche Beziehungen zu einem Mann, der eine hervorragende Stellung in der Gesellschaft wie im Regime einnimmt.

Der Untersuchungsrichter: Und der Archegosaurus?

Der General: Vor vier Jahren lud mich eine Organisation des nationalen Widerstandes ein, den Dreikönigskuchen mit ihren An-gehörigen zu teilen. Ich sah es als meine Pflicht an, diese Einladung anzunehmen, da diese Feier in Toumpa stattfand, einem sehr ar-men Viertel, wie man weiß, in dem die Propaganda der Kommuni-sten einigen Erfolg erzielt. Der Archegosaurus schien mir um so sympathischer, als er sich mir als Hauptmann des nationalen Wi-derstands vorstellte, zu dessen Chefs ich während der Besatzung gehörte. Eines Tages jedoch schickte er mir ein Exemplar seiner Zeitschrift, genannt „Ausbreitung des Griechentums", deren In-halt mir außerordentlich germanophil schien; ich veranlaßte eine Prüfung seiner Vergangenheit und erfuhr, daß er Kollaborateur gewesen war und als Offizier bei den hitlerischen Milizen von Pou-los gestanden hatte, die ich damals bekämpfte. Er kam mehrmals in mein Büro, aus Freundlichkeit habe ich ihn nicht rausgeworfen, doch er war mir jetzt fremd, und ich stand ihm kühl gegenüber.

Der Untersuchungsrichter: Haben Sie bemerkt, daß während der Veranstaltung Steine gegen das Gebäude geworfen wurden?

Der General: Nein. Davon habe ich erst zwei Tage später gehört, vielleicht sogar noch später. Ich erfuhr auch, daß das Straßenpfla-ster aufgerissen wurde.

Der Untersuchungsrichter: Ihren Aussagen nach waren die Laut-sprecher deutlich zu verstehen. Wie reagierten Sie, als Z. den Schutz der Behörden erbat und dabei ausdrücklich Ihren Namen nannte?

Der General: Einen solchen Aufruf habe ich nicht gehört. Ich bin sogar überzeugt, daß es ihn nicht gegeben hat. Z. war ein viel zu mutiger, ritterlicher Mann, um einen solchen Appell zu starten, selbst wenn er sich in Lebensgefahr befunden hätte.

Der Untersuchungsrichter: Waren Ihrer Meinung nach die durch die Lautsprecher durchgegebenen Parolen so aufrührerisch, daß sie eine solche Zahl von Gegendemonstranten anlocken konnten?

Der General: Die Parolen waren mehr als aufrührerisch. Die Leute können aus persönlichen Gründen oder auch auf Grund von Anweisungen durch andere Personen . . .

Der Untersuchungsrichter: Wen meinen Sie mit „andere Personen"?

Der General: Ich kann darauf nicht antworten, weil ich die Antwort nicht kenne.

Der Untersuchungsrichter: Wäre es Ihrer Ansicht nach möglich, daß solche Anweisungen durch die örtlichen Reviere gegeben wurden?

Der General: Nein, solche Anweisungen sind mir nicht bekannt, da ich mich nicht in die Arbeit der örtlichen Kommandos mische. Jedenfalls halte ich es nicht für möglich.

Der Untersuchungsrichter: Und wie erklären Sie sich die Tatsache, daß zwei in Zivil gekleidete Polizisten mit erhobenen Fäusten an den Krawallen gegen die Freunde des Friedens beteiligt waren? Man kann sie auf einem Foto erkennen.

Der General: Ich glaube, daß diese Polizisten nach ganz privatem und eigenem Willen gehandelt haben, zwar ordnungswidrig, wenn nicht sogar gesetzwidrig, aber ich kann mir in keinem Fall vorstellen, daß sie dazu von einem Offizier veranlaßt worden sind, denn solches Verhalten setzt ihre Position als Menschen und Polizisten herab.

Der Untersuchungsrichter: Haben Sie die Anwesenheit des Mastodons bemerkt?

Der General: Ja, ich sah ihn in Zivil, aber ich erinnere mich nicht mehr daran, ob wir miteinander gesprochen haben.

Der Untersuchungsrichter: War er im Dienst?

Der General: Ich weiß es nicht.

Der Untersuchungsrichter: Auf der Liste der Offiziere, die für diesen Einsatz zur Verfügung stehen mußten, steht er nicht. Wie erklären Sie sich dann seine Anwesenheit?

Der General: Als ich Kommissar bei der Polizei war, gab es eine Verordnung, nach der die politische Polizei ihre Aufgabe, die Verfolgung der Kommunisten, unabhängig von örtlichen Polizeiaktionen vollziehen durfte. Falls diese Anordnung noch heute gültig ist, wäre die Anwesenheit des Mastodons ohne weiteres erklärlich, wenn er seinen Dienst dort für notwendig hielt.

Der Untersuchungsrichter: Welchen Dienst meinen Sie?

Der General: Beschattung, Beobachtung von Personen und Ereignissen.

Der Untersuchungsrichter: Und jetzt noch eine letzte Frage. Ich habe Sie ermüdet, das ist mir klar, aber dieses Verhör war notwendig. Welche Erklärung haben Sie ganz persönlich für alle diese Vorgänge?

Der General: Ich bin glücklich, daß Sie mir diese Frage stellen. Seit vielen Jahren interessiere ich mich für astrologische Phänomene, und ich bin dank gründlichen Studiums der Bewegungen der Planeten und Sonnenflecke dahin gelangt, Ereignisse vorhersagen zu können. So konstatierte ich einen Monat vor den Ereignissen und mit dem Datum der Gründung des Staates Israel als Ausgangspunkt gewisse verwirrende Koinzidenzen zwischen einer Erklärung Ben Gurions über Christus und einer Äußerung Chruschtschows über die Zerstörung der Akropolis im Falle eines nuklearen Konflikts. Diese beiden Tatsachen, die ich findig miteinander verband, bildeten den Anfang einer gegen die christlich-griechische Zivilisation gerichteten Offensive. Begünstigt durch eine Konjunktion von Widder und Saturn, durch den planetarischen Magnetismus, mußte der Aufeinanderprall in Saloniki stattfinden. Es genügte mir, das anfangs genannte Datum mit 7 zu multiplizieren und den erhaltenen Wert durch das Alter der Jungfrau Maria zu dividieren, um aus dem Grunde der Ozeane die Zahl 22 auftauchen zu sehen. Ich hatte nur noch das Zentrum des Mondes mit dem obersten äußeren Stern des Großen Bären zu verbinden, um die letzte schicksalhafte Zahl zu erhalten, die 10. Das von mir vorhergesehene Ereignis hat dann tatsächlich am 22. Mai um zehn Uhr abends stattgefunden.

Der General erhob sich strahlend, sein Anwalt folgte ihm. Sie verabschiedeten sich vom Untersuchungsrichter und verließen das Büro.

Draußen warteten die Journalisten. Das Verhör hatte sieben Stunden gedauert, sie waren auf Informationen hungrig. Der General und der Anwalt gingen ohne ein Wort an ihnen vorbei.

Draußen hatte die Nacht schon ihre Schlinge um den Hals des Golfs gelegt. Gruppen von Bauern schwenkten Plakate für den General. Mit energischer Geste befahl er ihnen auseinanderzugehen. Über dem Gelände der Internationalen Messe zerrissen Feuerwerkskörper den Himmel. In diesem Moment verließen die prominentesten Schauspieler des griechischen Films das Nationaltheater, in dem das jährlich im Rahmen der Messe veranstaltete Filmfestival soeben eröffnet worden war. Der General und der Anwalt begaben sich direkt zum Café, wo der Polizeidirektor sie erwartete. Sobald sie saßen, fragte dieser, wie es gegangen sei. Der General bestellte einen doppelten Kognak.

Sie nahmen sich vor, ihre Verteidigung aufeinander abzustimmen. Am folgenden Tag war der Direktor an der Reihe, und ihre Aussagen mußten sich ergänzen.

„Es ist besser, wenn wir gehen", sagte der General. „Wir dürfen hier nicht auffallen."

Ein Blitzlicht flammte im Innern des Cafés. Der Direktor sprang auf und wollte sich auf den Reporter stürzen, doch der war schon im Dunkel der Nacht verschwunden. Der Direktor lief hinaus und suchte ihn im verwinkelten Labyrinth des einsamen Viertels. Von Zeit zu Zeit löste der Reporter sein Blitzlicht aus, und die Nacht wurde für den Bruchteil einer Sekunde magisch weiß. Die stummen Gebäude ragten wie Schreckensvisionen.

Jedesmal stürzte der Direktor in die Richtung des Blitzes, ohne je den Mann zu erwischen. Gänzlich außer Atem kehrte er ins Café zurück.

Die ganze Nacht wälzte sich der General unruhig in seinem Bett. Das Gesicht des Untersuchungsrichters ließ ihn zusammenzucken, als liefen Stromstöße durch seinen Körper. Die dunklen Gläser verfolgten ihn, hinter denen der Richter seine Augen verbarg. Er wußte, daß nur Feiglinge, an Verdrängungen Leidende solche Brillen trugen. Welches Gebrechen verdrängte der Untersuchungsrichter? Wo war seine Achillesferse? Die ganze Nacht spürte er den Angelhaken im Hals, den er verschluckt hatte. Er konnte sich noch nicht vorstellen, daß er drei Tage später im Gefängnis sitzen würde.

2

Der Direktor wußte, daß ihm eine Eigenschaft nicht gegeben war, die den General auszeichnete: Wendigkeit. Der General war ein Aal, er dagegen ein Tintenfisch. Und der Tintenfisch verrät sich durch seine Tinte. Bevor noch das Verhör heranrückte, hatte er sich bereits ein Magengeschwür zugezogen. Zum erstenmal bedauerte er das Fehlen einer treuen Gefährtin an seiner Seite, ein in seinem Junggesellendasein noch nie verspürtes Gefühl. Aber während der letzten Tage war ihm die Einsamkeit unerträglich geworden. Endlich erschien er vor dem Richter. Bei seiner Ankunft regte er sich über einen Reporter auf, der ihn fotografierte. In der Annahme, es sei der vom Vortag, warf er sich auf ihn, entriß ihm die Kamera, brachte sie zum Staatsanwalt und forderte, daß der Film konfisziert werden müsse, da er ohne sein Einverständnis fotografiert worden sei. „Wenn man sich entschließen sollte, mich einzusperren, können Sie so viele Fotos veröffentlichen, wie Sie wollen. Aber bis dahin nicht eins! Nehmen Sie sich in acht!" Die bloße Vorstellung, Angeklagter zu sein, empörte ihn. Er litt unter dem Komplex des Henkers, den man eines Tages durch einen anderen Henker hinrichten läßt und dem jäh die Augen für die Qualen aufgehen, durch die seine Opfer gegangen sind.

Die Anklage gegen ihn war fast die gleiche wie die gegen den General. Fünf Schreibmaschinenseiten. Er leugnete alles, und bevor er die Tatsachen zu schildern begann, wie er sie erlebt hatte, erklärte er, daß er „seit sechsunddreißig Jahren im Dienste der Polizei" stehe und im Laufe seiner langen Karriere stets loyal seine Pflichten erfüllt habe. Mehr als die sehr günstigen Äußerungen seiner Vorgesetzten über ihn befriedige ihn jedoch die Dankbarkeit, die ihm die Gesellschaft für seine Aktivität bezeigt habe. Und er fuhr fort:

„Gewiß, die Ereignisse des 22. Mai haben mich mit Bitterkeit erfüllt, aber diese Bitterkeit wurde ausgeglichen durch zahllose Beweise der Sympathie und Teilnahme, die ich von allen Seiten erhielt. Im Laufe meiner langen Karriere habe ich meinen Dienst immer in neuralgischen Bereichen versehen. Ich hatte es mit schwierigen Situationen zu tun, die ich erfolgreich meisterte, mit Demonstrationen von Arbeitern und Studenten, politischen Demonstrationen, die ich durch bloße Überzeugung und meinen methodischen Geist aufzulösen vermochte, ohne zur Gewalt zu greifen und ohne ‚eine einzige Nase zum Bluten zu bringen'. Zweifellos dank dieser meinem Temperament entsprechenden Taktik eroberte ich mir die Achtung aller Schichten der Gesellschaft, unabhängig von Parteien und politischen Meinungen."

Nach diesem kurzen Prolog kam der Direktor zum Thema. Er berichtete über den Verlauf des 22. Mai, wie er ihn sah: über Zoumbos' Weigerung, seinen Saal zur Verfügung zu stellen, den Besuch des Komitees für den Frieden gemeinsam mit Z. in seinem Büro, die technischen Mängel des „Katakomben"-Saals, Matsas' Anrufe, den Entschluß, ein ungewöhnlich umfangreiches Polizeiaufgebot zu alarmieren, und schließlich die Nachricht von einer Gegendemonstration, die ihn zwang, sich zu persönlicher Meinungsbildung zum Schauplatz zu begeben. Es mußte ungefähr acht Uhr dreißig gewesen sein. Er hörte Parolen „eindeutig kommunistischer Herkunft", die durch Lautsprecher verbreitet wurden – „Schließt die Basen des Todes! Raus aus der Nato! Frieden, Amnestie!" –, denen Parolen der Gegendemonstranten antworteten – „Die Bulgaren nach Bulgarien! Nieder mit der EDA!" –, er sah die Pazifisten, die aus den Fenstern und von den Balkonen des Gewerkschaftsklubs die unten beschimpften – „Verräter! Verkaufte! Kollaborateure!" –, er sah, daß die auf der Straße die Beschimpfungen mit Ziegel- und Pflastersteinen erwiderten, und er konstatierte, „daß die Situation keines direkten Eingriffs bedürfe, daß es sich um gewöhnliche Zwischenfälle handle, wie sie bei Versammlungen üblich seien". Auf alle Fälle beorderte er jedoch Verstärkungen an Ort und Stelle, denn wer konnte schon wissen, wie sich die Lage entwickelte?

Die Lautsprecher verbreiteten, daß man sich Sorgen um Spathopoulos' Leben mache. Er begab sich sofort ins Hotel Kosmopolit und ersuchte Spathopoulos, selbst den Gerüchten ein Ende zu machen, die ihn als Opfer bezeichneten. Auch der General erschien und sagte zum Direktor: „Du bemühst dich umsonst, sie sind unverbesserlich." Der Direktor begleitete Spathopoulos zur Versammlung. Später sagte man ihm, daß Spathopoulos sich dafür öffentlich bedankt habe, und er freute sich darüber.

Die Freunde des Friedens weigerten sich dann, die Lautsprecher abzuschalten. Wenn er sie gewaltsam dazu veranlaßte, dachte er, könnten sie womöglich mit unverhältnismäßiger Heftigkeit reagieren, und es lag nun einmal in seiner Absicht, daß „keine Nase bluten sollte". Er ließ sie also brüllen; trotzdem hat er Z.s Appell nicht gehört; er war in diesem Moment durch die Evakuierung der Versammlungsteilnehmer mit Bussen zu sehr in Anspruch genommen, eine Evakuierung, der Z. übrigens formell widersprochen hatte. Dann vernahm er hinter sich den Lärm eines Motorrades, drehte sich um und sah „ein in seiner ganzen Länge auf der Straße ausgestrecktes Individuum".

Zur Angelegenheit Pirouchas versichert er, gesehen zu haben, daß dieser allein zum Krankenwagen ging, während eine Gruppe von Gegendemonstranten sich auf ihn stürzen wollte. In diesem Moment umringte ein Polizeikordon den Wagen und ermöglichte seine Abfahrt. Später sollte er erfahren, daß Pirouchas ernstlich verletzt worden war, wobei er „besonders darauf hinweisen" wollte – ein Lieblingsausdruck von ihm –, daß sich Pirouchas in diesem Augenblick ziemlich weit von der Veranstaltung entfernt in einem nicht von der Polizei kontrollierten Viertel befand.

Um auf das „in seiner ganzen Länge auf der Straße ausgestreckte Individuum" zurückzukommen, lag es auf dem Schnittpunkt der Diagonale, die die Spandonisstraße bildet, mit der Horizontalen des rechten Bürgersteigs der Veniseloustraße, dort, wo diese Straßen vertikal den nördlichen Bürgersteig der Hermesstraße schneiden. Er sah darauf einen Mann auf das Dreirad springen. Er glaubte, daß es sich um einen Polizisten in Zivil handelte, und lief über die Kreuzung, um die Nummer des Fahrzeugs zu notieren, doch es glückte nicht, das Dreirad verschwand in schnellem Tempo in der Veniseloustraße, noch dazu gegen die vorgeschriebene Fahrtrichtung. Er trat zu einer Gruppe von Polizisten und befahl einem von ihnen: „Verfolgen Sie dieses Dreirad!" Der Mann führte seinen Befehl aus, aber er hat ihn seitdem nicht mehr gesehen. Er kehrte zu dem „Individuum" zurück, das man eben in einen Volkswagen verlud. Man mußte seine Arme runterdrücken, um die Tür schließen zu können. Er fragte, wer der Verletzte sei, und man antwortete: „Es ist Z." „Mein erster Gedanke war, daß es besser gewesen wäre, wenn es sich um jemand anders gehandelt hätte, denn wegen der Persönlichkeit Z.s und des Anlasses seines Aufenthalts in der Stadt würde der Unfall maßlose Proportionen annehmen. Ich will damit sagen, daß mein erster Gedanke war, es müsse sich um einen simplen Autounfall handeln, denn es liegt auf der Hand, daß es mir nie eingefallen wäre, einen anderen an seine Stelle zu wünschen, wenn es sich um einen offensichtlichen Mordversuch gehandelt hätte."

Nach solcherlei Überlegungen ging er die Straße entlang, um jeden weiteren Zwischenfall zu verhindern. „Zehn Minuten später" meldete ihm ein Polizist, der Schuldige sei verhaftet und man habe ihn zum Kommissariat gebracht. Er stieß auf den General, der nicht auf dem laufenden war, und erzählte ihm von dem Unfall, ohne ihm indessen zu sagen, daß der Schuldige festgenommen sei, da er überzeugt war, daß er über eine so wichtige Angelegenheit Bescheid wissen müsse. Gegen halb elf stiegen sie in den Wagen des Generals, um eine Rundfahrt zu machen und festzustellen, ob es auch woanders zu Tumulten gekommen wäre. Sie wechselten nur wenige Worte. „Die Vorstellung, daß die Kommunisten nicht verfehlen würden, den bedauerlichen Unfall für sich auszuschlachten", erschreckte sie. Sie begaben sich in sein Büro, wo er zwei Anrufe des Innenministeriums in Athen erhielt, wobei er „besonders darauf hinweisen" wolle, daß der General sie statt seiner entgegennahm. Darauf schickte er einen Offizier zum Theater, der die Staatsanwälte nach Beendigung der Ballettvorstellung unterrichten und sofort im Jeep zur Polizeidirektion bringen sollte.

Dann hatte sich jener Zwischenfall ereignet: Einer der Staatsanwälte erkundigte sich nach dem Verbleib des Schuldigen. „Bevor ich ihm antworten konnte, kam der General mir zuvor und erklärte wörtlich: ‚Wir haben ihn noch nicht, aber er kann uns nicht entkommen.' Ich war gleichzeitig überrascht und beunruhigt über diese Antwort. Überrascht, weil ich mir nicht erklären konnte, daß er von der Verhaftung nichts wußte. Beunruhigt, weil immerhin die Möglichkeit bestand, daß die mir gegebene Information falsch war. Ich sprang buchstäblich zum Telefon nebenan, und ein Offizier bestätigte mir, daß der Schuldige verhaftet sei und daß man ihn im Auge behalte. Ich befahl ihm darauf energisch: ‚Halten Sie ihn vor allem gut!', womit ich sagen wollte, daß man strenge Maßnahmen zur Bewachung des Schuldigen ergreifen solle. Ich schickte einen Polizisten los, um das Dreirad in der Carolou-Deel-Straße sicherzustellen, und kehrte ins Büro zurück, das der General soeben wegen eines schlecht verdauten Tintenfischs mit Zwiebeln verlassen hatte. Ich berichtete den Staatsanwälten, daß der Schuldige im Kommissariat festgehalten werde, und einer von ihnen stand wütend auf und sagte zu mir: ‚Also verstecken Sie ihn vor mir. Sie haben mir schon einmal so einen Streich gespielt!' Ich antwortete nicht. Ich fühlte mich moralisch nicht verpflichtet, Erklärungen abzugeben, da es der General gewesen war und nicht ich, der behauptet hatte, daß der Schuldige noch nicht verhaftet sei.‘‘

Der Untersuchungsrichter: Folgendes finde ich seltsam: Der Polizist, der Jangouridis festnahm, wußte nichts von dem Mord, aber im Kommissariat wußten sie schon, daß es sich um den vermutlichen Mörder Z.s handelte, bevor Jangouridis dort überhaupt eingeliefert wurde, und unterrichteten Sie sofort.

Der Polizeidirektor: Informationen dieser Bedeutung werden bei der Polizei blitzschnell weitergeleitet. Ich kann Ihnen keine näheren Erklärungen dazu geben.

Der Untersuchungsrichter: Wo befand sich der anonyme Polizist vorher, der Ihnen zehn Minuten nach dem Mord meldete, daß der Schuldige in der Carolou-Deel-Straße festgenommen worden sei, also mehr als fünfhundert Meter von der Kreuzung entfernt, auf der sich der Vorfall abspielte? Entweder war er am Ort der Demonstration und konnte bei solcher Entfernung nichts von der

Verhaftung wissen, oder er war in der Carolou-Deel-Straße und konnte ebensowenig wie der Verkehrspolizist und der Feuerwehrmann wissen, daß der Festgenommene derselbe war, der Z. überfahren hatte. Folglich muß der anonyme Polizist von Dritten geschickt worden sein, die in der Lage waren, eine Verbindung zwischen diesen beiden scheinbar beziehungslosen Fakten – dem Mord und der Festnahme des Dreiradfahrers – herzustellen, und diese Dritten konnten nur im Kommissariat sitzen.

Der Polizeidirektor: Ich weiß nicht, woher dieser Polizist die Information hatte, aber Sie wissen ja, solcherlei Gerüchte verbreiten sich schnell.

Der Untersuchungsrichter: Allerdings! So schnell, daß der General um halb eins noch nicht unterrichtet war.

Der Polizeidirektor: Auf alle Fragen, die die vermutliche Herkunft der Information betreffen, kann ich Ihnen nur schwer antworten. Ich kann Ihnen zu diesem Punkt keine konkreten Auskünfte liefern.

Der Untersuchungsrichter: Warum haben Sie den Polizisten mitten in der Nacht zu sich beordert? Was wollten Sie ihm sagen?

Der Polizeidirektor: Ich wollte wissen, ob er selbst oder Passanten Jangouridis festgenommen hatten. Reporter hatten nämlich ihren Redaktionen gemeldet, daß er von Passanten festgenommen worden sei, und um des Prestiges der Polizei willen wollte ich . . .

Der Untersuchungsrichter: Ich verstehe. Hat man Sie nicht gegen Mittag darauf aufmerksam gemacht, daß Z.s Ermordung geplant sei?

Der Polizeidirektor: Zu keiner Zeit ist jemand zu mir gekommen, um mich zu benachrichtigen, daß Z.s Leben in Gefahr sei. Am folgenden Tag sagte mir mein Ordonnanzoffizier, der Staatsanwalt habe mit ihm in dieser Angelegenheit telefoniert, aber er habe vergessen, es mir mitzuteilen, zumal er es nicht ernst nahm. Für alle Fälle hatte er jedoch die Sicherheitspolizei benachrichtigt, die am Flughafen entsprechende Maßnahmen traf.

Der Untersuchungsrichter: Haben Sie gehört, daß Z. selbst durch Lautsprecher Ihren Schutz erbat?

Der Polizeidirektor: Ich habe diesen Appell nie gehört. Hätte er an mich appelliert, wäre ich sehr glücklich gewesen, denn das hätte mir erlaubt, die für seine Sicherheit unerläßlichen Maßnahmen zu treffen.

Der Untersuchungsrichter: Als Z. Ihnen nach Schluß der Veranstaltung auf der Straße sagte, daß sein Leben in Gefahr sei, haben Sie da geantwortet, daß er nichts zu fürchten habe?

Der Polizeidirektor: Eine solche Zusicherung habe ich nie gegeben.

Der Untersuchungsrichter: Wurde die Gegendemonstration vorgeplant?

Der Polizeidirektor: Das weiß ich nicht. Obwohl es zum größten Teil Analphabeten waren, ist es nicht unmöglich, daß einer den anderen mündlich über Z.s Ankunft informierte und sie dann beschlossen, etwas dagegen zu unternehmen.

Der Untersuchungsrichter: Ihre Meinung über das Verbrechen?

Der Polizeidirektor: Es handelt sich um eine kommunistische Machenschaft. Vaggos ist ein ehemaliger kommunistischer Widerstandskämpfer der ELAS. Er hat seinen Vetter und Freund Jangos zur Tat angestiftet, um die Polizei zu diffamieren. Wobei besonders darauf hinzuweisen ist, daß sie sich nur selbst geschadet haben.

3

„Ich gebe zu, daß die Situation nicht erfreulich aussah, als ich in Begleitung des Polizeidirektors am Schauplatz eintraf. Die Dinge entwickelten sich unerwartet schnell. Die Zahl der sich vor dem Versammlungssaal drängenden Menschen wurde mit jeder Sekunde größer. Die durch die Lautsprecher verbreiteten Parolen erhitzten die Gemüter und riefen Zusammenrottungen hervor; die Leute kamen teils aus Empörung, teils aus Neugier (eine Untugend, von der wir Griechen leider in höchstem Maße heimgesucht werden)."

Er sah sie vor sich, eine endlose Prozession grüner Raupen, die unaufhörlich dezimiert wurde, jetzt, da er, der Richter, das Nest aufgestochen hatte und die klebrigen Würmer herausquollen, einer am anderen klebend, einer solidarisch mit dem anderen, von nun an ungeschützt durch das muffige Kommissariat und sonstige Dienststellen, durch Karteikarten und Anordnungen vergilbter Akten, an der Spitze des Zuges die Nummer 1, der arrogante General, dann die Nummer 2, der Direktor, und danach die andern, eine sich windende Kolonne, die, ohne es zu wollen, ein riesiges Z auf den Asphalt zeichnete.

„Wenn man außerhalb der Ereignisse steht, ist es immer einfach und verlockend zu behaupten: ‚Man hätte dies und das tun sollen, man hätte schneller reagieren müssen.‘ Aber wenn man ins Netz der Ereignisse verstrickt ist, wird es schon schwieriger, objektiv zu beurteilen, was man tun oder nicht tun müßte. Man kann in jedem besonderen Fall nur subjektiv und unter Berücksichtigung des angestrebten Ziels handeln. Eine leichtfertig und ohne Abwägung aller Konsequenzen getroffene Entscheidung kann zu einem der beabsichtigten Wirkung entgegengesetzten Resultat führen, und der Artikel 296 des Polizeireglements äußert sich zu diesem Punkt sehr ausführlich. Ich füge hinzu, daß der Artikel 261, Paragraph 5, empfiehlt, bei geringeren Delikten oder wenn die öffentliche Ordnung dadurch gestört werden könnte, nicht zur Verhaftung der Schuldigen zu schreiten.

Ich möchte hier betonen, daß niemand Anlaß gefunden hätte, der Polizei auch nur den geringsten Vorwurf zu machen, wenn dieses Attentat gegen Z. nicht gewesen wäre.

Was Pirouchas betrifft, muß ich sagen, daß ich diesen Abgeordneten nicht einmal vom Sehen kenne. Ich erinnere mich, daß ein Polizist mir meldete, er habe einen Herzanfall gehabt (von einem Überfall war keine Rede) und eine Ambulanz des Roten Kreuzes habe ihn sofort ins Krankenhaus gebracht.“

Er sah sie alle an sich vorbeidefilieren, plastisch vor dem dunklen Hintergrund des Büros, isoliert, einen nach dem andern, wie er sie zum Verhör rief, auch ihre Gedanken waren schwarz wie ihre

Schatten an der Wand, und beide, Wand und Schatten, wurden eins, ebenso identisch wie die Uniformen, die sie trugen, ebenso identisch wie Reime, einander angeglichen durch das Reglement des Korps, und der Richter, sein Zentimetermaß in der Hand, stellte fest, daß alle das gleiche Maß hatten, dieselbe Figur, unabhängig vom Dienstgrad, und sein Herz zog sich zusammen.

„Im Rahmen meiner Zuständigkeit . . . Ich lief die Treppe wieder hinab und kehrte auf meinen Platz am Eingang zurück, nachdem ich Z. versichert hatte, daß sich der Vorfall, bei dem er anfangs verletzt worden war, nicht wiederholen würde . . . Pirouchas ging allein zur Ambulanz und wollte durch die hintere Tür einsteigen, ohne zuerst den Versuch zu machen, sich neben den Fahrer zu setzen. Der Angestellte des Roten Kreuzes – ich könnte nicht sagen, ob er den weißen Kittel der Krankenpfleger trug – öffnete ihm also die hintere Tür, und schon im Einsteigen drehte Pirouchas sich um und schrie: ‚Nieder mit den Mördern!‘, was etwa zehn Personen, die an der Bushaltestelle gegenüber warteten, gegen ihn aufbrachte . . . Ich war überzeugt, daß man das Dreirad und seinen Fahrer auf jeden Fall erwischen würde . . . Gleich danach erinnerte mich einer meiner Untergebenen daran, daß wir mit der Möglichkeit von Tumulten vor dem Sitz der Griechisch-Sowjetischen Gesellschaft rechnen müßten . . .“

Er sah sie vorbeidefilieren und auf seinem Schreibtisch ihre „Ich erinnere mich nicht“, ihre „Ich weiß nicht“, ihre „Dazu habe ich keine Meinung“ deponieren, an ihr Leugnen, ihre Gedächtnislücken sich klammernd, während er, der Richter, schrecklich genaue Einzelheiten ans Tageslicht brachte, die sie in ihrem Speichel, im Speichel der Fichtenraupen, zu ertränken suchten, die über die Nadeln des Baums zu kriechen vermögen, ohne von ihnen wie von Gewissensbissen durchbohrt zu werden, da sie keine Knochen, keine Widerstandszentren haben; nivellierte, gleichgültige Wesen, die zweimal im Jahr ihre Uniform wechseln und deren Unter-

offiziere Extrauniformen für Krönungen und Beerdigungen besitzen.

Aber für sie gibt es nicht so viele Girlanden, so viele Blumen.

„Nach Eintreffen der Verstärkung gelang es uns mit übermensch-
licher Anstrengung und der für solche Fälle üblichen Taktik, will
sagen: ultimativer Aufforderung, gefolgt, falls keine Wirkung er-
sichtlich ist, von einer gemäßigten, nötigenfalls energischen Räumungsaktion unter Berücksichtigung des Erregungszustands der
Menge und der Notwendigkeit, sie nicht noch mehr zu erregen, die
Umgebung des Gebäudes in einem Umkreis von hundert bis zweihundert Metern zu säubern und so eine Sicherheitszone zu schaffen.
Diese Säuberung war allgemein und betraf sowohl Demonstranten
wie parkende Fahrzeuge und Karren ... Jangouridis wurde im Büro des Sekretärs bewacht, wie mir irgend jemand erzählte, an den
ich mich nicht mehr erinnere, denn die Lichtleitung des Gewahr-
sams im Kommissariat war defekt, und außerdem hatte man in ihm
die konfiszierten Verkaufsbretter ohne Lizenz erwischter ambulanter Händler aufgestapelt ... "

Er sah sie wie Röntgenbilder in einer Dunkelkammer, Knochen
ohne Fleisch, Blut, das in den Adern des Reglements fließt, Herz,
das unregelmäßig im Rhythmus eines Verwaltungstelefons schlägt,
Buddha mit hundert Armen, die sich wie ein Wald verzweigen,
Armen, die alle aus dem gleichen Nervenzentrum wachsen, *einem*
Befehlserteiler gehorchen, jener höheren Macht, die alles kontrol-
liert. Ihr Name ist ... Hier angelangt, zog der Richter es vor zu
schweigen.

„Bevor ich meine Aussage beende, erlaube ich mir, von der Bitterkeit zu sprechen, die ich in diesem Augenblick empfinde, in dem
mir nach einem Leben der Pflichterfüllung im Dienst der Polizei,

nach dreißig Jahren, in denen ich nie Anlaß zu disziplinarischen Maßnahmen gab, ein so grausames Schicksal zuteil wird. Mein einziger Trost ist die unerschütterliche Überzeugung, daß die Gerechtigkeit mich für unschuldig erklären und mir eine Ehre zurückgeben wird, an der es mir nie gefehlt hat. Ich bitte Sie, Herr Richter, und so weiter ..."

„Heute, kurz nach Mittag, wurden im Einvernehmen mit dem Untersuchungsrichter und dem Staatsanwalt vier Haftbefehle gegen Offiziere der Gendarmerie erlassen – den General, den Polizeidirektor, den Vizedirektor und den Chef der Sicherheitspolizei –, angeklagt der Beihilfe zu vorsätzlichem Mord, beabsichtigter schwerer Körperverletzung, verbrecherischen Amtsmißbrauchs und Fahrlässigkeit im Dienst."

4

Die zur Inhaftierung höherer Gendarmerieoffiziere erforderliche Prozedur ist ziemlich überraschend: Die Haftbefehle werden zunächst dem Innenministerium übermittelt, von dort an den Oberstkommandierenden der Gendarmerie weitergeleitet, der sie seinerseits, wenn sich die Angeklagten in einer anderen Stadt befinden, an die örtliche Polizeibehörde schickt. Deshalb gelangten die an einem Samstag erlassenen Haftbefehle erst am folgenden Montag nach Athen und von dort am Mittwoch zur Ausführung nach Saloniki zurück.

Dem Herkommen entsprechend begaben sich die Angeklagten zur Polizeidirektion, um von den Haftbefehlen „Kenntnis zu nehmen". Als der einstige Direktor den neuen sah, der an seinem eigenen Schreibtisch saß und Direktor „spielte", glaubte er einen Moment, verrückt zu werden. Da lag noch immer der Brieföffner, den ihm ein Mönch vom Berge Athos geschenkt hatte. Er konnte die

Abdrücke seiner Finger auf der Glasplatte des Schreibtischs sehen. Und als der neue Direktor sich erhob, gewahrte er in der Polsterung des Stuhls den Abdruck seines eigenen Hinterns. Alles weckte seine Erinnerung. Wie konnte er als Fremder diesen Raum betreten? Die vier Offiziere ersuchten darum, nach Genti-Koulé verbracht zu werden. Der neue Direktor lehnte ihre Bitte ab: Man könne sie erst ins Gewahrsam der Festung überführen, wenn die Untersuchung definitiv abgeschlossen sei und das Ergebnis ihre Inhaftierung bestätige. Fürs erste sei er den für die Gendarmerie geltenden Verfügungen zufolge gezwungen, sie in den Disziplinarzellen der Sicherheitspolizei unterzubringen. Die Zellen seien speziell für sie hergerichtet worden, sie würden dort jeden wünschenswerten Komfort vorfinden.

Die Angeklagten baten um einen Aufschub von einigen Stunden, um sich von ihren Familien verabschieden und ihre Vorbereitungen treffen zu können. Der General war trüber Stimmung. Die Angehörigen der Polizeidirektion, die noch vor kurzem vor ihm gezittert hatten, wandten sich nicht einmal mehr um, als er an ihnen vorbeiging. Selbst der Straßenkehrer beachtete ihn kaum. Er erlaubte sich, ihm zuzuflüstern: „Ärgern Sie sich nicht. Es geht vorüber." Und der General konstatierte, daß in seinem Blick keine Furcht mehr war. Er ging nach Hause. Das Telefon klingelte wieder. In den letzten Tagen hatten die Journalisten keinen Moment versäumt, ihn zu reizen und verrückt zu machen, während sie auf die Bekanntgabe der Haftbefehle warteten. Man hätte meinen können, daß sie ihn absichtlich quälen wollten. Es war auch diesmal ein Journalist. Er erkannte sofort seine Stimme.

„Was soll ich sonst mitnehmen? Meinen Pyjama, meinen Rasierapparat und Bücher ... Ja, ich werde ein Buch mit dem Titel *Grundlagen der christlich-griechischen Zivilisation* schreiben ... Das Thema? Die Revision des Prozesses unseres Herrn Jesus Christus."

„Halten Sie sich für das Opfer eines Justizirrtums, ebenso wie Dreyfus?" fragte der Journalist.

Er hängte wütend auf. Wie konnte er es wagen, ihn mit einem Hebräokommunisten zu vergleichen! Die Kanaille hatte es mit Absicht getan!

Der Direktor folgte einem anderen Weg. Er betrat die Kirche der Heiligen Jungfrau neben der Kamara, zündete eine Kerze an und betete mit großer Andacht. In der Dämmerung der Kirche begann er zu weinen. Er erstickte schon zu lange. Dann begab er sich zum Grab des ehemaligen Polizeidirektors von Saloniki auf dem Evangelistria-Friedhof. Diesem Mann verdankte er alles, unter ihm hatte er als Vizedirektor gedient. Im vergangenen Jahr war er an einem Herzschlag gestorben und hatte eine große Leere in seinem Leben hinterlassen.

Er hatte ein paar Blumen gekauft, legte sie auf das Grab, kniete nieder und begann, zu ihm zu sprechen:

„Mein armer Spyros, stell dir die Schande vor, die ich in meinem Alter erdulden muß. Sei froh, daß du nicht mehr lebst. Ich wünschte, ich hätte den Mut, mich umzubringen. Wenn du wüßtest! Ich bin ein Opfer meiner Anständigkeit. Ich wollte die anderen nicht verraten. Ich der Schuldige? Während der General in Person dabei war und kommandierte? Ich wußte nicht einmal, was gespielt werden sollte, ich schwöre es auf dein Grab, mein Spyros, und als ich es erfuhr, schickte ich sofort jemand zum Dreirad, um das Drama zu verhindern, aber es war zu spät, er fuhr bereits, und jetzt bin ich hier, vor deinem letzten Haus, und weine! Ach, Spyros! Ich schulde dir alles. Das einzige, was du mir nicht beibrachtest, war, wie man sich vor alten Füchsen schützen kann. Spyros, ich kann nicht mehr! Gib mir Mut! Der General ist schuldig, ich schwöre es dir!"

Ein Schluchzen unterbrach ihn. Er drehte sich um und bemerkte ein paar Gräber weiter eine schwarzgekleidete Frau, die sich ebenfalls an ihren Toten wandte.

Die Neuigkeit schlug wie eine Bombe in Saloniki ein. Extraausgaben, Flugblätter, Straßendemonstrationen schienen vorübergehend den Budapester Zirkus und das Filmfestival zu verdrängen. Die Sonne erhielt an diesem Tage unversehens eine neue Bedeutung, dachte der junge Journalist, der wegen des Filmfestivals nach Saloniki zurückgekehrt war; sie war zur Sonne der Gerechtigkeit geworden. Antoniou wartete schon seit dem Morgengrauen vor der Staatsanwaltschaft, doch weder der Untersuchungsrichter noch der Staatsanwalt ließ sich sehen. Sie sprachen, jeder in seinem Büro, telefonisch miteinander. Gegen Mittag sah er den Anwalt des Generals das Gebäude betreten. Ein paar Minuten verließ er es wieder, sichtlich bekümmert.

„Man hat sie eingesperrt", sagte er und ging schnell die Treppe hinunter.

Antoniou wartete mit anderen Journalisten, um die legendären Gestalten des Untersuchungsrichters und des Staatsanwalts zu sehen, die beiden, die es gewagt hatten, trotz aller Drohungen die „Grundfesten des Regimes" selbst zu unterminieren. Der Richter erschien als erster und nahm sie in das kleine Café in der Passage mit. Trotz der erschöpfenden Arbeit der letzten Wochen schien er nicht müde. Er umriß ihnen kurz die Gründe, die zur Erlassung der Haftbefehle gegen die vier Offiziere geführt hatten, und zog sich darauf mit einem „Meine Herren, ich grüße Sie!" zurück. Die ruhige, gelassene Haltung des Richters machte auf Antoniou großen Eindruck: Sein Gesicht verriet kein Zittern, keinen nervösen Tick, abgesehen von einer schnellen, ihm schon vertrauten Bewegung des Fingers, mit der er die Brille auf der Nase zurechtrückte. Der rundliche, joviale Staatsanwalt erklärte: „Ich glaube, der Richter hat Ihnen alles gesagt. Ich habe nichts hinzuzufügen." Unter der Maske einer trügerischen Gutmütigkeit verbarg er granitene Härte. So dachte der junge Journalist, der die Beamten allmählich kennenzulernen begann.

Am Nachmittag wurden Flugblätter auf den Straßen verteilt.

„Unbezwinglicher General . . . Ihr Kampf ist der Kampf unserer Rasse, ist der Kampf um die Erhaltung der griechischen Nation. Ein auf Kredit gekauftes Haus, einige bescheidene bäuerliche Möbel, ein Sohn, der gleichfalls das Vaterland in den Reihen unserer ruhmreichen Gendarmerie verteidigt, eine große Zahl auf den Feldern der Ehre und der Pflicht erworbener Auszeichnungen, das ist der einzige Lohn für Ihren Mut und Ihre Ergebenheit. Sie haben alles dem Vaterland gegeben, General. Nun opfern Sie auch Ihre persönliche Freiheit. Doch Ihre Henker sollen es wissen: Man kann den Körper einkerkern, aber nicht den Geist. Vereinigung nationaldenkender Studenten."

Kurze Zeit später tauchten neue Flugblätter in den Straßen auf:

„Patrioten, Demokraten! Die vier an der feigen Ermordung Z.s, des ersten Märtyrers des Friedens, beteiligten Offiziere haben sich auf den Strohsäcken von Genti-Koulé zu ihresgleichen gesellt, den

Jangos, Vaggos, Varonaros, den Archegosauriern und Mastodonten aller Sorten. Aber die Planung, Organisierung und Durchführung des Mordes fand auf einer weit höheren Ebene statt. Wer verbirgt sich hinter der Firma General & Co.?"

Die Zeitung *Makedonischer Kampf* meldete am folgenden Tag, daß mehrere Pakete dieser Flugblätter am Sitz der EDA beschlagnahmt worden seien. Die Zeitung fügte hinzu: „Diese traurigen Individuen sollten nicht vergessen, daß es außer der Entscheidung des Gerichts auch die Entscheidung des Volkes gibt. Wenn das nationalistische Lager erneut bei den Wahlen triumphieren wird, dürfte sich zeigen, wer dann noch etwas zu lachen hat . . ."

Am Abend der Preisverteilung des Festivals blieben in der ersten Parkettreihe des Nationaltheaters die Sitze des Generals und des Polizeidirektors leer.

V   Ein Jahr später

1

„Ich lebe in deinem Schatten", dachte Pirouchas. „Wohin ich meinen Blick auch wende, immer entdecke ich dein Gesicht. Meine Hände sind in der Trockenheit der Fakten erlahmt, sie hängen wie Stalaktiten auf die Akten. Ich blättere durch die Zeitung, ich suche etwas, was dich betrifft. Bis vor einigen Tagen lief dein Prozeß. Er wird schnell von neuen Schichten journalistischer Asche überdeckt sein.

Du hast mich ganz besiegt. Deine Augen überfluteten mich. Jetzt kenne ich dich gut genug, um dir zu sagen, daß ich dich nicht liebte, sondern von dir den Antrieb holte, den ich für meine Maschine brauchte. Herz und Körper waren in deinem Dienst. Ich war eine Breitleinwand, und du fülltest mich ganz. Jetzt weiß ich, daß ich die Dimensionen des Kosmos haben müßte, um dich aufnehmen zu können. Doch ich habe dich auch so, selbst wenn du aus mir überläufst. Ich lasse Tropfen von dir auf der Straße zurück, damit die anderen dich finden und weitertragen können, wenn ich dich verlassen muß, weiter und höher hinauf. Denn ich, ich sage es ehrlich, bin müde.

Zuerst wurde ich für dich gesund. Satellit, der ich bin, stahl ich dir dein Licht und schien für einen Moment selbst zu leuchten. Nachdem ich die Bahn der Zeit durchlaufen hatte, der wir alle folgen, begann ich abzunehmen und zu schwinden. Und heute befinde ich mich an jenem Punkt unseres Planeten, wo der Mond nicht mehr sichtbar ist. Ich weiß nicht einmal, ob er wieder aufsteigen wird.

Ich messe den Raum, der uns trennt, an den Zigaretten, die ich rauche. Und ich bin froh, daß du unverändert bleibst, egal, was ich tue. Die anderen kann man ändern. Dich nicht. Du bist in mir wie ein Meteorit im Museum: ein sonderbarer stumpfgrauer Felsbrokken, der eines Tages in mein Tabakfeld fiel, ein Stein mit der Anziehungskraft des Chaos. Beinahe hätte er mich erschlagen. Dort, wo er fiel, ist heute noch ein tiefes Loch, das bei Regen Wasser in sich sammelt. Nur du bist nicht da. Die Fachleute kamen, die Weltraumspezialisten, die Ausgräber, sie betrachteten dich mit der Lupe, sie ordneten dich ein, und sie sperrten dich mit einem Schild, auf dem das Datum deines Falles auf die Erde stand, ins Museum, in einen Glaskasten wie das Kostüm einer berühmten Schauspielerin in einer berühmten Rolle, wenn sie selbst nicht mehr existiert. Nur wenn man das Kostüm unter der starren Zellophanhülle genau betrachtet, bemerkt man, daß die Ärmel etwas von den Bewegungen der Hände bewahrt haben. Alle deine Höcker, deine Kanten, die Vertiefungen deiner granitenen Oberfläche, für immer erstarrt in der Unveränderlichkeit des Todes, zeugen gleich einem Basrelief von der Flamme, die dich durchglühte, bevor du stürztest, von den feurigen Sporen, die dich trieben, wie auch gemeißelter Marmor uns die Erregung des Bildhauers mitteilen kann.

Je mehr ich dich meinen geschickten Fingern entgleiten lasse, den geschickten Händen des ‚überlebenden Abgeordneten‘, desto mehr flüchtest du dich für mich in eine Region, die ich die Region des Traums nennen werde. Dein wahres Gesicht existiert zwischen Alpträumen und Wachsein, das auch ein Alptraum ist, da es dich nicht mehr gibt. In den Träumen existierst du wahrhaft, da sie nicht wirklich sind. Aber wenn ich die Augen öffne und dich nicht sehe, mein süßer Emigrant der anderen Welt, spüre ich etwas wie ein Meer der Abwesenheit um mich, und ich beginne alles zu hassen, was mich hier auf diesem Bett eines Provinzkrankenhauses festhält.

So gehe ich meinen Weg und werfe die Lasten ab. Jeder Morgen zeigt mir deutlicher unsere Entfernung. Ich weiß nicht mehr, wie ich dich erreichen kann. Dein Gesicht, Leuchtturm in der Nacht für so viele andere, verleiht mir die Einsamkeit eines Leuchtturmwächters. Zuweilen lösche ich dein Licht, und die Schiffe zerschellen auf den Felsen. Ich ernähre mich von den Schiffbrüchigen, die niemals reden werden. Doch was ich sage, ist Übertreibung, eine Lüge, denn ich bin nicht das Zentrum der Welt für alles, was Realität betrifft. Für alles, was meine innerste Realität betrifft, bin ich das Zentrum – jeder ist es in Beziehung zu anderen. Ich bin nur derjenige, der dein Gesicht liebte, und das, was mir blieb nach deinem Tod, ist der pfeifende Wind. Und dieses Pfeifen ist wie das der Züge, das heißt: romantisch. Doch die Romantik hat keinen Platz in unserer Zeit. Die Töne sind heute härter, nicht gedehnt, sind metallisch, nicht klagend, sind rhythmisch, nicht mehr an die Gesetze der Harmonielehre gebunden. Die Töne von heute würden auf dem Tonmesser Grate, zusammenhanglose Linien, Kurven, Schnittpunkte bilden, würden asymmetrische Strukturen zeichnen, in denen sich trotz allem eine Schwalbe ausruhen und ein Papierdrachen fangen könnte, der uns sein Skelett hinterließe. Dieses Skelett bin ich, und du bist die Schwalbe meines Herzens.

Und so an dich denkend, erwerbe ich das Recht oder einen Vorwand, mich dir nicht wirklich nähern, mich nicht mehr unter die Menge derer mischen zu müssen, die dein Bild umgeben. Denn es gibt keinen Zweifel mehr, daß du für die anderen eine Fotografie geworden bist. Auf dieses Foto projizieren sie ihr eigenes Ich, während du für mich zwei Augen bist, die, wenn sie feucht sind, Ozeanen ähneln, und wenn sie trocken sind, privaten Schwimmbecken gleichen.

In meinen Alpträumen scheint es mir, daß du mich brauchst, denn auch du hast deine menschlichen Bedürfnisse. Ich möchte dann zu dir kommen, um dir zu helfen, aber es ist, als ob mich Ketten zurückhielten, die ich nicht zerbrechen kann. Ich erwache schweißgebadet. Und ich denke dann mit Erleichterung, daß du nicht mehr existierst.

Ich sage: mit Erleichterung, obwohl dir das seltsam erscheinen mag, denn im Grunde habe ich gar keine Lust, etwas zu ändern. Ich liebe diese kleine Zuflucht, hoch oben im Leuchtturm über dem Meer. Ich liebe diesen Felsen. Ich werde mit ihm sterben, nicht mit dir. Du allein hast mir den Sinn des Unendlichen vermittelt. Es gibt die, die vorwärts stürmen, und die, die hinter der Front die Verletzten pflegen. Ich gehöre zu denen hinten, selbst wenn deine Tapferkeit darin Feigheit sieht. Ich hätte anders leben müssen, um heute ein anderer zu sein. Aber dieses einzige Leben, das man uns gegeben hat – ich habe Angst vor diesem einzigen Leben, das man uns gegeben hat.

Die Gedanken fallen in den Hof wie reife Früchte. Seitdem ich nicht mehr gesprochen habe, ist meine Stimme gereift. Aber die

Feder ist zerbrochen, die Uhr geht nicht mehr. In jedem Augenblick ziehe ich sie bis zur äußersten Grenze auf, bis die Feder jäh zurückspringt wie die schadhaften Wasserhähne, die man nicht mehr zudrehen kann und deren Wasser pausenlos läuft. So bin auch ich.

All das betrifft dich nicht, wie du sicher festgestellt hast. Es betrifft nur mich; was geht's dich an? Mich geht an, daß du in mir das Bedürfnis schaffst, es dir zu sagen, dir und niemand anders. Seitdem gibt es zwischen uns ein Band. Ich fühle mich wohl, ich fühle mich schlecht, ich hoffe, ich verzweifle im Einklang mit dir. Wir können nicht zusammen leben, aus dem einfachen Grund, weil wir verschiedenen Welten angehören: du der Welt der Lebenden, die tot sind, und ich der Welt der lebendigen Toten.

Zuweilen höre ich in meinen Träumen deine Vorwürfe; du sagst mir, daß du mich brauchst, als menschliches Wesen, daß es zu egoistisch von mir ist, allein zu leiden. Und ich liebe dich dann wegen jener kleinen Nichtigkeiten, die unser Leben ausmachen oder auch nicht: wegen einer Zigarette, die ich dir eines Tages angezündet hatte, wegen einer Grammophonplatte mit Gedichten, die wir hörten, wegen eines Faustschlags, den du hättest geben können und dann doch nicht gabst.

Diese Dinge wollte ich dir sagen, bevor ich in meine Kammer zurückkehre. Ich ziehe dich aus dem Ozean der Zeitungen mit dem Fangnetz meines Herzens. Denke an all die Tinte, die du hast fließen lassen, an die Zahl der Negative! Wenn all das sich in Blut verwandelte, würdest du ewig leben. Aber du lebst ewig, denn das Blut, dein Blut, ist Licht geworden."

2

Seine Stadt wurde ihm unerträglich. Sie schien ihm winzig, armselig, gefährlich. Die großen Schiffe sind für das weite Meer bestimmt, pflegte er zu sagen. Seit dem Tag, an dem das Bauamt mit Gewalt die drei mit eigener Hand errichteten Pfeiler hatte abreißen wollen, wußte er, daß der „Jagdunfall" nicht auf sich warten lassen würde. So entschloß er sich, verließ Frau, Mutter und Kinder und kam nach Athen. In der Anonymität der Großstadt fühlte er sich sicherer. Er war nicht mehr in Gefahr. Hier waren die „Seinen" stärker als die „Anderen".

Hatzis war in der Affäre Z. zu eigenen Schlüssen gelangt. Er genierte sich übrigens nicht, sie jedermann mitzuteilen, denn er hielt sich für eine Kapazität in dieser Sache. Er hatte nur auf ein Dreirad zu springen brauchen, um Regierungen zu stürzen, die Gendarmerie aus ihren Angeln zu heben, die Richter gegeneinander aufzubringen, die Gesellschaft ihre Abfälle, ihre toten Zellen abstoßen zu sehen. Er war zu dem Schluß gekommen, daß Z. in Athen nie ermordet worden wäre. Die Hauptstadt, stellte er jeden Tag von neuem fest, hatte einen weiteren Horizont, eine andere Ordnung, Straßen, die keine Sackgassen bildeten, eine Atmosphäre, in der kein Nebel Verdacht erweckte; alles hob sich ab von durchsichtigem Blau, die Wolken klebten nicht an der Erde, bildeten keine erstickende Kuppel wie in Saloniki, in der leichter dunkle Pläne gedeihen. Keine atmosphärische Drohung lastete auf der Akropolis, kein politisches Schwert hing über den Häuptern der Statuen. In Saloniki ist die „Drohung aus dem Norden" immer ein guter Vorwand, Gewalttätigkeit und Terror zu entfesseln. „Die Bulgaren werden uns den Hals abschneiden! Die rote Gefahr ist im Anmarsch! Zu den Waffen! Schlagt zu! Vernichtet!"

Doch in Athen fühlte sich Hatzis verloren. Die Menschenflut auf dem Omoniaplatz, die Touristen mit ihren Bärten und Rucksäcken, die zuckenden Lichtreklamen, der fiebrige Rhythmus des Lebens im Vergleich zur Lässigkeit seiner Geburtsstadt weckten oft Sehnsucht nach Saloniki in ihm. Selbst nach ihren Gefahren, ihrer Melancholie. Er sehnte sich nach seiner Mutter, seiner Frau, den Kindern, nach seinem Viertel.

Die Briefe seiner Mutter beunruhigten ihn. Sie beklagte sich ständig, sie hatten keine Drachme zum Leben, sie warf ihm durch die Blume vor, sein einfaches Dasein aufgegeben zu haben, um eine Unsterblichkeit zu erobern, die ihm nichts einbrachte. Der Ruhm war gewiß sehr schön, sie war auch stolz auf ihren Sohn, aber er verhalf ihnen zu keinem Bissen Brot. War er ihm etwa zu Kopf gestiegen? Gaben alle die, die ihn mit Lobreden überhäuften, nicht auch ein wenig Geld? Und wenn es so war, warum schickte er ihnen nichts? Wer würde das Holz für den Winter sägen, wenn sie nicht erfrieren wollten? Die Kinder hatten nicht mal Schuhe an den Füßen. Die Kleine kam in diesem Jahr in die Gemeindeschule, und sie hatten kein Geld, um ihr eine Schultasche zu kaufen.

Diese ungeschickten, verbitterten Briefe seiner alten Mutter – seine Frau hatte Arbeit als Putzfrau angenommen und keine Zeit, ihm zu schreiben – erfüllten ihn mit einem Gefühl der Schuld. Aber er wollte nicht nachgeben. Er war ein Linker, er wußte, was der Marsch der Geschichte bedeutete. Und er hatte den Eindruck, in diese Geschichte mit Pauken und Trompeten eingegangen, einer ihrer Baumeister geworden zu sein.

Der schlimmste Brief traf ein, nachdem das Foto in der Presse erschienen war, das ihn neben dem Ministerpräsidenten zeigte. Er hatte sich zusammen mit Nikitas, dem Polierer, ins Präsidialamt begeben, wie es jedem Bürger freistand. Papandreou, der alte, verehrungswürdige, gütige Mann mit seinen lebhaften, immer humorigen Augen, hatte ebenfalls wissen wollen, wie Hatzis seine Heldentat ausgeführt hatte. Und Hatzis hatte zu erzählen begonnen, mit allen Einzelheiten, tausendfach wiederholter Bericht, den so viele unnötige Wiederholungen schließlich abgenutzt hatten wie eine Grammophonplatte, die im Lauf der Jahre die Reinheit der ursprünglichen Aufzeichnung verliert, Kratzer und Nebengeräusche von sich gibt und die Nadel springen läßt. Der Ministerpräsident hörte zu wie ein von einem Märchen verzaubertes Kind. „Tiger", sagte er ihm, „du bist ein Kerl!" Er nahm ein Exemplar des „Schwarzbuchs des Wahlcoups vom 29. Oktober 1961" – als die Bäume und die Toten mitgewählt hatten – und dedizierte es „dem heroischen Hatzis". Die Rechtspresse behauptete am folgenden Tag, der „Alte" habe ihm dabei gesagt: „Die Demokratie schuldet Leuten wie euch viel. Ihr habt ein Anrecht auf unsere Fürsorge. Ihr sollt keine materiellen Sorgen mehr haben. Wir werden eine leichte, angenehme Arbeit für euch finden, die euch Zeit läßt, euch zu bilden. Die Gesellschaft braucht euch." Und so fort. Jemand brachte die Zeitungen seiner Mutter, und sie, eine einfache Frau, sah ihren Sohn neben dem Ministerpräsidenten und schrieb sofort einen Brief, den Hatzis nicht beantwortete, um ihr keinen Schmerz zu bereiten. Die Wahrheit war, daß der „Alte" nichts dergleichen gesagt hatte. Nur, daß er bereit sei, ihnen zu helfen, wenn sie ihn brauchten. Sie hatten das Büro sehr schnell verlassen, die Audienzen wurden nach Sekunden bemessen, und draußen stießen sie schon auf eine Delegation aus Diavata, die gegen weitere Enteignungen durch Esso-Pappas protestieren wollte. Andere Zeitungen behaupteten, Hatzis habe Papandreou aufgesucht, um ihn um Schutz und Hilfe zu bitten. Hatzis diktierte seinem Anwalt einen offenen Brief, der mit den Worten schloß: „Die Helden – so nennt mich der Ministerpräsident in seiner Widmung des Schwarzbuchs – bitten nie um Schutz und Hilfe. Die Verleumder mögen es wissen!" Er hatte nur dieses Foto an die Zeitungen verkauft, mehr um des Ruhms als um des Geldes willen.

Hatzis trieb sich in den ständig durch neue Baustellen verunzierten Straßen der Hauptstadt herum; ab und zu arbeitete er als Maurer, um sich das bißchen Geld zu verdienen, das er zum Leben brauchte. Es machte ihm Spaß, die Rolltreppen der U-Bahn-Station Omoniaplatz hinauf- und hinunterzufahren. Zuweilen ging er bis zum Piräus, um die Schiffe zu sehen – als Bewohner Salonikis fehlte ihm in Athen das Meer –, er sog die aufregenden Düfte der Garküchen ein, des Schaschliks, der Pfannkuchen, des knusprigen Schweinebratens, der Koteletts, der gepfefferten Buletten und Bratkartoffeln – die Schaufenster, die Tausende von Autos machten ihn verrückt, und all das ohne eine Drachme in der Tasche. Aber es machte ihm nichts aus. Er glaubte, seine Mission noch nicht beendet zu haben, denn die Affäre Z. lastete noch bedrohlich auf ganz Griechenland. Er verfolgte ihre Entwicklung, vermerkte jedes neue Element, das wie eine vom Grund gelöste Mine an die Oberfläche trieb.

Hatzis sah das Werk des Richters und des Staatsanwalts als Kampf eines Polypen gegen einen Hummer. Der Hummer vertrat in seiner Vorstellung alle die, die sich im Dunkeln hielten. Der Hummer war für ihn das Symbol des Luxus: Er hatte nie Hummer gegessen; der einzige Leckerbissen, den er sich zum Ouzo gestattete, war getrockneter Tintenfisch. Der Hummer war schwer bewaffnet, doch trotz seines Panzers, seiner mächtigen Zangen, seiner Fühler besaß er zartes, geschütztes und deshalb verletzliches Fleisch; dieses Fleisch war für den Polypen leichte Beute, sobald er seine Fangarme um den Hummer geschlungen hatte. Das Problem war nur, dahin zu kommen.

Lange Zeit blieb er Optimist. An dem Abend, an dem er von der Verhaftung der vier Offiziere erfuhr – er befand sich noch in Saloniki –, betrank er sich vor Freude. Er war zur Messe gegangen und hatte dem Feuerwerk zugesehen, das die Nacht zerriß und seinen Namen an den Himmel zu schreiben schien. Doch keine vierzehn Tage waren vergangen, als die vier Offiziere schon „provisorisch" in Freiheit gesetzt wurden. Man öffnete ihren Käfig, und die Raben nutzten es. Der mit der Erstattung des Abschlußberichts beauftragte Ausschuß trat zusammen. Er bestand aus dem Untersuchungsrichter und zweien der Richter, die die provisorische Freilassung der Raben angeordnet hatten. Zwei gegen einen. Die Dinge begannen offenbar schiefzulaufen. Pirouchas und Z.s Witwe lehnten die beiden Richter ab. Der General nutzte seine wiedergewonnene Freiheit sofort, um den Untersuchungsrichter abzulehnen, „dessen Parteilichkeit ihm gegenüber sich erwiesen habe".

Die Ablehnungsanträge wurden am selben Tag geprüft. Hatzis begab sich zu früher Stunde zum Justizpalast. Alle waren sie da: Jangos und Vaggos, durch Handschellen aneinandergefesselt, Varonaros, der Archegosaurus, das Mastodon. Als ein Reporter ihn fotografieren wollte, warf Jangos sich auf ihn, der an ihn gefesselte Vaggos verlor das Gleichgewicht und wäre gestürzt, wenn Varonaros ihn nicht gehalten hätte. Hatzis bemerkte, daß Varonaros viel magerer geworden war: Der Koloß, einst Urbild der Kraft, wirkte nun elend und verletzlich, durch seine Größe den Schlägen des „Feindes" nur noch mehr ausgeliefert. Provozierender denn je, schien der Archegosaurus klapprig und wie ausgedörrt. Nur das Mastodon erwiderte mit einem leutseligen Lächeln den Gruß des

Polizisten in Zivil an der Tür. Krakeeler hatten sich im Gerichtssaal eingenistet, und die Verhandlung fand daher unter Ausschluß der Öffentlichkeit statt.

Wie Hatzis später erfuhr, lagen dem Ablehnungsantrag gegen die beiden Richter zehn Punkte zugrunde. 1. Sie, denen die Freilassung der vier Offiziere zu verdanken war, „hatten in bezug auf den ermordeten Abgeordneten ironische Ausdrücke gebraucht". 2. Sie hatten sich der Friedensbewegung gegenüber parteiisch verhalten. 3. Sie hatten Augenzeugen mit der Behauptung verdächtigt, daß ihre Aussagen nur darauf abzielten, „alle Schuld der Polizei zuzuschieben". 4. Sie behaupten, Z.s SOS während der Versammlung sei nur zu propagandistischen Zwecken erfolgt, obwohl Z. eine halbe Stunde später auf offener Straße ermordet worden war. 5. Sie hatten Pirouchas' Mißhandlung mit Schweigen übergangen. 6. Sie hatten a priori die Möglichkeit ausgeschlossen, daß die Gegendemonstration vorbereitet war, eine Meinung, die auch eine Anzahl der beschuldigten Offiziere teilte. 7. Sie hatten die Aussagen der beiden Staatsanwälte bezweifelt, nach denen die Polizei Jangos im Kommissariat verborgen habe. 8. Sie hatten einen Zeugen unter dem Vorwand abgelehnt, daß seine politische Überzeugung nicht bekannt sei. 9. Sie hatten die paradoxe Meinung geäußert, daß „die Verhaftung oder Nichtverhaftung von Verbrechern dem Ermessen der Polizei überlassen sein müsse". Endlich war einer der beiden Richter Freimaurer wie der General, jedoch ihm in der Hierarchie der Loge untergeordnet, weshalb er nicht objektiv sein konnte. Trotz aller dieser Gründe wurde der Antrag ebenso abgelehnt wie der des Generals gegen den Untersuchungsrichter.

Das Tribunal schritt zum Verhör der Angeklagten, die sich nach wie vor an die Version des „Verkehrsunfalls durch Trunkenheit" als einziger Verteidigung hielten. Die anderen versicherten, an diesem Abend nicht am Tatort gewesen zu sein, und die Polizeiangehörigen bestätigten ihre früheren Aussagen. Pirouchas beharrte auf seiner Forderung, die Untersuchung fortzusetzen und die Akten dem Untersuchungsrichter zurückzugeben, damit er inzwischen aufgetauchte neue Beweisstücke prüfen könne – so den vertraulichen Bericht über „die Rolle nationalistischer Organisationen angesichts der kommunistischen Gefahr", den das Ministerium des Innern vierzehn Tage vor dem Mord dem Kabinettschef des Ministers für Nordgriechenland übersandt hatte. Diese Forderung wurde gleichfalls verworfen. Darauf verließ der Nebenkläger unter Protest den Saal. Das Strafgesetzbuch sei in diesem Punkt formell, erklärte er zuvor. Jeder Richter, dessen Unparteilichkeit eine der Parteien in Frage stelle, müsse abgelehnt werden. Im gegenwärtigen Fall seien Beweise für Parteilichkeit vorgebracht worden, ohne daß sich einer der beiden Richter in seiner Standesehre verletzt gefühlt habe.

„Immer dasselbe Geschwätz", dachte Hatzis, der sich dank des leidenschaftlichen Interesses, mit dem er der Verhandlung folgte, autodidaktisch zum Anwalt entwickelt hatte. Er las alle Berichte, er hatte sich sogar von einem Studenten ein Rechtshandbuch geborgt und verschlang es. Er befand sich noch immer in Saloniki, das nach Beendigung der Messe in seine übliche Lethargie zurückgesunken war. Die Zeitungen hatten eben die Affäre des Chloros-Berichts in Gang gebracht. Chloros hatte die Pressionen aufgedeckt, die der Präsident des Gerichtshofs auf den Untersuchungsrichter und andere Richter ausgeübt hatte. Sein Bericht bestätigte die drei Monate zuvor im Parlament vom Vizegeneralstaatsanwalt erhobenen Beschuldigungen, daß „die Justiz und insbesondere der Untersuchungsrichter bei der Erfüllung ihres Auftrags auf Hindernisse stießen". Die wenigen, die den Bericht kannten, versuchten, ihn unter die Leute zu bringen. Von Panik ergriffen, beschuldigte die Rechte Chloros, nach Saloniki gekommen zu sein, um die Richter zu beeinflussen. Seine Antwort war vernichtend: „Ich bin in der Vergangenheit niemals verdächtigt worden, von mir abhängige Beamte beeinflussen oder korrumpieren zu wollen. Ich überlasse das anderen, die es sehr zu schätzen scheinen." Angesichts dieser Erklärung waren sich die Nebenkläger einig: „Der Chloros-Bericht muß vollständig veröffentlicht werden."

Das Verdikt der Staatsanwaltschaft wurde endlich bekanntgegeben. Es war eine Enttäuschung für alle und für Hatzis natürlich besonders. Er durchflog die Zeitungen aller Richtungen und fand, daß jede es nach ihrem Geschmack auslegte. Die optimistischsten meinten, daß die Untersuchung bis zu den Verantwortlichen „an höchster Stelle" führen könne. Andere hielten sich bei Einzelheiten auf und fragten sich zum Beispiel, ob Z.s Schädeldecke wirklich durch einen Knüppel zertrümmert worden sei. Wieder andere jubilierten, die vier Offiziere seien nicht wieder inhaftiert worden, die Beschuldigungen des Untersuchungsrichters könnten also nicht aufrechterhalten werden. Schließlich gab es auch welche, die sich offen mit dem Untersuchungsrichter anlegten, der während des Vorverfahrens „Aussagen verfälscht und Geständnisse erpreßt habe". Tatsache blieb, daß dieses Verdikt den Angeklagten günstig war; sie hatten jede Chance, beim Prozeß – falls er überhaupt stattfand – vor ein anderes Gericht gestellt zu werden, und das wegen „Überschreitung ihrer Pflicht" statt wegen „Beihilfe zum Mord". Die Staatsanwaltschaft schlug die Fortführung der Untersuchung nur zur Erhellung folgender Punkte vor: 1. War Z. in dem Moment, in dem das Dreirad ihn angefahren hatte, mit einer Eisenstange niedergeschlagen worden? 2. War die Gegendemonstration geplant worden oder spontan entstanden? 3. War Pirouchas in einem von der Polizei kontrollierten Bereich mißhandelt worden? 4. Wer war für die „nächtliche Ruhestörung" verantwortlich? Hatzis schloß daraus, daß dieses Verdikt vor allem den Zweck verfolge, die Justizaktion durch Verweisung auf vage Ziele möglichst in die Länge zu ziehen. Die Öffentlichkeit würde der Sache müde werden, die Affäre würde sich in der endlosen Prozedur der Vertagungen und Rechtsmittel erschöpfen, sie würde von Büro zu Büro, von Gericht zu Gericht irren, bis eine neue aktuelle Bombe sie völlig verschüttete.

Der Tiger verlor die Geduld. Er wollte ein Ende machen, wollte vor Gericht erscheinen und enthüllen, was er schon dem Ministerpräsidenten erzählt hatte. Er wollte, daß seine Tat endlich Früchte trüge. Genau zu diesem Zeitpunkt wurde der Chloros-Bericht ungekürzt veröffentlicht und fiel wie ein Stein in ein Gewässer, das sich schon beruhigen zu wollen schien – vorübergehende Ruhe, dachte Hatzis, ähnlich der, wie sie die Fischer auf dem Meer erzielen, wenn sie mit Öl vermischten Sand hineinschütten, um die Polypen auf dem Grund beobachten zu können. Ein paar Tage darauf unterbreitete der Präsident des Gerichtshofs dem Justizminister ein förmliches Plädoyer, das den wesentlichen Inhalt des Chloros-Berichts höchstens bekräftigte. Weit entfernt, die Beschuldigung, Druck auf Richter ausgeübt zu haben, zurückzuweisen, versuchte der Präsident, sein Verhalten zu rechtfertigen. Er leugnete keineswegs, den Untersuchungsrichter gedrängt zu haben, eine entschärfte Version der Tatsachen zuzulassen, nach der Z.s Mörder diesem „Körperverletzungen ohne mörderische Absicht" zugefügt hätten, und ihm gleichfalls vorgeschlagen zu haben, die Untersuchung auf vier völlig getrennten Geleisen zu führen: gegen die Ausführenden, die Anstifter, die Gegendemonstranten, die Polizei. So hätte man Jangos und Vaggos als einfache Ausführende, den Archegosaurus und das Mastodon als Anstifter, die Polizei wegen Überschreitung ihrer Pflichten und die Gegendemonstranten wegen nächtlicher Ruhestörung zu kleineren Strafen verurteilen können. Auf diese Weise konnten die „hochgestellten Persönlichkeiten" ruhig schlafen, in der Erwartung, später Jangos' und Vaggos' Begnadigung erwirken zu können. Da die beiden niemals sprechen würden, war so die Affäre endgültig mit gleichsam kirchlichem Pomp begraben. Gewiß, der Präsident des Gerichtshofs erkannte es bereitwillig an, die inkriminierten Tatsachen waren exakt. Aber er interpretierte sie auf seine Art. Allerdings ging er zu weit und beging einen Fehler: Er behauptete darüber hinaus, daß Nikitas nicht niedergeschlagen worden sei, daß kein Polizist den Studenten geschoren habe und daß die beiden Lügen auftischten. Er sprach von „schamloser politischer Ausnutzung" und kritisierte die „exzessive Freiheit, die man der Presse zubillige".

„Warum sollen die Journalisten", dachte Hatzis, „die als einzige die Untersuchung vorantreiben, nicht die Informationen veröffentlichen, die sie selbst entdecken?"

Ein anderer Untersuchungsrichter hätte die Untersuchung seit langem abgeschlossen. Man war ausgerechnet auf diesen Dickkopf verfallen, der alles verdorben hatte, ähnlich wie Hatzis anfangs durch seinen Sprung auf das Dreirad. Der Dreh hatte einfach nicht geklappt. Ein kümmerlicher Untersuchungsrichter hatte die Kühnheit besessen, Männern die Stirn zu bieten, die ihm an Rang und Erfahrung weit überlegen waren. „Sie tragen ihre Erfahrungen wie Generale ihre Orden", dachte Hatzis, „um ihre Feigheit im Krieg zu verbergen. Die, die ins Feuer müssen, sind immer einfache Soldaten und Unteroffiziere. Die andern teilen sich den Ruhm." Schließlich wurde der Gerichtspräsident „wegen Verletzung seines Amtseids" für sechs Monate von seinen Pflichten entbunden. Ein „ehemaliger Jurist" schrieb an die Presse: „Eine noch nie dagewesene Krise erschüttert unsere Gesellschaft. Ein unerbittlicher Kampf ist um eins der größten politischen Verbrechen des Jahrhunderts ausgebrochen. Wer wird siegen? Die Gerechtigkeit oder die Kollaborateure? Meine Herren . . . "

Um diese Zeit fuhr Hatzis nach Athen. Nachdem man ihm einige öffentliche Ehrungen erwiesen hatte, sah es jetzt so aus, als hätte man ihn vergessen. Es war kurz vor Weihnachten, und die Geschäfte waren mit Waren vollgepfropft wie Fregatten, die Straßen wurden mit bunten Glühlampen geschmückt, immer mehr Blinde spielten auf den Straßen Akkordeon, aus den Bergen kamen die Bauern und verkauften Tannenbäume. Es wurde kalt, und der Tiger fühlte sich immer fremder unter den Fremden, immer ärmer unter den Armen. Er bekam kein Geld mehr. Man versprach ihm Arbeit als Dreher. Aber Hatzis konnte nicht mehr zurück: Er fühlte sich vom Stempel der Geschichte geprägt. Seine Beschützer wurden es müde, immer wieder seine Geschichte zu hören: wie er aufs Dreirad gesprungen war, der Kampf mit Vaggos, die Pistole, der Knüppel, dann Jangos, die Füße des Feuerwehrmanns. Das Leben ging weiter, während er auf seiner Kreuzung blieb.

Meist gammelte er um den Postplatz herum. Dort sah er die Maurer und Anstreicher mit ihren Eimern und Bürsten, die auf Tagesarbeit warteten. Alle kannten ihn, erzählten Witze und spendierten ihm Kaffee. Es waren graue Wintervormittage, die Kälte schmerzte an den Händen, an denen er keine Handschuhe trug. Der kleine Karren mit heißem Sirup verließ ab und zu den Omoniaplatz und kam hier vorbei.

Eines solchen Tages begegnete er einer Frau. Sie verließ ein Stundenhotel in der Athinasstraße. Es war lange her, seitdem er seine Stadt verlassen hatte. Er sprach sie an.

„Du kannst es mir nicht ausreden", sagte die Nutte. „Ich kenne dich von irgendwoher."

Sie gingen ins Zimmer hinauf. Als sie fertig waren, machte sie ihm Kaffee.

„Wo kommst du her?"

„Vom Norden", sagte er. „Von der Großen Mutter der Armen. Aus Saloniki."

„Ich habe viele gute Kunden von dort", sagte sie. „Früher, als ich noch frischer war, bin ich jedes Jahr zur Messe hingefahren. Mein Strich war am Ölmarkt, hinter dem Hafen. Vielleicht hab' ich dich dort schon mal gesehen."

„Vielleicht kennst du mich auch woandersher. Ich bin Hatzis, der Mann, der auf das Dreirad sprang und die Mörder von Z. verhaften ließ."

„Meinst du den Doktor?" fragte die Frau und zog ihren roten Bademantel um sich zusammen. „Den Doktor, der die Armen umsonst behandelte?"

Sie erzählte ihm, daß eine ihrer Tanten aus dem Piräus jedes Jahr am 15. August nach Tinos zur Jungfrau Maria gepilgert war und sich mit Kerzen und anderen Gaben ruiniert hatte, ohne eine Besserung zu spüren; schließlich war sie in nur zwei Monaten ohne einen Pfennig von Z. geheilt worden, und seit dieser Zeit stellte sie sein Bild zwischen die Ikonen.

„Warum wurde er ermordet? Ein so guter Mensch . . ."

Der Tiger ergriff die Gelegenheit. Er erzählte ihr alles: wie er aufs Dreirad gesprungen war, der Kampf mit Vaggos, die Pistole, der Knüppel, Jangos, die Füße des Feuerwehrmanns.

Athen schien Hatzis unerschöpflich. Eine herrliche Stadt, voller Überraschungen. Ein anderes Mal lud ihn eine reiche Dame in ihr Haus in Kolonaki ein. Sie war links, weil ihr Mann, der genauso reich war wie sie, rechts war, und sie wollte ihm eins auswischen. Sie interessierte sich für die einfachen Leute, die sich trotz ihrer Misere Ideale bewahrt hatten. Ihr Chauffeur holte ihn aus seinem Loch ab. Hatzis sah zum erstenmal dieses Viertel von Athen. Ganz andere Menschen. Viele Konditoreien. Als er ausstieg, sah er in einem Schaufenster einen kleinen Hund, der in einem Korb lag. Hunde der gleichen Rasse empfingen ihn schrill bellend, als das Hausmädchen die Tür öffnete. Hatzis blieb der Mund offen. Ein solches Haus hatte er noch nie gesehen: Von oben, vom sechsten Stock aus, sah man die ganze Stadt wie in einem Teller. Die Hausfrau trug ein lila Kleid. Sie drückte ihm herzlich die Hand. Ein starker Geruch machte ihn schwindlig. Als sie am Tisch saßen, wollte sie alle Details genau hören.

„Erzählen Sie mir über den Mord, ich flehe Sie an! Glauben Sie, daß die Täter ohne Ihre großartige Hilfe noch unbehelligt wären?"

Hatzis trank unablässig Wasser, um nicht sprechen zu müssen. Bevor er ging, reichte ihm die Dame einen geschlossenen Umschlag. Draußen sah er, daß er Geld enthielt. Er schickte es nach Hause für die Feiertage. Seine Mutter hörte für eine Weile auf zu jammern.

Doch die Zeit der mageren Kühe kehrte wieder. Schaschlik, Käsekuchen, Schweinefleisch, das fehlte ihm. Wenn es kalt ist, muß man essen. Er kaufte sich ein Schuhputzerkästchen, Schuhwichse, Bürsten, riß den Samt von einem Sessel des „Ciné-Rosyclair" und stellte sich vor das Rathaus. Die anderen Schuhputzer machten sich über ihn lustig:

„Nicht möglich! Wir dachten, die Demokratie brauchte dich!"

„Bravo, Tiger! Du bist ein Held! Du willst keine Hilfe!"

„Du hast den Dreck weggeräumt, und jetzt liegst du selbst im Dreck!"

„Seht ihn an, den Helden, der Karamanlis verjagt hat!"

Eines Tages kam ein Mann in dunklem Mantel zu ihm und sagte, daß er mit ihm sprechen wolle. Er lud ihn zum Essen ein.

„Also", sagte er, als sie eine Zigarette rauchten, „kommen wir zum Thema. Ich werde dir die Dinge erzählen, weil du sie wissen mußt. Du bist ein Kommunist. Aber die EDA-Partei ist faul. Sie ist eine kleinbürgerliche Partei. Wenn sie einen Helden braucht, sucht sie sich einen Kleinbürger wie Z. und nicht den richtigen, einen einfachen Mann wie dich. Z. hatte nichts mit dem Marxismus zu tun. Ein guter Mensch, ein Humanist, doch nicht der richtige, um die ganze Jugend zu engagieren, verstehst du? Die internationale kommunistische Bewegung ist gespalten. Ich stehe auf der Seite der Chinesen. Die Russen werden mit der Zeit immer bürgerlicher. Sie werden weich, ziehen sich zurück, glauben nicht mehr an die Revolution. Für ihre Partei mögen sie recht haben. Sie haben ihre Revolution gemacht, jetzt sollen die anderen Völker sehen, wie sie weiterkommen. In Griechenland sind die Verhältnisse aber wie in China. Armut, Hunger – wir brauchen radikale Maßnahmen und nicht Kompromisse und Gaunereien. Ich erzähle dir das alles, weil ich glaube, du solltest der Held sein, nicht Z. Du hast aber nicht ihre Kragenweite. Du hast nicht die Vorteile, die bürgerlich-demokratischen Hintergründe Z.s, deshalb hat man dich reingelegt. Ich weiß, was hinter der Bühne geschieht, ich habe meine Informationen aus erster Hand. Wir glauben an das Volk und an die Revolution. EDA glaubt, man müsse eine kapitalistische Gesellschaft mit kapitalistischen Mitteln bekämpfen. Wir glauben, daß man in einer kapitalistischen Gesellschaft mit revolutionären Mitteln kämpfen muß. Da liegt der Unterschied. Du bist auf der Seite der Chinesen, nicht der Moskowiter. Sieh, was aus dir geworden ist! Ein Schuhputzer! Wer? Du, der Sing Nu Me der Volksrepublik China!"

„Laß das in Ruhe, was mir heilig ist", sagte Hatzis. „Ich habe von Politik nicht viel Ahnung. Aber ich liebe Z. Ich glaube an ihn. Er ist mein Führer."

Der Winter quälte und verbitterte Hatzis. Als der Frühling kam, schien es, als ob die Dinge ein besseres Gesicht bekämen. Ein Bekannter, der Lastwagen fuhr, nahm ihn im März nach Saloniki mit. Er wollte seine Familie sehen. Er fand seine Mutter älter, seine Kinder größer, seine Frau fremd, sein Stadtviertel kleiner. Was tat er dort unten in Athen? Hier gab es keine Gefahr mehr. Sein Haus kam ihm wie ein Gefängnis vor. „Da du berühmt geworden bist, mein Sohn, warum hast du da nicht an ein bißchen Geld gedacht, um uns aus der Misere zu retten?" fragte seine Mutter. Umsonst versuchte er ihr zu erklären, daß in seinem Fall diese Dinge nicht parallel liefen. Die Alte konnte es nicht verstehen. Sie wollte Geld. Sie glaubte, daß ihr Sohn es geschafft hätte. Bei seiner Abfahrt bat sie ihn, den Ministerpräsidenten zu grüßen, wenn er ihn wiedersähe, und ihn an die Rente zu erinnern, auf die sie seit Jahren warte. Diese Atmosphäre war ihm so unerfreulich, daß er gern nach Athen zurückkehrte.

Der Frühling begann in Hatzis' Augen erst am Tage des Friedensmarschs einen Sinn zu bekommen. Es war ein bewegender Zufall, daß der Sonntag des Marschs von Marathon nach Athen auf den 22. Mai fiel. Die Zeitungen der Linken bereiteten dieses Ereignis seit langem vor. „Zum erstenmal nach Z.s Tod kehrt der Frühling zu uns zurück. Griechenland begeht die Erinnerung an seinen großen Toten. An den Helden des Friedens. An den Helden der ganzen Welt." Bilder Z.s, Kalender, Alben, Souvenirs. Es war ein wenig wie auf einer Kirmes. Hatzis hatte nur das Verhalten des Ministerpräsidenten bekümmert. Gewiß, er hatte es nicht gewagt, den Marsch zu verbieten, aber er hatte ihn nicht gebilligt, nicht einmal stillschweigend. Er hatte versucht, die Öffentlichkeit durch die Erklärung zu entmutigen, da die Linke den Marsch monopolisiert habe, repräsentiere er nicht die erdrückende Mehrheit der friedliebenden Griechen, sondern die trübselige Minderheit einiger extremistischer Pazifisten. Hatzis fragte sich, wie derselbe Papandreou im Jahr zuvor, noch als Führer der Opposition, das Verbot des Marschs hatte geißeln können, während er ihn heute, als Träger der Macht, zum Scheitern zu bringen suchte. Wie hatte er nach dem Tode Z.s die Regierung als „barbarisch" und als „Regierung des Blutes" beschimpfen können, und weshalb konnte er in diesem Jahr vor demselben Blut, wenn er es schon nicht ehrte, wenigstens schweigen? Respektierte die Politik also nichts? Oder gab es vielleicht keinen Unterschied zwischen den beiden bürgerlichen Parteien, der liberalen und der reaktionären? Bald gelangte die eine zur Macht, bald die andere, wie zwei Bauern, die sich in dasselbe Maultier teilen. Das Maultier ist das Volk, das sie nacheinander auf seinen Rücken hebt und den Wechsel nur am Gewichtsunterschied merkt. Alles, was er darüber wußte, hatte er sich selbst beigebracht. Er war Kommunist und merkte, daß in seiner Partei auch nicht alles zu loben war, aber er sah immerhin eine klare Linie. Die anderen – von ihm aus konnten sie Marie und Katina heißen – waren zwei Huren aus der Athinasstraße. Das waren Hatzis' Gedanken im Morgengrauen jenes Sonntags vor dem zweiten Friedensmarsch von Marathon nach Athen.

Es war noch dunkel, als er in den Reisebus stieg und neben dem Fahrer Platz nahm. Bei seiner Ankunft applaudierten ihm die Leute. Das gab ihm Mut. Sie fuhren mit eingeschaltetem Licht. Die zweiundvierzig Kilometer lange Straße nach Marathon ist schmal, und wenn ein Auto ihnen entgegenkam, mußte der Bus seine Geschwindigkeit vermindern. Als sie auf die Ebene hinausfuhren, die sich zu Füßen des Grabmals erstreckt, sahen sie nur wenige Menschen. Doch bald schon überflutete eine riesige Menge die Umgebung. Bei Sonnenaufgang, nach den Reden, den Botschaften, den Gedichten, begann der Große Marsch.

Hatzis marschierte an der Spitze unter den Offiziellen. Unterwegs blieb er stehen, um sich den Zug anzusehen. Er wollte seinen Augen nicht trauen. Der Anblick erschreckte ihn fast. Zwei ganze Stunden marschierten Menschen jeden Alters an ihm vorbei, sie kamen aus allen Teilen des Landes und trugen Z.s Bild, Transparente mit den Aufschriften „Unsterblich!", „Er lebt!", sie sangen und tanzten; doch ihre Gesichter waren ernst. Gesichter von Forschern, von Abenteurern. Gesichter der ersten Christen. Nun begriff Hatzis die bittere Größe des Opfers. Der ungerechte Tod des Mannes hatte sie geweckt. Und wache Menschen bekommen Flügel. Er gab ihnen eine Hand zum Fassen, ein Tau zum Verankern am Kai. Hatzis war stolz, daß er dazu hatte etwas beitragen können. Der Marsch war eine religiöse Zeremonie, und Z. glich den Heiligen, die seine Mutter verehrte.

Sie marschierten vor seinen Augen vorbei, junge Männer, Mädchen, alte Leute, Invaliden – einer hatte auf seine Krücke „Keinen Krieg mehr" geschrieben –, Kaufleute, Arbeiter, Maurer, Bäcker, von überallher, vom Peloponnes, von Kreta, von den Inseln des Dodekanes, aus Thrazien und Makedonien. Und als es zu regnen begann, marschierten sie trotzdem singend weiter, bis der Regen aufhörte. Während einer Marschpause wurde eine Hochzeit gefeiert, an einer anderen Stelle gedachte man von Deutschen erschossener Patrioten. In der Ekstase, die sich Hatzis' bemächtigte, waren die Arme dieser Menge Äste von Olivenbäumen – silbriges Blattwerk, seidige Haut –, und die Beine ragten bis in die Kuppel des Himmels. Im Jahr zuvor hatte Z. allein diesen Marsch durchgeführt. Jetzt war die Straße voller Füße. Worin unterschied sich ein solches Wunder von dem der Vermehrung der Brote, das es Christus erlaubt hatte, eine hungernde Menge am Ufer des Toten Meers zu nähren?

Er erinnerte sich, wie Z. die Treppe des Gewerkschaftsklubs hinuntergegangen war, wie er den Riegel der Eisentür zurückgestoßen und einen Blick über den Dschungel geworfen hatte, der zurückwich, eine Lichtung schuf (die, in der die Jäger den Hirsch hetzen), wie er sodann mit seinem ausgreifenden Schritt – sechs Schritte er, zehn Schritte Hatzis – die Kreuzung überquerte und plötzlich rief: „Das sind sie wieder! Sie kommen! Warum verhaften Sie sie nicht? Was macht die Polizei?" Nach diesen letzten Worten war das Dreirad gekommen, um das Schicksal dieses Mannes zu besiegeln, der in Hatzis' blauen Augen einen Dreizack hatte aufzucken lassen. Er sah die schwarze Aktentasche wieder, die er in der Hand hielt, seinen gestreiften Anzug, den Asphalt des Fahrdamms, der sein Haupt mit einem Heiligenschein umgab ...

Die Nacht sank nur langsam an diesem Abend über Athen. Die Sonne verhielt über der Insel Salamis, um den endlosen Zug zu betrachten. In der Stadt drängten sich die Leute auf Balkons und Terrassen, um die Marschierenden zu begrüßen. Man hatte geflaggt. Hatzis sank in dieser Nacht in friedlichen Schlaf.

Doch die Zeit verging, und der Glanz des Marschs schwand nach und nach aus seiner Erinnerung: Er wurde wieder ein Fremder in einer fremden Stadt. Ein zurückgewiesener, zu Entbehrungen verurteilter Körper. Der Sommer verstrich, und eines Herbstabends – zu der Zeit, in der der Himmel Attikas wie Honig wird – stieß er zufällig vor der Acetylenlampe eines Maronenverkäufers auf Nikitas.

3

Nikitas war etwa zur gleichen Zeit und aus demselben Verlangen nach Sicherheit nach Athen gekommen wie Hatzis. Bei Verlassen des Krankenhauses hatte er die Polizei gebeten, ihm einen Leibwächter zu stellen, der ihn überallhin begleiten sollte. Er wollte sich vor weiteren Überfällen schützen. Im übrigen kam kein Mensch mehr zu ihm in die Werkstatt. Also entschloß er sich fortzugehen. Nikitas fühlte sich nicht wie Hatzis als Star. Er suchte sich sofort Arbeit, polierte Möbel und verdiente sich sein Brot. Er war zusammen mit Hatzis zum Ministerpräsidenten gegangen, ohne daß es ihm außergewöhnlich erschien. Ihn hatte am meisten gefreut, daß er Revanche an seiner Schwester genommen hatte. Nur war er es, der die Zügel hielt. Ihre Partei war gestürzt worden, und seine Partei war an der Macht. Doch er war nicht bösartig. Und als der Präsident ihn fragte, ob er einen Wunsch habe, bat er darum, seinen Schwager auf seinem Posten zu belassen.

Sein Leben hatte sich nicht geändert: Nach der Arbeit ging er in seine Bude oder ins Kino, sonntags zum Fußball. In diesem Jahr hielt PAOK den zweiten Platz im Gesamtklassement. Wenn „Olympiakos" noch ein Spiel verlor, war PAOK Pokalfavorit.

Er wollte mit der Affäre nichts mehr zu tun haben. Da er nicht zur EDA gehörte – der Partei, die den Helden für sich in Anspruch nahm –, kümmerte er sich nicht mehr viel darum. Er verfolgte die Zeitungsberichte, lachte über die Lügen des Gerichtspräsidenten, freute sich, als er bestraft wurde, und als ihn ein Journalist ausfindig machte, erklärte er, daß er nichts zu sagen habe, er warte auf den Prozeß.

Der Zufall versuchte ihn in Gestalt des ehemaligen Polizeidirektors. Er sah ihn, als er die Treppe der Werkstatt herunterkam, in der er arbeitete. Er wurde blaß. Die zusammengewachsenen Augenbrauen erinnerten ihn wieder an die Schwärze Salonikis; wie im Aufleuchten eines Blitzes sah er den General, das Krankenhaus, seine Alpträume, seine Ängste, Jangos' Gesicht. Als er ihn aufmerksamer betrachtete, fand er den Direktor verändert: Er sah aus wie ein exkommunizierter Priester, und dieses Gesicht, das unter dem Hut des Popen in überirdischem Glanz erstrahlte, ähnelte jetzt dem jedes x-beliebigen Krämers. Ohne den Schmuck seiner Uniform besaß er keine Anziehungskraft mehr. Konnten Mütze und Sterne einen Menschen so verändern, oder lag es daran, daß er ihn ein Jahr nicht mehr gesehen hatte? Jeder Mensch wurde älter, warum nicht auch der Direktor?

„Wie geht's dir, Nikitas?" fragte er. „Was macht die Arbeit? Du bist also auch hier? Wir sind alle ausgewandert!"

Nikitas bot ihm einen Stuhl.

„Du fragst dich sicher, wie ich dich gefunden habe. Ich kenne Giorgos, deinen Chef. Gestern traf ich ihn zufällig, und er erzählte mir, daß du für ihn arbeitest. ‚Ein guter Kerl, der Nikitas', erwiderte ich. ‚Ich werde mal vorbeikommen, um ihn zu treffen.' Und da bin ich. Jetzt ist alles vorbei und vergessen. Hast du inzwischen geheiratet?"

„Noch nicht."

„Ich auch nicht. Heiraten ist zwar gut und schön, aber wenn man älter wird wie ich, hat es keinen Sinn mehr. Entweder soll man jung, sehr jung heiraten oder ins Kloster gehen, wie es der Spruch sagt. Die Polizei hat mir kein Privatleben gelassen. Alles fürs Vaterland. Und was habe ich nun davon?"

„Es war nicht Ihre Schuld, Herr Direktor."

„Nenne mich nicht mehr Direktor. Man hat mich nach Cholargos versetzt, als Leiter eines Materiallagers. Diese Affäre hat mich meine Karriere gekostet, alles. Ohne schuldig zu sein, bin ich ein Wrack geworden. Ich bin ein Opfer, Nikitas."

„Das sagen alle."

„Auch du bist ein Opfer. Warum mußtest du dich mit diesen Schweinen einlassen? Du weißt, wen ich meine. Sie gehören in einen Sack, die Extremisten von rechts und links. Du warst ein Handwerker, der sich um seine Arbeit kümmerte und nichts mit Politik zu tun haben wollte, bis du dann eines Tages, ohne es zu wollen, mitten im Dreck warst."

„Der Strich ist gezogen", antwortete Nikitas, den der Besuch zu ärgern begann. „Am Tage des Prozesses werde ich sagen, was ich weiß, und damit ist alles erledigt."

„Hast du einen Vorwurf gegen mich persönlich? Hast du dich vor oder nach den Ereignissen über mich zu beklagen gehabt?"

„Vorher kannte ich Sie nicht, und danach habe ich Sie nie wiedergesehen."

„Ich habe gelesen, sie hätten dir große Versprechungen gemacht. Sie wollten dir eine Position, ein Vermögen geben. Wo ist das alles? Giorgos sagt mir, daß es dir nicht gutgeht."

„Sie haben mich alle vergessen."

„Das wollte ich eben sagen. Was hast du nun davon?"

„Ich habe zehn Jahre meines Lebens verloren."

„Da siehst du's! Die Kommunisten sind auf ihre Rechnung gekommen, sie haben sich einen Helden fabriziert, die Zentrumsunion ist zur Macht gelangt, die Rechte ist verjagt worden, aber das wäre nach acht Jahren der Abnutzung in der Regierung sowieso passiert. Infolgedessen hat niemand dabei verloren, außer dir und mir und noch ein paar anderen."

„So ist das Leben."

„Siehst du gelegentlich den Tiger?"

„Nein."

„Wenn du ihn siehst, bring ihn auf einen Kaffee mit zu mir. Ich habe euch einen interessanten Vorschlag zu machen. Hier ist meine Telefonnummer."

Er nahm ein Stück Papier und schrieb sie eilig auf.

„Bevor ihr kommt, ruf mich an. Es gibt eine Möglichkeit, diese Geschichte ein für allemal und auf die einfachste Art in Ordnung zu bringen. Ihr bekommt Geld und ich mein Recht."

„Was für eine Möglichkeit?"

„Heute sage ich nichts mehr darüber. Ich weiß jetzt, wo ich dich finden kann, ich werde dich wieder besuchen."

Er ging und hinterließ ein großes Fragezeichen. Er kam wirklich wieder, ein paar Tage später, kurz vor Feierabend. Sie gingen zusammen zu Pangrati und aßen Eis. Er sprach mit keinem Wort von der „Möglichkeit". Nur über den PAOK, der alle Aussicht hatte, den Pokal zu gewinnen. Der Direktor war ein alter Anhänger des PAOK. Er gab ihm seine Telefonnummer noch einmal, für den Fall, daß er den ersten Zettel verloren hatte.

Und eine Woche später wollte es ein teuflischer Zufall, daß Nikitas Hatzis' kahlen Schädel im Schein der Acetylenlampe des Maronenverkäufers bemerkte. Er legte ihm von hinten die Hand auf die Schulter. Hatzis fuhr mit der Reflexgeschwindigkeit eines wahren Tigers herum. Sie hatten sich seit ihrem berühmten Besuch beim Ministerpräsidenten nicht mehr gesehen.

Sie gingen in eine Milchbar und bestellten Orangensaft. Nikitas ohne Kohlensäure, Hatzis mit. Es gab dort nur zwei Tische, aber der Lärm des elektrischen Kühlschranks übertönte ihr Gespräch.

„Ich habe dich gesucht", sagte Nikitas, „aber ich wußte nicht, wo ich dich treffen konnte. Ich war zweimal am Postplatz, und du warst nicht da. Es geht um den Direktor. Er ist zweimal zu mir gekommen. Er gab mir seine Telefonnummer. Hier ist sie."

Er zog den Zettel aus seiner Brieftasche.

„Was will er?" fragte Hatzis.

„Uns sehen. Er will uns ein Geschäft vorschlagen. Was für eins, weiß ich ebensowenig wie du. Er tut sehr geheimnisvoll."

„Ich weiß, was er will. Er bringt uns zusammen, läßt sich mit uns fotografieren, und schon sind wir kompromittiert."

„Ich weiß nicht, Hatzis. Er ist honigsüß gewesen."

„Gerade das macht mir Angst."

„Was riskieren wir, wenn wir ihn besuchen?"

Hatzis grübelte ein paar Sekunden.

„Du hast recht, wir riskieren nichts."

„Ich werde ihn anrufen, daß wir morgen kommen."

„Einmal kann ich ihn schon ertragen. Olala!"

„Was hast du?"

„Mein Magen! Ich hätte ohne Kohlensäure bestellen sollen!" sagte Hatzis.

Am nächsten Abend, zu einer Zeit, in der sie niemand sehen konnte, passierten sie das Tor. Die Wache draußen wußte Bescheid, man brauchte nicht zu sagen, zu wem man wollte. Er geleitete sie nicht durch den Hauptflur, der zu den Büros führte, sondern durch einen Nebenkorridor und über ein Treppenhaus ins Zimmer des Direktors.

Der Mann mit den dichten Augenbrauen empfing sie mit offenen Armen. Er freute sich besonders darüber, daß Hatzis mitgekommen war. Er befand sich in Gesellschaft eines Typs, von dem er vorstellend sagte, er „genieße sein vollstes Vertrauen".

„Da sind wir nun, wir drei Exilierten, die drei Opfer der Affäre. Wir sollten eine Partei gründen."

„Exilierte aller Länder, vereinigt euch! Das wäre eine schöne Devise", sagte Hatzis lachend.

„Ja, ja", nickte der Direktor idiotisch. „In der Vereinigung wächst die Kraft. Zigarettchen?"

Nikitas rauchte nicht. Hatzis nahm eine. Der Direktor gab ihm beflissen Feuer.

„Nun, wie steht's?"

„Es wird schlimm und schlimmer", sagte Hatzis. „Absolute Ebbe."

„Gefällt dir Athen wenigstens? Hast du dich eingelebt?"

„Bah! Es ist wie überall. Mit Geld ist man König, ohne ein Lump."

„So ist das Leben. Nikitas sagte es schon neulich abend. Aber was gibt's, abgesehen davon, Neues?"

„Nichts. Alles ist alt. Ich warte auf den Prozeß, um meine Aussage zu machen. Da man nie weiß, was einem passieren kann, habe ich sie auf Tonband gesprochen und bin nun ruhig. Es ist mein Testament."

Der Direktor runzelte unwillkürlich die Stirn.

„Du hast deine Vorsichtsmaßnahmen getroffen, wie ich sehe. Und was springt dabei für dich heraus?'

„Es muß nicht unbedingt etwas dabei herausspringen, Herr Direktor."

„Ich bin nicht mehr Direktor! Ich bin nichts. Sie haben mich hierherverbannt. Also, hört zu, um was es geht. Ich will euch beiden eine Frage stellen. Um welchen Preis würdet ihr den Mund halten? Wieviel wollt ihr, um eure Aussagen zu ändern? Ihr beide seid die Hauptzeugen der Anklage. Wenn ihr widerruft, ist viel gewonnen, für euch wie für mich."

„Der Widerruf könnte uns teuer zu stehen kommen. Wir säßen länger im Kittchen als Jangos und Vaggos", sagte Hatzis.

„Das weiß ich", erwiderte der Direktor in pseudodramatischem Ton. „Aber die Situation ist für mich unerträglich geworden. Ich werde wahnsinnig. Ich habe diesen verzweifelten Schritt unternommen, weil ich weiß, daß ihr in Not seid und daß andere den Gewinn aus dieser Affäre eingesteckt haben."

„Das stimmt", sagte Hatzis und warf Nikitas einen Blick zu.

Nikitas riß die Augen auf, große Augen einer byzantinischen Ikone.

„Gib mir dein Tonband, mein Tiger, und nimm meine Seele. Du wirst reich werden, und mich wird man rehabilitieren. Ich bin unschuldig. Der Prozeß wird es beweisen, ich habe keine Angst. Aber es ist eine Frage der Ehre, versteht ihr? Sechsunddreißig Jahre kann man nicht einfach streichen!"

„Wieviel?"

Hatzis hatte als erster die Frage riskiert.

„Zwei Millionen Drachmen. Für jeden von euch eine Million."

Nikitas zuckte zusammen.

„Diesen Tisch sollte man polieren! Schicken Sie ihn mir in die Werkstatt."

„Darüber muß man nachdenken", sagte Hatzis. „Heute können wir Ihnen nichts sagen, nicht wahr, Nikitas?"

Nikitas stimmte mit einem Nicken zu. Dann wandten sich beide wie unter dem Zwang desselben Gedankens zu dem Unbekannten, der stumm, mit unbewegtem Gesicht, in seinem Winkel blieb. Dem Direktor lief der Schweiß in Strömen übers Gesicht, er atmete schwer.

„Ihr werdet reich sein für den Rest eurer Tage! Ihr könnt ins Ausland reisen, wo euch niemand kennt und sucht!"

„Aber vorher werden wir wegen Meineids eine Hochzeitsreise ins Gefängnis machen", sagte Hatzis.

„Wie können wir das Gegenteil von dem behaupten, was wir vor dem Untersuchungsrichter beschworen haben?"

„Sagt, daß man euch zur ersten Aussage gezwungen hätte. Ihr seid die Opfer einer Erpressung geworden. Übrigens, ist es nicht ungefähr so passiert?"

„In zwei Tagen werden Sie unsere Antwort bekommen", sagte Hatzis.

Der Direktor schlug plötzlich einen drohenden Ton an.

„Aber nehmt euch in acht, Freundchen! Ihr steht unter Bewachung. Dieser Herr –", und er wies auf den Unbekannten, „wird euch beschatten. Keine Dummheiten also!"

Er öffnete eine Schublade und zog seinen Revolver heraus.

„Ich habe ihn nie in meinem Leben benutzt. Ich habe nie Gewalt angewendet. Dies wird das erste und letzte Mal sein: eine Kugel für den Verräter und eine für mich."

„Genug von solchen Selbstmorden", sagte Hatzis. „Sie wären mindestens der dritte Gendarmerieoffizier, der sich – nicht umbringt!"

„Tiger, keine Späße. Wer mich verraten will, wird das Schicksal Oswalds erleiden."

Sie gingen wieder durch die Hintertür hinaus, durch die sie gekommen waren.

Hatzis brach als erster das Schweigen.

„Das stinkt", sagte er.

„Warum sollte er uns eine Falle stellen? Er würde sich als erster in ihr fangen."

„Wenn sie uns schnappen, wem wird man glauben? Dir oder mir oder ihm? Zwischen einem Polierer, einem Schuhputzer und einem Exdirektor haben sie die Wahl, wen werden sie vorziehen? Wir müssen ihn als erste anzeigen."

„Ich will nur meine Ruhe!" sagte Nikitas.

„Jetzt sind wir für ihn sowieso verdächtig. Die Frage ist, wer wen zuerst reinlegt."

„Zwei Millionen sind nicht gerade wenig."

„Das ist das Schlimme: Es ist viel zuviel. Wenn er ein bißchen bescheidener gewesen wäre, hätte ich ihm eventuell geglaubt. Außerdem treibt er ohnehin kein ehrliches Spiel. Denk an all die andern. Sie sind gerettet, wenn wir den Mund halten."

„Welche andern?"

„Die Hochgestellten, die sich hinter dem Direktor verstecken. Wo soll er soviel Geld herhaben? Mit den fünftausend Drachmen, die er im Monat verdient, müßte er so alt wie ein Dinosaurier sein, um so einen Berg zusammenzukriegen."

„Alle kassieren", sagte Nikitas. „Warum sollten wir nicht auch mal kassieren? Ihr habt euch Z.s bemächtigt und ein Märchen, einen Zirkus aus ihm gemacht. Der andere wurde Ministerpräsident und hat alles vergessen. Und was tun wir?"

„Du kennst den Sinn der Geschichte nicht, sonst würdest du nicht so reden. Wenn die Revolution triumphiert, werden wir historische Figuren sein. Unsere Namen werden in den Schulbüchern stehen. Unsere Fressen werden in die Ewigkeit eingehen. Wozu lebt man, wenn nicht dafür, seinen Namen der Erinnerung der andern zu hinterlassen? Marx hat gesagt . . ."

„Hör auf zu predigen! Mir genügt es, zu denken und zu träumen."

Das Schlimme war, daß auch Hatzis träumte. Er stellte sich seine Mutter in einem geräumigen Haus vor, mit allem Komfort, wie man es im Kino sieht. Die Abfälle verschlingt ein Schlund unter dem Spülbecken, ein dreistöckiger Kühlschrank ist da, Türen, die sich automatisch öffnen. Seine Mutter würde alle neuen Medikamente haben, zwei oder drei Telefonapparate. Elektronisches Spielzeug für die Kinder. Fahrräder, elektrische Eisenbahnen, Schaukeln. Im Sommer würden sie alle ans Meer fahren. Er würde dort ein Haus mieten. Statt tagsüber in fremden Haushalten zu arbeiten und abends zerschlagen vor Müdigkeit heimzukehren, würde seine Frau in allen großen europäischen Geschäften einkaufen, Pakete, Pakete, Pakete . . .

„Was meinst du?" fragte Hatzis.

„Nimm an, du spielst im Lotto und verfehlst die Gewinnummer um eine Ziffer", sagte Nikitas. „Sehen wir's lieber so an, sonst werden wir plemplem. Ich würde lieber sterben, mein Blut Tropfen um Tropfen verlieren und mein Gewissen sauberhalten. Ich wollte nur sehen, ob du den Haken schluckst."

„Das wollte ich auch", antwortete Hatzis. „Du siehst, ein Polierer und ein Schuhputzer lassen sich nicht kaufen! Es lebe die Redlichkeit!"

Und seine Augen füllten sich mit Tränen.

Als er in sein Kellerloch zurückkam, sah er die magnetischen Augen Z.s. Er sah, daß er ihn anstarrte mit dem Blick des Unsterblichen. Die Kreuzung des Mordes, der Lärm des Dreirads, die schreienden Schakale, alles kam wieder in sein Gedächtnis zurück. Wie hatte er auch nur daran denken können, ihn zu verraten, den Mann, den er liebte, dessen Schritt er liebte, dessen Worte, dessen Blick! Er lief hinter ihm her mit einem Instinkt, den sonst nur Hunde haben. Wie konnte er nur? Wenn er seine Arme öffnete, war die ganze Welt darin, wenn er lächelte, hörte der strömende Regen auf. Hatzis saß auf der Kante des Bettes. Der Keller, in dem er wohnte, war feucht, voll von Ungeziefer. Er öffnete die Schublade mit den Briefen seiner Mutter. In der letzten Zeit war sie von der Idee besessen, die „böse Krankheit" zu haben und zum Arzt gehen zu müssen, doch sie hatte kein Geld dafür. „Um so besser", dachte Hatzis. „Dann wird sie schneller abkratzen." Er nahm alle Briefe und verbrannte sie im Ofen ... Nachts hörte er die Schritte der letzten Passanten, die über seinem Kopf dröhnten. Er ist unten, wie begraben. Dennoch war er niemals so lebendig gewesen: Niemand konnte ihn kaufen.

Wieder in seinem Zimmer, fühlte sich Nikitas genau wie an dem Abend, als er las, daß Jangos einen Abgeordneten ermordet hatte, und er sofort die Wahrheit sagen wollte. Die Alpträume, erfüllt von Visionen seiner Mutter und seiner Schwester, kehrten wieder. Der Eisbeutel auf dem Kopf. Der General. „Du bist doch einer von uns. Warum hast du das getan?" – „Er ist gestolpert und gestürzt. Er hatte schon früher eine Schwäche für Märchen. Er war Epileptiker." Ihr ganzes schmutziges Komplott. Doch sein Gewissen hatte ihn richtig geführt. Es war nicht mehr mutlos. Er war weder ein Linker, noch gehörte er zum Zentrum, er hatte keine politische Meinung. Er war Möbelpolierer, er hatte Freude an seiner Arbeit, er ging gern ins Kino und sonntags zum Fußball. Diese Dinge kann man nicht kaufen. Er bekam Kopfschmerzen. Er nahm eine Aspirintablette, bevor er einschlief.

Zwei Tage später erschienen die beiden wieder im Büro des Direktors. Derselbe Unbekannte hatte sich in derselben Ecke aufgepflanzt wie ein Gummibaum.

„Tagchen, Kinder. Willkommen . . ."

„Es ist zuwenig Geld", sagte der Schuhputzer.

„Wir brauchen zwei pro Mann", sagte der Polierer.

„Seid ihr verrückt?" rief der Exdirektor. „Habt ihr je soviel Geld in eurem Leben gesehen?"

„Sonst geht's leider nicht", sagten beide.

„Seid vernünftig, Kinder. Ihr werdet unersättlich."

„Wir setzen schließlich alles aufs Spiel, lieber Direktor."

„Ist das euer letztes Wort?"

„Wir sind keine Trödler, die den Preis eines löchrigen Korbs aushandeln. Wir verkaufen unser Leben", sagte Hatzis.

„Eine Million und zweihundert pro Mann! Einverstanden?"

„Es hängt davon ab, was wir sagen sollen."

Der Direktor wandte sich an Nikitas.

„Du wirst sagen, daß die Polizei dir geholfen hat, Jangos zu erwischen, daß Z. halb bewußtlos in den Volkswagen getragen wurde und daß die Kommunisten ihn im Wagen fertigmachten. Dann hat dich ein Mitglied der EDA im Krankenhaus besucht und redete dir ein, daß Vaggos einen Revolver bei sich hatte. Das ist alles, mehr wollen wir nicht. Du siehst, niemand will dir deinen Ruhm nehmen. Du bist auf das Dreirad gesprungen, und du hast dich geschlagen. Du wirst dein persönliches Prestige nicht schädigen, wenn du erklärst, daß dir einige Polizisten dabei geholfen haben. Was noch bleibt ... "

„Und wie soll ich wissen, daß Kommunisten Z. im Volkswagen fertigmachten, wenn ich gleichzeitig auf dem Dreirad war?"

„Du wirst sagen, daß du es gehört hast. Und du", wandte er sich an Nikitas, „wirst sagen, daß du Jangos zwar kanntest, denn er transportierte häufig Möbel von dir, aber er hat nie geäußert, daß er eine krumme Sache drehen wollte und sogar bis zum Mord gehen würde."

„Und von wem hätte ich das sonst gehört? Alles nur erfunden?"

„Ein Linker kam und hat dir eingeredet, es zu sagen. Und dann wirst du noch erzählen, daß du an dem Tag, als Z.s Leiche vom Krankenhaus abtransportiert wurde, auf der Straße gestürzt bist. Auf Anweisung desselben Typs hast du behauptet, man habe dich niedergeschlagen, um zu verhindern, daß du zum Staatsanwalt gingst."

„Über diese Angelegenheit gibt's schon ein Protokoll, in dem bestätigt wird, daß ich niedergeschlagen wurde."

„Du nimmst es eben zurück. Jetzt paßt beide gut auf: Ihr müßt noch aussagen, der Ministerpräsident habe wörtlich zu euch gesagt: ‚Selbst wenn ihr den für die Affäre Z. vorgesehenen Plan nicht ausgeführt hättet, hätten wir trotzdem Karamanlis verjagt.'"

„Unmöglich!" sagte Nikitas. „Wer bin ich denn, daß ich solches Gefasel zum Nachteil des Mannes erzählen soll, der heute das Land regiert?"

„Lieber Freund, um jemand davon abzubringen, Klage wegen falscher Aussage zu erheben, genügen zwanzigtausend Drachmen. Ihr habt Karamanlis verjagt, nun, jetzt werdet ihr ihn wieder zurückbringen!"

„Gut, nehmen wir an, wir erzählen alle diese Geschichten. Woher sollen wir wissen, ob die, die sitzen, nicht etwas anderes erzählen?"

„Sie werden eisern ihren Mund halten. Ihnen geht's gut."

„Ich habe gelesen, daß Jangos sich mit Gardenal umbringen wollte."

„Ein Trick, um aus dem Gefängnis zu kommen. Er wollte sein Dreirad wiedersehen."

„Und wenn das Mastodon kneift?"

„Das Mastodon? Er ist aus Stahl. Was ist? Sind wir uns einig?"

„Wann gibt's die Kohlen?"

„Sobald ihr die Aussagen unterschrieben habt, die ich vorbereiten werde."

„Bar?"

„Nein, Schecks."

„Unmöglich", sagte Nikitas. „Wir nehmen nur Gold, reines Gold in Barren."

„Heute arbeitet man nur mit Schecks."

„Und wenn sie nicht gedeckt sind?"

„Dann könnt ihr mich anzeigen."

„Soll das ein Witz sein, Herr Direktor? Warum sagen Sie das?"

„Und unsere Pässe fürs Ausland?" erkundigte sich Hatzis. „Erledigen Sie das?"

„Das ist meine Sache."

Der Direktor zog von neuem die Nummer mit dem Revolver ab.

„Seht euch vor. Die nächsten Tage sind kritisch. Und du, Hatzis, vergiß nicht, das Tonband mitzubringen."

Seine Miene wurde plötzlich ernst, ein schwerer Blick, gerunzelte Stirn. Der Unbekannte in seiner Ecke öffnete eine Tasche.

„Auf übermorgen, hier um acht", sagte er.

Hatzis und Nikitas kletterten über die Mauer des Depots, denn die Gendarmerie feierte ihr Fest, und der Hof war hell erleuchtet.

In Erwartung des letzten Treffens kaufte Hatzis ein leeres Tonband und rief „irgendwo" an, damit sie auf frischer Tat erwischt würden.

Am Tage selbst wusch sich Nikitas sorgfältig die Hände, um den Lackgeruch zu vertreiben, rasierte sich, zog sich an und traf Hatzis um sieben vor dem Café Papaspyros. Sie nahmen ein Taxi nach Cholargos.

Der Direktor und der Unbekannte erwarteten sie. Sie hatten blaues Packpapier auf die Scheiben geklebt, damit man sie nicht von draußen sehen konnte. Hatzis übergab sofort das Band. Der Direktor wollte eben die neuen Aussagen aus der Schublade holen, als die Tür auflog und in ihrem Rahmen – war es Wirklichkeit oder ein Alptraum? – der erst kürzlich von der Regierung Papandreou ernannte neue Gendarmeriechef in Begleitung seines Adjutanten erschien. Der Direktor sprang auf, stramm wie eine Klarinette.

„Herr Brigadegeneral ...“

Der General drang wie ein Zyklon ins Zimmer, umschritt es rasch und befahl seinem Adjutanten, die drei Komparsen, die sich erhoben hatten, in den Nebenraum zu führen. Im Büro blieb der Brigadegeneral mit dem Direktor allein zurück.

„Was sind das für Leute?“

„Zeugen im Fall Z.“

„Was tun sie hier?“

„Sie wollten mich besuchen.“

„Wie oft waren sie hier?“

„Dreimal.“

„Was wollten sie?“

„Das weiß ich noch nicht. Ich versuchte, es zu erfahren. Vermutlich wollen sie Geld.“

„Haben sie Sie zu erpressen versucht?“

„Nicht direkt.“

„Was sonst?“

„Ihr Treiben scheint mir sehr verdächtig. Sie möchten aus allen Tellern essen. Von den Linken und vom Zentrum haben sie schon etwas bekommen. Jetzt versuchen sie es bei mir.“

„Warum haben Sie mich nicht sofort verständigt?“

„Ich brauchte handfeste Beweise.“

„Sie hätten mich von Anfang an informieren müssen. Sie haben sich auf nicht wiedergutzumachende Weise exponiert.“

„Die Presse wird nichts erfahren.“

„Die Journalisten werden es von ihnen hören.“

„Wir könnten sie wegen versuchter Erpressung einsperren lassen.“

„Mit welchen Beweisen?“

„Leider habe ich die Dummheit begangen, die Gespräche nicht aufzunehmen. Sie hätten sie schwer belastet.“

„Die Journalisten sind Ihnen ohnehin nicht gewogen. Warum sollten sie Ihrer Version eher als einer anderen glauben?“

„Welcher anderen?“

„Daß Sie die beiden bestechen wollten!“

„Das wäre eine Verleumdung, die sich gegen ihre Urheber wenden könnte.“

„Es handelt sich nicht um Drohungen meinerseits, mein Lieber. Es handelt sich um die Presse. Und im übrigen – urteilen Sie selbst: Ich mache mit meinem Adjutanten eine nächtliche Inspektion und überrasche Sie bei einer Unterhaltung mit zwei Personen, denen Sie nicht einmal die Hand geben dürften, sei es auch nur um des Prestiges unserer Gendarmerie willen."

„Ich weiß nicht, was ich erwidern soll, Herr General."

„Der Fall wird untersucht werden. Leben Sie wohl."

Der Direktor war in eisigen Schweiß gebadet. Er war also denunziert worden! Aber von welchem der beiden? Zweifellos von diesem Lumpen Hatzis! Trotz allem konnte er ein Lächeln nicht unterdrücken: Er hatte das Band. Wenn Hatzis von der Bildfläche verschwände, ließe er nicht diesen Schmutz zurück. Er mußte es schnellstens vernichten.

Der Brigadegeneral trat zu den drei andern. Er befahl dem Adjutanten, sie zu durchsuchen. Bei Nikitas fand der Offizier den Zettel mit der Telefonnummer des Direktors. Bei Hatzis einen Brief seiner Mutter. In der Tasche des Unbekannten einen Scheck über fünfzigtausend Drachmen.

Der General begann mit diesem.

„Ich heiße Konstantinos Christou."

„Domizil?"

„Ich wohne in Kilkis. Ich bin Oberst der Gendarmerie im Ruhestand."

„Gegenwärtige Tätigkeit?"

„Chef der aufgelösten Organisation ‚Garanten des Königs – Gottesglaube – Griechische Unsterblichkeit – Vaterland – Religion – Familie'."

„Aufgelöst warum?"

„Wegen illegaler Benutzung des königlichen Emblems und Autoritätsanmaßung."

„Sie sind nicht verhaftet worden?"

„Doch, aber ich wurde sofort wieder in Freiheit gesetzt."

„Aus welchem Grund?"

„Wegen angeborener Idiotie."

Der Brigadegeneral musterte ihn verdutzt. Er lächelte und wandte sich zu den beiden anderen:

„Was wollten Sie vom Direktor?"

„Nichts. Er wollte uns etwas sagen."

Hatzis gab sich den Anschein, als erkläre er ihm die Situation; Nikitas fügte hinzu, beim zweiten Besuch in seiner Werkstatt habe ihn der Direktor zum Eisessen bei Pangrati mitgenommen.

Am Tag darauf schrieb die rechtsextremistische Presse:

„In Wirklichkeit hat der einstige Direktor den neuen Polizeichef ohne jedes Zeichen der Verlegenheit empfangen. Beim Abschied sagte ihm der Brigadegeneral: ‚Ich habe eine peinliche Pflicht zu erfüllen. Nach meinen Informationen sollen Sie zwei Millionen Drachmen angeboten haben, falls die Zeugen ihre Aussagen ändern würden.'

Der Direktor antwortete ruhig: ‚Das ist eine schamlose Lüge. Zufällig hatte mich der Oberst Christou in meinem Büro besucht. Ich bat ihn, mit anzuhören, was die beiden mir zu sagen hätten. Sie machten mir ihre Vorschläge, und ich setzte sie mit den Worten vor die Tür, ich sei es gewohnt, nur mit der Waffe der Wahrheit zu kämpfen. Ich selbst hatte keinen Vorschlag zu machen.'

Im übrigen hat die gesamte Zentrums- und Linkspresse einen beleidigenden Artikel veröffentlicht, in dem versucht wird, den einstigen Direktor als Idioten hinzustellen. Diese traurigen Individuen scheinen nicht nur das Genie, sondern auch die unvergleichliche Erfahrung des ehrenhaften Polizeioffiziers zu vergessen."

Der Ex-Direktor versuchte vergeblich die ganze Nacht hindurch, dem Band auch nur einen einzigen Ton zu entlocken. Die Spule, die Hatzis ihm übergeben hatte, war ebenso jungfräulich wie der ewige Schnee.

4

„Ich beginne, von den Ereignissen Abstand zu bekommen", dachte der junge Journalist. „Ich komme mir wie ein Tiefseetaucher vor, der atemlos und mit vom Salz brennenden Augen hochkommt, denn ich mußte sie offenhalten, um den Grund zu durchforschen, zu sehen, Elemente zu finden, die mir helfen sollen, die Karte deines versunkenen Atlantis zu entwerfen. Dann habe ich diese Fotos gemacht. Die Entwicklung ist nicht zufriedenstellend. Die Objekte blieben dunkel. Menschen im Schatten. Aber das macht mir nichts.

Für mich ist wichtig, daß ich dein Gesicht nicht verraten habe, daß ich dich keinen Augenblick vergaß, obwohl es mir oft an Luft fehlte. Trotz der Meeresströmungen, trotz absoluter Dunkelheit verdanke ich dir jene Erregung des Herzens, die ich in dieser feuchten Trockenheit fast vergessen hätte. Der Rest ist eine Journalistenangelegenheit. Ich gehöre nicht zu ihnen, ich gehöre nur dir, sanfter Märtyrer des Todes.

Ich will Schluß mit dir machen, um dich besser zu vergessen. Vor allem will ich dich vergessen. Mich befreien von deinem Glanz, der mich bedrückt. In einen neutralen Raum emigrieren, in dem du nicht existieren wirst. Denn du ermüdest mich. Ich kann tote Flammen nicht neu entzünden. Ich ziehe lebendige Flammen vor, selbst wenn sie im Vergleich zu dir nur Asche sind.

Dein Gesicht nach dem Bilde der Erde, hatte ich einmal gesagt. Nach dem Bilde des Himmels, eines Himmels ohne Flecken, so nenne ich's jetzt. Ich nenne dich Frühling, weil der Herbst dich enthält. Ich nenne dich Sonne, weil Nebel dich verhüllt.

Doch ich, Antoniou, muß ein paar letzte Elemente für die sonderbare ‚Collage' zusammentragen, die die Geschichte der Folgen deiner Ermordung darstellt. Du mußt von dem ungarischen Arzt Lazlo Zoltan erfahren, der eindeutig erklärte, daß man dich mit einem Knüppel niedergeschlagen habe, und, ohne der Autopsie beigewohnt zu haben (zu der man ihn nicht zuließ), bei der Prüfung der Röntgenaufnahmen keine Spuren von Quetschungen oder Brüchen feststellen konnte, die man erwarten mußte, da ein Dreirad über dich hinweggerollt war. Nur ein paar Kratzer. Woran bist du also gestorben? Er hat jeden Zweifel behoben, indem er selbst die beiden Blutgeschwulste im Gehirn operierte, die er entdeckt hatte. Diese Geschwulste konnten seiner Meinung nach unmöglich durch einen Sturz auf den Asphalt hervorgerufen worden sein. Was ist also geschehen? Er ist bereit, unter Eid auszusagen, vorausgesetzt, daß man ihn dazu auffordert. Er erinnerte sich an dich, nach so langer Zeit. ‚Z.‘, sagte er. ‚Ja, sicher, ich erinnere mich!‘ Er sprach deinen Namen mit einem leisen ausländischen Akzent aus, der mich ein wenig irritierte. Es fällt einem schwer, sich vorzustellen, daß das, was uns so vertraut, so alltäglich ist, anderen fremd sein kann. Ich nehme es nicht hin, daß andere sich nur vage an dich erinnern, an dich, von dem ich mich seit einem Jahr nähre, für den ich lebe, indem ich über ihn schreibe.

Durch einen seltsamen Zufall entdeckte ich in derselben Woche die Spuren des ‚dritten Mannes‘, dessen, der dich wahrscheinlich mit einer Eisenstange schlug. Auch er stammt aus Kilkis und gehört zum ‚Aktionskommando‘ der ERE-Ortsgruppe. Er war am 22. Mai mit anderen Rowdys zusammen nach Saloniki gekommen. Als sich am Tag darauf die Nachricht vom Attentat verbreitete, lief das Gerücht in Kilkis um, ‚dieser dritte Mann habe Z. mit einer Eisenstange den Kopf zerschmettert‘. Dieses Gerücht und die Empörung der Bevölkerung zwangen den dritten Mann, Kilkis zu verlassen und in Nea Sanda, einem Dorf von Flüchtlingen aus Kleinasien bei Saloniki, Zuflucht zu suchen. Dort gelang es ihm mit Hilfe politischer Freunde, einen Paß für Deutschland zu erhalten. Aber er hielt es nicht aus. Die schlechte Luft des Ruhrgebiets zerrüttete seine Gesundheit, und er kehrte zurück. Nach seiner Ankunft fand ich ihn und zeigte ihn an. Er erschien ohne Anwalt vor dem Untersuchungsrichter. Da die Untersuchung geheim durchgeführt wird, weiß ich noch nicht, was er sagte.

Warum kannst du nicht sprechen? Warum? Wieviel kostet ein Ferngespräch aus der Totenstadt? Sprich zu uns. Sprich zu uns, um es uns leichter zu machen. Aber die Toten sprechen nicht. Und dieses Schweigen macht sie schuldig.

Ich spreche so mit dir, weil ich dich nicht vergessen, meine Artikel für die Zeitungen nicht schreiben kann, als ob du nie existiert hättest. Ich kann es nicht. Ich brauche dich, wie die Weinrebe ihre Stütze braucht, um wachsen zu können. Ich brauche dich wie die Schönheit den Spiegel, um sich selbst zu entdecken. Ich brauche dich, weil ich dich brauche. Ich habe keine Erklärung zu geben. Ich brauche dich um so mehr, als ich dich nicht für mich allein behalten kann, denn du hast die Grenzen überschritten, brennendes Licht.

Meine Berichte sind ein Vorwand, der es mir erspart, auf die Straße zu gehen und deinen Namen zu schreien. Mein Beruf ist eine Rüstung, die mich hindert, mich mit dir zu identifizieren. Und das ist gut so. Es ist nützlich. Du warst eine andere Natur als ich. Ein Mann der Tat und darum richtiger.

Aber das ist mir gleich. Ich lebe noch. Lebe genug, um dich in mir sterben zu lassen und dich so mehr für mich allein zu haben. Die Koexistenz im gleichen Land und in der gleichen Epoche ist zufällig. Die Koexistenz in einer Zeit X und in einem Land X ist nicht zufällig. Und du existierst um so mehr, da ich dich nicht sehe, ja, du existierst mehr als das, was ich sehe.

Inzwischen komplizieren sich die Dinge mehr und mehr in unserer Ohnmacht, uns deines Erbes entledigen zu können. Vor fünf Tagen explodierte eine Handgranate in einem Ofen des Büros der Sicherheitspolizei von Saloniki. Dabei wurden wichtige Dokumente deines Falles vernichtet. Zuerst sagte man, die Putzfrau sei schuldig. Dieser Verdacht wurde schnell aus dem Weg geräumt, und weitere Fragen blieben zurück, die nicht geklärt werden können. Wie ist es möglich, daß wichtige Dokumente in einer Schublade neben dem Ofen liegen? Welche Dokumente waren es? Gibt es keine Duplikate davon? Ständig kommen Dinge dieser Art an die Oberfläche und bleiben dann doch im Dunkeln, weil eben keiner an die Wahrheit herankommt, denn diese Wahrheit kennen nur Leute, die sie aussprechen wollen. Und dann dieser zweite ‚Selbstmordversuch‘ von Jangos. Zuerst wurde verbreitet, daß er zweiunddreißig Gardenaltabletten geschluckt habe. Nach der Magenspülung stellte sich heraus, daß er nur drei oder vier Pillen eines Beruhigungsmittels eingenommen hatte, das ihm vom Arzt gegen Schlaflosigkeit verordnet worden war. Diese Dosis war zudem noch vorgeschrieben. Jangos gab schließlich zu, den Selbstmordversuch vorgetäuscht zu haben, um aus dem Kriminal- ins Erziehungsgefängnis verlegt zu werden. Und du? Was wird aus dir?

Ich schwärze meine Lungen mit Zigaretten. Ich rauche viel. Ich trinke. Ich brauche dich. Dein Gesicht erscheint mir mitten in der Nacht, umgeben von einem Glanz ausgedienter Sterne, Sterne, die müde wurden, die der Menschheit ironisch zunicken, sich in eine Ecke des Himmels zurückziehen in ihr Nest, das sie aus goldenen Spinnweben gebaut haben.

Ich beende den Bericht mit Freude. In Zukunft werde ich frei sein; ich werde mich nicht mehr mit dir beschäftigen. Ich werde zu meinem Alltag zurückkehren, zu Dingen, die ich deinetwegen verließ. Ich kehre zurück in den Hafen, der nach dem Ozean schmeckt. Ich kehre zurück in ein Leben, das den Geschmack deines Todes hat. Über meinen Tod werde ich leider nichts schreiben können."

5

So war die Lage, als das Mastodon zusammenbrach. Er hielt es nicht mehr aus. Seit einem Jahr saß er schon im Gefängnis. Er war der einzige Offizier, den man zusammen mit dem Abschaum, mit Jangos, Vaggos, Varonaros und dem Archegosaurus, noch schmachten ließ. Wieso waren alle anderen Offiziere frei? „Wenn man erst einmal draußen ist", dachte er, „wird man auch draußen bleiben. Es gibt da immer Methoden. Man hat Bewegungsfreiheit. Wenn aber einer drin sitzt, sitzt er ewig. Man kann nichts tun. Wer denkt schon an ihn?"

Er war das unschuldige Opfer der Affäre. Warum sollte er für alle zahlen? Schon damals in der Gendarmerieschule hatte man ihn als Menschen zweiter Klasse angesehen. Sie hielten ihn für unwissend, schoben ihm stets die schwerste Arbeit zu. Umsonst hatte er eine gebildete Frau geheiratet, eine Lehrerin im Institut für Englische Sprache – auch das hatte seine Position nicht verbessert. Nichts hatte sich geändert. Man ernannte ihn zum Chef des Kommissariats von Toumpa; der Lage nach gehörte das Viertel zwar zur Stadt, aber im Grunde war es ein unterentwickeltes Dorf. Als man ihm befahl, falsche Aussagen vor Richtern zu machen, beeilte er sich zu gehorchen. Er fühlte sich mit den anderen solidarisch. Aber seitdem man ihn ins Gefängnis gesteckt und dort vergessen hatte, wurde er eigensinnig. Also beschloß er eines Tages, die volle Wahrheit zu sagen. Bisher war die Polizei ein abgeschirmter Bereich geblieben, in dem Schweigen und Ablehnung herrschten. Mit dieser Aussage öffnete sich eine riesige Bresche in der Mauer. Das Wasser strömte in die Burg und drohte, alles zu überschwemmen. Aber kaum einen Monat später war die Zentrumsregierung gestürzt, der König zwang dem Parlament eine in seinem Solde stehende Regierung auf, und wieder herrschte das alte Schweigen. Doch die Aussage des Mastodons existierte und löste so manches Rätsel:

Am Morgen des 22. Mai war das Mastodon Offizier vom Dienst und gemäß dem Reglement damit auch für die Versorgung zuständig. Er begleitete den Kantinenchef zum Modianomarkt, um Fisch zu besorgen, weil dasselbe Reglement für jeden Mittwoch in jeder Gendarmeriestation Fisch vorschreibt. Es war zehn Minuten vor zehn. Der Händler sagte ihnen, die Fische kämen nicht vor Viertel nach zehn vom Fischmarkt Salamis. Frische Fische, denn eingefrorene sind nach dem Reglement nicht zulässig. Er dachte, daß er inzwischen die Telefonrechnung bezahlen könne, die in diesem Monat so hoch war, weil seine Frau zweimal ihre Verwandten in Kreta angerufen hatte. Die Rechnungsstelle befindet sich auf der König-Heraklios-Straße neben dem Electra-Kino. Dort warteten viele Leute, und er war schon wieder im Gehen, um die Ankunft der Fische nicht zu verpassen, als jemand hinter ihm sagte: „Guten Tag, Herr Kommissar!" Es war Jangos. „Was suchst du hier?" hatte er ihn gefragt. „Hier ist mein Stand", hatte Jangos geantwortet. „Da steht auch mein Dreirad. Sehen Sie!" Und er hatte ihm das Fahrzeug gezeigt. „Ich wollte die Telefonrechnung bezahlen, aber es warten zu viele Leute", hatte er gesagt. „Das kann ich gern für Sie erledigen", schlug Jangos vor, doch er hatte abgelehnt, denn bis zum letzten Einzahltag war es noch weit, und er wollte die Sache mit der hohen Rechnung klarstellen und fragen, ob nicht irgendein Irrtum vorlag. „Trinken Sie einen Kaffee, Herr Kommissar?" hatte ihn Jangos gefragt. „Hier in der Passage gibt's ein Café." „Nein, danke", hatte er geantwortet. „Ich bin im Dienst und warte auf die Fische von Salamis." „Ich weiß", sagte Jangos. „Man sagt, sie kommen um zehn, aber sie sind noch nie vor elf gekommen." Er war überrascht gewesen, wie gut Jangos informiert war. „Sie haben doch Zeit genug", beharrte Jangos. „Kommen Sie, ich spendiere einen." „Ich habe schon im Hauptquartier Kaffee getrunken", hatte er gesagt.

Er hatte die Nacht im Hauptquartier verbringen müssen, denn er war, wie erwähnt, Offizier vom Dienst. Sein Dienst dauerte von Dienstag mittag bis Mittwoch mittag, also bis zum Tag der Unruhen. Dienstag nachmittag gab der Gendarmerieleutnant Mavroulis einen telefonischen Befehl an alle Reviere durch, man solle am nächsten Abend um sieben Uhr alle nationaldenkenden Bürger, deren man habhaft werden könne, vor das Lokal „Katakombe" schicken; dort sollten sie „in bekannter Weise" – mit Steinen, Knüppeln und dergleichen – die versammelten Freunde des Friedens vertreiben. Noch am selben Abend erschien Mavroulis persönlich im Hauptquartier, sah ihn und fragte, ob er dem Befehl Folge geleistet habe. Er hatte geantwortet, daß er dazu nicht in der Lage gewesen sei, da er im Hauptquartier Dienst habe. Mavroulis sagte, er solle sofort sein Revier anrufen, was er auch tat. Er rief Toumpa an und gab dem Unteroffizier Befehl, er solle fünf bis sechs Personen benachrichtigen, „ohne sie namentlich zu nennen", und sie für den nächsten Tag zur Gegendemonstration bestellen. Dann rief er seinen „Mittelsmann" in Sykies an – den Namen wolle er heute nicht nennen, denn der Mann sei nicht in diese Affäre verwickelt – und forderte ihn gleichfalls auf zu kommen. „Werden wir richtig feiern?" hatte sich der Mittelsmann erkundigt. „Wahrscheinlich", hatte er geantwortet, denn „Feiern" heißt in ihrer Geheimsprache „Unruhe stiften". Mit alldem wolle er nur erklären, daß die Gegendemonstration nicht zufällig war und die Sache mit den Lautsprechern ein Märchen sei.

Um wieder auf den Mittwochmorgen zurückzukommen, hatte er also Jangos' Einladung abgeschlagen, weil die Straße verkehrsreich war und man ja nie wissen konnte, wer dort vorbeiging, und er hätte sicher eins von oben gekriegt, wenn man ihn mit einem Typ wie Jangos gesehen hätte. Er grüßte ihn also und ging wieder zum Fischmarkt, aber die Fische waren noch immer nicht da. Er schickte den Kantinenchef mit einem Brief zur Post, und in der Zeit, in der er allein war, traf er einen anderen Mann von Jangos' Stand, der ihn ebenfalls zu einem Kaffee einlud. Für diese Typen ist es eben eine große Ehre, mit einem Kommissar am selben Tisch zu sitzen. Er lehnte wieder ab und sagte ihm, daß er auch Jangos' Einladung abgelehnt habe. „Ist das denn so unmöglich für Sie, Herr Kommissar? Machen Sie uns doch die Freude!" Schließlich hatte er nachgegeben. „Ich spendiere dir einen Bugatsakuchen", hatte er gesagt. „Ich selbst werde ein Glas Milch trinken, wegen meines Magens." „Einen Moment", sagte der andere. „Ich suche nur schnell Jangos und bringe ihn mit!" Er wußte, wie empfindlich die Knaben aus der Unterwelt waren, und antwortete daher: „Es ist gut, bring ihn mit." Kurze Zeit später saßen sie also alle drei in dem Lokal.

Während Jangos seine Bugatsa aß, zeigte er ihnen einen Knüppel, den er in seinem Gürtel trug. Er sagte, er trüge ihn jetzt schon bei sich, weil es abends eine Schlägerei geben würde. Der Kommissar riet ihm, keine Dummheiten zu machen wie sein Bekannter Odysseus, der jemand ein Bein gebrochen habe, ein Scherz, der ihn mehr als dreißigtausend Drachmen gekostet hätte. Er solle also aufpassen und keinen schlagen, da man ihn im Falle einer Klage verurteilen würde. Weiter riet er ihm, nicht auf den Archegosaurus zu hören, denn der sei verrückt und wild. All das beweise, daß Jangos schon vorher von der Sache wußte. Wer hatte ihm Bescheid gesagt? Wer hatte ihm von den Pazifisten erzählt? Wer gab ihm den Knüppel? Wenn die Untersuchung diese Punkte klärte, wäre der Anfang des Wegs durch das Labyrinth gefunden.

Inzwischen waren die Fische gekommen. Er zahlte und ging. Jangos sah er nicht wieder. Erst am Nachmittag, ganz flüchtig, zusammen mit anderen Nationalisten aus den Vororten, im Hauptquartier. Mavroulis hatte nämlich seinen Befehl geändert: Statt zu den „Katakomben" sollten alle ins Hauptquartier kommen. Dort sah er sie, als er sich nach beendetem Dienst abmelden wollte. Die Nationalisten waren so zahlreich, daß sie über den Flur bis zur Straße standen, wie es beim Gerichtshof manchmal bei wichtigen Prozessen geschieht. Als er näher trat, konnte er Mavroulis hören, der gerade seine Rede mit den Worten beendete: „Also, das war's. Zieht jetzt in kleineren Gruppen ab, damit es nicht so auffällt." Er hatte ihn nicht sagen hören: „Euer Ziel ist Z.!" Das hatte er später erst von Kollegen erfahren. Die Nationalisten strömten durch den Flur und überrannten ihn fast, denn er war in Zivil, und sie erkannten ihn nicht. Sie waren sehr erregt, Mavroulis hatte sie anscheinend richtig bearbeitet. Unter ihnen war auch Jangos. Er hatte sich an die Wand gedrückt, um sie vorbeizulassen. Er war dann sofort zur „Katakombe" gegangen. Vor dem Lokal war ein großes Plakat angebracht, das den neuen Versammlungsort der Freunde des Friedens ankündigte. Dort traf er Leandros und Varonaros und noch einen weiteren, den er nicht kannte. Sie kamen auf ihn zu und fragten ihn, wohin sie gehen sollten. Er hatte geantwortet, sie würden nicht mehr gebraucht und könnten nach Hause gehen. Das hatte er besonders intensiv zu Varonaros gesagt, weil er ihn für einen Linken hielt und fürchtete, daß ihm etwas passieren könnte, daß man ihn als Kommunisten verprügeln würde. Später erfuhr er, Leandros habe Varonaros extra geholt und ihn zum Revier gebracht, zum Revier in Toumpa, wo er nicht gewesen war, da er ja Dienst im Hauptquartier hatte. Wieso behauptete man eigentlich immer so frech, er habe „die Ereignisse in den vierundzwanzig Stunden, die ihnen vorausgingen, besonders aktiv unterstützt und alle Vorbereitungen getroffen"? Daß er Leute für die Gegendemonstration geholt hatte, stimmte nicht; wie hätte er es tun können, da er doch gar nicht in Toumpa war? Um die Wahrheit zu erfahren, brauchte man ja nur die Dienstprotokolle des Hauptquartiers nachzulesen. Nein, er hat vor der „Katakombe" nicht gesehen, daß Jangos das Transparent herunterriß, auch nicht, daß er eine Frau schlug. Aber selbst wenn er es gesehen hätte, hätte er nichts dagegen tun können, denn die Offiziere hatten für diesen Tag strengen Befehl, keine Verhaftungen vorzunehmen. Dieser Befehl hatte etwas mit der Gegendemonstration zu tun.

Zur Gegendemonstration war er gegangen, weil man es ihm befohlen hatte. Außerdem waren alle da. Nur der Offizier vom Dienst fehlte, der nämlich, der ihn im Hauptquartier abgelöst hatte. Warum sein Name nicht dabei war, als der Untersuchungsrichter die Liste der auf dem Schauplatz anwesenden Offiziere verlangte, weiß er nicht. Er versteht auch nicht, warum man den Namen eines anderen Offiziers mit der Begründung „Er muß aus absolut wichtigen Gründen geheim bleiben" wegließ. Was sie da zusammenkochten, welches Spiel seine Vorgesetzten da spielten, wußte er nicht. Er war nur traurig darüber, daß er für die anderen zahlen sollte.

Jawohl, die Offiziere verhielten sich während der Versammlung passiv. Der einzig aktive war Mavroulis. Er lief hin und her, machte die Schläger auf Kommunisten aufmerksam, bildete kleine Gruppen und bezeichnete jeder einen notorischen Linken zum Verprügeln nach der Versammlung. Die Behauptung einiger Offiziere, daß sie zwar dagewesen, aber schon vor Schluß der Versammlung gegangen seien, war eine Lüge: Das Reglement verbietet formell jedem Offizier, seinen Posten zu verlassen, bevor nicht die letzten Demonstranten gegangen sind, es sei denn auf Befehl der Sicherheitspolizei. Alle Sektionschefs könnten das bestätigen.

Als Z. seine Rede beendete, befahl der Direktor, der sehr beunruhigt war, die Gegendemonstranten zu zerstreuen. Das wurde getan. Er hatte auch mitgeholfen. Er hat mit keinem gesprochen, außer mit dem Adjutanten des Generals, weil er ihn mit dem General selbst verwechselte, sie sehen sich so ähnlich. Er sah weder Jangos noch Vaggos. Er bemerkte auch das Dreirad in der Spandonisstraße nicht. Er wußte nichts davon. Warum hätte er sich also danach umsehen sollen? Auf jeden Fall sah er die Ausschreitungen der Krakeeler, die mit Steinen warfen und andere beschimpften. Er hörte auch Z.s Appell, sein Leben zu schützen.

In dem Moment, in dem Z. tödlich verletzt wurde, stand er vor dem Versammlungsgebäude. Er hörte den Lärm des Fahrzeugs, sah den Mann, der auf der Ladefläche stand, sah, daß ein anderer zu Boden fiel, er rannte hin, dachte an einen Unfall, fragte, wer der Verletzte sei, und hörte jemand antworten: „Sie haben ihn erledigt, sie haben unseren Z. ermordet." Er hatte nichts getan, weil in der Nähe des Volkswagens, in den man den Verletzten legte, der General und der Direktor standen. Die Anwesenheit dieser Vorgesetzten entzog ihm nach dem Reglement jede Aktionsmöglichkeit.

Er fuhr dann mit dem Wagen gegen halb elf zum Kommissariat, um seinen Routinebericht über die Kommunisten zu schreiben, die er bei der Versammlung gesehen hatte. Im Flur stieß er auf Jangos. „Was suchst du hier?" hatte er ihn gefragt. „Ich habe mit meinem Dreirad jemand überfahren, und man hat mich hierhergebracht", hatte Jangos geantwortet. Jangos war also dort, dazu zwei Rechtsanwälte, die er kannte. Er betrat das Büro des Vizekommissars, schrieb seinen Bericht und ging wieder; er hatte es eilig, weil seine Frau im Institut auf ihn wartete. Er stieß von neuem auf Jangos, der ihn suchte: „Herr Kommissar, da mein Dreirad versichert ist, wollen sie mich nicht gehen lassen. Werden sie mich hier einsperren oder bei der Verkehrspolizei?" „Ich weiß es nicht", hatte er trocken erwidert. Dann hatte er den Bericht beim Offizier vom Dienst abgegeben und war eilig gegangen. Daß er sich höchstens zehn Minuten im Kommissariat aufhielt, wurde von einem der Rechtsanwälte bestätigt.

Er kam dann nach Hause, aß und ging schlafen. Nachts um halb drei weckte ihn ein Polizist. „Herr Kommissar, Sie werden dringend am Telefon verlangt." „Wer sucht mich denn um diese Zeit?" hatte er schläfrig gefragt. „Jemand vom Hauptquartier", sagte der Polizist. Er ging also zum Revier. „Hier der Kommissar von Toumpa", rief er. „Sie wollten mich sprechen?" – „Endlich, Vassili! Hier Mavroulis. Ich warte schon eine ganze Weile." – „Was ist denn passiert?" – „Hör zu, die Direktion braucht noch heute früh Vaggos Prekas aus Triandria. Nimm einen Polizisten mit, der Triandria kennt, geh los und bring diesen Prekas her. Bei ihm zu Hause war ich schon." – „Soll ich ihn verhaften?" fragte er. – „Nein, der Befehl lautet: ausfindig machen und mitbringen."

Mit dem Polizisten, der ihn geweckt hatte, ging er los, fand Vaggos Prekas und brachte ihn wie befohlen zum Hauptquartier. Daß sich Vaggos der Polizei „spontan" gestellt habe, stimmte nicht. Mavroulis hat ihm den Befehl gegeben und kein anderer. Alle wußten es, und alle haben gelogen. Auch der General und der Direktor. Warum sie versuchten, Mavroulis zu decken, wußte er nicht. Er wußte auch nicht, wer den Befehl an Mavroulis gab.

Dann schickten sie ihn zum Hauptquartier, er sollte Vaggos und Jangos genau erzählen, was sie sagen sollten. Daß sie getrunken hätten, dann loszogen und Z. überfuhren. Das bekannte Schema. Und wie erstaunt war er, als er bemerkte, daß die beiden das Märchen besser kannten als er! Warum beauftragte man dann ihn damit? Zuerst dachte er, es solle eine Generalprobe für den Staatsanwalt sein. Aber dann erfuhr er von den beiden, daß sie das Ganze schon, bevor es hell wurde, dem Staatsanwalt erzählt hatten. Warum hatte man ihn hingeschickt? Er konnte es nicht verstehen. Heute weiß er es: um ihn beschuldigen zu können. Seine Kollegen hatten alles getan, um die Last auf seinen Rücken abzuwälzen.

Diese Überzeugung wird durch drei Tatsachen bestätigt, die er viel später erfuhr. An jenem Abend ging ein höherer Offizier zum

Offizier vom Dienst und fragte, ob der Kommissar dagewesen sei. Der Offizier vom Dienst entgegnete, Mavroulis sei dagewesen. „Mavroulis interessiert mich nicht. Ich will wissen, ob das Mastodon hier war." Das war die eine Tatsache. Die andere war diese: Als er nach Abgabe seines Berichts das Kommissariat verlassen wollte, kam Mavroulis ganz außer Atem herein und wollte Jangos wegschaffen. Es erwies sich als nicht möglich, weil der Offizier vom Dienst da war, den man anscheinend nicht eingeweiht hatte, und so mußte Mavroulis mit Jangos in die Zelle gehen und diktierte ihm dort zweifellos seine Aussage. Und schließlich – letzte Tatsache – erfuhr er vom Friseur des Hauptquartiers, daß Mavroulis an diesem Nachmittag zu einer Gruppe von Offizieren gesagt hatte: „Heute wird etwas Tolles geschehen. Ihr werdet schon sehen!" Dabei wies er auf die versammelten Nationalisten. Ein Offizier antwortete, weil er Mavroulis' schlechten Charakter kannte: „Nimm dich in acht. Wenn ein Mensch getötet wird, sind wir alle dran!" Mavroulis war beleidigt, und sie begannen sich zu beschimpfen. Wären die anderen nicht dazwischengetreten, hätten sie sich geschlagen.

Durch all diese Tatsachen wird klar, daß Mavroulis im Gefängnis sitzen müßte und nicht er, der Kommissar. Das hatte er über seine Kollegen zu berichten. Jetzt wolle er gern noch ein paar Worte über die hinzufügen, die seine Haft teilten.

Jangos hatte er nur kurz kennengelernt, auch durch Mavroulis. Der letztere hatte ihn eines Nachts verständigt, daß die Kommunisten vorhätten, Flugblätter in Toumpa zu werfen, und man sollte sie in flagranti überraschen. Er beschimpfte ihn per Telefon, weil er von der Sache noch nichts gehört hatte. Er ging zu seinem Mittelsmann, und dort traf er zum erstenmal Jangos, der in dieser Nacht Wache hielt. Verteiler von Flugblättern ließen sich jedoch nicht sehen. Später sah er ihn noch einmal bei der Sache mit de Gaulle. Und dann im Café, am Morgen des 22. Mai.

Vaggos kannte er als einen Mann, der sich an Knaben ranmachte.

Varonaros hielt er für einen aktiven Kommunisten. Nur einmal, im Jahre 1962, kaufte er eine Nachtigall von ihm, denn er sammelt ebenfalls Singvögel.

Was den Archegosaurus betrifft, hat er sich nicht geniert, ihn eines Tages aus seinem Büro zu werfen, als er kam, um anzugeben, daß er und seine Männer de Gaulle allein geschützt hätten. Er rief ihm nach: „Wenn du noch einmal herkommst, brech' ich dir alle Knochen!" Und er hatte geantwortet: „Du wirst noch etwas durch mich erleben!" Sie konnten sich nicht leiden, so daß der Archegosaurus, obwohl er zu seinem Revier gehörte, in ein anderes Revier ging, um die Ausweise der Mitglieder seiner Organisation erneuern zu lassen. Und das war sein Glück. Sonst hätte man ihn womöglich noch als Vorgesetzten des Archegosaurus angeklagt.

„Nun ergibt sich natürlicherweise die Frage, warum ich bis heute nichts von alldem erzählt habe. Ich hätte besser daran getan, dem Beispiel des Offiziers Plomaris zu folgen, der seine Verantwortung den anderen Offizieren gegenüber aufgab und sich einen eigenen Anwalt nahm, während wir alle überzeugt waren, daß wir freigelassen würden, wenn wir nur zusammenhielten. Plomaris erklärte damals, daß er nicht am Komplott teilgenommen habe, und wurde freigesprochen. Hätte ich das gleiche getan, wäre auch ich frei. Denn es gibt Dokumente, die beweisen, daß ich von den anderen beschuldigt wurde, weil sie sich selbst aus dem Dreck heraushalten wollten. Doch das erste Prinzip der Gerechtigkeit ist die gerechte Verteilung der Verantwortlichkeiten. Hochachtungsvoll, der Kommissar . . ."

6

„Langsam entdecke ich mein Gesicht wieder", dachte Z.s Frau, „mein wahres Gesicht, das so lange, seit dem Tage deines Todes, hinter verschiedenen Masken versteckt war. Wer bist du? Du hast:
zwei Augen
eine Nase
einen Mund
einen Hals
Ich gleite an deinem Hals hinauf bis zu deinem Kinn. Und ich küsse es. Ich halte es ganz in meinen Mund. Von dort gehe ich zu deinen Lippen über, zwei kleine Strände des Unendlichen. Über deine

Zähne, Knöchelchen, mit denen die Maulwürfe spielen, diese Zähne, die ich liebte, Laternen am Kai, weiß vor dem Dunkel deines Gaumens – über diese Zähne gelange ich zu deiner Wange, so erhalten in ihrer Verwesung, die auf dem Friedhof schon so viele Küsse empfing. Ich bin nicht pessimistisch. Ich feiere dich aus vollem Herzen. Ich will nicht zu deinen Augen kommen. Ich lehne sie ab. Ich lehne sie ab wie den Schlaf, der mich vernichtet.

Jetzt weiß ich, wer du bist. Du bist der, der davongegangen ist. Und deshalb werde ich dich immer lieben.

Kann sein, daß meine Gefühle niemand interessieren. Doch mich interessieren sie. Und ohne mich existierst du nicht. Es ist ganz einfach. Das Komischste ist, daß ich ohne dich auch nicht existiere. Du bist gestorben durch einen unglücklichen Zufall. Auch ich lebe durch einen Zufall. Nichts trennt uns. Ich lebe, um an deinen Tod zu denken.

Wenn ich junge Mädchen sehe, die deine Spuren verfolgen, glaube ich noch mehr an deine Unsterblichkeit, denn diese Mädchen werden morgen gebären, und die Kinder werden deine Spuren tragen.

Die anorganische Materie beherrscht die organische. Die Schriften, die Untersuchungen, die Prozeßprotokolle, mein Gott, wie tot ist das alles! Es ist, als wäre ich ein Standesbeamter. Und du, der du so lebendig warst! Ich kann dir nichts anderes sagen, als daß ich nicht kalten Blutes an dich denken kann. Du existierst für mich nicht in der Realität.

Du bist woanders; dort, wo eine Wolke die andere berührt unter dem Netz der Sterne.

Ich fühle mich frevelhaft. Eine Pietätlose, Aufrührerin. In Schutzhaft. Vielleicht brauche ich ein Erdbeben, um mich wieder zu finden: Ich muß zusehen, wie um mich her meine Tempel zusammenbrechen, Menschen sterben, an die ich glaube, eine Welt einstürzt, die ich für unerschütterlich hielt, um wieder zu mir selbst zu kommen und sagen zu können, daß die Klagen und die Trauergesänge zu einer anderen Menschenart gehören. Daß die alltäglichste Handlung das ist, was existiert. Daß ich durch den täglichen Verrat an dir deiner unwürdig bin.

Doch nein. Ich rufe es aus vollem Herzen: Es gibt eine Zuflucht für die Träume, eine Zuflucht, vor der die Verheerung innehält und wo du und ich . . .

Ich mache Schluß mit dir. Wenn ich nicht mehr um dich leide, höre ich auf zu existieren. Sollte ich dich plötzlich vor mir sehen, würde ich den Kopf verlieren, denn ich habe mich daran gewöhnt, dich nach deinen Fotos zu lieben.

Ich sage: Ich werde dich verlassen. Doch im Grunde glaube ich nicht daran. Ich werde noch lange dazu brauchen, dich vollkommen in mir zu produzieren. Genau wie die Fotografen, die Fotos der Verstorbenen retuschieren. Aber sag mir, warum kennst du mich nicht mehr? Warum kommst du nicht eines Nachts zu mir ins Zimmer mit der angehaltenen Uhr? Ich habe dich in meinem ersten Frühling geliebt, ohne zu wissen, was Fasten, Enthaltsamkeit, Nicht-mehr-zusammen-Sein bedeuten. Du warst meine erste Liebe. Es gibt keine zweite.

Komm in diese Grotte, komm mit der ganzen Kraft deiner Umarmung. Nimm die Hure, die Witwe, die Seele, die Leuchtende, die Unsterbliche, die Einsame: mich.‘‘

7

Die alten Kollegen, die Offiziere der Gendarmerie, verrieten das Mastodon. Der Untersuchungsrichter lud sie einzeln vor. Sie zeigten alle das gleiche Symptom: kollektiven Gedächtnisschwund.

„Es ist falsch“, sagte Mavroulis, „absolut falsch, daß . . . Alles, was der frühere Kommissar von Toumpa erzählt, ist reine Erfindung . . . Es ist größtenteils unrichtig, daß . . . wie auch die Behauptung nicht zutrifft . . . Übrigens wäre es mir auch unmöglich gewesen, dem Kommissar einen solchen Befehl zu geben, da ich rangmäßig unter ihm stehe.“

„Ich“, sagte der zweite, „war nicht eine Minute bei der Versammlung der Freunde des Friedens. Zu dieser Zeit war unsere Abteilung mit dem Fall des sogenannten ‚Würgers‘ beschäftigt. Am 22. Mai 1963 war ich mit dem Kollegen Gevgenopoulos unterwegs, um Individuen zu suchen, die Ähnlichkeit mit der Täterzeichnung aufwiesen. Wir waren durch die Veniselou-, Hermes-, Dragoumis- und

Alexander-der-Große-Straße bis zur Konditorei Flokas gegenüber dem Kaufhaus Lambropoulos gegangen. Auf dem Rückweg trafen wir Plomaris vor der Alten Börse. ‚Ist was? Gibt's etwas Neues?‘ fragte Gevgenopoulos. ‚Nichts‘, antwortete Plomaris. Dann fuhren wir mit dem Linienbus nach Seih-Sou, wo, wie man weiß, der Würger sein Unwesen trieb. Wir gingen bis zum Lokal Penteli. Nach einer Stunde kehrten wir in die Stadt zurück und trennten uns vor dem Haus von Gevgenopoulos. Um genau zu sein: Als das Mastodon mir sagte, daß ich als Zeuge auftreten müsse, antwortete ich: ‚Wie kann ich als Zeuge auftreten? Ich war ja gar nicht bei der Versammlung, abgesehen von einem Momentchen am Anfang, als die Zwischenfälle noch nicht begonnen hatten.‘ "

„Ich", sagte der dritte, „befand mich während der Unruhen und schon lange vorher in meinem Revierbereich. Ich war im Dienst vor dem Ministerium für Nordgriechenland und hatte die Bewegungen der Kommunisten zu überwachen."

„Ich", sagte Plomaris, „ging zwischen halb fünf und fünf Uhr in mein Büro, um die Anwesenheitsliste meiner Männer zu überprüfen. Der Offizier vom Dienst erklärte mir, daß ich und mein Kollege Koukos mit je fünf Polizisten eingesetzt wären. Unser Einsatz bezog sich nicht eigentlich auf die Versammlung, sondern auf die Beobachtung der Umgebung. Wir sollten die Bürger vor Taschendieben und ähnlichem Gelichter schützen. Solche Einsätze werden in Zivil durchgeführt. Ich war über diesen Einsatz wütend, ohne es natürlich merken zu lassen, denn ich glaubte, dieser Einsatz für zwei Offiziere und zehn Polizisten sei überflüssig. Dann kam Mavroulis. Ich war, wie ich schon erwähnte, sehr aufgeregt und sagte: ‚Ihr schleppt uns wieder zur Versammlung. Das ist doch Sache der Sicherheitspolizei!‘ Mavroulis war sehr empfindlich und schrie gleich los: ‚Was? Wir sollen allein gegen die Kommunisten kämpfen?‘ – ‚Glaubst du vielleicht, wir sind Kommunisten?‘ antwortete ich. Das wurde gesagt und nicht das, was das Mastodon behauptet hat. Ich lud Mavroulis anschließend zum Kaffee ein, wenn ich mich recht erinnere."

„Ich", sagte der fünfte, „weiß überhaupt nichts . . . Ich weiß nicht, wer . . . Es ist nicht wahr, daß . . . Ich weiß nicht, ob . . . Das Mastodon war nicht hart den Kommunisten gegenüber. Er behandelte sie sanft, gab denen Lizenzen, die ihn darum baten, und stellte sogar dem Kommunisten Platon Odiporidis einen Reisepaß aus, weil er nach Rußland wollte, um sein Herzleiden zu kurieren."

„Ich", sagte der sechste, „befand mich, da es Mittwoch war und die Läden geschlossen hatten, auf Streife, um eventuelle Einbrecher zu verhaften und den Würger zu suchen. Ein paar Tage danach ging ich wegen einer persönlichen Angelegenheit ins Hauptquartier; es handelte sich um den Kauf einer Wohnung. Wir haben uns bestimmt mit dem Hauptmann über die Ereignisse des 22. Mai unterhalten, aber es ist absolut nicht wahr, daß ich gesagt haben soll: ,Ich interessiere mich für das Mastodon, nicht für Mavroulis.'"

„Ich", sagte der siebente, „war an jenem Nachmittag in meinem Büro. Dorthin kam der Leutnant d.R. Poulopoulos, um mich abzuholen. Wir wollten den Popen der Gemeinde Panagia Faneromeni besuchen, der seinen Namenstag feierte. In der Hermesstraße sprach mich das Mastodon an: ,Guten Abend, mein lieber Polychronis!' – ,Guten Abend', antwortete ich und setzte mit Poulopoulos meinen Weg zur Bushaltestelle fort. Das ist die Wahrheit und nicht, daß ich gesagt haben soll: ,Laß sie die Kommunisten schlagen.' Es war halb acht, und die Versammlung hatte noch nicht einmal angefangen. Übrigens trafen wir den Popen nicht. Er war zu einer Taufe gegangen. Wir warteten bis halb zwölf auf ihn."

„Ich", sagte der achte, „habe erfahren, daß Gevgenopoulos auf der Versammlung war, jedenfalls zu Anfang. Ich erfuhr sogar, daß er sich an einem Kiosk ein Koppel mit einer Schnalle aus Kupfer gekauft hat."

„Ich", sagte der neunte, „habe nichts davon bemerkt . . . Es ist auch nicht wahr . . . Ich habe Mavroulis nicht bei der Versammlung gesehen. Ich sah auch nicht, daß er hin und her lief und auf Kommunisten zeigte."

„Ich", sagte der zehnte, „erfuhr, daß die Versammlung woandershin verlegt worden war. Da ich in Zivil war, konnte ich nicht hingehen, denn ich hatte keinen Befehl dazu erhalten. So ging ich ins Restaurant Serreikon und aß Hase mit Zwiebeln, den der Koch extra für mich zubereitete."

8

„Der Untersuchungsrichter erhielt ein Stipendium für Paris. Der Staatsanwalt, sagt man, ist nach einem Herzanfall gestorben. Hatzis und Nikitas wurden inhaftiert, nachdem der Direktor Anzeige wegen Verleumdung gegen sie erstattet hatte. Die kompromittierten Gendarmerieoffiziere wurden in friedliche Kleinstädte versetzt, in denen es viel Grün und wenig Sorgen gibt. Es ist Herbst 1966. Seit dreieinhalb Jahren fehlst du uns unerträglich. In diesen dreieinhalb Jahren lernte König Konstantin die Geheimnisse des japanischen Ringkampfs. Er begann mit Jiu-Jitsu, ging sodann zu Judo über, und seit einem Jahr lernt er erstaunlich schnell Karate. Seit einem Jahr, seit dem Staatsstreich des Königs, fühle ich mich ausgestoßen. Ich bin im gleichen Zimmer, gegenüber sehe ich das gleiche Haus. In der dritten Etage mit dem Balkon ist die Alte, die ihre Tage damit verbrachte, durch ein Fernglas zu sehen, gestorben. Jetzt streichen sie das Haus wieder an. Die Arbeiter singen von morgens bis abends. Die warme Markise leistet mir Gesellschaft. Der Prozeß beginnt, und vielleicht kommen noch mehr Tatsachen ans Licht, vielleicht auch weniger. Das Resultat ist nicht wichtig, wichtig ist das Verfahren als solches. Man versucht noch herauszufinden, wer dich mit der Eisenstange niederschlug. Wer jemand befahl, jemand anderem zu befehlen, dich zu töten. Der Balkon gegenüber wird jetzt rot angestrichen. Meine Zähne sind gelb geworden. Ich schreibe dir nicht mehr."

Gabriel García Márquez
Chronik eines angekündigten Todes

Roman
KiWi 39

Ein Dorf an der kolumbianischen Karibikküste feiert ein
rauschendes Hochzeitsfest, doch noch in der Hochzeits-
nacht wird die Braut ins Elternhaus zurückgeschickt; sie
war nicht mehr unberührt. Der mutmaßliche »Täter«
muß sterben.

»Der geradlinige Verlauf verleiht dem Roman einen der-
artigen *drive*, daß kein Umstand, kein Wort überflüssig
wirkt. Jedes Detail steht mit einer solchen Notwendigkeit
an seinem Platz, daß ich nur ein Wort finde, diesen Roman zu kennzeichnen: ›klassisch‹ — die *Chronik eines an-
gekündigten Todes* erscheint mir eine klassische Erzäh-
lung der Weltliteratur, in der Kategorie etwa von Kleists
Michael Kohlhaas, Kafkas *Verwandlung* oder Heming-
ways *Der alte Mann und das Meer*.«

Dieter E. Zimmer, Die Zeit

KiWi Paperbackreihe bei Kiepenheuer&Witsch

Uwe Timm
Morenga

Roman
KiWi 82

»Ohne Uwe Timms *Morenga* zu kennen, wird man in Zukunft über die deutsche Kolonialgeschichte nicht mehr nachdenken können. Ganz außerordentlich, wie in diesem Buch die Fiktion aus den Fakten hervorgeht. Ich bewundere die Genauigkeit von Timms Recherche und die Meisterschaft seines sachlichen, stillen und von Spannung erfüllten Erzählens.«   *Alfred Andersch*

»Uwe Timm erzählt, wie das Deutsche Reich am Anfang des Jahrhunderts die Hottentotten erledigte. Ich habe das Buch mit zunehmender Bewunderung gelesen. Daß man sich so viel Stoff aneignen und dann so produktiv damit umgehen kann, hatte ich nicht für möglich gehalten.«
Martin Walser

Morenga, die Geschichte vom Hottentottenaufstand in Deutsch-Südwestafrika, dem heutigen Namibia, wurde als dreiteilige Fernsehserie verfilmt und als Spielfilm im internationalen Filmwettbewerb auf der Berlinale gezeigt.

KiWi Paperbackreihe bei Kiepenheuer&Witsch

JOAN DIDION
SALVADOR

KiWi 47

El Salvador, das die amerikanische Schriftstellerin und Journalistin Joan Didion 1982 besuchte, ist exemplarisch für die Machtpolitik der USA im karibischen Raum. Ihr Bericht über den mittelamerikanischen Staat, den Ronald Reagan einen »front yard« der USA nannte, wurde in den USA zum politischen Buch des Jahres.

Mit der Klarsichtigkeit und stilistischen Präzision der Journalistin, die schon lange den amerikanischen Traum durchschaut hat, und der Sensibilität der Romanschriftstellerin schildert Joan Didion ihre Eindrücke von diesem vom Krieg zerfressenen Land, von ihren Kontakten mit salvadorianischen Politikern und Mitgliedern der amerikanischen Botschaft. Sie macht den Terror, der El Salvador beherrscht, bewußt und legt die wechselseitigen Beziehungen zwischen Angst und Unwirklichkeit, Greuel und Illusionen bloß.

»In der Prosa Joan Didions treffen sich Bild und Begriff, Anschauung und Erkenntnis an dem Punkt, dem die Erfahrung entspringt.« *Die Zeit*

KiWi Paperbackreihe bei Kiepenheuer&Witsch

Bernt Engelmann
Das ABC des grossen Geldes

Macht und Reichtum in der Bundesrepublik —
ein Lexikon
KiWi 92.
Originalausgabe

Bernt Engelmanns »Who is who« der reichen Leute in der
BRD beantwortet Ihnen alle Fragen, die Sie schon immer
über die Mächtigen in diesem Lande hatten:

Wer sind die Reichsten in unserem Land?
Wie sind sie es geworden?
Was machen sie mit ihren Milliarden?
Woher haben sie sie?
Wann hat ihre Vermögensbildung begonnen?
Wessen Grundbesitz ist der größte?
Wem gehören die Konzerne?
Wieviel politische Macht üben sie aus?

Das *ABC des großen Geldes* gibt Antwort auf diese Fragen.
Exakt. Übersichtlich. Nach Namen und Stichworten al-
phabetisch geordnet. Mit einer aufgeschlüsselten Rang-
liste der großen Vermögen.

KiWi Paperbackreihe bei Kiepenheuer&Witsch

Ignazio Silone
Fontamara

Roman
KiWi 83

Schon in diesem ersten Roman Silones, den er während
der Emigration in der Schweiz verfaßte, beschreibt der
Autor im Stil des frühen italienischen Neorealismus das
Leben der Bauern in seiner Heimat, den Abruzzen. Dabei
zeigt er nicht nur die unvorstellbare Not dieser Menschen,
sondern auch die Vitalität, den Witz, die Alltagskultur,
mit der diese sich gegen die Übergriffe der alten und
neuen Machthaber wehrten und ihre Würde verteidigten.
Der Roman ist aber auch ein Panorama der italienischen
Gesellschaft der 30er Jahre mit ihren Carabinieris, den
korrupten Beamten, den neureichen Kapitalisten, den
brutalen Mussolini-Banden und den offiziellen »Vertre-
tern Gottes«, die zu allem Unrecht ihren Segen gaben.
Silones Interesse gilt dabei der Frage, wie in den Jahren
der faschistischen Unterdrückung Widerstand erwachsen
ist — von spontanen und organisierten Sabotageakten bis
zur Untergrundpresse und -agitation. Der Mensch als
Opfer oder als Subjekt der Geschichte — ein noch immer
nicht veraltetes Thema.

KiWi Paperbackreihe bei Kiepenheuer&Witsch

Erich Maria Remarque
Im Westen nichts Neues

Roman.
KiWi 50

Im Westen nichts Neues war das sensationellste Erfolgs-
buch der deutschen Literatur überhaupt. Es wurde in 45
Sprachen übersetzt und hatte bereits vier Jahre nach Erscheinen (1929) eine Auflage von eineinhalb Millionen erreicht. 1933 verboten, erlebte das Buch nach dem 2. Weltkrieg eine Renaissance, die sich heute unter der zuneh-
menden Kriegsbedrohung wiederholt. Denn die Schrek-
ken des 1. Weltkrieges sind die Schrecken aller Kriege,
auch wenn die Vernichtungsmöglichkeiten inzwischen
noch radikaler geworden sind. Remarque beschwört sie
mit einer zupackenden Lebendigkeit, der schonungslosen
Sprache der Jugend, die für jede Generation wieder neu
spricht.

KiWi Paperbackreihe bei Kiepenheuer&Witsch